창조하는
학문의 길

조동일

조동일(趙東一)

서울대학교 불문학, 국문학 학사, 서울대학교 대학원 국문학 석박사.
계명대학교, 영남대학교, 한국학대학원,
서울대학교 교수, 계명대학교 석좌교수 역임.
현재 서울대학교 명예교수.
대한민국 학술원 회원.

《한국문학통사 1~6》,《세계문학사의 전개》,《동아시아문명론》,《서정시 동서고금 모두 하나 1~6》등 저서 60여 종.

창조하는 학문의 길

초판 1쇄 인쇄 2019. 2. 22.
초판 1쇄 발행 2019. 3. 1.

지은이   조 동 일
펴낸이   김 경 희
펴낸곳   (주)지식산업사
         본사 · 10881, 경기도 파주시 광인사길 53(문발동)
         전화 (031) 955-4226~7 팩스 (031) 955-4228
         서울사무소 · 03044, 서울시 종로구 자하문로6길 18-7
         전화 (02) 734-1978, 1958 팩스 (02) 720-7900
         영문문패 www.jisik.co.kr
         전자우편 jsp@jisik.co.kr
         등록번호 1-363
         등록날짜 1969. 5. 8.

ⓒ 조동일, 2019
ISBN 978-89-423-9062-5(93810)

이 책에 대한 문의는
지식산업사로 연락 바랍니다.

창조하는
학문의 길

조동일

지식산업사

머 리 말

새로운 역사가 시작되려고 한다. 3·1운동 백 주년을 맞이한 시기에 통일의 시대가 오는가 하고 말할 수 있게 되었다. 감격을 누리면서 들뜨기만 하지 말고, 생각을 차분하게 가다듬어야 한다. 남북이 화해하고 협력하면서 통일로 나아가면 새로운 역사가 저절로 잘 이루어지리라고 하는 안이한 생각을 경계한다.

통일 후의 국호를 '우리나라'로 하자고 제안한다. 우리나라는 좋은 나라여야 하는 것이 통일을 해야 하는 최상의 이유이다. 이런 희망이 때가 되면 일거에 될 수 있는 것이 아니고, 단계적인 노력을 힘들여 해야 한다. 어떤 나라가 좋은 나라인가? 이에 대해 깊이 연구하고, 우선 대한민국을 좋은 나라로 만들어 우리나라가 도달해야 할 이상에 근접되게 해야 한다.

앞의 책《통일의 시대가 오는가》에서는 머리말의 서두를 위와 같이 내놓고, 무엇이 잘못되어 역사의 진전을 방해하는지 진단했다. 국가 정책이 어긋나 좋은 나라를 만들 수 없는 차질의 양상을 교육·문화·학문 분야에서 들고 개선을 요구했다. 여건 개선이 소중하기는 하지만, 학문의 자성이 더욱 긴요하다고 이 책《창조하는 학문의 길》에서 밝혀 논하면서 내실을 갖춘다.

학문의 위신을 높이려는 것은 아니다. 격앙된 목소리를 낮추고 친근하게 다가간다. 출발점으로 되돌아가, 가장 믿음직한 동지 초심자들과 함께 길을 떠나는 즐거움을 진전을 위한 동력으로 삼는다. 난삽한 자료나 고명한 학설은 되도록 멀리 하고, 산적한 과업을 두려움 없이 감당한다. 스스로 겪어서 알고 깨달아 얻은 통찰력으로 어떤 난문제든지 풀어나가고자 한다.

1993년에 낸 《우리 학문의 길》을 대폭 수정하고 발전시킨다. '우리 학문'에서 '창조하는 학문'로 나아가 탐구의 수준을 높이고 임무를 확대한다. 거듭 시도한 생극론 창조에서 크게 진전된 성과가 있기를 기대한다. 생극론으로 우리나라를 좋은 나라로 만들고, 동아시아가 깨어나 인류를 고난에서 구출하기 위해 함께 노력하자고 한다. 불행의 연속인 근대를 청산하고 다음 시대를 바람직하게 이룩하는 지침을 마련하고자 한다.

이 책의 원고를 읽고 잘못을 고쳐준 윤동재·이은숙·서영숙·김수용·신연우·김동욱·임재해·김영숙·이한구·조주관·안동준·김경동·허남춘에게 감사한다. 회신이 도착한 순서로 성함을 적고 존칭은 생략한다.

2019년 3월 1일

조 동 일

차 례

제1장

어디로
나아갈 것인가

1. 창조를 하려고 하면

알림

이 글은 2017년 9월 12일 경기대학교에서 강연한 원고이다. 여러 전공 분야 3백여 명이나 되는 1학년 학생들에게 초발심에 필요한 말을 쉽게 이해하고 절실한 느낌이 들도록 하려고 했다. 처음에는 아주 천천히 말하다가 뒤의 내용은 간략하게 간추렸다.

이 책을 읽고 무엇을 얻으려고 하는 독자도 처음에는 아주 천천히 글을 조금씩 읽으면서 생각을 많이 하기를 바란다. "바로 이것이구나"라고 하게 되면 조금 다그쳐도 된다. 맨 뒤에 적은 말은 대강 훑어보고 두었다가 나중에 참고로 해도 된다. 발상의 단서를 얻었으면 그만이고, 이 글에서 무엇을 말했는지 기억할 필요는 없다.

한 소식 와야

창조하는 학문은 어떻게 하는가? 어떻게 시작해야 하는가? 이 물음에 내 체험을 들어 대답한다. 학문을 해온 경과나 업적이나 소개하면, 생생한 체험과 멀어진다. 이력서나 옷차림 따위가 나를 대신하면 얼마나 우스운가. 가까운 사람들 곁에 앉아 다정하게 말을 걸듯이, 학문을 하는 비결을 진솔하게 일러주려고 한다.

사람은 다 같은 사람이며, 창조의 능력을 고루 지니고 있어 누구나 頓悟(돈오)가 가능하다. 이것이 창조의 비결이다. 이것 이외의 다른 비결은 없다. 만인 공유의 창조력은 비결이 아닌데, 모르고 있고 알아차리기 어려워 비결이라고 일컬어 주의를 끌고자 한다. 이렇게 말하고 말면 무책임하다. 창조력이 돈오로 나타나는 실제 상황을 알도록 해야 한다.[1]

새벽에 잠을 깨려고 할 때 창조를 위한 발상이 다가오는 것을 이따금 경험한다. 지난날 밤에 잠자리에 누워서는 고민이 많고 해결되지 않는 문제가 얽혀 있어 마음이 무거웠다. 가까스로 잠이 들어 부담이 되는 것들이 밑에 가라앉았다. 깊은 잠이 엷어져서 눈이 떠질 시간이 가까워지면, 모든 것이 달라지는 경험을 한다.

의식이 다시 작동하면서 어둠이 걷히고 빛이 나타난다. 빛을 타고 발상의 덩어리가 들이닥쳐 폭발하는 충격을 받아 머리가 맑아지고 마음이 가벼워진다. 들이닥쳐 폭발한 것이 창조를 위한 발상이고, 깨달음의 덩어리이다. 거기다 온몸을 내맡기면 짙은 구름이 걷히고 넓게 열린 공간이 밝게 빛나면서, 오래 고민하던 문제가 풀리고 의혹이 해명된다.

흐린 날에 힘들게 올라가 산 정상에 이른 것도 모르고 있다가, 갑자기 구름이 걷히고 앞뒤의 봉우리가 다 보이는 것과 같다. 아무 상관이 없다고 여기던 것들이 이어지면서 서로 해답을 준다. 아, 내가 여기까지 올라왔구나! 만학천봉이 모두 하나로 연결되니 얼마나 놀라운가! 이렇게 감탄하게 된다.

계룡산 동학사 입구 산장에서 잠을 자다가 이튿날 새벽에 깨어나자 한 소식이 왔다. 발상의 덩어리가 내게 다가오더니 이 글을 쓰라

---

[1] 《우리 학문의 길》은 〈학문이란 무엇인가?〉 하는 논의에서 시작되었다. 학문이 무엇인지 해보지 않고 미리 알 수는 없다. 학문이 무엇인지 알면 학문을 할 수 있는 것은 아니다. 학문은 특별한 무엇이 아니다. 학문이 특별한 무엇이라는 오판을 시정하기 위해 새로운 시도를 한다.

고 하는 것으로 정체를 드러냈다. 한 소식이 오면 언제나 그랬듯이, 얼른 일어나 메모를 하면서 받아쓰기 시작했다. 창조가 무엇이며 어떻게 다가오는지 밝히는 글을 써야 한다는 것을 알아차렸다.

한 소식이 새벽에만 오는 것은 아니다. 산책을 할 때에도 올 수 있다. 영남대학 시절에는 넓은 교정을 지향 없이 거닐다가 얻은 것이 있으면 적어 모으고 다듬으니 《문학연구방법》이라는 책이 되었다. 내 자신과도 약속을 하지 않고, 쓰겠다는 생각 없이 쓰다보니 두고두고 애착을 가지는 책이 생겨났다.

어느 해인가 여느 때처럼 서울대입구 전철역에서 내려 완만한 산 등성이를 천천히 넘어가 연구실이 있는 건물 앞에 도착했을 때 갑자기 무언가 머리를 쳤다. 탈춤의 '신명'과 최한기가 말하는 '神氣'가 하나라는 깨달음이었다. 예상하지 않던 섬광이 다가와 오랜 의문을 풀어주고 내 학문의 눈동자를 그렸다.

등산은 어떤가? 나는 등산을 좋아해 매주 한다. 등산은 고민을 잠재우고 무거운 마음을 가볍게 하는 데는 특효지만, 그 이상은 아닐 수 있다. 힘을 많이 써야 하면 마음이 한가하지 않아 좋은 소식이 들려오지는 않는다. 여럿이 함께 산에 오르며 말을 주고받으면 문제는 많이 찾아낼 수 있으나 해답은 얻지 못한다.

험한 산을 무리하게 오르는 것처럼 노력하고 분발하라고 다그치지 말자. 너무 부지런하면 쭉정이나 늘리고, 적당히 게을러야 알찬 추수를 한다. 마음이 한가하고 편안하면 만원 버스에서 시달리면서도 좋은 착상을 얻을 수 있다. 진지한 탐구를 위해서는 고독이 필수 조건이다. 학문을 혼자 해서 돈오한 것이 있어야 남들과 토론해 다듬는 과정에 들어갈 수 있다. 漸修(점수)에서는 공동의 노력이 많은 도움이 된다.

책을 보는 것이 공부라고 하는 말에 속지 말자. 남의 책을 보면서 내 생각을 잘하기는 아주 어렵다. 책을 보려면 마땅한 방법을 알고 제대로 보아야 한다. 빠지면서 읽기를 하는 데 그쳐서는 일시적인 만족이나 얻고 지식을 조금 늘릴 수 있다. 따지면서 읽기까지 하면 저자가 잘못하는 것은 나무랄 수 있으나 대안은 찾지 못한다.

따지면서 읽기에서 한 걸음 더 나아가 쓰면서 읽기를 해야 내 것을 얻을 수 있다. 책을 반드시 통독해야 하는 것은 아니다. 내 것을 얻었으면 읽기를 멈추고, 마음속에서 쓰던 말을 실제로 써야 한다. 나도 모르게 얻은 소득이 있다면, 산책을 하거나 잠을 자는 시간에라도 일관성이 있게 정리해야 한다. 갑자기 구름이 걷히고 앞뒤의 높고 낮은 봉우리가 다 보이는 것과 같은 경지에 이르러야 무엇이든 내 것이 된다.

책을 너무 많이 보면 각성에 방해가 된다. 인터넷에 올라 있는 정보를 닥치는 대로 찾아다니기까지 하면 정신이 더욱 혼미해진다. 지옥에 빠졌으면서도 그런 줄 모르는 어리석은 중생 노릇을 하지 말자. 모든 것을 떨치고 입산수도를 하는 마음가짐이 필요하다. 산에 들어가지 않아도 되며, 어디서든지 마음을 가다듬을 수 있다.

하나이면서 둘, 둘이면서 하나

뜻하지 않게 갑자기 다가온 깨달음의 덩어리, 이것은 형체를 알 수 없으나 不立文字라고 하고 말 것은 아니다. 도망가지 않도록 잡는 수단이 필요하다. 무형을 무형으로 그리려고 하지 말고, 무형이 유형이게 해야 한다.

그 감격을 잡아내 작곡을 할 수도 있다. 그림을 그려 나타내는 방법도 있다. 시를 쓰는 것도 좋은 대응책이다. 김영랑이 "내 마음 어딘 듯 한편에/ 끝없는 강물이 흐르네./ 도처 오르는 아침 날빛이 빤질한/ 은결을 돋우네…"라고 쓴 시는 한 소식이 온 것을 알리는 말이다.

나타나 다가오는 것을, 학문하는 사람은 논리적 진술로 잡아 정체를 밝혀야 한다. 논리적 진술을 하려면 개념어가 필요하다. 개념어는 하나가 아니고 둘이어야 잡을 것을 잡는 데 유리하다. "2와 둘은 어떻게 다른가?"라고 하는 것을 본보기로 들어보자.

"2와 둘은 어떻게 다른가?" 자문자답을 해보자. "2와 둘"이 같은 것은 누구나 다 안다. "2와 둘"은 같기만 하지 않고 다르기도 하다. 무엇이 다른가? 이 물음에 대해 세 가지 대답을 할 수 있다.

> (가) 2는 세계 공통의 숫자이고, 둘은 한국어 단어이다.
> (나) 2는 언제나 같고, 둘은 경우에 따라 다를 수 있다.
> (다) 2는 1+1이고, 3-1이지만, 둘은 둘이면서 하나일 수 있고, 하나이면서 둘일 수 있다.

(가)는 더 보탤 말이 마땅하지 않아 써먹을 것이 못된다. '둘'이 일어로는 'に', 영어로는 'two', 불어로는 "deux"라고 한다는 데서 시작해 수많은 나라 말을 열거하면 박식 자랑 이상 아무것도 아니다. 창조로 평가될 것은 없다. 창조는 지식 열거와 무관하다.

(나)는 "경우에 따라 다를 수 있다"고 한 데에 무한한 가능성이 있어 창조를 촉발하지만, 결실을 기대하기 어렵다. 노력을 많이 해도 인정할 만한 성과는 없을 것이다. 창조는 가능성을 일정한 범위 안에 가두어야 구체화되고, 무한을 향해 나아가는 유한한 성과이다.

(다)는 창조를 위한 발상일 수 있고, 창조의 성과로 정립될 수도 있다. "둘은 둘이면서 하나일 수 있고, 하나이면서 둘일 수 있다." 이것은 말이 되지 않는다면 말이 되지 않고, 말이 된다면 말이 된다. 여기서 그쳐서는 진전도 소득도 없다. 창조의 발상도 성과도 아닌 말장난에 그칠 수 있다.

둘을 둘이라고 하고 말지 않고 예증을 들어야 탐구가 더 이루어진다. 원리를 예증으로 검증하고, 예증에서 원리를 정립하는 것이 바람직하다. 예증은 쉽고 명확할수록 더 좋다. 山水라고 하면서 짝을 지어 다니는 山과 水를 들기로 하자. 한자로 적어야 말이 간결하고 뜻이 분명하다.

산수를 그려 화집을 내고 책 제목을 '山山水水'라고 했다. 산수라는 말에 여러 뜻이 있으나, 山은 山이고, 水는 水라는 것이 가장 긴요하다. 이렇게 말하면 山과 水는 둘이다. 山은 山이고, 水는 水라는 말 또는 이 말로 일러주는 이치에 공통점이 있어, 山과 水가 하나라고 할 수 있다. 공통점이 너무 추상적이어서 알아내기 힘들다.

"가노라 三角山아, 다시 보자 漢江水야" 이런 시조에서 말한 山과 水는 서울에 있고, 떠나기 아쉽고, 더 나아가 이별하기 싫은 고국을 상징한다는 점이 같아 둘이면서 하나이다. 그러나 하나이게 하는 요건이 山과 水 자체에 있지 않아, 둘이 하나라고 하는 예증으로 그리 적합하지 않다. "山 절로 水 절로, 山水間에 나도 절로" 이런 시조는 山과 水가 "절로"라는 공통점이 있어 둘이 하나임을 말한다. 다음 구절에서는 "산수간에 나도 절로"라고 했다. "나"라는 사람이 개입해 山과 水와 자기가 모두 "절로"라고 하자, 山과 水가 그 자체로 지닌 공통점이 손상되었다. 山과 水가 둘 다 "절로"라고 한 것이 사람의 판단임이 드러난다.

'山高水長'이라고 할 때에는 사람의 개입이 없다. '배산임수'라고 한 것과 흡사하면서 다르다. '배산임수'는 사람이 자기 위주로 하는 말이며, 山이나 水 자체의 특징은 나타나지 않는다. '배산임수'는 버리고 '산고수장'을 택해 사람 위주의 사고방식에서 벗어나 천지만물의 이치를 살피는 것이 마땅하다.

'산고수장'에서는 山과 水가 각기 고유한 특징을 지녀 서로 다르기 때문에 조화를 이룬다. '高'와 '長'이 하나로 통일될 수 없고, 교환될 수도 없다. 山은 山답고, 水는 水다워야 서로 필요로 하고, 크게 보아 하나가 된다. "둘은 둘이면서 하나일 수 있고, 하나이면서 둘일 수 있다." 이렇게 말할 수 있는 좋은 예증이 '산고수장'이다.

돈오에서 점수까지

내가 해온 연구 작업에서 많은 창조가 이루어졌다. 창조의 성과가 이론 정립으로 나타났다. 본보기를 하나 들고, 작은 단서에서 시작해 큰 성과에 이르기까지의 경과를 말하기로 한다.

문학 연구는 시초에서부터 대부분 문학갈래에 관한 논의였다. 기존의 모든 논의는 불만스럽다. 너무 잡다하고, 여러 갈래의 경우를 각기 말해 일관성이 없으며, 문학갈래에 관한 고찰이 그 자체로 그치고 더 나아가지 않는다. 연구다운 연구를 해오지 않았다고 할 수 있다.

개별적 지식이 모두 소중하다고 여기고 하나씩 공부하는 것은 학문이 아니다. 각기 다른 수많은 것들의 공통적인 근본원리를, 간략하면서도 적용의 범위가 아주 넓은 말로 나타내야 학문에 들어선다. 그 원리를 적용해 문제를 해결하면서 계속 뻗어나갈 수 있어야 한다. 이런 작업을 문학연구에서는 뒤늦게 시작했으므로 후진이 선진이게 하는 비약이 필요하고 가능하다.

문학은 좋은 예증을 풍부하게 제공하고, 다양한 발상을 촉발해 수습하기 어렵게 하는 특징이 있다. 장점을 살리고 단점을 극복하자. 문학 연구는 소득이 크다. "문학은 연구할 수 없으므로 연구할 수 있다"고 한 말을 다시 하자. 연구할 수 없는 것을 연구할 수 있게 해야 학문의 영역이 넓어지고 연구가 발전한다.

구체적인 논의를 시작해보자.[2] "서정은 세계의 자아화이다." 어느

---

2) 2006년 11월 29일 서울대학교 자연과학대학 젊은 교수들의 모임에 초청받아 학문을 어떻게 하는가에 관한 내 경험을 말할 때 든 본보기를 다시 이용하기로 한다. 《세계·지방화시대의 한국학 7 일반이론 정립》(계명대학교출판부, 2008)에 강

날 문득 이 한마디가 떠오른 돈오에서 모든 의문이 풀리기 시작했다. 동서고금 서정시에 대한 수많은 경험적 인식을 이 한마디로 집약해 근본원리를 밝혔다. 더 나아가 문학이론을 혁신하고, 문학사의 일반 이론을 정립하고, 총체적인 역사철학을 탐색했다.

위에서 한 말에 '세계', '자아', '…化'라는 개념이 사용되었다. '세계'와 '자아'는 山과 水와 상통한다. '…化'라는 것은 '高'나 '長'과 흡사하다. 이런 개념이 없으면 이론을 기대할 수 없다. 이런 개념들이 짝을 이루고 대립관계를 가지는 것을 밝혀내면 이론 정립이 진행된다.

'세계'는 인식과 행위의 대상이고 '자아'는 그 주체이다. 이 둘은 짝을 이루고 대립 관계를 가진다. '…化'는 한쪽이 다른 쪽으로 바뀌는 것이다. 한쪽이 다른 쪽으로 바뀌지 않고 양쪽이 맞서는 경우도 있다. 이런 개념을 좌표의 축으로 삼아 정리하면, 문학갈래는 세계의 자아화인 서정, 자아의 세계화인 교술, 자아와 세계의 대결인 서사와 희곡으로 분화되어 있는 것을 알 수 있다.

서사와 희곡이 다른 점을 말하려면 "작품 내적"과 "작품 외적"이라는 것의 구분이 필요하다. 작품 외적 자아가 서사에는 개입하고, 희곡에서는 개입하지 않는다. 서사는 신화·전설·민담·소설로 구현되었다. 이 넷이 다른 점은 자아와 세계 가운데 어느 것이 우위인가를 들어 말할 수 있다. 자아와 세계가 신화에서는 동질성, 전설에서는 세계의 우위, 민담에서는 자아의 우위, 소설에서는 상호 우위를 가지고 대결한다.

서정·교술·서사·희곡이라는 큰 갈래가 시조·가사·소설·탈춤 같은 작은 갈래로 구현되면서 문학사가 전개되었다. 이들 작은 갈래가 문학 담당층의 세계관을 보여주는 의의를 가진 것을 밝혀 논하면 문학사 이해가 평면에서 입체로 나아간다. 이런 원리에 따라 《한국문학통

연 원고 전문이 수록되어 있다. 그 가운데 일부를 가져와 새롭게 풀이한다.

사》를 썼다.

자아와 세계는 陰이고 陽이다. 음양이 서로 대결하고 전환되는 과정을 살피다가 生克論을 발견하고 이어받았다. 하나인 氣가 음양으로 나누어져 둘이 되고, 서로 相生하면서 相克하는 관계를 가지는 것이 천지만물의 이치이며, 역사 전개의 원리이자, 문학작품의 구조이고 의미이다. 생극론은 변증법이 상극에 치우쳐 상생을 무시하는 편향성을 시정하고, 역사는 발전이면서 순환이어서 승리에 도취하면 자멸하는 것을 되풀이해서 확인한다. 중세의 후진이 근대를 이룩했듯이, 근대의 후진이 다음 시대의 창조를 선도하는 것이 당연하므로 우리가 그 사명을 맡아야 한다.

변증법을 정점으로 하는 근대학문은 이성이 독점적인 의의를 가진다고 평가하고 다른 능력은 낮추어 보았다. 생극론은 이런 한계를 넘어서서, 이성 위의 통찰을 되살린다. 근대의 이성에 중세까지의 종교적 통찰을 보태고, 감성이나 덕성까지 받아들여 다음 시대로 나아가는 총체적 통찰을 이룩한다.

생극론으로 구체화되는 통찰로 세계사의 전개를 논하고, 인류 문명의 위기를 넘어서서 다음 시대를 창조하는 설계도를 제시하는 것이 학문의 목표이다. 말이 허황되고 포부가 지나치다고 나무라지 말기 바란다. 할 일을 혼자 다 하겠다는 것이 아니다. 국내외의 동지를 모아 함께 노력하자고 외친다.

창조학을 위한 자각

창조하는 학문을 창조학이라고 하자. 학문은 모두 창조학이어야 하는데, 실상은 그렇지 못하다. 학문의 생산업인 창조학은 버려두고, 남들이 이미 한 연구를 가져와 파는 수입학이 크게 행세하고 있다. 대학이나 학계를 지배하다시피 하고 있다.

상품은 수출하면서 학문은 수입하니 앞뒤가 맞지 않는다. 원천기술을 비싼 사용료를 주고 도입하는 탓에 수출을 해도 소득이 적다. 원천기술을 스스로 개발해 세계적인 경쟁력을 확보하는 창조학을 해야 한다. 창조학의 힘으로 앞서나가야 한다.

수입학에 자립학으로 맞서는 것은 적절한 대책이 아니다. 우리 자료를 가지고 스스로 연구하는 학문이 자립학이다. 당연히 해야 하고 허술한 분야가 없도록 힘써야 하지만, 웬만해서는 수입학의 위세를 누그러뜨리지 못한다. 자료학에 머무르고 이론학으로 나아가지 못하는 것이 예사여서 경쟁력이 부족하다.

수입품을 배격해야 국산품을 육성할 수 있는 시대는 이미 지나간 것을 알고 분발해야 한다. 수입품과 경쟁해 이기는 국산품을 만들어 세계 시장에 진출해야 한다. 학문에서 이렇게 하려면 자립학이 창조학으로 성장해야 한다. 수입학을 경쟁의 대상으로 삼고 비교연구에 활용하면서, 수준이 높고 적용 범위가 넓은 일반이론을 개발하는 것이 창조학의 사명이고 내용이다.

시비학이라고 일컬어 마땅한 것도 수입 품목에 포함되어 있다. 남들의 연구가 잘못되었다고 나무라기나 하고 대안은 제시하지 않는 비뚤어진 학문이 시비학이다. 힘들이지 않고 위신을 높일 수 있는 이점이 있어, 영리한 사람들은 시비학을 선호한다. 이렇게 진단하면 할 말을 다한 것은 아니다. 가볍게 넘어갈 수 없는 심각한 증세가 내포되어 있는 것을 알아차리고 경각심을 높여야 한다.

유럽문명권에서 선도한 근대학문이 선진적인 의의를 잃고 뒤로 밀리면서 시비학으로 변신해 패권을 유지하려고 한다. 미국이 앞장서서 내놓은 해체주의니 포스트모더니즘이니 하는 것들이 전형적인 모습을 보여준다. 모두 근대가 종말에 이른 줄은 알면서 대안은 찾지 못해 혼란에 빠진 허무주의의 발상인데, 다음 시대로 나아가는 학문인 듯이 행세한다. 고도의 위장술로 온 세상을 뒤흔든다.

시비학 수입이 성행해 학문 허무주의의 폐해가 심각하게 나타나고 있다. 자립학 옹호로 이에 대응하려고 하면 역부족임을 인정해야 한다. 거대이론의 시대는 가고 역사가 종말에 이르렀는데, 근대학문의 찌꺼기에 지나지 않는 대수롭지 않은 수준의 민족주의 언설이나 늘어놓는 것은 시대착오라는 주장을 논파하기 어렵다.

사태의 진상을 철저하게 파헤쳐, 역사의 대전환이 있을 때마다 패권을 잃고 물러나는 쪽은 허무주의 언설을 늘어놓는 것이 상례임을 밝혀내야 한다. 근대를 넘어서서 다음 시대로 나아가는 새로운 주역이 역사의 전환에 대한 거대한 통찰력을 가지고 학문을 혁신하는 것을 알려야 한다. 이런 창조학을 위해 나의 노력을 바치고, 우리가 앞장서서 분투해야 한다.

창조학은 참신한 발상을 얻는 돈오에서 출생한다. 다른 세 학문과 부딪치면서 점수 과정을 거친다. 자립학이 제공하는 사례에서 구체적인 연구를 시작하고, 수입학이 들려주는 소식을 이용해 비교연구를 하면서 시야를 넓히고, 시비학에서 하듯이 기존연구를 비판해야 한다. 근대 학문의 방법을 활용하면서 넘어서야 한다. 생극론에 입각한 통찰의 타당성과 유용성을 입증해 다음 시대로 나아가는 학문의 지침으로 삼아야 한다.

지금까지 내가 한 작업은 작은 시도에 지나지 않는다. 얻은 것이 얼마 되지 않으나, 공유재산으로 내놓고 함께 수정하고 보완하자고 제안한다. 출발점을 바꾸어 더 크고 훌륭한 작업을 하는 것은 더욱 바람직하다. 이런 소망을 전하기 위해 글을 쓰고 말을 한다. 먼저 읽고 일찍 들은 분들이 앞서서 분발하기를 바란다.

아무리 큰일도 작은 데서 시작된다. 이른 시기에 학문에 뜻을 두고 견문을 넓히면서 돈오의 단서가 되는 소식을 얻으면 만사형통이다. 생각이 많아 번민하다가 잠이 들면 내일 새벽에 한 소식이 올 수 있다.

　내가 하는 말을 들으면서 학생들이 한동안 멍멍해진 것 같았다. 무엇인지 잘 모를 뜻밖의 말을 하니 시비분별이 더욱 흐려지는 것 같았다. 충격을 준 것을 보람으로 삼는다. "과연 그런가?"라고 하는 생각이 남아 있으면, 내가 할 수 있는 일은 한 셈이다. 질문 시간에 들어가서 한참 동안 이렇게 생각했다.

　예술 분야 학생들이 관심을 보여, 예술과 학문의 관계에 관한 논의를 펴는 것을 진전으로 삼았다. 예술은 학문을 하듯이, 학문은 예술을 하듯이 해야 한다고 했다. 예술도 학문처럼 자각적인 추구 과정을 거쳐야 발전한다. 학문도 예술처럼 자유로운 창조여야 혁신이 가능하다. 예술을 학문처럼 하지 못하면 침체에 빠져 계속해서 할 수 있는 의욕을 상실한다. 학문을 예술처럼 하지 못하면 정해진 틀에서 벗어나지 못해 따분하기 때문에 하다가 만다. 이렇게 말하면서 생기를 찾았다.

　조금 지나니 발동이 걸려, 논의의 진전을 촉진하는 질문이 나타나 신명나게 대답했다. '둘', '山과 水', '자아와 세계'를 들먹이면서 이 말 저 말 하는데, 이런 것들이 어떻게 다른가? 이에 대해 단계의 차이가 있다고 대답했다. '둘'을 구체화한 예증이 '山과 水'이다. '山과 水'는 대등하지만, '자아와 세계'는 한쪽이 인식과 행동의 주체이고 다른 쪽은 그 대상이어서 차등이 있다. '세계의 자아화'나 '자아의 세계화'에서는 차등이 그대로 있어 절대적이다. '자아와 세계의 대결'에서는 차등이 뒤집어질 수 있어 상대적이다.

　자아뿐만 아니고 세계 또한 인식과 행위의 주체여서 그 나름대로 자아이고 상대방이 세계이게 한다. 자아와 세계는 차등이 절대적이기도 하고 상대적이기도 해서 둘의 관계가 山과 水에서보다 복합적이다. 둘의 관계가 자아와 세계에서보다 더욱 복합적인 것도 얼마든지 있을 수 있다. 가능성을 활짝 열어 놓고 힘써 탐구해야 한다.

이것은 새로운 발견이다. 초발심자가 스승이 되어 나를 깨우쳤다. 미리 아는 것이 없어야 좋은 문제를 발견하고 참신한 생각을 할 수 있다는 것을 준비한 원고에서 말하지 못하고, 강연도 그 정도까지 나아가지 않았다. 지식이 머리를 가득 채웠으면 비우기 어려우므로 아직 비어 있는 것을 축복으로 삼아야 한다. 이런 글을 써야 하는 놀라운 과제를 학생들에게서 받았다.3)

2. 학구열과 신명풀이

알림

이 글은 2017년 9월 16일 파주 출판단지에서 열린 도서 축제에서 강연한 원고이다. 강연이 어떻게 진행되고 어떤 토론을 했는지 맨 뒤의 붙임에서 말한다. 좋은 만남에서 예상한 것 이상의 소중한 성과를 얻었다.

머리말

지금 여기서 벌이는 도서 축제에서 학구열과 신명풀이가 만난다. 학구열의 집약체인 도서를 사랑하고 자랑하는 축제에 참여해 우리 모두 신명풀이를 하고 있다. 학구열을 신명풀이로 나타내고, 신명풀

---

3) 《우리 학문의 길》에서는 학문이 독백이 아니고 대화고 토론이라고 하면서 학문론을 독백으로 전개했다. 여기서는 학문이 대화이고 토론임을 확인하면서 예상한 것 이상의 성과를 얻어나간다.

이와 학구열이 둘이 아님을 확인한다.

　나는 근래에 이은숙과 공저한 《한국문화, 한눈에 보인다》(푸른사상사, 2017)에서 학구열과 신명풀이가 한국문화 또는 한국인 심성의 두드러진 특징이라고 했다. 해당 대목을 가져와 다듬어 내놓고, 학구열과 신명풀이에 대해 필요한 설명을 한다. 거기서는 각기 말한 학구열과 신명풀이가 둘이 아님을 밝히는 작업을 오늘 여기서 새롭게 한다.

학구열

(가) 1123년에 고려에 온 중국 송나라 사신 徐兢(서긍)이 견문한 바를 기록한 《高麗圖經》에 주목할 대목이 있다. 도서관의 장서가 수만 권이고, 일반인이 사는 마을에도 서점이 몇 개씩 있다고 했다. 학구열이 대단해 군졸이나 어린아이들까지 글공부를 한다고 했다. 모두 중국에서 볼 수 있는 바를 능가해 놀랍다고 했다.

(나) 1866년 강화도에 침공한 프랑스 군인들이 남긴 기록에 있는 말을 보자. "감탄하면서 볼 수밖에 없고, 우리 자존심을 상하게 하는 또 한 가지는 아무리 가난한 집이라도 어디든지 책이 있는 것이다. 글을 해독할 수 없는 사람은 아주 드물고, 그런 사람은 다른 사람들로부터 멸시를 당했다. 프랑스에서도 문맹자에 대해 여론이 이만큼 엄격하다면 무시당할 사람들이 천지일 것이다."

(다) 1909년에 출판된 견문기, 캐나다인 기독교 선교사 게일(J. S. Gale)의 《전환기의 조선》(*Korea in Transition*)에서 말했다. 한국인은 "책 읽기를 좋아하고", "학문을 좋아하는 심성"을 지녔으며, "교육열이 높다"고 했다. "학문적 성과를 따져보면, 조선 학자들의 업적이 예일대학이나 옥스퍼드대학 또는 존스 홉킨스대학 출신들보다 높다"고 했다.

위의 세 자료에서 모두 세계 최고 수준에 이르렀다고 자랑하는 나라 사람들이 한국인은 글 읽기를 좋아하고 학구열이 대단하다고 칭송했다. (가)의 시기에 중국 북송은 문화 발전이 중국사에서 으뜸이고 세계 정상이었다. (나)와 (다)는 유럽문명권의 위세가 절정으로 치달을 때 쓴 글이다. (가)·(나)·(다)에서 모두 글쓴이는 자기 나라보다 한국이 문화 수준이나 학구열에서 앞선다고 했다.

어째서 그랬던가? 한국인은 중국에서 이룩된 동아시아문명의 정수를 가져와 본바닥보다 발전시키려고 노력하는 것을 뒤떨어지지 않고 앞서는 방법으로 삼았다. (가)보다 조금 앞서서, 북송의 문인 蘇軾(소식)은 고려에 책을 수출하지 말아야 한다고 나라에 요구했다. 중국에서 책을 많이 사와 중국에는 없는 책이 고려에는 있으니 중국의 체면이 손상된다고 여겼다.

신분제를 철폐하고 평등사회를 이룩하는 과정에서 또 한 번의 커다란 변화가 있었다. 한국인은 누구나 상위신분 양반이 되는 상향평준화를 택해 학업을 필수로 여긴 것이 중국이나 일본과 달랐다. 중국은 과거 급제자 본인만 당대에 한해 紳士라는 상위신분을 지니다가, 청나라가 망한 시기에 과거제가 철폐되자 상위신분 소지자가 없어져 하향평준화 사회가 되었다. 일본에서는 정인(町人 쪼닌)이라는 상공업자를 새로운 신분으로 공인해 사회 동요를 막은 효력이 지금까지 지속된다. 누구나 분수에 맞게 처신하고 직업 이동이 적어 안정을 누리지만 활력이 모자란다.

한국에서는 과거 급제를 필수요건으로 하지 않고 유지되는 양반 신분을 자식 전원이 상속했다. 공식 또는 비공식의 방법으로 양반이 되는 길이 열려 있었다. "양반이 글 못하면 절로 상놈 되고/ 상놈이 글하면 절로 양반 되나니/ 두어라 양반 상놈 글로 구별하느니라"라고 하는 고시조가 있다. 양반 노릇을 하려면 글공부를 하고 과거에 응시해야 했다. 과거 응시자가 폭발적으로 늘어나 큰 혼잡이 일어났다.

한시문을 지어 문집을 만드는 일이 성행해 전적의 유산이 넘치도록 많다.

한문 공부의 열풍이 사회 전체로 퍼졌다. 중인 신분의 시인 千壽慶(1757-1818)이 서당을 차리고 한문을 잘 가르쳐 큰 인기를 얻었다. 시정의 부호들 자식이 많이 몰려들어 반을 나누어 가르쳐야 하는 판국인데도, 법도가 아주 엄격했다고 한다. 그 무렵 김홍도(1745-1806)가 그린 풍속화에 아버지는 돗자리를, 어머니는 베를 짜는 곁에서 아이가 책을 읽는 장면을 그린 것이 있다. 어떻게 해서든지 자식은 가르쳐야 한다고 여긴 풍조를 보여준다.

중국과 일본에도 서당에 해당하는 교육기관이 있었으나 시정 생활에 필요한 실용적인 지식을 가르쳤다. 한국에서는 상위신분에게나 필요한 고급의 교양을 누구나 갖추고자 해서 한문을 공부하고 고전을 읽었다. 타고난 처지에 머무르지 않고 신분 상승을 위해 일제히 분투해 생겨난 혼란과 역동성이 오늘날까지 이어진다.

학구열은 외국으로 이주한 교민들에게서 더욱 분명하게 확인되는 민족의 특성이다. 중국 조선족은 교육을 민족종교로 삼는다고 한다. 구소련 여러 나라의 고려인이나 미주의 한인도 공부를 잘해 사회 진출을 바람직하게 하는 데 남다른 노력을 바치고 있다. 카자흐스탄에 갔을 때, 어린 나이에 강제로 이주된 고려인은 여성들까지도 학교 성적이 우수해 모두 명문 대학을 졸업했다고 한다.

신명풀이

한국인의 정서는 '恨'을 특징으로 하는가? 恨은 한국인 정서의 일면에 지나지 않는데 식민지시대에 겪은 좌절 때문에 지나치게 확대되었다. 한국인의 정서를 '멋'이라고 하는 말을 많이 들을 수 있지만, 멋이란 한국인 삶의 표면을 스치는 바람이라고 할 수 있다.

추상적인 논의를 접어두고, 한국인은 어떨 때 열심히 일하는가 물어보자. 이에 대한 대답은 "한국인은 신명이 나야 열심히 일한다"는 것이다. 한이나 멋은 버리고 신명을 말하자는 것은 아니다. 한이나 멋을 포함한 더 큰 덩어리가 신명이라고 하는 것이 마땅하다.

한이 신명이고, 신명이 한이다. 한풀이가 신명풀이여서 신명풀이를 해서 한풀이를 넘어선다. 신명풀이가 신명풀이기만 해서는 공연히 들떠 있으므로 한풀이가 절실한 동기를 제공한다. 한풀이가 한풀이이기만 해서는 좌절과 자학에서 벗어날 수 없는 한계를 신명풀이에서 극복한다.

신명이 일의 영역이 아닌 놀이의 영역에서 가시적인 형태로 표출된 것이 멋이다. 일의 영역에서도, 가시적이지 않은 형태로도 소중한 무엇이 있는데, 따로 지칭하는 말은 없다. 멋이라고 하는 것과 따로 지칭하는 말이 없는 것을 함께 일컬어 신명이라고 한다고 정리해 말할 수 있다.

신명은 한자로 '神明'이라고 적을 수 있으나, 글자 그대로 이해할 것은 아니다. 한자의 뜻을 적절하게 풀이해서 '깨어 있고 밝은' 마음가짐이라고 하면 뜻하는 바에 근접하지만, 역동적인 움직임을 나타내 주지 못한다. '깨어 있고 밝은 마음가짐이 힘차게 움직이는 상태'라고 하면 더욱 핍진한 정의를 얻을 수 있다.

'힘차게 움직이는 상태'는 바람과 같으므로, '신바람'이라는 말을 쓴다. '신명바람'이라고 하면 말이 번다하므로 신바람이라고 한다. 바람이 여기 저기 불어 닥치듯이, 각자의 내면에 있는 신명이 일제히 밖으로까지 나와 서로 어울리는 것을 신바람이라고 한다고 말뜻을 풀이할 수 있다. 신바람이란 신명이 발현되는 사회기풍이라고 할 수도 있다.

'신명풀이'란 '신명을 풀어내는 행위'이다. 안에 있는 신명을 밖으로 풀어내는 행위를 여럿이 함께 하면 더욱 즐겁다. 신명풀이는 신명을 각자의 주체성과 공동체의 유대의식을 함께 갖추고 발현하는 창조적인 행위라고 규정할 수 있다. 신명풀이는 각자 자기 신명을 풀기 위해서 한다. 신명풀이를 여럿이 함께 주고받으면서 하면 풀이를 하는 보람이 있다.

자기의 신명을 남에게 전해 주고, 남의 신명을 받아들인다. 양쪽의 신명이 서로 싸우면서 화해하고, 화해하면서 싸워야 신명풀이가 제대로 이루어지고, 그 성과가 더 커진다. 대립이 조화이고 조화가 대립이며, 싸움이 화해이고 화해가 싸움인 것이 천지만물의 근본이치임을 신명풀이를 하면서 절실하게 경험한다.

신명·신바람·신명풀이는 한국인만의 것이 아니다. 세계 모든 민족, 어느 나라 사람이나 갖춘 인류의 자질이다. 한국인은 인류 공유의 자질을 조금 별나게 발현한다. 사람의 마음에는 신명이 아닌 다른 특성도 얼마든지 있고, 마음을 드러내서 예술로 구현하고 철학에서 논의하는 방식도 여러 가지 선택 가능한 것들이 있다. 한국인은 예술이나 철학을 하면서 신명에 각별한 의의를 부여하는 특성이 있다.

한국인의 자랑인 탈춤은 싸움이 화해이고 화해가 싸움임을 보여주는 신명풀이의 예술이다. 그런 원리가 상생이 상극이고 상극이 상생이라고 하는 생극론 철학으로도 구현된다. 각자 주체성을 가지면서 함께하는 신명풀이를 생활의 동력으로 삼는 것이 별나다. 한국인은 신명이 나야 열심히 일한다.

둘이 하나가 되면

학구열은 상층의 취향이고, 신명풀이는 하층에서 주도했다고 할 것인가? 하층이 상승 의지를 가지면서 학구열을 공유하고자 했다. 상층은 하층과의 유대를 다지고자 하면서 신명풀이에 동참했다. 이 내력을 얼마나 소상하게 밝힐 수 있겠는가?

학구열은 개인의 욕구이고, 신명풀이는 집단의 행위라고 할 것인가? 개개인의 학구열이 서로 자극해 집단의 열기가 되고, 사회 풍조를 만들어냈다. 집단의 신명풀이가 뛰어난 식견을 지닌 주동자들 덕분에 더욱 고조되고 차원이 높아졌다. 이 과정을 얼마나 분명하게 밝힐 수 있겠는가?

학구열과 신명풀이는 극성스러움을 공통점으로 한다. 극성스럽게 머리를 써서 학구열에 불을 붙이고, 몸을 휘둘러 신명풀이가 물결치게 한다. 머리와 몸의 움직임이 마음에서 하나가 되어 총체적인 창조력을 발현한다. 이 원리를 얼마나 깊이 있게 밝힐 수 있겠는가?

아직 아는 것이 얼마 되지 않는다. 해결해야 할 과제가 산적해 있는 것을 하나씩 풀어 나가려고 노력하자. 우선 할 수 있는 말을 장래의 작업을 위한 출발점으로 삼는다. 내 나름대로 학구열로 노력해 얻은 결과를 내놓고 우리 모두의 신명풀이에 불을 지피고자 한다. 불이 활활 타올라 좁은 소견을 깨는 커다란 깨달음을 얻을 수 있기를 기대한다.

학구열은 신명풀이와 따로 놀 수 있다. 경쟁자들을 물리치고 일신의 영달을 성취하려는 학구열은 폐해를 자아낸다. 예전에는 과거, 근래에는 고시, 지금도 입시를 위한 경쟁에서 학구열이 승패를 가르는 도구로 한 번 이용되고는 폐기되는 것을 거듭 확인할 수 있다. 승리자는 공익과는 어긋나는 사사로운 이익을 추구하기나 해서 지탄의 대상이 되어왔다. 과거제를 폐지하고, 고시를 교육과정으로 대치하고, 입시 과열을 해결하려고 하면서 학구열을 사회악인 듯이 몰아세웠다. 학구열 누르기를 역대 정부의 일관된 시책으로 삼아왔다.

경쟁자들을 물리치고 일신의 영달을 위해 이용되는 학구열은 과거, 고시, 입시 등의 선발 시험에서만 폐해를 자아내는 것이 아니다. 학문·교육·출판을 비롯한 문화 전반에서 교란 작용을 한다. 지식을 위한 지식을 자랑하고, 이치 탐구나 가치 실현은 외면하도록 한다.

남들이 만든 약을 가져와 파는 약장사 같은 수입학 등쌀에 창조학이 자라나지 못하게 한다. 금전적 이익이 성공의 표상이고, 평가의 척도가 되게 한다.

학구열은 사회악이 아니고 능력 향상의 동력이다. 누르기만 하는 것은 잘못이다. 누르지 말고 살려야 한다. 살려야 한다고 말만 하면 살아나는 것은 아니다. 투자를 많이 하면 그만큼 효과가 나는 것은 더욱 아니다. 무엇이 문제인지 바로 알고 해결책을 찾아야 한다.

사태의 진상은 무엇인가? 왜 학구열이 악역으로 몰리게 되었는가? 대답은 분명하다. 학구열이 신명풀이와 분리되고 따로 논 탓에 갖가지 폐해를 자아내기 때문에 지탄의 대상이 되었다. 학구열이 신명풀이와 만나 살아나고 평가를 회복해야 한다.

신명풀이는 위대한 스승이다. 학구열이 자발적인 탐구에 힘쓰고, 수입학을 넘어선 창조학을 하도록 인도한다. 학문이 개인의 취향이나 도락일 수 없게 하고, 공동의 문제의식, 시대가 제기하는 과제를 받아들이고 지혜를 널리 모아 해결하는 길을 찾게 한다. 이론이 실천을 위한 지침이게 하고, 실천이 이론을 검증할 수 있게 한다.

신명풀이를 받아들여, 신명풀이 학문을 해온 내력을 알아야 지금 우리도 할 일을 할 수 있다. 그 선두에 선 원효는 불교의 이치를 막히지 않고 열리게 풀이하려고, 말장난 같은 구비철학에서 활력을 얻고, 광대 춤을 추면서 돌아다녔다. 원효 이야기를 민간전승에서 더욱 다채롭고 풍부하게 만든 공동창작의 성과를 일연이 《삼국유사》에 모아 우리를 깨우쳐준다.

이규보의 〈問造物〉, 김시습의 〈南炎浮洲志〉, 허균의 〈蔣生傳〉, 박지원의 〈虎叱〉 같은 글을 보자. 고도의 학구열로 습득한 한문 글쓰기 능력을 유감없이 보여주면서, 신명풀이를 마음대로 하는 것 같은 기발한 착상, 대담한 발언으로 기존의 관념을 우롱하면서 타파했다. 글자에 매여 기가 죽지 말고, 글 안팎을 거침없이 드나들면서 신명풀이를 함께 하자.

조물주가 조물주를 부정하고, 만물은 스스로 생기고 변한다고 한다. 저승의 염라대왕이 이승에서 간 선비가 권력의 횡포를 나무라는 말을 경청한다. 아주 못난 비렁뱅이가 왕궁의 담을 뛰어넘고 전각 꼭대기에 둥지를 트는 도술을 숨기고 지낸다. 호랑이가 사람은 삶을 누리는 것이 선임을 모르고 함부로 횡포를 저지른다고 꾸짖는다. 신명풀이 예술의 좋은 본보기인 탈춤에서 하는 것 같은 말을 탈춤과 상통하는 기발한 전개방식으로 나타냈다.

신명풀이는 좋기만 한 것은 아니다. 신명풀이가 그것대로 뻗어나기만 하면 빗나갈 수 있다. 노래하고 춤추다가 지치고, 먹고 마시기만 하는 난장판이 되고 말 수 있다. 앞뒤를 생각하지 않고 신명풀이에 몰두해 정신이 혼미해지면, 알아차리지 못하고 이용당할 수도 있다. 부당한 권력이 놀이판을 크게 벌여 비판적인 여론을 잠재우려 한 것을 잊을 수 없다. 악의에 찬 괴담을 거대한 신명풀이를 통해 확산한 것 같은 일도 다시는 없어야 한다.

소란을 멈추고 이성을 되찾아야 한다는 것을 해결책으로 삼을 수는 없다. 이성이라는 것이 행동을 멈추게 할 수는 있어도, 무엇을 어떻게 해야 하는지 말해줄 수 없다. 신명풀이를 악으로 규정하고 비난해 물리치려 하면, 신명풀이가 제공하는 창조적 역량과 공동체적 유대가 사라진다. 이성에 일방적인 충성을 바치는 외톨이들이 깐죽거리는 것을 능사로 삼고 있으면, 사회는 활력을 잃고 예술이나 학문이 형식에 빠지고 만다. 남들이 깐죽거리는 짓거리를 수입해 동족을 깔보면 사태가 더욱 악화된다.

이성·감성·덕성으로 찢어발겨놓은 사람의 마음을 통합해 통찰을 살려내고, 공동체적 유대를 회복해 역사를 창조하려면 차원 높은 신명풀이를 해야 한다. 차원이 높다는 것은 학구열을 존중해 깨인 마음으로 현실을 역동적으로 집약한 논리를 갖춘다는 말이다. 신명풀이 예술의 정수인 탈춤이 화해가 싸움이고, 싸움이 화해인 원리를 다채로우면서 극명하게 보여주면서 현실 개조에 참여하는 열정을 재현한다는 말이다.

화해가 싸움이고, 싸움이 화해인 원리는 생극론이라는 용어를 사용하면 한층 분명하게 이해할 수 있다. 이규보나 김시습이 앞서 말하고, 오랜 내력을 가진 신명풀이 예술에서 이미 구현되어 있던 생극론이 서경덕에 이르러 철학적으로 정립되었다. 서경덕은 "하나인 氣가 둘로 나누어져 상생하고 상극한다"고 분명하게 말해, 기일원론에 입각한 생극론의 기본 이치를 분명하게 했다. 그 유산을 더욱 풍부하게 하는 작업이 최한기에 이르기까지 대단한 성과를 보여주었다.

기철학의 원천은 중국에 있었다. 서경덕에서 최한기까지 이르는 시기에 동아시아 여러 나라 중국·일본·월남에서도 기철학을 발전시키려고 노력했다. 그 가운데 우리 선인들이 이룩한 업적이 특히 빛난다. 그 이유는 다른 어느 나라에서보다 더욱 드센 신명풀이를 적극적으로 받아들여 학구열 쇄신의 지침으로 삼았기 때문이다.

마무리

지금 우리는 여기서 학구열을 신명풀이로 나타내고, 신명풀이와 학구열이 둘이 아님을 말해주는 도서 축제를 벌이고 있다. 그냥 들뜨고 말 것은 아니다. 아무 말이나 주고받다가 헤어지면 서운하다. 이 행사가 큰 성과를 거두고 즐거운 추억으로 남게 하려면, 몇 가지를 분명하게 해야 한다.

학구열과 신명풀이는 한국문화 또는 한국인 심성의 두드러진 특징임을 재인식해야 한다. 학구열과 신명풀이가 둘이 아님을 이론과 실제 양면에서 확인해야 한다. 학구열과 신명풀이를 하나가 되게 해서 선인들이 이룩한 유산을 알고 이어받아야 한다. 출발점을 확인하고 할 일을 바라보면서 벅찬 감격을 느끼자.

하나 더 보태자. 수입학 때문에 찌든 과거를 청산하고, 우리가 인류문명 또는 세계학문의 새로운 발전을 선도하는 방향으로 나아가는 전환점을 찾자. 원대한 목표를 가지고 성실하게 노력하자고 다짐하니 즐겁다. 아직 모르는 것이 더 많아 의욕이 커지고 신명이 고조된다. 신명풀이의 동력으로 벅찬 과제를 감당하자.

붙임

이 원고를 가지고 강연한 곳은 파주 출판단지에 있는 푸른사상사 1층 카페였다. 청중은 20여 명이었지만, 멀리까지 온 성의가 대단하고, 내 말을 들으려고 모인 것이 감사해 말이 기대 이상으로 잘 나왔다. 앉을까 설까 하다가 전달이 잘되게 하려고 서서 말했으나, 가까운 사람들끼리 오붓한 장소에서 흉금을 터놓고 이야기를 나누는 분위기였다. 적극적인 관심과 뜨거운 반응 덕분에 신명이 고조되었다. 준비한 내용은 간략하게 간추리고, 대화와 토론의 열기에 흐름을 맡겼다.

서두에서 말했다. 학구열과 신명풀이가 어떤 관계인가를, 강연을 해달라는 부탁을 받고 문제로 제기하고 해답을 구상했다. 모임을 마련해준 푸른사상사에 감사한다. 이렇게 말해놓고, 학구열과 신명풀이가 밀접한 관련을 가지고 있으며, 둘이 하나여야 한다는 것이 마음속 깊은 곳에서는 조금도 새삼스럽지 않은 일관된 의식이었음을 알아차렸다. 잠재되어 있던 의식을 부각시켜 명확하게 한 것이 좋은 인연을 만난 덕분이다. 만남이 소중한 줄 새삼스럽게 알았다.

교육열이라고 하지 않고 학구열이라고 하는 이유가 무엇인가? 좋은 질문이 나를 깨우쳐주었다. 교육은 정해진 제도 안에서 피동적으로 받아들이는 지식이나 훈련일 수 있지만, 학구는 일정한 절차나 격식이 없이 스스로 추구하는 발견이나 각성이다. 서경덕은 서당에 다니다가 선생이 마음에 들지 않아 그만두고, 나물 캐러 다니면서 종달새가 날아오르는 것을 보고 천지만물의 이치를 깨닫기 시작했다. 주어진 교육에서 벗어나 진정한 학구의 길에 들어선 좋은 본보기를 보여주었다.

신명을 말하면서 한국인의 마음에 한이 자리 잡고 있는 것은 부인하는가? 이 질문을 받고 미진한 논의를 더 해야 했다. 한은 일제 강점기의 상황 때문에 비관에 사로잡히고, 일본의 애조가 스며든 두 가지 이유에서 일시적으로 확대되었다. 그렇다고 해서 신명이 사라진 것은 아니다. 고복수가 〈짝사랑〉을 노래하면서 "강물도 출렁출렁 목이 멥니다"라고 할 때 한에 신명이 섞여 흘렀다. 비관해야 할 이유가 사라지자, 생명의 활력이고 창조의 동력인 신명이 한을 녹여 지니면서 살아났다.

오늘날의 학생들은 신명이 다 죽었는데 어떻게 가르쳐야 하는가? 이 질문 덕분에 예상하지 않던 진전을 이루었다. 지식을 전달하는 데 치중하지 말고, 신명을 깨우는 데 힘써야 한다. 노래 부르고 춤을 추면서 수업을 하는 것이 좋은 방법이다. 신명이 맑은 샘처럼 솟아오르지 못하게 막고 있는 찌꺼기를 걷어내는 것이 최상의 교육이다. 찌꺼기와의 싸움으로 시간과 노력을 낭비하지 말자. 노래 부르고 춤을 추는 것 같은 충격 요법을 사용하면 고갈되었던 것 같던 신명이 솟아나 스스로 찌꺼기를 걷어낼 수 있다.

한류가 세계에서 널리 환영을 받는 것도 그런 충격을 주기 때문인가? 이 질문 덕분에 최상의 마무리를 할 수 있었다. 그렇다. 인류는 누구나 신명을 간직하고 있는데, 억압되고 이용당하고, 또는 거만을 떨고 잘난 체하다가 소중한 것을 잊었다. 한류 공연자들이 다가가 신명나게 노래하고 춤추자 잠들었던 혼이 소스라쳐 놀라 깨어나고 있다. 세계사의 대전환이 일어나고 있다.

신명은 누구나 가지고 있어 남의 것을 받을 필요가 없고 줄 수도 없으며, 스스로 알아차리면 된다. 신명풀이에 몸을 내맡겨 열기를 고조시키면 할일을 다 하는 것이 아니다. 이런 이치를 밝혀 논해 인류에게 널리 도움이 되도록 학구열을 더욱 가다듬어야 한다. 한류 학문이 소중한 줄 알고 커다란 깨달음을 얻어 널리 나누어주어야 한다.

3. 무엇을 어떻게 해왔는가

알림

앞의 두 글을 읽고 "너는 무얼 안다고 말이 많으냐?", "네가 한다는 국문학은 없애야 경쟁력을 키운다고 하는데, 왜 큰소리를 치느냐?" 이렇게 힐난할 수 있다. 2017년 3월 15일 고려대학교 국문학과 대학원생들에게 강연한 원고를 조금 다듬어 내놓고 이에 대한 응답으로 삼는다. 이해하기 쉽게 하려고 연구 주변의 일화까지 들어 말했다.

시작하는 말

지금까지 낸 저서가 얼마나 되는가? 이 질문을 받으면 난처하다. 얼마나 되는지 기억하지 못해 정확한 대답을 할 수 없다. 다 읽기도 전에 다음 책을 써낸다는 핀잔을 듣기도 한다. "책이 너무 많아 미안합니다"라고 말하면서 용서를 빈다.

책을 너무 많이 쓴 죄를 조금이라도 씻으려고, 몇 가지만 골라 읽으라고 권유한다. 많은 공을 들여 쓰고 특히 애착이 가며, 어디든지 내놓고 싶은 책 여섯을 소개한다. 여섯 책은 다음과 같이 구분되는 내 생애 각 시기의 대표작이다.

계명대학(1968-1977): 《서사민요연구》(계명대학출판부, 1970, 31세)
영남대학(1977-1981): 《문학연구방법》(지식산업사, 1980, 41세)
한국학대학원(1981-1987): 《한국문학통사》(지식산업사, 초판 1982-1988,
　　43-49세), (제2판 1989, 50세), (제3판 1994, 55세), (제4판 2005,
　　66세)
서울대학(1987-2004): 《소설의 사회사 비교론》(지식산업사, 2001, 62세)
계명대학(2004-2009): 《학자의 생애》(계명대학교출판부, 2009, 70세)
다시 퇴임하고(2009-): 《문학사는 어디로》(지식산업사, 2015, 76세)

서사민요연구

　1968년에 계명대학 전임강사가 되고 얼마 되지 않았을 때, 행운이 찾아왔다. 이숭녕 선생의 추천으로 동아문화연구위원회에서 주는 연구비를 받게 되었다. 연구주제를 〈서사민요 조사연구〉라고 했다.

　서사민요는 미확인의 영역이었다. 1966년 겨울과 1967년 여름 성균관대학교 국어국문학과 안동문화권 학술조사에 참여해 민요 조사를 하는 동안에 때때로 만나 큰 관심을 가지게 되었다. 본격적으로 조사해 연구하고 싶었는데, 연구비를 받게 되어 다행이었다.

　그것이 당시에는 거의 유일한 연구비였다. 액수가 몇 달분 월급과 맞먹는 것으로 기억한다. 세상에 처음 출현하고 국내에는 아직 수입되지 않았던 필립스 카세트녹음기를 힘들게 구해 현지조사를 하러 나갔다. 녹음기가 신기해 가는 곳마다 사람들이 모여들어 자료를 쉽게 채록할 수 있었다.

　서사민요는 주로 길쌈을 하면서 부르는 민요인데, 이야기가 있어 '서사'라는 말을 앞에 붙일 수 있다. 가락이 발달된 가창민요가 아니고 사설이 소중한 음영민요여서, 서사민요는 구비문학 연구를 위한 좋은 자료이고 율격 분석에 특히 유용하게 쓰일 수 있다. 서사민요가 풍부하게 전승되고 있는 경북 동북부 지방 영양·청송·영천으로 이어져 남북으로 뻗은 계곡의 여러 마을을 찾았다.

영양은 내 고향이고, 어렸을 적에 뛰놀던 터전이다. "공부하느라고 고향을 떠났는데, 공부란 다름이 아니라 고향으로 돌아가기 위한 멀고 험한 진통이라는 것을 알았다"고[4] 말한 그곳이다. 떠났다가 되돌아가 고향을 재발견하면서 학문의 세계로 들어가는 입사식을 치러야 했다. 입산수도에 해당하는 자아 발견의 과정을 거치고서 밖으로 나와 연구의 범위를 넓힐 수 있었다.

조사지역은 잘 아는 곳이어서 쉽게 접근할 수 있었으나, 구석구석 찾아다니는 것이 쉽지 않았다. 학기 중에는 시간을 낼 수 없어, 방학을 이용해 조사를 해야 했다. 여름에는 30도를 웃도는 날씨에도 무거운 짐을 지고 걸어다니고, 영하 20도 가까이 되어 매서운 겨울 날씨에 냉방에서 자야 했다. 그래도 고생이라고 생각되지 않고 즐겁기만 했다.

얻은 결과를 정리해 1970년 12월에 《서사민요연구》라는 책을 계명대학출판부에서 냈다. 연구편이 166면이고, 자료편, 영문 요약, 색인 등을 합쳐 모두 396면이다. 머리말에서 "서사민요는 서사무가 및 판소리와 함께 구비서사시의 하나로서, 다른 둘보다 오히려 더 중요하다고 생각되는 농민의 문학"인데, "장르 인식이 부족하고 제대로 된 연구가 없는 폐단을 시정한다"고 했다. 구비문학을 문학으로 연구하는 본보기를 보인다고 했다.

그때까지 민요를 비롯한 구비문학의 여러 영역은 민속이라고 여기고 문학으로 받아들이지 않으며, 산만하게 조사한 자료를 보고하는

---

4) 〈민요의 고향에서 만난 사람들〉, 《우리문학과의 만남》(홍성사, 1978), 19면.

데 그치고 자료 해설 이상의 고찰은 없었다. 그런 폐단을 시정하는 것을 사명으로 삼고 나서는 연구를 했다. 구비문학 자료를 일정한 방법을 갖추어 체계적으로 조사해, 조사와 연구가 직결되게 했다. 구비문학은 문학이며 문학으로 연구해야 한다는 실제 작업을 보라는 듯이 해서 기록문학 연구까지 이끌어나갈 이론이나 방법을 제시하는 것이 마땅하다고 여기고 힘써 노력했다.

장르론·유형론·문체론·전승론으로 장을 구성하고, 서사민요를 문학으로 연구하는 작업을 다각도로 철저하게 했다. 유형론에서는 사건을 이루는 단락, 단락의 기본특징인 단락소, 두 차원의 구조적 관계를 분석해 서사문학 연구에 널리 쓰일 수 있는 모형을 마련했다. 문체론의 한 대목 율격론에서는 율격을 이루는 기본 단위를 음보라고 하고, 음보의 길이, 음보의 결합에서 나타나는 원리를 찾아내 율격 연구에 널리 사용할 수 있게 했다. 전승론에서는 서사민요 같은 옛날 노래, 다른 지방에서 들어온 새로운 민요인 중년 소리의 관계를 집중적으로 논의했다.[5]

1977년에 계명대학을 떠나 영남대학으로 자리를 옮기고 이태가 지난 1979년에 이 책 재판이 나왔다. 재판 머리말에서 말했다. "초판을 낸 지 어느덧 9년이나 되었다. 그 사이에 책을 여러 권 냈지만, 맨 첫 저서인 이 책을 위해서 쏟았던 정열을 특히 보람 있게 생각하며, 그 후 자세가 안이해지지 않았는지 스스로 반성해 보기도 한다. 그 시절로 되돌아가지 못하는 것이 아쉽다." 작업을 더 해야 하는데 〈희극적 서사민요 연구〉라는 논문을 하나 추가하는 데 그쳤다.

이 책을 내고 세 가지 후속연구를 하고 싶었다. 5년 정도의 기간마다 조사지역에 다시 가서 재조사해 자료를 보충하고 변화를 확인

5) 이 책이 나오고 얼마 되지 않아, 《중앙일보》 1970년 12월 23일자에 〈국문학의 새 장르, 영남 서사문학, 조동일 《서사민요연구》에서〉라는 기사가 나와 내용을 잘 소개했다. 오래 잊고 있던 것을 도와주는 분이 있어 찾아냈다.

하고자 했다. 전국 여러 곳에서 서사민요를 조사해 연구를 확대하고 싶었다. 우리 서사민요를 서양의 'ballad' 등의 외국 사례와 비교해 고찰할 수 있기를 바랐다. 대상과 주제를 바꾸어 다른 연구를 하느라고 이런 소원을 하나도 이루지 못했다. 한국학대학원 시절의 제자 서영숙 교수가 둘째·셋째의 소원을 맡아 풀어주어 감사하다.

정년퇴임을 앞둔 2004년 1학기에 서울대학교 대학원에서 민요연구를 강의했다. 《서사민요연구》를 학생들과 함께 읽기로 하고, 재고나 있느냐고 계명대학출판부에 문의했다. 재고가 20부 가까이 남았다고 했다. 값은 출간 당시와 같이 4,600원이라고 했다. 남은 책을 전부 샀다. 강의를 수강하는 학생들에게 한 권씩 나눠 주었다. 이 책과 함께 《한국민요의 전통과 시가율격》을 같이 읽고, 내가 한 작업을 본보기로 삼아 학생들이 특정 지역의 전통민요를 하나씩 택해 고찰하는 발표를 하라고 했다.

제주도 출신 학생이 셋이나 있어 제주도 민요를 고찰하고, 각자 다른 지역을 택해 전국의 민요를 두루 다루었다. 북한에서 나온 자료를 이용해 평안도 민요를 다루기도 했다. 중국 연변에서 온 학생은 연변민요를 선택했다. 러시아인 학생은 한국과 러시아의 자장가 비교를 했다. 학생 모두 학기말 보고서를 논문으로 발표할 수 있을 만큼 충실하게 써냈다.

바로 그해 7월에 중국 심양에서 남북한 학자들이 모여 전통민요에 관한 학술회의를 했다. 나는 〈민요 연구 문학 분야 남쪽 업적〉이라는 발표를 했다. 대표적인 저서를 들어 이루어진 업적을 소개하고, 《서사민요연구》와 《한국민요의 전통과 시가율격》을 북쪽 학자 3인에게 한 권씩 기증했다. 민요 강의를 한 것도 말하고 학생들이 낸 학기말 보고서 복사본도 나누어주었다. 그 가운데 북쪽 자료를 이용해 북쪽 민요를 고찰한 것도 있다는 설명을 곁들였다. 북쪽 단장은 "연구는 남쪽에서 많이 하는군요"라고 하면서 놀랐다.

문학연구방법

《문학연구방법》은 계명대학을 떠나 영남대학으로 갔기에 쓸 수 있었던 책이다. 대구에 있는 사립대학 양대 명문인 두 대학은 그때나 지금이나 특성이 아주 다르다. 계명대학은 법가의 대학이고, 영남대학은 도가의 대학이라고 하는 것이 적절한 말이다.

계명대학은 통제가 엄격해 항상 긴장하게 한다. 영남대학에서는 모든 것이 느슨해 하고 싶은 대로 하면 된다. 계명대학은 부지런하게 움직여 작은 일을 잘하게 하고, 영남대학에서는 놀고먹어도 되므로 큰일을 할 수 있다. "작은 일"은 띄고, "큰일"은 붙여 쓰는 것이 깊은 의미가 있는 규범이다. "작은 일"은 "일"로 의식하고 힘을 써야 계획대로 진행되고, "큰일"은 일로 여기지 않고 애써 할 생각도 없어야 저절로 이루어진다.

새로 만든 민족문화연구소의 일을 맡기로 하고 갔지만, 그리 부담스러운 것은 없었다. 자유시간을 자유롭게 보낼 수 있어 좋은 곳이었다. 시간의 여유보다 마음의 여유가 더 소중한 것을 알아차렸다. 게으르게 지내면서 빈둥거리기나 하려고 했다. 내 체질에 맞지 않았으나, 영남대학 같은 곳이 더 없어 다시 하지 못하는 시도를 감히 하려고 했다.

강의는 오전에 몰아서 하고, 오후 시간은 여유 있게 보냈다. 구내식당에서 점심을 먹고 한두 시간 동안 평지가 백만 평인 교정을 지향 없이 거닐었다. 고가를 여기저기 옮겨다 놓은 것들이 있어 들어가 한참 쉬기도 했다. 무엇을 했는가? 하는 일이 없었다. 무위라는 말이 꼭 맞다.

무위는 유위를 넘어섰다. 아무 생각 없이 산책을 하고 있는데, 전에 없던 생각이 떠올랐다. 광활한 교정과 같은 크기로, 구속이라고는 전혀 없는 자유로운 모습을 하고 떠올랐다. 어디서 왔는가? 마음속 깊은 곳에서 왔다. 나도 모르게 도를 닦아 얻은 소식이 인습이나 관념의 장벽이 걷히자 슬금슬금 기어올라 왔다.

기쁨에 들떠 연구실로 돌아가, 떠오르는 소식을 잡아 글로 썼다. 달아나지 않게 재빨리 타자를 쳤다. 이런 일이 계속되다 보니 쓴 글이 제법 많아져 정리해 책을 내면 어떨까 하고 뒤적였다. 순서를 정하고, 잘라내기도 하고 보태기도 하기를 여러 날 하니 제법 그럴듯한 모습을 갖추었다.

"1. 이 책은 왜 필요한가? 2. 문학은 연구할 수 있는가? 3. 문학작품을 어떻게 읽을 것인가? 4. 문학작품은 어떻게 이루어져 있는가? 5. 문학은 어떻게 해서 이루어지는가? 6. 문학사는 어떻게 이해할 것인가?" 각 장의 이름을 이렇게 다듬었다. 여섯 장이 모두 여섯 절씩으로 이루어지도록 조절했다. 처음부터 체계를 갖추고 쓴 책처럼 되었다.

한 장을 이루는 여섯 절은 대등하게 나열되지 않고, 점차 향상되는 관계를 가지도록 했다. 하나를 다음 것이 뒤집으면서 논의의 차원을 높이는 본보기를 보였다. "2. 문학은 연구할 수 있는가?" 이에 관한 고찰을 보자. "문학은 연구할 수 없다. 문학에는 연구할 수 있는 면도 있다. 문학은 연구할 수 없다는 주장과 연구할 수 있다는 주장이 각기 일면의 타당성을 지닌다. 문학은 연구할 수 없으므로 연구할 수 있다. 연구할 수 없는 것을 연구하려면 새로운 논리를 개발해야 하며, 논리 개발을 선도하는 것이 문학연구의 의의이다." 이런 논법으로 논의를 진전시켰다.

책을 내기 전에 타자 친 원고를 복사해 1979년 1학기 대학원 강의에서 학생들과 함께 읽고 토론하면서 수정했다. 학생들은 예상하지 못한 일이어서 어리둥절한 것 같았다. 친절한 인도가 필요하다고 여기고 연습문제를 추가했다. [연습 1]은 본문 이해를 점검하는 것이다. [연습 2]는 다른 사람들의 견해와 비교하는 것이다. [연습 3]은 새로운 문제를 제기하고 생각을 더 하는 것이다. 기존 저작의 서지는 권말에 '인용논저'에서 정리해 제시했다. [연습문제]와 '인용논저'를 갖추니 예사 책과 가까워졌다.

한국학대학원에서도, 서울대학에서도 이 책을 교재로 강의를 하면서 [연습문제]에 대한 해답을 적어와 발표하도록 했다. [연습문제 3]에 대한 해답은 나도 마련해두지 않았으며, 힘을 합쳐 연구해야 찾을 수 있다. 새로운 탐구를 위한 과제를 제시하고 발표하고 토론하는 것을 강의 내용으로 삼았다.

불교의 수행 방법에 교리 공부에 힘쓰는 교종과 스스로 깨닫는 선종이 있다. 학문에도 교종의 학문과 선종의 학문이 있다. 대부분의 연구 저작은 교종의 학문을 한 성과를 보여주며, 내가 내놓은 것들도 그리 다르지 않다. 이 책만은 선종의 학문을 택했다. [연습문제 2]에서 교종의 학문도 겸한 듯이 보이도록 한 것은 겉치레로 삼은 방편이다. 모두 삭제해도 큰 지장이 없다.

교종의 저작은 할 말이 많아 분량이 늘어난다. 다음에 살필 《한국문학통사》가 대표적인 예다. 선종 저작은 말을 아껴야 하므로 얇아야 한다. 분량이 늘어난 책은 돈을 많이 주어야 살 수 있고 가지고 다니려면 힘이 들지만, 얇은 것은 그 반대라 여러모로 부담이 적다. 교종 저작은 필요한 자료와 기존 연구를 망라해야 하므로 계속 다시 써야 뒤떨어지지 않지만, 이 책은 다시 쓸 필요도 없고 뒤떨어지지도 않는다.

이 책은 출간한 지 오래 되어 다시 찍기 어렵다. 활판인쇄를 하는 곳이 없어 난감하다. 컴퓨터인쇄를 하는 방식으로 보기 좋게 고쳐 다시 내자고 출판사에서 제안해도 응낙하지 않고 있다. 고쳐 내기 위해 교정을 보다가 글을 고칠까 염려한다. [연습문제 2]의 예문은 모두 바꾸고 싶다. 고치고 바꾸면 원래 것이 손상된다. 보기 싫은 것을 무릅쓰고 원래의 것을 영인하는 방식으로 다시 내고 있다.

어느 선승에게 물은 적 있다. "학승이 선승을 겸할 수 있습니까?" 이에 대해 대답은 "선승은 학승을 겸할 수 있어도, 학승은 선승을 겸할 수 없습니다"라는 것이었다. 나는 내 나름대로 도를 닦아 이 책을 쓰고 어느 정도 학승을 겸한 것처럼 보이려고 했다. 깨달음에 관해서도 뒤에 진전이 있어 생극론을 개발했으나, 그 단서는 이 책에 있다.

한국문학통사

구비문학에서 시작해 한문학을 포함한 고전문학으로 연구를 확대했다. 다시 고전문학에서 현대문학을 아우른 국문학 전반으로 나아갔다. 이것은 강의 담당과 함께 이루어진 전환이었다.

계명대학 시절에 현대문학을 전공하는 신동욱 교수가 떠나가고 후임을 구하지 못하자 내가 현대문학을 맡기로 하고, 고전소설과 구비문학을 담당하는 내 후임으로 서대석을 데려왔다. 나는 현대문학을 모두 강의하고 현대문학사도 맡았다. 영남대학으로 옮겨가서는 구비문학과 함께 현대소설도 강의했다. 고전문학사는 양쪽 모두 원로교수의 과목이어서 내게 돌아오지 않았다.

고금 문학의 여러 분야를 연구하고 강의한 경험을 살려 한국문학사를 통괄해 쓰고 싶었다. 구비문학·한문학·국문문학의 상관관계를 이해하는 이론을 만들어 문학사 서술에서 실제로 활용하기를 바라고 준비를 했다. 자료와 연구 성과를 충분히 받아들여 자세한 문학사를 방대하게 써야 하는 학계의 숙원 사업을 맡고자 했다.

그런 희망이 김동욱, 《국문학사》(일신사, 1976)가 나오면서 예상보다 앞당겨 실현되지 않을 수 없게 되었다. 김동욱 선생은 압도적인 체구나 대단한 활동 범위에 걸맞은 방대한 문학사를 쓰리라고 기대했는데, 그 책은 우선 본문이 246면에 지나지 않아 너무 간략해 실망이었다. 문학 유산이 보잘 것 없다는 선입견을 재확인하기 알맞았다.

선생의 면전에서 불만을 말했다. "선생님의 문학사는 방대한 분량이어야 하는데 너무 소략해 실망입니다." 이에 대해 선생은 대답했다. "나는 이미 할 일을 다 하고 더 하기 어려우니, 문학사를 다시 쓰는 것이 다음 세대가 맡을 일이다." 50대가 휴식에 들어가 태산 같은 짐이 30대로 넘어오다니. 이 얼마나 원망스러운 일인가.

1978년 겨울에 한국고전문학회의 부탁을 받고 선생의 문학사에 대한 서평 발표를 했다. 발표문이 《나손김동욱선생화갑기념문집》(열화당, 1981)에 실려 있다. "워낙 큰 기대를 걸었기 때문에, 이 책에서 의도했으나 이루지 못한 바가 무엇이고, 이 책의 결함이 무엇인가를 적극적으로 지적하지 않을 수 없다"고 했다. 글로 쓰지 않고 덧붙여 말한 것도 잊지 않는다. "선생은 논문은 논문으로, 책은 책으로 비판하라고 했다. 이제 선생의 문학사를 비판했으므로 나는 문학사를 써서 비판을 완성할 의무를 진다."

서울에서 발표를 마치고 기차를 타고 대구로 향하는 도중에 내내 문학사 생각을 했다. 문학사를 써야 하는 숙제를 이미 맡았으니 피할 수 없다. 이렇게 생각하고 기본구상을 했다. 도착하자 바로 일을 시작해, 1981년 3월에 영남대학을 떠나 한국학대학원으로 자리를 옮길 때 제2권 절반까지 대강 얽은 것을 가지고 갔다. 영남대학에서는 하기 어려운 일을 한국학대학원에서 잘할 수 있었다.

영남대학에 계속 있었더라면, 작업을 할 시간이 많지 않고, 참고도서가 모자라 책 내용이 부실해질 수 있었다. 한국학대학원에서는 시간도 도서도 많았다. 더 큰 문제는 문학사 집필과 강의의 관련이다. 이 둘이 영남대학에서는 어긋날 수밖에 없고, 한국학대학원에서는 일치했다.

영남대학에서는 고전문학사와 현대문학사를 다른 분들이 맡고 있어, 문학사를 강의하면서 쓸 수 없었다. 다 써서 출판을 해도 교재로 이용하기 어려웠다. 문학사를 쓰는 것이 내 담당 과목과는 무관한 장외경기일 수밖에 없었다. 장외경기에 열중하면 장내경기를 하는 것보다 더 힘들고, 장내경기를 교란해 이중의 폐해가 생긴다. 한국학대학원에는 국문학 교수가 나 혼자이고, 희망하는 강의를 개설할 수 있어 문학사 초고를 교재로 삼고 학생들의 토론에 힘입어 고칠 수 있었다.

전국에서 몰려든 많은 지망자 가운데 특별히 선발된 학생들이 각기 자기 주전공 분야에 대해서 해박한 지식과 높은 식견을 갖추었다. 한시, 한문, 불교문학, 구비문학, 향가, 가사, 고전소설, 판소리, 현대시, 현대소설 등의 전공자가 고루 있었다. 모르던 자료나 연구 논저를 보충하고, 작품해석을 논란하며, 논지를 시비하고, 문장을 다듬어 주기까지 했다.

이렇게 해서 제1권을 1982년, 제2권을 1983년, 제3권을 1984년, 제4권을 1986년에 냈다. 제5권은 쓰고 있는 도중 1987년에 서울대학으로 자리를 옮겨 강의에서 다루지는 않고 완성해 1988년에 냈다. 서울대학에서 나는 고전문학사 교수여서 현대문학사는 강의할 수 없었다. 강의를 하면서 다듬지 못해 제5권은 내용이 미비하고 문장이 거칠다.

서울대학에서 《한국문학통사》를 교재로 고전문학사를 해마다 강의한 것이 축복이었다. 필수과목이어서 공부 많이 하라고 학생들을 가혹하게 다루어도 도망가지 못했다. 아침 9시 첫 시간에 시작하고 지각생은 입장시키지 않았다. 책을 읽어 오라고 하고 50분 강의에 100면쯤 다루었다. 문답을 하고, 질문을 받는 강의를 했다. 책을 읽고 이해하지 않고서는 교실에 들어올 수 없게 했다. 학기말 시험에서는 책을 보고 답안을 작성해도 좋다고 하고, "시대와 성향이 다른 작가 셋을 비교해 논하라"와 같은 문제를 냈다. 이와는 별도로 문학사를 더 잘 쓰려면 어떻게 해야 하는가 논하는 학기말 과제를 내도록 했다.

수강생 3분의 1에게 F를 준 적도 있고, 세 번 수강해 모두 F를 받고 졸업을 포기한 학생도 있었다. 강의를 시작할 때 맨 먼저 이

두 가지 사실을 말하고, 정년퇴임 전에 기록 갱신을 하도록 도와주면 고맙겠다고 했다. 나중에는 사정이 달라져, 상대평가를 하라는 바람에 기록 갱신이 불가능해진 것을 원망해야 했다.

문학사를 둘로 나누지 않고 통괄해서 강의하는 것이 소원이지만, 가능성이 전연 없었다. 고전문학사의 범위는 최대한 늘여도 제4권까지이다. 거기까지 다루고, 학생들에게 과제도 내고 해서, 간행된 책을 수정하고 보완했다. 오자와의 전쟁은 끝이 없었다. 내용을 수정하고 보완할 일거리가 태산 같이 밀어닥쳤다.

강의를 수강하는 학생들뿐만 아니라, 이 책을 교재로 해서 가르치는 동학들, 적극적인 관심을 가진 애독자들이 많은 도움을 주어 난공사를 가까스로 감당할 수 있었다. 일을 할 수 있는 만큼 해서 한 번 고친 제2판을 1989년에, 두 번 고친 제3판을 1994년에, 세 번 고친 제4판을 2005년에 냈다. 제3판부터는 색인이 별권을 이루어 전6권이 되었다.

제3판과 제4판 사이에 11년의 간격이 있는 것은 그 사이에 한국문학사에서 동아시아문학사로, 동아시아문학사에서 세계문학사로 나아가는 긴 여행을 하면서 비교연구를 다각도로 하는 책을 열 종쯤 썼기 때문이다. 그 결과를 받아들이고, 새로운 자료와 연구 성과를 보태고, 더욱 진전된 생각을 가다듬어 제4판을 썼다. 제3판까지는 소극적인 개정이고, 제4판은 적극적인 개정이다. 문장 하나도 그대로 두지 않고 다 고쳐 썼다. 제4판의 머리말 한 대목을 들어 무엇을 어떻게 했는지 알린다.

이 책은 《한국문학통사》 제4판이다. 1982년부터 1988년에 걸쳐 낸 제1판을 고쳐 1989년에 제2판을 만들고, 다시 손질한 제3판을 1994년에 낸 뒤에 많은 시간이 경과했다. 다시 한 번 쓰는 일을 더 미룰 수 없어 이제 제4판을 내놓는다. 내 자신이 다시 한 작업의 성과를 밑그림으로 삼고, 새로운 자료와 연구 성과를 받아들이면서 문장을 모두 손보아 전면 개정판을 만들었다.

제3판에서 제4판에 이르기까지 너무나 많은 시간이 경과한 것은 한참 동안 다른 작업을 한 탓이다. 문학사 이해의 영역을 대폭 확대해 멀리까지 갔다. 한국문학사 서술에서 얻은 원리나 밝힌 사실이 동아시아문학사에 어떻게 적용되고 세계문학사의 새로운 이해에 얼마나 기여하는지 검증하는 작업을 다각도로 했다. 사회사나 사상사를 포괄해 문학사 이해의 범위를 확대하는 것도 긴요한 과제로 삼았다.

여러 저작에서 한국문학과 세계문학의 관계를 다각도로 고찰한 결과, 이 책에서 문학사 탐구를 바르게 시작했다는 사실을 확인했다. 출발을 잘한 덕분에 멀리까지 순조롭게 나아갈 수 있었다. 문학사의 시대구분, 구비문학·공동어문학·민족어문학의 상관관계, 문학사와 다른 역사의 얽힘을 적절하게 파악해 세계문학사에 대한 그릇된 이해를 바로잡기까지 했다.

그 성과를 전폭적으로 받아들여 다시 쓰면 훨씬 좋은 책이 되지만, 출발점을 도달점으로 바꾸어 놓아 혼란이 생기는 것은 피하기로 한다. 서술 체계는 그대로 두고, 최소한의 보완작업만 하는 데 그친다. 한국문학만 다룰 때에는 미처 발견하지 못했거나 미진하게 남겨둘 수밖에 없었던 문제점이 해결되었다고 생각되는 경우에는 세계문학사와의 관련을 언급하기로 한다. 세계화 시대에 우리문학 연구가 나아가야 할 길을 찾는 기본 지침을 제시하고 더 자세한 내용은 이미 낸 여러 책으로 넘긴다.

한 나라의 문학사를 자세하게 쓰는 작업은 일생을 다 바쳐도 하기 어렵다고, 프랑스의 문학사가 랑송(Gustave Lanson)이 역저 《불문학사》(*Histoire de la littérature française*, Paris: Hachette, 1894)를 내놓으면서 서두에서 말했다. 인도 학자 다스(Sisir Kumar Das)는 다른 분들의 도움을 받아 《인도문학사》(*A History of Indian Literature*) 전 10권을 쓰기로 하고서, 1991년과 1996년에 한 권씩 내고 또 한 권은 미완의 유고로 남기고 세상을 떠났다. 교수의 통상적인 임무를 수행하면서 하니 무척 힘들다고 하소연하다가 과로사하고 말았다.

나는 《한국문학통사》 전6권을 완성한 다음 세 번이나 고치고도 무사하다. 다른 책도 많이 쓰고 아직 건재하다. 그 비결이 무엇인가 묻는 데 대해 무어라고 대답해야 하는가? 천지신명의 현신이 아닌가 하는 여러 道伴學友가 도와준 덕분이라고 말하고 싶다.

소설의 사회사 비교론

서울대학에 가니, 고전문학 교수 6인, 현대문학 교수까지 합치면 13인의 국문학 교수가 각기 자기 전공에 따라 각론을 맡고 있었다. "고전문학(문학사)"을 담당영역으로 하고 부임했으므로 고전문학사만 가르치면 주어진 일은 다 하지만, 이미 확보한 영토에 안주하지 않고 탐구의 범위를 계속 확대했다. 미지의 영역을 개척해 나가는 것을 사는 보람으로 삼았다.

서울대학 시절에 동료 교수들과의 갈등을 어떻게 해결했는가 하는 질문을 받고, "어장 분쟁에 휘말리지 않기 위해 원양어업만 했다"고 대답한 적 있다. 한국문학을 동아시아문학으로 연구하고, 동아시아문학에서 세계문학으로 나아갔다. 문학연구를 출발점으로 해서 文史哲을 아우르는 인문학문을 새롭게 하고, 인문학문이 앞서 학문을 혁신하는 길을 찾았다.

그래서 써낸 책이 10여 종 된다. 《동아시아 구비서사시의 양상과 변천》(문학과지성사, 1997)에서는 구비서사시를 들어 한국·동아시아·세계문학사의 관련을 새롭게 이해했다. 《철학사와 문학사, 둘인가 하나인가》(지식산업사, 2000)에서는 철학사와 문학사가 둘이면서 하나이고 하나이면서 둘인 역사를 밝혀 논하고자 했다.

세계문학사까지 나아간 다각적인 작업을 총괄해 마침내 《세계문학사의 전개》(지식산업사, 2002)를 써냈다. 이 책은 세계문학사 서술을 바로잡아 획기적인 기여를 했다고 자부하지만, 연구 업적으로는 결함이 있다. 다룬 범위가 너무 넓어 논의가 치밀할 수 없고, 이용한 자료에 번역을 거친 것들이 적지 않아 정확성에 의문이 있을 수 있다. 개인의 힘으로는 그 이상 어떻게 할 수 없다고 탄식하지 않을 수 없었다.

《소설의 사회사 비교론》은 그런 결함이 적다. 소설의 사회사 비교여서 주제가 한정되어 있다. 《한국소설의 이론》(지식산업사, 1977)에서 소설의 이론을 새롭게 정립하고자 한 시도를 세계소설로 확대해 소설의 사회사를 어떻게 이해해야 하며, 여러 문명권의 공통점과 차이점이 어떻게 맞물렸는지 밝혔다. 전3권이 적절한 분량이다.

많은 자료를 이용해 치밀한 논의를 진행했다. 예증으로 삼은 작품이 거의 다 원문이고, 작품 주변의 논의에서도 일차자료가 아닌 것은 얼마 되지 않는다. 기존 연구를 비판하고, 세계적인 논란거리를 새롭게 해결하는 이론을 정립해 결론이 분명하다. 평생 이룩한 연구물의 대표작이 무엇인지 묻는다면 이 책을 내놓겠다.

《한국소설의 이론》에서는 음양의 대립을 이론의 바탕으로 삼아 한국소설을 위한 독자적인 이론을 이룩하려고 했다. 《소설의 사회사 비교론》에서는 음양이 상생과 상극의 관계를 가지는 것을 밝히는 생극론을 더욱 진전된 이론으로 삼고, 유럽에서 내놓은 기존의 여러 소설론 특히 변증법에 입각한 소설론의 결함을 시정했다. 변증법이 상극에 치우친 편향성을 상극이 상생이고 상생이 상극임을 밝힘으로써 시정하는 생극론의 타당성과 유용성이 소설이론에서 특히 선명하게 입증된다고 했다.

등장인물이 갈등관계를 가지는 소설이 귀족을 밀어내고 등장한 근대 시민문학으로 출현했다고 한 것은 변증법이 상생은 무시하고 상극에 치우친 탓에 생긴 오판이라고 했다. 소설은 상극이 상생이고 상생이 상극인 생극론을 구현한다고 하는 반론을 제기하고, 문제의 조항마다 대안을 제시했다. 소설의 등장인물은 상생과 상극의 양면의 관계를 가진다. 소설은 중세에서 근대로의 이행기에 귀족과 시민, 남성과 여성이 상극이면서 상생인 관계를 가지고 만들어냈다고 했다. 이런 논의를 구체적인 예증을 들어 자세하게 폈다.

소설은 거의 같은 시기에 동아시아와 유럽 양쪽에서 위에서 말한 것과 같은 공통점을 지니고, 문명의 전통에 입각한 차이점이 흥미롭다고 했다. 사람 생애의 최종 정리가 유럽에서는 신에게 자기 죄를 아뢰는 고백록이고, 동아시아에서는 사관이 써서 열전에 수록하는 전이었다. 기독교와 유교의 차이가 이렇게 나타났으나, 고백록과 전은 중세의 가치관을 명확하게 구현하는 교술문인 점이 다르지 않았다. 소설은 설화를 복합시켜 사람의 생애를 이야기하는 서사인데, 그런 정체를 숨기고 동아시아에서는 전, 유럽에서는 고백록이라고 출생신고를 하고 사실이 아닌 허구로 지배적인 가치관을 뒤집었다.

가짜라도 고백록을 따라야 하므로, 유럽소설은 일인칭 서술을 지켜 화제가 단조로웠다. 가짜 전인 동아시아소설은 삼인칭의 이점을 살려 등장인물을 늘리고 사건을 다각도로 전개했다. 유럽소설에서 들려주는 多夫一妻의 주인공 여성의 고백보다 一夫多妻인 남녀가 생극의 관계를 가지고 벌이는 소동은 훨씬 복잡하고 흥미로워 동아시아소설은 길게 늘어났다. 동아시아의 목판인쇄는 유럽의 초창기 활판인쇄보다 소설을 값싸게 보급하는 데 훨씬 유리했다.

중세에서 근대로의 이행기 동안에는 동아시아소설이 앞서나가다가, 산업혁명을 겪고 근대로 들어서자 사정이 달라졌다. 유럽에서는 동력을 사용하는 활판인쇄로 대량생산을 했으며, 일인칭을 삼인칭 안에 넣는 시점을 사용해 多夫多妻의 다면적인 인간관계를 핍진하게 다루었다. 그 때문에 유럽소설이 동아시아소설보다 앞서서, 선진이 후진이 되는 생극론의 역전이 일어났다.

선진이 후진이 되는 역전은 한 번으로 끝나지 않았다. 유럽소설은 삼인칭으로 서술하는 객관적인 인간관계에 대한 관심을 잃고 내면으로 침잠해, 일인칭 가짜 고백록을 되살리는 주관적인 심리소설이 되었다. 동아시아소설은 뒤떨어진 것을 자책하면서, 오랜 전통을 더욱 발전시키려고 하지 않고 유럽소설을 추종하고자 했다. 선진이 스스로 후진이 되고 있을 때, 지각 변동이 먼 곳에서 일어났다.

제3세계 여러 곳에서도 소설이 나타나, 각기 자기네 전통을 살리면서 유럽소설의 영향을 비판적으로 수용해 제국주의 침략에 대한 문화적 반격을 세계적인 범위에서 전개하고 있다. 아프리카소설은 침략자들이 가져온 유럽의 언어를 사용해 안에 들어가 뒤집기를 하면서, 아프리카 신화의 부정의 부정에서 발상의 단서를 찾아 미래 지향의 역사의식을 갖추고자 한다. 가장 뒤떨어진 곳에서 가장 앞선 소설이 이루어져 생극론 역사철학의 타당성을 입증한다고 했다.

서로 무관하다고 여기던 작품들에서 주목할 만한 공통점을 발견한 세부적인 내용도 자랑할 만하다. 문학 연구는 독서에서 시작되는데, 독서가 비정상이었다. 지금까지의 논자들은 편벽된 독서를 하고 미시적인 관심사에 매몰되어 있어 세상이 넓은 줄 몰랐다. 한국 고전소설을 원문으로 독파하지 못하는 것이 더 큰 이유여서, 내가 한 작업을 상상도 하지 못했다. 전대미문의 발견을 한 많은 사례 가운데 하나만 들어본다.

한국의 《보은기우록報恩奇遇錄》, 일본의 《호색일대남好色一代男》, 독일의 《빌헬름 마이스터의 수업시대》(*Wilhelm Meisters Lehrjare*)는 상인이며 고리대금업자인 아버지가 아들을 훈련시키려고 돈을 받으러 보냈더니, 아들은 멋대로 딴짓을 하고 돌아다닌 사건을 다루었다. 딴짓이 한국에서는 한시문 창작이고, 일본에서는 호색 행각이고, 독일에서는 연극인 것은 다르지만, 금전적인 이익 추구를 거부한 점은 같다. 세 작품 모두 시민이 등장하면서 생긴 사회갈등을 첨예하게 그린 공통점이 있어 그 시기에도 세계문학이 하나임을 입증한다.

2004년 8월에 서울대학에서 정년퇴임하고, 9월부터는 계명대학 석좌교수가 되었다. 전공 분야를 넘어서는 자유까지 얻고 새로운 탐구를 신명나게 했다. 5년 10학기 동안 공개강의를 한 원고를 다듬고 토론을 붙여 《세계·지방화시대의 한국학》 전10권을 계명대학출판부에서 냈다.

책마다 다룬 주제를 명시한 제목이 있다. 《1 길을 찾으면서》, 《2 경계 넘어서기》, 《3 국내외 학문의 만남》, 《4 고금학문 합동작전》, 《5 표면에서 내면으로》, 《6 비교연구의 방법》, 《7 일반이론 정립》, 《8 학문의 정책과 제도》, 《9 학자의 생애》, 《10 학문하는 보람》이다. 그 가운데 《9 학자의 생애》에 대해 특별한 애착을 가진다.

이 책은 기존의 작업을 거의 활용하지 않고 새로 쓴 내용이며, 일관된 체계를 가지고 완결한 전작저서이다. 국문학연구에서 멀리 나가 학문 일반론에 관한 문제를 새롭게 다룬 내용이다. 탁월한 학문은 어떻게 이루어지는지 밝혀 논하고자 했다. 반드시 있어야 할 책을 아무도 쓰지 않았으므로 맡아 나서야 했다.

오래 전부터 생각은 하고 있었으나, 아주 많은 시간과 노력이 필요한 난공사여서 강의부담에서 벗어나 공개강의를 하나만 하게 되자 비로소 착수할 수 있었다. 책이 많이 필요한데 연구비로 샀다. 계명대학에 다시 가서 석좌교수가 되지 않았으면 쓸 수 없었던 책이다.

교수 노릇을 계명대학에서 시작하고 마친 수미상응의 업적이 《서사민요연구》와 《학자의 생애》이다. 둘은 미시의 조사연구와 거시의 문헌연구, 연구 대상의 일부와 연구 주제 전체, 문학의 한 분야와 학문 일반, 한국의 한 고장과 세계 전역, 이와 같은 차이가 아주 크지만, 전대미문의 시도인 공통점이 있다. 학문을 어떻게 해야 하는지 진지하게 묻는 작업을 거듭해서 하는 감격을 누렸다.

학문의 역사를 빛낸 탁월한 학자들은 어떻게 살고, 무엇을 어떻게 연구했는가? 이 의문을 풀기 위해 본보기가 되는 분들을 멀리까지 가서 찾아다녔다. 사마천, 원효, 가잘리(Ghazali), 이븐 칼둔(Ibn Khaldun), 왕부지, 스피노자(Spinoza), 安藤昌益(안등창익), 최한기, 에르네스트 르낭(Ernest Renan), 비베카난다(Vivekananda), 마르크 블로크(Marc Bloch), 라다크리슈난(Radakrishnan), 이 열두 사람을 선정해 고찰했다.

한국 2인, 중국 2인, 일본 1인, 인도 2인, 아랍세계 2인, 프랑스 2인, 네덜란드 1인인 것은 어느 정도 안배를 한 결과이다. 아랍세계 2인의 저작은 원문이 아닌 서양어 번역을 통해 이해해야 했지만 빼놓을 수 없었다. 학문 분야를 보면 철학 9인이 단연 많아, 철학이 학문의 중심임을 확인할 수 있게 한다. 역사학 3인이 그 다음이다.

문학연구를 한 사람은 하나도 없어, 문학연구는 학문의 변두리임을 시인하지 않을 수 없다. 나는 변두리 학문의 각별한 기여를 입증해, 후진이 선진인 전환을 이룩하고자 한다. 이 책을 써낸 것이 상당한 진전이다. 여러 곳의 상이한 학자들이 어떤 노력을 함께했는지 알아보는 작업이 문학연구의 개방된 시야와 총체적인 능력 덕분에 가능하다.

뜻이 있으면 길이 있다고 했던가? 길이 보이니 뜻이 생긴다고 해도 된다. 우연히 알고 우러러보게 된 석학들도 있다. 안등창익은 일본에 있을 때 발견했다. 에르네스트 르낭은 아는 이름이지만 대단하지 않게 여기고 있다가, 프랑스에서 책을 사 보고 재평가하기로 했다. 라다크리슈난은 대단한 줄 알았으나 거리가 멀다고 여기다가, 인도에서 읽은 전기에 매혹되었다. 이런 사실을 말한 대목을 간추려 옮기면서 조금 손질한다.

1994년 9월부터 1년간 동경대학에 초청되어 일본에서 지냈다. '한국문학사와 동아시아문학사'라는 강의를 한 주일에 한 번씩 하는 것 외에 다른 일은 없었다. 많은 시간을 이용해 글을 쓰지는 않고 읽기만 했다. 입력만 하고 출력은 하지 않는 해로 정했다.

평소에 모르고 지내던 책을 찾고, 읽지 못한 책을 읽기로 작정하고 서점을 뒤지고 도서관을 찾았다. 동경 고서점 거리에 있는 모든 점포에 들르고, 동경대학의 여러 도서관, 다른 몇 도서관을 찾아다니면서 책을 마음껏 읽고 복사했다. 새로운 만남을 기대하면서 행복한 나날을 보냈다.

어느 한 분야의 책을 찾은 것은 아니다. 선입견을 버리고 있는 그대로 실상을 파악하겠다고 작정하고 동경대학교 총합도서관 개가열람실에 꽂혀 있는 사상·역사·문학 분야의 책을 서가에 꽂혀 있는 순서대로 보기로 했다. 보기로 했다는 것이 그냥 하는 말이 아니다. 다 읽을 수는 없으니 하나씩 꺼내 대강 보고 목록과 소감을 적는 일기를 작성했다. 그 일을 석 달 정도 했으나 큰 발견은 없었다.

그러던 어느 날 대단한 사건이 벌어졌다. 《安藤昌益全集》(東京: 農山漁村文化協會, 1982) 전21권을 발견했다. 무슨 내용인지 궁금하게 여기면서, 여기저기 들추어 보니 눈이 번쩍 뜨였다. 몇 권씩 대출해 탐독했다. 연구논저는 그리 비싸지 않아 보이는 대로 다 사서 모으고, 살 수 없는 것들은 복사했다. 살고 활동한 곳을 찾아 일본 동북지방으로 가서 현장을 직접 보고 얻은 감동이 오래 이어진다.

2003년 10월 파리에서 프랑스 학문의 현재와 장래를 논한 책을 사다가 우리의 경우와 견주어 살피려고, 대형서점에서 여러 시간을 보냈다. 열 권쯤 골라 사온 책에 《과학의 미래》(Avenir de la science)라는 것이 있었다. 오늘날의 상황을 다룬 책이라고 여겼는데, 가져와서 보니 19세기 사람 Renan(르낭)이 쓴 것이었다. 르낭이라는 이름은 자주 들었으나 한물간 진부한 인물로 여기고 있었다. 사는 데 쓴 돈이 아까워 책을 읽어 보니 그게 아니었다.

백 년 이상 된 책에서 생동하는 음성이 들렸다. 과학이 무엇이며 어떻게 해야 하는가에 관해 자기가 생각해낸 바를 신념에 찬 어조로 말했다. 그렇구나. 과학을 만들어낼 때의 정열과 포부를 말해주는구나. 이 책을 사서 읽게 된 것이 얼마나 큰 행운인가. 학문의 역사를 논하고 학자의 생애를 말하면서 르낭을 빠뜨릴 뻔한 것은 실수이다. 우연한 행운으로 실수를 만회할 수 있게 되었다.

르낭의 다른 저작을 읽고, 르낭을 다룬 책도 찾아 탐구를 계속하면서 매혹되었다. 여러 해 동안 작업을 계속하니 발견이 확대된다. 기독교의 역사에 관해 방대한 분량으로 쓴 일련의 노작은 전문 지식도 시간도 다 모자라는 탓에 제대로 알 수 없어 안타깝다. 그렇더라도 학문을 혁신해 종교 연구를 새롭게 하려고 노력한 내력은 가능한 한 고찰하고 평가해야 한다.

르낭의 기여는 구체적인 연구의 범위를 넘어선다. 르낭의 학문론이 제기한 문제를 다루어 새로운 해결책을 찾는 것이 힘써 할 일이다. 르낭과의 토론을 깊이 있게 하면 내 학문론을 되돌아보고 발전시키는 데 큰 도움을 얻을 수 있다.

2005년 2월 16일부터 시작된 인도 뉴델리 네루대학의 학술회의에 참가했을 때 있었던 일이다. 그 대학의 허름한 구내서점에 들렀다가 Sarvepalli Gopal이 지은 Radhakrishnan, a Biography라고 하는 책을 우연히 발견하고 구입했다. 현대 인도의 철학자 라다크리슈난의 전기이고, 아들이 저자였다.

아버지는 성명을 다 들면 Sarvepalli Radhakrishnan이다. 앞에 오는 말이 성인 것이 우리와 같다. 성은 빼고 이름만 거론하는 것이 인도 특유의 관례이다. 아들은 탁월한 역사학자이고 네루대학 교수였다고 책 서두에 소개하고 있다. 아들이 아버지의 전기를 쓰면 개인적인 회고에 치우칠 것 같은데 그렇지 않다. 역사학자다운 균형 잡힌 시각을 갖추었다고 할 수 있다. 인도에 머무르는 동안 이 책을 통독하면서 긴장을 늦출 수 없고 줄곧 감동을 받았다. 기차를 타고 가는 긴 시간이 독서를 위한 최상의 기회였다. 인도에서 읽으니 절실하게 이해되고, 이 책 덕분에 인도를 더 사랑하게 되었다. 이 책을 읽고 학자의 생애를 고찰해야 하겠다는 생각을 구체화했다.

12인의 학자는 모두 학문이 무엇이며 어떻게 해야 하는지 일깨워 주었다. 그 가운데 이슬람 철학자 가잘리의 경우를 들어본다. 멀리 있는 생소한 사람이라고 여기던 가잘리에게 다가가니 다른 누구보다도 소중한 교훈을 베풀었다.

지식을 넓히고 자료를 모아 사실을 하나씩 밝혀나가면 점차 향상하는 길에 들어서서 학문을 잘 할 수 있는 것은 아니다. 양을 축적하면 질이 발전한다고 안이하게 믿지 말아야 한다. 양의 축적과는 무관한 질의 발전을 이루는 비약이 있어야 한다. 비장한 결단을 내리고 실행해야 그럴 수 있다.

학문에 대해서 아는 것과 스스로 학문을 하는 것은 다르다. 남들의 이론을 모아 정리하면서 다소 수정하고 보충하면 학문에 대해서 잘 안다고 할 수 있다. 그것은 진정한 탐구의 길이 아니다. 스스로 깨닫고 실행하는 것이 학문을 제대로 하는 마땅한 길이다. 이 말을 정면에서 부인할 수 없어, 불만을 가진 사람들이 곁에서 험담하고, 뒤에서 방해한다.

영광을 차지하려면 높이 올라가라고 하는 것은 그릇된 가르침이다. 영광을 거부하고 자세를 낮추어야 한다. 그릇되게 가르치는 정도가 심한 대학일수록 명문으로 이름이 높이 나서 동경의 대상이 된다. 그 방향으로 나아가려는 경쟁이 벌어져, 올바르게 가르칠 수 있는 곳이 있는지 의문이다. 가잘리는 이렇게 말했다.

가잘리가 강의하던 바그다드의 대학뿐만 아니라 오늘날의 거의 모든 대학도 학문을 한다면서 방해한다. 지식의 양을 축적하라고 하고 질적 비약을 막는다. 남들의 이론을 모아 정리하는 데 힘쓰라고 하고, 스스로 창조하는 것은 위험하다고 한다. 올바르게 가르쳐야 한다고 말하면서 실제로는 그릇되게 가르친다. 대학의 평가나 교수의 명성이 높을수록 허위의 전도사 노릇을 더 많이 한다.

가잘리는 미련을 떨치고 장애를 극복하겠다고 결단을 내려 진정한 탐구의 길로 나아갔다. 오늘날 우리는 어떤가? 가잘리가 누군지 알지도 못하는 사람이 대다수이다. 더러는 알고 있어 누군지 설명할 수는 있지만 자기와는 무관한 먼 나라 옛사람이라고 여긴다. 가잘리가 가던 길을 다시 가야 한다고 다짐하면서 세월을 보내고 마는 것도 어리석다.

사마천의 학문은 행운이 불운임을 보여주기도 한 것이 유감이고, 원효가 남긴 업적은 소통에 문제가 있다고 한 것과 같은 말을 가잘리에 관해서는 하지 않았다. 비판해야 할 사항을 발견하지 못했기 때문이다. 구색을 맞추기 위해 같은 논의를 첨부할 필요는 없었다.

가잘리가 진리를 새롭게 추구하기 위해 모든 것을 버리고 떠나간 것은 예사로운 일이 아니다. 유감스럽게도 아랍어는 전혀 몰라 가잘리의 저작 서양어 번역본을 읽을 수밖에 없지만, 소통에 어려움이 없이 바로 이해되어 감동을 준다. 사마천이나 원효를 불만스럽게 여긴 것이 잘못이 아님을 가잘리가 입증해준다. 만나자 마자 바로 친해지고 깊이 사귈 수 있는 스승이 오히려 멀리 있는 줄 모르고 동아시아의 사마천, 우리나라의 원효나 대단하게 여긴 자기중심주의가 부끄럽다.

가잘리는 완전하다는 말인가? 아니다. 이슬람 사상의 기본 전제에 관해서는 불만을 말하고 반론을 제기할 수 있으나, 가잘리를 이해하는 데 그리 긴요하지 않다. 세속적인 생활에서 지켜야 할 덕목을 잡다하게 늘어놓은 것도 길게 나무랄 바가 아니다. 학문 내용에 문제점이 있는지는 안에 깊이 들어가지 못해 찾아내지 못했다고 고백해야 한다.

가잘리에 대한 논의가 긍정적인 평가로 일관한 것은 학문 내용보다 학문하는 태도를 더 소중하게 여긴 때문이다. 학문에 관한 가잘리의 반성과 참회는 지역과 시대의 거리를 넘어서서 핍진하게 다가와 온몸을 뒤흔든다. 대단한 학문을 한다고 자부하지 않고 자기를 최대한 낮추는 겸손한 자세를 각성의 근거로 삼는 것이 불변의 교훈이 된다.

12인 학자의 생애를 모두 검토하고 했던 말을 되새기면서 더 나아갔다. 학자는 많이 아는 사람인가? 아니다. 학자는 박식가는 아니다. 박식가는 많이 안다고 자랑한다. 남들이 하는 말을 믿고 지식을 축적한다. 학자는 남들이 하는 말을 믿을 수 없고, 모르는 것이 너무 많아 그냥 있지 못한다.

박식가는 학문의 즐거움을 알지 못한다. 남보다 더 안다고 자랑하는 것이 학문의 즐거움이라고 착각한다. 학자라야 학문의 즐거움을 알 수 있다. 공부에 학문의 즐거움이 있는 것은 아니다. 공부해 지식을 얻으면 박식가가 되기나 한다. 공부와는 다른 연구를 통해 의문을 풀고 알고 싶은 것을 알 수 있게 되어야 학문의 즐거움을 누린다.

박식가는 알고 있는 것을 모두 의심하거나 안다는 것의 근거가 무엇인지 따지지 않는다. 지식은 불변이라고 믿는다. 학자는 근본을 재론하면서 알고 있는 것을 뒤집고 다시 찾아내려고 한다. 권위를 버려 자세를 낮추고, 지식의 지배에서 벗어나 머리를 비우는 덕분에 과감하게 앞으로 나아가면서 큰일을 하고자 한다. 근본적인 재검토를 거쳐 학문의 역사를 혁신하고자 하고, 자기 작업에서 혁신을 구현하는 새로운 학문이 시작되기를 바란다.

학문에 대한 근본적인 재검토는 재능이 있고 부지런히 노력하면 할 수 있는 것이 아니며, 역사의식을 갖춘 통찰력이 있어야 가능하다. 누구든지 근본에 관심을 가지려고 하고 역사의식을 갖추려고 한다. 이 둘이 하나일 수 있는 것을 알아내고, 하나일 수 있는 것이 하나이게 하는 것을 커다란 깨달음으로 삼아야 탁월한 학자일 수 있다.

불교에서는 궁극적인 해결을 기대한다. 모든 문제를 일거에 해결하는 커다란 깨달음을 얻어 성불하면, 범인이기를 그만두고 부처가 된다고 한다. 성불 이전과 이후가 명확하게 구분된다고 하는데, 학자에게는 그런 구분이 없다. 학자는 부처가 되기를 바라지 않는 범인인 채로 깨달음을 거듭 겪는다. 깨달음을 겪으면서 작게 보이는 문제에 대한 연구를 비약적으로 진행하는 성과를 누적시켜 깨달음이 향상되는 것을 체험한다.

탁월한 학자라야 학자인 것은 아니다. 범속한 학자도 학자이기는 하다. 박식가로 행세하려고 하지 않고 의심스러운 것이 있어 풀고자 하는 사람이면 범속한 학자가 되어 작은 문제를 다루어 특정 영역에서 그 나름대로 기여할 수 있다. 학문하는 즐거움도 어느 정도는 누릴 수 있다. 범속한 학자라도 학문으로 생업을 삼을 자격이 있으며, 명예를 누려 마땅하고 학문의 역사에 이름을 올리는 것이 당연하다.

탁월한 학자는 생애가 평탄하지 않은 것이 예사이다. 예외자, 문제아, 반역자, 순교자 등이라고 할 수 있는 삶을 이어나간다. 종교의 교조와 견줄 수 있는 큰 과업을 이룩하지만 자기 자신을 낮추고 숭앙되기를 거부한다. 성자와 같은 위치에 서면서, 신비의 장막에 쌓이지 않고 검증과 비판의 대상이 된다. 모자라고 틀리고 잘못 나가 학문을 새롭게 하지 않을 수 없게 하는 본보기를 보여주는 것이 가장 큰 기여이다.

탁월한 학자들의 생애에서 교훈을 얻자. 연구 여건이 좋아지고 세상에서 알아주기를 기대하는 것은 어리석다. 생명이 위태로울 만큼 불우한 처지에서도, 마음을 편안하게 하고 정신을 집중시켜 근본적인 문제에 대한 차원 높은 해답을 찾는 깨달음을 얻어야 한다.

문학사는 어디로

2009년 8월에 70세가 되어 계명대학에서 두 번째 정년퇴임을 하고는 연구와 집필은 그만두고 오랜 소원인 그림 그리기에 전념하고

자 했으나 뜻대로 되지 않았다. 연구를 하다가 만 것 같아 마무리가 필요했다. 문학사를 위해 평생 노력해 무엇을 얻었는지 말하고 싶었다. 문학사란 무엇이며 어떤 문제점이 있고, 어디로 가야 하는지 밝혀 논하는 총괄 과제가 남아 있는 것을 외면할 수 없었다.

가만있지 못하고 《문학사는 어디로》라는 책을 썼다. 강의를 하거나 발표를 할 기회가 없어 혼자 생각하고 쓰기만 했다. 대화 상대자가 내 자신으로 한정된 고독한 작업을 힘들지만 즐겁게 했다. 마무리를 하려고 하니, 연구가 끝나지 않아 다시 시작해야 할 판이었다. 나를 위한 마무리가 후학들을 위한 출발점이 되어야 한다고, 책 머리말에서 말했다.

이제 학문이 무엇이며 어떻게 해야 하는지 조금 알 것 같아 출발점에 서는 느낌인데, 근력도 시간도 모자란다. 이것은 너무나도 당연하므로 한탄하면 어리석다. 학문은 공동의 작업임을 확인하고 위안을 얻는 것이 마땅하다. 더 해야 할 많은 할 일, 진정한 토론을 거쳐 보람찬 창조를 이룩할 수 있는 허다한 과제를, 앞으로 더 나아가지 않고 걸음을 멈추어 얻는 통찰까지 보태 여러 후생에게 안겨주어 누구나 소유권을 가지는 공유재산을 풍부하게 하고자 한다.

《동아시아문학사비교론》(서울대학교출판부, 1993); 《세계문학사의 허실》(지식산업사, 1996); 《지방문학사연구의 방향과 과제》(서울대학교출판부, 2003)에서 각국의 여러 문학사를 검토한 것을 상당한 부분 가져왔으나, 시간이 흘러 많이 보완해야 했다. 전에는 다루지 않던 나라나 영역의 문학사는 새로 읽고 논의해야 했다. 필요한 책을 계명대학 석좌교수 연구비로 사놓았다. 인터넷을 이용해 세계 도처의 고서까지 구할 수 있는 좋은 시절의 혜택을 누렸다.

자국문학사·지방문학사·광역문학사·세계문학사에 관한 논의를 한국·중국·일본·월남·인도·영국·아일랜드·미국·프랑스·독일·이탈리아·러시아의 경우를 들어 하고, 그 밖의 여러 나라의 저작도 가능한 대로 언급했다. 모든 것을 다 말하지는 못했으나, 이런 범위의 문학사론은 세계 어디에도 선례가 없으므로 사명감을 가지고 노력해야 했다. 자유인이 되어 마음껏 쓸 수 있는 시간을 아낌없이 바칠 수 있으니 얼마나 좋은가.

사실 정리로 성과를 삼으려고 한 것은 아니다. 문학사 개관은 문학사 문제점을 고찰하기 위한 기초작업이다. 문제점은 둘로 요약된다. 문학사는 근대의 산물이어서 시대적 한계가 있는가? 문학사는 해체하고 부정하는 것이 마땅한가?

이런 문제점을 고찰하는 것은 내가 쓴 《한국문학통사》와도 직접 관련된다. 나를 나무라는 사람들은 이 책이 민족이니 근대니 하는 것들을 중요시하는 낡은 관점에 사로잡혀 있는 결함을 지닌다고 한다. 이미 무용하게 된 문학사를 쓴 것 자체가 잘못이라고도 한다.

이렇게 나무라는 말은 미국을 진원지로 한 문학사 부정론에 기대고 있어 근원을 찾아 시비를 가려야 했다. 미국의 문학사 부정론이 세계를 제패하려고 하는 책동에 프랑스의 문학사 긍정론이 강력하게 맞서는 것을 밝혀 논의를 확장했다. 문학사의 현황에 대한 자세한 검토가 필요했다.

미국에서는 자국문학사를 거창하게 쓰려고 하다가 파탄을 보이고, 대학 영문과에서도 문학사를 강의하지 않는다. 프랑스에서는 자국문학사를 고등학교에서도 필수과목으로 삼고 더 잘 쓰려고 노력하고, 자국문학사를 넘어서서 유럽문학사를 바람직하게 이룩하려고 거듭시도한다. 이런 사실을 고찰하면서 문학사의 장래를 문제로 삼았다.

문학사 부정론을 편 책자가 미국에서 몇 가지 나왔다. 대단하다고 여겨, 이 먼 나라에서도 아는 체하기를 좋아하는 영문학자들뿐만 아니라 그 주변을 기웃거리는 국문학자들까지도 섬긴다. 일본에 끼친 영향도 상당한 것을 일본문학사를 해체해 길게 늘인 책에서 확인할 수 있다. 우리 쪽에서는 그런 책은 쓰지 않고 말만 한다. 선수는 없고 감독만 있는 격이다.

프랑스에는 고등학교 교사들이 문학사를 어떻게 가르칠 것인지 모여서 논의한 책이 여럿 나와 있다. 일정한 교과서가 없이 갖가지 문학사를 이용해 학생들이 읽고 토론하는 수업을 진행하는 실제 방법을 다룬다. 이런 책에 이 나라 불문학자들도 관심을 가지지 않으니, 문학교육을 한다는 사람들이 소문을 얻어들을 기회가 없다. 영어만 알면 다른 외국어는 필요 없다는 풍조가 유행해 세계 인식을 더욱 비뚤어지게 한다.

미국을 알려면 영국부터 알아야 한다. 영국은 세계를 지배할 자격이 있다고 하려고 자국문학이 위대하다는 문학사를 쓰기나 하고, 문학사를 잘 쓰는 방법을 탐구하지는 않아 뒤떨어지는 것에는 관심을 가지지 않았다. 자국 중심의 세계문학사를 뒤늦게 조금 쓰다가 물러나 고립주의에 안주하고 있다. 그만큼 후진 나라이다.

영국의 편향성이 미국에서 심해지고, 미국 특유의 심리적 갈등이 추가되어, 미국의 문학사론은 정상에서 벗어나고 있다. 미국문학은 영국문학의 변두리에 지나지 않는다는 열등의식을 가지고, 미국은 세계를 제패하는 초강대국이라고 자부하는 극도의 불균형이 파탄을 빚어낸다. 미국문학사는 위대하니 온 세계가 우러러보아야 한다고 주장하고 싶으나 설득력이 없는 줄 알고, 방향을 돌려 문학사는 위대할 수 없으며 불필요한 우상이니 타파해야 한다고 한다. 문학사를 해체하고 부정하는 포스트모더니즘의 언설을 그럴듯하게 꾸며 세계를 제패하려고 한다.

프랑스는 유럽통합의 중심 국가 노릇을 해야 하는 임무를 자각하면서, 문학사를 더 잘 써서 모범을 보이기만 하지 않고, 더 나아가 유럽이 하나임을 입증하는 임무를 수행하려고 갖가지로 노력한다. 그 이상 나아가는 것은 아니다. 유럽중심주의에서 벗어나지는 못하는 한계가 있는 것을 시인하고, 세계문학사를 다시 쓰려고 하지는 않는다. 문학사의 의의를 충분히 인식한 것과는 거리가 멀어 문학사 긍정론이 온전하지 않다. 미진한 작업을 알아차리고 우리가 맡아야 한다.

문학사는 근대의 산물이다. 근대 민족주의를 구현해 자국을 높이는 배타적인 우월주의를 고취한 전력이 있다. 이런 결함을 시정하는 것이 근대를 넘어서서 다음 시대로 나아가는 문학사 서술의 임무이다. 근대의 문학사는 물러나고 다음 시대의 문학사가 등장해야 한다. 이에 관해 밝혀 논하는 것을 목표로 하고 나는 다각적인 노력을 끈덕지게 한다.

자국문학사의 폐쇄성을 넘어서서 문명권문학사의 공동영역을 발견해야 하며, 자기 문명이 우월하다는 편견을 시정하고 차등의 관점이 아닌 대등의 관점에서 세계문학사를 써야 한다. 문학사의 폐쇄성을 넘어서서 총체사로 나아가야 한다. 이런 작업은 문학사를 단일체가 아닌 다원체로 이해해야 가능하다. 사고방식의 근본적인 전환이 요구된다.

이것이 근대를 넘어서서 다음 시대로 나아가면서, 또는 다음 시대의 시작을 앞당기려고 하면서, 반드시 해야 하는 작업이다. 다른 어디서도 하지 못하는 이런 학문을 우리 학계가 선도해야 한다고 역설하면서 본보기를 보이려고 힘자라는 대로 노력한다. 이에 관해 책 말미에서 한 말 두 대목 가져온다.

문학사는 근대의 산물이므로 근대가 끝나가니 퇴장을 준비하는 것이 어쩔 수 없다고 할 것은 아니다. 한 시대의 산물을 다음 시대에서 받아들여 새롭게 창조하는 것이 마땅하다. 과학기술을 비롯해 수많은 창안물을 근대의 종말과 함께 묻어버리지 않고 다음 시대로 가져가 더 잘 활용해야 한다는 것을 아무도 의심하지 않는다. 문학사는 시효가 끝났다고 하지 말고 근대의 문학사와는 다른 다음 시대의 문학사를 이룩하기 위해 노력해야 한다.

지금 문학사에 나타나고 있는 증후는 전환의 필연성을 입증한다. 근대의 문학사를 지속시키면서 완성도를 높이면 질병이 치유될 수 있는 것은 아니다. 문학사뿐만 아니라 역사가, 근대학문이 질적 비약을 거쳐 다시 태어나야 한다는 것을 알아차리고 방향을 찾아내는 통찰력이 절실하게 요망되는 시점에 이르렀다.

어떻게 해야 하는가? 삼단계 작업으로 해답을 제시할 수 있다. 근대에 하려고 했으나 이론 성과가 부진한 작업을 제대로 하는 것이 선결 과제이다. 근대에는 하지 못한 새로운 노력을 해서 문학사를 근본적으로 쇄신하는 데 힘써야 한다. 문학사를 넘어서서 총체사를 이룩하는 것이 더 큰 목표이다.

자국문학사의 범위를 넘어서 세계문학사를 이룩하기까지 하겠다는 것도 근대에 내세운 포부이다. 유럽 몇 나라가 자국문학사의 위상을 높이고, 자기네 문명권이 세계사의 발전을 주도했다고 하려고 세계문학사를 쓰는 데 열을 올리다가 더 넓은 세계가 있다는 것을 알고 기가 죽었다. 유럽문명권 중심주의 세계문학사는 시효가 다한 줄 알고 제1세계는 기권하고, 대안을 제시하겠다고 제2세계가 나섰다가 물러났는데, 새로운 역군은 아직 나타나지 않고 있는 형편이다. 근대는 끝나는데 다음 시대가 시작되지 않고 있는 과도기의 양상을 극명하게 나타낸다.

이제 제3세계가 선두에 나서야 한다. 제3세계문학을 포함시켜 세계문학사를 다시 쓰면 되는 것은 아니다. 제1·2세계의 유산까지 적극 활용해 인류 전체의 문학을 대등의 관점에서 총괄하는 세계문학사를 이룩해야 한다. 자료를 모두 포괄하는 거대한 시공 작업을 하기 전에 설계도를 만들어 함께 검토해야 한다. 공통된 시대구분을 하는 것이 핵심 과제이다.

헤겔이나 마르크스의 전례를 넘어서서, 그 잘못을 시정하는 역사철학의 대안을 마련하는 것이 더욱 긴요한 작업이다. 거대이론의 시대는 끝났다는 말에 현혹되지 말자. 기권하고 나가는 선수의 비관주의를 받아들이지 않아야 한다. 헤겔은 근대가 역사의 도달점이라고 했다. 마르크스가 사회주의를 거쳐 공산주의 사회로 나아가야 한다는 주장은 불신되었다. 근대를 넘어서서 다음 시대로 나아가는 과정과 방향을 통찰하는 역사철학이 있어야 한다.

나는 생극론을 대안으로 제시한다. 동아시아학문의 오랜 지혜를 이어받아 유럽중심주의를 넘어서는 역사철학을 생극론으로 마련한다. 헤겔이나 마르크스의 변증법에서 제시한 상극론에 동의하면서 상극이 상생이고 상생이 상극임을 밝히는 생극론을 이룩한다. 생극론의 타당성을 문학사에서 검증하고 총체사로 나아간다. 생극론이라는 명칭을 사용하지 않은 생극론이 많이 있는 줄 알고 널리 동지를 구한다. 생극론이 대안을 독점하려고 하지 않고 문호를 널리 개방한다.

이런 희망을 성취하려면 많은 노력이 필요하다. 내가 다 할 수는 없다. 나는 시발점을 마련하고 방향을 제시하기만 한다. 유능한 후진들이 크게 분발해 더욱 진전된 업적을 이룩하기를 바란다. 할 일이 태산인데 나는 이제 겨우 작은 언덕 하나에 올랐다. 그래도 보이는 것이 있어 저리로 가자고 길을 제시한다.

나는 호를 '雪坡'라고 한다. 히말라야 등산 안내인 '세르파'를 한자로 적고, 눈 덮인 언덕을 오른다는 뜻도 나타낸다. 저 멀리 정상까지 올라가려는 분들을 위해 안내할 준비를 하고 기다린다.

붙임

이 원고를 가지고 고려대학교 대학원 국문학과에서 강연을 할 때 기대한 것만큼 토론이 이루어지지 않았다. 원고를 미리 읽고 토론을 준비하라고 한 것이 오히려 부담이 된 듯하다. 읽어 공부하는 것이 힘겨워 토론을 해야 할 문제점을 찾아낼 여력이 없었다고 생각된다. 사실을 확인하는 정도의 질문이 있었으며, 나를 깨우쳐줄 수 있는 것은 아니었다.

제자의 제자를 손제자라고 한다. 나는 손제자들에게 큰 기대를 걸고 있다. 집안에서도 할아버지와 손자가 특별히 가까운 관계이듯이, 학계에서도 조손간의 친밀한 관계에서 학문이 발전하는 것이 마땅하다. 나는 조윤제의 손제자인 것을 자랑스럽게 여기고, 자주 만나 말씀을 나눌 기회가 없었던 것을 한탄한다. 직접 하지 못한 토론을 책에서 해서 《국문학사》를 《한국문학통사》로 고쳐 쓴 것을 일생의 영광으로 삼는다.

손자는 아버지는 무서워도, 할아버지와는 친근하게 지낼 수 있다. 내 제자들은 나를 어렵게 여기더라도, 손제자들은 아무 질문이나 하고 대들 것을 기대한다. 제자들은 내 무게를 너무 가까이서 느껴 더 큰일을 하려고 하지 않은 것을 안타깝고 미안하게 여기면서, 손제자들은 아무 부담 없이 용감하게 나서서 내 학문을 뒤집어엎고 더욱 훌륭한 작업을 하리라고 기대한다. 《한국문학통사》를 박물관으로 보낼 후임 저작을 손제자 가운데 누가 쓰기를 바란다.

4. 침체를 넘어서는 각성

알림

이 글은 강연 원고도 아니고, 청탁을 받고 쓰지도 않았다. 할 말이 있어서 적어나가고, 아무 데도 발표하지 않은 새 글이다. 무슨 말을 하려는지 설명하지 않고, 본문을 보아주기를 바란다고 말하겠다. 한마디 말만 덧붙인다. 진단과 치유를 도와주려는 충정을 악의적인 명예훼손이라고 오해하지 않기를 바란다.

둘러보기

영어영문학과는 오랫동안 아주 잘나가는 학과여서 부러움을 샀다.

품격 높은 공부를 해서 능력을 더 키우려는 우수한 학생들이 몰려들어, 경쟁률이 대단하고 합격점수가 높았다. 영어영문학과 입학을 바랐으나 점수가 모자라 제2지망 국어국문학과로 밀려난 실패자가 국어국문학에서는 남들보다 앞서서 교수가 되는 판국이었다.

영어의 위세가 날로 드세니 영어영문학과의 영광은 상승세를 탈 것 같은데, 그렇지 않다. 기대와는 반대로 활기가 줄어들고 있다. 교수의 능력을 분야의 우열이 아닌 업적의 수준으로 평가하게 되자 내세울 것이 없어 고민인 듯하다. 이런 사태가 어떻게 해서 생기는지 밝혀 논하지 않을 수 없다. 영어영문학을 긴요한 예증으로 삼아 학문 현황에 대한 전반적인 고찰을 할 필요도 있다.

요즈음은 대학에서도 영어를 회화 위주로 원어민이 가르치니, 영어영문학 교수들은 할 일이 줄어든다. 그런데도 전국 어느 대학에서나 국어국문학과 교수보다 수가 많은 영어영문학과 교수를 줄인다는 말은 없다. 국어국문학과는 없애도, 영어영문학과는 그대로 둔다. 영어영문학과는 영어의 위세 덕분에 존속이 보장되지만, 속으로 타격을 받고 있는 것을 부인할 수 없다.

영어영문학이 학문 노릇을 제대로 하고 있는지 의문이다. 대한민국학술원에서 조성식 회원의 후임으로 영어학 전공자를, 여석기 회원의 후임으로 영문학 전공자를 뽑으려고 몇 해 동안 노력해도 뜻을 이루지 못하고 있다. 자격을 갖추었다고 인정되는 영어학자도 영문학자도 없기 때문이다. 영어학은 언어학으로 바꾸어 적임자를 선임했다. 영문학은 인접분야로 대치할 수도 없어 공석으로 남아 있다.

영어학의 경우를 먼저 살펴보자. 대학 영어학 교수 가운데 잘나간다는 사람들은 미국에 가서 언어학박사를 하면서 한국어에 관한 논문을 썼다. 귀국 후에도 같은 작업을 계속하는 것을 업적으로 삼는다. 한국어에 관한 것들은 빼고 영어학 논문만 보자고 하면 내놓을 것이 거의 없다. 영어학은 하지 않으면서 영어학 교수 노릇을 하고 있다. 영어학을 가르치기만 하고 연구는 하지 않는 교수를 영어학자라고 할 수 있는지 의문이다.

이렇게 된 것은 촘스키(Chomsky)에게 휘둘린 탓이다. 촘스키라는 언어학자가 혜성과 같이 나타나, 말이 되는지 되지 않는지 직관으로 판단하는 것이 모국어의 경우에만 가능하다고 했다. 그 이유를 들어 외국인이 영어에 관한 연구를 하는 길을 막았다. 미국 교수들은 촘스키의 이론이 한국어에도 적용되는 것을 확인하려고, 한국인 유학생들에게 한국어를 다루는 논문을 쓰라고 권유한다. 학위를 빨리 하고 돌아와 취직을 해야 하는 형편이니, 국내의 기존 연구를 적당히 옮기기만 해도 되는 손쉬운 작업을 마다할 이유가 없다.

사정이 이래서 영어학 교수가 영어학 연구를 하는 것은 가능하지 않으니, 불가능한 요구는 하지 말아야 하는가? 아니다. 영어학 교수는 영어학을 해야 한다. 어떻게 한다는 말인가? 촘스키가 천하를 통일했다고 인정해 전적으로 복종하지 말고, 다른 이론을 근거로 하면 영어를 연구하는 길이 있다. 문헌 자료를 이용해 영어에 대해 역사적인 연구를 하는 작업은 촘스키의 통치 밖의 영역이어서 미국이나 영국에서는 계속하고 있으므로, 그쪽에 가서 공부하고 연구에 동참할 수 있다. 이런 대안은 힘이 들기 때문에 버려두고, 노력을 절약할 수 있는 길을 택해 영어학을 포기하는 것은 마땅하지 않다.

유학 가서 어느 유파에 끼어야 영어학을 할 수 있는 것은 아니다. 언어학은 수입학으로 해야 한다는 통념을 깨고 이론을 스스로 만들어내는 창조학을 해서 영어도 연구하고 국어도 연구하는 것이 더욱 바람직하다. 이렇게 하려면 영어학 또는 언어학에 국한되지 않은 학문론의 일반적인 원리를 스스로 정립해야 한다.

불가능하다고 여겨 아예 포기하지 말고, 안목을 넓히면서 이웃 분야에서 얻은 성과를 받아들이면 길이 열리기 시작한다. 영미에서 하지 못하는 영어학 연구를 새롭게 개척하고 놀라운 업적을 내놓아 그쪽을 깨우쳐줄 수 있다. 유학 경력이 없는 순수한 국산 대영어학자가 나올 수 있다.

영문학에 관해서도 같은 말을 할 수 있지만, 한꺼번에 너무 멀리 나가지 말고 필요한 논의를 차근차근 하자. 영문학 전공자를 학술원 회원으로 뽑을 수 없는 것은 업적이 미흡하기 때문이다. 논저의 수량은 긴요하지 않고 질이 문제이다. 학문의 수준을 높인 전작 연구서가 가장 중요한 업적이므로 찾아내고자 한다. 어느 전공분야이든 이렇게 하는 것이 마땅하다.

영어영문학회에서 여러 해에 걸쳐 추천한 후보가 모두 이 기준에 미달했다. 저서가 없는 것은 아니지만, 수준을 따지기 전에 우선 성격이 문제이다. 영문학 교수가 한국문학을 거론한 책은 전공 분야 업적으로 인정될 수 없다. 기존의 지식을 소개하고 해설하기나 하는 교양서도 제외된다. 문학평론은 한국문학을 대상으로 하고 연구가 아니므로 이중의 결격사유가 있다. 영문학에 대한 본격적인 연구를 수준 높게 했다고 평가되는 전작 연구서라야 제대로 된 업적인데, 제출되지 않고 찾을 수 없어 안타깝다.

외국문학을 연구해 전작 연구서를 쓰는 것은 힘들기 때문에 기대하지 말아야 한다는 반론이 제기될 수 있으나 효력이 없다. 불문학, 독문학, 서반아문학, 노문학 등의 전공자들은 수준 높은 전작 연구서를 내놓는다. 독문학자 김수용, 노문학자 조주관은 이런 요건을 갖추어 학술원 회원으로 선임되었다. 독문학이나 노문학에서 가능한 일이 영문학에서는 가능하지 않다고 주장해도 되는가?

영문학 교수는 독문학이나 노문학은 물론 국문학보다 많다. 많고 많은 영문학 교수가 학문을 하지 않고 교수의 지위를 누리기만 해도 되는가? 독문과는 경쟁력 없는 학과를 없앤다는 구조조정 대상 제1

호로 지목되어 모진 수난을 겪어도 교수들이 연구에 힘쓴다. 노문학 전공자들은 거들떠보지 않고, 있는 줄도 몰라도 할 일을 열심히 한다.

영문학 교수가 연구를 제대로 하지 않는 직무유기는 호강에 겨워 생긴 나쁜 버릇이라고 하고 말 것이 아니다. 사정을 자세하게 살피지 않고 험담이나 늘어놓는 것은 마땅하지 않다. 무엇이 문제인지 면밀하게 검토해야 한다. 영문학이 학문이지 않은 이유가 독문학이나 노문학의 경우와 비교해보면 몇 가지로 나타난다.

독문학이나 노문학은 처지가 불우해도 학문이기를 그만두지 않는 것은, 학문을 존중하는 이상주의적 전통이 이어지기 때문이다. 정치적 억압을 견디면서 문학연구를 제대로 하고 학문을 수호하려고 분투한 희생자들이 크나큰 교훈을 주고 소중한 유산을 남겼다. 영문학의 본고장 영미 사람들은 실용주의자여서 수익이 생기지 않는 학문의 가치를 인정하지 않는다. 가치를 인정하지 않는 일을 힘써 하라는 것은 무리한 요구이다. 부당한 억압에 맞서 학문을 한 경험도 미국에 가면 시장경제의 그물에 사로잡혀 힘을 잃는다.

미국의 영문학도 별 볼 일이 없는데, 한국의 영문학을 해서 무엇을 하는가? 이런 생각을 하면서 영문학교수 노릇을 한다. 영어나 배우겠다는 학생들에게 원하지 않는 영문학을 가르치니 힘이 나지 않는다. 독문과나 노문과 학생들은 졸업 후에 일자리가 없더라도 문학을 공부하면서 인생의 가치를 찾으려고 하는 열정이 있지만, 영문학과 학생들은 그런 것을 우습게 여긴다. 점수 따기 도사여서 입시에 성공하고, 일찍부터 실용적인 것에 눈을 떠서 영어를 더 배우려고 하며 학문에는 관심이 없는 것이 예사이다.

영문학을 하는 태도나 방법에도 문제가 있다. 수입학을 하기만 하면서 수입품의 품질로 수입상의 위세를 입증하려고 한다. 수입품을 공급하는 미국의 영문학이 먼저 활기를 잃어 수입학의 경기가 침체하지 않을 수 없다. 미국 대학의 영문학은 곤란한 지경에 이르렀다고 한다.[6] 그 때문에 한국 영문학의 형편이 어떤지 실감나게 설명하기 위해 다음 문단을 하나 더 쓴다. 비유가 지나치다고 나무라지 말기 바란다.

한국에서 영문학을 한다는 사람들이 미국에서 나온 약을 가져다 팔면서 위세를 떨치는 것은 미국의 영문학자가 부러워할 만한 행운이다. 요즈음은 미국에서 약이 나오지 않아 약장수가 폐업을 해야 할 지경이다. 포스트모더니즘이라는 약은 시효가 지나 팔리지 않고, 그 뒤를 이을 만한 것이 보이지 않는다. 모든 것을 부정하는 해체주의의 여러 경향을 가져와 연명을 하려고 하면 처지가 더욱 가련해진다.[7]

영문학자를 얕보거나 헐뜯기 위해 이 글을 쓰는 것은 아니다. 지금까지 지적한 곤경에서 벗어나는 길이 있다고 알려주려고 한다. 학문다운 학문을 당당하게 하려면 창조학에 힘써 독자적이면서 보편적

---

6) Robert Scholes, *The Rise and Fall of English*(New Haven: Yale University Press, 1998)에서 논의한 것을 보자. 영국의 전례에 따라 그리스·로마 고전문학과 수사학(rhetoric)이 지배하던 미국대학에 영어학을 포함해 'English'라고 통칭되지만 영문학이 기본을 이루는 새로운 교과목이 비집고 들어간 지 백 년 남짓 지나 몰락을 재촉하는 시련이 닥쳐오고 있다. 실용적인 지식을 중요시하는 풍조가 유용성이 입증되지 않고 돈벌이 능력이 의심되는 영문학을 밀어내고 있다. 자구책을 강구하지 않을 수 없어, 영화를 비롯한 대중문화를 힘써 다루는 강의를 해도 역부족임을 고백했다. 그러면서도 희망을 가지자고 책의 부제를 "Reconstructing English as a Discipline"이라고 했으나 납득할 만한 견해를 제시하지 못했다. 영문학에서 취급하는 'theory'(이론), 'history'(역사), 'production'(생산), 'consumption'(소비)을 점검하고 개선책을 찾고자 한 논의가 공허하게 끝났다. 논리를 갖추지 않고 산만하게 이 말 저 말 하는 문체도 문제이다. 무엇이 잘못되었는지 내가 정리해 말하겠다. 영문학을 학문이 아닌 'criticism'(비평)이라고 하고, 비평가들이 학과의 주인 노릇을 하니 이론다운 이론을 정립하지 못하는 것이 당연하다. 온 세계 영어문학의 역사를 다 다루지 않고 영국문학에 미국문학을 덧붙이거나 해서 내용이 빈약하다. 정신문화의 생산과 소비가 사명이고 유용성이라고 하지 않고, 문학을 일반 상품과 같이 취급하니 희망이 보이지 않는다.

7) 해체주의 관점에서 문학사를 무력하게 만들고, 문학사 무용론을 부르짖는 행태가 왜 생겨나고, 어떤 폐해를 가져오는지 《문학사는 어디로》(지식산업사, 2015), 516-589면에서 자세하게 밝혀 논했다.

인 이론을 마련해야 한다고 한 말이 영문학에도 해당된다. 영문학에서도 이렇게 하기를 간절하게 바라고, 어떻게 해서든지 돕고 싶다. 내가 해온 창조학의 성과나 방법을 영문학이 기사회생을 하는 데 필요한 영양소로 삼기를 간절하게 바라고 아낌없이 제공하고자 한다.

영문학의 몰락은 수입학의 비극이다. 수입학의 비극을 영문학에서 가장 잘 보여준다. 영문학은 수입학만 해야 하는 운명을 짊어지고 있는 것은 아니다. 어느 분야든지 창조학을 해야 학문을 제대로 한다고 할 수 있다. 수입학을 넘어서서 창조학을 해야 영문학의 비극이 청산될 수 있다. 이것 이외의 다른 길은 없다.

영문학이 침체에서 벗어나고 좌절을 청산하면서 창조학으로 방향을 선회하면 다른 많은 학문이 자극을 받고 용기를 얻을 것이다. 수입학의 비극이 영문학 못지않게 심각한 철학도 가만있을 수 없을 것이다. 학문 전반의 대변동이 일어날 것이다. 영문학이 아주 중요한 위치에 있는 것을 자각해야 한다. 국문학에서 아무리 외쳐도 일어나지 않는 변화가 영문학이 움직이면 시작될 것이다.

영미의 풍조를 이식하고 닮으려고 영문학을 하는 것은 아니다. 먼저 이렇게 선언해야 한다. 연구 대상과 일단 어느 정도의 거리를 두고, 연구 주체의 반성과 혁신을 위해 한동안 노력해야 한다. 학문을 존중하고, 학문하는 것을 사명으로 하는 전통을 되살리며, 국문학에서 문학이론이나 학문론을 새롭게 정립하는 작업에 동참해 혁신을 진행해야 한다. 영문학을 영미인과는 다른 관점에서 새롭게 연구하는 거점을 확보하면 지옥을 떠나 천국으로 올라간다.

영문학이라는 대상을 우리 학문론으로 연구하면서 영미 학계와 치열한 토론을 하면 연구 수준을 한껏 높여 인류의 지혜를 가다듬을 수 있다. 영미가 패권을 장악하고 선도해온 시대를 넘어서서 다음 시대로 나아가는 지침을 얻기까지 할 수 있다. 영미는 버려두고 옆길로 나아가 세계사적 전환을 이룩할 수는 없다. 가장 큰 방해자를 설득해

변화에 동참하도록 하는 중대한 임무를 영문학 연구에서 담당해야 한다.

영문학자 세 분

지금까지 전개한 논의는 너무 추상적이고 지나치게 과격하다. 영문학의 실상을 말한다고 하고 주장을 앞세웠다. 이런 비난에 응답하기 위해 대표적인 영문학자 세 분을 만나본다. 영문학자는 무엇을 하는지 구체적으로 확인할 필요가 있다.

가르침을 받거나 가까이 모신 두 분에게는 "선생"이라는 존칭을 사용하는 것이 당연하지만 두 가지 이유에서 생략한다. 만나 뵙지도 못한 다른 한 분과 차등을 둘 수는 없다. 개인적인 관계가 자료로 이용되더라도, 객관적인 서술을 하고 역사적 평가를 하고자 하는 대상은 성명만 적는 것이 마땅하다.

서울대학 영문학과 교수 권중휘는 동경제대 영문과 출신이어서 모두들 우러러보았다. "선생님은 왜 영문학을 하셨습니까?" 이렇게 물으니, 대답이 간단명료했다. "영어가 가장 어려운 과목이라, 어려운 공부를 하는 것이 가치가 있다고 생각했다."[8] 특별한 이유가 없이 선택한 영어 공부를 도사가 도를 닦듯이 하는 모범을 보여 존경받았다.

셰익스피어 전집을 읽는 것을 평생의 공부로 하고, 옥스퍼드사전을 찾으면서 전란 중에도 그 두 책을 손에서 놓지 않았다고 한다. 셰익스피어 대표작 《햄릿》(*Hamlet*)을 강의하면서 점수를 박하게 주는 것으로 이름이 높이 났다. 작품을 여러 번 통독해 소상하게 알고,

---

8) 이것은 내가 직접 들은 말이다. 《閑山 權重輝先生 追念文集》(刊行委員會, 2004)에 수록된 〈나의 수학시대〉라는 글에서는 "그저 별로 딴 할 일이 없으니 남이 어렵다고 하니까" 영어를 전공으로 택했다고 했다(56면).

50분 안에 시험지 앞뒤를 메워 제대로 된 영어로 답을 써야 하는 두려움이 분발을 촉구했다. 타과 학생들은 소문을 듣는 것만으로 대리만족을 해야 하는 그 시련에 감히 도전해, 90점 이상은 거의 준 적이 없어 사실상 최고점수인 85점을 받은 것이 내 일생의 자랑이다.

이양하·권중휘, 《포켓영한사전》이라는 것을 내서 무식한 대중에게도 널리 혜택을 베푸는 것 같았으나, 그게 아니었다. 번역을 하라고 지명받은 학생이 마음에 들지 않은 대답을 하자, 어느 사전을 보았는가 물었다. "선생님 사전을 보았습니다"라고 하자, "그따위 사전을 누가 보라고 했던가!"하고 호통을 쳤다. 옥스퍼드사전이 아니면 사전이 아니었다. 강의를 하다가 "이렇게 해석하면 될 것인데, 이런 말이 옥스퍼드사전에 없다"고 하면서 말을 멈추는 일이 이따금 있었다. 성경에 없는 말은 하지 않으려고 하는 목사님보다도 신앙심이 더욱 독실했다.

"영문과를 졸업할 때까지 옥스퍼드사전 찾는 법이나 알면 된다." 이렇게 겁을 주고, 함량 미달의 논문을 쓴다든가 하는 쓰잘 데 없는 수고는 하지 않고 《無爲의 辯》이라는 수필집을 한 권 남겼다. 공부를 하면 할수록 더욱 겸손해야 한다는 교훈을 얻고 물러나야 하는가? 영어를 신앙으로 삼아 평생 믿고 노력하면 무엇을 얻을 수 있는가 하고 물어도 되는가?

권중휘의 《햄릿》 강의를 들으면서 최재서의 역주본 《햄릿》을 계속 참고로 했다. 권중휘는 역주본을 내지 않았으며, 최재서의 역주본이 대단한 것처럼 보였기 때문이다. 권중휘는 말이 불분명해 알아듣기 어려운 경우가 이따금 있었는데, 최재서는 모든 것을 다 잘 알고 있는 듯이 당당한 자세로 가르침을 베풀었다.

셰익스피어 연구의 영문 참고서적 가운데 으뜸이라는 것들보다 최재서가 무엇이든 더 잘 아는 것 같았다. 권중휘는 "이다"라고 단언하지 않고 "인가, 아닌가?"하고 논란하는 방식으로 답안을 써야 점수를 주었으므로, 최재서가 가르쳐주는 대로 따를 수 없었다. 잘 알아서 처신해야 되었다.

당시 연세대학 교수였던 최재서는 권중휘를 압도하는 명성을 누리고 있었다. 동경제대 아래 등급의 경성제대 영문과 출신이어서 진골은 아니지만, 문학평론가로 대단한 활동을 하면서 유식 자랑을 유감없이 하는 글을 많이 써서 문단을 주름잡았다. 문학은 감성이 아닌 지성의 산물이라는 주지주의를 소개해 가르침으로 삼도록 하고, 풍자문학론에서는 전통도 신념도 없으면 자기풍자를 할 수밖에 없다고 하는 허무주의를 말하다가, 일제의 군국주의를 받드는 국민문학을 해야 한다고 역설했다.

권중휘가 영어를 신앙으로 삼아 평생 믿고 노력하면 무엇을 얻을 수 있는가 하는 의문이 생기게 한 것과 최재서는 아주 달랐다. 영문학을 하면 문학비평가로 나서서 화려한 활동을 하고, 생소한 언사를 자랑하면서 무식한 대중을 우롱할 수 있는 즐거움을 누린다고 알려주어, 뒤를 잇는 사람들이 지금도 넘쳐난다. 영문학의 효용을 확실하게 입증했다. 영어영문학과가 인기학과이게 하는 데 크게 기여했다.

친일 국민문학을 한 것이 지탄의 대상이 되자, 평론은 그만두고 대학에 칩거해 학문을 하면서 《文學原論》(춘조사, 1957)이라는 묵직한 책을 써내, 무식을 나무라는 고명한 스승의 위엄을 더욱 우뚝하게 보여주었다. "문학이나 예술의 세계에서 발견될 수 있는 새 진리란 별로 없다", "남들이 다 알고 있는 이념이나 의견이나 사상을 자기의 독창적인 것처럼 떠드는 일은 그 사람의 무지를 폭로하는 데 지나지 않는다"고 했다.

남들이 알고 있는 지식을 수입해와 책을 썼으므로 비난의 대상이 되지 않는다. 문학에 관해서는 새삼스럽게 연구할 것은 없다고 했으니 시비를 하지 말아야 한다. 수입을 하지 않고 연구를 하겠다는 것은 무식한 탓이다. 이런 말로 연구를 막고, 수입학을 넘어서서 창조학을 하자는 오늘날의 주장을 일찌감치 차단하는 선견지명을 보였다.

수입학의 위신을 높이는 성스러운 경전을 만들어 예배하는 신자들이 모여들게 하고, 독단적 배타주의가 신앙심을 불러일으키는 비결임을 잘 알고 실행했다고 하면 지나친 말인가? 영문학만 하면 문학을 다 안다고 하고, 지식을 조금 보충할 필요가 있으면 유럽 각국 문학에 관한 영문 서적을 참고로 하면 된다고 여겼다. 불문학, 독문학, 서문학, 노문학 등이 영문학 못지않은 비중을 가지고 각기 구심체 노릇을 한다는 사실마저 고려할 필요가 없다고 외면했다.

아랍어·산스크리트·한문문명권의 문학이 얼마나 광대한지 전연 알려고도 하지 않았다. 지구가 영미를 중심으로 하고 라틴어문명권 안에서 돌아간다고 확신하고, 다른 여러 문명권이나 대륙은 없는 것으로 쳤다. 지구 밖에 태양계가, 태양계 밖에는 은하계가 있는 줄은 짐작도 못하는 좁은 소견으로 남들의 무지를 나무랐다. 이런 자폐증을 오늘날의 영문학자들이 고스란히 이으면서 무식을 유식이라고 자랑하고 있다.

여석기 교수는 그 전부터 잘 알던 분인데, 나도 학술원 회원이 되고 자주 만났다. 동경대학 영문과에 다니다가 온 것이 존중되는 학력이다. 어디서 어떻게 학업을 마쳤는가는 관심의 대상이 되지 않는다. "선생님은 왜 영문학을 하셨습니까?"라고 물으니, "마음에 드는 학과가 없어서 영문과를 택할 수밖에 없었다"고 했다.

이름난 수재여서 동경제대에 입학해야 하고, 문과 계열의 으뜸 학과인 영문학과 학생이 되는 것이 어울렸다. 영화를 많이 보고 연극을 좋아해 희곡에 특히 많은 관심을 가지고 셰익스피어를 공부하게 되어 영문학에 안착했다고 했다. 동경제대나 영문학을 자랑하지는 않았다. 영어를 신앙이나 자부심의 근거로 삼지도 않았다. "내 영어가 짧아서"라는 말을 자주 하면서 겸손한 자세를 보였다. 누구나 부드럽게 대해 쉽게 가까이 갈 수 있게 하는 분이었다.

영문학계를 이끄는 위치에 있었으나 연구와는 다소 거리를 두었다. 외국문학자에게는 연구 논저를 내는 일이 그리 긴요하다고 여기지 않았기 때문이라고 스스로 술회했다.[9] 대학 교단에 선 지 55년, 나이 80이 되어서야 평생 발표한 논문 가운데 열 편을 골라 《여석기 영문학 논집: 햄릿과의 여행 리어와의 만남》(생각의 나무, 2001)을 냈다. 책의 부제에 관심 분야가 나타나 있다. 논문을 쓰면서 작품 공연을 생각하고, 주인공과 함께 여행을 하는 상상을 했다. 셰익스피어를 주전공으로 한 것이 권중휘나 최재서와 같으면서, 실제 공연에 깊은 관심을 가지고 연극계에서도 활동한 것이 다르다.

셰익스피어 강의를 평생 계속하면서 잘하려고 노력했다. 고려대학 교수로 한참 재직하다가 미국 어느 대학에 가서 셰익스피어 강의를 들으니 정신이 번쩍 나더라고 했다. 작품 세계를 소상하게 알고 넓게도 좁게도 자유자재로 다루는 것이 놀라웠다고 했다. 동경제대 영문학 교수는 많이 모자란다는 것을 깨닫고, 그 쪽에서 견문한 방식을 따라 셰익스피어를 강의한 것을 반성해야 했다고 한다.

《나의 햄릿 강의: 텍스트의 안과 밖을 넘나들며 '햄릿' 깊이 읽기》(생각의나무, 2008)라는 책을 내서 권중휘나 최재서보다 한 걸음 더 나아갔다고 할 수 있다. 이 책에서 평생 노력해서 얻은 결실을 소상하게 보여주었다. 《햄릿》을 높은 자리에 올려놓고 칭송하지 않고 친

---

9) 여석기, 《나의 삶, 나의 학문, 나의 연극》(연극과인간, 2012)이라는 회고록에서 한 말을 간추려 옮긴다. "외국문학을 하는 사람들이 평생에 논문집 한 권 낸 적 없어도 대접받는 것은 대학에서 가르친 업적이 있기 때문이다". 상위권에 속하는 미국대학에서는 'Publish or Perish'(책을 내든가 망하든가)라고 하는데, "우리는 연구서를 내는 일이 드물다." "게을러서가 아니라 일반적인 풍조가 그렇다." "누가 책을 써도 어디서 베껴온 것이 아닌가 하는 의혹의 눈초리가 따갑다."(336-337면) 이렇게 말했다. 한국의 영문학도 대학에 자리를 잡고 있는 학문이려면 예외를 인정해달라고 하지 말고, 모든 학문에서 일제히 하는 연구에 동참해야 한다. 기존의 업적을 검토·비판하고 새로운 견해를 제시한다고 논증해 표절의 혐의에서 벗어나야 하는 것이 연구의 기본적이고 필수적인 요건이다.

구처럼 가까이 하면서 어떻게 읽고 이해해야 하는지, 어떻게 가르쳐야 하는지 체험한 바를 근거로 말했다. 유식 자랑도 허세도 없어, 쉽게 다가가 친해질 수 있는 말을 했다. 체중이 실리고 체온이 배어 있는 것을 느낄 수 있다.

이 책은 명저라고 분명하게 말할 수 있지만, 연구서는 아니다. 작품을 연구 대상으로 삼아 자기 견해를 전개한 것은 아니다. 작품이 낯설지 않고 익숙하기만 하도록 해서 새삼스러운 의심을 가지고 연구할 문제를 제기할 수 없게 한다. 선생이 하지 않은 연구를 학생이 하겠다고 나서기는 어려워, 영문과에서 공부하면 좋은 작품을 읽고 문학 이해를 충실하게 하는 것으로 만족해야 한다. 영어를 배우고 마는 것보다는 낫지만 허전하다고 하지 않을 수 없다.

햄릿을 어떻게 연구할 것인가?

권중휘·최재서·여석기는 모두 셰익스피어에 심취해 열심히 강의하고 특히 《햄릿》을 받들었다. 영문학자들 가운데 그런 사람이 아주 많아, 《햄릿》이 최고의 명작이라고 널리 알리는 것을 교수 노릇을 하는 보람으로 여긴다. 이것은 영미 사람들이 하는 말을 일본을 통해 수입해서 생긴 풍조이다.10)

---

10) 영미 사람들은 셰익스피어가 세계문학의 정상이라는 신앙을, 세계 수많은 문명인을 정복해 통치하는 동안에 더 심해진 열등의식에서 벗어나는 자부심의 거의 유일한 원천으로 삼는다. 독일, 프랑스, 이탈리아 등 여러 나라에서 세계문학사를 잘 쓰려는 경쟁을 한참 벌여도 관심을 보이지 않고 있다가, 단 한 번 John Macy, *The Story of World's Literature*(New York: Garden City, 1925)를 써내고 물러나면서 셰익스피어 예찬이 참여의 의도임을 알렸다. 셰익스피어는 세계문학의 거봉들 위에 우뚝하게 솟았으며, 무엇이든지 말할 수 있고, 작품세계가 풍부한 것이 유일한 결함이며, 시대의 한계를 넘어서 가장 위대하다고 했다. 그런 주장이 세계문학 이해를 위한 공공의 대로에서 어느 정도 일탈한 이상 증후인지 《세계문학사의 허실》(지식산업사, 1996), 145-155면에서 자세하게 밝혀 논했다.

《햄릿》이 최고의 명작이라고 이구동성으로 말하는 것은 학문이 아니다. 명작인 이유를 밝히는 새로운 견해를 제시해야 학문을 한다고 할 수 있다. 《햄릿》을 예찬하기만 하고 연구는 하지 않는 사람을 학자라고 할 수 없다. 최고의 작품은 연구를 할 수 있는 영역을 넘어서 있어 오직 찬양의 대상이기만 하다고 우기는 것은 학문과는 가장 거리가 먼 우상숭배이다.

《햄릿》을 어떻게 연구할 것인가? 이에 대해 말하지 않으면 잘못을 나무란 것이 잘못이다. 《햄릿》을 "이렇게 연구하라"고 쉽게 말할 수 없지만, 방향을 제시하고 가능성을 탐색하는 것은 허용될 수 있다. 길이 있다고 어렴풋하게라도 말해야 한다. 유학해 배우지 않고 스스로 연구해 영문학의 대학자가 될 수 있다고 한 말에 어느 정도는 책임을 져야 한다.

연구에는 미시적인 현미경 작업과 거시적인 망원경 작업 양면이 있다. 《햄릿》에 관한 미시적 현미경 연구는 더 할 것이 있는지 의문이다. 더 할 것이 있는지 찾아보려면 너무나도 많은 시간이 필요하다. 거시적 망원경 연구로 방향을 돌리면 천지가 새로 열린다. 눈을 크게 뜨고 새로운 연구를 구상하고 진행하면 미시적 현미경 연구를 다시 해야 할 것들도 발견할 수 있다.

거시적 망원경 연구는 광역의 비교를 필요로 한다. 비교하는 대상들 사이의 거리가 멀면 식견이 더 열린다. 덕지덕지 붙어 있어 시야를 가리는 수많은 찬사에 현혹되지 않고 《햄릿》을 멀리서 바라보고, 흔히 있을 수 있는 작품의 하나임을 확인해야 이해를 정상화하고 연구를 새롭게 할 수 있다. 아주 멀리 나가 아주 넓은 범위의 비교 연구를 하고자 하는 구상부터 말하고 논의의 범위를 단계적으로 좁혀보자.

《햄릿》의 독자적인 가치를 말하기만 하고, 세계문학의 으뜸인 듯이 추켜올린 관점이 지금까지 시야를 좁혀 연구를 방해했다. 영미인들이 별나게 굴면서 자기네 열등의식을 해소하려고 한 작전에 말려들지 말자. 《햄릿》을 세상에 흔히 있는 작품의 하나로 보고 다른 여러 작품과 같고 다른 점을 살피면 할일이 많이 나타난다. 몇 가지만 예시하려고 해도 말이 많아진다.

연극미학의 기본원리는 '카타르시스'·'라사'·'신명풀이'다. 이에 관해 쓴 책이 《탈춤의 원리 신명풀이》(지식산업사, 2006)에 수록되어 있다. '카타르시스'는 고대 그리스 연극에서 유래한 상극의 원리이다. '라사'는 중세 인도 연극에서 좋은 본보기를 보인 상생의 원리이다. '신명풀이'는 중세에서 근대로의 이행기 한국 민속극에서 분명하게 확인되는 생극의 원리이다. 그 셋의 관계를 나는 생극론에 입각해 고찰했다. 생극론을 알고 활용하면 영문학 연구에도 서광이 비칠 수 있다.

'카타르시스' 연극의 본보기를 《오이디푸스왕》으로 들었는데, 《햄릿》으로 바꾸어 재론할 수 있다. 《햄릿》이 '카타르시스' 연극으로서 지니는 특징을 '라사'나 '신명풀이'의 원리를 보여주는 연극의 경우와 비교해서 밝히는 것이 좋은 연구 주제이다. 《오이디푸스왕》과 《햄릿》이 같고 다른 점을 비교해 고찰해야 이 작업을 할 수 있다. 같은 점을 들어 '카타르시스' 연극의 특징을 재확인할 수 있다. 다른 점을 밝히면 두 작품에 관한 세부적인 연구가 진행된다.

《오이디푸스왕》과 《햄릿》은 살인사건이 일어나 주인공이 나서서 범인을 찾는 이야기이다. 죽은 사람이 주인공의 아버지이고, 살인자가 주인공의 어머니와 결혼한 것까지 같다. 《오이디푸스왕》에서는 주인공 자신이 살인범이고 자기 어머니와 결혼한 사실이 밝혀져, 무지에 의해 과오를 저지른 비극이다. 《햄릿》에서는 어머니와 결혼한 주인공의 삼촌이 아버지를 죽인 사실을 알아냈으니 복수를 하지 못하고 미적거리다가 주인공이 뜻을 이루지 못하고 죽게 되는 것이 비극이다.

이런 공통점을 확보하고 기존의 작업을 재검토해보자. 《오이디푸스왕》을 '카타르시스' 연극의 대표작으로 들어 '라사' 연극 및 '신명 풀이' 연극과 비교고찰을 한 결과를 대표작을 《햄릿》으로 교체해 재론해보자. 그대로 두어야 할 것이 어느 정도이며, 고쳐야 할 것은 무엇인가?

가장 크게 문제가 되는 것이 神人 관계이다. '카타르시스' 연극은 神人不合의 상극 때문에 파탄에 이르고, '라사' 연극은 神人合一의 상생이 원만한 결말을 가져온다고 했다. '신명풀이' 연극은 사람 안에 있는 신을 밖으로 풀어내는 생극의 과정을 보여준다고 했다. 《햄릿》에서도 신인불합이 확인되어 기존의 논의가 그대로 유지되는가?

이 질문에 대한 대답은 쉽게 할 수 없고, 많은 논의가 필요하다. 여기서 감당하기 힘들어 다음 대목 〈영문학을 넘어서서〉로 넘긴다. 논의의 범위를 좀 좁혀 할 수 있는 작업을 찾아 아래의 논의를 전개한다.

'카타르시스' 연극이라고 해서 상극만 있는 것은 아니다. 상극을 보여주는 과정이 어느 하나인 것도 아니다. 상생과 상극이 복잡하게 얽혔다가 상극이 상생을 압도하는 결말에 각기 다르게 이르러 상이한 '카타르시스'를 한다. 이것은 무슨 까닭인가? 작자 개성만이 아닌 시대나 사회적 여건의 차이로 볼 수 있는가? 사회구조의 생극이 작품에 어떻게 나타나고, 다시 사회에 어떤 영향을 끼치는가? 이론 논의를 총론과 각론, 각론과 총론 양면에서 할 수 있는 연구거리가 얼마든지 있다.

《햄릿》을 동시대 프랑스의 비극 특히 라신느(Racine)의 작품과 비교하는 것이 좋은 연구 과제이다. 양쪽 다 '카타르시스'를 가져다주는 비극이고, 어처구니없이 불합리한 사태가 벌어져 비극이 생기는 점은 같다. 라신느는 불합리를 최대한 합리적으로 따지고들어 빈틈없이 치밀한 구성을 하려고 했다. 셰익스피어는 불합리를 합리적으로 이해하려고 하지 않았으며, 작품 구성에 허점이 많다.

햄릿은 왜 복수를 하지 못하고 질질 끌었는가? 아버지가 죽을 때 어디 있었던가? 나이가 몇 살쯤 되는가? 이런 의문이 계속 일어나 논란이 거듭되게 한다. 작품을 분석한다고 하면서 대개 이런 것들에 관해 중언부언 떠든다. 논란을 종식시키는 합리적인 대답을 찾을 수는 없어 말할 거리가 계속 남아 있다.

허점을 그 자체로 문제 삼고 말면 소득이 없는 줄 알아차리고, 관점을 바꾸어야 한다. 허점은 작품의 완성도를 낮추는 부정적인 작용만 하지 않고, 관객이 만만하게 여기고 다가가 자기 나름대로 참견을 할 수 있게 하는 적극적인 기능이 있다. 허점이 작품과 수용자 사이에 생극관계가 적절하게 이루어지도록 한다는 논의를 전개할 수 있다.

오늘날 라시느의 비극은 인기가 없고, 《햄릿》은 거듭 공연되고 관객을 모으는 이유의 일단을 이렇게 이해할 수 있다. 《햄릿》은 작품 수용을 허점 메우기의 생극 작용으로 이해할 수 있는 이론의 근거를 제공하는 좋은 사례라고 평가할 수 있다. 이 정도 나아가면 두 가지 연구 과제가 나타난다.

하나는 셰익스피어와 라시느의 차이를 영국과 프랑스의 사회나 문화와 관련시켜 해명하는 것이다. 또 하나는 허점 메우기를 문학작품 수용의 일반적인 원리로 정립하고 발전시키는 것이다. 이 두 연구 모두 다른 작품을 많이 다루어야 진전된다. 할일이 계속 늘어나 멈출 수 없게 된다. 생극론의 적용 범위를 확장하면서 가다듬는 것도 기대되는 성과이다.

《햄릿》은 '카타르시스' 공연물이라는 점에서 할리우드 활극영화와 상통한다. 둘 사이에 보이지 않은 맥락이 이어지는 것을 찾아내 논할 만하다. '카타르시스' 공연물을 상업적 인기를 누리도록 만든 것이 구체적인 공통점이다. 칼이나 총을 마구 휘둘러 사람이 많이 죽고 피투성이가 되는 광경을 보여주는 것이 다르지 않아 고급의 구경꾼을 모아들인다. 구경에는 싸움 구경만 한 것이 더 없고, 사람이 무수히 죽어야 싸움 구경을 화끈하게 한다. 이렇게 하고 말면 돈이나 노린다는 속내가 바로 드러나므로, 인생이 어쩌고 세상이 어떻게 돌아간다는 객쩍은 수작을 조금 늘어놓아야 한다.

《햄릿》이 이런 작품이라고 하면 명작 모독인가? 할리우드 영화도 해설꾼을 잘 만나면 《햄릿》과 같은 만고의 명작이 될 수 있는 것들이 있는가? 이런 초보적인 질문도 다룰 만하지만, 더 나아가는 것이 바람직하다. 양쪽의 예증을 충분히 활용해 17세기 영국과 20세기 미국의 공연물 상업주의를 비교해 고찰하면서 차이점을 밝히는 데 힘쓰면 각론을 정밀하게 가다듬는 방향으로 나아갈 수 있다.

《햄릿》과 할리우드 활극영화의 공통점을 도출하면 적용 범위가 아주 넓은 총론을 이룩할 수 있다. 한국의 군담소설, 일본의 軍紀物語(군기모노가타리), 중국의 武俠誌(무협지) 등까지 함께 다루어 거창한 비교연구를 하기까지 하면 세계문학 연구의 새로운 경지에 들어설 수 있다. 평가를 얻고 돈도 벌어 학행 일치의 높은 경지에 이른다.

영문학을 넘어서서

영문학자라고 해서 영문학만 연구해야 하는 것은 아니다. 영문학에서 시작한 연구를 비교연구를 통해서 얼마든지 확대할 수 있다. 세계적인 범위의 비교연구를 하고, 문학의 일반이론을 새롭게 이룩할 수 있다. 문학을 문학으로만 이해하지 않고 총체적인 문화이론을 창출하는 것도 가능하다.

이렇게 하려면 어쭙잖은 우월감을 버리고 공부를 다시 해야 한다. 수입학에 의존하는 버릇을 버리고, 기존의 지식을 자랑하려고 하지 말아야 한다. 영문학의 한계를 넘어서서, 유럽문명권 밖의 문학에 대해 진지한 탐구를 해야 한다. 한국문학을 건성으로 다루려고 하지 말고 실제로 알아야 하고, 한국문학에서 출발해서 동아시아문학으로, 동아시아문학에서 세계문학으로 나아가 이룩한 업적을 정면에서 맞아 논란의 대상으로 삼아야 한다.

'카타르시스' 神人不合	'라사'와 '신명풀이' 神人合一
'라사' 사람 안팎 양쪽에 있는 神	'카타르시스'와 '신명풀이' 사람 안팎 어느 한쪽에만 있는 神
'신명풀이' 사람 자신 속의 신명	'카타르시스'와 '라사' 별도로 설정되어 섬김을 받는 神

나는 한국문학에서 출발해 비교연구에 힘쓰면서, 연극미학의 기본 원리가 '카타르시스'·'라사'·'신명풀이'임을 밝혀내고, 셋의 관계가 위와 같다고 하는 데 이르렀다. '카타르시스'는 사람 밖에 별도로 설정되어 섬김을 받는 신이 인간에게 시련을 안겨주어 신인불합의 관계가 생기게 하는 것이 '라사'나 '신명풀이'에서 확인되는 신인합일과 다르다고 했다. 인류문화사의 거대한 맥락을 찾아낸 성과이다.

거기서 연구가 끝난 것은 아니다. 얻은 결과에 대해 재론하고, 새로운 이론을 다시 도출하는 것이 얼마든지 가능하다. 질서정연하게 정리한 것이 잘못되어 사실과 어긋난 것이 확인되면, 과감하게 철거하고 재정리해야 한다. 이 작업을 하면서 《햄릿》에 관한 정밀한 고찰을 다시 할 필요가 있다. 거시가 미시, 망원경이 현미경의 양면 작전을 하면 성과가 크다.

'카타르시스' 연극의 본보기를 《오이디푸스왕》에서 《햄릿》으로 바꾸면 이 견해가 그대로 유지되는가, 수정이 필요한가? 문제는 신인불합이 어떻게 나타나는가 하는 것이다. 작품의 결말 대목을 들어 이에 관해 검토해보자.

햄릿은 "The rest is silence"라는 말을 남기고 죽었다. "나머지는 침묵이다"라는 말이다. 죽으면 침묵 이외의 다른 무엇이 있을 수 없다고 했다. 현세에서 살다가 죽게 되면 죽을 따름이고, 영혼이니 내세니 하는 것은 없다고 했다. 미련도 기대도 없다는 말이다.

다음 줄에서는 "rest"를 "휴식"의 의미로 사용해 "flights of angels sing thee to thy rest!"라고 했다. "천사들의 무리가 그대가 휴식하라고 그대를 노래한다"는 말이다. 천사들이 나타나서 노래를 해도, 노래의 내용은 "그대"이고, 노래하는 목적은 "그대가 휴식하라고"라고 했다. 하느님의 심부름꾼이라고 알려져 있는 천사들이 죽은 사람을 위해 자장가를 부르는 기쁨조 노릇이나 한다.[11]

하느님도 심판도, 천국이나 지옥도 없다는 말이다. 내세를 부정하는 무신론을 보여주었다. 없는 신과는 불화할 수 없다. 신이 개입하지 않고 신의 저주나 분노가 없는 이 작품에서도 신인불합이 비극의 원인이라고 할 수 있는가?

사람이 하는 일에 개입해 저주를 하고 분노를 나타내는 신은 사라졌다. 구원을 약속하는 사랑의 신에 대한 신앙이 마음속에 자리 잡고 있는 것도 아니다. 작품창작 당시 영국 시정인들이 실리적이고 합리적인 사고방식을 지녔기 때문에 그런 것이 아닌가? 작품 속의 재상이 아들을 외지로 보내면서 전한 훈계록을 보자. 다른 어디서도 찾아볼 수 없는, 세태를 꿰뚫어보고 얻은 세속적이고 실용적인 지혜, 그 최상급의 것이 응축되어 있다.

---

11) 중세 서사시 《롤랑의 노래》(Chanson de Roland)에서 주인공 롤랑이 죽으면서 하느님에게 "Préserve mon âme de tous les périls."(저의 영혼을 모든 위험에서 구해주소서)라고 기도하니, 하느님이 "Pour emporter l'âme du comte en Paradis"(롤랑 백작의 영혼을 천국으로 인도하라고) 천사들을 보낸 것과 아주 다르다.

햄릿이 고귀하게 노는 것은 시대착오여서 또 하나의 돈키호테라고 하지 않을 수 없다. 실리추구가 새로운 신으로 등장한 것을 모르고 햄릿은 자기만의 환상에 사로잡혀 神人不合의 비극을 자초한 것이 아닌가? 이것은 '카타르시스' 연극의 원리에서 벗어나는 아주 다른 성향의 비극이다. 이에 대해 고찰해야 하는 커다란 과제가 제기된다.

'신명풀이'는 별도로 설정되어 섬김을 받는 신은 없고, 사람 자신 속의 신명이 발동해서 이루어진다. 이것은 한국문화의 특징이라고 할 수 있을 듯하지만, 《햄릿》과 비교하는 대상을 한국의 군담소설로 하면 논의가 달라지지 않을 수 없다. 군담소설에서는 천상의 대리자인 道僧(도승)이 지상의 승패에 개입해 자아와 세계의 대결이 원만하게 이루어지도록 해서 '신명풀이'와는 상이한 '라사'의 원리가 확인된다. 중세 인도 연극에 견주면 어설프다고 하지 않을 수 없는 이런 정도 의 '라사'를 배격하고 열의에 찬 '신명풀이'가 치밀어 오르게 된 것은 민중의 저력이 표면화했기 때문이다.

실리추구가 신으로 행세하는 풍조가 이제 세계 전체로 확대되어, 황야의 무법자 노릇을 하고 있다. 이에 대해 이상주의로 맞서려고 하는 것은 돈키호테나 햄릿이 하는 짓이다. 밖에 있는 신과 마음속의 신이 둘이 아니어서 신인합일이 이루어진다고 하는, 중세 인도연극에서 유래한 '라사'의 반론은 차원이 너무 높아 역부족이다. 상극이 상생이고 상생이 상극이라는 생극의 원리를 화끈하게 나타내는 '신명풀이'가 나서서 황야의 무법자와 맞서야 한다.

할리우드 영화가 세계를 휩쓰는 횡포를 인도 '라사' 영화가 힘겹게 제어하는 것을 보고만 있을 수 없다. 강력한 투지를 지닌 '신명풀이' 영화를 만들어 결투를 신청해야 한다. 온 세계 민중예술이 일제히 나서서 해야 할 일을 신명풀이의 전통이 강력하게 남아 있는 우리가 선도하는 것이 당연하다. 큰 소리를 치면 일이 되는 것은 아니다. 작전계획을 치밀하게 작성해야 승산이 있다. '카타르시스'가 공연예술의 유일한 원리라는 편향된 주장을 바로잡는 보편적 이론의 대안을 설득력 있게 마련하는 것이 작전계획의 핵심 과제이다.

논의를 마무리하면서, 심각한 문제를 하나 제기한다. 영문학과 국문학은 제국주의와 민족주의의 싸움을 하고 있는가? 이것이 문제이다. 잠재되어 있으면서 번민을 일으켜온 의문을 드러내놓고 논의하고자 한다.

그것은 사실이다. 그런 측면이 있는 것을 부인할 수 없다. 어느 말이 맞는가 하는 사실 판단을 두고 시비를 할 것은 아니다. 제국주의와 민족주의의 싸움을 계속할 것인가 토론하는 것이 더 중요한 과제이다. 영문학이 달라져 제국주의 편에 서지 않아야 하지만, 국문학이 민족주의를 고수하는 것도 반성할 일이다. 지금까지와는 다른 방향으로 나아가, 불필요한 싸움을 그만두고 더 훌륭한 일을 해야 한다. 이렇게 말하면 논의의 진전이 있다.

영문학이 달라지라고 하기 전에 국문학이 먼저 새로운 방향을 찾아야 한다. 국문학은 물려받은 유산에서 학문을 하는 지혜를 얻고, 문학의 보편적인 원리를 발견해 비교연구를 통해 적용 범위를 확대할 수 있는지 검증해야 한다. 민족주의를 넘어서서 세계주의로 나아가면서 영문학을 포함한 여러 외국문학의 도움을 받아야 한다. 세계문학을 총괄해서 연구하는 구심점 노릇을 하는 것을 가장 큰 보람으로 삼아야 한다.

영문학은 국문학에서 자극을 받아 주체적인 자세를 갖추고, 학문하는 지혜를 공유해야 한다. 영미 것만이 아닌 온 세계의 영어문학을 연구 대상으로 삼아, 그 속에서 가해자와 피해자, 제국주의와 민족주의가 다투어온 양상을 다각도로 파악하는 데 힘써야 한다. 가해자의 제국주의를 비판하고 피해자의 민족주의를 옹호하는 데서 더 나아가 인류가 대화합을 이룩할 수 있는 지혜를 찾아야 한다.

국문학과 영문학은 주력 분야에서는 거리가 있지만 상보적인 관계를 가지고 긴밀하게 협조하면서 커다란 학문을 함께해야 한다. 이 작업에 한국학의 다른 여러 분야, 많은 외국문학이 두루 동참해야 한다. 인문학문은 물론이고 사회학문이나 자연학문까지 끌어들여 모두 하나인 학문을 연구하면서, 각자의 관심사와 장기를 활용해 각별한 기여를 하는 것이 마땅하다.

붙임

한국의 영문학은 오랫동안 일본의 영문학을 추종했으므로, 일본의 영문학까지 검토해야 혼미의 근원을 찾아낼 수 있다. 셰익스피어 전집을 최초로 번역한 일본 영문학의 선구자 坪內逍遙(평내소요)는《소설신수小說神髓》(1885)에서 '小說'이라는 말을, 'romance'에 해당하는 재래의 저질 읽을거리와는 판이한 격조 높은 'novel'을 지칭하는 번역어로 사용해야 한다고 했다. 용어를 바꾸는 데 그치지 않고, 서양 소설을 모범으로 삼고 참신한 작품을 내놓아야 한다고 했다. 그 뒤를 이어, 수입품이어야 제대로 된 문학이라고 여기는 풍조가 생겨나 일세를 풍미하고, 한국에도 깊은 영향을 끼쳐 심각한 폐해가 남아 있다.

나는 동아시아 각국에서 소설의 발전과 더불어 그 용어가 새롭게 규정되어온 내력을 밝힌 〈중국·한국·일본 '小說'의 개념〉, 《한국문학과 세계문학》(지식산업사, 1991)에서, 평내소요의 과오를 시정해야 한다고 했다. 이 논문이 "Un probleme de terminolgie en histoire des litteratures", *Bulletin de L'École Française d'Extrême-Orient* 84(Paris: L'École Française d'Extrême-Orient, 1997)로 불역되었다. 일본 동경대학 비교문학과에서 유럽중심주의를 넘어서는 문학 일반이론 정립에 관해 영어로 강연하면서, 평내소요에서 비롯한 지난 백 년을 청산하고 신시대가 시작되게 하는 작업을 趙東一이 한다고, 이름을 한자로 써놓고 말했다.

제 2 장

안팎을
드나들며

1. 세계 속의 한국문학

알림

아래에 내놓는 글은 2003년 6월에 러시아 모스크바에 있는 고르키세계문학연구소(Институт мировой литературы им. А. М. Горького РАН, 영어명 Gorky Institute of World Literature)에서 강연한 원고이다. 발의자인 작가 고르키의 이름을 앞에다 내놓고 1932년에 창립한 그 연구소는 소비에트과학아카데미에 소속되어 국가의 전폭적인 지원을 받으면서, 세계문학에 관한 광범위한 연구를 하는 방대한 조직이다. 비슷한 규모의 문학연구소가 다른 어느 나라에도 더 없다.

그 연구소는 《세계문학사》(История Всмирной Литературы, 1987-)를 모두 10권으로 계획하고, 제8권까지 내놓았다. 1917~1945년의 문학을 다룬 제9권은 써놓았으나 사회주의 체제 붕괴에 상응하는 개고 여부를 결정하지 못해 출간이 연기되고 있다. 제10권 집필은 방향을 잡지 못하고 정부의 지원이 삭감된 이중의 어려움이 있어 미결 과제로 남아 있다.

그 책은 제8권까지만으로도 세계문학사 서술을 한 단계 진전시킨 공적이 있다. 나는 《세계문학사의 허실》(지식산업사, 1996)에서 세계 각국에서 나온 세계문학사 가운데 그 책을 특히 중요시해 최대의 분량으로 자세하게 고찰했다. 강연을 하기 전에 소장실에 들르니, 내가 한 작업을 전해 들어 알고 있었다. 자기네 세계문학사에 대해 본격적인 서평을 최초로 길게 한 것을 감사한다고 했다.

그 책은 마르크스주의의 유물사관을 융통성 있게 적용하면서 새로운 세계문학사 서술의 방향을 모색한다고 했다. 문학은 사회적 토대와 유기적인 관련을 가지면서 그 나름대로의 독자성을 지니므로, "역사적 유형론적 비교"에 의거해 세계문학사를 이해해야 한다고 했다. "중세 라틴어문학, 오랜 내력을 가진 민중서사시" 같은 것들의 공통된 양상을 국가적인 변이형보다 더욱 중요시해야 한다고 했다.

의도는 좋다고 해도 성과가 미흡했다. 유형론적 비교연구에 근거를 두고 세계문학사의 시대구분을 다시 하는 데까지 이르지 못했다. 이론 정립을 적극적으로 하지 않거나 방법을 철저하게 다지지 않아, 방향전환이 뜻한 대로 이루어지지 않았다. 실제 서술은 취향에 맞는 자료를 선택해 열거하는 데서 그리 멀리 나아가지 않았다. 유물사관에 입각한 문학사 서술이 답보 상태에 있는 사정을 알려준다.

유럽중심주의의 편향된 시각에서 벗어나겠다고 선언했다. 작은 문학도 빼놓지 않고 모두 취급해 세계문학사의 서술을 정상화하겠다고 했다. 이런 목표 또한 제대로 실현되지 않아 평가할 만한 성과가 그리 크지 않다. 러시아문학을 중요시하고, 소연방에 포함된 여러 민족의 문학을 등장시킨 데서 진전을 보여주기나 했다.

유럽중심주의는 서술 방법에서도 극복되지 않고 남아 있다. 유럽문학은 공동 노력의 성과를 근거로 유기적인 관련을 가진 총체로 고찰하고, 동아시아문학은 개별적인 전공자들이 각국의 사례를 각기 거론하기나 한 것이 많이 다르다. 한국문학에 관한 서술은 특히 미비하고 부정확하다. 북한에서 이루어진 연구 성과도 제대로 수용하지 않아, 집필 담당자들의 지식이나 노력이 부족한 것을 말해준다.

이렇게 비판한 《세계문학사》를 낸 고르키세계문학연구소에 가서 어떤 강연을 해야 하는가? 비교문학을 한다는 사람들이 흔히 하듯이 한국문학은 유럽문학의 영향을 받고 세계문학으로 진출한다고 한다면 망발이고 자해이다. 한국문학에 대한 그 책의 서술이 잘못되었다고 알려주어야 하지만 방법이 문제이다. 한국문학에 대한 설명을 그 자체로 하기나 하면 말이 길어질수록 전달 효과는 줄어든다.

한국문학에 대한 서술을 바로잡는 데 그치지 않고 책 전체를 재검토해야 한다고 하려고 고심했다. 이 말 저 말 하면 주의해 들을 사람이 없다. 두 가지 목표를 한꺼번에 달성하는 방안을 찾아야 한정된 시간에 성과 있는 강연을 할 수 있다. 한국문학의 경우를 예증으로 들어 세계문학사 서술을 바로잡는 방안을 제시하는 것이 정답이라고 판단했다.

새로운 작업을 하지는 않아도 되었다. 이미 연구한 성과를 잘 간추리면 강연 원고를 적절하게 작성할 수 있었다. 그쪽에서 주장한 "역사적 유형론적 비교"를 한국문학에서 출발해 세계문학으로 나아가면서 일관성 있게 진행해, 세계문학사의 시대구분을 거시적으로 하는 새로운 이론을 이룩한 성과를 알려주기 위해 힘써야 했다.

원고를 이해하기 쉽게 쓰려고 세심한 배려를 했다. 듣는 사람들은 예비지식이 모자라리라고 생각하고, 최대한 친절한 설명을 최소한으로 줄여서 하면서 핵심 전달에 깊이 유의했다. 전8권으로 내놓은 거질의 세계문학사를 뒤집어놓는 연구를 멀리 한국에서 내가 했다고 알리기 위해 가능한 모든 노력을 했다. 번역의 어려움이 없도록 하려고 애쓰고, 괄호 안에 영어나 고유명사 로마자 표기를 적어 도움이 되게 했다.

러시아어 번역본이 배부되고, 통역이 내가 하는 말을 한 단락씩 러시아어로 옮겼다. 진행이 더디고, 전달이 잘되는지 확인되지 않아 갑갑했다. 질문이나 토론은 없었다. 다른 나라에 가서 내가 할 수 있는 말로 발표를 하고 토론까지 할 때와는 아주 달랐다. 러시아는 소통이 어려운 나라임을 절감했다.

강연 원고를 다시 활용하기 위해 손질했다. 원래 없던 각주를 국내 독자를 위해 붙였다. 번역의 편의를 위해 괄호 안에 적은 영문이나 로마자 표기는 삭제했다. 시원하게 소통하지 못한 아쉬움이 남아, 국내 독자에게 읽히고 국내에서 토론하는 자료로 삼고자 원고를 다시 읽어보고 여러 번 다듬었다. 그래도 흡족하지 않다. 완벽한 글이란 환상인가?

중간 단계의 수정본을 《조동일 평론선집》(지식을 만드는 지식, 2015)에 수록해 국내 독자에게 내놓았으나, 누가 읽고 어떻게 생각하는지 알지 못해 발표를 하지 않은 것 같다. 구두발표를 할 수 있기를 고대했는데 반가운 소식이 왔다. 2017년 6월 17일 부산대학에서 열린 한국문학회 학술회의에서 기조강연을 해달라는 요청을 받고 한 번 더 수정한 원고를 이용했다.

강연을 시작하면서, 구두발표를 하고 책에 이미 수록한 원고를 재탕하는 것은 표절의 한 종류인 자기표절이어서 용납할 수 없다고 하지 말아 달라는 말부터 했다. 모스크바 고르키세계문학연구소가 어떤 곳이며, 거기 가서 어떤 강연을 했는지 강연 원고를 자료로 삼아 말하고, 전달과 소통의 문제를 고찰하는 것이 한국문학회에서 하는 강연 내용이라고 했다.

준비한 말은 서론이고 토론이 본론이어서, 재탕이나 표절과 더욱 거리가 먼 새로운 발표를 했다. 기대한 대로 토론이 풍성하게 이루어져 모스크바에서 맺힌 한을 부산에서 풀었다. 토론 기록을 본문보다 더 열심히 읽어주기 바란다.

제목이 원래 〈한국문학과 세계문학〉이었는데 여기 내놓으면서 〈세계 속의 한국문학〉이라고 고쳤다. 부산에서 발표한 한 원고를 다시 손질했다. 교정을 보면서 또 고칠 것 같다. 책이 나온 다음에도 그대로 두고 보지 못하리라고 생각한다. 무리인 줄 알면서도, 완벽을 추구하지 않을 수 없다.

세계문학사 이해의 의의

세계문학사는 인류가 하나임을 입증하는 의의를 가진다. 세계문학사라는 개념을 설정하고, 세계 도처의 문학을 관심의 대상으로 삼아 세계문학사를 실제로 쓰는 작업을 유럽에서 한 세기 반도 더 되는 기간에 열심히 해온 것을 높이 평가해야 한다. 그 결과 이루어진 수많은 저술은 근대학문의 빛나는 업적으로 기억될 것이다. 다른 문명권에서는 그럴 수 없었던 것을 부끄럽게 여기고, 깊이 반성해야 한다. 그 전례를 뒤따르는 것을 능사로 삼지 말고, 한 걸음 더 나아가야 한다.

기존의 세계문학사는 유럽 열강이 다른 여러 곳의 민족을 침략하고 지배해온 제국주의의 사고방식에서 벗어나지 못하는 결함을 지니고 있다. 그 이유가 자료가 부족하고 사실 인식이 미흡한 데 있지 않다. 자기네가 우월하다고 강변하려고 유럽중심주의에 매달리는 것이 부인할 수 없는 사실이다. 자국 문학이 가장 뛰어나다고 강대국끼리 다투는 장소로도 세계문학사를 이용해왔다. 그런 잘못을 시정하겠다고 공언하고 다시 하는 작업도 많이 미흡하다.

프랑스에서 6권의 호화판으로 내놓은 《문학의 일반적 역사》(Histoire générale des littératures, Paris: 1961)에 이르기까지, 유럽문학이 세계문학이라고 하고 다른 곳의 문학은 무시하는 것이 오랜 관례였다. 문예학의 새로운 핸드북》(Neues Handbuch der Literaturwissenschaft, Wiesbaden: 1978-1984)이라는 이름으로 독일에서 다시 만든 세계문학사는 25권이나 되는 방대한 분량이지만, 아시아문학에 관한 서술은 뒤에다가 부록처럼 첨부했을 따름이다. 그런 잘못을 시정하겠다고 선언하고 시작한 러시아의 《세계문학사》(История Всемирной Литературы, Москва: 1987-)는 처음 계획한 10권 가운데 8권까지 나오고 중단되어 안타깝고, 그 나름대로 문제점이 있다.

한국문학사에서 다시 출발

문학사에 관한 나의 작업은 《한국문학통사》 전6권 (제1판 1982-1988,

제4판 2005)에서 시작되었다. 그 책에서 한국문학사를 통괄해서 서술하고, 관심을 동아시아문학으로 확대해 《동아시아문학사비교론》(1993)을 내놓았다. 거기서 더 나아가 세계문학사를 새롭게 이해하는 목표를 설정하고 필요한 연구를 해나갔다.

《세계문학사의 허실》(1996)에서 위에서 든 셋을 포함한 8개 언어 38종의 세계문학사를 검토해 문제점을 지적하고, 새로운 출발을 다짐했다. 지금까지의 세계문학사 서술에서 제외되거나 폄하되어온 아시아와 아프리카 여러 곳의 문학을 충분히 포괄해 정당하게 평가해야 한다고 했다. 더 나아가서 문학사 이해의 기본원리를 새롭게 정립하는 더욱 중요한 과업을 힘써 수행하자고 했다.

《카타르시스·라사·신명풀이》(1997)에서는 고대 그리스연극, 중세 인도연극, 중세에서 근대로의 이행기 한국연극의 원리를 비교해 고찰하면서 세계연극사의 전개를 새롭게 이해하는 작업을 했다. 《동아시아 구비서사시의 양상과 변천》(1997)에서는, 오늘날까지 구전되면서 시대에 따른 변천을 겪어온 구비서사시가 문학의 의의를 재평가하고 문학사의 시대구분을 다시 하는 근거가 된다고 했다.

《하나이면서 여럿인 동아시아문학》, 《공동문어문학과 민족어문학》, 《문명권의 동질성과 이질성》으로 이루어진 《중세문학의 재인식》 삼부작(1999)에서, 공동문어문학과 민족어문학의 관계로 이루어진 중세문학의 기본구조가 여러 문명권에서 동일하다는 사실을 밝혔다. 《철학사와 문학사 둘인가 하나인가》(2000)에서는, 철학과 문학이 시대에 따라 가까워지고 멀어진 과정을 세계 전체의 범위에서 고찰하고, 그 둘이 가장 멀어지게 한 근대의 잘못을 시정하자고 했다.

《소설의 사회사 비교론》(2001) 전3권에서, 새로운 관점에서 문학사회학을 이룩하는 작업을 소설을 예증으로 삼아 다각도로 전개하고, 유럽에서 조성된 문학의 위기를 아시아·아프리카 여러 곳에서 극복하는 양상과 방향을 논의했다. 마지막 순서로 《세계문학사의 전개》

(2002)를 써서, 원시문학, 고대문학, 중세문학, 중세에서 근대로의 이행기문학, 근대문학이 여러 문명권, 많은 민족의 문학에서 함께 전개된 양상을 고찰했다.

이들 저서에서 세계문학사에 관해 고찰하면서 한국문학사를 되돌아보았다. 한국문학사가 세계문학사에서 어떤 위치를 차지하는지 재검토했다. 그래서 얻은 결과 가운데 가장 중요한 것을 셋 들면 다음과 같다.

(1) 한국에는 구비서사시가 풍부하게 전승되면서 구비서사시의 시대적인 변천 과정을 선명하게 나타낸다. 일본의 아이누, 중국 운남지방의 많은 민족, 중앙아시아 터키민족의 여러 갈래와 함께 서사시의 세계사를 재인식할 수 있는 논거를 제공하고, 그 서두와 결말을 잘 보여주는 특징이 있다. 원시서사시를 아직까지 전승하고 있는 점은 아이누의 경우와 상통한다. 구비서사시를 중세에서 근대로의 이행기문학으로 재창작한 성과가 다른 어느 곳보다 앞선다.

(2) 중국·한국·월남·일본이 동아시아 한문문명권을 이루었다. 한국은 월남과 함께 그 중간부를 이루고, 공동문어문학과 민족어문학을 둘 다 소중하게 여기면서 밀접하게 연관 지었다. 중심부는 공동문어문학을, 주변부는 민족어문학을 더욱 소중하게 여기고, 중간부에서는 그 둘이 대등한 의의를 가진 것이 다른 문명권에서도 일제히 확인된다. 산스크리트문명권의 타밀, 아랍어문명권의 페르시아, 라틴어문명권의 프랑스나 독일이 그 점에서 한국과 유사해 긴밀하게 비교할 수 있다.

(3) 한국은 식민지 통치하에서 근대문학을 이룩하고 민족해방의 의지를 고취하는 과업을 아시아와 아프리카 여러 민족과 함께 수행했다. 일본의 식민지 통치가 특히 혹독한 데 슬기롭게 대응하려고, 정치적인 주장을 앞세우지 않고 전달의 내실에 힘쓰는 항거의 문학을 이룩했다. 유럽 근대문학의 영향을 직접 받아들이지 못해 뒤

떨어진 것은 아니며, 앞 시대까지 축적한 성과를 발전시켜 민족어 문학을 널리 모범이 되게 확립했다. 오늘날 겪고 있는 정치적인 분단 때문에 민족의 동질성이 심각하게 훼손되지 않는 것이 그 때문이다.

구비서사시의 변천 과정[1]

문학은 구비문학에서 시작되고 발전되었다. 그 경과를 살피는 것이 문학사 이해의 필수적인 선결과제이다. 구비문학의 자료가 어디든지 많이 있는 것은 아니다. 문자를 사용하지 않는 민족은 구비문학만 간직하고 있지만, 기록문학이 발달하고 근대화가 많이 진행된 곳은 구비문학이 거의 사라졌다. 한국은 그 두 가지 특성을 함께 지녔으면서도 구비문학의 유산을 풍부하게 간직하고 있다.

제주도 서귀포에서 마을신의 유래를 풀어 밝히는 노래를 들어보자. 바람의 신이 못난 본부인은 버리고 아름다운 첩과 함께 제주도에 이르러 한라산에서 새 삶을 시작해 사냥을 하고, 부부관계를 했다. 그 광경을 우연히 목격한 사냥꾼이 반갑게 여겨 절을 하자, 자기를 받들어 모시라고 했다. 사냥의 신이 사냥을 하는 모범을 보이고 사냥감이 번성하게 하는 것을 알아보고 신앙의 대상으로 삼은 내력을 그렇게 풀이했다. 이것은 가장 이른 시기에 이루어진 원시 수렵민의 신앙서사시이다. 세계문학사가 시작되는 모습을 볼 수 있게 한다.

제주도의 다른 몇 곳에서 마을신을 찬양하는 노래는 그 다음 시기에 이루어진 고대의 영웅서사시라고 할 수 있다. 남녀가 모두 땅에서 솟아나서 부부가 되어 살다가 아들을 낳고는 다투었다. 아버지는 아

---

1) 이에 대한 고찰은 《동아시아구비서사시의 양상과 변천》(문학과지성사, 1997)에서 자세하게 했다.

들을 미워해 철갑에 넣어 멀리 떠내려 보냈다. 아들은 먼 나라에 표착해 그 나라 부마가 되고 외적의 침공을 물리쳐 큰 공을 세웠다. 머리 둘·셋·넷 달린 도적을 죽이는 용맹을 발휘했다. 군사를 이끌고 귀국하니 아버지는 도망쳤다. 아들이 아버지의 통치권을 차지해 제주도 전역을 다스렸다. 이런 내용을 갖춘 탐라국 건국서사시가 오늘날까지 구전되고 있는 것을 보고 신기하게 여기기나 할 것은 아니다. 이런 것이 세계 도처에 있었고, 지금은 그 일부가 기록되어 전하는 영웅서사시의 실상이다.

또 하나의 구비서사시인 판소리는 서사무가를 전승하는 무녀 남편들이 독자적인 흥행을 하기 위해 만들어냈다. 그 시기가 18세기 무렵이고, 장소는 전라도이다. 판소리 광대는 고수를 따로 두어 반주를 맡기고, 최대의 기량을 가다듬어 인기가 대단한 공연을 했다. 음악에서나 문학에서나 다양한 자료를 풍부하게 끌어들여 다층적인 창조물을 만들어 냈다. 이런 발전 과정을 거친 판소리가 하층민의 범위를 넘어서서 널리 환영받고 크게 평가되었으며, 독서물로 정착되어 판소리계소설을 이루었다.

판소리의 사설은 구조나 의미가 여러 겹이다. 노래 부분인 창과 해설을 하는 아니리가 서로 다른 수작을 하고, 유식한 문어체와 상스러운 구어체가 서로 밀고 당긴다. 중세적인 윤리관을 그대로 따를 것인가 뒤집어엎을 것인가를 두고 치열한 논란이 전개된다. 표면적 주제와 이면적 주제가 달라, 오늘날의 연구자들 사이에도 견해가 엇갈리고 논쟁이 계속된다.

《춘향가》는 기생의 딸 춘향이 사또의 아들 이도령 때문에 겪은 사랑과 이별을 문제 삼았다. 이도령을 받아들일 때에는 처지에 합당하게 행동하던 춘향이 이도령이 버리고 떠난 뒤에 후임 사또의 수청을 거절하다가 수난을 당했다. 그것은 열녀다운 행실인가 아니면 신분적 제약에서 벗어나기 위한 투쟁인가 두고두고 시비하게 한다. 작품을 해석하고 개작하는 사람들이 그 어느 한쪽에 서서 다른 쪽을 나무라게 한다. 이런 다면성 덕분에 소설 《춘향전》이나 여러 형태의 개작본까지 지속적인 인기를 누린다.

공동문어문학과 민족어문학의 관계[2]

한국은 중국에서 한문을 받아들여 동아시아 한문문명권의 일원이 되었다. 한문을 받아들인 시기는 기원 전후이고, 한문학 작품은 5세기 이후의 것이 남아 있다. 한문을 공동문어로 사용하고 유교와 불교를 보편적인 이념으로 삼아 한국이 중세화한 것은 역사 발전의 당연한 과정이다. 한문문명은 산스크리트·아랍어·라틴어문명과 추구하는 이상이나 내부적인 구조에서 많은 공통점을 가지고 세계사를 새롭게 하는 구실을 함께 수행했다.

중국·한국·일본은 한문문명권의 중심부·중간부·주변부이다. 월남 또한 한국과 같은 중간부라고 할 수 있다. 문명권의 중심부·중간부·주변부가 공동문어문학과 민족어문학을 중세전기, 중세후기, 중세에서 근대로의 이행기 동안에 어떻게 이룩했는지 말해주는 전형적인 본보기가 동아시아에 있다. 그 내역을 살피면 다른 여러 문명권의 문학사에 널리 적용할 수 있는 공통된 원리를 발견할 수 있다.

한국이 중간부이고 일본은 주변부라고 하는 가장 뚜렷한 증거는 과거제 실시 여부이다. 한문 능력을 시험해 인재를 등용하는 과거제를 중국에서는 7세기, 한국에서는 10세기, 월남은 11세기부터 실시하고, 일본은 끝내 받아들이지 않았다. 그 결과 일본은 한문 읽기에 치중해 쓰는 능력이 모자랐으나, 민족어 글쓰기를 일찍부터 발전시켰다.

중세전기에 중국에서 공동문어문학의 가치를 한껏 높이면서 창작

---

2) 이에 관한 고찰은 《공동문어문학과 민족어문학》(지식산업사, 1999)에서 자세하다.

규범을 확립하고 문명권 전체의 고전을 창조할 때, 한국·월남·일본에서는 배우고 따르려고 힘썼다. 중세후기에는 중세보편주의를 중심부와 대등하게 구현하고자 하는 움직임이 도처에서 일어났으며, 한국이 선도적인 구실을 했다. 13세기 한국 시인 이규보는 한시가 민족과 민중에 대한 인식과 표현을 갖추어 민족문학으로서 커다란 의의를 가지게 했다.

명나라의 침공을 물리치고 주권을 되찾은 15세기 월남에서는 투쟁의 주역 阮廌(완채)가 한시를 혁신해 민족의식을 표현하고, 한자로 월남어를 표기하는 國音詩를 창작해 한시와 대등한 수준과 의의를 지니도록 했다. 같은 시기 한국에서는 독자적인 문자 훈민정음을 창제하고, 왕조서사시 〈용비어천가〉와 불교서사시 〈월인천강지곡〉을 지어 서사시의 오랜 전통을 표면화했다. 이황은 〈도산십이곡〉이라는 연작시조에서 민족어문학이 당대 최고이념을 나타낼 수 있게 했다.

한국에서는 '가사'라고 하고 월남에서는 '賦(fu)'라고 일컫은 민족어 장시에서 인생만사를 논하면서 어떻게 살아가야 하는지 문제 삼는 작업을 함께 했다. 그런 시는 교술시여서 서정시와 구별해야 마땅하다. 중세전기는 서정시의 시대였다가 중세후기 이후에는 서정시와 교술시가 공존하게 된 변화가 중국이나 일본에는 없으며 한국과 월남에서 공통되게 나타났다. 문명권의 중간부에서 민족어 교술시가 발달한 것은 산스크리트·아랍어·라틴어문명권에서도 일제히 확인되는 공통된 현상이다.

동아시아문명권의 주변부인 일본에서는 중세전기에 이미 공동문어문학보다 민족어문학을 더욱 소중하게 여겨 《萬葉集만요슈》나 《源氏物語겐지모노가타리》를 이룩했으나, 중세후기문학으로의 전환은 소극적으로, 부분적으로 보여주는 데 그쳤다. 和歌(와카)의 형식과 작풍에서 일어난 변화가 그리 크지 않았다. 중세에서 근대로의 이행기 민족어문학 소설과 희곡은 일본에서 큰 인기를 누리면서 성장했다.

같은 시기에 중국과 한국에서도 소설의 시대가 시작되었으며, 작품 수는 서로 비슷하다고 할 수 있다. 중국에서는 불만을 가진 지식인이 소설을 써서 하고 싶은 말을 했다. 한국소설은 부녀자들이 즐겨 읽으면서 필사하는 동안 개작할 수 있었다. 중국소설은 작가소설이고 한국소설은 독자소설이라면, 일본소설은 출판인소설이었다. 소설을 상품으로 삼는 출판업이 일본에서 특히 발달했다.

중세에서 근대로의 이행기가 요구하는 사상 각성은 민족어문학보다 한문학에서, 일본보다 한국에서 한층 적극적으로 나타냈다. 박지원은 〈虎叱〉에서, 삶을 누리는 것이 선이고, 삶을 해치는 것이 악인 점에서 짐승이든 사람이든 서로 같다고 했다. 사람은 다른 생명체를 해칠 뿐만 아니라, 서로 못살게 악행을 자행한다고 나무랐다. 거짓된 글을 써서 모두의 삶을 유린하는 사이비 선비는 극악하다고 했다.

그것은 혼자 이룬 성과가 아니다. 중국의 왕부지, 일본의 안등창익, 월남의 黎貴惇(레뀌돈), 한국의 홍대용과 함께한 생각을 박지원이 특히 잘 가다듬어 설득력 있게 표현했다. 동시대 유럽에서 볼테르(Voltaire)를 위시한 여러 계몽사상가의 사상 혁신 작업과도 주목할 만한 공통점이 있는 작품을 썼다. 상당한 기간 동안 동아시아와 유럽은 대등한 보조를 취하면서 동행했다.

근대민족문학의 특성

유럽문명권이 근대를 먼저 이루고 제국주의 침략의 길에 들어서자 동행이 끝나고 파행이 시작되었다. 중세에서 근대로의 이행기에 이룩한 혁신을 더욱 발전시켜 근대문학을 스스로 이룩하지 못하는 차질이 생겨났다. 침략자를 따르고 배워 그쪽의 근대문학을 받아들여야 하는 불운을 한국과 여러 문명권의 많은 민족이 함께 겪었다.

하나이던 동아시아가 여럿으로 갈라져 시대 변화에 상이하게 대응했다. 일본은 탈아입구를 표방하더니 침략자 대열에 가담해, 문학에서도 유럽 추종에 앞서는 것을 자랑했다. 중국은 반식민지 상태에서 내전을 겪으면서 문학창작 노선투쟁을 심각하게 벌였다. 월남은 한국과 함께 식민지가 되었으나 통치자가 프랑스여서, 서양문학과의 관계에서는 다른 길로 나아갔다.

한국은 유럽이 아닌 동아시아의 이웃 일본의 식민지가 되어, 아시아·아프리카 다른 어느 민족보다 더욱 불운했다고 두 가지 점을 들어 말할 수 있다. 유럽문학을 일본을 통해 간접적으로, 왜곡된 모습으로 받아들여야 했다. 일본은 식민지 통치를 합리화하는 정신적 우위를 확보하지 못한 탓에 극단적인 무단통치를 강행해 언론과 사상의 자유를 전면 유린하는 폭압을 일삼았다.

첫째 불행은 회복하기 어려운 것처럼 보인다. 비평적인 논의를 보면 근대문학의 간접적 이식 때문에 생긴 차질이 심각했으나, 실상은 달랐다. 실제 창작에서는 작가들이 스스로 의식하지 못하면서도, 민족문학의 전통을 계승하고 근대문학의 자생적인 원천을 활용했다. 그 능력으로 당대의 문제와 대결하면서 제3세계에 널리 모범이 된다고 할 수 있는 민족문학을 이룩했다.

둘째로 든 사정 때문에 일제에 대한 정면 항거는 불가능했다. 일본에서도 출현하자 바로 압살된 프롤레타리아문학을 식민지에서 할 수 있다고 여긴 것은 착각이었다. 투쟁의 구호는 내세우지 않고 오직 내실만 소중하게 여기면서, 암시, 상징, 풍자 등의 방법으로 식민지통치를 비판하고 민족해방의 의지를 다지는 문학을 하는 것이 마땅한 대응책이었다. 드러내놓고 말하지 않으면서 민족을 이끄는 사명을 수행하는 창작물이 깊은 공감을 얻었다.

시의 양상을 보면 표면의 혼란이 내면의 깊은 층위까지 이르지 않았다. 한편에서는 시조를 부흥하자고 하고, 다른 쪽에서는 일본의 전례에 따라 자유시를 써야 한다고 할 때, 그 어느 쪽에도 기울어지지 않은 시인들이 있어 전통적 율격을 변형시켜 계승하면서 일제에 항거하는 민족의 의지를 고도의 시적 표현을 갖추어 나타냈다. 이상화·한용운·김소월이 그 선두에 서서 남긴 뛰어난 작품이 널리 애송되고 민족문학의 자랑스러운 유산으로 평가되는 것은 일본이나 중국에서는 볼 수 없는 일이다.

일제 통치기 말기에 옥사한 이육사와 윤동주는 정치적인 시인이 되고자 하지 않았다. 민족주의 이념의 시를 써서 민족의 시인이 된 것도 아니다. 고결한 마음씨를 가지고 시대의 어둠에 휩쓸리지 않고 진실하게 살고자 하는 염원을 소박한 서정시로 나타냈을 따름인데, 일제가 체포하고 감금해 죽게 해서 민족해방투쟁을 위해 순교한 지사의 반열에 올려놓았다. 문학은 정치노선이나 민족의식을 내세우는 개념적 진술보다 상위의 가치를 지닌다고 알리도록 했다.

근대소설의 확립을 사명으로 삼고, 염상섭은 《삼대》(1931)에서 시대 변화와 함께 나타난 사고방식의 차이, 이념을 둘러싼 노선투쟁의 심각한 양상을 어느 한쪽에 서지 않으려고 하면서 다면적으로 그렸다. 강경애는 《인간문제》(1934)를 써서, 연약한 여성을 주인공으로 하고 식민지하에서 전개된 무산계급 항쟁의 전형적인 과정을 섬세한 감수성을 보여주는 문체로 그렸다. 채만식은 《탁류》(1937)에서, 마음씨가 선량한 탓에 험악한 현실에 바로 대처하지 못하는 가련한 여인의 운명을 문제로 삼으면서, 의식이 깨어나는 것을 암시하는 작업을 판소리를 계승하면서 전개했다.

식민지통치에서 해방된 뒤에는 남북이 분단되고, 양쪽의 작가들이 서로 교류하지 못한 채 각기 다른 문학을 했다. 남쪽에서는 유럽문명권 문학의 새로운 사조를 받아들여야 한다는 비평가들이 커다란 영향력을 행사하고, 북쪽에서는 사회주의적 사실주의를 창작의 지침으로 삼아야 한다고 했다. 그러면서도 민족사의 전개를 서사시나 역사소설에 담아 기념비적 작품을 이룩하고자 한 것은 서로 같다. 그런 작품으로 북쪽의 조기천의 《백두산》이나 이기영의 《두만강》, 남쪽의 신동엽의 《금강》이나 박경리의 《토지》가 높이 평가되고 많은 독자의 호응을 얻었다.

마무리

위에서 고찰한 세 가지 사실은 한국문학사가 기존의 편견을 넘어서 세계문학사를 실상대로 깊이 이해하는 데 크게 도움이 되는 구체적인 증거이다. 세 가지 사실을 한국의 경우와 대등한 증거력을 가지고 하나씩 갖춘 문학은 여기저기 있다. 그러나 셋을 구비한 곳은 한국뿐이 아닌가 한다. 한국문학을 제대로 알아야 세계문학을 올바르게 이해할 수 있다고 말해도 된다.

한국문학은 우수하다고 말하지는 않아야 한다. 문학에서 우열을 다투는 것은 그릇된 사고방식이다. 문학의 가치는 상대적이다. 역사적인 단계나 상황, 또는 평가자의 관점에 따라 달라진다. 상황이 달라지면 새로운 관점을 갖추고 문학사를 다시 쓰는 것이 당연하다. 내가 한 작업은 그런 제한성과 특징을 가진다는 것을 인정하고, 지금 당면하고 있는 과업 수행에 구체적으로 기여하고자 한다.

한국문학에 세계문학사 전개를 새롭게 이해하는 데 필요한 소중한 증거가 있다고 할 수 있는 이유를 간추려 정리해보자. (1) 다른 여러 곳에서도 널리 갖추고 있다가 중간에 상실한 유산을 한국에서는 비교적 잘 보존하고 있다. 구비서사시는 이에 해당한다. (2) 문명권의 중심부나 주변부에서는 없는 특징을 중간부에서 지녀 문명권의 구조와 변천을 잘 이해할 수 있게 한다. 공동문어문학과 민족어문학의 관계는 이에 해당한다. (3) 식민지 통치를 겪으면서 당한 격심한 불행이 보람 있는 창조의 원천이 되었다. 근대문학은 이에 해당한다.

(3)은 민족분단의 고통을 넘어서 통일을 바람직하게 성취하는 데 문학이 큰 기여를 한다고 믿어도 되는 근거가 된다. (2)는 불필요한 갈등을 넘어서서 동아시아 여러 나라가 동일 문명권의 결속을 다시 다지는 데 한국이 주도적인 구실을 해야 하는 이유가 된다. (1)은 문자생활을 제대로 하지 못해 구비문학을 소중한 유산으로 삼아 미래를 창조하고자 하는 많은 민족의 동지 노릇을 하는 임무가 한국인에게 부여되어 있다고 말해준다.

붙임

한국문학회에서 기조강연을 60분 동안 하라고 하고, 토론시간은 배정하지 않았다. 나는 토론 시간을 확보하기 위해 발표를 40분으로 줄이고, 나머지 시간에는 토론을 하자고 했다. 모스크바에서 겪은 갑갑함에서 벗어나려고 토론을 발표보다 더욱 갈망했다.

반론은 없고 질문만 있어 토론이 격화되지 않는 것이 불만이다. 중요한 질문과 응답을 정리하고, 시간 부족으로 미처 하지 못한 말을 많이 보탠다. 글을 쓰는 동안에 할 말이 자꾸 늘어나려고 해서 적절한 선에서 멈춘다.

질문: 한국문학에서 세계문학의 보편성을 찾기만 해서는 되는가? 한국문학의 특수성도 힘써 밝혀야 하지 않는가?

응답: 보편성과 특수성은 양면의 관계를 가져 둘 다 밝혀야 하지만, 작업의 우선순위가 시대에 따라 달라진다. 민족주의 시대인 근대에는 자국문학의 특수성 예찬을 소중한 과업으로 삼았다. 근대 다음 시대는 보편주의를 지향하는 것이 마땅하므로, 세계문학의 보편성을 자국문학을 일차적인 자료로 이용해 찾아내는 연구에 힘써야 한다. 우리는 근대 민족주의 학문을 늦게 시작해 뒤떨어졌으므로, 후진이

선진이 되는 생극론의 원리에 따라 다음 시대의 보편적 학문을 먼저 시작해 세계적인 변화를 선도할 수 있어야 한다. 일본보다는 조금, 유럽문명권보다는 많이 낙후한 것을 역전의 발판으로 삼아 커다란 비약을 이룩할 수 있다. 이것이 바로 내가 하고자 하는 일이다. 혼자만으로는 힘이 부족하므로 많은 동지가 있어야 한다.

질문: 한국문학을 외국에 알리는 번역에 힘써야 한국문학이 세계문학으로 평가되지 않는가?

응답: 외국인을 만나지 않아도 한국인은 인류이듯이, 외국에서 몰라주어도 한국문학은 세계문학이다. 한국문학이 세계문학의 보편적 가치를 어떻게 지니고 있는지 밝혀 논하는 연구를 축적하고 널리 알려야 한다. 이 작업에 동참하는 외국인 인재를 양성하는 것이 긴요한 과제이다. 한국문학 작품 번역을 일회용 사업으로 삼지 말고, 능력을 제대로 갖춘 외국인 전공자가 스스로 선택해서 지속적으로 하도록 해야 뿌리가 내리고 가지가 뻗는다.

한국에 와서 공부하는 외국인을 잘 가르치는 것이 한국문학을 외국에 알리기 위해 가장 힘써 해야 할 일이다. 한국학을 하는 외국인 학자들이 국내의 어느 연구기관에 소속되어 생활비를 받으면서 자기 나라에서 자유롭게 연구와 번역에 종사하도록 하는 것이 효율적인 방안이다. 정년퇴임을 한 국내의 석학을 외국에 파견해 한국학을 하는 학자들을 현지에서 도와주도록 할 필요도 있다.

세계 도처에서 한국어를 배우려는 열기가 대단하다. 말을 가르치는 데 그치지 않고, 문화를 알게 해야 한다. 한국문화 특히 문학을 보편주의 관점에서 연구하는 업적을 축적해야 인류를 위해 널리 봉사하는 한류 학문을 할 수 있다. 어설픈 문화 정책 때문에 일을 망치지 않을까 염려된다.

질문: 한국문학을 전공하는 사람에게 세계문학 공부를 널리 하라는 것은 무리가 아닌가?

응답: 외국에 의존하려고 공부를 넓게 해야 하는 시대가 지나 이제는 한국문학만 연구하면 될 것 같으나 그렇지 않다. 세계문학을 널리 알고 광범위한 비교연구를 해야 한국문학 연구에서 얻은 성과의 의의를 확인하고 확대할 수 있다. 세계문학을 널리 알리려면 외국어 공부를 많이 해야 하는 것이 큰 부담이다. 서로 다른 외국어를 아는 사람들이 긴밀하게 협동하는 것이 바람직한 방안이다.

나는 《세계문학사의 허실》에서 영·독·불·한·중·일어 원문은 직접 다루고, 이탈리아어와 러시아어 저작은 도움을 받아 이해했다. 스페인어를 비롯한 다른 여러 언어는 불통인 것이 결함이라고 했다. 세계문학을 제대로 이해하려면 많은 외국어를 알아야 한다. 산스크리트, 아랍어, 말레이어, 페르시아어 같은 것들을 우선적으로 활용해야 한다. 개인의 능력 확대는 한계가 있으므로, 이런 외국어에 각기 능통한 사람들이 있어서 서로 도와야 한다. 외국어 교육의 획일화로 아는 말은 누구나 알고, 모르는 말은 아무도 모르는 것을 크게 개탄한다.

질문: 선생님의 연구는 어느 정도의 호응을 얻는가? 특히 외국의 반응을 알고 싶다.

응답: 16개국에 가서 50회쯤 발표를 하면서, 충격을 받고 찬동한다는 반응을 얻었다. 특히 일본 학자들과 많은 논란을 하고, 생각이 바뀌기 시작하는 변화를 확인한다. 일본어로 번역된 책이 《동아시아문명론》을 비롯해 셋이고, 하나 더 진행되고 있다. 역자의 서문에 적극적인 평가가 나타나 있다. 일본인의 시각을 넘어서서 일본문학 이해를 확대한 것을 특히 놀라운 성과로 받아들이고 있다. 《동아시아문명론》은 중국어와 월남어로도 번역되었다. 《한국문학통사》는 국내에서 6만질 가까이 팔렸으며, 불어판에 이어서 영어판도 곧 나온다.

국내 고전문학 전공자들 대다수, 한국학이나 인문학 연구자 상당수가 내 학문에 깊은 관심을 가지고 연구에 동참하고자 한다. 올해 2017년 한 해 동안 열 곳 이상에서 강연을 해달라는 부름을 받는 것이 적극적인 호응의 증거이다. 그래도 응답이 많이 있다.

평론가로 자처하는 현대문학 전공자들은 내 논저를 외면하고, 자기네가 하는 작업과 직결되는 선행업적마저 언급조차 하지 않는 풍조가 있다. 현대문학 영역의 배타적 주권, 연구를 외면해도 되는 평론의 면책특권, 논리를 무시하는 글쓰기의 전횡을 수호하기 위한 특단의 대책이 아닌가 한다. 학생들에게 피해를 끼치는 것이 안타깝다.

자폐증을 지녔다고 할 만큼 시야가 좁고 아는 것이 모자라, 일본을 거쳐 유럽의 근대문학을 이식한 것이 한국문학의 운명이라고 착각하는 사람들이 적지 않다. 멀리서 바라보기나 하는 유럽은 물론 가까이 있는 일본에 대한 열등의식마저도 버리지 못하고 주위에 전염시키는 것을 우려하지 않을 수 없다.

자폐증 치료를 시작하고 열등의식에서 벗어나려면, 우리 고전문학 공부부터 제대로 해야 한다. 《한국문학통사》를 숙독하고 주요 작품을 읽는 성실한 학생이 되어야 한다. 《하나이면서 여럿인 동아시아문학》을 참고해, 일본문학도 고전으로 올라가 제대로 알기 위해 노력해야 한다. 유럽문학을 멀리서 바라보면서 선망과 존경의 대상으로 삼지 말고, 《세계문학사의 전개》를 안내자로 삼아 가까이 다가가 적극적인 탐구의 대상으로 삼아야 한다. 제3세계문학에 대한 광범위한 이해는 더욱 바람직하다.

배우고 따르고 하라는 것은 아니다. 어느 책이든지 빠지면서 읽기만 하지 말고 따지면서 읽고, 자기 생각을 쓰면서 읽기까지 해야 한다. 비판적인 사고를 하는 것이 창조학으로 나아가는 출발점이다.

2. 한국문학과 동아시아문학

알림

2003년 10월에는 프랑스 파리 국립동양어대학(INALCO, Institut national des langues et civilisations orientales)에 초청을 받고 가서 강연을 했다. 모스크바에 갔던 그해 넉 달 뒤의 일이다. "Caractéristiques de la littérature coréenne moderne"(한국근대문학의 특질)이라고 하는 불문 원고를 써 가지고 갔다. 여기서는 그 원고 국문 번역을 앞에 내놓고, 불문 원문을 첨부한다.

불문 원고에서 어렵고 복잡한 말은 할 수 없고, 반드시 알리고 싶은 기본적인 사항만 이해하기 쉽게 설명했다. 국문으로 번역하려고 하니 양쪽의 어법이 달라 공사가 컸다. 내용이 미비해 대폭 보완해야 하지만, 너무 나가지 않기로 했다. 국내의 독자에게는 더 많은 것을 말해주는 논저가 많이 있으므로, 원문을 되도록 충실하게 재현하는 국문본을 만들어 프랑스의 청중이 어떤 이야기를 들었는지 짐작할 수 있게 하기로 했다.

나는 불문학을 공부하다가 국문학을 연구하고 국문학 교수가 되었다. 프랑스 파리는 여러 번 가고, 대학에서 강의를 하기도 해서 아주 친근한 곳이다. 러시아에서는 러시아 말 통역을 통해 강연을 할 때와는 모든 것이 아주 달랐다. 불어로 강연을 하고 청중이 하는 말을 알아들으니 죽을 맛이 사는 즐거움으로 바뀌었다.

청중의 관심을 고려해 강연의 주제를 선택했다. 유럽문학의 영향이 아시아에 미쳐올 때, 프랑스 상징주의 시의 율격이 주는 충격에 대응해 동아시아 각국은 근대시의 율격을 각기 어떻게 만들었는가? 이런 물음을 던지니, 프랑스 청중이 예상한 대로 깊은 관심을 가졌다. 이 물음에 대답하면서 전개하는 본론은 만만치 않은 것이었다.

말은 쉽게 해도 내용 이해는 쉽지 않은 것을 어쩔 수 없었다.

프랑스 상징주의 시의 율격에 대한 대응이 동아시아 각국에서 달라진 것은 천여 년 전에 중국에서 받아들인 漢詩의 율격에 대한 대응한 방식을 유사하게 재현했기 때문이다. 한국의 시는 두 차례 모두 민요와 깊은 관련을 가진 독자적인 율격을 이룩한 것이 특징이다. 그런 시적 표현의 능력으로 일본의 식민지통치에 저항했다. 그곳 청중이 전연 들어보지 못한 말을 했다.

청중이 신선한 충격을 받은 것은 분명히 확인했으나, 토론다운 토론은 없었다. "훌륭하다", "미처 모르고 있던 사실이다", "좋은 강연을 해주어 감사하다"고 하는 등의 반응을 보여주기나 했다. 질문은 "당신은 불문학 교수가 아닌 한국문학 교수라면서 어떻게 그런 이야기를 불어로 하는가?"라고 하는 것이 고작이었다.

불문 원고는 잘 썼다고 자신할 수 없어 한국문학을 전공하는 프랑스 학자 부셰(Daniel Bouchez)의 교열을 받았다. 국문 번역문은 흠잡을 수 없게 쓸 수 있는 것도 아니다. 여러 사람에게 보이고 잘못을 지적해달라는 과정을 거쳤다. 글을 잘 쓰기 어렵고, 번역은 더 어렵다. 여기 내놓는 자료를 글을 쓰고 번역하는 어려움을 고찰하는 데 이용하기를 바라면서 하는 말이다.

내가 쓴 불문 원고를 국문으로 옮기면서 번역의 어려움을 실감했다. 어순이나 어법이 달라 말을 바꾸어야 한다. 사고방식의 차이를 고려해야 하니 아주 힘들다. 독자가 알고 있는 것과 아직 모르는 것이 서로 달라, 내용을 적절하게 조절해야 한다. 줄여도 되는 부분과 상론이 필요한 부분이 같을 수 없다. 보충설명은 많이 달라야 한다.

국문본을 우선 대강 만들어 우리문학 연구를 반성하도록 하는 데 썼다. 숙명여자대학교, 강원대학교 등 여러 대학에서 강연 원고로 이용하고, 《한국어와 문화》(숙명여자대학교 한국어문연구소, 2010); 《조동일 평론선집》(지식을만든지식, 2015)에 수록했다. 구고의 결함을 시정하고 미비점을 보충해 일단 완성판이라고 할 수 있는 신고를 만들어 여기 내놓는다.

국문본 서두의 〈동아시아 각국문학의 기본 특징〉은 불문본에는 없는 것인데 일찍부터 추가해 국내 학생들의 시야를 넓히는 서론으로 사용했다. 김소월과 한용운의 시는 불역을 이용해 거론했으나, 이상화·김영랑·이육사의 시는 불역을 이용할 것이 없고, 번역을 잘할 자신이 없어 다루지 못하다가 국문본에서 보충했다. 마지막 대목 〈동시대의 다른 문학〉은 국내 학생들에게 설명하려면 품이 든다고 여겨 번역을 유보하고 있다가 이제 옮겨놓고 글을 완성한다.

각주는 불문본에 없던 것을 국문본에는 넣어 더 알고 싶으면 이용하도록 했다. 소제목도 불문본에는 없고, 국문본에만 있는데, 그 이유를 말할 필요가 있다. 불문본에 소제목이 있으면 청중이 생소하다고 여겨 진행을 멈추고 설명해야 하는 어려움이 있을까 염려했다. 이름 때문에 지체하지 않고 실상과 바로 만나기를 원하는 것이 그쪽의 취향인 점도 고려했다. 우리 쪽에는 正名의 전통이 있어 무엇을 말하려고 하는지 분명하게 알리고 논의를 시작해야 한다. 이런 차이점도 연구 과제이다.

보완해 완성한 신고 국문본을 가지고 본격적인 토론을 하는 기회가 있기를 간절하게 바란다. 발표는 원고를 읽어보도록 하는 것으로 대치하고, 토론만 장시간 동안 철저하게 하면 얼마나 좋을까. 관심을 공유하는 전문 학자들이 끝장토론을 해서 중의를 모아 판결을 내려야 연구사의 한 단계가 정리된다. 그런 날이 오기를 기대하고 주제발표 원고를 미리 읽어보라고 배부한다.

동아시아 각국문학의 기본 특징

한국문학은 구비문학·한문학·국문문학으로 이루어져 있다. 국문문학은 고전문학과 현대문학으로 구분된다. 동아시아 다른 나라 문학도 모두 이와 같다. 중국에서는 古漢語라고 하는 글을 동아시아 다른 나라에서는 일제히 漢文이라고 하므로, 중국이 이에 호응해 漢文學이라는 용어를 함께 사용해야 한다.3) 국문문학은 민족구어기록문학을 뜻한다고 의미 규정을 해야 할 용어이다.

통일된 용어를 사용하면서 거시적으로 살피면, 여러 나라의 경우를 함께 다루는 동아시아문학론을 이룩할 수 있다. 동아시아문학을 다른 문명권의 문학과 비교해 세계문학 일반론으로 나아갈 수 있다. 한국문학·동아시아문학·세계문학의 관련양상을 총체적으로 해명할 수 있다.

동아시아 각국 문학의 전반적인 양상을 다음의 표로 나타낼 수 있다. +로 해당 문학의 비중을 나타낸다. 비중 평가는 자기 나라 안에서도 할 수 있고, 다른 나라와의 비교에서도 할 수 있다.

	중국	한국	월남	일본
국문문학	+	+ +	+ +	+ + +
한문학	+ + +	+ +	+ +	+
구비문학	+	+ + +	+ +	+

한문학은 문명권의 중심부인 중국이 선도해 모범을 보였다. 한국과 월남은 중간부답게 적극 동참하고, 일본은 뒤떨어져 주변부의 특징을 나타냈다. 국문문학은 등장 순서가 한문학과 반대여서, 주변부 일본이 앞서고, 한국과 월남이 그 다음이며, 중심부 중국이 가장 낙

---

3) 2004년 10월에서 대만에서 〈동아시아 한문학사의 하한선 문제〉라는 발표를 하면서, 일본·한국·월남에서 일제히 같은 뜻으로 사용하는 한문이나 한시라는 용어를 중국에서 받아들여야 한다고 했다. 《세계·지방화시대의 한국학 3 국내외 학문의 만남》(계명대학교출판부, 2006)에 논문 전문이 있다.

후했다. 和歌(와카), 향가 및 시조, 백화시가 나타난 시기의 차이가 그렇게 해서 생겼다. 월남의 국음시는 한국의 시조와 나란히 출현했다.

구비문학의 비중이 서로 다른 것은 중심부·중간부·주변부의 차이로 설명하기 어려운 측면이 더 크다. 중국·월남·일본인은 다른 민족을 밀어내거나 억압하고 국가를 이룩하며 고급문화를 발전시키는 과정에서 구비문학 공동체를 손상했다. 피해자들은 소수민족으로 존속하면서 구비문학을 저항의 방법으로 삼았다. 한국의 경우에는 그런 충돌이 상대적으로 미약했으며, 제주도민이 본토의 가해자와 상당한 동질성을 가졌다.

구비문학은 문학의 모체이고 동력이다. 이런 사실이 구비문학의 비중이 큰 한국문학사에서 특히 선명하게 확인되고, 다른 나라의 경우에는 다소의 제약조건이 있었다. 《한국문학통사》에서 문학사를 구비문학·한문학·국문문학의 관계사로 서술한 방법을 다른 나라에서는 채택하지 않는 것은 사정이 달라 시야가 흐려진 탓이라고 할 수 있다.

내가 정립한 문학사의 이론이나 서술 방법은 한국문학사에서 의의를 가지는 데 그치지 않는다. 문학사 비교론 또는 문학사 일반론을 이룩하는 근거나 지침이 된다. 긴요한 사례를 들어 논의를 구체화하고자 한다.

한시 수용과 민족어시의 대응[4]

중국에서 한문을 받아들이고 한시 창작에 동참하면서, 동아시아 여러 나라는 구비문학에서 기록문학으로 나아가는 작업을 진행했다. 자국의 시가를 표기하는 방법을 마련하고, 한시의 충격에 대응해 독

---

4) 이에 관한 논의는 〈민족어시의 대응 방식〉, 《하나이면서 여럿인 동아시아문학》 (지식산업사, 1999)에서 자세하게 했다.

자적인 시가 율격을 정비했다. 그 작업이 언어 조건이 각기 달라 상이하게 이루어졌다. 구체적인 양상을 비교해 고찰해보자.

월남어는 중국어처럼 고립어이고 성조어여서, 한시의 5언시나 7언시를 자국어로 재현할 수 있었으며, 푸仄(평측)까지 갖추었다. 그렇게 해서 국음시라는 것을 확립했다. 5언 또는 7언의 규칙이 민요의 율격에 맞지 않아 6언과 8언의 교체형 같은 변형이 생긴 것은 후대의 일이다.

한국어나 일본어는 고립어가 아닌 교착어이다. 두세 음절의 체언에 토가 붙고, 용언이 활용을 한다. 나타내는 내용을 뜻하는 '정보량', 사용된 음절의 수를 말하는 '음절수'라는 용어를 사용해 말해보자. 한국이나 일본의 민족어시 한 줄은 한시 한 줄과 정보량이 같거나 아니면 음절수가 같아야 했다. 그 둘을 겸할 수는 없었다.

한국은 정보량을, 일본은 음절수를 선택했다. 한시와 한국어시는 정보량이, 한시와 일본어시는 음절수가 대등하다. 선택 가능한 둘 가운데 양쪽이 같은 것을 선택하지 않고 하나씩 나누어 가졌다. 한국이 음절수를, 일본은 정보량을 택하는 반대의 결과는 나타나지 않았다. 그 이유가 무엇인가? 이 의문을 해결하려면 자료에 대한 면밀한 분석에 주변의 사정에 관한 광범위한 고찰을 보태야 한다.

한국시가의 율격은 민요와 밀접한 관련을 가졌다. 세 토막 또는 네 토막이 되풀이되고 토막을 이루는 음절수가 가변적인 민요의 율격을 받아들여 다소 변형시켜 사용했다. 줄 수를 고정시키고, 마지막 줄 서두의 두 토막의 음절수를 특별하게 하는 정도의 규칙을 추가했다. 그것이 향가에서 시조로 전해졌다.

일본에서는 그렇게 하지 않고, 음절수가 57577인 和歌의 율격을 만들어 한시와 민족어시의 음절수가 같게 했다. 5언시나 7언시를 그대로 두지 않고 둘을 섞은 것은 독자적인 변형이다. 한시의 평측을 언어 사정 때문에 재현하지는 못하므로 5555나 7777이라고 하면 너무 단조로워, 양쪽을 57577로 결합해 반복과 변화가 함께 나타나도록 했다.

　이런 견해는 일본 학계의 통설과 어긋난다. 일본 학계에서는 민요의 율격을 歌謠(카요)에서 받아들여 정비하고, 카요의 율격을 다시 가다듬어 和歌가 이루어졌다고 한다. 그러나 민요는 물론 가요에서도 57577은 찾기 어렵다. 일본민요는 한국민요처럼 음절수가 가변적인 토막들로 이루어져 있다. 동일한 한시를 한국과 일본에서 각기 번역한 것을 보면 율격이 거의 같다. 양쪽의 번역시는 음절수가 가변적인 토막으로 구성된 율격을 공유물로 한다.

　음절수가 가변적인 토막 율격과 음절수가 고정불변인 율격은 원리상 아주 다르다. 일본의 민요가 가요로, 가요가 다시 和歌로 바뀌면서 율격의 원리가 달라졌다고 하는 추론은 타당하지 않다. 자연스러운 변화가 진행되다가 질적 비약이 나타났다고 하는 것은 무리이다. 민요나 가요와는 이질적인 율격 57577은 한시의 음절수를 재조정해 재현한 인위적인 창조물임을 인정해야 한다.

　언어 조건이 같고 민요의 율격이 유사한데 한국시와 일본시는 왜 이처럼 서로 다른 길을 택했는가? 지금 제시할 수 있는 최상의 해답은 민족어시의 율격을 가다듬은 상층 지식인이 민요 전승의 주역인 기층민중과 가깝고 먼 차이 때문이라고 할 수 있다. 한국의 상층 지식인은 기층민중과 가까운 관계를 가져 민요를 이용해 고급의 시형을 만들었다. 일본에서는 기층민중과 상당한 거리가 있는 귀족 시인들이 정교하게 다듬은 인위적인 창조물로 고급의 시형을 만들었다.

　한국의 시형은 변화를 줄곧 겪어, 향가, 경기체가, 시조, 가사 등이 출현했다. 민요의 여러 시형 가운데 기득권을 가지지 않은 다른 것이 새롭게 치밀어 올라 시가사를 변혁시켰다. 민요와는 다른 별세계이고, 민요와 연결되는 통로가 없는 和歌에서는 같은 변화가 일어나지 않았다. 57577을 줄곧 유지하다가, 575라는 축소형 俳句(하이

쿠)가 나타났을 따름이다.

시가 율격은 문명과 문화의 관계를 핵심 구조를 들어 말해주는 의의가 있다. 산스크리트 시, 아랍어 시, 라틴어 시가 이들 언어를 공동문어로 하면서 민족어시를 일으킨 여러 민족에게 어떻게 받아들여지고 재창조되었는가 하는 연구가 이미 상당히 진행되어 있다. 그 결과를 여기서 하는 작업과 비교해서 아울러 논의를 양적으로 질적으로 발전시켜야 한다. 율격 문제에 관한 세계적인 총괄론을 이룩해 일반이론 창조의 모범을 보여야 한다.

상징주의시에 대한 대응 방식

동아시아 여러 나라가 한시의 율격에 대응해 민족어시의 율격을 일제히 이룩하고 천여 년이 지나 두 번째 커다란 변동이 일어났다. 유럽 근대시 특히 프랑스 상징주의시가 다가와 동아시아 각국에서 근대시가 형성되도록 자극했다. 하나는 중세화이고, 또 하나는 근대화이다. 중세화나 근대화가 외부의 영향 때문에 생겼다고 하는 것은 아니다. 자체의 요구로 내부에서 일어나는 변화가 외부에서 닥친 요인 때문에 촉진되고 구체화되었다.

전후의 사례를 비교해보면 놀랄 만한 사실이 있다. 동아시아 각국이 각자의 특성을 가지고 한시에 상이하게 대응한 방식이 상징주의시가 들어올 때 유사하게 재현되어 민족문학의 전통이 무엇이며 얼마나 완강한지 입증해준다. 이것은 문학의 지속과 변화, 독자적인 변화와 외부의 작용을 함께 파악할 수 있게 하는 최상의 자료라고 할 수 있다.

프랑스 상징주의 시인들은 자기 나라의 문제아였다. 남들이 알아주지 않고 삶의 보람을 찾기 어려워 '저주받을 시인들'(les poètes maudits)이라고 자처한 일군의 불만분자들이 사회에 대한 반감을 시로 나타냈다. 독자와 단절되어 고독과 소외를 깊이 느끼면서, 지금까지의 시에서는 찾을 수 없던 절대적인 아름다움을 추구했다.

그런 시인들이 바라는 바가 전혀 아니었는데, 반역의 언사가 밖에 알려져 감동을 주고 찬사를 받으면서 나라를 빛내고 식민지 통치를 돕는 역설적인 사태가 벌어졌다. 유럽 열강이 세계를 제패할 때, 군함이나 대포의 만행을 은폐하고 유럽을 미화하는 구실을 낭만주의 음악, 인상주의 미술의 뒤를 이어 상징주의시가 또한 적극적으로 수행했다. 자기 나라에서는 평가가 엇갈린 문제의 예술가들이 본의 아니게 문화제국주의의 첨병이 되었다.

프랑스 상징주의시를 읽고, 세계 도처에서 충격을 받고 대응 방식을 강구했다. 아랍 세계에서는 수백 년 전 아랍시의 전성시대에 이룩한 형식과 표현의 아름다움을 힘써 이어받고자 하는 신고전주의가 나타났다. 동아시아 시인들의 대응 방식은 나라에 따라 상당한 차이가 있어 각기 고찰할 필요가 있다.

프랑스의 통치를 받던 월남 사람들은 프랑스어 교육이 강요된 탓에 번역을 통하지 않고 원시를 읽으면서 율격의 아름다움을 커다란 도전으로 받아들였다. 거기 맞서는 방법이 월남의 정형시를 재정비하고 새로운 형식을 추가하는 것이었다. 한시의 자극을 받고 정형시를 정립한 전통이 필요한 역량을 제공했다.

정보량과 음절수가 대등한 시를 만들어 한시와의 경쟁에서 이겼다고 여긴 전례가 천여 년이 지난 뒤에 그 지혜를 다시 발휘하면서, 새로운 싸움을 위한 발판이 되었다. 정형시를 정비하고 추가해 율격의 아름다움에서는 월남이 프랑스보다 뒤지지 않고 오히려 앞선다고 자부하고자 했다. 프랑스의 우월성을 부정하고 통치를 거부하는 자격을 가졌다는 이유의 일단을 시의 율격에서 제시하고자 했다.

일본에서는 상징주의시를 보고 그것과 정보량이 대등한 시를 만들어야 한다고 판단했다. 정보량은 버리고 한시와 음절수가 대등한 시를 만든 전례를 되풀이해서는 근대시가 될 수 없어 선택의 방향을 바꾸어야 했다. 일본시가 57577을 고수하면 상징주의시와 정보량이 대등할 수 없었다. 57577을 그대로 사용할 수 없다고 판단해 변형을 시도했으나 인정할 만한 성과를 얻지 못했다. 너무 엄격한 규칙이어서 변형의 여지가 없었다. 57577에서 벗어나려면 율격의 규칙이 없는 시를 써야 했다.

그런 것을 자유시라고 하는 명칭과 약간의 선례가 프랑스 상징주의 시 주변부나 서양 다른 나라 시에 더러 있어 반색을 했다. 상징주의시의 본류는 전혀 그렇지 않았다. 보들래르(Baudelaire)·말라르메(Mallarmé)·발레리(Valéry)의 시는 정형시이다. 프랑스 상징주의시를 근대시의 전범으로 삼고 "근대시는 자유시이다"라고 하는 것은 앞뒤가 어긋나는 허위 진술이다.

자유시는 일본에 반드시 필요한 새로운 시형이라고 직접 말하지 않았다. "일본의 근대시는 자유시이다"라고 하면 권위가 없어 믿고 따르지 않으므로, 자유시를 수입해 근대시를 이룩한다고 해야 뜻하는 바를 이룩할 수 있었다. 상징주의시와 번역을 통해 만날 수밖에 없는 대다수 시인이나 일반인은 진상을 알지 못해 속으면서 따르기만 했다.

중국의 경우에도 5언시나 7언시의 전통적인 시형을 융통성 있게 변형시킬 수 없었다. 민요와 시의 관계는 이미 오래 전에 소원해지고, 민요의 율격을 받아들여 새로운 시형을 만든 전례가 확인되지 않는다. 근대시를 자유시로 마련하는 것 외에 다른 방법이 없어 일본과 같은 길을 갔으나, 근대시는 자유시여야 한다고 적극적으로 주장하지는 않았다.

월남과 일본이 정반대의 길을 택한 것을 주목하자. 프랑스 상징주의시가 월남에서는 대항해야 할 상대였는데, 일본에서는 스승이라고 여기고 따랐다. 월남에서는 원문으로 읽어 정체를 파악해 자기네가 앞서려고 하고, 일본은 번역을 보고 그림자라도 뒤쫓으려고 했다.

자유시로 쓴 일본의 상징주의시는 프랑스 상징주의시의 번역과 흡사해 원래의 것을 재현했다고 할 수 있다. 정보량이 대등하게 하려고 하는 희망을 실현했으나 결정적인 결함이 있다. 프랑스 상징주의시의 자랑인 아름다운 율격은 갖추지 못했다. 형식과 내용, 율격과 주제의 일치를 저버린 유사품이나 가짜를 만들어냈다.

프랑스의 전례에 의거해 "근대시는 자유시이다"라고 하는 명제가 한국에서도 널리 통용된다. 사실 여부를 모르고 따르는 시인, 비평가, 학자 등이 일본의 실패 사례를 수입하고 예찬한다. 이것은 일본의 식민지 통치를 받은 상처가 깊이 남아 있는 대표적인 사례라고 할 수 있는데, 무지의 소치로 반성론이 일어나지 않고 있다.

전통적 율격의 계승

한국에서 일본 방식으로 자유시를 쓴 것이 전부는 아니다. 자유시를 따른 듯이 보이는 시 가운데 민요에서 가져온 전통적 율격을 변형시켜 활용한 것이 적지 않다. 세 토막 율격을 김소월은 분단시키고, 한용운은 연속시켰다. 김영랑은 두 가지 방법을 함께 썼다. 이상화는 네 토막 형식의 길이를 행에 따라 다르게 조정했다. 이육사는 두·세·네 토막을 연결시켰다.

김소월의 시는 민요시이면서 자유시인 것이 있다고 김억이 말했다. 전통적 율격을 변형시켜 간직한 자유시를 지었다고 고쳐 말할 수 있다. 〈山有花〉를 한 예로 들어보자. 세 토막 두 줄 형식을 사용하면서, 세 토막을 두 토막과 한 토막, 또는 한 토막씩 분단시키는 변형을 했다. 토막을 보여주는 띄어쓰기를 하고, 세 토막이 끝나는 곳에 / 표시를 한다.

산에는 꽃피네
꽃이피네 /

갈봄 여름없이
꽃이피네/

산에
산에
피는꽃은/
저만치 혼자서 피어있네/

산에서 우는 작은새요/
꽃이좋아
산에서
사노라네/

산에는 꽃지네
꽃이지네/
갈봄 여름없이
꽃이 지네/

세 토막이 두 토막과 한 토막, 한 토막 셋이기도 하게 했다. 원형
과 변이를 정리해 나타내면 다음과 같다.

원형   변이

－ － －   － －
             －
－ － －   － －
             －

```
─ ─ ─          ─
                ─
                ─
─ ─ ─          ─ ─ ─

─ ─ ─          ─ ─ ─
─ ─ ─
                ─

                ─

─ ─ ─          ─ ─
                ─
─ ─ ─          ─ ─
                ─
```

제1연을 제4연에서 되풀이하고, 제2연을 뒤집어 놓은 것이 제3연이다. 반복과 변화가 최대한의 질서를 가지고 있어 잘 다듬어진 정형시라고 할 수 있다. 같은 짜임새를 가진 작품이 둘이 없어, 단 한 번만 창조한 자유시이다.

산에서 꽃이 피고 지는 것은 반복이면서 변화이고 변화이면서 반복이다. 제1연에서 꽃이 핀다고 하는 생성과 제4연에서 꽃이 진다고 하는 소멸은 동일현상의 두 측면이어서 같은 방식으로 나타냈다. 제2연에서 꽃이 혼자서 피어 있다는 고독과 제3연에서 작은 새가 꽃이 좋아서 산에서 산다는 동반이 포개진다고 했다.

한용운의 〈복종〉에서도 세 토막 형식을 변형시켜 이용했다. 변형의 원리는 분단이 아닌 중첩이다. 한 토막을 이루는 글자 수가 적어지기도 하고 많아지기도 하는 진폭이 크다. 같은 방식으로 분석해보자.

남들은 자유를 사랑한다지마는/ 나는 복종을 좋아하여요.
자유를 모르는것은 아니지만/ 당신에게는 복종만 하고싶어요.

복종하고 싶은데 복종하는것은/ 아름다운 자유보다도 달금합니다./ 그것이 나의 행복입니다.

그러나 당신이 나더러/ 다른 사람을 복종하라면/ 그것만은 복종할 수가 없습니다.
다른 사람을 복종하라면/ 당신에게 복종할수가없는 까닭입니다.

세 토막 한 줄이 둘 중첩되기도 하고 셋 중첩되기도 하면서 줄이 길어졌다.

원형　　　　　변이

－ － －　　　－ － － ＋ － － －
－ － －
－ － －　　　－ － － ＋ － － －
－ － －
－ － －　　　－ － － ＋ － － － ＋ － － －
－ － －
－ － －

－ － －　　　－ － － ＋ － － － ＋ － － －
－ － －
－ － －
－ － －　　　－ － － ＋ － － －
－ － －

제1연의 처음 두 줄과 제2연의 마지막 줄이, 제1연의 마지막 줄과 제2연의 첫 줄이 같다. 되풀이되기도 하고 포개지기도 한다.
　세 토막 형식을 함께 택해, 김소월이 분단을, 한용운은 중첩을 변형의 원리로 삼았다. 뿌리는 같고 지향점이 달랐다. 네 토막 형식을 갖추어 규범화되어 있는 의식형태를 거부하고, 새로운 탐구를 하는 방법을 주류에서 밀려나 있던 세 토막에서 찾으면서 김소월은 순간의 발견을, 한용운은 끈기 있는 추구를 선택했다.

김소월이 산에서 깨닫는다는 것보다 한용운이 님과의 관계를 두고 하는 생각에는 나타내야 할 사연이 훨씬 많아 시행이 길어졌다. "자유"와 "복종"이라는 두 말로 님과의 헤어짐과 만남의 의미를 집약하면서, "자유"에서 시작해 "복종"으로 끝나는 전환 과정을 두 말이 나타나는 순서와 위치가 달라지게 하면서 보여주었다. 작품이 창작원리를 말해주고 있다.

김영랑 또한 세 토막 형식을 택해, 분단과 중첩을 함께 하고 그 둘을 복합시키기도 했다. 김소월이나 한용운보다 더 많은 것을 이루려고 했다. 《시문학》 창간호에 〈동백 잎에 빛나는 마음〉이라는 제목으로 발표하고 《영랑시집》에 수록할 때에는 제목 없이 1번이라는 번호만 붙인 작품이 바로 그런 예이다. 변형을 더 많이 한 뒤의 것을 들고, 원문에서 율격 단위의 띄어쓰기를 한 것을 살리면서, 세 토막이 끝난 곳을 표시한다.

내마음의 어딘듯 한편에/ 끝없는
강물이 흐르네./
도처오르는 아침 날빛이/ 빤질한
은결을 돋우네./
가슴엔듯 눈엔듯 또핏줄엔듯/
마음이 도른도른 숨어있는곳/
내마음 어딘듯 한편에/ 끝없는
강물이 흐르네./

무언가 분명하지 않은 느낌이 계속될 때에는 3·3 토막을 자르고 보태 4·2 토막인 것처럼 보이게 하다가, 감흥이 고조되어 같은 말을 되풀이하는 노래가 나올 때에는 3·3 토막 본래의 모습으로 되돌아갔다. 4·2 토막으로 보이는 원래의 상태로 되돌아갔다. 원형과 변이를 정리해 나타내면 다음과 같다.

원형   변이
− − −   − − − + −
− − −   − −
− − −   − − − + −
            − −
− − −   − − − −
− − −   − − −
− − −   − − − + −
            − −

그래서 무엇을 말했는가? 개념화하거나 설명할 수 없는 마음의 움직임을 운율과 어감에다 실어 그 흐름과 매듭을 선명하게 보여주고자 했다. 프랑스 상징주의가 시를 음악으로 만들었다고 자랑하는 것 이상의 오묘한 경지에 이르렀다.

세 토막 형식이 계속 존중되고 다양하게 활용되었다고 해서 네 토막 형식은 잊힌 것이 아니다. 그 가치를 새롭게 발견해 전과 다른 방법으로 이용할 수 있었다. 이상화의 〈빼앗긴 들에도 봄은 오는가〉를 보자. 토막 단위로 띄어쓰기를 해서 제2·3연을 든다.

나는 온몸에 햇살을 받고
푸른하늘 푸른들이 맞붙은 곳으로,
가르마같은 논길을따라 꿈속을가듯 걸어만간다.

입술을 다문 하늘아 들아,

내맘에는 내혼자온것 같지를 않구나.
네가끌었느냐 누가부르더냐 답답워라 말을해다오.

한 토막을 이루는 자수는 원래 넷을 기준으로 하고, 셋에서 다섯까지인 것이 예사이다. 둘째 줄은 그 원칙을 그대로 지키고 있다. 첫째 줄에서는 한 토막을 이루는 자수가 줄어들어 둘이나 셋이다. 셋째 줄의 경우에서는 넷에서 여섯까지로 늘어났다. 네 토막 형식을 이으면서 토막을 이루는 글자 수를 첫줄에서는 줄이고, 둘째 줄에서는 그대로 두고, 셋째 줄에서는 늘이는 변형을 했다. 허용될 수 있는 범위 안의 변형을 무리하지 않게 갖추면서 전에 볼 수 없는 독자적인 시형을 창조했다.

네 토막을 택한 것은 걸어간다고 했기 때문이다. 보행의 율격은 네 토막이다. 세 토막은 무용의 율격일 수는 있어도 보행의 율격은 아니다. 네 토막을 있어온 그대로 되풀이하지 않고, 창조적 변형을 이룩했다. 지금은 남의 땅이 된 들판을 걸어가면서 느끼는 울분을 처음에는 절제하다가 다음 단계에는 적절하게 조절하더니 나중에는 마구 터뜨려 한 토막을 이루는 글자 수가 줄어들었다가 늘어났다.

네 토막과 세 토막은 택일해야 하는 관계에 있는 것은 아니다. 서로 다른 토막수를 결합하는 시도를 여러 시인이 했다. 그 가운데 특히 주목해야 할 것이 이육사의 〈광야〉이다. 첫 연과 마지막 연을 든다. 토막 단위로 띄어쓰기를 한다.

까마득한 날에
하늘이 처음 열리고
어디 닭우는 소리 들렸으랴.
다시 천고의 뒤에
백마를 타고오는 초인이있어,

이광야에서 목놓아 부르게 하리라.

한 연씩 따로 보면 토막 구분이 분명하지 않다. 앞뒤의 연을 견주어보면, 자수에는 변화를 두고 첫 줄은 두 토막, 둘째 줄은 세 토막, 넷째 줄은 네 토막으로 이루어져 있는 것이 확인된다. 토막 수를 단계적으로 늘이면서 다시 열릴 역사에 대한 기대가 차츰 커진다고 했다.

같은 시대의 다른 문학

일본의 식민지 통치는 저항문학을 허용하지 않았다. 한국인은 조국을 잃은 슬픔이나 독립의 염원을 간접적인 방법으로 나타낼 수밖에 없었다. 엄격한 규제를 감수하면서 써야 하는 사실적인 소설보다 상징적 수법을 사용하는 시가 소통의 범위가 더 넓고 울림이 컸다. 그런 시를 개척한 한용운, 김소월, 이육사, 윤동주 등이 민족의 혼을 일깨운 선각자라고 칭송된다.

일본 정부는 자국의 문학에서도 정치적 자유를 허용하지 않았다. 시인들은 사명감을 가지고 실현해야 할 목표가 있다고 여기지도 않았다. 대중과의 대화를 거부하고, 고답적인 자세로 감각의 세계로 들어가는 길을 택했다. 北原白秋(키타하라 하쿠슈)의 애잔한 심상, 萩原朔太郎(하기와라 사쿠타로)의 고독어린 독백이 감수성을 내세워 일본 시단을 지배했다. 소설가들도 서정적인 감각을 선호하는 경향에 동참했다.

월남도 식민지 통치의 시련을 겪었으나, 통치자 프랑스는 인권 존중을 표방하고 조금은 민주적이어서 일본과 달랐다. 자국어를 버리고 프랑스어를 사용하면서 사회참여와 무관한 작품을 쓰는 작가도 더러 있었다. 토 후우(To Huu)가 선도하는 애국적인 시인들은 월남어시를 새롭게 쓰면서 독립투쟁의 험한 길로 나섰다. 해방과 혁명을 위한 외침을 합법·비합법의 갖가지 방법으로 민중에게 전달했다.

중국의 경우는 또 달랐다. 반식민지가 된 상태에서, 제국주의의 위협에서 조국을 구하는 문학 노선에 관한 논란을 거듭했다. 전통 존중과 서구화, 우경화와 좌경화를 두고 인민공화국이 들어선 뒤에도 다투어, 政論이 문학에서도 주역으로 등장했다. 魯迅(노신), 老舍(노사), 巴金(파금) 등의 경향소설마저 한 등급 낮은 것으로 여겼다. 서정시는 무시하고 낮추어보는 풍조가 나타났다.

붙임

Caractéristiques de la littérature coréenne moderne[5]

1

Est-il possible de caractériser la littérature coréenne moderne? Une réponse à cette question ne sera trouvée que si un exemple valable en est posé et vérifié d'une manière convenable. La métrique de la poésie est précisément cet exemple.

Les métriques des trois pays d'Asie orientale, le Vietnam, le Japon, et la Corée se sont formées et se sont transformées sous l'effet de deux chocs venus de l'extérieur : la poésie chinoise classique au Moyen âge et le symbolisme français à l'époque moderne. La réaction

---

5) L'idée de cet article est venue de mes livres écrits en coréen : 《동아시아문학사 비교론》(*Une étude comparative des histoires littéraires d'Asie orientale*, 1993) ; 《한국민요의 전통과 시가율격》(*La tradition de la chanson populaire coréenne et la métrique de la poésie*, 1996) ; 〈하나이면서 여럿인 동아시아문학〉(*Une et plusieurs littérature d'Asie orientale*, 1999) ; 《세계문학사의 전개》(*Panorama de l'histoire de la littérature mondiale*, 2002)

de ces trois pays aux mêmes chocs a été différente. Voici les traits littéraires de chaque pays.

2

La poésie chinoise classique était la norme littéraire de la civilisation d'Asie orientale. Sa métrique est formée par les quatre traits différents : (a) un vers de 5(2·3) syllabes ou un vers de 7 (4·3) syllabes, (b) la combinaison de tons plats et de tons obliques, (c) la rime, et (d) 4 ou 8 vers d'ordinaire.

Tous ces traits ont été acceptés par la poésie vietnamiennne, qui partage la même structure de la langue avec le chinois.[6] Mais sous l'influence du chant populaire, le vers de 7(4·3) syllabes a été transformé en celui de 7(3·4) syllabes et parfois en celui de 6 ou 8 syllabes. Une combinaison d'un vers de 6 syllabes et d'un vers de 8 syllabes est fixée à l'âge postérieur.

Les langues japonaise et coréenne sont très différentes de la langue chinoise. Il était impossible d'accepter les traits (b), (c) et (d) de la poésie chinoise classique. Quant au premier trait (a), il fallait choisir entre le nombre des syllabes et la quantité de l'information exprimée dans un vers.

Les fondateurs de la littérature japonaise ont préféré le premier choix, c'est-à-dire le nombre des syllabes de la poésie chinoise

---

6) Paul Schneider et al., *Nguyen Trai et son recueil de poèmes en langue nationale* (Paris: Édition du CNRS, 1987) Je présente quelques études sur la littérature vietnamienne, écrites en français, qui aident les lecteurs français à comprendre cet artcle. Mais quant aux littératures des autres pays, il faut lire les ouvrages publiés en langues nationales.

classique. Et ils ont combiné 5 syllabes et 7 syllabes de manière asymétrique. La forme ingénieuse de 5/7/5/7/7 ou 5/7/5 syllabes était le résultat d'une telle décision.

Les poètes coréens n'ont pas hésité à réaliser l'autre possibilité. Ils ont inventé des formes poétiques qui avaient une quantité de l'information, exprimée en un vers, équivalente à celle de la poésie chinoise classique. Par contre, ils ne pouvaient pas garder le nombre des syllabes, consacré par la tradition de la poésie chinoise.

La métrique du chant populaire coréen, qui est marquée de pieds, est acceptée et réglée un peu pour faire les poésies savantes. Les formes typiques sont $3(---)$ ou $4(----)$ pieds. Le nombre de syllabes d'un pied varie, ordinairement à la limite de $+2$ ou -2 à 4 syllabes.

Par exemple, la forme de *Sijo* est composée par la métrique des 3 vers de 4 pieds$(---- / ---- / ----)$. Les syllabes des deux premiers pieds du troisième vers sont moins de 4 et plus de 4. Les autres pieds ont le nombre de syllabes, qui varient à la limite de $+2$ ou -2 à 4 syllabes. Les poètes composaient en toute liberté leur oeuvre spécifique et orginale, à la condition de respecter le cadre ainsi donné.

3

Le deuxième choc est venu à l'époque moderne de l'Occident. Quand l'Europe envahissait et transformait tout le reste du monde, le symbolisme français, cet enfant à problèmes chez lui, jouait le rôle principal de l'intervention culturelle. Il est arrivé dans les pays d'Asie comme l'agent représentatif de la poésie européenne moderne. Face à ce défi, deux réactions contradictoires sont manifestées.

Les poètes vietnamiens ont réorganisé le vers régulier et ont multiplié leurs vers réguliers pour avoir une force compétitive avec la variété formelle de la poésie française.[7] Les métriques à 5 syllabes, à 8 syllabes et d'autres formes poétiques sont inventées de nouveau. Parmi les traits reçus de la poésie chinoise classique, la combinaision de tons plats et de tons obliques et la rime sont réévaluée. Même sous la domination de la France, les poètes vietnamiens voulaient garder leur supériorité culturelle, dont une propriété importante était le système de métrique.

Mais, dans la poésie japonaise, les formes traditionnelles étaient trop étroites pour exprimer les idées poétiques modernes exempliées par le symbolisme français. Quelques poètes ont tenté d'atténuer la forme rigide des 5/7/5/7/7 syllabes sans produire de résultat remarquable. La solution acceptable généralement était de composer en vers libres.

Le slogan que "la poésie moderne est le vers libre" a été fabriqué au Japon. Mais il était censé être venu de l'Europe. Presque tous les poètes, lisant les oeuvres traduites du symbolisme français, voulent écrire en vers libre suivant les maîtres respectables occidentaux.

En Corée, quelques poètes dits traditionalistes ont voulu fixer les nombres des syllabe qui avaient jusqu'à là été variables. Les formes de 4·4 syllabes, 3·4 syllabes, 7(3·4)·5 syllabes sont inventées. Le *Sijo*

---

7) Pham Dan Binh, *Poètes vietnamiens et poètes français*(Paris: Thèse de doctorat, Université de Paris−Sorbonne, 1988).

se trouve ainsi avoir la forme régulière des 3·4·3·4/ 3·4·3·4/ 3·5· 4·3 syllabes.

Il se produisait un changement fondamental dans le principe de la composition des vers traditionnels : transformation de la métrique traditionnelle en pieds à la métrique en syllabes. Une telle conversion poétique pouvait être accompagnée d'une mutilation créatrice. Malgré l'intention explicite de conserver un héritage précieux, la force créatrice de la tradition poétique en fut gravement affaiblie.

D'un autre coté, d'autres poètes qui voulaient être réputés symbolistes ou modernistes rompirent le lien avec l'expression poétique traditionnelle. Ils adoptèrent fièrement le vers libre, suivant le slogan fabriqué au Japon. A vrai dire, leurs oeuvres sont parfois de simples morceaux de prose sans aucune mesure métrique.

Les poèmes de Kim Oek, représentant le courant soi-disant traditionaliste, sont trop monotones même en idée exprimée. Les exemples extrêmes du courant moderniste, représenté par Yi Sang, sont presque incompréhensibles. S'il n'y avait eu seulement que ces deux courants, la poésie coréenne moderne mènereait seulement au désespoir.

Heureusement pour la poésie coréenne, beaucoup de poètes voulaient chercher une voie moyenne pour éviter ces deux courants excessifs. Le vers libéré, qui est à un certain point fixé et à un certain point libre, n'est pas considéré comme une solution acceptable. Ce qui était le plus important était de recréer de quelques manières nouvelles la métrique traditionelle.

Kim So-Weol(1902-1934) et Han Yong-Un(1879-1944) et ont montré les résultats excellents de la renaissance de la métrique coréenne. Ils ont modifié le principe que le nombre des pieds est fixé, et amplifié le nombre de syllabes variables dans le pied.

Entre ces deux héritages distincts, la forme du vers de 3(---) pieds est, à l'époque moderne, généralement préférée à celle du vers de 4(----) pieds, qui avait montré sa force poétique dans le *Sijo* et le *Kasa*, les deux genres dominants de la littérature du Moyen Age. Han Yong-Un et Kim So-Weol ont innové avec leurs vers de trois pieds, avec des effets d'ailleurs remarquablement contraires.

4

Kim So-Weol aimait à couper 3(---) pieds pour avoir le type de 1(-) ou celui de 2(--) pieds. Le poème "Fleurs sauvages"(산유화) est un bon exemple.

En voici une traduction : 8)

Dans la montagne les fleurs fleurissent
Les fleurs fleurissent
En toute saison
Les fleurs fleurissent

Dans la montagne
Dans la montagne
Les fleurs qui fleurissent
Fleurissent pareillement toutes seules

---

8) Kim Hyeon Ju et Pierre Mesini tr., *Fleurs d'azalée*(Paris : Éditions Autres Temps, 1998), p. 85.

Les petits oiseaux qui chantent dans la montagne
Aimant les fleurs
Dans la montagne
S'ébattant

Dans la montagne les fleurs tombent
Les fleures tombent
En toute saison
Les fleurs tombent

Voici le texte original espacé de manière à montrer les pieds :

산에는 꽃피네
꽃이피네 /
갈봄 여름없이
꽃이피네/

산에
산에
피는꽃은/
저만치 혼자서 피어있네/

산에서 우는 작은새요/
꽃이좋아
산에서
사노라네/

산에는 꽃지네
꽃이지네/
갈봄 여름없이
꽃이 지네/

Les pieds du texte sont analysés en deux degrés.

```
archetypals        transformés

— — —              — —
                     —

— — —              — —
                     —

— — —              —
                     —
                     —

— — —              — — —

— — —              — — —
— — —              —
                     —
                     —

— — —              — —
                     —

— — —              — —
                     —
```

Han Yong-Un aimait à juxtaposer 3(———) pieds pour avoir le
type de 3+3(———+———) ou celui de 3+3+3(———+———+———)
pieds. Le poème "Obéissance"(복종) en est un exemple simple et clair.

En voici une traduction: 9)

Les autres disent qu'ils aiment la liberté, mais j'ai un faible pour l'obeissance.

Ce n'est pas que j'ignore la liberté, mais je désire seulement vous obéir. À vous.

Où il y a désir d'obéir, l'obéissance est douce, plus encore que la belle liberté. Ça, c'est mon bonheur.

Mais, si vous me dites: 《Obéis à un autre》, à cela seul je ne puis obéir.

C'est que, si je voulais obéir à un autre, je ne pourrais vous obéir.

Mais la traduction ne montre pas la structure de la métrique. Il est donc indispensable de citer le texte original et de l'anayser d'une certaine manière.

Le voici espacé de façon à montrer les pieds:

남들은 자유를 사랑한다지마는/ 나는 복종을 좋아하여요.
자유를 모르는것은 아니지만/ 당신에게는 복종만 하고싶어요.
복종하고 싶은데 복종하는것은/ 아름다운 자유보다도 달금합니다./
그것이 나의 행복입니다.
그러나 당신이 나더러/ 다른 사람을 복종하라면/ 그것만은 복종할
수가 없습니다.

9) Kim Hyeon Ju et Pierre Mesini tr., *Le silence de Nim*(Paris: Éditions Autres Temps, 1996), p. 68.

다른 사람을 복종하라면/ 당신에게 복종할수가없는 까닭입니다.

Les pieds du texte sont analysés en deux degrés.

archetypals   transformés

  – – –   – – – +– – –
  – – –
  – – –   – – – +– – –
  – – –
  – – –   – – – +– – – +– – –
  – – –
  – – –

  – – –   – – – + – – – + – – –
  – – –

  – – –   – – – + – – –
  – – –

5

"Fleurs sauvages" exprime l'idée d'un changement incessant des
êtres. Le thème des fleurs qui fleurissent et tombent est ainsi choisi
pour exprimer cette idée. Le sujet du poème intitulé "Obéissance" est
le retour à la vérité absolue. *Nim*, bien-aimée idéalisée, symbolise la
vérité absolue, qui a un double caractère paradoxal, c'est-à-dire
intime personellement mais austère infiniment.

Kim So-Weo et Han Yong-Un ont écrit pour ainsi dire les
poèmes philosophiques, sans expressions abstraites et obscures. Les

mots familiers, que tout le monde comprenait, conduisaient les lecteurs sans difficulté à une réflexion profonde sur l'homme et sur la nature. C'est une poésie symboliste coréenne originale.

La métrique utilisée en ces deux poèmes joue un rôle décisif. La forme familière de 3(---) pieds fait entendre aux lecteurs coréens une voix amicale. Et les méthodes inhabituelles de transformation qui consistent à juxtaposer les pieds et à les couper suggèrent des choses profondes.

Un effort patient s'exige pour réaliser l'espoir de Han Yong-Un, c'est-à-dire le retour à la vérité absolue. Pour mettre l'accent sur une attitude obstinée à l'aide des vers largement étendus, il a juxtaposé les pieds. En revanche, l'idée d'un changement incessant des êtres, thème littéraire par excellence de Kim So-Weol, demande des vers courts et brefs.

Ces deux poèmes analysés ci-dessus sont, pour leurs sujets, liés à la situation malheureuse de la Corée sous la domination coloniale du Japon. Han Yong-Un se demandait si une libération nationale était possible. De son côté, la reflexion de Kim So-Weol sur ce qui change pouvait être entendue comme une consolation du regret de la patrie perdue.

6

La domination coloniale du Japon ne permettait aucune littérature de résistance. C'était uniquement par l'expression indirecte que pourrait être communiquée la voix annonçant non seulement l'espoir de l'indépendance mais aussi la détresse d'une patrie perdue. Les paroles symboliques des poètes nationaux, comme Han Yong-Un, Kim So-Weol, Yi Yuk-Sa, et Yun Dong-Ju, étaient en définitive des messages plus persuasifs que les romans réalistes écrits dans les limites sévèrement fixées. Ces poètes sont respectés jusqu'à aujourd'hui comme des prophètes qui ont réveillé l'âme du peuple coréen.

Le gouvernement jaonais n'autorisait pas la liberté politique à leurs propres écrivains. Les poètes japonais n'avaient pas aucune mission spècifique à accomplir. Refusant le dialogue avec la masse, ils se retranchaient volontaire dans le monde parnassien de la sensation. Les images nostalgiques de Kitahara Hakushu et la confession solitaire de Hagiwara Sakutaro règnaient sur la poésie moderne japonaise par leur grande subtilité. Les romanciers voulaient de leur côté partager aussi le sentiment lyrique.

Le Vietnam était un autre victime de la politique colonialiste. Mais son colonisateur, la France, se vantant de la tradition des droits de l'homme, était plus démocratique que le Japon. Quelques-uns parmi les romanciers non-engagés utilisaient le français au lieu du vietnamien.[10] Mais les poètes patriotiques dirigés par To Huu choisissaient le chemin douloureux du combat pour la libération. Ils communiquèraient au peuple vietnamien leurs cris anti-colonialistes et révolutionnaires par différents moyens de communication, légaux ou illégaux.[11]

---

10) Alain Guillemin, "La littérature vietnamienne fracophone entre colonialisme et nationalisme", Jean-Robert Henry et Lucienne Martini dir., *Littérature et temps colonial*(Aix-en-Provence: Édisud, 1999).
11) Nguyen Khac Vien, *Aperçu sur la littérature vietnamienne*(Hanoi: Éditions en

Le cas de la Chine était différent de ces trois pays. Dans la situation demi-coloniale, les écrivains chinois discutaient beaucoup sur les voies de la littérature pour sauver la patrie, menancée par l'impérialisme. La dispute entre le traditionalisme et l'occidentalisme, et entre la ligne droitière et la ligne gauchiste continuait, même après le triomphe du communisme. C'était ainsi que les essais politiques occupent la première place de la littérature chinoise. Les romans à thèse de Lu Xuan, Lao She, et Ba Jin étaient évalués à la deuxième place. La poésie était relativement négligée et dévaluée.

3. 근대문학의 특질과 위상

알림

이 글은 2017년 11월 3일에 계명대학교에서 열린 "Korean Literature in the World"(세계 속의 한국문학)라는 국제학술회의에서 기조발표를 한 원고이다. 외국인 참석자들을 위해 기초적인 사실부터 고찰하고 본격적인 논의에 들어갔다. 한국 근대문학의 특징과 위상에 관한 비교고찰을 세계적인 범위에서 전개하는 데까지 이르렀다.

2000년 8월 남아프리카 프레토리아(Pretoria)에서 개최된 제16회 국제비교문학대회에 참가했을 때 있었던 일을 말한 대목이 있다. 거기서 발표한 논문은 "From Oral to Written Epics: Toward a Comparative Study of Asian and African Cases"(구비서사시에서 기

langues étrangères, 1976), pp.104-108.

록서사시로, 아시아와 아프리카의 경우 비교연구를 위하여)였다. 그 글이 《세계·지방화시대의 한국학 3, 국내외 학문의 만남》(계명대학교 출판부, 2006); *Interrelated Issues in Korean, East Asian and World Literature*(Jimoondang, 2006)에 수록되어 있다. 국문 번역이 없고, 불가결한 내용은 아니므로 이 책에 내놓지 않는다.

프레토리아에서 카메룬의 작가 몽고 베티(Mongo Béti)와 만나 나눈 이야기가 본문에 나온다. 몽고 베티의 작품을 본보기의 하나로 들어 아프리카 소설을 높이 평가하는 작업을 《소설의 사회사 비교론》(지식산업사, 2001)에서 했다. 그 내용을 이 글을 개고하면서 가져와 논지를 보완했다.

발표 시간을 30분 배정하고, 토론 계획은 없었다. 토론이 있어야 발표한 보람을 누리므로, 그대로 하지 않았다. 30분의 절반인 15분에 논문 요지를 간추려 말하면서 보충 설명을 조금 하고, 나머지 15분에는 토론을 했다. 보충 설명을 한 말은 각주를 늘여 적고, 토론 내용을 맨 뒤에 정리한다.

서두의 논의

한국 근대문학은 그 자체로 고찰하는 데 그치지 않고 다른 여러 나라의 경우와 비교논의를 할 필요가 있다. 비교논의는 두 가지 문제에 대한 문답으로 이루어진다. 한국 근대문학은 어떤 특질이 있는가? 한국 근대문학은 세계문학사에서 어떤 위치를 차지하는가?

이에 대해 고찰하려면 한국 근대문학은 언제 어떻게 생겼는지 알아야 한다. 《한국문학통사》(제1판 1982-1988, 제4판 2005)에서 한국 문학사의 시대구분을 다시 하고 근대문학의 등장 시기와 기본 특징을 밝혀 논했다. 복잡한 내용은 생략하고, 얻은 결과를 간략하게 간추려 논의의 출발점으로 삼고자 한다.

한국문학사의 시대구분은 구비문학·한문학·국문문학의 관계, 문학 갈래, 문학담당층의 교체를 증거로 삼아 하는 것이 마땅하다. 쉽게 분별할 수 있는 외면에서 숨어 있는 내면으로 나아가는 순서이다. 세 가지 증거에 의한 시대구분을 한 단계씩 진행한 성과를 누적했다. 그래서 얻은 결과를 간추려 제시하면 다음과 같다.

원시문학은 몇만 년 전에 시작되었다. 자료 부족으로 자세하게 다루기 어려우나, 구석기시대에서 신석기시대로 넘어오면서 양상이 달라져 제1기와 제2기의 구분이 필요하다. 천지창조에 관한 신화와 서사시가 신석기시대에 출현했다고 생각된다.

고대문학은 기원전 천 년 무렵의 단군신화에서 시작되어 기원후 몇 세기까지 지속되었다. 기원 전후에 나타난 후발국가의 건국신화는 시대적 위치에서 제2기에 해당한다고 할 수 있으며, 자료가 더 잘 남아 있다. 탐라국 건국신화와 건국서사시를 좋은 본보기로 들 수 있다. 고대문학과 중세문학 사이에 고대에서 중세로의 이행기문학이 있었다고 보아 마땅하다. 고대문학이 해체과정에 들어서고, 한문을 받아들였으나 아직 활발하게 사용되지는 않은 기간이 오래 계속되었다.

중세전기 문학이 시작된 명확한 증거는 414년에 세운 〈광개토대왕능비〉이다. 삼국시대에서 통일신라시대까지의 문학이 그 제1기이고, 고려전기의 문학이 그 제2기이다. 군사적 귀족의 통치를 보조하던 문인이 지배세력으로 등장하는 변화가 중세전기가 지속되는 동안에 일어났다. 중세후기 문학으로 들어서게 된 계기는 12세기 말에 일어난 무신란이다. 13세기 초에 이루어진 경기체가 〈한림별곡〉이 시대가 바뀐 양상을 분명하게 보여주었다. 문학 혁신의 주역인 사대부가 비판적인 세력 노릇을 하던 고려후기에서 새로운 왕조를 건국한 조선전기로 넘어오면서 문학의 양상이 많이 달라져, 제1기와 제2기의 구분이 필요하다.

중세에서 근대로의 이행기문학은 임진왜란을 겪고 나타났다. 17세기 초에 허균이 국문소설 《홍길동전》을 창작한 것을 구체적인 기점으로 잡을 수 있다. 제1기에 해당하는 조선후기 문학과는 다른 제2기의 문학이 1860년에 최제우가 《용담유사》를 이룩하면서 시작되었다. 근대문학은 1919년의 삼일운동을 계기로 해서 이룩되었다. 일제강점기 동안의 제1기를 지나 1945년 이후에 제2기에 들어섰다. 근대문학 전체를 또는 그 제2기를 현대문학이라고 하는 것은 편의상의 명칭이다. 근대문학의 시기가 지속되면서 내부적인 변화가 나타나고 있을 따름이다.

민족어문학 확립의 길

근대문학은 언어 사용에서 특징을 규정할 수 있다. 중세에서 근대로의 이행기까지 이어지던 공동문어문학과 민족어문학의 공존을 청산하고, 민족어를 공용어 또는 국어로 삼아 민족어문학을 민족문학으로 발전시킨 문학이 근대문학인 것은 어디서든지 같다. 그 구체적인 양상은 경우에 따라 많이 다르다. 다른 곳들과의 비교 고찰을 통해 한국의 특성을 확인할 필요가 있다.

중국은 공동문어문학의 위세가 너무 크고, 민족어문학의 발달이 부진하며 민족어가 여러 갈래여서 근대 민족문학을 이룩하기 어려웠다. 白話문학을 일으켜 언문일치를 일거에 이룩하자는 운동이 뒤늦게 나타나 찬반론이 격렬하게 벌어졌다. 일본에서는 오랜 내력이 있는 일본어 문어문학을 구어문학으로 바꾸어놓는 것을 언문일치의 기본 과제로 삼았다. 유구나 아이누어를 사용하는 이민족을 무시하고 일본어를 단일 공용어로 만들어 밖으로 내보내기까지 하면서 많은 무리를 빚어냈다.

한국은 중국이나 일본은 물론 지구상의 다른 어느 곳보다도 더 유리한 조건을 갖추어, 민족어문학을 근대문학으로 키울 수 있었다. 소수민족의 문제가 없는 거의 유일한 나라이고, 방언차가 특히 적은 것도 특징이다.[12] 한국어로 써온 글에는 구어와는 다른 문어가 따로 있지 않았다. 국문문학의 발전이 이미 크게 이루어진 토대 위에서, 공동문어를 청산하고 민족어를 공용어로 하는 공식적인 조처가 1894년 갑오경장에서 이루어져 차질 없이 시행되었다.

방언차가 특히 적은 조건이 서사어의 통일을 쉽사리 가능하게 했다. 인위적인 노력을 무리하게 해도 성과가 부진한 다른 많은 나라와 견주어보면 지나치다고 할 정도로 행복한 조건이어서 그런 줄 모르고 있다. 유럽에서 공용어가 형성된 세 가지 유형, 통일국가를 이룩한 군주가 수도의 언어를 어디서나 쓰라고 강요한 프랑스, 대학도시에서 학자들이 쓰던 말이 표준어가 된 영국, 성서 번역과 문학창작에서 어느 한 지방의 말을 사용해 언어 통일이 가능하게 된 독일의 경우와 견주어보자.

한국은 그 세 나라의 경우를 합친 것 같은 과정을 거쳤다. 정치의 중심지 수도의 언어로 불교나 유교의 경전을 번역하고 문학창작을 해서 전국 어느 곳에서든지 이해할 수 있는 표준어를 이룩했다. 훈민정음 창제는 표기 문자를 제공한 점에서는 결정적인 기여를 했으나, 언어 통일이 가능하게 한 작용을 한 것은 아니다. 주동자의 의도적인 노력 없이 저절로 서로 알아들을 수 있는 말을 하고, 글쓰기는 더욱 분명하게 통일했다.

---

12) 柳義養이라는 관원이 1771년에는 경상도 남해도로, 1773년에는 함경도 종성으로 귀양을 가서 국문으로 쓴 기록에서 현지의 언어가 특이한 점을 열거하고 얼마 지나야 알아들을 수 있었다고 한 것이 방언차가 그리 크지 않았음을 말해주는 소중한 자료이다. 영남의 이황과 호남의 김인후가 서울의 성균관에서 함께 공부하면서 친밀하게 지냈다고 하는 것이 주목할 만한 사실이다. 전국 각지의 우수한 인재가 성균관에 모여 몇 해 동안 함께 생활하면서 품격 높은 표준어를 사용했으리라는 추론이 가능하다.

그 양상을 구체적으로 살펴보자. 갑오경장 이전에 이미 국문소설이 서울 표준어를 널리 보급해, 전국 어디 사는 사람이라도 독서체험을 공유할 수 있게 했다. 완판본 판소리계 소설에 전라도 어투가 약간 있을 뿐이고, 그 밖의 모든 소설은 같은 언어를 사용했다. 1890년대에 신문이나 잡지가 처음 나타났을 때 쓴 많은 글은 어법이나 어휘가 서로 같아 집필자들의 출신 지역을 가려낼 수 있는 징표가 없었다.

'上下男女'의 어문생활이 단계적인 변화를 뚜렷하게 나타냈다. 상층 남성이 한문을 사용하면서 중세가 시작되었다. 중세후기에는 상층 여성이 국문을 자기 글로 삼았다. 중세에서 근대로의 이행기에는 하층 남성이 국문 사용에 동참했다. 근대가 되자 한문 대신 국문을 공용어로 삼고, 하층 여성도 국문을 배워 어문생활의 평등이 이루어졌다. 1945년에 광복을 하고 의무교육을 실시해 그 과정이 완결되었다. 이것이 중세어문을 근대어문으로 바꾸어놓는 전형적인 과정이어서, 세계 전체의 일반론을 정립하는 출발점으로 삼을 만하다.

일제는 다른 식민지 통치자들보다 더욱 완강하게 민족어를 억누르고 자기네 말을 쓰도록 강요했다. 민족과 지역의 차이를 무시하고 단일체로 급조한 근대일본의 언어문화를 대외적으로 확장해 국력 신장의 징표로 삼는 횡포가 한국에 심각하게 닥쳐왔다. 거기 맞서서 민족어문학이 완강한 저항력을 가지고 투쟁했다. 이것은 아시아·아프리카의 다른 곳에서는 찾아볼 수 없는 일이다.

식민지 통치를 받는 기간 동안 일본어로 창작한 작품도 있었으며,13) 한국어 사용이 금지된 시기에는 늘어났다. 일제의 동화정책에 호응해 민족을 버렸다고 일률적으로 나무랄 것은 아니다. 항일의 의

---

13) 김동인이나 이상 같은 작가가 일본어로 습작을 하다가 본격적인 창작은 한국어로 한 것도 고찰의 대상으로 삼을 필요가 있다. 글을 일본인처럼 쓰려고 하다가 한국어 작문 능력을 이어받아 자기 세계를 이룩했다고 밝혀 논하면서, 의식의 표층과 저층의 관계를 문제로 삼을 만하다.

지를 나타내고자 한 작품도 더러 있었다. 그 어느 쪽이든지 서양의 식민지가 된 곳에서 통치자의 언어로 창작한 작품에 견주어본다면, 양과 질이 다 모자라 무시해도 될 정도였다. 한국의 근대문학은 민족어문학으로 거의 일관한 것이 식민지 통치를 받은 다른 여러 나라와 다르다.

나이지리아의 영어문학, 카메룬의 불어문학, 필리핀의 영어문학, 케냐의 영어문학, 알제리의 불어문학, 인도의 영어문학 같은 것들은 그 나라 문학의 긴요한 부분을 이루고, 국제적인 관심거리가 된다. 대부분의 지역에서 민족어문학이 확립되지 않은 탓에 침략자의 언어를 차용해 항쟁의 문학을 해야 했다. 작품을 쓸 수 있는 자국의 언어가 어느 하나로 정해져 있지 않아, 차용한 언어를 사용해 소통의 범위를 넓혀야 하는 비극도 흔히 볼 수 있었다.

민족문학이 이미 확립되어 있다가 일시적인 시련을 겪은 한국은 사정이 아주 달랐다. 소통 범위를 넓히기 위해 일본어를 차용할 필요는 없었다. 일본어로 작품을 쓰면 외국에 널리 알려질 수 있는 것도 아니었다. 일본어 작품은 한국문학이 아니라고 해온 관례에 대한 재론이 필요하지 않다. 소속 시비를 떠나 그 자체로 관심을 가지고 연구할 필요는 있다.

시대상황과의 대결

문학에서 항일투쟁을 하는 것은 쉬운 일이 아니었다. 국권을 일부 상실한 1905년에서 1910년 사이에도 의병을 일으켜 무력항쟁을 하지 않고 언론을 통해 애국계몽운동을 하는 경우에는 항일을 용납하지 않는 법규 때문에 일본 대신 친일파를 공격의 대상으로 삼아야 했다. 1910년 이후에는 식민지 통치를 비판하는 것이 더욱 엄격하게 금지되었다. 검열에 걸린 글을 삭제·압수하고 간행물을 정·폐간하는 데 그치지 않고 필자를 투옥하는 것도 흔한 일이었다.

그런 사정 때문에 문학을 한다는 젊은이들이 절망에 사로잡히는 경향이 있었다. 동인회를 만들고 잡지를 내면서, 자기만족을 하는 데 그치고 넓은 세상과의 소통은 기대하지 않았다. 영원하고 절대적인 것이 이루어지지 않아 모든 것이 허무하다고 탄식했다. 퇴폐적인 환상에 탐닉하고, 죽음을 예찬했다. 자기도취와 현실도피를 문학에서 찾았다.

그런 풍조가 절망을 부추겨 문학이 무엇을 할 수 있는지 의문이었다. 신채호는 망명지 중국에서 1923년에 쓴 〈조선혁명선언〉에서 "일본 강도 정치하에서 문화운동을 부르짖는 자는 누구이냐?"하면서 문화운동의 가능성을 부정했다. 강도 정치에 기생하면서 문화운동을 하려는 무리는 적으로 규정해야 한다고 했다.

망명지문학이나 지하문학이라야 민족문학의 사명을 제대로 수행할 것 같았다. 임시정부가 《독립신문》을 내서 망명지문학을 위한 발표 지면을 제공했다. 거기 실린 작품은 국내에서와 같은 제약이 없어 일제를 정면에서 규탄하고 항쟁을 주장할 수 있었다. 중국의 다른 곳, 노령, 미주 등지에서 전부터 있었거나 새로 창간된 여러 형태의 간행물에서도 항일문학을 진작시켰다. 만주에서 싸우던 독립군의 노래는 국내에까지 은밀히 전해져서 희망을 고취하고 용기를 북돋우었다.

망명지의 항일문학은 그 나름대로의 제약조건이 있었다. 문학 창작에 전념할 수 있는 여유를 가진 사람이 없고, 역량 있는 작가가 나타나 지속적인 활동을 하지 못했다. 지면이 아주 제한된 간행물뿐이어서 긴 작품은 발표할 수 없었다. 독자가 거의 없어 출판이 성장할 수 없었다. 쓰기 쉽고 많은 지면을 차지하지 않는 시가가 계속 망명지문학의 주류를 이루고, 소설의 발달은 기대할 수 없었다.

국내에서라도 검열을 벗어난 문학 활동을 비밀리에 전개하면 항일문학을 온전하게 할 수 있었겠으나, 지하문학이 이루어지지 않았다.

여러 형태의 지하운동 단체가 있어 줄기차게 활동해 왔지만, 문학창작을 은밀하게 하고 보급하는 것은 임무라고 여기지 않았다. 문학이 항일운동의 긴요한 방법이라고 생각하지도 않았다. 검열의 대상이 아닌 민요나 설화는 지하문학일 수 있는 조건을 원래부터 갖추고 있어 적극적인 항일의 문학을 은밀하게 만들어 퍼뜨리는 데 이용되었으나, 그렇게 하는 조직적인 움직임이 있었던 것은 아니다.

필사본은 검열의 대상이 아니었다. 필사본으로 기록해 작자가 보관하거나 기밀을 누설하지 않을 사람들끼리만 은밀하게 돌려본 작품에는 적극적인 항일을 한 것들이 있다. 의병투쟁을 서술하고 회고한 한시문이나 가사가 그 좋은 예이다. 부녀자들을 독자로 한 규방가사에도 역사를 되돌아보며 애국심을 고취한 것들이 있었다.

출판할 수 없는 신문학의 작품을 유고로 남기거나 필사본으로 돌려 읽은 예는 찾기 어렵다. 신문학의 작가는 나중에 빛을 볼 작품을 힘써 창작해 은밀하게 전하려 하지 않았다. 미발표 원고로 남은 것은 거의 다 습작이거나 미완성이었다. 다만 윤동주만은 정성을 다해 완성한 시집을, 검열 통과가 불가능한 줄 알고 유고로 남겼다.

중세에서 근대로의 이행기까지 광범위하게 이용하던 구전, 필사본, 비영리적 출판물 등을 다 버리고, 영리적 출판물에 의한 유통만 적극적으로 발전시킨 문학이라야 근대문학이라는 요건이 1919년 이후에 분명해졌다. 작가는 누구나 인쇄매체를 통해 발표될 것을 전제로 작품을 창작했다. 심정을 술회하고 경험이나 주장을 알리기 위해 글을 쓰며, 출판 여부에는 관심을 두지 않는 것은 구시대의 관습으로 취급되었다.

근대는 사람의 활동을 전문 영역에 따라 나누어 분업을 제도화한 시대이다. 지체나 출신 지역을 대신해 직업이 어떤 인물에 대해서 알아야 할 가장 긴요한 요건이 되고, 문학 창작도 직업의 하나로 공인되었다. 인쇄매체를 통해 작품을 발표하는 것이 작가가 되는 기본 요건이고 다른 길은 없었다. 일정한 절차를 거쳐 공인된 자격을 얻은 작가와 그렇지 못한 아마추어를 구별했다.

작가가 되기 위해서 처음에는 동인지를 내서 작품을 싣기만 하면 되었다. 나중에는 신문의 현상문예 당선이나 문예지의 추천을 거쳐야 한다는 제도가 생겨났다. 자격을 갖춘 기성 작가의 활동 무대를 문단이라고 하고, 문단에 등장한다는 말이 생겼다. 한문학, 구시대의 국문학, 구비문학을 자기 영역으로 삼는 사람들은 문단 밖에 있다는 이유 때문에 작품을 창작한다고 인정하지 않았다.

문학갈래의 축소조정이 그런 변화와 상응하는 관계를 가졌다. 서정시·소설·희곡만 근대문학의 갈래로 인정했다. 어느 갈래의 전문적인 작가가 되려면 자격을 획득하기 전에 특별한 훈련을 받아야 한다고 했다. 오랜 전통이 있고, 자격증이 없어도 창작하는 한시나 가사는 문학의 범위 밖으로 밀어냈다. 소설이 아닌 산문은 문학이 아니라고 하고 수필이라고 하는 것 하나만 인정해, 전문가와 비전문가가 공유할 수 있는 최소한의 영역만 남겨두었다.

그런 특성을 가진 근대문학이 성장하려면 출판의 발전이 필수적인 요건이었다. 출판의 발전은 두 가지 의미를 지닌다. 출판 영업에서 발생하는 이윤 분배에 참여해 작가가 직업인으로 살아갈 수 있어야 한다. 출판이 정치적 간섭을 배제하고 자유를 얻어야 한다. 일제의 식민지가 된 탓에 그 두 요건 다 갖추어지지 못해 어려움을 겪었다.

인쇄매체를 통해 작품을 발표하는 것을 전문적 작가로 활동하는 필수적인 요건으로 삼자, 모든 작가가 일제의 통제에서 벗어날 수 없게 되었다. 한용운은 시 〈당신을 보았습니다〉에서, "나는 집도 없고, 다른 까닭도 겸하여 民籍(민적)이 없습니다"라고 하면서 일제통치를 인정하지 않고 살아가겠다는 자세를 보여주었다. 그렇게 말한 작품도 검열을 거쳐 출판해야 했다. 검열을 인정하지 않으려면 《님의 침묵》을 자기의 침묵으로 한정했어야 했다. 한용운은 그 길을 택하지 않고, 검열에 통과할 수 있는 표현을 사용하면서 많은 독자에게 전하는 말을 했다.

문학을 다루는 정책은 문학갈래에 따라 다소 차이가 있었다. 비평보다는 소설, 소설보다는 연극이 대중에 끼치는 영향이 크기 때문에 한층 가혹하게 탄압했다. 프롤레타리아문학이 일어날 때 이론이나 비평에서는 과감한 주장이 있었어도 창작은 상대적으로 빈약했던 이유의 일단을 그런 사정으로 설명할 수 있다. 일제 검거가 시작된 직접적인 동기는 연극 운동을 막으려고 한 데 있었다.

검열에 통과되는 작품을 쓰려면 일제가 요구하는 조건을 받아들여야 했다. 요구조건을 받아들인 것은 협력이므로 용납할 수 없다고 한다면, 문학을 단죄하는 데 이른다. 문학은 주어진 상황과 대결하는 경험을 형상화해, 상황을 타개하는 노력에 동참하도록 하는 공감을 불러일으킨다. 일제 강점의 불만스러운 상황과 맞서려면, 그 안에다 거점을 마련하고 대결하며 고통을 함께 겪는 광범위한 독자의 공감을 얻어 민족해방으로 나아가는 길을 가능한 대로 찾는 것이 마땅하다.

슬기로운 작가는 자폭이나 자학을 능사로 삼지 않고, 가능한 작전을 선택했다. 활동을 계속할 수 있는 보호책을 마련하고, 일제를 상대로 정면이 아닌 측면에서 대결하는 방법을 개척했다. 전면전을 하지 않고 유격전을 택하는 것은 비겁하다고 나무라야 하는가? 흑백논단을 일삼는 경색된 사고방식은 버려야 한다.

작가가 의도를 노출하고 일제와 정면으로 싸우겠다는 것은 어리석다. 투쟁의 구호나 나열하는 서투르고 조급한 짓은 하지 않고, 의도는 감추고 공격의 효과를 높이는 창작방법을 갖추어야 했다. 그 점에 관한 박지원의 각성을 직접 알지 못하면서 스스로 깨달아 뒤따르는 사람들이 있었다. 명분을 앞세워 선전을 일삼는 허세를 버리고 성실한 자세로 현실과 대결하면 선인들의 뛰어난 지혜를 자기도 모르는 사이에 이어받을 수 있었다.

박지원이 말한 바와 같이, 정공의 위험과 비효율을 바로 알고, 측공이나 역공을 대안으로 택해 자기 피해는 줄이고 상대방에게 주는 타격을 키우는 것이 슬기로운 투쟁이었다. 한용운이 택한 비유와 상징, 채만식이 개척한 반어와 풍자의 기법을 좋은 본보기로 들고 내막을 알아보자. 새로운 지식 자랑으로 정신이 혼미해지지 않고, 전통에 대한 깊은 이해가 있어야 가능한 일이다.

한용운은 불교문학의 전통을 외형에서는 많이 다르게 재창조했다. 채만식은 판소리에서 쓰던 작전을 야유하면서 이어받았다. 악랄한 검열을 받으면서 전개하는 해방투쟁의 문학이 나아가야 한 길을, 문학의 가치를 더욱 심오하게 발현하면서 보여주었다. 악랄한 식민지 통치에 맞서서 민족문학을 슬기롭게 이룩한 성과로 높이 평가하고 널리 알려야 한다.

서양문학과의 관계

근대가 시작되면서 여러 문명권 수많은 문학의 독자적인 발전을 침해하고, 서양문학이 세계문학의 패권을 장악하는 대변동이 일어났다. 그쪽과의 관계를 살피면서 자국문학사를 서술하는 것이 피할 수 없는 과제가 되었다. 관련양상이 각기 다양해 구체적인 고찰이 필요하다. 서양문학과의 관계에도 한국문학의 특징이 나타나 있다.

서양에서 이루어진 문학을 모두 서양문학이라고 하지는 않았다. 제국주의 침략의 길에 나서서 열강이라고 일컬어지던 몇몇 나라 문학이라야 자격을 제대로 갖춘 서양문학이라고 했다. 이런 의미의 서양문학은 동양문학이라고 통칭되는 동아시아, 아시아의 다른 지역, 아프리카나 중남미 등지의 문학보다 단연 우월하며, 동양문학을 이끌어나가는 위치에 있다고 했다. 동양이라는 곳들이 이 주장을 받아들여 정신적 식민지가 되기까지 했다.

20세기 전반까지 그런 상태가 계속되다가 후반에 이르러서는 사정이 달라졌다. 제3세계 민족문학이 광범위하게 대두해 세계문학의 판도를 바꾸어놓고 있다. 제1세계문학이라고 다시 규정된 서양문학은 근대문학의 모형을 제공한 공적이 부정되지는 않지만, 침략과 지배를 옹호해온 과오 때문에 비판의 대상이 되고, 민족해방투쟁을 위해 떨쳐나서는 제3세계 근대문학의 도전을 받게 되었다.

  서양문학의 세계 제패에 한국이 말려든 내력은 다른 여러 나라의 경우와 상당히 차이가 있다. 1860년 이래의 중세에서 근대로의 이행기 제2기에는 서양문학의 세력 확산을 멀리서 의식하면서 대응책을 세웠다. 아시아·아프리카 다른 많은 곳에서는 중세에서 근대로의 이행기 제2기가 서양의 식민지가 되면서 시작된 것과 달랐다. 1919년 이후에 근대문학이 시작되자 서양문학과의 거리를 좁히는 세계적인 변화에 동참한 것 같으나, 서양이 아닌 일본의 식민지가 되어 일본을 매개로 해서 서양문학과 간접적인 관계를 가진 것이 특이했다.

  남들보다 늦게 서양문학과 간접적인 관계를 가진 것은 불운이라고 할 수 있다. 서양문학을 제대로 알아 충실하게 받아들이지 못하고, 신뢰하기 어려운 매개자 일본을 통해 대강 아는 데 그친 것을 지표로 삼은 탓에 원산지의 근대문학보다 많이 뒤떨어질 수밖에 없었다고 할 수 있다. 일본의 추종자들이 서양문학을 멀리서 동경하는 풍조를 선망하면서 받아들여, 거리가 늘어난 만큼 부풀려져서 잘 모르는 것일수록 더욱 위대하다고 여긴 것이 부인할 수 없는 사실이다.

  영국의 통치를 받고 있으면서 영국인이 직접 가르치는 자기 고장의 대학에서 영문학을 공부한 아프리카 작가들은 영어로 소설을 써서 영국에서 크게 평가받을 수 있었다. 그런 일이 조선은 물론 일본에서도 있을 수 없었다. 동경제대 영문과 졸업생도 할 수 없는 영어소설 창작을 그 분점인 경성제대에서 영문학을 공부해서는 감히 시도하려고 생각지도 못했다. 이효석은 경성제대 영문과에서 수학했으니 선민이라고 뽐내면서, 서양문학을 숭배하고 서양을 동경하는 심정을 자국어 작품을 써서 나타냈을 따름이다.

영문학과끼리의 서열은 명백하다. 자기네 문학을 공부하는 영미의 영문학과가 자랑하는 우월성을 다른 곳에서는 따를 수 없다. 영국의 식민지여서 대학은 물론 중등학교에서도 영문학을 영어로 강의를 하는 아프리카 여러 곳은 중심에 다가가 있다고 할 만하다. 경성제대나 그 후신이라고 하는 서울대학의 영문과는 그보다 많이 뒤떨어져 있는 것을 시인해야 한다.

서울대학에서 영문학 박사를 하려고 어느 나라 학생들이 모여드는가? 박사를 하면 어느 나라에서 교수로 데려 가는가? 말석에 있더라도 영문학과는 대단하다고 하면서 국문학과를 낮추어보는 것은 불행한 시대에 가치관이 전도된 전형적인 본보기이다. 국문학과는 한국문학 박사를 배출해 세계에 널리 공급하는 사령탑이다. 근래에는 한국어를 배우려는 열기가 거의 세계 전역으로 확장되어 할일이 더 많아졌다.

서양문학과 일찍부터 직접적인 관계를 가지고 서양문학에 대한 이해가 깊었으면 한국의 근대문학이 정상적으로 발전했으리라고 생각하는 사람들이 아직도 적지 않아 오판을 연장시키고 있다. 서양문학과의 관계가 늦게 간접적으로, 피상적으로 이루어진 것은 오히려 다행이다. 그 때문에 중세에서 근대로의 이행기 동안 이루어진 민족문학의 성장이 침해를 덜 받고 근대문학으로 발전해 민족해방투쟁에 주체적으로 참여할 수 있었다.

식민지 통치를 받는 기간 동안 민족문학사를 정리해 이해하고 그 성과를 독립후의 자국어문학과에서 더욱 발전시키는 데 한국은 널리 모범이 되는 사례를 이룩했다.[14] 국문학과는 영문학과와 반대가 되는

14) 영어로 소설을 써서 높은 평가를 얻은 케냐의 작가 Ngugi wa Thiong'o는 *Writers in Politics*(London: Heinemann, 1981); *Decolonising the Mind: the Politics of Language in African Literature*(London: Heinemann, 1986) 등 일련의

자리에서, 제1세계의 문학연구의 편견과 과오를 비판하고 시정하는 작업을 선두에 서서 수행한다. 아직도 민족어문학이 이룩되지 못하고 있는 아프리카 여러 나라는 동참하기 어려울 만큼 앞서 나가고 있다.

서양의 침략을 일찍 겪은 민족은 중세에서 근대로의 이행기 동안 의 창조를 축적할 겨를을 빼앗기고 식민지적이고 기형적인 근대화를 급격하게 추진하도록 강요당했다. 근대 민족국가를 형성하면서 민족 어를 마련해야 하는 과업에 착수하지 못한 채 침략을 받은 경우에는 서양말을 빌려 근대문학을 시작해야 하는 비운을 맞이했다. 한국은 그렇지 않아 민족어문학을 일찍 확립하고 근대 민족문학을 지향하는 움직임을 구체화한 다음, 독자적인 전통을 기반으로 제국주의와 맞서 서 민족문화를 수호하는 문학을 형성했다.

한국이 제국주의 침략을 받지 않고 식민지가 되는 불행을 겪지 않 았으면, 제3세계의 수난에서 제외된 외톨이가 되어 세계사의 진행에 대한 이해가 부족하고 장래의 진로에 대해 발언권을 가지지 못했을 것이다. 다른 어느 나라의 경우보다 짧은 기간 동안 식민지가 되어 고난의 동지를 많이 얻고, 민족해방투쟁의 모범 사례를 보여줄 수 있 었던 것은 불행 중 다행이었다. 주권을 유지한 대가로 역사 진행 방 향이 혼미해진 타이를 부러워하지 않고, 가해자 일본의 작가들이 지 향할 바를 잃고 있는 처지를 가련하게 여길 수 있다.

2000년 8월 남아프리카 프레토리아에서 개최된 제16회 국제비교 문학대회에서 참가해 발표하고 토론했다.[15] 다른 사람의 발표에 대 해 토론을 하면서 한국문학은 제3세계문학이라고 하니, 아프리카의

저서에서 아프리카문학이 고유한 언어와 독자적인 문화를 되찾아야 한다고 역설 하고, 교수가 되어 강단에 섰을 때 대학에서 영문학만 가르치지 않고 케냐문학 학과가 있어야 한다고 주장했으나 뜻을 이루지 못했다고 개탄했다.

15) 그 회의에 참가한 서울대학교 국문학과 미국인 학생 나수호(Charles La Shure) 가 내가 무엇을 어떻게 했는지 알린 〈남아프리카에서 본 국제인〉이 《학문에 바 친 나날 되돌아보며》(지식산업사, 2004)에 있다.

대표적인 작가로 평가되는 카메룬의 몽고 베티(Mongo Béti)가 듣고 있다가 어째서 그런가 하고 물었다. 오늘날의 경제력을 보고 한국은 제1세계라고 여긴 것 같았다. 한국은 식민지 통치를 받으면서 신음하고, 그 때문에 민족이 분단의 고통을 겪은 고난을 토로하는 문학을 하고 있는데 왜 제3세계가 아니라고 하느냐고 나는 반문했다. 다음 날 몽고 베티가 기조강연을 하면서 자막에 띄운 원고에 없는 말을 보태 제3세계문학의 본보기를 보이는 나라에 한국을 추가했다.

몽고 베티는 소설을 프랑스어로 써서 프랑스에서 출판하고, 자국 정부의 탄압을 받아 오랫동안 프랑스에서 망명생활을 했다. 제국주의를 신랄하게 비판하는 작품으로 세계적인 평가를 얻었으나, 자국민은 작품을 읽을 능력이 모자라 명성만 듣고 대단하게 여겼다.[16] 카메룬뿐만 아니라 아프리카 전역은 물론, 인도, 월남, 타이 등을 포함한 아시아의 대부분의 나라에서도 산문 소설을 미처 이룩하지 못했을 때 서양 근대소설이 들어와 모방작을 창작해야 했다.

타이는 식민지가 되지 않고 독립을 지켜왔다고 자랑하지만, 독립국다운 독자적이고 주체적인 문학을 한 것은 아니다. 왕족을 비롯한 상층 청년들이 서양에 가서 오랫동안 공부하고 와서 근대문화를 수입하려고 했다. 그 가운데 작가 지망생도 있어 소설을 쓰기 시작했으며, 자국 소설의 전통이 없는 탓에 한참 동안 서양소설을 가볍게 흉내내기나 했다. 1928년에 이르러서야, 평민이 서양 유학을 하고 돌아와 겪는 시련을 진지하게 다룬 문제작이 출현했다.[17]

---

16) 몽고 베티는 본명이 아닌 필명인데, 일자무식인 어머니가 자기를 몽고 베티라고 불러 놀랐다고 했다. 작품을 읽을 수 없는 대다수의 자국민은 몽고 베티의 명성이 크게 난 것만 알고 자랑스러워했다. 대통령 후보는 몽고 베티에게 헌법에 없는 부통령이 되어 달라고 했다. 모두 본인에게 들은 말이다.

17) 《세계문학사의 전개》(지식산업사, 2002), 462-465면에서 이에 관해 고찰했다. 1928년에 출현한 문제작은 시 부라파(Si Burapha)의 《진실한 사람》(Luk Phuchai)이며, 상민이 귀족들의 박해를 이겨내고 외국에서 박사학위를 받고 돌아

아프리카 작가들은 투철한 문제의식을 가지고 제국주의와 맞서서 투쟁하면서, 아프리카 구비문학의 전통을 소중하게 이어받아 활용한다. 신화에서 미래를 조망하는 지혜를 찾고 세계사를 새롭게 이해하는 역사의식을 가다듬어, 서양소설의 모방작이 원본을 넘어설 수 있는 변혁을 이룩한다. 서양에서는 해체의 위기에 이른 소설을 살려내 세계소설사의 선두에 나서서, 후진이 선진이 되는 생극론의 원리를 훌륭하게 구현해 인류에게 희망을 준다. 나는 《소설의 사회사 비교론》에서 몽고 베티를 비롯한 여러 아프리카 작가들의 작품을 들어 이런 논의를 자세하게 전개했다.

동아시아 중국·한국·일본에서는 서양문학과 관련을 가지기 전에 소설을 이미 크게 발전시켰으므로, 서양소설의 자극을 받고 근대소설을 이룩하는 과정이 순조롭게 이루어졌다. 세 나라 가운데 한국만 식민지가 되는 불행을 겪었으나, 근대로의 이행기에 이룩한 소설을 근대소설로 발전시키는 데 어려움이 없었다. 근대소설을 제국주의에 반대하는 민족문학으로 키우는 과업을 널리 모범이 되게 수행했다.

한국 근대소설을 일본이나 서양소설과 비교해 고찰하는 협소한 시각에서 벗어나 제3세계 전역 특히 아프리카에서 이룬 바와 함께 연구를 해야 한다. 《소설의 사회사 비교론》에서 나는 강경애의 《인간문제》와 몽고 베티의 《잔인한 도시》(*La ville cruelle*)가 제국주의와 맞서 싸우는 제3세계소설의 모범 사례로 대등한 의의가 있다고 평가했다. 많은 일꾼이 참여해 이런 작업을 크게 확대하기를 바란다.

근대문학의 세계사

이제 생각을 바꾸고, 논의의 방향을 다시 설정하자. 한국근대문학

와 사회적 진출에 성공한 이야기이다.

만 문제로 삼지 말고, 한국근대문학에서 단서를 발견해 세계 전역의 근대문학을 새롭게 이해해야 한다. 특수성 설명에서 보편성 발견으로 나아가야 한다.

서부유럽은 근대사회를 먼저 이룩하고 근대문학의 전형을 마련했다. 다른 모든 곳에서는 근대사회가 되지 않았으면서 서부유럽의 근대문학을 이식하려고 하니 서투른 모방에 그쳤을 따름이다. 이것이 지금까지 통용되는 견해이다.

이에 대해서 반론을 제기할 논거가 사하라 이남의 아프리카문학에 있다. 몽고 베티를 비롯한 여러 작가는 식민지 통치자의 언어인 불어나 영어로 작품을 쓰면서, 제국주의 침략이 초래한 세계사의 비극을 절실한 체험에 입각해 고발하면서 거대한 통찰력을 보여주었다. 서양 근대문학의 서투른 모방이 아닌 비약적 전복을 성취했다.

서부유럽과 사하라 이남의 아프리카 두 경우를 모두 이해하고 근대문학 원론을 재정립해야 한다. 근대문학은 사회변화를 받아들여 형성될 수 있고, 의식각성을 먼저 하고 창출할 수도 있다. 사회변화를 받아들여 형성된 근대문학은 제국주의 시대에 이르러 가해자의 문학이 되었다. 의식각성을 먼저 하고 창출하는 근대문학은 제국주의 침략의 희생자들을 일으켜 세워 투쟁의 길로 나서게 한다.

양극 사이의 중간지대도 있다. 서부유럽 밖의 유럽인들은 근대사회를 늦게 이룩하면서 의식각성으로 분열을 넘어서서 사회의 단합을 촉진하고자 하는 문학을 했다. 러시아문학이 그 좋은 본보기이다. 터키, 에티오피아, 타이, 일본 등 유럽 밖의 몇 나라는 식민지가 되지 않고 근대화를 위에서부터 추진해 평가할 만하지만, 신비주의적 국가주의에 사로잡히고 제국주의의 폐해를 인식하지 못해 의식각성의 수준이 낮았다.

아랍세계, 인도, 인도네시아, 말레이, 월남 등은 사하라 이남 아프리카 못지않게 치열하게 제국주의에 항거하는 의식을 가지고 문학을 하고자 한다. 문명의 전통을 되살리려고 하면서, 식민지 지배자의 언어를 빌리지 않고 자국어 근대문학을 이룩하려고 힘들게 노력한다. 중국도 이런 나라의 하나이지만 거리가 있다. 반식민지 상태에서 근대국가 만들기를 시도하면서, 제국주의 침략을 당한 것을 위신 손상으로 인식하고, 국가주의의 우월감으로 대처하고자 한다.

한국은 아랍세계, 인도, 인도네시아, 말레이, 월남 등과 대체로 같으면서 다른 점도 있다. 그런 나라들은 자국어로 소설을 쓰는 전통이 빈약해 유럽의 소설에 대응되는 자국의 소설을 창작하기까지 힘든 과정을 겪어야 했다. 한국은 중세에서 근대로의 이행기문학을 풍부하게 마련하고 소설 발전을 높은 수준으로 이룩한 내력이 있어, 제국주의에 반대하는 의식각성을 미묘하고 절실하게 그려내는 역량이 있다.

이런 논의를 충분히 갖추어야 근대문학의 세계사를 전폭에 걸쳐 이해할 수 있고, 세계문학사다운 세계문학사를 쓸 수 있다. 나는 《소설의 사회사 비교론》,《세계문학사의 전개》 등의 일련의 저서에서 이에 관한 작업을 시도했으나 아직 많이 모자란다. 사명감과 능력을 갖춘 후진들이 나서서 더 많은 연구를 하라고 주문한다.

붙임

이 글을 발표한 모임이 이틀 동안 계속되었다. 프로그램을 영어로 작성하고, 발표는 영어와 한국어로 했다. 외국인 셋, 한국계 외국인 셋, 한국인 다섯의 발표자들이 근대문학을 위주로 한국문학에 관한 각자 세부적 관심사를 보여주었으며 뚜렷한 구심점이 없었다. 오늘날의 한국문학 작품을 열심히 번역하고, 좋은 번역을 내놓자는 것이 어느 정도 공통된 화제일 따름이었다.

영어를 많이 사용했으니 국제학술회의를 잘했다고 할 것인가? 외국인이나 한국계 외국인도 한국문학을 강의하면서 연구를 어느 정도는 한다는 사실을 확인한 것을 성과로 삼아야 할 것인가? 한국문학을 연구하고 강의한다면서 한국어로 글을 쓰고 발표하지 못하는 것은 어떻게 이해해야 하는가? 자격 미달이 아닌가?

이런 의문을 가지다가, 근본적인 문제와 만났다. 미국인은 한국어로 유창하게 말하면서 글은 쓰지 못하고, 한국인은 영어로 글은 곧잘 쓰면서도 말은 서툰데, 이것은 무슨 까닭인가? 미국인은 자기네 관습에 따라 말을 배우고, 한국인은 동아시아의 전통을 이어 글을 배우는 것이 이유일 수 있다. 말을 배우면 방송극을 시청하고, 글을 배우면 고전을 독해할 수 있다. 말 배우기와 글 배우기, 말과 글에 관한 깊은 고찰이 필요하다.

나는 언제나 발표보다 토론을 더 좋아한다. 이번에도 발표 시간을 줄이고 토론을 요청했다. 다룬 주제 전반에 관해 관심을 가지는 사람은 아무도 없었다. 몇 가지 문답이 오가면서 논의의 진전이 없지 않은 것을 다행으로 여기고 요지를 정리한다.

질문: 1919년 이후에 근대문학이 시작되었다고 하는 것은 이광수의 《무정》에서 근대문학이 비롯했다는 견해와 같은가?

응답: 그렇지 않다. 그 작품은 과대평가되었다. 근대문학은 공동문어문학을 퇴장시키고 민족어문학만 섬기며, 교술시와 서정시의 병행을 청산하고 시는 서정시여야 한다고 한 것이 공통된 특징이다. 작가가 위압적인 자리에서 내려와 자세를 낮추고 내심을 진솔하게 토로하는 것도 추가할 만한 요건이다. 한국문학에서 이 모든 변혁을 완수한 증거를 1925년에 나온 金素月의 《진달래꽃》에서 찾는 것이 적합하다.

질문: 한국근대문학은 1960년 4.19와 더불어 본격적으로 발전했다고 하는 주장에 대해서 어떻게 생각하는가?

응답: 타당한 견해이다. 1919년 이후의 제1기 근대문학을 더욱 발전시키는 제2기 근대문학 또는 현대문학을 이룩하는 과업을 1945년 이후 얼마 동안 제대로 하지 못하고 있다가 1960년에 4·19가 일어난 것을 계기로 이르러서 본격적으로 추진했다. 4·19의 의의를 문학사에서도 높이 평가하는 것이 마땅하다.

질문: 1945년 이후의 문학을 다루는 《한국문학통사》 제6권을 쓰지 못하는 이유는 무엇인가?

응답: 세 가지 이유를 들 수 있다. 북쪽 문학을 제대로 다룰 자료 확보가 어렵다. 남북 문학에 대한 심리적 거리를 대등하게 유지하기 어렵다. 남북문학사를 통합해 서술하는 데 장애가 되는 법적·정치적 제약이 아직 남아 있다. 중국 조선족 학자들은 이런 제약조건이 없으나, 남북문학사를 통합하지 못하고 각기 그것대로의 관점에서 서술해 한 책에서 동거하도록 하는 데 그쳤다. 남북 양쪽과 친선관계를 유지하려고 비판적 논의는 배제하고, 학자가 누릴 수 있는 재량권이 부족하기 때문이다.

(질문자가 일본인 학자이므로 말을 덧붙였다.) 일본에서 한국문학을 연구하는 학자들이 난관을 넘어서서 활로를 개척하는 데 기여해주기를 기대해본다. 남북의 문학은 대치 상태에서도 동질성을 이어올 수 있다. 적대적인 관계가 문학에서는 대립을 넘어서고자 하는 의지를 키울 수 있다. 이런 추측이 타당한지 알고 싶다.

질문: 최근의 한국문학에 대해서 어떻게 생각하는가?

응답: 거대담론을 잃어버리고 일상적이고 미시적인 관심사에 매몰되어 있는 것이 불만이다. 시야가 협소하고 자기중심의 의식을 벗어나지 못해 고립을 자초한다. 민족주의를 넘어서서 세계사에 대한 거대한 통찰력을 보여주는 작품이 나오기를 기대한다. 외국인 이주자나 그 2세가 한국어를 능숙하게 구사하는 작가로 성장해, 국내외에서 겪는 갈등을 활짝 열린 시야에서 다루는 작품을 내놓으면 획기적인 변

화가 일어날 것이다.

내 발표에서 제시한 세계 속의 한국문화에 관한 견해를 다각도로 심도 있게 토론하려면, 어떤 사람들을 모아야 할 것인지 생각해본다. 한국문학만 어느 정도 알고 세계문학에는 관심이 없는 사람은 적합하지 않다. 자기 나라 문학이 세계문학이라고 착각하고 한국문학에는 입문도 하지 못한 토론자를 불러오면 소득이 더 적을 것이다. 한국문학을 세계문학의 관점에서 연구하면서 자기 견해를 정립하는 토론자를 만날 수 있을지 의문이다.

정치나 경제 같은 분야에서는, 타당성에는 의문이 있어도 국내외의 비교가 아주 활발하게 이루어지고 있는데, 문학은 전혀 그렇지 못하다. 비교문학이라는 것이 있어도 안목이 협소해 무력하다. 문학은 다루기 어려운 특수성이 있어서 그런가? 언어의 장벽을 넘어설 수 있는 방법이 무엇인가? 보편적인 시각을 갖춘 일반문학론이 어떻게 하면 가능한가? 이런 것이 연구할 과제이다. 연구 과제를 발견한 것이 모임에 참가한 소득이다.

4. 억압을 헤치려는 소망

알림

문학 이해는 작품에서 해야 한다. 넓게 보려고만 하지 말고 작품 속으로 들어가야 많은 것을 얻는다. 거시와 미시는 어느 한쪽에 치우치지 않고 서로 보완하는 관계를 가져야 한다.

《서정시, 동서고금 모두 하나》(내마음의 바다, 2016) 여섯 권에서, 시를 읽어 문학을 알고, 문학을 알아 세상 모든 일을 이해하는 길을 열고자 했다. 너무 많은 것을 늘어놓아 작품을 깊이 다루지 못하고 비교고찰을 할 겨를이 없었다. 아쉬운 점을 보완하고, 이 책에서 펴는 주장을 위한 증거를 보태기 위해 작은 시도를 한다.

서두의 논의

토마스(Dylan Thomas, 1914-1953), 라베아리벨로(Jean-Joseph Rabearivelo, 1901-1937), 윤동주(1917-1945)를 소개한다. 이 세 시인은 한 자리에 놓고 고찰한 적이 없다. 아무런 관련도 없는 것 같으나, 주목할 만한 공통점이 있다.

셋 다 피압박 민족의 시인이다. 토마스는 웨일스(Wales), 라베아리벨로는 마다가스카르(Madagascar), 윤동주는 조선의 시인이다. 웨일스는 1282년에 영국에게 합병되어 주권을 잃고, 언어를 지키고 주체성을 회복하려는 운동을 계속하고 있다. 마다가스카르는 1897년에 프랑스의 식민지가 되었다가 1960년에 독립했다. 조선은 1910년부터 일본의 통치를 받다가 1945년에 광복을 얻고, 1948년에 남북 두 나라로 분리해 독립했다. 일본의 통치를 받는 기간 동안 나라 이름을 조선이라고 하던 말을 계속 사용한다.

유럽의 웨일스, 아프리카의 마다가스카르, 아시아의 조선은 멀리 떨어져 있다. 외국의 통치를 받기 시작한 시기도 많이 다르다. 세 시인은 같은 기간 20세기 전반에 억압을 받는 상황에서 시를 쓰면서 괴로워한 것이 같다. 일찍 죽은 것이 또 하나의 뚜렷한 공통점이다. 딜란 토마스는 39세에 병사했다. 라베아리벨로는 36세에 자살했다. 윤동주는 28세에 옥사했다.

토마스·라베아리벨로·윤동주는 피압박민족에게 강요되는 억압을 헤치려는 시를 쓰다가 비극적인 최후를 맞이한 공통점이 있다. 자기 민족의 대표적인 시인으로 평가되는 것도 다르지 않다. 이런 이유에서 한 자리에 놓고 비교고찰을 하면서 차이점에 대해서도 관심을 가지는 것이 마땅하다.

여기서 고찰하는 세 시인의 시는 《서정시, 동서고금 모두 하나》에서 원문과 번역 또는 원문을 수록하고 해설한 것들이다. 자료는 거기 있는 것들을 가져와 이용한다. 작품의 비교 분석을 위해 적절한 방법을 마련해 새롭게 한다. 삼자관계를 고찰하는 비교 연구의 좋은 모형을 제시하고자 하는 의도도 있다.

토마스는 웨일스어는 모르고 영어로만 창작했다. 웨일스 민족운동을 찬성하지 않고 싫어하기까지 했어도, 웨일스의 시인으로 취급된다. 시의 발상과 표현이 웨일스문학의 전통과 이어지고 있어, 예사 영시와는 다른 경지를 개척하는 뛰어난 시인이 될 수 있었다고 비평가들이 말한다. 건강이 상해 일찍 죽은 이유가 의식의 깊은 층위에서는 웨일스인의 처지와 긴밀하게 연결되어 있다고 볼 수 있다.[18]

라베아리벨로는 모국어 말가쉬어(Malgache)로도 시를 썼으나, 프랑스어로 창작하는 것이 배신이라는 비난을 받고 자결했다. 마다가스

---

18) Dafydd Johnston, *A Pocket Guide, the Literature of Wales*(Cardiff: University of Wales Press, 1994)에 의거해 논의를 보충한다. 토마스의 부모는 웨일스어를 했으나 아들은 영어만 사용하도록 하고, 영시를 사랑하라고 가르쳤다. 어렸을 적의 시골 생활이 시 창작의 배경이 되고, 런던에서 시인으로 인정을 받으려고 하다가 고향으로 돌아가자 가장 창조적인 시기가 시작되었다(111면). 애써 다듬은 시형이 웨일스어 시의 기법과 연관된다. 특이한 작품 때문에 미국에서 특히 높이 평가되었으나, 생계를 해결하지 못해 어려움을 겪었다. 직접적인 사인은 과음이었다(112면). Wynn Thomas, *Corresponding Cultures, the Two Literatures of Wales*(Cardiff: University of Wales Press, 1999에서는 토마스가 웨일스어는 몰랐어도 웨일스문학의 전통을 느낌으로 알았다고 했다. "Thomas shows himself aware of the Welsh poetic tradition. He does not just talk vaguely about bards; he knows at least that they stood at the hearth, in the midst of the company. He is aware of the bard's social role. It is, indeed, manifestly. a praise poem, not to a great lord but (movingly) to the 'humble' woman."(48면) 이렇게 말하기까지 했다.

카르는 모국어가 통일되고 글쓰기가 확립된 다음 식민지 통치가 시작된 점이 아프리카 다른 나라와 달라 이런 일이 일어났다. 마다가스카르가 독립한 다음에야 프랑스어로 쓴 시가 재평가되어 라베아리벨로가 애국시인이라고 칭송된다.[19]

윤동주는 간도와 조선에서 일본어로 교육을 받고 일본 유학을 했으면서도, 일본어는 사용하지 않고 조선어로만 시를 썼다. 민족의 자각과 저항을 비유와 상징을 통해 나타내는 작품을 은밀하게 쓰기만 하고 발표하려고 시도하지도 않았다. 독립운동과 연관되었다는 이유로 투옥되고 생체실험의 대상이 되어 옥사했다. 광복 후에 유고시집이 간행되어, 민족시인으로 높이 평가된다.

세 시인의 시를 한 편씩 들어 고찰한다. 토마스의 시는 죽음에 관한 것이다. 라베아리벨로의 시는 희망을 찾자는 시를 썼다. 윤동주는 극도의 절망을 이겨내고자 하는 시를 남겼다.

토마스

〈그리고 죽음의 지배를 받지 않으리라〉(Dylan Thomas, "And Death all Have No Dominion")

And death shall have no dominion.
Dead man naked they shall be one
With the man in the wind and the west moon;

---

19) Zefaniasy Bermananjara and Suzy-Andrée Ramamonjisoa, "Malgasy Literature in Madacaskar", B. W. Andrzejewski et al., ed., Literatures in African Languages(Warszawa: Wiedza Powszechna, 1985)에 말라가시어 작품이 영역과 함께 소개되어 있다 (439-440면). 그 일부를 《세계문학사의 전개》에서 소개한 것을 든다. "〈꿈만 같다〉(Saiky nofy)에서 다음과 같이 노래했다. 깔고 누울 짚조차 없는 거지도/ 옷이라고는 자기 살갗뿐인 먼지 구덩이 속의 포로도/ 둥지를 잃은 새들도/ 모두 해방될 것이다."(428-429면)

When their bones are picked clean and the clean bones gone,
They shall have stars at elbow and foot;
Though they go mad they shall be sane,
Though they sink through the sea they shall rise again;
Though lovers be lost love shall not;
And death shall have no dominion.

And death shall have no dominion.
Under the windings of the sea
They lying long shall not die windily;
Twisting on racks when sinews give way,
Strapped to a wheel, yet they shall not break;
Faith in their hands shall snap in two,
And the unicorn evils run them through;
Split all ends up they shan't crack;
And death shall have no dominion.

And death shall have no dominion.
No more may gulls cry at their ears
Or waves break loud on the seashores;
Where blew a flower may a flower no more
Lift its head to the blows of the rain;
Though they be mad and dead as nails,
Heads of the characters hammer through daisies;
Break in the sun till the sun breaks down,
And death shall have no dominion.

죽음의 지배를 받지 않으리라.
죽은 사람은 알몸이라 하나가 되리라,
바람이나 서쪽 달에 있는 사람과도.
골라내 씻은 뼈다귀마저 사그라지면
팔꿈치나 발에 별이 뜨리라.
미쳤더라도 미치지 않고,
바다에 빠졌더라도 솟아오르고,
연인을 잃어도 사랑은 잃지 않으리라.
죽음의 지배를 받지 않으리라.

죽음의 지배를 받지 않으리라.
굽이치는 바다 아래 오래 누웠어도,
바람에 사라지듯 죽지는 않으리라.
고문대에서 뒤틀려 힘줄이 끊어져도,
바퀴에 묶여도, 부서지지는 않으리라.
저들의 손에서 신앙이 두 동강나도,
유니콘의 악행이 관통해 지나가도,
모든 것이 망가져도, 깨어지지는 않으리라.
죽음의 지배를 받지 않으리라.

죽음의 지배를 받지 않으리라.
이제는 갈매기들이 귓전에서 울지 않고,
파도가 해안에 부딪쳐 소리 내지도 않으리라.
꽃이 날려가 꽃이라고는 없는 곳에서
꽃 머리를 비를 맞으면서 쳐들리라.
미쳐서 완전히 죽어버리더라도
사람들 머리가 데이지 꽃 속에서 쿵쿵거리고,

해가 질 때까지 해에 끼어들리라.
죽음의 지배를 받지 않으리라.

　내용이 복잡해 설명이 많이 필요하다. "And Death Shall Have No Dominion"라는 시 제목은 기독교 신약성서 《로마서》(*Romans*) 6장 9 절 "and death hath no more dominion over him"(그리고 사망이 그를 다시 지배하지 못한다)에서 따왔다. 예수가 죽고 부활한 것을 말하고 "and"라는 접속사를 넣은 것도 그대로 이었다. 예수를 뜻하는 "him"(그를)은 버리고 "shall"을 넣은 것만 달라졌다.

　죽은 사람은 "알몸"이 된다는 것은 살면서 지닌 모든 것을 버린다는 뜻이다. 구별되는 특징이 없어져 누구와도 같다는 것을 "하나가 된다"고 했다. 그 범위가 "바람이나 서쪽 달에 있는 사람"에게까지 이르러 자연과 합치되는 경지를 공유한다고 했다. 육신이 사그라져도 혼이 남아 있어 저 멀리 별들 가까이까지 갈 것이라고 했다. 살아서 원통한 사정이 있으면 죽은 다음에는 풀리리라고 했다.

　"unicorn"은 "일각수"라고 번역되지만, "유니콘"이라는 말이 그대로 통용되기도 한다. 뿔이 하나인 것이 특징이다. 신화에 나오는 신이한 동물이며, 예수나 하느님을 상징하기도 한다. 일각수가 악행을 저지른다는 것은 있을 수 없는 일이어서 극단적인 상황을 말한다. 어처구니없이 죽게 되더라도 죽음의 지배를 받지는 않으리라고 했다. "미쳐서 완전히 죽어버리더라도 사람들 머리가 데이지 꽃 속에서 쿵쿵거리고"라고 한 대목은 설명이 필요하다. "daisy"라는 꽃 이름은 우리말 번역하지 않고 "데이지"라고 한다. 죽은 사람이 정처 없이 떠돌다가 아름다운 꽃으로 나타나려고 안에서 쿵쿵거릴 것이리라고 상상했다.

　문제의 구절을 모두 이해한다고 해도 시 전체에 대한 의문은 그대로 남는다. 왜 이런 시를 지었는가? 왜 죽음을 부정하고 넘어서자고 했는가? 죽음 부정에 관해 세 단계의 발언을 했다. "죽어서 아무것도 없게 될 수는 없다"에서 "죽음의 지배를 받지 않으리라"를 거쳐, "형체가 없어지는 자유를 얻어 더 많은 것을 누리리라"까지 나아갔다. 죽음을 부정하고 무엇을 얻고자 했는가?

기독교에 의거해 내세를 말한 것은 아니다. "유니콘의 악행"을 말한 것은 기독교에 대한 불신이라고 할 수 있다. 지은 업보에 따라 내세에 처분을 받는 주체가 있다는 생각과는 더욱 거리가 멀다. 불행하거나 원통하게 죽으면 죽어도 죽지 않는다는 말을 이리저리 둘러서 했다. 종교 논쟁에서 벗어나서 아름다운 시를 썼다. 기발한 상상에서 떠오르는 것들이 붙었다가 떨어지고, 뒤집히고 바뀌고 하는 모습을 초현실주의 그림에서처럼 보여주었다.

죽음이 다가오는 것을 감지하고 힘들어하는 이유는 말하지 않았다. 전후의 사정에 대한 해명이 전혀 없으며, 존재의 기본 요건인 시공 설정에서부터 죽음을 피할 수 없다고 하기만 했다. 폐쇄된 공간에 갇혀 탈출구가 없고, 시간의 흐름도 멈추어 미래가 사라졌다. 너무나도 파격적인 말을 해서 전대미문의 새로운 시를 썼다는 평가를 얻었다.

왜 그랬는지 밝히는 과제는 독자에게로 넘어왔다. 동시대의 영국 시인들과 발상이 판이한 것은 웨일스인의 처지에 대한 깊은 절망감이 의식 깊은 곳에서 자기도 모르게 작용했기 때문이라고 할 수 있다. 불운이 행운이어서 명작을 산출하고, 행운이 불운이어서 자기 죽음을 재촉했다.

라베아리벨로

〈서곡〉(Jean-Joseph Rabearivelo, "Prélude")

Oiseaux migrateurs, nomades de l'azur
et du calme vert des forêts tropicales,
que de mers encore, hélas ! et que d'escales

avant de trouver le port heureux et sûr !

Cependant, vainqueurs du vent et de l'espace,
le dôme nouveau des palmiers entrevus
au seuil lourd d'Ailleurs des beaux cieux inconnus,
refait votre espoir et double votre audace !

Ah ! j'ai tant de fois envié votre sort
pourtant menacé de chute et de naufrage
pour n'avoir aimé que l'incessant mirage
des ciels et des flots, loin de l'appel des morts !

Et si l'horizon qui limite ma vue
n'avait en ses flancs les premiers de mon sang,
si j'oubliais que ce terme florissant
garde les tombeaux dont ma race est issue,

j'aurais déjà pris ma place dans la barque
qui mène au-delà des fleuves et des mers
pour ne plus cueillir que des fruits moins amers
avant que fût consommé le jeu des Parques !

Et j'aurais connu, comme vous, des matins
parés chaque jour des fleurs d'une autre terre ;
battant l'océan d'un nouvel hémisphère,
mon rêve aurait fait quels somptueux butins !

멀리까지 날아가는 새들, 창공의 유랑민이여,
조용하고 푸른 열대의 숲을 돌아다니다가,
바다로 나가, 기항지를 떠나 헤매는구나,
행복하고 안전한 항구를 찾을 때까지.

그렇더라도, 바람과 공간의 정복자여,
어렴풋한 종려나무들이 새로운 지붕으로 되고,
미지의 아름다움을 지닌 저곳 하늘 입구에서
희망을 다시 마련하고, 갑절이나 대담해져라.

아, 나는 얼마나 너희들을 부러워하면서
몰락과 난파의 위협에 시달려 왔던가.
무한한 꿈, 하늘, 파도만을 사랑하고,
죽은 이들의 부름에서 멀어지려고 하면서.

시야를 차단하며 펼쳐져 있는 지평선이
우리 혈통의 선조들을 측면에도 두지 않고,
우리들 후손의 연원인 무덤들을 돌보던
그 화려하던 시절을 잊어버리고 있다 해도,

나는 떠나가는 배에 자리를 잡으리라.
강을 건너 바다 너머로 배는 나아간다.
거기서 쓰디쓴 맛이 덜한 과일을 따려고,
운명의 신이 하는 장난 끝내기 전에.

그대 멀리까지 날아가는 새들처럼, 아침마다
나도 저쪽 땅에 꽃이 핀 것을 알아내리라.

지구 반대쪽까지 나아가 바다를 휘저으며,
나의 소망이 화려한 결실을 이룩하리라.

라베아리벨로는 모국어 말가쉬어로도 시를 썼지만, 프랑스어로 창작하는 것이 배신이라는 비난을 받고 자결했다고 앞에서 말했다. 왜 그랬는지 알려면 전후의 사정에 대한 이해가 필요하다. 마다가스카르는 아프리카 나라 가운데서는 드물게 자기네 말을 표준화해 국어로 사용하다가 프랑스의 식민지가 되었다. 이런 상황이 시인에게 불행을 안겨주었다.

식민지 통치자들은 표준화를 와해시키고, 말가쉬어는 창피스러운 말이라고 여기도록 했다. 말가쉬어 사용자는 '원주민'이라고 지칭해 천대하고, 프랑스어를 구사하면 '프랑스 시민'이라고 인정해 우월감을 가지게 했다. 사회 갈등이 언어 문제와 맞물려 격화되었다. 언어 문제를 개입시켜 사회 갈등을 증폭시키는 것을 통치의 전략으로 삼았다.

프랑스어를 배워야 야만에서 벗어나 문명화될 수 있다고 했다. 프랑스어를 제대로 하지 못하면서 '프랑스 시민'이 되었다고 우쭐대는 허위의식에 들떠 주체의식을 버린 얼치기들이 식민지 통치의 하수인 노릇을 하도록 했다. 그런데 예상하지 못했던 사태가 벌어졌다. 프랑스인 못지않게 프랑스어를 구사하면서 허위의식이 아닌 주체의식을 보여주는 아프리카인들이 나타났다.

라베아리벨로도 식민지의 '프랑스 시민'이었으나, 통치자가 바라는 바를 이중으로 어겼다. 프랑스어 시를 서투르게 흉내내지 않고 프랑스에서 뽐내는 시인들과 대등한 수준으로 구사했다. 식민지 지식인의 자아상실에서 벗어나 주체성을 분명하게 하고 민족해방 염원을 시의 주제로 했다. 프랑스어를 아는 온 세계의 독자에게 진실을 깨닫도록 하는 충격을 주어 높이 평가되는 아프리카 시인들의 선두에 섰다.

그런데도 비난의 대상이 된 것은 아프리카 다른 곳들과는 달리 마다가스카르에는 국어가 있는 다행이 불행 노릇을 했기 때문이다. 시는 이해하려고 하지 않고, 흑백논리로 편 가르기나 하는 설익은 투사들이 불행을 키웠다. 독립한 다음에야 밖에서 남들이 하는 말을 듣고 경직된 사고에 의한 논단이 잘못인 줄 알아, 라베아리벨로를 재평가해 민족시인라고 칭송한다.

제1연 서두의 "oiseaux migrateurs"는 "철새"이다. 철새가 바다 건너 다른 대륙까지 날아간다는 것을 말하려고 했다. 우리는 철새를 국내에 치우친 좁은 범위 안에서만 관찰하고 기회주의자라고 여기기나 하므로, 말을 바꾸어 "멀리까지 날아가는 새들"이라고 했다. 새들이 "nomades"(유랑민)이라고만 하고 말을 마쳤는데, 앞뒤의 말을 쉽게 이해할 수 있게 연결시키느라고 유랑민의 행위를 나타내는 "돌아다니다가", "헤매는구나"라는 동사를 덧붙여 번역했다.

"유랑민"이라고 하던 새들을 제2연에서는 "정복자"라고 했다. "dôme"(둥근 지붕)은 권능을, "palmier"(종려나무)는 죽음을 이기는 삶의 승리를 상징한다. 죽음을 누르고 삶의 승리를 이룩하는 정복자인 새들이 위대한 권능을 행사해 미지의 세계에 이르려는 희망을 거듭 확인하고 대담한 시도를 한다고 칭송했다. 제3연에서는 "몰락이나 난파의 위협", "죽음의 부름"에서 벗어나려고 날아가는 새들처럼 탈출하고 싶다고 했다.

제4연은 그대로 옮기면 무엇을 말하는지 알기 어려워, 뜻이 통하도록 의역을 해야 했다. 프랑스어에는 주어가 반드시 있어야 하므로 "je"(나는)를 되풀이했으나, 거론한 사안이 동족에게 공통되고 자기에게 국한된 것은 아니므로, 번역에서는 주어를 뺐다. 몇 대목은 원문에서 너무 멀어지지 않도록 조심하면서 번역해 설명이 필요하다.

"시야를 차단하며 펼쳐져 있는 지평선"을 말한 것은 식민지 통치를 받는 동안에 의식의 폭이 좁아졌다는 말이다. "우리 혈통의 선조들을 측면에도 두지 않고"는 선조 생각은 밀어내고 거의 하지 않게 되었다는 말이다. "우리들 후손의 연원인 무덤들을 돌보던 그 화려하던 시절을 잊어버렸다"는 것은 민족의 전통을 자랑스럽게 여기던 시기가 지나갔다는 말이다.

제5연에서는 민족 해방의 염원을 소극적으로 말하다가, 제6연에서는 앞으로 나섰다. "지구 반대쪽까지 나아가 바다를 휘저으며"는 엄청난 변혁을 거쳐 간절한 소망을 거대하게 이루겠는 말이다. "나의 소망이" 이룩하는 "화려한 결실"이 민족 해방에 국한되지 않는 세계사의 대전환임을 알리려고 그런 말을 썼다.

마다가스카르가 프랑스를 물리치고 대전환을 이룩하자는 것은 아니다. 나라나 민족의 구분을 넘어선 인류의 대화합을 지향해야 한다고 하고, 말가쉬어와 프랑스어로 시 창작을 하면서 둘을 근접시키는 것을 출발점으로 삼았다.[20] 소박한 공상이 문학창작을 위한 시험으로서는 지속적인 의의를 가진다.

윤동주

〈또 다른 고향〉

고향에 돌아온 날 밤에
내 백골이 따라와 한 방에 누웠다.

---

20) Claire Riffard, "Écrire en deux langues: l'expérience de Jean-Joseph Rabearivelo et Esther Nirina", *Études littéraires africaines* N. 23(Metz: Centre de recherche ECRITURES de l'Université de Lorraine, 2007)에서 라베아리벨로는 두 언어로 창작하면서 둘을 근접시켜, 언어 분화 이전의 "la langues originelle"(원초적 언어)를 재현하려고 했다고 했다. "adapter la syntaxe malgache en français"(말가쉬어의 구분을 프랑스어에서 받아들인다), "dire en malgache une expression qui, en français, tire sa beauté et sa concision"(프랑스어의 아름다움과 간결함을 말가쉬어로 가져와 말한다)고 했다.

어둔 방은 우주로 통하고
하늘에선가 바람이 불어온다.
어둠 속에서 곱게 풍화작용하는
백골을 들여다보며
눈물짓는 것이 내가 우는 것이냐?
백골이 우는 것이냐?
아름다운 혼이 우는 것이냐?

지조 높은 개는
밤을 새워 어둠을 짖는다.
어둠을 짖는 개는
나를 쫓는 것일 게다.

가자 가자.
쫓기우는 사람처럼 가자.

백골 몰래
아름다운 또 다른 고향에 가자.

윤동주가 시에서는 말한 '고향'은 뜻하는 바가 하나가 아니다. 고향에 돌아왔다고 하면서 시작한 시가 마지막 대목에서 고향에 가자고 하는 데서 끝났다. 돌아가려면 돌아갈 수 있는 고향으로 위안을 삼지 않고, 빼앗기고 없는 고국을 되찾아야 한다는 말을 암시적인 방법으로 나타냈다.

일제의 식민지 통치가 극악한 지경에 이르렀을 때 이 시를 썼다. 작품을 발표할 수 있는 상황이 전혀 아니어서 남몰래 간직하면서도 적발의 위험에 대비해 직설적인 발언을 극력 피하고 누구도 생각하지 못한

고도의 상징적 수법을 마련했다. 작품창작을 불가능하게 하는 극도의 불운이 시의 역사를 바꾸어놓았다고 할 만큼 놀라운 창작을 하는 행운을 가져왔다.

제1연에서 고향에 돌아온 날 밤 백골이 따라와 한 방에 누웠다고 한 말은 큰 충격을 주어, 예사로운 시가 아님을 알려주었다. 제2연에서는 어두운 방은 우주로 통하고, 어디선가 바람이 불어온다고 해서 탈출하는 길이 있다고 암시했다. 제3연에서 고향에 가고 다시 가야 한다는 주체는 "나"만이 아니고, "백골"이기도 하고 "아름다운 혼"이기도 하다고 했다. "백골"은 "나"의 죽은 모습이고, "아름다운 혼"은 "나"의 가능성이다.

"나"는 "백골"이면서 "아름다운 혼"이기도 한 이중성을 지니고 현실에서 이상으로 나아갔다. 이미 돌아간 고향은 백골이 따라와 한 방에 누운 곳이라고 말했다. 현실은 암담해 고향을 찾아도 아무 즐거움이 없고 죽음을 확인할 수밖에 없다고 했다. 풍화작용을 하는 백골을 보고 우는 것이 누구인가 하고 묻는 데서는 망각된 자아를 되찾을 수 있는 가능성을 알렸다.

제4연에서 말한 "개"는 여러 겹의 의미를 지닌다. (가) 고향에서 개가 짖는다. (나) 개는 어둠을 보고 짖고 어둠을 거부한다. (다) 사람은 받아들이는 어둠을 거부하는 개는 지조가 높다. (라) 지조 높은 개가 현실의 어둠에 안주하지 못하게 일깨운다. (가)에서 시작해 (라)로 나아가면서 개가 의미하는 바가 한 차원씩 높아진다. (가)의 일상생활을 (나)에서 거부하기 시작하고, (다)에서 의식의 각성을 분명하게 하다가, (라)에서는 수행해야 할 과업을 발견하고 실행을 다짐했다.

제5연에서는 개에게 쫓기는 듯이 말해, 현실적인 제약을 피해서 넘어서자고 했다. 제6연에서 "아름다운 또 다른 고향"이라고 한 곳은 어둠을 물리치고 광명을 찾는 경지이다. 주어진 현실에 안주하지 않고 투쟁해 되찾아야 할 해방된 조국이다. 제1연의 고향은 실제의 고향이고 현실이며, 제6연의 고향은 고향을 넘어선 고국, 되찾아야 할 고국이다.

비교 고찰

세 시를 비교해 보자. 토마스의 〈그리고 죽음의 지배를 받지 않으리라〉은 〈죽음〉이라고 약칭한다. 라베아리벨로의 〈서곡〉은 〈서곡〉이라고 한다. 윤동주의 〈또 다른 고향〉은 〈고향〉이라고 약칭한다. 세 작품을 한 자리에 놓고 한꺼번에 살피기 위해 현재형 서술 어미를 사용한다.

《문학연구방법》(지식산업사, 1980)에서 제시하고 자주 사용해온, 둘은 같고 다른 하나는 다른 점을 대상을 바꾸어 세 번 찾아내는 방법을 사용한다. (2+3):1에서 1, (1+3):2에서 2, (1+2):3에서 3의 특징이 뚜렷하게 드러나게 한다.

〈서곡〉과 〈고향〉은 억압을 피해 어디로 가자고 한다. 억압이 무엇인지 명시하지 않았지만, 의식이 깨어 있어 어디로 가자는 말을 명료하게 한다. 식민지가 되어 수난을 겪는 상황을 직시하고 해방의 길을 찾고자 하면서, 식민지 통치자의 검열에 걸리지 않고 할 수 있는 말을 한다.

〈죽음〉은 검열을 거칠 필요가 없는데도, 무언지 모를 강박관념에 사로잡혀 신음하는 소리를 한다. 정체가 분명하지 않은 유니콘의 위협을 받고, 왜 닥쳐오는지 모를 죽음의 공포에 사로잡혀 허우적거린다. 죽음이 이끄는 대로 가지 않겠다고 버티기만 하고 위험에서 벗어날 수 있는 방도는 없다.

웨일스가 받는 영국의 억압에 관심을 두지 않는다고 했지만, 시인이 의식을 정리해 공언하는 말과 무의식을 노출하는 시는 다르다. 무의식의 차원에서는 억압받은 상처가 감당하기 어려울 정도로 커져 유니콘의 위협이나, 죽음의 공포를 말하지 않을 수 없다. 죽음의 공포와 싸우고 죽음을 받아들이지 않는다고 거듭 외쳐야 한다.

"고문대에서 뒤틀려 힘줄이 끊어져도/ 바퀴에 묶어도 부서지지는 않으리라." "일각수의 악행이 관통해 지나가도/ 모든 것이 망가져도, 깨어지지는 않으리라." 이렇게까지 말하면서 물리치고자 하는 죽음은 자연히 다가오는 죽음이나 질병으로 말미암은 죽음이 아니다. 정치적인 이유로 강요되는 죽음이 아닌 다른 무엇일 수 없다.

웨일스인이 받는 고통에 관심을 가지지 않고, 해방운동에 동조하지 않는다고 했다. 무언지 모르게 뒤틀린 심리를 기이한 심상으로 표현해 전위시인으로 평가되었다. 이 얼마나 가련하고 괴이한 일인가. 정체성 혼란이 자기는 모르는 사이에 골수에 사무쳐 죽음을 재촉했다. 이상 증세 방사선 촬영물 같은 작품을 남기고 떠나갔다.

〈죽음〉과 〈고향〉에서는 억압된 상황을 심각하게 다룬다. 뒤틀린 심리 때문에 고난을 겪는다. 의식의 저변을 문제 삼고 있어 쉽게 읽을 수 있는 시가 아니다.

〈서곡〉은 죽음이 아닌 삶의 노래이다. 억압된 상황에 대한 직접적인 언급은 하지 않고 멀리 가서 탈출하고자 하는 희망을 말한다. 득의에 찬 어조로 날아가기도 하고 배를 타고 가기도 한다고 한다. 이해하기 쉬운 시를 즐겁게 읽다가 심각한 의미가 있는 것을 깨닫게 한다.

"멀리까지 날아가는 새들, 창공의 유랑민이여." 서두에서 이렇게 말했다. 멀리까지 날아가는 새들을 부러워하면서 부르는 것은 자기는 자유를 잃고 억압되어 있기 때문이다. "저승의 부름에서 멀어지려고" 했다는 것은 〈죽음〉에서 한 말과 상통한다. "저승의 부름"을 거부하고 죽음과 싸우는 방법이 자유를 찾아 떠나가는 것이다. 이루고자 하는 소망을 날아가는 새에다 싣고, 과거와 결별하고 자기도 떠나간다고 한다.

"지구 반대쪽까지 나아가 바다를 휘저으며,/ 나의 소망이 화려한 결실을 이룩하리라"고 한 마지막 대목은 엄청나다. 조국 해방을 이룩하는 데 그치지 않고, 세계사의 대전환을 이룩하기까지 한다는 말이다. 직설은 허용되지 않을 말을 상징을 통해 전하면서 설득력을 더 높인다.

누가 읽으라는 시인가? 식민지 통치자가 읽으면 내심으로 놀라 아프리카 사람들은 지적 수준이 낮다고 얕잡아볼 수 없게 한다. '프랑스 시민'이 되었다고 자부하는 무리는 이 시를 잃고 '원주민' 위에 군림하려는 것이 부끄러운 줄 알게 한다. 대다수의 동족은 읽지 못해 아쉽지만, 그 대신 멀리 있는 나도 읽어 번역을 붙이고 이 글을 쓴다. 식민지 통치자가 강요한 언어를 유익하게 활용해, 불운이 행운이게 하는 본보기를 보인다.

〈죽음〉과 〈서곡〉은 단순한 발상을 이어나간다. 죽음의 지배를 받지 않겠다고 하고, 멀리 떠나가자고 하는 말을 조금씩 바꾸어 되풀이하는 강조법을 사용한다. 납득하기 어려운 상황이나 급격한 전환은 없어 당황하지 않고 읽을 수 있다.

〈고향〉은 쉽게 이해되지 않고, 낯설기만 한 물건 같다. "고향에 돌아온 날 밤에/ 내 백골이 따라와 한 방에 누웠다"는 첫 대목에서부터 예상하지 못한 말을 해서 충격을 준다. "고향"이 하나가 아닌 것도 예사롭지 않다. 첫 줄에 "돌아온 고향"이라고 한 고향이 있고, 마지막 줄에 "아름다운 또 다른 고향에 가자"고 한 고향이 있다. "나"는 "나"이기도 하고 "백골"이기도 하고, "아름다운 혼"이기도 해서 셋이나 된다.

두 "고향", 세 "나"가 얽혀 있는 상황을 정리하는 작업이 단계적으로 진행된다. 면밀하게 살피면 너무나도 명료해 섬찍하기조차 한 표현으로 의식의 저변까지 뒤집어놓는 모험이 이어진다. "어둔 방이 우주로 통하고" "바람이 불어온다"고 하면서 주어진 현실에서 벗어날 수 있다고 한다. "백골"을 보고 우는 것이 누구인가 물으면서 자아각성을 이룩하는 준엄한 과정을 거친다. "지조 높은 개"에게 쫓기니 그대로 있을 수 없다고 한다.

그런 과정을 거쳐 "고향에 돌아온 날 밤에" "따라와 한 방에 누운" "백골" 몰래, "아름다운 혼"은 "아름다운 또 다른 고향에 가자"고 다짐하는 결말에 이른다. 쉽게 돌아갈 수 있는 일상적인 고향을 위안으로 삼지 않고, 빼앗기고 없는 고국을 되찾아야 한다는 말을 암시적인 방법으로 한다. 직설법과는 최대한 멀어져 시적 표현의 차원을 한껏 높인다.

검열을 거쳐 작품을 발표할 수 없다는 것을 알고 유고로 남겼다. 식민지 통치자는 시 원고를 압수해 증거로 삼지도 않고 시인을 잡아가 투옥하고, 사형 집행의 절차도 거치지 않고 인체 실험을 하다가 죽였다. "또 다른 고향"은 물론이고 "돌아가 누울 고향"도 찾지 못하게 했다. 윤동주의 옥사는 토마스의 병사나 라베아리벨로의 자살보다 훨씬 처참해 이 시가 주는 감동이 훨씬 크다.

웨일스를 통치하는 영국인은 토마스의 시가 자기네 문학의 뛰어난 작품이라고 자랑하면서, 나라뿐만 아니라 시까지 차지한다. 마다가스카르를 식민지로 삼은 프랑스 사람들은 라베아리벨로의 시를 높이 평가하는 데 한 몫 끼어 문학 사랑으로 지난날의 죄과를 씻으려고 한다. 가장 가혹한 가해자 노릇을 한 나라 일본의 식자층은 윤동주의 수난과 시를 뒤늦게 알고 충격을 받고 괴로워하지 않을 수 없다.

크고 복잡한 충격이 판단력을 뒤흔들어 당황하게 한다. 식민지 통치를 긍정하면서 우월감을 유지하려고 하는 노력이 일거에 물거품이 되는가? 일본에는 있을 수 없는 뜻밖의 시인에 대해 경탄, 존경, 외경, 질투, 혐오, 반감 등의 여러 감정 가운데 어느 것을 가져야 하는가? 윤동주가 사라지지 않고 철저한 점검과 준엄한 반성을 촉구한다.

논의의 확대

토마스는 높이 평가되고, 시를 영어로 써서 많이 읽힌다. 라베아리
벨로는 널리 알려지지 않았으나 불어로 창작한 시를 찾아 읽을 사람
이 있고, 나도 그 가운데 하나이다. 말라가시어 작품은 원문에 접근
하지 못하고 번역을 통해 조금 엿보기나 한다. 윤동주의 시는 언어
장벽 때문에 널리 알려지지 않고 있다. 번역을 해서 알릴 필요가 있
지만, 원문을 읽어야 제대로 이해할 수 있다.

윤동주를 남들이 몰라준다고 한탄하면서 이 글을 끝낼 수는 없다.
우리 윤동주 못지않게 소중한 남들의 윤동주를 우리가 모르고 있는
것을 먼저 반성해야 한다. 토마스는 안다고 하면서 웨일스 시인인 것
은 주목하지 않는다. 토마스를 윤동주와 견주어 살피는 것도 필요하
지만, 라베아리벨로 같은 시인을 여러 곳에서 많이 찾아내 열심히 공
부해야 한다. 상호조명을 하는 비교연구에 힘써야 한다.

어둠을 헤치고 해방을 이룩하려고 투쟁한 제3세계 시인들의 모국
어 작품까지 알면 더 좋지만, 불어나 영어로 쓴 것들이라도 힘써 읽
어야 한다. 《서정시 동서고금 모두 하나》 전6권에 인류의 자산이 되
는 시를 고루 수록하고 고찰하려고 하면서 위에서 든 작품 셋도 포
함시켰다. 제3세계 특히 아프리카 시인들의 불어나 영어 작품을 많이
찾아내 번역하고 해설하려고 했으나 많이 모자란다.

제3세계 불어문학이나 영어문학을 불문과·영문과의 연구와 강의에
서 힘써 다루어야 한다. 관심을 넓히고 방향을 바꾸면 할 일이 아주
많아지고, 국문학과 협동해 세계문학 이해를 바로잡아야 하는 벅찬
사명을 수행하면서 학문하는 보람을 크게 누릴 수 있다. 얻은 성과를
출판을 통해 널리 알려 독서대중과 공유하면서 세계사의 진로 개척

에 기여하는 것이 마땅하다.

토마스·라베아리벨로·윤동주 비교론은 확대하고 일반화해야 한다. 식민지통치에 맞서서 어둠을 헤치려는 소망을 나타낸 시인들을 다른 여러 곳에서 더 많이 찾아내 비교연구를 확대하면서 자기 민족어로 창작한 시를 충분하게 포괄하는 수고를 해야 한다. 이 작업으로 세계문학사가 펼쳐지는 거대한 장면 하나를 충실하게 이해하면 기존의 편견을 시정하는 커다란 소득이 있다.

문학은 우세를 자랑하면 시들고, 항거의식을 활력으로 삼고 소생한다. 양쪽이 각기 물려받은 전통이 그 자체로 우열이 있는 것은 아니다. 우월의 증거로 내세우는 전통은 경색되고, 항거의식의 원천 노릇을 하는 전통은 생동한다. 우세를 자랑하는 쪽에 소속되었다고 여기고 있다가 생동하는 전통이 자기도 모르게 작동해 항거의식의 시를 산출하기도 한다.

제국주의 침략자들이 지구의 전역에 근대문학을 이식한 공적이 있다고 자랑하지만, 그 반작용이 더 큰 의의를 가진다. 침략이 가져온 식민지통치에 맞서서 어둠을 헤치려는 소망을 나타낸 문학은 인류가 시련을 겪으면서 생동하고, 모욕당해 더욱 고결해지고, 차별과 멸시를 물리치려고 대등한 관계에서 서로 사랑하도록 한다. 가해자가 해체의 위기에 몰아넣는 문학을 피해자가 더 잘 살려내 세계문학사의 미래를 낙관할 수 있게 한다.

이제 이런 연구를 해야 한다. 어느 누구도 혼자 이 거대한 작업을 맡아 할 수는 없다. 할 수 있는 어느 측면의 연구를 힘써 해서 공동자산을 늘이고, 비교연구를 계속 확대하는 공동작업에 참여해 더 큰 기여를 하는 것이 마땅하다.

제3장

고금을
오르내리며

1. 오랜 원천에서 새로운 학문으로

알림

이 글은 2017년 5월 12일 성균관대학에서 강연한 원고이다. 《세계·지방화시대의 한국학 4 고금학문 합동작전》(계명대학교출판부, 2006); 《동아시아문명론》(지식산업사, 2010)에 거듭 수록한 〈儒·佛·道家의 사고형태〉를 주최 측의 요청이 있어 재활용했다. 이런 내력을 밝히는 것은 양해를 구하기 위해서가 아니고 과거의 잘못을 고백할 필요가 있기 때문이다.

이미 쓴 글이 모자라는 것을 알고 보완해 강연 원고로 삼았다. 강연을 하고 다시 읽어보니 부족하기만 하지 않고 빗나가기까지 했다. 군더더기는 줄이고 기본 논지를 바로잡았다. 추가 작업이 있어 새로운 출발의 단서가 된다. 고전의 가르침을 다시 받아들여, 미욱함을 반성하고 정신을 차린 증거를 보이고자 한다. 거의 신작이라고 할 수 있는 것을 내놓아, 자기표절이 아닌 자기부정을 알린다.

성균관대학 학생들에게 하는 말을 앞에 적었다. 글 내용을 학생들에게 강연하기 알맞게 다듬었다. 오랜 원천을 이용해 새로운 학문을 어떻게 하는가에 관한 논의를 보탰다. 溫故知新을 다시 하면서 새롭게 출발해 더 멀리까지 나아가고자 한다. 학생들과 토론한 내용을 정리해 뒤에 붙인다.

성균관대학 학생들에게 하는 말

한글전용이냐 한자혼용이냐 하고 다투는 것은 어리석다. 나는 한

글전용이냐 한자혼용이냐를 글 내용과 독자에 따라 결정한다. 이 글은 한자를 혼용해야 전달된다. 이 글의 일차적인 독자인 성균관대학교 학생들은 한자를 알고 한문도 읽어야 한다. 그래야 대학생일 수 있고, 성균관대학 학생이 된 특권을 누린다.

지금은 선진이 후진이 되어, 영어는 한갓 의사소통의 도구일 따름이고 有無識을 가르는 의의는 없어지고 있다.[1] 후진이 선진이 되어, 한문을 알아야 유식하고 장래의 학문을 하는 주도하는 인재가 될 수 있는 시대가 되었다. 예외일 수 있는 분야는 없다. 창조학을 할 수 있는 기본 자격은 동일하다.

성균관대학은 한문을 공부해 고전을 읽고 전통문화를 이어받는 데 앞선다고 자랑해온 대학이다. 성균관대학에 입학하고서 이런 이점을 외면하면 손해인 줄 알고 정신을 차려, 선두에 나서는 자부심과 사명감을 가져야 한다. 새 시대의 대학자가 성균관대학에서 나올 것을 기대하면서 강연을 시작한다.

논의의 출발점

중국 산동대학에 가서 강의할 때 있었던 일을 하나 먼저 들겠다. 강의실 밖 교정에 서 있는 공자의 조각상을 가리키면서 말했다. 저기 있는 공자는 원래 魯(노)나라 사람이었는데, 5백 년이 지나자 중국

---

[1] 2001년에 대통령의 지시로 영어를 공용어로 하려고 할 때 《영어를 공용어로 하자는 망상: 민족문화가 경쟁력이다》(나남출판, 2001)라는 책을 써서 반론을 제기했다. 영어를 공용어로 하면 모든 것이 일거에 선진화하리라고 생각하는 것은 완전히 망상임을 현지에 가서 조사한 말레이시아의 경우를 들어 밝힌 것이 주요 내용에 포함된다. 말레이시아에서 공용어로 사용하는 영어로 자기 나라 역사에 관한 저술 하나 내놓지 못하고, 서점에 진열된 책이 모두 수입품이다. 말레이어로 출간한 책을 파는 서점은 대학 구내에 가서야 초라하기 이를 데 없는 것을 발견했을 따름이다. 영어가 학문 후진국을 더욱 후진국이게 하는 구실을 하는 것을 확인했다.

사람이 되었다. 그 뒤 다시 5백 년 뒤에는 동아시아 사람이 되었다. 이제 공자가 세계인이 될 수 있게 동아시아 사람들이, 중국인이니 한국인이니 가리지 말고 함께 힘써야 한다.

한국에는 공자를 중국인으로 되돌려야 한다는 사람도 있다. 공자가 죽어야 나라가 산다는 소리가 들리기까지 한다. 양쪽 다 공자는 세계인일 수 없다고 한다. 그러면 누가 세계인인가? 소크라테스는 세계인이지만 공자는 세계인일 수 없다고 해서, 세계인의 자리를 온통 유럽문명권에 내어준다. 그쪽에서 세계화를 주도하는 것이 당연하니 이끌려 다니면서 피해자 노릇을 해도 어쩔 수 없다고 여긴다.

소크라테스는 원래 아테네인이었는데 그리스인이 되고 다시 유럽인이 되는 과정을 거쳐 마침내 세계인 노릇을 하고 있다. 세계인은 누가 독점할 수 없다. 유럽인들만 세계인일 수 있다고 하고, 동아시아인은 그럴 수 없다고 하는 것은 잘못이다. 유럽뿐만 아니라 동아시아인도 세계인일 수 있어야 한다. 다른 여러 문명권에서도 세계인이 많이 있다고 인정해야 한다.

유럽문명권이 세계를 지배해온 불행한 역사를 이제는 청산해야 한다. 세계사를 차등의 관점이 아닌 대등의 관점에서 이해해, 평가하고 계승해 마땅한 공유재산을 늘려나가야 한다. 우리가 그렇게 하는 데 앞장서기를 바라고 생각을 바꾸고 교육을 혁신해야 한다. 균형 잡힌 시각으로 인류 문명의 유산을 이해하고 새로운 창조를 위한 원천을 찾는 학문을 해야 한다.

공자뿐만 아니라 노자나 석가도 세계인일 만하다. 동아시아 또는 아시아 전체의 후대 학자들 가운데도 세계인 유자격자를 여럿 찾아내 인류를 위해 기여할 수 있게 하면서 세계사의 파행적 진행을 바로잡아야 한다. 가만두면 저절로 그렇게 되는 것은 아니다. 연구하고 평가해서 가치가 발현될 수 있게 해야 한다.

세계인이게 한다는 것은 보편적인 가치를 확인하고 이어받자는 말이다. 훌륭한 가르침을 베푼 분들은 누구나 세계인으로 평가하고 남긴 유산을 인류의 공유재산으로 활용해야 한다. 法古創新의 범위를 넓힐수록 좋다. 창조를 가능하게 하는 유산은 많을수록 좋은데 지나치게 엄격하게 평가해 마구 불합격시키고 쓰레기통에 버리는 것은 어리석다.

유럽문명권에서는 웬만한 유산은 모두 찾아내 갈고 다듬고 가치를 보태 세계에 내놓고 자랑한다. 동아시아에서는 그렇게 하지 않고 유산 버리기를 일삼는 것은 열등의식이나 패배의식 탓이다. 유럽문명권이 세계의 중심이고, 우리는 그 주변에 밀려나 있는 초라한 존재라는 그릇된 생각을 이제 버려야 한다. 세계에는 고정된 중심이 없고, 역사 발전의 주동자는 교체된다.

어느 쪽의 유산이 그 자체로 더 낫다고 하기는 어렵지만, 유용성은 가릴 수 있다. 유럽문명권의 유산에도 소중한 것들이 많으나, 거의 다 써먹어 새삼스러운 가치가 남아 있지 않다. 뒤늦게 열심히 공부해도 얻을 것이 별반 없다. 이미 해놓은 연구를 받아들여 찬사를 보태는 것은 연구가 아니다. 동아시아의 유산은 근대 동안 버려 두어 가치가 발현되지 못하고 있다. 온 세계가 관심을 가지고 적극 활용하도록 하는 일을 동아시아 사람들인 우리가 앞서서 해야 한다.

이제는 수입학을 넘어서는 창조학을 해야 할 때가 되었다. 오늘날의 문제를 해결하기 위해 옛 사람과 힘을 합치는 고급학문 합동작전이 창조학으로 나아가는 지름길이다. 유럽에서 자기네 문명의 유산을 근대를 만드는 데 활용했듯이, 동아시아 고전의 가치를 재인식해 근대를 넘어서서 다음 시대로 나아가는 지침으로 만들어 인류를 위해 널리 기여하는 것이 지금 우리가 해야 하는 창조학이다.

고전과의 대화

공자만 모시자는 것은 아니다. 유·불·도를 모두 재평가해야 한다.

유·불·도는 옛 사람들이 三教라고 하던 유가·불가·도가의 가르침이다. 왜 셋을 함께 드는가? 셋 다 동아시아 학문의 공유재산으로서 소중한 의의가 있고, 이 나라에 일찍 들어와 우리 사상 형성에 적극 기여했기 때문이다.

옛 사람은 설명을 훨씬 더 잘했다. 최치원의 〈鸞郎碑序(난낭비서)〉를 보자. 이 나라에 있는 "玄妙之道 曰風流"는 "包含三教 接化群生"이라고 했다. "현묘지도" 또는 "풍류"라고 일컬어지는 독자적인 사상이 유가·불가·도가의 가르침을 포괄하고 활용해 이루어졌다고 했다. 사상 창조를 계속해서 하려면 연원을 다시 되돌아보아야 한다. 여기서 내 나름대로 할 수 있는 일을 하려고 한다.

유·불·도가 사상의 전폭을 되돌아보는 것은 어려운 일이다. 으뜸이 되는 고전 하나씩만 들기로 하고, 유가의 《논어》, 불가의 《금강경》, 도가의 《노자》를 선택한다. 이 셋은 유·불·도가의 기본경전 노릇을 하는 점이 같아 함께 다루면서 견주어 살필 만하다. 생각의 틀을 말해주는 대목만 골라서 논의하기로 한다. 과거형이 아닌 현재형을 사용해, 과거로 돌아가지 않고 지금 우리가 하는 말을 한다.

이 세 저작에 관한 연구는 엄청나게 많아도, 문제점에 관한 논란이 계속된다. 기존연구를 들어 논란을 시비하기로 하면 일생을 다 바쳐도 얻은 바가 흡족하지 않을 수 있다. 번거로운 절차를 벗어던지고 그냥 책을 읽으면서 생각하기로 한다. 독서의 즐거움을 맛보고 발상의 자유를 누리고자 한다.

진부한 설명이나 안이한 교훈에서 벗어나 신선한 발상을 얻고자 한다. 갑갑함을 떨쳐버리고 신명 나는 이야기를 하자. 복고주의에 안주하고자 하는 유혹을 물리치고, 미래를 향한 창조의 길을 열자. 고인의 슬기를 새롭게 받아들여 다시 만드는 오늘날의 작업이 남달라야 그럴 수 있다.

《논어》·《금강경》·《노자》는 세 가지 공통된 내용이 있다. (가) 나날이 살아가는 자세를 말한다. (나) 어떻게 알고 말해야 하는가 하는 의문에 대답하면서 인식과 표현의 방법을 알려준다. (다) 사람이 지닌 근본적인 고민을 해결하는 방안을 알려준다.

이 셋에 관해 어느 정도의 관심을 보였는가는 서로 다르다. 《논어》는 (가)에 큰 비중을 두고, (다)는 상대적으로 소홀하게 여겨 특별한 방책을 제시하지 않았다. 《금강경》은 (가)에는 관심을 적게 두고, (다)로 나아가는 깨달음의 길을 힘써 말해주려고 했다. 《노자》그 둘의 중간 정도의 위치에서 셋에 대해서 고루 관심을 가졌다.

(나)는 셋을 함께 논의할 수 있는 공통된 영역이며, 재평가해서 이어받아야 할 소중한 유산이다. 유가에서 말하는 (가)인 나날이 살아가는 자세는 오늘날 와서 그대로 통용되지 못할 점이 많아 지속적인 가치를 가진다고 하기 어렵다. 불가에서 말한 (다)인 사람이 지닌 근본적인 고민을 해결하는 방안은 종교관이 다르면 받아들일 수없다. 그러나 (나)는 지속적인 의의를 지닌다. 어떻게 알고 말해야하는가 하는 의문에 대한 해답을 얻고, 인식과 표현의 방법을 찾기위해 계속 노력해야 한다.

고전을 읽는 이유를 반성하면서, 논의를 가다듬어야 하겠다. 고전을 읽어야 한다. 고전을 버려두고 오늘날 것만 찾아 생각이 천박해지고 가치관이 혼란스럽게 되었다고 개탄한다. 고전 읽기를 가장 중요한 공부로 삼아야 한다. 이런 주장에 호응하면서, 고전 읽는 방법을 바꾸어야 한다고 제안한다.

고전을 우상으로 섬기는 풍조를 개탄한다. 아득히 우러러보고 존경심을 더 키우면서 우리는 초라하다고 하려고 고전을 읽는 것은 아니다. 쓴 약을 억지로 먹이듯이 하는 짓은 의도가 아무리 좋아도 역효과를 낼 따름이다. 학생들이 싫어하는 것이 당연하다. 쉽게 친해 속마음을 주고받는 만만한 친구라고 여겨야 고전을 가까이 할 수 있다.

부담스럽게 여기지 말고 고전을 가까이 하라고 훈계나 하면 할 일을 하는 것은 아니다. 스스로 모범을 보여야 말할 자격이 있다. 교육은 말로 한다. 말을 잘하면 교육을 잘하는 것이 아니다. 실행이 따라야 말이 말 값을 해야 교육이 이루어진다. 여기서 내가 하는 것을 보고 학생들은 각자 자기 좋은 대로 다시 해보라고 하는 것이 가르치는 방법이다.

모든 책이 그렇듯이, 빠지면서 읽기에서 따지면서 읽기로, 따지면서 읽기에서 쓰면서 읽기로 나아가야 한다. 토론의 과정을 거쳐 내 생각을 얻어내는 것이 읽기의 도달점이다. 고전은 그렇게 할 수 있는 가능성을 특히 많이 지녔기에 거듭 읽히는 책이다.

오랫동안 많은 독자가 읽고 싶은 대로 읽어 자기 것을 만든 원천을 나는 내 나름대로의 창조를 위해 활용한다. 과거형 문장을 현재형으로 바꾸어놓으면 고인의 생각이 내 것이 된다. 현재형이 늘어난 것만큼 내 것이 많아진다. 고인이 뒤를 밀어주는 덕분에 신명나게 앞으로 나아간다.

논어에서 길을 물어

《논어》에는 '學'에 대한 말이 많다. '학'이란 무엇인가? "내 일찍 종일토록 먹지 않고 밤 내내 자지 않고 생각해보아도 무익하고, 학만한 것이 없다"(吾嘗終日不食 終夜不寢 以思 無益 不如學也, 〈衛靈公〉)고 했다. 이렇게 말한 '학'은 스스로 하는 것이어서 '공부'라고 옮길 수 있다.

"학하고 때때로 익히면 이 또한 즐겁지 않는가"(學而時習之 不亦悅乎, 〈學而〉)라고도 했다. 이렇게 말한 '학'은 '공부'이기도 하고 '배움'이기도 하다.[2] 공부한 것을 제때에 익혀 심화한다고 할 수도 있

---

2) "時"는 "及時"이기도 하고 "時時"이기도 해서 "때맞추어"라고 번역할 수도 있고,

고, 배운 것을 때때로 익혀 잊어버리지 않으려고 한다고 할 수도 있다. 번역에서는 둘 다 살릴 수 없어 무게 중심이 '배움' 쪽으로 기울어져 있다고 여기고 "때때로"라고 했다.

"학하면서 생각하지 않으면 막히고, 생각하면서 학하지 않으면 위태롭다"(學而不思則罔 思而不學則殆, 〈爲政〉)라고 했다. 이렇게 말한 '학'은 '배움'을 말한다. 스스로 하는 공부에는 생각이 포함되는데, 생각과 분리했기 때문에 '학'이 '배움'이다. 스승에게서 배우기만 하고 스스로 생각하지 않으면 막히고, 스스로 생각하기만 하고 스승에게서 배우지는 않으면 위태롭다고 했다.

'학'에 스스로 하는 공부, 스승으로부터의 배움이 있다는 것은 당연한 말이다. 공자가 당연한 말을 하는 데 그치지 않고, 둘의 우열을 가렸다. "아침에 道를 들으면 저녁에 죽어도 좋다."(朝聞道 夕死 可矣, 〈里仁〉)고 한 말을 보자. 도는 최고의 이치이다. 도를 듣는 것은 공부가 아니고 배움이다. 도를 스승에게서 聞해 배우는 것보다 더 좋은 일이 없다는 말을 "죽어도 좋다"는 극단적인 표현을 사용해서 했다.

배움을 聞이라고 했다. 聞은 스승이 하는 말을 듣고 알아차린다는 말이다. 聽이 아니어서 알아차리는 능력과 수고가 있어야 하지만, 스승이 말하지 않으면 원천적으로 가능하지 않다. 도는 스스로 공부해야 하는 것이 아니고 스승으로부터 배워야 알 수 있다고 했다. 스승에게서 배우지 않고 혼자 생각하기만 하면 위태롭다고 한 말이 이 경우에 꼭 들어맞는다.

공자는 도를 들려서 가르쳐주는 최고의 스승이었다. "나의 도는 하나로 일관한다"(吾道一以貫之, 〈里仁〉)고 해서, 일관된 도를 일관되게 가르쳐준다고 했다. 일관된 도는 이 말 저 말 하지 않고, 한 가

"때때로"라고 번역할 수도 있다. 어느 것이 맞고 어느 것은 틀렸다고 할 수 없다. 둘의 비중은 같지 않다고 읽는 사람이 자기 나름대로 생각할 수 있다. 나는 내 생각대로 이해하고 번역한다.

지 말로 지칭해야 한다. 그래서 "반드시 이름을 바르게 해야 하느니라"(必也正名乎, 〈子路〉)라고 했다.

이 대목에 나오는 '正名'에, 언어 사용에 관한 공자 이래 유가의 견해가 집약되어 있다. 이름을 바르게 해야 가치관이 분명해진다고 한 것만은 아니다. 사물에는 반드시 바른 이름이 있다고 했다. 바른 이름을 찾으면 직설법으로 말할 수 있으므로 우회적인 표현을 하는 것은 바람직하지 않다고 했다.

學에 관해 한 다른 말은 분명한 원칙을 재확인하고 실행하는 방법을 제시한 것이다. "아는 것은 좋아하는 것만 못하고, 좋아하는 것은 즐기는 것만 못하다."(知之者 不如好之者 好之者 不如樂之者, 〈雍也〉) 여기서 아는 데 그치지 않고 좋아해야 하고, 좋아하기만 하지 말고 즐기기까지 해야 한다는 것이 바라는 대로 하라는 말이 아니다. 알고 좋아하고 즐기는 것이 하나로 일관된 도에 이르는 과정이다.

"옛적에 공부하는 사람은 자기를 위하고, 지금 공부하는 사람은 타인을 위한다."(古學者爲己 今之學者爲人, 〈憲問〉) "(원하는 바를) 군자는 자기에게서 구하고, 소인은 타인에게서 구한다."(君子求諸己 小人求諸人, 〈衛靈公〉) 여기서는 자기반성이 공부의 목표여야 하고, 다른 사람들에게 도움을 준다면서 인정받고 출세하는 것은 마땅하지 않다고 했다. 道의 다양한 쓰임새를 바라다가는 절대적 요건인 일관성을 해치니 조심해야 한다고 경고했다.

"군자는 화합하면서 같지 않고, 소인은 같으면서 불화한다."(君子和而不同 小人同而不和, 〈子路〉) 여기서 말한 同이냐 不同이냐 하는 것은 살아가는 방식이고, 和는 도를 실현해 이루어진다. 살아나가는 방식은 각기 달라도 일관된 도를 함께 실현하면 훌륭하다고 했다. "본성은 서로 가깝고, 습관은 서로 멀다"(性相近 習相遠, 〈陽貨〉)는 것과 유사한 말을 했다.

군자 쪽은 그렇지만, 소인은 다르다고 했다. 소인이 同하는 것은 도를 함께 실현해서가 아니고 利라고 여기는 것이 같기 때문이라고 할 수 있다. 이라고 여기는 것이 같아 동행하면서 자기가 차지하는 것을 늘리려고 경쟁자를 해쳐 불화하는 것이 군자와 다르다고 했다. 소인을 나무라고 군자를 칭송하는 적절한 비교를 했다.

말이 틀린 것은 아니지만 의문이 남는다. 同과 和가 군자의 경우와 소인의 경우에 각기 다르다고 하고 말면 하나로 일관된 도는 어디 갔는가? 군자의 내심에만 있고, 군자와 소인이 함께 사는 세상 전체에는 없는 도를 일관된 도라고 할 수 있는가? 오늘날의 용어를 사용해 질문을 다시 하면, 윤리학에 몰두해 존재론은 저버리면 철학다운 철학을 하지 못하는 것이 아닌가?

구체적인 내역은 무엇이든지, 동은 동이고 화는 화여야 한다. 군자는 도로 화하고, 소인은 이로 화한다는 구분론을 넘어서서, 살아가는 방식의 동이나 부동, 상호관계에서의 화나 불화를 총괄해 말해야 하나로 일관하는 도일 수 있다. '同而不和'까지 구태여 들어 사람을 차별한다는 혐의를 받으면서 논의의 수준을 낮추지 말고 '和而不同'만 남겨, 화가 따로 없고 부동을 인정하는 것이 바로 화라고 하면 높은 차원의 이치가 분명해진다.

'화이부동'은 공자가 한 가장 훌륭한 말이라고 할 수 있다. 해석을 잘 해 가공하면 더 훌륭해진다. 세계는 지금 이 말을 절실하게 필요로 한다. 소크라테스가 "너 자신을 알라"고 하면서 자각의 소중함을 일깨워 세계인 노릇을 착실하게 한 시대는 끝나고, '화이부동'을 모든 사람을 위한 새로운 가르침으로 삼아 분쟁을 종식시키고 평화를 이룩해야 할 때가 되었다.

금강경에서 말을 듣고

《금강경》에서 하는 말을 들어보자. "무릇 相이 있는 것은 다 허망

하나니, 모든 相이 相이 아님을 알아보면 바로 여래를 본다"(凡所有相 皆是虛妄 若見諸相非相 即見如來,〈如理實見分〉)고 하는 것이 깨달음의 내용이고 방법이다. 이것을 "아침에 도를 들으면 저녁에 죽어도 좋다"(朝聞道 夕死 可矣)고 한 것과 견주어보자.

'視相'이 아니고 '見相'이며, '聽道'가 아니고 '聞道'인 것은 당연하다. 육안으로 보는 '視'가 아닌 심안으로 보는 '見'을 해야만 감각적으로 드러난 것 이면까지 꿰뚫어 실상을 알 수 있다. '시'는 '보다'이고, '견'은 '알아보다'이다. '聽'은 '듣다'이고, '聞'은 '알아듣다'이다. 진리는 감각기관으로 인식할 수 없고 내면의 이해를 갖추어야 인식된다고 한 점은 같다.

'聞道'와 '見相'은 중요한 차이점도 있다. '문도'의 '문'은 스승이 하는 말을 듣는다는 뜻이다. '문도'의 '도'는 스승이 이해하고 정립한 진리이다. 그것을 스승에게서 배움을 통해 전수받는다고 했다. '견상'의 '견'은 자기 스스로 보는 것이다. '견상'의 '상'은 자기가 선택한 대상이며, 자력으로 알아볼 수 있어야 이해 가능하다. 자력으로 알아보는 것은 스스로의 깨달음이다. 배움과 깨달음의 차이는 분명하다. 배움은 스승이 있어서 하고, 깨달음은 스스로 얻는다.

'문도'와 '견상'이 또 하나 다른 점은 언어 사용 여부이다. '문도'는 도에 관해서 하는 말을 듣는다는 뜻이다. 말을 매개로 하지 않고 도 자체를 아는 것은 아니다. '견상'에는 말이 필요하지 않다. '상'은 말이 아니고 모습이다. '견상'한 것을 다른 사람에게 전달할 때 그 사람이 알아볼 수 있다면 가리키기만 하면 된다. 알아보지 못한다면 말로 전달해야 한다. 알아본 것을 말로 전달하려고 하면 언제나 말이 부족하고 빗나갈 수 있다.

'문도'는 전수하는 스승이 말을 정확하게 하고, 받아들이는 쪽에서 제대로 알아들어야 가능하다. '正名'을 내세워, 정확한 말을 일관되게 해야 하고, 함부로 바꾸지 않아야 한다고 했다. '견상'한 바를 전달하는 말은 이와 아주 다르다. '견상'은 일정한 모습을 보는 것이 아니어서, "모든 相이 相이 아님을 알아보면 바로 여래를 보느니라"라고 했다. 일정하지 않은 모습을 말로 전달하려고 하면 말을 믿고 의지하지 않도록 이리저리 바꾸고 흔들어야 한다.

'正名'을 견지하면 가치관이 분명해지는가? 아니다. 이름에 대한 집착을 낳을 따름이다. 이름에서 벗어나야 한다. 가치관이 분명해야 한다고 하는 것은 망상이다. "여래가 설하는 세계는 세계가 아니므로 세계라고 이름 짓는다"(如來說世界 非世界 是名世界, 〈如法受持分〉)고 했다. 이름은 이름이 아니어야 한다.

그런데 석가여래는 왜 말을 많이 했는가? 석가여래가 한 말을 기록한 경전이 방대한 것은 무슨 까닭인가? 이에 대한 해답은 "내가 설한 法은 뗏목에다 견줄 것이니, 法도 마땅히 버려야 하거늘 하물며 非法이야"(知我說法 如筏喻者 法尙應捨 何況非法, 〈正信希有分〉)라는 것이다. 뗏목은 물을 건널 때 필요하다. 물을 건너면 뗏목에서 벗어나야 한다. 뗏목에서 벗어나지 않으면 물을 건넌 보람이 없다. 법이라고 하는 실체도 버려야 하거늘 하물며 뗏목에 지나지 않는 언어표현은 비법에 지나지 않으므로 말할 나위가 없다.

'정명'과는 반대가 되는 이런 언어관을 무어라고 하는지 《금강경》에는 말이 없다. 이름은 허망하다고 여겨 짓지 않은 것이 당연하다. 정명은 정명이라고 해야 정명인 것과 아주 다르다. 그러나 經을 풀이하는 論이나 疏에서는 논리를 갖추어 이치를 갖추어 풀이해야 하므로, 이름 짓지 못한 이름을 '假名'이라고 지칭했다.

"空이라고 말해도 되지 않고 空이 아니라고 해도 되지 않아, 둘 다 말하기 어려우므로 다만 假名으로 말한다"(空則不可說 非空不可說 共不共叵說 但以假名說)라고 용수는 《중론》에서 말했다. "모든 언설은 假名에 지나지 않아 實性과 떨어지지 않을 수 없다"(諸言說 唯是假名 故 於實性 不得不絕)고 원효는 《대승기신론소》에서 말했다. 假

名은 말한 그대로는 진실이 아니며, 진실을 일러주기 위해 사용한 임시방편에 지나지 않는다.

노자를 찾아가니

다음 순서로 《노자》를 찾아가자. 어려운 책이라고 여기고 겁을 먹을 필요는 없다. 말에 매이면 누적되는 의문이, 앞의 두 책과 비교해 고찰하면 풀리기 시작한다. 서두가 길고 복잡한 것을 나무라지 말고 우선 차근차근 뜯어보자.

"도를 도라고 할 수 있는 것은 常道가 아니고, 명을 명이라고 할 수 있는 것은 常名이 아니다. 無名은 천지의 시작이고, 有名은 만물의 어머니다. 그러므로 常無로 그 미묘함을 觀하려고 하고, 常有로 그 언저리를 觀하려고 한다. 이 둘은 같은 데서 나왔으면서 이름이 다르다. 같게 말하면 玄이라고 한다. 현하고 또 현하니 衆妙의 문이다."(道可道 非常道 名可名 非常名 無名天地之始 有名萬物之母 故常無 欲以觀其妙 常有欲 以觀其徼 此兩者 同出而異名 同 謂之玄 玄之又玄 衆妙之門, 제1장)

먼저 道와 名에 관해 말한다. 道는 진리의 내용이고, 名은 그것을 지칭하는 이름이다. 道를 道라고 할 수 있는 것은 常道가 아니라고 한다. 무슨 뜻인가? "道를 道라고 할 수 있는 것은 道가 아니다"라는 말을 강조하기 위해서 뒤의 道에 '常'자를 붙였다고 생각된다. 常道는 변하지 않는 참된 도라는 말이다. 도를 도라고 할 수 있는 것은 도 같이 생각되지만 진정한 도는 아니다, 도는 도라는 말로 포착되지 않는다고 한 것으로 이해된다.

名에 관해서도 같은 말을 한다. 명이라고 할 수 있는 것은 제대로 된 명이 아니다. 도를 도라고 할 수 있는 것은 도가 아니니, 명으로 나타내는 명이 진정한 명이 될 수 없다. 당연한 말을 덧붙인 이유는 명에 대한 고찰이 또한 그것대로 긴요하기 때문이다. 진리의 내용인 도와 그것에 대한 언술인 명의 관계가 문제의 핵심임을, 《논어》나 《금강경》에서보다 더욱 명확하게 한 것을 평가하자.

그 다음 대목에서는 두 가지 명을 말했다. "無名은 천지의 시작이고, 有名은 만물의 어머니다"라고 했다. 천지의 시작은 무엇이라고 이름 지을 수 없으니 무명이라고 해야 하지만, 다음 단계로 이루어진 만물의 생성은 가시적인 대상이어서 이름을 지어 말해야 하므로 유명이어야 한다. "常無로 그 미묘함을 觀하려고 하고, 常有로 그 언저리를 觀하려고 한다"고 한 것은 앞에서 한 말로 연결시키면 쉽게 이해된다. 모든 현상 시초의 오묘함은 常無를 말하는 無名으로, 나타나 있는 결과여서 그 언저리라고 할 수 있는 것은 드러나 있는 常有이니 有名으로 이해해야 한다. '觀'한다는 것은 이해한다는 말이다.

正名이나 假名에서는 하나인 名이 여기서는 둘이다. 無名은 假名과, 有名은 正名과 상통한다. 名은 실상과 어긋나게 마련이므로 假名을 택해야 하는 것과 같은 이유에서 無名을 말한다. 常無로 시작된 것이 나중에는 常有로 되므로, 正名과 상통하는 有名을 말한다. 假名과 正名이 각기 극단으로 치닫는 것을 제지하고, 無名과 有名을 함께 들어 中道를 제시한다.

正名論도 假名論도 아니려면 無名有名論이어야 한다. 無名이 有名임을 알아야 탐구가 이루어지고, 有名으로 고착된 것을 넘어서서 無名으로 나아가야 더 넓게 볼 수 있다. 이런 이야기를 하느라고 말이 복잡해지는 줄 알면 정신을 차릴 수 있으며, 깊은 이해를 얻어 유용하게 활용할 수 있다.

無名과 有名을 별개의 것으로 생각하지 않아야 한다고 일깨워주기 위해 "이 둘은 같은 데서 나왔으면서 이름이 다르다"고 한다. "현하고 또 현하니 衆妙의 문이다"라고 하는 것은 無名과 有名을 함께 일컫기 위한 언술이다. "玄하고 妙하다"는 것은 無名 쪽이지만, 妙가 여럿이어서 "衆妙의 門이다"는 것은 有名 쪽이다. 둘이 하나이고, 하나가 둘임을 일깨워주려고 절묘한 말을 했다.

위에서 말한 모든 것을 어떻게 하면 아는가? "虛에 이르기를 지극히 하고, 靜을 지키기를 돈독하게 하면 만물이 함께 일어나니, 나는 이로써 돌아감을 觀한다."(致虛極 守靜篤 萬物竝作 吾以觀復, 제16장)는 말로 의문을 풀어주려고 했다. 선입견을 버리고, 무엇을 안다고 자부하지도 않고, 자세를 낮추고 마음을 비워 '觀'하는 것이 인식 방법이다.

'觀'은 '聞道'의 '聞'과 다르다. 자기 스스로 '觀'할 따름이고 누구에게서 듣고 배우는 것은 아니다. '관'은 시각적 인식을 나타내는 말이라는 점에서 '見'과 상통하면서 상당한 거리가 있다. '見'은 '見相'이라고 해서 보는 대상이 있는데, '관'은 보는 행위를 말하고 대상은 일정하지 않다. "그 미묘함을 관하다"고 하는 '觀妙', "그 언저리를 관하다"고 하는 '觀徼'(관요), "돌아감을 관한다"고 하는 '觀復'(관복) 등의 변용이 가능하다.

"視해도 見할 수 없으므로 夷라고 하고, 聽해도 聞할 수 없으므로 希라고 한다"(視之不見 名曰夷 聽之不聞 名曰希, 제14장)고 했다. "視해도 見할 수 없고, 聽해도 聞할 수 없다"는 것을 확인하는 데 그치지 않고 더 나아갔다. '夷'나 '希'는 흐릿해 분별하기 어려운 것들이다. 視나 聽은 물론 見이나 聞을 해도 얻을 수 있는 것도 미비하고 모호하기만 하다고 했다. 그러면 어떻게 하라는 말인가?

"구멍을 막고, 문을 닫고, 날카로운 기운을 누그러뜨리고, 얽힘을 풀고, 빛을 부드럽게 하고, 티끌과 함께 하는 것을 玄同이라고 한다"(塞其兌 閉其門 挫其銳 解其紛 和其光 同其塵 是謂玄同, 제56장)고 한 데 해답이 있다. "구멍을 막고, 문을 닫고"는 감각기관을 차단해 외부와의 연결을 끊는다는 말이다. 외부와의 연결을 끊고 내면에 침잠하면 의혹을 해소하고 '玄同'에 이른다고 한다. '玄'이라고 일컬은 형체 없는 인식 대상과 일치되는 '同'이 '현동'이라고 이해할 수 있다.

'聞道'는 성실한 태도를 지니면 누구나 할 수 있다. '見相'은 필요한 수련을 거치면 할 것 같다. '觀妙'는 '見相'에서 더 나아가 '玄同'에까지 이르는 아득히 높은 경지이다. "날카로운 기운을 누그러뜨리고, 얽힘을 풀고, 빛을 부드럽게 하고"라고 하는 것은 '見相'을 위한 수련보다 더 어렵고 황당하다. 실현 가능하지 않은 요구를 하는 것은 무책임하다는 비난을 받을 수 있다.

《논어》에서는 소인 노릇을 하지 말고 군자가 되는 길을 일러주려고 '聞道'의 가르침을 받으라고 했다. 《금강경》에서는 '善男子善女人'이라고 일컬은 예사 사람들이 마음을 바로잡는 방법을 일러주려고 '見相'을 말했다. 노자는 "성인은 무위를 일삼고, 불언의 가르침을 베푼다"(聖人處無爲之事 行不言之敎, 제2장)고 했다. 성인의 경지에 이르는 향상의 사다리를 친절하게 일러주지 않고, 성인을 우러러보도록 했다. 불언의 가르침이라는 것은 너무 아득하다.

不言의 가르침을 無名이 아닌 有名으로 전하는 친절을 베풀기도 했다. "옛적에 하나를 얻은 바에서, 하늘은 하나를 얻어 맑고, 땅은 하나를 얻어 편안하고 신은 하나를 얻어 영험하고, 골짜기는 하나를 얻어 차고, 만물은 하나를 얻어 살고, 임금은 하나를 얻어 천하를 바르게 한다"(昔之得一者 天得一以淸 地得一以寧 神得一以靈 谷得一以盈 萬物得一以生 侯王得一以爲天下貞, 제39장)고 한 말을 보자. 근원에서 말단까지 모든 것에 일관된 원리가 있다. 모든 개별적인 것들을 하나로 모아 이해할 수 있다. 이렇게 말했다.

"도가 1을 낳고, 1이 2를 낳고, 2가 3을 낳고, 3이 만물을 낳으며, 만물은 음을 품고 양을 껴안아, 빈 기로써 화를 이룬다"(道生一 一生二 二生三 三生 萬物 負陰而抱陽 沖氣以爲和, 제42장)고 한 말도 보자. 0에서 1, 1에서 2, 2에서 3, 3에서 ∞로 나아가는 분화와 확대의 과정을 말했다. 그 가운데 2인 음과 양이 맞물리는 것을 주목하자고 했다. "빈 기로써 화를 이룬다"고 해서 0과 1의 관계를 말했다. 0·1·

2·∞의 관계를 구체적으로 고찰할 수 있는 본보기를 들었다.

"천하가 모두 아름다움을 아름다움이라고 알고 있는 것은 추악함일 따름이다. 모두 착함을 착함이라고 알고 있는 것은 착하지 않음일 따름이다. 그러므로 유무가 상생하고, 어려움과 쉬움이 상성하고, 높음과 낮음이 상경하고, 음과 소리가 상화하고, 앞뒤가 상수한다."(天下皆知美之爲美 斯惡已 皆知善之爲善 斯不善已 故有無相生 難易相成 高下相傾 音聲相和 前後相隨, 제2장)

이 대목에서는 더 많은 것을 말한다. 2인 음양의 상대적인 관계를 여러 측면에서 파악한다. 있고 없음, 어렵고 쉬움, 높고 낮음, 앞뒤는 서로 어긋나면서 상생하고, 상성하고, 상경하고, 상수한다고 한다. 불필요한 선입견을 버리고 이러한 실상을 이해하게 하려고, 탐구의 과정과 방법을 알려주려고 無名이 有名이고, 有名이 無名이라고 했다.

평가와 계승

《논어》·《금강경》·《노자》에 관한 논의는 너무 많아 새로운 말을 할 수 없을 것 같았다. 진부한 설명, 안이한 교훈에서 벗어나 신선한 발상을 얻어야 한다고 다짐하고서도 과연 그럴 수 있을까 의심했다. 그러나 전인미답의 경지가 그냥 남아 있는 것을 발견하고 신명나게 달렸다.

그 경과를 모두 정리하려고 하면 신명이 죽는다. 신명을 더 키우려면 고찰해서 얻은 성과 가운데 지속적인 의의를 가지는 것을 가려내야 한다. 여기서 멈추지 않고 더 나아가는 길을 열어야 한다. 물려받은 유산을 비교·평가해 앞으로의 창조를 위해 활용하고자 한다.

正名論·假名論·無名有名論은 어느 것이 옳은가? 어느 것은 버리고 어느 것은 택해야 하는가? 상극의 관계를 가지는가, 상생의 관계를 가지는가? 이것이 문제의 핵심이다. 상극을 투쟁을 격화시켜 승패나 생사를 갈라놓지 말고, 상생의 관계를 가지는 관계를 가지는 것이 마땅하다고 해야 한다. 모자라는 것은 모자라는 대로 훌륭하다고 해야 더 훌륭하게 될 수 있다.

정명론에서 바르게 하자는 것은 이름만이 아니고 이름으로 지칭하는 인륜이다. 인륜을 분명하게 해서 가치관이 흔들리지 않도록 하자는 것이 정명론의 실질적인 내용이다. 聞道를 할 때 정명을 틀리지 않게 바로 알아듣고 그대로 받아들여야 하는 것도 그 때문이다. 인륜을 분명하게 해서 난세를 바로잡고 질서를 회복하는 것이 최대의 과제로 삼고 필요한 말을 했다.

가명론에서 말하고자 한 것은 천지만물이나 생로병사의 근본이치이다. 자연물이든 생명체이든 실체가 없이 계속 변하므로 고정된 이름을 거부해야 한다. 임시로 지어낸 가짜 이름을 방편으로 삼아 진정한 인식과 표현의 길을 열고자 했다. '見相'은 '見非相'이어야 한다는 상반된 말로 진실을 나타낸다. 그래야 집착을 버리고 번뇌를 떨쳐야 하는 시급한 과제해결에 접근할 수 있다.

무명유명론도 난세를 바로잡는 방안을 말하기도 하고 마음을 편안하게 하자고도 한다. 그 어느 쪽도 앞의 둘보다 미지근하다. 효용을 두고 말하면 많이 뒤떨어진다. 그러나 인식의 대상과 방법에서는 양쪽을 포괄하는 의의가 있다. 무명인 것과 유명인 것을 함께 인정하고 연관관계를 말한다. 이치와 현상, 근본과 말단을 무명과 유명에서 함께 나타낸다. 거기다 더 보태서 혼돈과 질서, 인식되지 못한 것과 인식된 것의 양면을 어느 하나도 배제하지 않고 동시에 포괄하려면 무명유명론이 필요하다.

정명론·가명론·무명유명론은 모두 오늘날의 학문을 위해 유용하게 활용할 수 있다. 가치관의 혼란을 바로잡는 엄정한 논의는 정명론으로 펴야 한다. 고정관념에서 벗어나 다양한 가능성을 탐구하려면 가명론을 되살려야 한다. 그러나 학문하는 방법으로 더 크게 기여할 수 있는 것은 무명유명론이다.

무명과 유명은 탐구의 단계이다. 처음에는 무명이던 것이 유명이 게 해야 무엇인지 모르던 것을 알아내 탐구가 진행된다. 유명이라고 하면 집착이 생기고 시야를 폐쇄하므로 이룬 성과를 과감하게 버리고 무명으로 나아가야 탐구가 확대되고 발전된다. 이런 과정을 거듭해야 한다.

무명이면서 유명인 것은 사물의 양면이다. 무명이 유명이고, 유명이 무명인 것은 상극이 상생이고 상생이 상극인 것과 같고 다르다. 상반된 것들의 공존이 존재의 본질임을 말하는 데서는 같고, 명명하는 언어와 존재의 실상을 각기 지칭하는 점이 다르다. "1이 2를 낳고"(一生二, 제42장), "유무가 상생하고"(有無相生, 제2장)라고 한 것이 상생이 상극이고 상극이 상생이라고 하는 생극론의 원천이다.

노자가 내 학문의 원천이다. 후대에 이르러 더욱 풍부해진 생극론을 이어받아 오늘날의 학문을 하는 기본 이론으로 삼으려고 노력한다. 생극론으로 문학을 논하고 문학사를 서술하면서 논의를 정교하게 가다듬고 쓰임새를 넓히고자 한다. 그래서 수십 권의 책을 썼다.

"문학은 연구할 수 없으므로 연구할 수 있다."(《문학연구방법》, 지식산업사, 1980) "한문학은 공동문어문학이면서 민족문학이어서, 동아시아가 하나이면서 여럿임을 말해준다."(《한국문학통사》, 지식산업사, 1982-1988) "철학사와 문학사는 하나이면서 둘이고, 둘이면서 하나이다."(《철학사와 문학사 둘인가 하나인가》, 지식산업사, 2000) "소설은 상하·남녀의 경쟁적 합작의 생극 관계를 안팎에서 보여주었다."(《소설의 사회사 비교론》, 지식산업사, 2001) "세계문학사는 선진이 후진이고 후진이 선진인 전환을 겪어왔다."(《세계문학사의 전개》, 지식산업사, 2002) 몇 가지 본보기를 들면 이와 같이 말했다.

얻은 성과가 아주 풍성한 것 같지만, 시작 단계에 있다. 문학을 위한 생극론도 더 개발의 여지가 넓게 남아 있다. 역사학이나 철학을 위한 생극론은 어느 정도 시도했으나 아직 많이 모자란다. 미완의 작업을 맡아 나서는 후진이 많이 나오기를 바란다. 다른 모든 학문에서도 새 시대의 창조학이 일제히 일어나기를 기대한다.

위에서 고찰한 고전에서 생극론만 이어받을 수 있는 것은 아니다. 관점을 바꾸어 다른 이론을 도출하는 것이 얼마든지 가능하다. 고전은 언제나 열려 있는 토론 상대이다. 볼 수 있을 만큼 보이고, 이용할 수 있을 만큼 유용하다.

논의를 끝내고 생각을 가다듬는다. 경전을 왜 읽는가? (가) 문리라고 일컫던 독해력이 트이게 하려고, (나) 훌륭한 가르침을 받들어 실행하려고, (다) 지식을 넓히고 사상사를 이해하려고, (라) 새로운 창조를 위한 옛 본보기를 찾아 法古創新을 하려고 읽는다.

경전은 문맥이 순탄하지 않아 (가)를 위한 최상의 교본은 아니다. (나)를 위해 어느 한쪽의 경전만 받들고 다른 것들은 버리면 편벽된다. (다)는 훌륭하다고 여기고 힘써 할 만하지만, 얻는 바가 (라)만 못하다. (라)를 바라고 할 수 있는 일은 아주 많다. 나는 정명론·가명론·무명유명론 가운데 어느 것을 활용할까 하고 비교 논의를 전개했다.

정명론의 명은 성현이 정해 놓아 바꾸지 못한다. 받들고 따라야 하므로, 자유롭지 못하며 혁신이 어렵다. 가명론의 명은 어차피 거짓이니 얼마든지 지어내도 된다. 문학창작에서 상상을 펼치고 허구를 만들어내는 자유를 보장해준다. 무명유명론을 받아들이면 무명이 유명이 되게 해서 앞으로 나아가고, 유명이 무명임을 깨닫고 다시 출발한다. 학문 연구의 비결을 알려준다고 여기면 활용 가치가 크다.

붙임

2017년 5월 12일에 강연을 하고 질문을 받고 한 말 가운데 기록에 남길 만한 것들을 든다.

1998년 성균관대학교 건학 600주년 기념 강연에서, 나는 성균관대학교가 이학으로 한정되는 정통유학의 범위에서 벗어나 기학까지 포괄하는 광의의 유학을 이어받아야 한다고 했다. 이제는 유학을 넘어서서 동아시아의 고전을 모두 탐구하는 것을 사명으로 삼아야 할 때가 되었다. 그래야 새 시대의 학문을 주도한다고 했다.

유럽철학사는 플라톤이냐 아리스토텔레스냐 하는 논란의 역사이다. 동아시아철학사는 공자냐 노자냐 하는 논란의 역사일 수 있는데, 공자 쪽이 주도권을 장악하고 노자 쪽을 배척해 대등한 토론이 이루어지지 못했다. 해야 할 일을 건너뛸 수는 없다. 미완의 과업을 위해, 제약이 풀린 지금 제대로 힘을 써야 한다. 나는 노자의 유산을 이으면서 공자 이래의 학문을 내부에서 뒤집은 비판이론인 기학, 특히 그 핵심을 이루는 생극론을 더욱 발전시켜 새로운 학문을 하려고 노력하면서 다른 쪽과 토론하기를 희망한다.

유럽에서는 스피노자를 갖가지로 우려먹으면서 자기 소리를 하는 것이 대유행이다. 각자 하는 말을 다 모아보면 스피노자는 一切이므로 無이기도 하다. 어느 하나이기를 바라는 것은 망상이다. 동아시아에서는 張載를 우려먹을 만하다. 근래의 최한기는 더할 나위 없이 좋은 먹거리이다. 나는 최한기를 앞에 내놓고 별의별 소리를 다 한다.

새로운 학문을 無에서 창조하는 것은 아주 어렵다. 고인의 학문에서 유리한 논거를 찾아내 창조의 출발점으로 삼고 고금학문 합동작전을 하는 것이 유리하다. 고인이 하던 작업을 이어받아 노력을 절약할 수 있다. 고인과의 토론을 통해 새로운 발상의 타당성을 입증할 수 있다. 하고 있는 작업의 연구사적 위치를 확인할 수 있다. 고인을 받들어야 한다는 사람들까지 설득할 수 있어 충돌은 줄이고 성과가 늘어나게 한다.

그 방법을 많은 예증을 들어 구체화한 《고금학문 합동작전》이라는 책을 《세계·지방화시대의 한국학 4》(계명대학교출판부, 2006)로 내놓았다. 거기 수록되어 있는 〈쓰면서 읽기의 방법〉은 원래 〈최한기의 글쓰기 이론〉이라고 한 것이다. 최한기에 대해 고찰하면서 경계 표시 없이 조동일의 말로 넘어와 최한기-조동일 합작 이론을 만들어, 고금학문 합동작전의 본보기로 삼았다.

고전을 정확하게 읽고 이해를 제대로 하는 출발점에 걸려 앞으로 나아가지 못하는 것은 어리석다. 한문 고전은 줄기만 있고 가지는 없는 글이다. 가지 붙이기 작업인 띄어 읽고 토를 달아 뜻을 구체화하는 것은 읽는 사람이 하고 싶은 대로 하면 된다. 아랍어 고전에는 자음만 적혀 있어 모음은 읽는 사람이 재량껏 보태야 하는 것과 같다.

일본 사람들은 예전부터 띄어 읽고 토를 달아 독해를 정확하게 하는 데 온갖 노력을 바쳤다. 우리 선인들은 읽기는 대강 섭렵하는 정도로 하고 작문에 심혈을 쏟아 천고의 명문을 남기고자 했다. 일본인의 공부 방식이 들어와 생긴 장애를 걷어내고, 우리 전통을 되살려야 차원 높은 학문을 할 수 있다.

건강에 대해 잘 아는 사람이 아닌 건강한 사람이어야 하듯이, 학문에 대해서 잘 알려고 하지 말고 학문을 잘해야 한다. 관중석에서 일어나 선수가 되려면, 불교에서 초발심자에게 "성불하십시오"라고 하는 것처럼 엄청난 학문을 하겠다고 발원을 해야 한다. 발원이 크면 용기도 지혜도 생긴다. 성불하려고 하다가, 엄청난 학문을 하려고 하다가 중도에 그쳐도 아무 손해가 없다. 나아간 것만큼 이득이다.

2. 무엇을 어떻게 읽을 것인가

알림

무엇을 어떻게 읽을 것인가 하는 논의를 《삼국유사》를 들어 전개하기로 한다. 《삼국유사》에 관해서 여러 차례 고찰을 했다.[3] 2005년 8월 8일에는 일연학연구소 주최로 세종문화회관에서 열린 학술회의에서 〈삼국유사의 원리, 융합과 창조〉, 2006년 2월 23일에는 서울역사박물관에서 〈대안사서 삼국유사 8백년 뒤에 다시 보기〉, 2006년 7월 20일 한국학중앙연구원에서 〈삼국유사의 기본 특질 비교 고찰〉, 2009년 11월 28일에는 국립중앙박물관에서 〈삼국유사 다시 보기〉라는 제목으로 강연을 했다. 그 뒤에 〈삼국유사를 어떻게 읽을 것인가?〉라고 하는 강연을 두 번 더 했다. 2013년 11월 7일 대전 우송대학교 교양독서 담당 교수들을 위해서 하고, 2015년 6월 7일 국립경주박물관에서 일반 시민을 상대로 다시 했다. 교양독서를 지도하는 방법을 《삼국유사》를 본보기로 들어 말했다. 경주 시민들은 《삼국유사》에 적극적인 관심이 있어 강연을 열심히 듣고 많은 질문을 했다.

글을 쓰고 강연을 한 내용에서 앞으로 많이 나아가 새로운 경지를 개척한다. 연구 성과를 축적하려고 하는 것은 아니다. 《삼국유사》를 본보기로 들어 고전을 어떻게 읽고 무엇을 얻어야 하는가 하는 문제를 다루는 작업을 확대하고자 한다. 더 많은 것을 생각하고 깨닫도록 하는 것이 글을 쓰는 이유이고 사명이다.

삼국유사는 어떤 책인가?

《삼국유사》는 어떤 책인가? 역사서이고 고승전이고 설화집이다.

---

3) 글로 써낸 것들을 든다. 〈삼국유사 설화 연구의 문제와 방향〉, 《구비문학의 세계》(새문사, 1980) ; 〈삼국유사 불교설화와 숭고하고 비속한 삶〉, 《한국설화와 민중의식》(정음사, 1985)에서 연구 성과를 제시하기 시작했다. 《삼국시대 설화의 뜻풀이》(집문당, 1990)에서 설화 자료를 풀이하고, 〈삼국유사 설화의 기본 성격〉이라는 총괄론을 폈다. 〈융합과 창조의 원리〉, 《세계·지방화시대의 한국학 4 고금학문 합동작전》(계명대학교출판부, 2006) ; 〈삼국유사의 비교 대상을 찾아서〉, 《세계·지방화시대의 한국학 6 비교연구의 방법》(계명대학교출판부, 2007)에서 다각적인 논의를 했다.

세 가지 글쓰기가 하나이게 한 책이다. 역사 기록에서 《삼국사기》와 같고 다르다. 빼어난 승려들의 행적을 모은 《해동고승전》과 공통점과 차이점을 지녔다. 설화집의 면모를 살피면 《殊異傳》과 상통하면서 상이하다. 각기 고유한 특성을 지닌 역사서·고승전·설화집의 경계를 넘어서서, 융합을 창조로 삼는 본보기를 보여주었다.

《삼국사기》는 禮義(예의)를, 《삼국유사》는 神異(신이)를 소중하게 여긴다고 서문에서 밝힌 것이 전편에 관철되어 있다. 예의는 고정되어 있는 규범이고, 신이는 예상을 뛰어넘는 능력이다. 처음에는 창업의 제왕이, 다음에는 고승이 신이하다고 하다가, 일반 백성도 신이하다고 《삼국유사》는 말했다. 신을 삼아서 생계를 이어나가는 미천한 인물 광덕(廣德)의 아내는 분황사의 종이면서 관음보살의 화신이라고 했다. 남의 집에서 종노릇을 하면서 고된 노동에 시달리던 郁面(욱면)이 부처가 되어 찬란한 빛을 발했다고 했다.

세상에서 모두 제왕을 대단하게 여기고 받드는 데 《삼국유사》는 반론을 제기했다.[4] 효소왕이 당나라를 받드는 절 望德寺(망덕사)를 짓고 낙성연을 열 때 차림이 누추한 승려가 나타나 동참을 허락해달라고 했다. 왕은 비웃는 말로 거처를 묻고 말했다. "莫向人言 赴國王親供之齋"(사람들에게 말하지 말라, 국왕이 친히 베푸는 재에 참여했다고.) 누추한 승려는 응답했다. "莫與人言 供養眞身釋迦"(사람들에게 말하지 말라, 진신 석가를 공양했다고.) 이렇게 말하고 몸을 솟구쳐 공중에 떠서 자취를 감추었다. 어디까지가 사실이고 어디서부터가 상

---

4) 일본의 《愚管抄》, 스리랑카의 Mahavamsa(《大史》), 티베트의 rGyal-rabs(《王統記》), 영국의 Historia ecclesiastica gentis Anglorum(《영국교회사》, 덴마크의 Gesta Danorum(《덴마크의 위업》), 러시아의 Povest' Vremennykh Let(《원초연대기》) 등에서 확인할 수 있듯이, 종교교단의 성직자가 자기 나름대로 쓴 국사서라도 국왕 예찬이 당연하다고 여겼는데, 《삼국유사》는 국왕을 비판하고 역사의 주역에 대한 독자적인 탐구를 했다. 이에 관한 광범위한 비교고찰을 〈삼국유사의 비교 대상을 찾아서〉에서 했다.

상인가? 사실과 상상 가운데 어느 쪽이 진실한가?

　나는 《삼국유사》를 스승으로 삼고 학문을 한다. 역사·철학·문학을 하나로 통합하려고 한다. 상하층의 문화전통이 상극이면서 상생인 관계를 가지고 창조력을 발휘한 내력을 밝히고 이어받고자 한다. 신이에서 통찰력을 얻어, 한국에서 동아시아로, 동아시아에서 세계로 나아가고 있다.

읽기의 단계 오르기

　《삼국유사》를 잘 읽어야 스승으로 삼는 보람이 있다. 《삼국유사》를 어떻게 읽을 것인가? 이 물음에 대답하려면 책을 읽는 방법을 알아보자.

　책을 읽는 방법은 셋이 있다. 빠지면서 읽기, 따지면서 읽기, 쓰면서 읽기가 있다. 빠지면서 읽으며 책에 있는 그대로 받아들이는 것은 독서의 초보이다. 따지면서 읽으며 타당성을 검증해야 한 걸음 더 나아간다. 쓰면서 읽기에 이르러야 책을 제대로 읽는다.

　읽기는 책 내용과 내 체험의 관계에서 이루어진다. 책에서 말한 바가 내 체험과 합치되면 내 것으로 한다. 독서를 통해 소유주가 따로 없는 보편적 진실을 확인하고, 내 체험의 내용과 의미를 확고하게 인식하면서 보충하고 비판하는 데 쓴다. 받아들일 것과 버릴 것을 가리고, 비판할 것을 비판하려면 따지면서 읽기를 해야 한다.

　따지면서 읽기에서 쓰면서 읽기로 나아가는 것이 바람직하다. 기존의 저술을 토론의 대상으로 삼아 새로운 구상을 하는 것이 더욱 적극적인 읽기 방법이다. 비판을 하면 대안이 있어야 한다. 독서를 하면서 마음속으로 토론을 진행해 대안을 찾고, 독서를 마치고서 또는 중단하고서 자기 글을 실제로 쓰는 것이 마땅하다.

　세 경우는 독서하는 시간이 다르다. 빠지면서 읽기는 책이 요구하는 시간에 맞추어 진행해야 한다. 단숨에 다 읽었다는 것이 가장 잘

한 독서이다. 따지면서 읽기를 할 때에는 완급을 조절해야 한다. 그냥 따라가지 말고, 따질 것이 있으면 독서 속도를 늦추어야 한다. 책을 덮어두고 길게 시비할 수도 있다. 쓰면서 읽기는 어떻게 하는가? 마음속으로 쓰던 것을 실제로 쓰려면 많은 시간이 필요하다. 쓸 것이 벅찰 정도로 다가오면 읽기를 그만두어도 된다.

빠지면서 읽기, 따지면서 읽기, 쓰면서 읽기 가운데 어떤 방법을 택할 것이냐는 독서하는 사람이 자기 좋은 대로 하고 말 사항이 아니다. 책에 따라서 읽는 방법이 다르다. 책이 요구하는 방법을 받아들여 읽어야 독서가 즐겁고 훈련하고 보람되게 이루어진다.

흥미를 위한 책은 추리소설이 극단의 예인데, 빠지면서 읽기를 요구한다. 나를 망각하고 작품 속에 몰입해야 즐거움을 누린다. 따지면서 읽기나 쓰면서 읽기를 하려고 하면 즐거움이 파괴되어 계속 읽을 수 없다.

추리소설이 아닌 문학작품은 대부분 빠지면서 읽기에서 얻는 즐거움이 토론을 하면 더 커지는 감동이어서 따지면서 읽기로 넘어가게 한다. 빠지면서 읽기를 하느라고 망각한 나를 재발견해야 토론이 훈련하게 이루어진다. 토론을 적극적으로 유도할수록, 독자의 견해를 다양하게 만들수록 더욱 높이 평가해야 할 명작이다. 따지면서 읽는 데 그치지 않고 마음속으로 다시 쓰면서 읽으면 명작의 가치가 더 커진다.

문학작품이 아닌 논술서적, 사실을 제시하고 이치를 따지는 것을 기본 내용으로 하는 저작은 빠지면서 읽기에 머무르려고 하지 말고 따지면서 읽기에 들어서야 비로소 이해되어 즐거움과 후련함을 함께 누린다. 타당성을 시비해 타당한 것은 발전시키고 부당한 것은 시정하는, 쓰면서 읽기를 해야 독서의 보람을 제대로 누린다.

빠지면서 읽기, 따지면서 읽기, 쓰면서 읽기는 읽기의 단계이다.

한 단계씩 오르면서 이해의 수준이 높아진다. 모르는 것을 알고, 의문을 해결하면서 읽는 사람이 통찰력을 키운다.

삼국유사 여기저기 읽기

《삼국유사》는 일관된 체계나 논리가 미비해 산만한 책이다. 각기 다른 자료를 원문 그대로 옮겨놓아 공백이나 당착이 여기저기 있다. 저자가 보탠 말도 일관성이 없다. 퍼즐 맞추기를 하는 기분으로 빠지면서 읽도록 유도하지만, 따지면서 읽기를 하지 않으면 길을 잃고 헤맬 수 있다. 공백을 메우고 당착을 바로잡으려면 쓰면서 읽기를 해야 한다. 독자마다, 읽을 때마다, 읽는 대목마다 생각을 다시 해야 한다.

《삼국유사》는 많은 문제를 제기한다. 문제에 대한 전문적인 연구를 해서 해답을 찾으면 할일을 다하는 것이 아니다. 사실을 찾아내도 해답을 제시할 수 없고, 생각을 어떻게 하는가가 문제인 경우가 더 많다. 빠지면서 읽기를 하려고 하면 문제가 사라져 읽는 보람이 없다. 따지면서 읽기를 넘어서서 쓰면서 읽기로 나아가야 한다.

《삼국유사》 읽기는 자기성찰이다. 이 대목 저 대목을 거울로 삼고 자기를 비추어보아야 하고, 보이는 자기와 보는 자기가 토론을 해야 한다. 토론의 도달점에 기대를 걸지 말고 그 경과를 소중하게 여기고 말로 하고 글로 써서 다른 사람들과 토론을 해야 한다. 자기성찰의 범위를 계속 확대하도록 《삼국유사》는 요구한다.

제1권 〈고조선〉에서 고조선에 관한 서술을 시작하면서 "昔在 桓因"이라고 한 데 "謂 帝釋也"라는 주석을 달았다. "예전에 환인이 있었으니, 제석이라고 한다"고 했다. 환인의 아들 환웅이 이 세상에 내려와 아들 단군을 낳았다고 했으니, 환인은 단군의 할아버지인 天神이다. 제석은 브라만교에서 받아들인 불교의 천신이다.

이것은 사실의 기술이 아니므로 타당성 여부를 실증적으로 검증할 수 없다. 논문을 잘 써서 의문을 해결하는 것은 불가능하다. 환인이 제석이라고 한 것은 타당한 말인가? 무엇 때문에 한 말인가? 민족 신화와 불교신화를 나란히 두고 함께 숭앙해야 한다고 했는가? 민족 신화와 불교신화가 합치된다는 했는가? 이에 대해 논의할 의무와 권리를 독자가 누린다. 자기성찰이 진행되지 않으면 누리는 권리가 소용없게 된다.

제3권 〈迦葉佛 宴座席〉의 한 대목을 보자. "月城東 龍宮南 有迦葉佛 宴坐石 其地 則前佛時 伽藍之墟也"(월성동 용궁남에 가섭불 연좌석이 있으며, 그 땅은 과거 부처 시절 절터이다)고 하고, "宴坐石 在佛殿〔黃龍寺〕後面 嘗一謁焉 石之高 可五六尺 來圍三肘"(연좌석은 불전〔황룡사〕 후면에 있는데, 일찍이 한 번 보니 돌은 높이가 5·6자 정도 되고, 둘레는 세 발이었다)고 했다. 가섭불 연좌석에 관한 말은 제3권 〈黃龍寺丈六〉, 제5권 〈朗智乘雲 普賢樹〉에도 있다.

석사모니 이전 과거 부처 가섭불이 앉아서 좌선하던 연좌석이라는 돌이 있는 자리에 황룡사를 지었다고 했다. 절은 몽고군이 불태워 없어졌지만 가섭불 연좌석은 그대로 남아 있다고 했다. 자기가 가서 "높이가 5·6자 정도 되고, 둘레는 세 발"인 바위를 보았다고 했다. 이것은 어디까지가 사실인가?

바위를 가서 본 것은 사실일 수 있다. 절은 불타고 바위는 남아 있는 것도 사실일 수 있다. 그 바위가 가섭불 연좌석이라고 하는 것은 사실 검증의 대상이 아니다. 사실 여부와는 무관한 상징적인 의미가 있을 따름이다. 상징적인 의미가 무엇인지 불교의 교리에 근거를 두고 말할 수도 없다. 가섭불 연좌석이 있고, 그 자리에 황룡사를 지었다는 어느 불교 경전에도 없는 말이다. 학자들의 자랑인 전문지식은 무용하게 되고, 누구나 자기 생각을 할 수 있다.

제3권 〈魚山佛影〉에서 한 말을 보자. 옛적에 하늘에서 바닷가로 떨어진 알이 사람이 되어 나라를 다스린 이가 首露王이다. 羅刹女가 毒龍과 어울려 다니느라고 4년 동안이나 오곡이 여물지 않자, 수로왕이 주술로 금하려 했으나 뜻을 이루지 못했다. 결국 수로왕이 부처에게 설법을 청하니, 나찰녀가 불법을 받아들여 재앙이 없어졌다. 그 때문에 동해의 고기와 용이 골짜기 가득한 돌이 되어 종이나 경쇠 소리를 낸다. 그 때문에 절 이름이 萬魚寺이다. 이런 이야기를 했다.

이것이 무슨 말인가? 수로왕은 신이한 내력을 지녔다고 하는 가락국 건국시조이다, 나찰녀와 독룡은 인도 요괴들이다, 수로왕의 신통력으로 요괴들의 난동을 제어할 수 없어 부처의 도움을 받았다고 한 것은 그 자체로 말이 되지 않지만, 불교가 들어와 시대가 변했다고 하기 위한 적절한 선택이라고 이해된다. 거기다가 만어사라는 절에 수많은 돌이 있어 건드리면 소리를 내는데 만 마리 물고기가 변해서 생겼다고 하는 전혀 별개의 전설을 가져다 붙였다. 원문에서는 "故" 라고 한 "그 때문에"라는 말로, 연결될 수 없는 것을 연결시켜 무엇을 말하려고 했는가?

이에 대해서 어떤 석학도 만족스러운 해답을 제공하지 못하고, 누구나 자유롭게 상상할 수 있다. 수로왕의 기도를 받아들여 요괴들을 퇴치한 부처님이 도술로 동해의 고기를 그 절의 돌로 바꾸어 놓았다고 하는 것은 하나마나 한 수작이다.

왜 동해인가? 왜 물고기고, 왜 돌인가? 부처님이 장난꾸러기인가? 이 의문은 어떤 논리를 세워도 무슨 증거를 끌어와도 납득할 수 있게 해결하지 못한다. 공연히 아는 체하지 말라고 한 방 먹여 전문가들을 다 몰아내고, 어린아이같이 천진한 호기심을 되살리라고 한다.

제4권 〈寶壤梨木〉을 보자. 보양 스님은 중국에서 돌아오면서 서해 용궁에 초청되어 환대를 받고, 용왕의 아들인 梨木(이목) 즉 이무기를 데리고 왔다. 이무기는 절 옆의 작은 못에 살면서 불교 교화를 도왔다고 했다. 어느 해 날이 가물어 채소가 말라 죽게 되자 비를 내려 채소를 살렸다가 하늘에서 내리는 벌을 받게 되었다. 보양은 하늘에서 내려온 사자에게 뜰에 있는 배나무가 이무기라고 했다. 이무기 대신 벼락을 맞아 말라죽은 배나무를 이무기가 살려냈다고도 하고 보양이 살려냈다고도 했다.

이무기는 민간에서 받들던 용이다. 보양이 서해 용궁에서 이무기를 데리고 왔다고 했다. 이무기를 상좌로 삼고, 벌을 받아 죽게 되었을 때 살려주었으니 스님이 대단하다. 말라죽은 배나무를 누가 살렸는지 확실하지 않다고 한 대목에는 도술시합의 흔적이 남아 있다. 《삼국유사》에는 스님의 일방적 승리가 기록되어 있지만, 경북 청도군 현지의 구전에서는 이무기가 서해 용궁에서 스님을 따라왔다고 하지 않았다. 스님이 자기 정체를 알아내자 화가 나서 꼬리로 거대한 바위를 치고는 밀양 호박소로 가버렸다고 하고, 억산바위라고 하는 그 바위가 아직도 남아 있다.

거대한 공간의 험한 지형을 배경으로 보양과 이무기가, 보양 이야기와 이무기 이야기가 경합을 벌였다. 이것은 불교와 재래신앙의 경합이라고 하는 관념적인 설명에 만족하면 작품은 보지도 않고 줄거리만 전해 듣는 것과 같다. 사건이 벌어졌다고 하는 장소 雲門寺(운문사) 주지였던 일연이 보양 편을 들어 남긴 기록에 대해 우리가 현장에 다시 가서 지금도 생생하게 구전되고 있는 이무기 이야기, 그 증거물인 억산바위와 호박소를 근거로 반론을 제기할 수 있다.

반론을 제기하는 데 그치지 않고, 글을 다시 쓰기까지 해야 한다. 이무기와 스님의 만남은 무엇을 말하고, 헤어짐은 어떤 의미를 지니는가? 기록과 구전의 차이는 어떻게 이해해야 하는가? 이런 의문에 대해 통상적인 의미의 연구를 해서 대답하고 말 것은 아니다. 시간과 공간, 하늘과 땅, 자연과 인간, 초역사와 역사의 관계에 대해서 많은 생각을 하고 깊은 깨달음을 얻어야 한다.

수로부인

이리저리 다니면서 이것저것 대강 말하고 말면 허망하다. 원문 한 대목을 착실하게 읽고 자세하게 살피자. 권2 紀異 〈水路夫人〉을 자료로 삼는다. 원문과 번역 전문을 든다.[5]

聖德王代　純貞公赴江陵太守[溟州]　行次海汀晝饍　傍有石嶂　如屛臨海
高千丈　上有躑躅花盛開　公之夫人水路見之　謂左右曰　折花獻者其誰　從者
曰　非人跡所到　皆辭不能　傍有老翁牽牸牛而過者　聞夫人言　折其花　亦作歌
詞獻之其翁不知何許人也

便行二日程　又有臨海亭　晝膳次　海龍忽攬夫人入海　公顚倒躄地　計無所出
又有一老人告曰　故人有言　衆口鑠金　今海中傍生　何不畏衆口乎　宜進界內民
作歌唱之　以杖打岸　則可見夫人矣　公從之　龍奉夫人出海獻之　公問夫人海中
事　曰七寶宮殿, 所饍甘滑香潔, 非人間煙火, 此夫人衣襲異香　非世所聞

水路姿容絶代　每經過深山大澤　屢被神物掠攬　衆人唱海歌詞曰　龜乎龜乎
出水路　掠人婦女罪何極　汝若悖逆不出獻　入網捕掠燔之喫　老人獻花歌曰　紫
布岩乎邊希　音乎手母牛放教遣　吾肹不喩慚肹伊賜等　花肹折叱可獻乎理音如

성덕왕 때 순정공이 강릉[명주] 태수로 부임하는 도중에 바닷가에서 낮에 점심을 먹었다. 곁에는 돌 봉우리가 병풍과 같이 바다를 두르고 있고, 높이가 천 길이나 되는 그 위에 철쭉꽃이 만발해 있었다. 공의 부인 수로가 이것을 보고 좌우 사람들에게 말했다. "꽃을 꺾어다가 내게 줄 사람은 없는가?" 종자들이 말했다. "거기는 사람이 갈 수 없는 곳입니다." 모두 할 수 없다고 사양했다. 곁에서 암소를 끌고 길을 지나가던 늙

---

5) 지금부터의 논의는 《문학연구방법》(지식산업사, 1980), 119-127면; 《삼국시대 설화의 뜻풀이》(집문당, 1990), 24-29면에서 한 작업과 연결된다.

은이가 부인의 말을 듣고는 그 꽃을 꺾어 가사를 지은 것과 함께 바쳤다. 그 늙은이는 어떤 사람인지 알 수가 없었다.

그 뒤 편안하게 이틀을 가다가 또 임해정에서 점심을 먹는데, 갑자기 바다에서 용이 나타나더니 부인을 끌고 바다 속으로 들어갔다. 공은 땅에 넘어지면서 발을 굴렀으나 어찌할 수가 없었다. 또 한 노인이 나타나더니 말했다. "옛 사람의 말에, 여러 사람의 말은 쇠도 녹인다 했으니 이제 바다 속의 용인들 어찌 여러 사람의 입을 두려워하지 않겠습니까? 마땅히 경내의 백성들을 모아서 노래를 지어 부르면서 지팡이로 해안을 치면, 부인을 만나 볼 수가 있을 것입니다." 공이 그대로 했더니, 용이 부인을 모시고 나와 도로 바쳤다. 공이 바다 속에 들어갔던 일을 부인에게 물으니, 부인이 말했다. "칠보궁전 음식이 맛있고 향기롭게 깨끗한 것이 인간 세상의 것들이 아니었습니다." 부인의 옷에서 나는 이상한 향기는 이 세상에서 냄새 맡던 것이 아니었다.

수로부인은 아름다운 용모가 아주 뛰어나 깊은 산이나 큰 못을 지날 때마다 여러 차례 신에게 붙들려갔다. 여러 사람이 부른 〈해가〉의 가사는 이랬다. "거북아, 거북아, 수로부인을 내놓아라, 남의 부인 앗아간 죄 그 얼마나 크랴. 네가 만약 거역하고 내놓지 않는다면, 그물로 잡아서 구워 먹으리라." 노인의 〈헌화가〉는 이랬다. "자줏빛 바위 가에 잡은 암소 놓게 하시고, 나를 부끄러워하지 않으신다면, 저 꽃 꺾어 바치오리다."

이 글을 어떻게 읽을 것인가? 우선 대강 보고 "무슨 허황된 소리인가?" 하고 말 수 있다. 《삼국유사》는 거짓말이나 하는 책이니 배격해야 하는 증거로 삼을 수 있다. 빠지면서 읽으면 "아름다운 이야기로구나"라고 감탄할 수 있다. 무엇을 말하는지 잘 모르지만, 기기묘묘한 환상을 펼친 것이 놀랍다고 한다.

《삼국유사》를 즐겨 읽는 대부분의 사람은 이 정도에 머문다. 《삼국유사》는 상상의 세계를 열어주어 소중한 고전이라고 칭송한다. 세상에 나와 있는 수많은 주해나 연구, 해설서나 개작물이 이런 수준에 머무르고 있다. 유식한 척하기를 좋아하는 사람은 수로부인의 아름다움을 들어 신라인의 미인관을 논하기도 한다.

무엇을 말하는지 모르면 읽는 즐거움을 모르고 읽어서 얻는 바가 적으므로, 빠지면서 읽기에서 따지면서 읽기로 나아간다. 의문 사항을 하나하나 지적하고, 말이 되는지 묻고, 말이 되려면 어떤 내용이 보충되어야 하는지 따진다. 방증 자료를 많이 찾아 의문을 해소하려고 한다. 이렇게 하면 어느 정도의 전문적인 논의, 연구라고 할 수 있는 작업을 시작할 수 있다.

순정공이 누구이며, 성덕왕 때 강릉 태수로 부임하러 간 것이 왜 예사로운 일이 아니어서 이야깃거리가 되고 기록에 올랐는가? 순정공에 관한 자료는 아무 데도 없으니, 탐색의 방향을 바꾸어야 한다. 《삼국사기》에서 성덕왕 4년(706)에 "冬十月 國東州郡饑 人多流亡 發使賑恤"(겨울 시월에 나라 동쪽 고을에서 굶주려 유랑민이 많이 생겼으므로, 관원을 보내 돌보았다)고 했다. 《삼국유사》에서는 〈수로부인〉 바로 앞 〈성덕왕〉 항목 그 첫머리에서 "神龍二年丙午"(신룡 2년, 707년 병오)에 "歲禾不登, 人民飢甚"(그해 추수가 부실해, 사람들의 주림이 심했다)고 했다.

성덕왕 초기에 나라 동쪽에 농사가 잘되지 않아 백성들이 어려움을 겪고 민심이 이반되었다고 했다. 사태가 위급해 태수 직책을 맡기에는 너무 고위층인 순정공이 민심을 수습하는 어려운 임무를 띠고 강릉으로 간 것이 특기할 사실이었다고 할 수 있다. 이렇게 이해하면 사태의 진상을 대강은 파악할 수 있지만, 해결되지 않은 의문이 적지 않게 남아 있다.

순정공이 강릉 태수로 부임하는데 부인이 동행한 것은 있을 수 있으나, 왜 부인이 이야기의 주인공으로 등장하는가? 부인은 왜 바위 위의 꽃을 꺾어 달라고 하고, 용에게 납치되었는가? 꽃을 꺾어주고 노래를 지어 부른 노인은 누구인가? 백성들을 모아 해안을 치며 노래를 부르면 용이 부인을 되돌려 보낼 것이라고 한 노인은 누구인가?

이런 의문을 해결할 수 없고, 간접적인 추리를 해서 해결할 자료도 없다고 개탄하면서 《삼국유사》의 저자를 나무라도 소용이 없다. 저자가 되살아나 책임을 통감한다면서 의문에 대답해줄 것은 아니다. 저자에게 따지고 들면, 이렇게 응답할 것이다. "연결이 되지 않고 공백이 있는 것은 글 읽는 사람이 자기 생각을 하라고, 따지면서 읽는 데 그치지 않고 쓰면서 읽으라고 하는 신호이다."

쓰면서 읽으라는 신호를 알아차리지 못하고 빠지면서 읽기나 하고 말거나, 기껏해서 따지면서 읽기나 하면 《삼국유사》를 읽을 자격이 없다. 읽을 자격이 없는 주제에 《삼국유사》가 대단한 책이라고 칭송하는 것은 부회뇌동이거나 우상숭배이다. 《삼국유사》는 부회뇌동이나 우상숭배를 타파하기 위한 퇴마요결이고, 쓰면서 읽기를 하면서 식견을 키우는 훈련교본이다.

내 생각대로 읽어나가면서 하고 싶은 소리를 하자. 이렇게 작정하고 다시 보면 안개가 걷히고 길이 보인다. 흩어져 있던 것들이 모여들어 전후좌우가 연결된다. 말이 되지 않은 것들이 범위가 더 넓고 차원이 한층 높은 말로 판명된다. 고증보다 통찰이 더 긴요한 것이 입증된다.

민심을 수습하기 위해 순정공이 정치적 노력을 하는 것으로는 모자라 아내 수로부인이 무당의 능력을 가지고 굿을 했다. '水路'는 '물길'이다. 물길을 트는 것이 무당의 능력이고 직분이다. "부인은 아름다운 용모가 세상에 뛰어나 깊은 산이나 큰 못을 지날 때마다 여러 차례 신에게 붙들려갔다"고 한 것은 접신이 잘 되는 능력을 설명한 말이다. 낮에 점심을 먹는 '晝饍(주선)'의 기회에 이상한 일이 벌어졌다고 한 것은 점심 때 음식을 차리고 굿을 했다는 의미이다.

굿을 두 거리를 했다. 첫째는 꽃거리이고, 둘째는 용거리이다. 꽃거리에서는 바위 위 높은 곳에 피어 있는 꽃을 가져와 불가능할 것 같은 소망을 이루었다. 용거리에서는 용에게 잡혀갔던 수로부인이 되돌아와 커다란 시련을 이겨냈다. 두 번 다 수로부인 자력으로 소망을 성취한 것은 아니고 '老人'의 도움을 받았다. 노인은 곳곳의 수호신이라고 생각된다. 누군지 모른다고 한 것은 사람이라고 여기지 말고 신이한 존재임을 알아차리라는 말이다.

꽃거리는 수로부인과 노인만 등장해 구성이 단순하다. 용거리는 등장인물이 수로부인·용·노인·백성들이고, 사건 전개가 복잡하다. 용은 수로부인을 괴롭히는 적대자이다. 노인은 적대자와 싸우는 방법을 일러주고, 백성들이 그 방법에 따라 수로부인을 도와주어 문제를 해결했다. 용이 마음을 돌리게 하는 것이 문제의 해결이다. 수로부인은 납치되었다가 되돌아와 용을 좋은 말로 칭송해 상극이 상생이 되게 했다.

백성들이 등장해 굿과 현실이 직결되게 했다. 백성들이 어려움을 겪고 있는 것은 용과 같은 적대세력이 있기 때문이다. 적대세력을 싸워서 물리치지 않고 회유해 안정을 찾아야 한다. 수로부인은 현실의 문제를 상극이 상생이게 하는 지혜로 해결했다. 순정공의 정치철학을 능가하는 지혜를 지녀 칭송할 만하다.

용이라고 한 적대세력은 자연재해 자체일 수 없고, 바다 건너 들어온 외적도 아니다. 농민 반란을 부추긴 해안의 세력이 아닌가 한다. 강릉은 울산과 비슷한 조건을 갖추어 해안의 세력이 성장할 수 있는 곳이다. 처용이 울산 지방에 자리 잡고 있는 용의 아들이었다고 한 것이 강릉의 용을 이해하는 데 도움이 된다. 헌강왕이 용의 아들 처용을 수도로 데려가 벼슬을 주어 울산 지방 해안 세력과의 갈등을 해결한 것 같은 일이 성덕왕 때에도 있었으며, 그 일을 순정공보다 능력이 뛰어난 수로부인이 담당했다고 할 수 있다.

두 거리의 노래에서 부른 노래가 하나씩 기록되어 있다. 첫째 노래 〈헌화가〉는 향가이며, 노인이 꽃을 꺾어 바친다는 사연을 전하고 있다. 향가로 창작한 것이 그대로 전승된 듯하다. 둘째 노래 〈해가〉

가 한문으로 기록된 것은 전부터 부르던 민요가 향찰로 기록되지 않았기 때문일 것이다. 이것은 직접적인 주술의 노래이다. 거북이 말을 듣지 않으면 잡아서 구워 먹는다고 가락국 〈구지가〉에서도 부르던 노래를 이어받아 막강한 힘을 자랑할 때 썼다. 집단이 부르는 민요에서 어느 누가 창작해 향찰로 기록한 향가로, 직접적인 주술의 노래에서 소망을 은근히 전하는 서정시로 나아간 과정을 짐작할 수 있게 한다.

굿을 하고 노래를 부른 행사를 들어, 문학·종교·정치의 총체적인 관계를 보여주는 소중한 자료가 〈수로부인〉이다. 《삼국유사》의 저자는 그 면모가 손상되지 않도록 있는 그대로 옮겨 놓았다. 공백을 메우고 앞뒤를 연결하는 설명이 없어 이해하기 어렵다고 불평하는 사람은 철부지이다. 《삼국유사》를 읽을 자격이 없으니 물러나야 한다. 알지도 못하는 책을 대단하다고 칭송하는 부회뇌동이나 우상숭배는 사라져야 한다.

밀본

《삼국유사》 권5 神呪 제6 〈密本摧邪〉(밀본최사, 밀본이 사악한 것들을 꺾다) 원문과 번역을 들면 다음과 같다. 마지막의 讚曰 대목은 생략한다.

善德王 德曼 遘疾彌留 有興輪寺僧法惕 應詔侍疾 久而無效 時有 密本法師 以德行聞於國 左右請代之 王詔迎入內 本在宸仗外 讀藥師經 卷軸纔周 所持六環 飛入寢內 刺一老狐與法惕 倒擲庭下 王疾乃瘳 時 本頂上發五色神光 觀者皆驚

又丞相金良圖 爲阿孩時 忽口噤體硬 不言不逐 每見 一大鬼率小鬼來 家中凡有盤肴 皆啖嘗之 巫覡來祭 則羣聚而爭侮之 圖雖欲命撤 而口不能言 家親 請法流寺僧亡名 來轉經 大鬼命小鬼 以鐵槌打僧頭仆地 嘔血而死

隔數日 遣使邀本 使還言 本法師受我 請將來矣 衆鬼聞之 皆失色 小鬼
曰 法師至將不利 避之何幸 大鬼侮慢 自若曰 何害之有

俄而 有四方大力神 皆屬金甲長戟 來捉群鬼縛去 次有無數天神 環拱而
待 須臾 本至 不待開經 其疾乃治 語通身解 具說件事 良圖因此 篤信釋氏
一生無怠 塑成興輪寺吳堂 主彌勒尊像 左右菩薩 竝滿金畫其堂 本嘗住金
谷寺 金庾信 嘗與一老居士 交厚 世人不知 其何人 于時 公之戚秀天 久染
惡疾 公遣士診衛 適有秀天之舊 名因惠師者 自中岳來訪之 見居士 慢侮之
曰 相汝形儀 邪佞人也 何得理人之疾

居士曰 我受金公命 不獲已爾 惠曰 汝見我神通 乃奉爐咒香 俄頃 五色
雲旋遶頂上 天花散落 士曰 和尚通力 不可思議 弟子亦有拙技 請試之 願
師乍立於前 惠從之

士彈指一聲 惠倒迸於空 高一丈許 良久徐徐倒下 頭卓地 屹然如植橛 旁
人推挽之不動 士出去 惠猶倒卓達曙 明日秀天使扣於金公 公遣居士往救乃
解 因惠不復賣技

선덕왕 덕만이 병이 들어 오랫동안 낫지 않았다. 흥륜사의 승려 법척
이 임금의 부름을 받아 병을 치료했으나 오래 되어도 효력이 없었다. 당
시에 밀본법사가 덕행으로 나라 안에 소문이 퍼져, 좌우 신하들이 바꾸
기를 청했다. 왕의 명령으로 궁중으로 불러들이니, 밀본은 침실 밖에서
《약사경》을 읽었다. 한 두루마리를 다 읽자마자, 지니고 있던 육환장이
침실 안으로 날아 들어가 늙은 여우 한 마리와 중 법척을 찔러 뜰 아래
로 거꾸러뜨리니 왕의 병은 이내 나았다. 그때 밀본의 이마 위에서 오색
의 신비스러운 빛이 나서, 보는 사람들이 모두 놀랐다.

또 승상 김양도가 어릴 적에 갑자기 입이 붙고 몸이 굳어져 말도 못하
고 움직이지도 못했다. 항상 큰 귀신 하나가 작은 귀신 무리를 데리고 와
서 집 안에 있는 음식을 모조리 맛보는 것이 보였다. 무당이 와서 굿을
하면, 귀신의 무리가 경쟁을 해가면서 무당을 욕보였다. 양도가 귀신들에
게 물러가라고 명하고 싶었지만 입으로 말을 할 수 없었다. 아버지가 법
류사의 무명 승려를 청해 불경을 외게 했더니, 큰 귀신이 작은 귀신에게

명하여 쇠망치로 승려의 머리를 때려 땅에 넘어뜨리자 피를 토하고 죽었다.

며칠 뒤에 사람을 보내 밀본을 맞아오도록 하니, 돌아와 "밀본법사가 우리 청을 받아들여 장차 오신답니다"라고 했다. 여러 귀신이 말을 듣고 모두 얼굴빛이 변했다. 작은 귀신이 말한다. "법사가 오면 이롭지 못할 것이니 피하는 것이 좋겠습니다." 큰 귀신은 거만을 부리고 태연스럽게 말한다. "무슨 해로운 일이 있겠느냐."

이윽고 사방에서 大力神이 온 몸에 쇠 갑옷과 긴 창으로 무장하고 나타나더니 모든 귀신을 잡아 묶어 가지고 갔다. 다음에는 무수한 天神이 둘러서서 기다렸다. 조금 있다가 밀본이 도착해 경전을 펴기도 전에 양도는 병이 나아서 말을 하고 몸도 움직였으며, 있었던 일을 자세히 말했다. 양도는 이 때문에 부처를 독실하게 믿고 평생 태만하지 않았다. 흥륜사 오당의 주불 미타의 尊像(존상)과 좌우 보살의 塑像(소상)을 만들고, 금빛 벽화로 집을 가득 채웠다.

밀본은 전부터 금곡사에서 살았다.

또 김유신은 일찍이 늙은 거사 한 사람과 교분이 두터웠다. 세상 사람들이 누구인지 알지 못하는 사람이다. 그때 유신공의 친척 수천이 오랫동안 나쁜 병에 걸렸으므로 공이 거사를 보내서 진찰해 보도록 했다. 때마침 수천의 친구 인혜라는 스님이 中岳에서 찾아왔다가 거사를 보더니 업신여겨 말했다. "그대는 생김새를 보니 간사하고 아첨하는 사람인데, 어찌 남의 병을 고치겠는가?"

거사는 "나는 김공의 명을 받고 마지못해서 왔을 뿐이오"라고 말했다. 인혜는 "그대는 내 신통력을 좀 보라"고 하고서, 향로를 받들어 향을 피우고 주문을 외니, 이윽고 오색구름이 이미 위에 서리고 天花가 흩어져 떨어졌다. 거사가 말했다. "스님의 신통력은 불가사의합니다만, 제자에게도 변변치 못한 재주가 있어 시험해 보게 해주시고, 스님께서는 잠깐 동안 앞에 서서 계십시오." 인혜는 그 말을 따랐다.

거사가 손가락을 튀기고 한 소리를 내니, 인혜는 공중에 거꾸로 높이 한 길이나 올라갔다. 한참 뒤에 서서히 거꾸로 내려와 머리를 땅에 박은 채 말뚝처럼 우뚝 섰다. 옆에 있던 사람들이 밀고 잡아당겨도 꼼짝하지 않았다. 거사가 떠나버려, 인혜는 새벽까지 거꾸로 박힌 채 있었다. 이튿날 수천이 사람을 시켜 이 일을 김공에게 알리니, 김공은 거사에게 가서 인혜를 풀어주게 했다. 인혜는 다시 재주를 팔지 않았다.

무엇을 말했는지 한마디로 간추리면, 도술로 병을 치료하는 이야기이다. 귀신이 사람에게 붙어 병이 생기고, 귀신을 쫓아내면 병이 낫는다고 한다. 이렇게 하는 것을 두고, 무당보다는 승려가, 모자라는 승려보다는 도술이 뛰어난 사람이 더 큰 능력을 발휘한다고 했다.

귀신을 쫓아내 병을 치료하는 것은 무당이 하는 일로 알려져 있다. 무당이 무당의 일을 하지 못해 귀신에게 당하고, 승려가 나서서 귀신을 물리쳤다고 한다. 불교가 무속과의 경쟁에서 이기려고 무당이 하는 일을 한다. 密敎라는 이상한 종파가 등장해 포교담이 타락했다고 할 수 있다.

이 정도면 할 말을 대강 다 한 것 같지만 많이 모자란다. 좀 더 살펴보기 위해 병든 사람과 병을 치료하는 사람이 누군지 정리하는 표를 만들어보자. 병든 사람은 (甲) 선덕왕, (乙) 김양도, (丙) 수천이다. 이 셋의 병을 치료한다고 나선 사람들이 각기 몇 명인데, 공통점이 있어 (가)·(나)·(다)로 정리할 수 있다.

	(甲) 선덕왕	(乙) 김양도	(丙) 수천
(가)		무당	
(나)	법척	무명 승려 인혜	
(다)	밀본	밀본	무명 거사

(가)의 무당은 (乙)에게서만 나타난다. 무당보다 승려가 도술에서 앞선다고 하는 것만은 아니고, (나)와 (다)의 차이가 더욱 긴요한 관심사이다. (나)는 모두 승려인데, 도술이 모자라 치료를 제대로 하

지 못했다. (나)보다 능력이 뛰어난 (다)는 승려이기도 하고 승려가 아니기도 하다. (나)는 도술이 모자라는 데 그치지 않고 진실하지 않은 더 큰 결함이 있으므로, (다)가 나서서 진실이 무엇인지 명확하게 한다.

(나)를 구체적으로 살펴보자. (乙)에서 김양도를 치료하던 무명의 승려가 귀신에게 당한 것은 도술 부족 때문이다. (甲)에서 선덕왕을 치료하던 법척이라는 승려가 귀신과 함께 퇴치된 것은 무언가 부당한 짓을 했기 때문이다. (丙)에서 수천을 치료하겠다고 나선 인혜는 재주를 팔러 다니면서 남들을 멸시하고 자기가 잘났다고 자만하는 잘못이 있다.

(다)의 등장인물이 그런 결함을 바로잡았다. (乙)에서는 뛰어난 능력을 보여주었다. (甲)에서는 부당한 짓을 한 자를 무찔렀다. (丙)에서는 멸시하고 자만하는 잘못을 바로잡았다. 이런 데 말하고자 하는 중요한 내용이 있다.

무당과 승려가 병을 치료하는 능력을 겨룬 것은 무속 수준의 사고에서 벗어나지 못했다고 할 수 있다. 불교가 무속보다 우월하다고 하면서 포교를 하는 이야기를 지어냈다고 보면 평가할 것이 없다. 그러나 (나)와 (다)의 대결에서 진실이 무엇인지 가린 것에는 심각한 내용이 있다. 불교 내부의 논란을 다룬 것으로 한정되지 않고, 그 이상의 커다란 의미가 있다.

(丙)에서 수천의 병을 치료하겠다고 나선 승려 인혜보다 승려가 아닌 무명의 늙은 거사가 더욱 뛰어난 능력을 가지고, 은혜가 지닌 멸시와 자만의 잘못을 바로잡았다. 멸시하고 자만하는 것은, 쉽게 확인할 수 있는 예사 악행보다 더욱 심각한 질병이다. 증세를 구체적으로 밝히고 적절한 치료를 하려면 특별한 능력이 필요하다.

인혜가 도술을 부리니 오색구름이 서리고 天花가 흩어져 떨어졌다는 것은 멸시와 자만이 길러낸 허영의 상징이다. 무명의 거사는 인혜에게 거꾸로 서게 하는 징벌을 내리고, 옆에 있던 사람들이 밀고 잡아당겨도 꼼짝하지 않게 해서 본말전도의 잘못을 분명하게 밝혔다. 탁월한 상징을 선택한 것을 알아차리면 감탄하지 않을 수 없다.

인혜의 질병을 알아차리고 치료하는 자격을 가지려면 자기는 멸시나 자만의 혐의가 없어야 한다. (甲)·(乙)에서 맹활약한 밀본은 너무나도 훌륭하다고 칭송되어 치료를 하러 나서면 자만을 부추기고 허영심을 키우는 역효과를 낼 수 있다. (丙)에 등장한 무명의 거사는 이름난 고승 밀본과 정반대로 가장 낮은 자리에 있어 멸시나 자만을 치료할 수 있다.

사회 밑바닥의 무지렁이가 늙기까지 했다. 멸시받을 만한 몰골을 하고 있으면서 세상을 거꾸로 보도록 했다. 가장 존경받는 김유신 장군이 이 인물을 알아보고 일찍부터 교분이 두터웠다는 것이 있을 수 있는 일인가? 너무나도 예상 밖이어서 충격을 주지만, 돌려 생각하면 당연하다. 이름난 승려 밀본 상위에 세속인 김유신, 김유신의 상위에 최하층의 무명 늙은 거사가 있어, 낮아야 높다는 이치를 알려준다.

이 이야기는 처음부터 끝까지 병 치료에 관한 것이다. 개인의 병을 들어 세상의 병을 말했다고 이해하면 시야가 열린다. 세상의 병을 누가 치료해야 하는가 하는 문제를 놓고 두 가지 대답을 제시했다. 이름 높은 고승 밀본이냐, 무명의 늙은 거사냐?

밀본처럼 뛰어난 능력을 가지고 높은 위치에 올라가야, 존경받으면서 권위를 행사해 무지하고 못난 사람들을 이끌 수 있다. 무명의 늙은 거사처럼 몸을 낮추며 마음을 비워야, 낮아야 높다는 이치를 실현해 행세하는 자들의 허위를 바로잡을 수 있다. 어느 쪽이어야 하는가? 이 논란을 독자에게 가져와 안긴다.

해결해야 할 문제를 비교해보자. 무지보다 허위가 더 심각한 문제이다. 무지보다 허위가 해결하기 더 어렵다. 무지는 힘이 아닐 수 없는 힘으로 다스려야 하지만, 허위는 힘이 아닌 힘으로 깨우쳐주어야 한다. 올라가서 힘을 얻는 것보다 내려가서 힘이 없는 것이 더 큰 힘이어서 한층 어려운 과제를 해결할 수 있다. 이 말을 하려고 상당한 정도로 긴 이야기를 했다.

여기서 말을 끝낼 수는 없고, 더 보태야 한다. 왜 도술 이야기를 하고, 병을 도술로 고친다고 하는가? 도술이라는 것은 거짓말이다. 거짓말 이야기를 두고 진실 운운하는 것이 말이 되는가? 이런 수준의 순진한 사람들이 적지 않아 해명이 필요하다.

세상이 잘못되어 있는 것을 국가 요직에 있는 어느 사람들의 질병으로 나타냈다. 질병이 상징적 의미를 지닌다. 이보다 더 나은 상징이 있는가? 이 말을 듣고 수긍을 하면, 다음 말을 하겠다. 문제 해결에 관해서도 어렵고 복잡한 논의를 펴서 골치 아프게 하지 않고 적절한 상징을 선택해야 한다. 도술을 부려 질병을 치료한다는 것보다 사회악 퇴치를 더욱 생생하게 구체화하는 상징이 있는가?

여기서 상징의 정의를 확인하자. 상징은 추상적인 사고를 감각적으로 파악되는 구체적인 사물을 들어 나타내고, 무엇을 말하는지 알아낼 수 있는 통로를 열어 두는 표현 방식이다. 잘못된 세상을 바로잡아야 한다는 강력한 주장을 국가의 요직에 있는 사람들의 질병을 도술로 퇴치하는 이야기로 나타내는 것보다 더 나은 상징을 생각할 수 없다.

그래도 납득하지 못하는 사람들이 많이 있을 것이다. 꿈보다 해몽이 좋다고 핀잔을 주고, 비합리적이고 비과학적인 도술 이야기를 미화하지 말라고 나무랄 것이다. 일차원의 과학만 숭상하고 고차원의 상징은 이해하지는 못하는 사람들을 상대로 이야기를 더 하는 것은 시간 낭비이다.

자장 의상 원효 혜공

포항 남쪽 오천읍 항사리 <ruby>항사사<rt>佛魚寺</rt></ruby>라는 절에 자장암, 의상암, 원효암, 혜공암, 이 네 암자가 있었다고 한다. 전국 도처에 이 네 승려의 이름을 건 암자가 있다. 자장·의상·원효·혜공이 신라 승려 가운데 특히 두드러진 위치를 차지하고, 《삼국유사》에 자주 등장해 흥미로운 이야기를 남겼다. 네 승려는 지향하는 바가 달랐음을 의미심장하게 말해주는 자료가 있는 것을 알고 잘 읽어내야 한다.

먼저 네 승려의 약력을 들어본다. 승려들의 생애는 《삼국사기》에서 언급의 대상으로도 삼지 않아, 《삼국유사》의 기록에서 필요한 사항을 가져온다.

자장(590경-658경)은 진골 출신으로 蘇判(소판)의 관직에 있었던 金茂林의 아들이다. 국왕이 재상으로 기용하려 했으나 승려가 되었다. 중국에 가서 공부하면서 신비한 신앙 체험으로 높은 명성을 얻어, 당태종의 두터운 예우를 받았다. 선덕여왕은 당태종에게 자장을 보내달라고 요청했다. 귀국해 국가의 복식제도를 중국의 제도와 같게 하고, 중국의 연호를 쓰자고 건의했다. 계율 확립을 사명으로 했으며, 남긴 저작은 없다.

의상(625-702)은 진골이라고 생각되지만, 생애나 활동이 확인되지 않는 김한신의 아들이다. 중국에 가서 화엄종의 제2조 智儼의 문하에서 수학하고, 제3조 賢首와의 교유를 귀국한 뒤까지 계속했다. 귀국한 동기는 당고종의 신라 침략소식을 본국에 알리려고 한 것이다. 〈華嚴一乘法界圖〉에 공부한 내용을 집약해 나타냈다.

원효(617-686)는 奈麻(내마) 薛談捺(설담날)의 아들이다. 관등 제11위인 내마는 육두품이 맡은 관직이다. 의상과 함께 중국으로 가려다가 되돌아와, 스스로 크게 깨닫고는 《金剛三昧經論》을 비롯한 많은 저작을 남겨 높이 평가된다. 공주를 만나 파계를 하고 거사 노릇을 하기도 했다. 광대 춤을 추고 노래를 부르면서 다니기도 했다.

혜공은 생몰연대 미상이다. 진골이라고 생각되는 天眞公 집에서 더부살이하는 노파의 아들이라고 하고 아버지에 대해서는 말이 없으니, 신분이 천하다. 출가해 작은 절에서 승려 노릇을 하면서 삼태기를 지고 거리에서 노래하고 춤추는 등의 파격적인 행동을 했다. 저작을 남기지는 않았다.

네 사람은 출신이 달랐다. 자장은 고위 관직에 있는 진골, 의상은 활동이 확인되지 않는 진골의 아들이다. 원효는 육두품 출신이고, 혜공은 아버지를 알 수 없는 하층민이다.

공부 과정도 달랐다. 자장과 의상은 중국에 가서 공부했다. 자장은 신비한 신앙 체험을 하고, 의상은 화엄종의 교학을 이어받았다. 원효는 중국으로 가려다가 되돌아와 스스로 크게 깨달았다. 혜공은 어떻게 공부했는지 말이 없고, 파격적인 행동으로 깨달음을 나타냈다.

중국과의 관계도 달랐다. 자장은 중국에 있을 때 당태종의 신임을 받고, 귀국해서는 중국의 복식과 연호를 받아들여야 한다고 했다. 의상은 중국의 침공을 알리려고 귀국했다. 원효는 중국보다 앞서는 학문을 하고자 했다. 혜공은 중국에 대한 관심을 보여주지 않았다.

네 사람이 무엇을 어떻게 했는지 말해주는 《삼국유사》 원문을 옮겨 본격적인 논의의 자료로 삼는다. 앞에 해설을 조금 붙이고, 해당 대목의 글 전문을 생략이나 축약을 하지 않고 번역과 함께 제시한다. 맨 앞에 붙인 말을 글을 지칭하는 데 쓴다.

[자장] 권4 〈慈藏定律〉 대목의 주인공 자장율사는 엄격한 계율 확립을 평생의 사명으로 삼아, 중국에 가서 피나는 노력을 하고 신라에 돌아와 온 몸을 바쳐 분투했다. 질서를 으뜸가는 가치로 확립해 나라를 바로 세우려고 했다. 중국의 복색을 받아들이고 연호를 사용해야

한다고 한 것도 그 가운데 포함된다. 만년에 다음과 같은 일이 있었 다고 한다.

乃創石南院[今淨岩寺] 以候聖降 粤有老居士 方袍襤褸 荷葛簣 盛死狗
兒來 謂侍者曰 欲見慈藏來爾 門者曰 自奉巾箒 未見忤犯吾師諱者 汝何人
斯 爾狂言乎 居士曰 但告汝師 遂入告 藏不之覺曰 殆狂者耶
　　門人出詬逐之 居士曰 歸歟歸歟 有我相者 焉得見我 乃倒簣拂之 狗變爲
師子寶座 陞坐放光而去 藏聞之 方具威儀 尋光而趨登南嶺 已杳然不及 遂
殞身而卒

　　석남원[지금의 정암사]을 창건하고 문수보살이 내려오기를 기다렸다. 어떤 늙은 거사가 남루한 도포를 입고 칡으로 만든 삼태기에 죽은 강아 지를 담아 메고 와서는 자장을 수행하는 제자에게 말했다. "자장을 보려 고 왔다." 제자가 말했다. "내가 스승님을 받들어 모신 이래로 우리 스승 님의 이름을 부르는 자를 보지 못했거늘, 너는 어떤 사람이기에 미친 말 을 하느냐?" 거사가 말했다. "다만 네 스승에게 알리기만 하거라." 그래 서 들어가 알렸더니, 자장도 알아차리지 못하고 말했다. "아마도 미친 사람이겠지."

　　제자가 나가 꾸짖어 내쫓자 거사가 말했다. "돌아가리라, 돌아가리라! 我相이 있는 자가 어찌 나를 보겠나." 그리고는 삼태기를 뒤집어 털자, 강아지가 사자보좌로 변했다. 거사는 그 위에 올라앉자 빛을 발하며 사 라졌다. 자장은 이 말을 듣고 그제야 차림을 바로 하고 빛을 찾아 남쪽 고개로 올라갔지만, 이미 아득해서 따라가지 못하고 마침내 몸을 던져 죽었다.

[의상] 의상은 당나라에서 공부하고 돌아와 화엄종의 가르침을 널리 폈다. 권3 〈前後所藏舍利〉의 한 대목에서 당나라에서 있었던 일을 소 개했다.

昔義湘法師入唐　到終南山至相寺智儼尊者處　隣有宣律師　常受天供　每齊
時天廚送食　一日律師請湘公齋　湘至坐定旣久　天供過時不至　湘乃空鉢而歸
天使乃至　律師問今日何故遲　天使曰　滿洞有神兵遮擁　不能得入　於是律師知
湘公有神衛　乃服其道勝　仍留其供具　翌日又邀儼湘二師齋　具陳其由

湘公從容謂宣曰　師旣被天帝所敬　甞聞帝釋宮有佛四十齒之一牙　爲我等
輩請下人間　爲福如何　律師後與天使傳其意於上帝　帝限七日送與　湘公致敬
訖　邀安大內

옛적에 의상법사가 당나라에 들어가 종남산 지상사의 지엄존자가 있
는 곳에 이르렀다. 그 이웃에 선율사가 있었는데, 늘 하늘의 공양을 받고
재를 올릴 때마다 하늘의 주방에서 음식을 보내왔다. 하루는 율사가 의
상법사를 청하여 재를 올렸다. 의상이 와서 자리에 앉은 지 한참이 지났
는데도 하늘에서 내리는 음식이 오지 않았다. 의상이 빈 바리때로 돌아
가자 천사가 그제서야 율사에게 내려왔다. 선율사가 오늘 왜 이리 늦었
는지 물어보자, 천사가 대답했다. "온 골짜기에 신병이 막고 있어서 들어
올 수가 없었습니다." 그래서 율사는 의상법사에게 신의 호위가 따르는
것을 알고, 도가 자신보다 뛰어난 것을 인정했다. 그리고 하늘에서 보내
온 음식을 그대로 두었다가, 이튿날 또 지엄과 의상 두 법사를 청하여
재를 올리고 그 사유를 말했다.

의상이 조용히 율사에게 말했다. "율사는 이미 천제의 존경을 받고 계
십니다. 일찍이 들으니, 제석궁에는 부처님의 치아 40개 중에 어금니 하
나가 있다고 합니다. 우리들을 위해 천제께 청하여 그것을 인간세계에
내려 보내어 복이 되게 하는 것이 어떻겠습니까?" 율사가 그 뒤에 천사
를 통해 그 뜻을 상제께 전했다. 상제는 7일을 기한으로 (부처님 어금니
를) 의상에게 보내주었다. 의상은 예를 마친 뒤에 이것을 맞이하여 대궐
에 모셨다.

[의상과 원효] 권4 〈洛山二大聖…〉에는 동해안에 보살이 나타났다.
의상이 먼저, 원효가 나중에 찾아간 이야기가 있다.

昔義湘法師　始自唐來還　聞大悲眞身住此海邊崛內　故因名洛山　蓋西域寶
陀洛伽山　此云小白華　乃白衣大士眞身住處　故借此名之

齋戒七日　浮座具晨水上　龍天八部侍從　引入崛內　參禮空中　出水精念珠
一貫給之　湘領受而退　東海龍亦獻如意寶珠一顆　師捧出　更齋七日　乃見眞容
謂曰於座上山頂　雙竹湧生　當其地作殿宜矣　師聞之出崛　果有竹從地湧出
乃作金堂　塑像而安之　圓容麗質　儼若天生　其竹還沒　方知正是眞身住也　因
名其寺曰洛山　師以所受二珠　鎭安于聖殿而去

後有元曉法師　繼踵而來　欲求瞻禮　初至於南郊水田中　有一白衣女人刈稻
師戲請其禾　女以稻荒戲答之　又行至橋下　一女洗月水帛　師乞水　女酌其穢水
獻之　師覆弃之　更酌川水而飮之

옛적 의상법사가 처음 당나라에서 돌아왔을 때, 관음보살의 진신이 이
해변의 굴에 산다는 말을 듣고 낙산이라고 이름 지었다. 서역에 관세음보살
이 산다는 보타낙가산이 있기 때문이다. 이 산을 소백화라고도 하는데, 백
의대사의 진신이 머물러 있는 곳이므로 이것을 빌어 이름을 삼은 것이다.

(의상이) 7일 동안 재계하고 앉았던 자리를 새벽 일찍 물 위에 띄웠
더니 불법을 수호하는 용천팔부의 시종들이 굴속으로 안내했다. 공중을
향하여 예를 올리자, 수정염주 한 꾸러미를 내주어서 이를 받아 나오는
데, 동해의 용도 여의주 한 알을 바쳐서 이것도 같이 받아 나왔다. 다시
재계한 지 7일 만에 관음보살의 진신을 보았다. 관음이 말했다. "내가 앉
은 산꼭대기에 한 쌍의 대나무가 솟아날 것이다. 그 땅에 절을 짓는 것
이 좋을 것이다." 법사가 이 말을 듣고 굴에서 나오자, 과연 대나무가 땅
에서 솟아 나왔다. 그래서 금당을 짓고 관음상을 만들어 모셨는데, 그 둥
근 얼굴과 고운 모습이 마치 하늘에서 만들어 낸 듯하였다. 그때 대나무
가 다시 없어졌다. 그제서야 관음의 진신이 머무른다는 것을 알았다. 그
래서 의상은 이 절의 이름을 낙산사라고 하고, 받아온 두 구슬을 성전에
모셔두고 떠났다.

그 뒤에 원효법사가 와서 예를 올리려고 했다. 처음에 남쪽 교외에
이르렀는데, 논 가운데서 흰 옷을 입은 여자가 벼를 베고 있었다. 법사가

장난삼아 그 벼를 달라고 하자, 여자도 장난삼아 벼가 영글지 않았다고
대답했다. 법사가 또 가다가 다리 밑에 이르자 한 여인이 개짐을 빨고
있었다. 법사가 물을 달라고 청하자 여인은 그 더러운 물을 떠서 바쳤다.
법사는 그 물을 엎질러버리고 다시 냇물을 떠서 마셨다.

[원효와 혜공] 권4 〈二惠同塵〉에 등장하는 혜공은 행적이 기이하다.
원효를 만나 함께 기이한 짓을 하기도 했다.

　　釋惠空 天眞公之家傭嫗之子 小名憂助[盖方言也] 公嘗患瘡濱於死 而候
慰塡街 憂助年七歲 謂其母曰 家有何事 賓客之多也 母曰 家公發惡疾將死
矣 爾何不知 助曰 吾能右之 母異其言 告於公 公使喚來 至坐床下 無一語
須庚瘡潰 公謂偶爾 不甚異之

　　旣壯 爲公養鷹 甚愜公意 初公之弟 有得官赴外者 請公之選鷹歸治所 一
夕公忽憶其鷹 明晨擬遣助取之 助已先知之 俄頃取鷹 昧爽獻之 公大驚悟
方知昔日救瘡之事 皆叵測也 謂曰 僕不知至聖之托吾家 狂言非禮污辱之
厥罪何雪 而後乃今願爲導師 導我也 遂下拜

　　靈異旣著 遂出家爲僧 易名惠空 常住一小寺 每猖狂大醉 負簣歌舞於街
巷 號負簣和尙 所居寺因名夫蓋寺 乃簣之鄕言也 每入寺之井中 數月不出
因以師名名其井 每出有碧衣神童先湧 故寺僧以此爲候 旣出 衣裳不濕 晚年
移止恒沙寺[今迎日縣吾魚寺 諺云恒沙人出世 故名恒沙洞] 時元曉撰諸經疏
每就師質疑 或相調戲 一日二公沿溪掇魚蝦而啖之 放便於石上 公指之戲曰
汝屎吾魚 故因名吾魚寺 或人以此爲曉師之語 濫也 鄕俗訛呼其溪曰芼矣川

　　瞿旵公嘗遊山 見公死僵於山路中 其屍逢脹 爛生虫蛆 悲嘆久之 及廻轡
入城 見公大醉歌舞於市中

　　승려 혜공은 천진공의 집에서 품팔이하던 노파의 아들이다. 어린 시절
의 이름은 우조였다. [아마도 우리말일 것이다.] 천진공이 일찍이 몹쓸
종기가 나서 거의 죽을 지경에 이르자 문병하는 사람이 길을 가득 메웠
다. 당시 우조는 일곱 살이었는데, 어머니에게 물었다. "집에 무슨 일이

있어서 손님이 이렇게 많아요?" "주인께서 몹쓸 병에 걸려 돌아가시게 되었는데 너는 어찌 그것도 모르고 있었니?" 우조가 말했다. "제가 고칠 수 있어요." 어머니는 그 말을 이상하게 여기어 공에게 알리자 공이 우조를 불러오게 했다. 우조는 침상 아래에 앉아 한마디 말도 없었다. 그런데 잠시 후 종기가 터져버렸다. 공은 우연한 일이라 여기고 그리 이상하게 생각하지 않았다.

이미 장성해서는 공을 위해 매를 길렀으며, 공은 매우 흡족해 했다. 공의 동생이 처음으로 벼슬을 얻어 지방으로 가게 되었다. 동생은 공에게 부탁하여 공이 골라준 좋은 매를 가지고 근무지로 떠났다. 그런데 어느 날 저녁 공은 갑자기 그 매 생각이 나서, 다음 날 새벽에 우조를 보내어 가져오게 할 생각이었다. 그런데 우조는 벌써 알고서 잠깐 사이에 매를 가져다가 새벽에 공에게 바쳤다. 공은 크게 놀라 깨달았다. 그제야 예전에 종기를 치료한 일이 모두 헤아리기 어려운 일임을 안 것이다. 그래서 이렇게 말했다. "저는 지극한 성인께서 제 집에 계신 줄도 모르고 버릇없는 말과 예의에 어긋난 행동으로 모욕을 했으니, 그 죄를 어찌 다 씻을 수 있겠습니까? 이제부터 스승이 되시어 저를 인도해 주십시오." 마침내 공은 내려가서 우조에게 절을 했다.

영험과 이적이 이미 드러나자, 드디어 출가하여 이름을 혜공이라 바꾸었다. 항상 작은 절에 살며 매번 미치광이 행세를 했다. 크게 취하여서 삼태기를 지고 거리에서 노래하고 춤을 추곤 하였다. 그래서 사람들을 그를 부궤화상이라 불렀고 그가 머무는 절을 부개사라 했으니, 곧 우리말로 삼태기를 말한다. 혜공은 또 절의 우물 속으로 들어가면 몇 달씩 나오지 않았기 때문에, 그의 이름을 따서 우물 이름도 지었다. 우물에서 나올 때마다 푸른 옷을 입은 신동이 먼저 솟아나왔기 때문에, 절의 승려들은 이것으로 그가 나올 것을 미리 알 수 있었다. 혜공은 우물에서 나왔는데도 옷이 젖지 않았다. 만년에는 항사사에 머물렀다. [지금의 영일현 오어사인데, 세속에서는 항하의 모래처럼 많은 사람들이 승려가 되었기 때문에 항사동이라고 했다.]

그때 원효가 여러 불경의 주석을 달면서 매번 혜공법사에게 가서 묻고, 서로 장난을 치기도 했다. 어느 날 두 스님이 시내를 따라가면서 물고기와 새우를 잡아먹고 돌 위에 대변을 보았는데, 혜공이 그것을 가리키며 장난말을 했다. "네 똥은 내가 잡은 물고기다." 그래서 오어사라고 했다. 어떤 사람은 이 말을 원효대사가 했다고 하는데 잘못이다. 세간에서는 그 시내를 잘못 불러서 모의천이라고 한다.

구담공이 일찍이 산으로 유람을 갔다가 혜공이 산길에서 죽어 쓰러진 것을 보았다. 이미 시간이 많이 흘러서 그 시체가 썩어 구더기가 났다. 구담공은 한참을 슬퍼하며 탄식하다가 말고삐를 돌려 성으로 돌아왔다. 그런데 혜공이 크게 취하여 시장에서 노래하고 춤추는 것이 아닌가?

불교에서는 도를 닦아 궁극의 진리를 깨닫고자 한다. 궁극의 진리가 모호하지 않고 명확한 것을 보여주려고 보살이 등장한다. 궁극의 진리를 깨달은 것을 보살과의 만남으로 구현해서 누구든지 쉽게 이해할 수 있게 한다.

보살은 상징이다. 형체가 없어 의심스럽기만 한 진리를 가시적인 형태로 나타내 명확하게 알려주는 상징으로서 보살만한 것이 더 없다. 보살의 상징적 의미를 깊이 이해하는 것이 《삼국유사》가 우리에게 부과한 과제이다. 자료의 표면에 머무르지 않고 깊은 뜻을 찾아내야 한다.

자료가 특정 시기 특정 불교사상을 말해준다고 협소하게 이해하지 말고, 실감나는 예증을 들어 시공의 제약을 넘어서서 보편적인 논의를 하는 데까지 나아가는 줄 알아야 한다. 구체화를 능사로 삼는 실증사학의 협소한 시야에서 벗어나 포괄적인 원리를 소중하게 여기는 철학으로 나아가야 한다. 철학 알기에 머물러 지식을 축적하려고 하지 말고, 철학하기의 창조적 작업으로 나아가야 한다.

보살의 상징이 무엇을 말하고, 보살과의 관계가 달라지는 것이 어떤 의미를 가지는지 밝혀 논하는 것이 핵심 과제이다. 자장·의상·원효·혜공이 어떻게 했는가를 들어 나는 어떻게 할 것인가 말해야 한다. 나의 생각을 근거로 누구에게든지 타당한 일반론을 이룩하는 데까지 나아가야 한다. 고금학문 합동작전으로 오늘의 철학을 창조해야 한다.

　[자장]에서 자장은 보살을 만날 수 없었다. 보살이 스스로 찾아오기까지 했는데, 알아보지 못했다. 그 이유는 我相이 있기 때문이라고 했다. 아상은 자기가 훌륭하다는 생각이다. 자기가 훌륭하다고 여기면 그 이상의 향상이 필요하지 않아 보살을 만날 수 없다. 훌륭하다는 생각으로 감옥을 만들어 그 속에 감금되어 있는 탓에, 감옥에서 해방시켜주려고 찾아온 보살을 남루한 차림의 못난 늙은이라고만 여겼다.
　[의상]에서 의상은 불법 수행의 상당한 경지에 이르렀다. 하늘에서 내려주는 음식에 의존하는 정도를 넘어서서 신장들이 옹위하고 있다고 했다. 그래도 자기는 훌륭하다는 착각에 사로잡히지 않았으며, 향상에 기대를 걸고 천상에 있다는 부처님 사리를 경배의 대상으로 삼으려고 했다. 열심히 노력하는 모범생이고, 신앙을 소중하게 여겨 칭송할 만하다고 할 수 있다.
　의상은 [의상과 원효]에서 보살을 만날 수 있었다. 보살이 나타난다는 말을 듣고 온갖 정성을 다해 기도한 덕분에 멀리 아득한 곳에서, 신비로운 자태를 드러내고 있는 숭고의 극치인 보살을 우러러보게 되었다. 보살이 주는 선물을 받는 영광을 누리고, 보살의 분부를 받고 절을 지었다. 규범이나 질서를 중요시하는 어느 곳에서도 표준으로 삼을 만한 모범 행위를 했다.
　의상에 이어서 원효가 만난 보살은 전연 달랐다고 [의상과 원효]에서 말했다. 보살이 논에서 벼를 베는 여인의 모습을 하고 개짐을 빨고 있었다. 자세를 낮추고 숭고를 부정해야 헛된 관념을 깨고 진리에 이른다는 것을 보여준다고 원효는 알아보았다. 우러러보면서 기도를 하고 찬사를 바치는 대신에 가까이 다가가 장난하는 수작을 주고

받았다. 물을 마시고 싶다고 하니 여인은 개짐 빤 물을 떠주었다. 그 물을 그냥 받아 마셨으면 깨끗하고 더럽다는 분별 의식을 넘어서서 보살의 경지에 이르렀을 것이다. 더러운 물은 더럽다고 여기고 다른 물을 떠서 마셔 원효는 아직 고만큼 모자랐다.

[원효와 혜공]에 등장하는 혜공은 사회 밑바닥에서 사는 무식꾼이 고 기행을 일삼기나 했다. 무슨 공부를 하고 도를 어떻게 닦았다는 말이 없으면서, 원효를 깨우쳐주는 스승 노릇을 했다. 원효가 경전을 풀이하다가 모르는 것이 있으면 혜공을 찾아가 물었다고 했다. 원효 를 깨우쳐주는 방법이 고정관념을 파괴하는 것이었다. 유식에 사로잡 히고 논리에 묶여 있는 원효를 풀어주고 이끌어주기 위해, 무식이 유 식이고 비논리가 논리라는 충격 요법을 사용했다.

물고기와 새우를 잡아먹고 돌바닥 위에 대변을 본 것만 해도 충격 을 준다. 승려가 살생을 하고, 공중도덕을 어겼다. "네가 눈 똥이 내 가 잡은 고기이다"라고 한 것이 무슨 소리인가? 네 것이 내 것이고, 죽은 것이 산 것이고, 더러운 것이 깨끗한 것이고, 있는 것이 없는 것이고, 다른 것이 같은 것이라고 하는 억지소리이다. 구비철학을 응 축해 고성능의 폭탄을 만들어, 유식이라고 착각하는 무지를 일거에 날려버리고 분별을 넘어선 궁극의 이치가 드러나게 했다. 개짐 빤 물 은 더럽다고 마시지 않아 원효가 한 치 모자라게 하는 그 헛된 분별 심을 날려버렸다.

혜공은 보살을 만나지 않았다. 보살을 찾지 않았고, 보살이 찾아오 지도 않았다고 하고 말 것은 아니다. 혜공에게는 보살이 따로 없다. 삶 자체가 진리이기 때문에 진리를 어디서 찾을 필요가 없다. 미치광 이 행세를 하면서 노래를 부르고 다니는 것이 진리의 실현임을 다시 분명하게 하려고 죽은 뒤에도 크게 취하여 시장에서 노래하고 춤추 었다고 했다.

자장·의상·원효·혜공은 위에서 아래까지 한 층씩 자리를 차지하고 있다. 지체를 보면 자장이 가장 높고 의상이 그 다음이고, 원효는 세 번째이고, 혜공은 밑바닥이다. 자장은 신앙의 신비를, 의상은 고명한 스승의 체계적인 교학을, 원효는 못난 스승의 파격적인 자극을 공부의 원천으로 삼고, 혜공은 스스로 깨닫기만 했다.

진실을 알고 실행하는 데서는 역전이 일어나 높은 것은 낮고 낮은 것이 높다. 혜공이 으뜸이고, 원효가 그 다음이고, 의상은 그런대로 훌륭하고, 자장은 평가하기 곤란하다. 의존에서는 자장·의상·원효·혜공인 순서가, 자득에서는 혜공·원효·의상·자장 순서로 바뀐다. 좋아 보이는 것과 진실로 훌륭한 것은 반대가 된다고 알려준다.

자장처럼 신비한 신앙이 최상의 가치를 가진다고 하면서 아득한 곳으로 올라갈 것인가? 의상의 뒤를 이어 수입학의 품격을 다시 높여 평가를 받을 것인가? 원효가 하듯이 수입학을 넘어서는 창조학을 하는 데 힘써 많은 업적을 이룩할 것인가? 혜공의 전례에 따라 파격적인 깨우침을 일깨울 것인가? 이런 의문이 오늘날의 우리에게 제기된다.

해답이 명백하다고 착각하지 말아야 한다. 글만 읽고 판단을 내리면 자장의 우상숭배를 되풀이한다. 의상과 같은 모범생이 되려고 하면 성실하게 꾸준히 노력해야 한다. 원효처럼 창조를 활달하게 하려면 노력을 부정하는 노력을 해야 한다. 깨달음이 아닌 깨달음을 온몸으로 실행하는 혜공의 경지에 이르는 것은 아주 너무나도 쉽기 때문에 가장 어렵다.

남은 말

이런 논의를 더 하려면 《삼국유사》 전권을 다시 고찰해 커다란 책을 써야 한다. 커다란 책을 써도 《삼국유사》를 다 다룰 수는 없다. 완성을 목표로 하겠다는 망상을 버리고, 생각을 넓히는 데 힘쓰는 것을 만족스럽게 여겨야 한다. 무엇이든 생각의 넓이만큼 보인다고 깨우쳐주어 《삼국유사》는 훌륭한 스승이다. 제자가 훌륭해 스승을 더 훌륭하게 해야 한다.

혜공의 깨달음을 그냥 날려버리지 않고 논리를 넘어선 논리로 잡아내 글을 써서 전해준 원효의 슬기로움을 본받고 싶다. 이 말을 되풀이해 마무리를 삼아도 되는가? 이것이 도달점일 수 없어 마무리가 가능하지 않다. 글을 쓰고 고쳐 쓰는 동안에 새로운 소식이 들려와 탈고를 할 수 없다. 출판하기 위해 부득이 작업을 정지하고 바로 후회할 것이다.

3. 문사철 통합론을 이어받아야

알림

1999년에 있었던 일이다. 서울대학교 국사학과 교수 최병헌, 철학과 교수 송영배, 국어국문학과 박사 류준필, 국사학과 박사 남동신, 철학과 박사 장원목과 함께 文史哲 통합학문의 전통 계승에 관한 공동연구를 했다.[6] 문학 쪽에서 얻은 성과를 총괄한 이 글을 〈문학론

---

6) 그 연구는 한국학술진흥재단 연구비로 2년 동안 하게 되어 있었다. 그런데 연구를 진행하는 도중에 학진 이사장과 공개석상에서 논쟁을 하는 일이 있었다. 연구교수 제도를 도입하자는 발표를 하니, 토론자로 참석한 학진 이사장이 말했다. "연구교수를 누가 알아주겠는가? 서울대학교 연구교수라고 하더라도 주례도 서지 못할 것이다." 이에 대해 반론을 제기했다. "중책을 맡고 있는 분이 어째서 상식 이하의 말을 하는가? 교수 노릇은 행세하기 위해 하는 것은 아니다. 연구를 제대로 해야 교수다운 교수가 된다." 이런 일이 있은 다음 제2차년도 연구비는 지급이 중단되었다. 그래도 연구는 착실하게 진행되어 여기 내놓는 결과를 이룩했다.

에 역사와 철학의 관점을 통합한 한국학문의 전통〉, 《인문논총》 43 (서울대학교 인문학연구소, 2000)이라는 제목으로 발표했다. 제목을 〈文·史·哲 통합론의 전통〉이라고 고쳐 《세계·지방화시대의 한국학 4 고금학문 합동작전》(계명대학교출판부, 2009)에 재수록했다.

그 논문 수정본을 토론의 자료로 내놓는다. 본론을 참신하게 가다듬고, 앞뒤에 전에 없던 글을 붙였다. 이 대목 알림은 새로 써서 새삼스러운 관심을 일으키고자 한다. 마지막 대목 〈더 나아가기〉는 대폭 개고했다. 문사철 통합론을 어떻게 계승하는지 말하는 본보기로 《한국문학통사》 2(지식산업사, 제4판 2005)의 한 대목을 가져온다. 〈다시 시작〉은 새로 썼다.

더 넓은 범위의 연구를 선행작업으로 진행했다. 《한국문학사상사시론》(지식산업사, 제1판 1979, 제2판 1998)에서 기초가 되는 작업을 하고, 《한국의 문학사와 철학사》(지식산업사, 1996)에서 논의를 심화했다. 얻은 성과를 세계적인 범위로 확대해 《철학사와 문학사 둘인가 하나인가》(지식산업사, 2000)를 내놓은 것이 후속작업이다. 지금 쓰고 있는 이 책 전권에서 한 걸음 더 나아가고자 한다.

논저의 계보를 말하니 누적된 잘못이 드러난다. 오랜 기간에 걸쳐 너무나도 길게 펼쳐놓은 논의를 몇 마디 말로 휘어잡고 싶은 소망이 간절하다. 혼자 쓰는 글은 계속 복잡해지지만, 응답하는 말은 간명할 수 있어 희망을 가진다. 이 글을 읽고 토론을 청해 감당하기 어려운 놀라운 질문을 던지는 동학이 번다지옥에서 나를 구출해주는 지장보살일 수 있기를 기대한다.

문사철을 통괄해서 연구하는 데 힘쓰는 동학이 많이 있어야 한다. 융복합 학문이 유행이 된 시대에 인문학문이 추종자가 되지 않고 선도자가 되려면 문사철 통합론을 이어받아 발전시키는 데 힘을 기울여야 한다. 인문학문이 학문론을 정립하는 사명을 맡고 앞으로 나아가야 한다. 힘을 합치고 수고를 나누면 일이 잘되는 것은 아니다. 비약적인 깨달음이 있어야 한다.

무엇을 하려는가

문학연구의 역사는 근대학문의 역사보다 선행한다. 문학을 어떻게 이해하고 평가할 것인가 하는 논의가 문학에 대한 근대적인 연구가 시작되기 전에 이미 심각하게 제기되고 광범위하게 전개되었다. 이 사실을 알고 근대지상주의에서 벗어나야 한다.

학문을 한다고 특별하게 표방하지 않은 중세학문의 문학연구에서, 작업의 영역과 방법을 엄밀하게 규정한 근대학문을 능가하는 업적을 적지 않게 이룩했다. 세계 전체에서 널리 인정될 수 있는 그런 사실이 동아시아 한문문명권에서, 그 가운데서도 한국에서 특히 명확하게 확인된다. 소중한 유산을 찾아 심도 있는 연구를 하는 것이 긴요한 과제이다. 옛 사람들이 고심에 찬 노력을 거쳐 이미 이룩한 업적을 모르고 오늘날 유사한 작업에 관한 초보 단계의 시도를 하면서 헛된 자부심에 들뜨지는 않아야 한다.

중세에 이루어진 문학론은 성격이 일정하지 않고, 갈래 구분이 명확하지 않다고 나무라지 말아야 한다. 창작 경험, 표현 형식, 작품이나 작가에 관한 비평, 문학의 변천이나 사상에 관한 고찰, 미학이나 철학에 관한 논의 등으로 다양하게 나타난 것을 평가해야 한다. 그 모든 문학론이 학문 역사의 관점에서 보면 어떤 특징과 내용을 가지고 있는지 살펴, 근대학문을 극복하고 다음 시대의 학문을 하는 데 필요한 지침을 찾아내야 한다.

근대학문은 문학창작과는 판이한 논리적 실증의 글쓰기 방식을 사용하고, 문학·사학·철학의 구분을 명확하게 해야 한다는 것을 출발점으로 삼고 분야별 업적을 축적하는 데 치중해왔다. 그러다가 분화가 지나쳐 많은 폐해가 나타난 것을 인정하고 융합이니 복합이니 하는 것을 모색하게 되었다. 남들이 방향전환을 하니 따라가야 한다고 하면 어리석다. 근대 이전 총체적 학문의 전통과 업적에서는 우리 쪽이 더 풍부하다. 그 유산을 이어받아, 유럽이 주도한 근대를 넘어서서 다음 시대를 바람직하게 이룩하는 데 앞서야 한다. 여기서 그 작업의 일단을 문학론의 재검토를 통해 구체화한다.

한국에서 문학론이 어떻게 전개되었는가에 관해서 《한국문학사상사시론》(지식산업사, 1978, 제2판 1998)에서 한 차례 개관하고, 《한국의 문학사와 철학사》(지식산업사, 1996)에서는 특히 긴요한 사례를 재론해 연구의 심화를 시도했다. 제목의 끝말을 따서, 앞의 책은 《시론》, 뒤의 책은 《학사》라고 약칭한다. 이제 다시 문학은 그 자체로 이해해야 하는가 아니면 역사나 철학과 함께 이해해야 하는가 하는 문제를 제기해 논의의 확대를 시도한다.

문학연구는 문학에 대한 네 가지 이해로 이루어져 있다. 문학 자체의 이해, 문학의 변천에 관한 역사적 이해, 문학 성립 근거에 관한 철학적 이해가 있다. 문학 자체의 이해, 역사적 이해, 철학적 이해를 통합한 이해도 있다. 이 넷의 대표적인 사례를 하나씩 들어 구체적으로 고찰하면서, 서로 비교해서 평가하기로 한다. 사례는 모두 위의 두 책에서 이미 다룬 것들이지만, 해석하고 논의하는 작업은 새롭게 전개한다.

문학 자체의 이해

李仁老는 뛰어난 시인이면서 최초의 비평서 《破閑集》을 지어 문학론 전개에서도 커다란 기여를 했다. 《파한집》에서 神駿(신준)과 林椿(임춘)의 시에 관해서 고찰한 대목을 들어보자.[7] 문학작품을 그 자체로 이해한 좋은 본보기라고 할 만하다.

신준이라는 사람이 유학을 버리고 승려가 되어 시골로 다니다가 꾀꼬리를 보고 "진홍빛 머리털과 노란 옷이 곱다고 스스로 자랑하면서, 붉은 담 푸른 나무에서 울어야 마땅한데, 어째서 거친 마을 쓸쓸한 곳에 떨어져, 수풀을 사이에 두고 두세 마디의 소리를 보내고 있는가"(自矜絳觜黃衣麗 宜向紅墻綠樹鳴 何事荒村寥落地 隔林時送兩三聲)라고 했다. 임춘 또한 실의에 빠져 유랑하다가 꾀꼬리 소리를 듣고 "농가에서 오디가 익고 보리가 빽빽해지려는데, 푸른 나무에서 처음으로 꾀꼬리 소리를 들으니, 서울에서 꽃 아래 놀던 나그네를 알아보기라도 하는 듯이, 은근히 백 번이나 울고 쉬지 않는구나"(田家椹熟麥將稠 綠樹初聞黃栗留 似識洛陽花下客 殷勤百囀未曾休)라고 했다.

꾀꼬리 울음소리를 듣고 자기 신세를 한탄한 시 두 편을 들고 고금 시인이 物에 얹어 뜻을 나타낸 '托物寓意(탁물우의)'가 대부분 이와 같다고 했다. 두 사람의 시는 재주가 있어도 쓰이지 못하고 나그네가 되어 떠돌아다니는 심정을 나타낸다 했다. 그래서 '詩源乎心'(시원호심, 시는 마음에 근원을 둠)이라는 것을 알 수 있다고 했다.

무슨 말을 어떻게 했는지 분석해보자. (가) 시 작품을 들고 그 자체의 아름다움에 관해 이해하도록 했다. (나) 작자가 누구며 왜 그 시를 썼는지 밝혔다. 신준과 임춘은 둘 다 불만을 가진 방랑자라고 했다. (다) 시의 소재가 무엇인가 설명했다. 꾀꼬리를 들어 시인의 마음을 나타냈다고 했다. (라) 시 작품을 서로 견주어 살폈다. 두 작품은 창작의 동기와 소재가 같다고 했다. (마) 시란 무엇인가 하는 일반론을 전개했다. 托物寓意나 詩源乎心이 그렇게 해서 얻은 성과이다.

(가)에서 (마)까지가 문학을 그 자체로 이해하는 통상적인 작업이다. (가)의 작품론을 기본으로 삼고, (나)의 작가론, (다) 소재론,

---

7) 《학사》, 111-114면에서 이 자료를 들고 고찰하고, 이인로의 '托物論'을 이규보의 '觸物論'과 비교하는 데 이용했다.

(라) 작품비교론을 보태고, (마)의 일반론에까지 나아가는 것은 지금도 흔히 볼 수 있는 연구방법이다. (가)에서부터 (라)까지에서 구체적인 사례를 고찰해서 (마)와 같은 일반화된 이해를 얻는 것도 흔히 시도되는 연구이다.

(나)의 작가론에서 얻은 결과가 널리 타당하다고 말하려면 논의의 범위를 확대해야 한다. 신준과 임춘 같은 불평객은 우연히 생겼는가 아니면 시대의 산물인가? 어떤 시대적 조건에서 어떤 부류의 사람들이 재능이 있어도 등용되지 못하는 데 불만을 가지고 방랑자가 되었는가?

이인로는 그런 문제를 드러내지 않았지만, 자기 나름대로 할 말이 있었다. 무신란이 일어나자 문인들이 수난을 겪어 방황하기도 하고, 승려가 되기도 한 것이 한탄스럽다는 것을 그 두 사람의 경우를 들어 말하고자 했다. 이인로 자신도 같은 처지였고, 승려 노릇을 하기도 했다. 신준·임춘·이인로의 경우를 예증으로 들어 무신란 때문에 실의한 문인들에 관해 고찰하는 것은 역사적인 연구이다. 문학연구는 그 자체로 완결되지 않고 역사와 연관된다.

연구를 더 진행하려면 (마)의 타당성을 그 자체로 검증하는 작업이 또한 필요하다. 그렇게 하려면 '物'이란 무엇이고, '意'란 무엇이며, '心'이란 무엇인가 하는 문제를 제기하지 않을 수 없다. 그런 문제는 이인로와 이규보의 논쟁에서 두 사람이 직접 언급하거나 의식하지 않은 가운데 심각하게 검토되었다.

이인로의 '탁물우의'는 창작방법이라면, 이규보가 말한 '寓興觸物(우흥촉물)'은 창작동기이다. 이인로는 心에서 마련된 무형의 意를 형상화하려면 物을 매개로 삼는 방법을 사용해야 한다고 했다. 이규보는 興이 나는 것은 心이 物과 부딪쳐 눌러둘 수 없기 때문이라고 했다. 시를 이룩하는 작동의 근원이 心 자체인가 物과의 부딪침이냐 하는 것이 논란의 핵심이다. 어느 쪽이 타당한가는 철학에서 따져야 할 문제이다. 문학연구는 그 자체로 완결되지 못하고 철학과 연관된다.

역사적 이해

　徐居正은 많은 작품을 써서 당대의 문학을 이끈 문인이면서 《東國通鑑》 등의 사서 편찬을 주도한 역사가이기도 했다. 《東人詩話》 및 序 형태로 쓴 여러 논설 〈獨谷集序〉, 〈泰齋集序〉 등에서 문학을 역사와 관련시켜 이해하는 본보기를 보여주었다.8) 문학하는 풍조가 달라져온 과정을 시대변천과 함께 고찰하고, 문학의 사회적인 위치와 기능에 대해서도 논의를 전개했다. 자기 시대의 문학에 대한 논의를 그처럼 확대된 시야에서 구체화했다.

　과거제도가 실시된 고려 광종·현종 이후에 문사가 많이 배출되고, 뒷사람들이 따르기 어려울 정도로 풍부하고 아름다운 창작이 이루어졌다고 했다. 李齊賢이 "도학을 창도해서 밝히자, 문장 氣習이 고풍에 가까워졌다"(唱明道學 文章氣習 庶幾近古)는 것을 획기적인 전환으로 들었다. 조선왕조를 건국할 때에는 "우리나라가 처음 일어나면서 천지의 운세가 성해서, 특이한 재주를 가진 분들이 이따금 나타났다"(我國之始興 天地運盛 異才間出)고 하고, 정도전, 하륜, 조준, 권근 등의 '勳臣碩輔(훈신석보)'는 "모두 웅위하고 걸출한 재주를 지고, 우뚝한 시대를 만나 공이 뛰어나고 빛났으며, 發해서 언어나 문사가 된 것이 여유 있고 넓고 커서 治世之晉이 있다"(皆以雄偉傑出之才 遭遇顯隆 功烈炳煒 其發而爲言語文辭者 春容博大 有治世之晉)고 높이 평가했다.

　조선초기의 문학이 모두 그처럼 자랑스럽다고 한 것은 아니다. 다른 한편에 山林의 문학이 있다 하고서, 비교하는 논의를 폈다. '훈신

---

8)《시론》, 145-153면에서 이에 대해 고찰했다.

석보'의 문학은 "그 文이 밝게 드러나는 바가 五行의 별이 하늘에서 빛을 내는 것과 같다"(其文之所著 如五緯之麗天 而燁乎其光)고 하는 한편, "불우하게 되어 산림에서 읊조리며 빈 소리에 뜻을 기탁하는 사람"(不遇而嘯咏山林 托於空言者)이라고 한 산림처사의 문학은 "그 문이 빛나는 바가 구슬이 산골짜기에 버려진 것과 같다"(其文之炳燿 如璧委山谷)고 할 수 있는 점이 다르다고 했다. 그러나 그것은 표면상의 차이이고, "맑게만 읊는다면 그 빛이 마침내 덥히고 말지는 않나니, 한 시대의 이목을 놀라게 하고, 없어지지 않은 명성을 남김은 마찬가지이다"(明朗而終不掩其燁矣 其所以駭一時之觀聽 而垂名於不朽一也)고 했다. 이런 논의에 나타나 있는 서거정의 생각을 다음과 같이 정리할 수 있다.

(가) 문학은 시대변화와 함께 달라진다. 과거제 실시, 도학의 수용, 조선왕조의 건국이 문학이 달라지게 한 중요한 시대변화이다.

(나) 그런 단계를 거치면서 시대가 좋아지고, 문학이 훌륭해지는 발전이 이루어진다. 문학의 시대적 변천을 고찰한 결과, 조선초기의 그 문학이 과거 어느 때보다 자랑스럽다.

(다) 시대와 문학의 관계는 시대의 특징을 총괄한 개념인 '時運'이 문학을 통해 나타나는 것으로 구체화된다. 시운이 왕성한 '盛世'에는 뛰어난 문인들이 나타나고, 훈신석보로 활약하면서 治世之音의 문학을 자랑스럽게 이룩한다. 조선왕조의 건국기가 바로 그런 시대이다.

(라) 훈신석보와는 반대쪽 山林處士의 문학도 있어, 작가군의 사회적 처지에 따라서 문학의 성격이 달라진다. 산림처사의 문학은 쓰이지 않고 알아주지 않아 공허하다. 그러나 뛰어난 작품은 누가 지었든 대등한 가치를 가진다.

(가)에서 (라)까지에 나타난 생각이 어떤 의의를 가졌는가? 서거정을 향한 물음이 우리 자신에게로 되돌아온다. 서거정의 유산을 오늘날 하는 연구 작업과 관련시켜 재검토해보자.

(가)는 문학사를 서술하거나 문학에 관한 역사적인 연구를 진행할 때 누구나 하게 되는 시대구분이다. 과거제의 실시, 도학의 수용, 조선왕조의 건국을 시대구분을 가능하게 하는 중요한 변화로 보아야 한다는 서거정의 견해는 오늘날의 연구에서도 계속 지지를 받고 있다. 그런 범위 안에 드는 연구를 더욱 정밀하게 하는 것이 지속적인 과제이다.

(나)와 같은 논의를 하는 것은 바람직하지만 실제 작업에는 어려움이 있다. 서거정의 시대에는 성현이 잊혀지고 도가 사라져 역사가 타락의 길에 들어섰다는 비관론이 상당한 영향력을 가졌는데, 서거정은 견해가 달랐다. 역사는 발전한다고 하고 자기 시대에 대단한 발전을 이룩했다고 했다. 역사는 타락하는가 발전하는가, 발전이란 무엇을 기준으로 판단해야 하는가 하는 등의 역사철학의 문제를 두고 오늘날의 연구자들은 계속 고심하면서 서거정만큼 선명한 논의를 전개하지 못하는 것이 예사이다.

(다)에서 시대정신을 '시운'이라고 한 견해에 대해서 오늘날의 연구자들은 충분히 검토하지 못해 찬성 또는 반대의 논의를 펴지 못하고 있으며, 타당성이 더 높은 대안을 제시하는 것은 한층 어려운 일이다. 서거정은 시운을 두고 시대의 성격을 갈라 말해 '衰時'가 있고 '盛時'가 있다고 하고서, 쇠시에 대해서는 말하지 않고, 성시에는 뛰어난 인물이 다수 나타나 타고난 능력을 최대한 발휘해 역사창조에 적극적으로 나서서 높이 평가해야 할 커다란 업적을 이룩한다고 했다.

'쇠시'는 어떤 시대인가? 뛰어난 인물이 많지 않고, 있다 해도 몸을 숨겨야 하므로 능력을 발휘할 수 없었던 탓에 후대를 위한 유산을 남기기는 해도 당대의 역사창조에 기여하지 못하는 시대가 쇠시

일 것이다. 성시와 쇠시의 특징과 교체에 대해서 연구해야 할 문제점이 많이 남아 있어서, 역사철학의 연구과제가 더욱 확대된다.

(라)에는 세 가지 중요한 내용이 포함되어 있으므로 하나씩 구분해서 논의할 필요가 있다.

(라1) 성시라고 해서 누구나 뜻을 펴는 것은 아님을 밝히고, 성시에도 쇠시의 삶을 살아가는 패배자가 있다고 했다. 조선왕조의 건국을 주도한 세력인 훈신석보에 포함되지 못하고 밀려난 산림처사가 그런 처지라고 했다. 서거정 자신은 훈신석보 가운데 으뜸가는 자리를 차지하고 있어 산림처사의 처지를 이해하기 어려웠으면서도, 양자의 차이점을 인식한 것은 일단 평가해야 할 일이다.

(라2) 작가는 개인이기만 하지 않고 사회적 처지에 따라서 서로 집단을 이루어 활동한다는 원리를 제시했다. 오늘날의 연구자들은 훈신석보와 산림처사를 각기 작가집단으로 보고, 그 둘이 아닌 한 집단 方外人이 조선전기 작가군으로서 중요한 기능을 했다고 판단해, 관인문학·사림문학·방외인문학의 상관관계를 논의한다.

(라3) 훈신석보와 산림처사는 처지가 달라 상이한 평가를 받지만, 뛰어난 작품은 누가 지었든 대등한 가치를 가진다고 한 것은 문학의 특질과 문학의 가치를 갈라 보자는 견해이다. 문학의 특질은 사회적 처지에 따라 달라지지만, 특질이 곧 가치는 아니므로, 어느 처지에서 창작한 작품이 더욱 뛰어나다고 말할 수는 없다고 했다. 그러면 가치는 무엇이며 어떻게 대등할 수 있다고 하는가? 이에 대한 더욱 심도 있는 논의는 오늘날 연구자의 과제이다.

철학적 이해

이이는 성리학자이면서 한시와 시조를 함께 창작한 시인이기도 했다. 문학이 무엇인가 하는 문제에 대해서 깊은 관심을 가지고 거듭

논의했다. 〈文策〉, 〈贈崔立之序〉, 〈人物世藁序(인물세고서)〉, 〈洪耻齋
仁祐遊楓岳錄跋(홍치재인우유풍악록발)〉 등 형식과 내용이 다양한
글을 여럿 써서, 문학의 근본원리에 대해 거듭 논의했다.[9] 논의에
편차가 있어 비교 검토가 필요하다.

　"道는 文의 本이고, 文은 道의 末이다"(道者文之本也 文者道之末
也)라고 〈文策〉에서 말했다. 문학이란 무엇인가보다 어떤 문학이 바
람직한가 하는 것이 더욱 긴요한 문제라고 여기고 제시한 견해이다.
所當然이라고 일컫은 윤리적 규범을 밝혀 실행하는 학문을 하자는
다짐이 논의의 근거이다.

　文은 道과의 관계에서 둘로 나누어져 있다고 했다. "그 本을 얻어
末이 그 가운데 있는 것은 '聖賢之文'이고, 그 末을 숭상하고 本에
힘쓰지 않은 것은 '俗儒之文'이다"(得其本而末在其中者 聖賢之文也 事
其末而不業乎本者 俗儒之文也)고 했다. 本인 道가 무엇인가 하는 문
제는 전적으로 道學의 소관이어서 문학에서는 대답할 수 없다. 문학
은 도학의 가르침을 그대로 받아들여야 한다고 했다.

　文이라고 한 것이 광의의 문학이다. 논의의 범위는 넓히고 평가기
준은 좁혀, 광의의 문학 가운데 도를 나타내는 성현지문만 훌륭하다
고 했다. 유학의 경전이나 성리학을 논한 글, 성리학의 사상을 나타
낸 시문이라야 그 범위 안에 들어간다. 성리학과 거리를 둔 일반 시
문은 道를 갖추지 못해 속유지문이라고 폄하되었으며, 대부분의 문학
작품은 이에 해당한다.

　〈贈崔立之序〉에서는 논의가 달라졌다. 문학에 관한 논의를 道에서
시작하지 않고, 氣가 울려서 소리가 난다는 것을 말머리로 삼고 새로
운 견해를 제시했다. 所當然에서 所以然으로 관점을 바꾸어, 문학을
문학이라고 하는 까닭을 밝혀 논했다.

---

9) 《시론》, 191-194면; 《학사》, 185-200면에서 이에 대해 고찰했다.

초목에 바람이 불면 소리가 나고, 金石에 물건이 부딪치면 소리가 나듯이, 사람은 "氣가 안으로 쌓이고 밖으로 나타난 다음에야 소리가 있다"(有氣 積於內 而發於外然後 有聲焉)고 했다. 기의 울림이 소리로 들리는 것이 어느 경우에나 같다고 했다. 사람이 내는 소리는 물체가 내는 소리와 달라서 몇 등급의 구분을 다시 해야 한다고 했다.

의미가 없는 '無用之聲'과 의미가 있는 '有用之聲'이 있다. 有用之聲 가운데 듣기 싫은 '惡聲'과 듣기 좋은 '美聲'이 있다. 미성 가운데 글로 정착되지 못한 '虛聲'과 글로 정착된 '實聲'이 있다. 實聲 가운데 도리에 어긋난 '邪者'와 도리와 합치되는 '正者'가 있다. 올바른 것 같으면서도 그릇된 '似正而邪者', 그릇된 것 같으면서도 올바른 '似邪而正者'도 있다.

이런 논의를 총괄해서 "사람이 내는 소리가 다른 사람에게 호감을 주고, 호감을 주면서 글로 정착되고, 글로 정착되면서 올바른 도리와 합치되는 것을 善鳴이라고 한다"(人之發其聲而好於人 好於人而著於文 著於文而合於正者 謂之善鳴)고 했다. 잘 울린다는 뜻을 지닌 단어 '善鳴'을 문학을 지칭하는 용어로 삼아, 잘 울려서 감동을 주는 것이 문학의 특징이라고 했다.

이 정의에서 '有用之聲'이라는 말을 하지 않은 것은 너무나도 당연한 전제조건이기 때문이다. "好於人"이라는 말로 다시 일컬은 '美聲'은 문학과 문학이 아닌 소리를 갈라내는 실질적인 구분의 첫째 기준이다. 수용자에게 호감을 주는 아름다움을 갖추어야 문학이라고 했다. '實聲'이니 "著於文"이니 하는 말로 나타낸 또 하나의 요건 즉 글로 써야 한다고 한 것은 그 다음 순위로 들었다. 이것은 구비문학도 문학이라고 하면 타당하지 않은 견해이다.

"合於正者"라는 요건을 끝으로 든 것은 올바른가 그릇된가가 문학인지 아닌지 구분하는 기준은 아니며, 훌륭한 문학을 선별하는 척도이기 때문이다. 무엇이 올바른 도리인지 분명하지 않아 논란이 있게 마련이다. 올바른 것 같으면서 그릇되고, 그릇된 것 같으면서도 올바를 수 있다고 해서, '正邪'와 '正者'의 구분이 단순하지 않고 상대적일 수 있음을 인정했다. 더 많은 논의를 할 수 있는 길을 열어놓았다.

문학은 소리라고 하는 것을 논의의 단서로 삼고, 문학인 소리가 어떤 특징을 가졌는지 몇 단계에 걸쳐 논의하면서 해당되지 않는 것은 배제하고 해당되는 것은 선택하는 방법을 〈人物世藁序〉에서도 사용하고, 문학 내부의 문제에 더 들어갔다. "소리 가운데 精하기가 말보다 더한 것은 없으며, 말 가운데도 精해서 빛나고 우뚝하며, 야비하지 않고 속되지도 않기가 文辭보다 더한 것은 없다"(聲之精者 莫大乎言 而言之精 而煥然軒然 不野不俗者 莫大乎文辭)고 했다. "시는 문사 가운데서도 영탄해 넘침이 가장 빼어난 것이다"(詩者 文辭之詠嘆 淫淫 而最秀者也)라고 했다.

'聲'·'言'·'文辭'는 한 단계씩 더욱 '精'한 차이가 있다고 했다. '精'은 알맹이라는 뜻이어서 '粗'인 쭉정이와 구별된다. 言 가운데 精해서 빛나고 우뚝하며, 야비하지 않고 속되지도 않은 것이 文辭라고 해서, 精의 특징을 구체화했다. 앞의 말은 밀도가 높다는, 뒤의 말은 품격이 높다는 뜻이라고 할 수 있다. 詩는 文辭 가운데 精한 것이라는 말은 되풀이할 필요가 없어 생략했다고 생각된다. 文辭 가운데 영탄해서 넘침이 으뜸인 것이 詩라고 한 데서는 精이 마음을 격앙시키는 특징을 가진다고 했다.

〈文策〉에서는 모든 글의 총칭인 文 상위에 道가 있어야 한다고 했는데, 여기서는 道에 관해서는 아무 말도 하지 않고, 言 가운데 상위에 있는 것이 文辭이고, 그 가운데 상위에 있는 것이 詩라고 했다. 양쪽의 견해를 합칠 수 있는가? 言·文辭·詩로 이루어진 文의 상위에 道가 있다고 하면 합칠 수 있을 것 같다. 그러나 道와 文은 본말에 의한 차등의 관계를, 詩·文辭·言은 精粗에 의한 차등의 관계를 가진다고 했다. 精粗를 가리는 일과 本末을 나누는 일은 성격이 달라서 합칠 수 없다. 精粗에서는 詩가 앞서고, 本末에서는 도가 으뜸이라고 하는 견해는 각기 그것대로 의의가 있다고 해야 한다.

도학론과 문학론은 별개라는 말인가? 그 둘을 통합하는 이론은 없는가? 이런 의문은 누가 어떻게 해결해야 하는가? 이이는 이에 대답하지 않고 문제를 남겼다. 철학의 논의는 이랬다저랬다 하지 않아야 한다. 엄정한 논리로 문제를 해결하는 것은 난감한 일이지만 포기하고 물러날 수 없다.

문사철 통합론의 이해

홍대용은 철학, 과학, 사회, 문화 등의 분야에 대한 광범위한 논의를 펼친 의욕에 찬 학자이며,《을병연행록》을 써서 국문문학 발전에 기여한 문인이기도 하다. 한문학의 창작과 이론에서는 박지원이 앞섰다 하겠으나, 한문학과 국문문학을 함께 하면서 양쪽의 문제를 연결시켜 다룬 업적에서는 홍대용이 더욱 빛난다. 문학 자체의 이해, 역사적 이해, 철학적 이해를 통합하고, 한문학과 국문학, 한국문학과 중국문학의 관계를 다루는 데까지 이른 작업의 좋은 본보기를 홍대용에게서 볼 수 있다.

그 점을 밝혀 논하는 데 가장 중요한 자료가 〈大東風謠序〉이다.[10] 이 글은 가상의 책 서문을 쓴다면서 하고 싶은 말을 한 것이다. 문학 자체의 이해를 직접적인 목적으로 했지만, 문학이 무엇인가 하는 문제에 대한 철학적 고찰을 논의의 서두로 하고, 민요와 한시, 한국의 시가와 중국의 시가를 비교하면서 그 역사적인 변천에 관해서 고찰하는 광범위한 논의를 심도 있게 갖추었다. 문학 자체의 이해, 역사적 이해, 철학적 이해를 통합한 작업의 좋은 본보기로 들 수 있다.

---

10)《시론》, 303-309면;《학사》, 372-390면에서 이에 관해 고찰했다.

"歌는 情을 말로 나타낸 것이다. 情이 말에서 움직이고, 말이 글을 이루면, 歌라고 한다"(歌者言其情也 情動於言 言成於文 謂之歌)고 한 첫 대목은 범속한 발언인 듯이 보인다. "巧拙을 버리고, 善惡을 잊고, 自然에 의거하며 天機에서 나오는 것이 좋은 歌이다"(舍巧拙 忘善惡 依乎自然 發乎天機 歌之善也)라고 한 그 다음 문장까지 읽으면 서두부터 다시 살피지 않을 수 없다.

歌는 情을 말로 나타낸 것이라고 하면서 情만 들고 性情을 둘 다 들지 않은 것을 주목해야 한다. 性에서 구현하는 도의를 버리고 天機라고 일컬어지는 情의 자연스러움을 있는 그대로 나타내는 것이 훌륭한 노래라고 했다. 性은 선하다고 하지만, 情은 선악을 넘어선다고 생각하면서 이렇게 말했다.

예사로 한 말이 아니고, 기존의 통념에 대한 반론이다. 첫 문장에서 문학 일반의 특징을 말하고, 둘째 문장에서는 어떤 문학이 훌륭한가 말한 근거를 모두 기일원론에 두고, 이기이원론의 문학관을 부정했다. 이기이원론의 문학관에서 性情·道文·善惡의 이원론과 함께 시가의 이원론을 당연한 전제로 삼은 것을 모두 뒤집고, 詩보다 歌가 더욱 진실하다고 했다.

詩는 한시이고, 歌는 우리말 노래이다. 우리말 노래는 "巧拙을 버리고, 善惡을 잊고, 自然에 의거하며 天機에서 나오는" 특성을 다 갖추고 있으나, 한시는 그렇지 못하다고 했다. 여러 특성 가운데 "巧拙을 버리고"를 앞세운 것은 표현의 완성도는 평가기준이 될 수 없다고 미리 말하려고 했기 때문이다.

지금까지 검토한 서두의 부분을 (가)라고 하고, 그 다음 대목은 (나)에서 (자)까지로 나누어, 글 전문의 개요를 요약하면 다음과 같다. 목소리가 여럿이다. 세상에서 흔히 하는 말을 가져온 것에는 인용부호를 붙인다.

(가) 歌는 情을 자연스럽게 나타내는 것이 소중하다.

(나) 중국에서는, 거리의 노래를 나라에서 채록한 《詩經》으로 詩教
가 아래에서 위로 전달되게 했다.

(다) 《詩經》에서 멀어진 후대의 중국 詩는 진실성을 잃었다.

(라) 우리나라에서는 歌를 낮게 평가하고, 나라에서 채록하지 않았다.

(마) "우리나라는 동방의 오랑캐이며 詩가 중국만 못하다."

(바) "우리나라의 歌는 상스럽다."

(사) 농부의 歌는 자연스러우며, 사대부의 詩보다 참되다.

(아) 그런 歌를 《詩經》에서처럼 채록해서 널리 이용해야 한다.

(자) 그런 일을 해서 책을 엮는다.

(나)에서 (아)까지에서 한국과 중국의 歌와 詩를 여러 기준에서
비교해서 평가했다. 그 작업을 표면과 이면의 두 층위에서 전개했다.
명확하게 드러나는 차이점을 표면에 제시하고, 그것을 근거로 삼아
자기가 어떤 이면의 생각을 말하려고 하는지 독자가 알아내도록 암
시하는 방법을 사용했다. 대조를 이루는 대목을 견주어 살펴보자. 흔
히 하는 말과 자기가 하고자 하는 말이 교묘하게 얽힌 것을 잘 알아
내야 한다.

(나) : (라)에서는, 歌를 채록하는 일을 중국에서는 하고 한국에
서는 하지 않는다고 했다. 그러니 중국은 훌륭하고, 한국은 그렇지
못한가 하고 말하려고 했다.

(다) : (마)에서는, 중국의 詩는 歌에서 멀어져 진실성을 잃었는
데, 그것을 숭상하고 받아들여 한국은 동방의 오랑캐 노릇이나 하고,
중국만 못한 詩를 짓는다고 했다. 중국이 모범을 보인 나라이고 한국
은 그 추종자라고 하는데, 중국의 모범이 얼마나 가치 있는지 의문이
라고 말하려고 했다.

(바) : (사)에서는, 한국은 동방의 오랑캐라고 하는 사대부가 한

국의 歌는 상스럽다고 하지만, 歌가 사대부의 詩보다 참되다고 했다. 문학의 진실성을 기준으로 삼으면 평가가 역전된다. 한국의 歌야말로, 한국의 詩는 물론 중국의 詩보다도 훌륭하다고 말하려고 했다.

(나) : (아)에서는, 歌를 채록하는 일을 중국에서는 지금 할 수 없지만, 한국에는 참된 歌가 살아 있어 지금 채록할 수 있다고 했다. 한국의 歌는 중국의 歌보다 더 큰 가치를 발현하고 있다고 말하려고 했다.

(다)·(마) : (사)·(아)에서는, 문학사는 타락의 역사로 전개되어왔으나, 타락을 시정할 발전의 길이 열려 있다고 했다. 타락하는 과정에서는 중국이 선례를 보이고 한국은 그 추종자라고 하고, 타락을 시정하는 반전으로 새로운 역사를 창조하는 작업은 한국에서 주도한다고 말하려고 했다.

이 가운데 가장 중요한 대목은 "농부의 歌는 자연스러우며, 사대부의 詩보다 참되다"고 한 (사)이다. (마)·(바)에서 거역하기 어려운 기존의 통념을 있는 그대로 보여주다가, (사)에서 뒤집어 진실을 드러내는 새로운 견해를 구축했다. (가)에서 이미 전개한 총론을 필요에 따라서 구체화하는 작업을 정밀하게 진행해서, 반감을 누그러뜨리고 설득력을 높이는 작전을 수행했다. 그 대목은 원문을 들어 살필 필요가 있다.

(바)에서 상스럽다는 이유에서 배격된다고 한 歌에 대해서 (사)에서는 "다만 입에서 나오는 대로 노래를 불렀지만 말이 속마음에서 나오고, 곡조가 잘 안배되지 못했지만 천진스러움이 나타나므로 나무꾼의 노래나 농사꾼의 노래 또한 자연스러움에서 나온다"(惟其信口成腔 而言出衷 曲不安排 而天眞呈露 則樵歌農謳 亦出於自然者)고 했다. 입에서 나오는 대로 말한다든가 곡조가 알맞지 못하다든가 하는 비난은 평가기준이 잘못되었기 때문이라고 하고, 天眞과 自然이 무엇보다도 소중하다고 했다.

그 근거에서 歌와 詩의 비교론을 전개했다. 歌는 "사대부가 이것저것 주워 모아 고치고 다듬어 말을 해서 예스럽게 보이지만, 天機를 깎아 없애버린 것보다는 도리어 낫다"(反勝於士大夫之點竄稿推 言則 古昔 而適足以斲喪其天機)고 했다. 예스러운 말을 써야 한다면서 이미 있는 구절을 모아서 다듬기만 해서 天機를 상실한 것이 사대부가 자랑하는 詩의 결정적인 결함이라고 했다.

"관찰하는 사람이 자취에 구애되지 않고 뜻을 가지고 뒤집어 생각하면, 그것이 사람을 기쁘게 하고 감발하게 해서 백성을 백성답게 하고, 풍속을 마땅하게 하는 요체가 애당초 고금에 다를 바 없을 것이다."(苟善觀者 不泥於迹 而以意逆之 則其使人歡欣感發 而要歸於作民成俗之義者 初無古今之殊異)고 한 데서는 歌를 어떻게 평가해야 하는가 하는 문제에 대한 구체적인 해답을 제시했다. 자취라고 한 것은 외형이고, 뜻이라고 한 것은 내질이다. 외형에 구애되지 않고 내질을 인식해야 기존의 평가를 뒤집을 수 있다고 했다. 歌가 사람의 마음을 움직이는 감동을 주어 백성을 백성답게 하고, 풍속을 마땅하게 하는 감화를 이룩한다는 것이 불변의 진실이라고 했다.

지금까지 고찰한 홍대용의 견해는 오늘날의 민중문학론 또는 민족문학론과 상통해서 그 연원을 이루었다고 할 수 있다. 한시보다 민요가 더욱 참되다고 민중문학론에서도 주장한다. 한국문학은 중국문학을 따르느라고 쇠퇴의 길에 들어섰다가 민족어문학의 가치를 발견하면서 독자적인 발전을 이룩했다는 말을 오늘날의 민족문학론에서도 하고 있다. 홍대용이 민중문학론과 민족문학론의 연원을 마련한 것을 재평가해야 한다.

홍대용을 재평가면서 오늘날의 잘못을 반성해야 한다. 홍대용은 무어라고 표방하지 않으면서 기존의 관념을 바꾸어놓는 혁신의 논리를 전개했다. 지금은 민중이니 민족이니 하는 말을 앞세워 널리 인정되고 있는 주장을 되풀이하거나 한다. 홍대용은 문학론 혁신을 새로운 철학을 다시 정립하고 역사관을 바꾸어놓는 작업과 함께 진행했다. 문학을 문학 자체로만 다루는 대다수의 논자들은 철학이나 역사와 관련된 문제는 상식 수준에서 처리하고, 철학이나 역사 전공자들도 포괄적인 시야를 상실해 이론 창조자 노릇을 하지 못하고 있다.

이제 홍대용에게서 배워야 한다. 이인로에게서도, 서거정에게서도, 이이에게서도 배워야 하지만, 홍대용에게서 더 많은 것을 배워야 한다. 홍대용의 이론이 오늘날의 주장과 어떻게 연결되는 줄 알지 못하고, 무엇을 상실했는가 짐작하지 못하고 있는 잘못부터 시정해야 한다. 근대학문 특유의 헛된 자부심을 버리고 공부를 다시 해야 한다.

홍대용에게로 되돌아가자는 것은 아니다. 홍대용의 이론은 대전환을 온통 감당하지 못해 미비하다. 이인로·서거정·이이가 남긴 문제를 모두 해결하면서 문학 자체의 이해, 역사적 이해, 철학적 이해를 통합하려고 했던 것은 아니다. 홍대용이 탐색한 가능성을 소중한 유산으로 이어받아, 미비점을 보완해 완성도를 높이면서 오늘날 필요한 연구를 새롭게 해야 한다.

문학에 관한 문학 자체의 이해, 역사적 이해, 철학적 이해를 아우르는 것이 우리에게 부과된 과제이다. 이 작업을 문학·역사·철학이 하나이게 하는 데까지 진행해 학문 대혁신을 이룩하는 것을 목표로 하고 부지런히 노력하자. 외국의 경우와 비교고찰을 한 다음에, 이에 대해 더 많은 논의를 하려고 한다.

비교고찰

지금까지의 논의에서 얻은 결과를 다른 나라의 경우와 비교해서 고찰해야 특징이 검증된다. 비교고찰의 대상은 일본·중국·인도로 한다. 이 셋은 아시아 이웃나라 가운데 특히 큰 비중을 차지하고, 자료를 직접 다룰 수 있는 두 가지 조건을 갖추었기 때문이다. 비교고찰을 한 결과 서로 대조적인 성향이 뚜렷하게 드러나리라고 예상되는 것이 또한 이 세 나라를 선택한 이유이다.

일본은 문학작품을 그 자체로 이해하는 데 치우쳐 있었다. 역사적이거나 철학적 이해에는 특별한 관심을 가지지 않았다. 內野五郎, 《일본문예연구사》(東京: 櫻楓社, 1984)에서 그 점을 확인할 수 있다. 일본에서 문학을 이해하고 자료를 다루어온 노력이 모두 '문예연구사'에 포함된다고 하면서 그 경과를 정리해 논했다. 일본어 노래인 歌를 기본 대상으로 삼아, 작품을 감상하고, 문헌을 편찬하고 주석하고 고증하며, '幽玄' 등의 개념을 내세워 미의식을 살핀 내력이 상당하다.

문학을 시대 변천과 관련시켜 고찰한 유산은 별반 없다. 문학의 특질은 변하지 않는다고 여겼으며, 그런 성향이 실제로 두드러졌다. 미의식에 관한 검토가 철학으로 나아가지는 않았다. 지난날에나 오늘날에나 문학이 우세하고 철학은 미약하다. 일본철학사라는 것은 있지 않다.11) 철학사를 대신하는 사상사를 문학에서 자료를 얻어서 서술한다. 사상사에서 일본사상의 특수성을 찾아내서 자만하거나 자학하려고 한다.

중국에서는 문학의 시대적 변천에 대해서 깊은 관심을 가진 것을 敏澤, 《中國文學理論批評史》(北京: 人民文學出版社, 1982)를 본보기로 들어 확인할 수 있다. 司馬遷 이래의 역대 史家가 문학을 다루는 것을 자기 소관사로 삼았으며, 《문심조룡》을 비롯한 여러 문학론에서 文風과 문체가 달라져온 양상을 파악하는 데 힘썼다. 漢賦, 唐詩, 宋詞 등을 들어 시대마다 한 가지 갈래의 문학이 두드러진 위치를 차지했다는 견해가 공인되어 있고, 오늘날 서술하는 문학사의 근간을 이룬다.

철학은 문학과 깊이 얽히지 않았다. 철학을 하면서 문학을 논한

---

11) 〈일본철학사가 있는가〉, 《우리 학문의 길》(지식산업사, 1993)에서 이에 관해 고찰했다. 일본에는 철학사를 구성할 만한 유산이 부족하고, 철학은 유럽에서 수입한 학문이라고 여기는 두 가지 이유에서 일본철학사라는 책도 학문 영역도 없으며, 그 때문에 철학 부재의 학문을 하는 것이 문제라고 했다.

글이 적지 않지만, 문학 내부의 문제로 깊이 들어가지 않았다고 보아 문학사를 서술할 때에 돌보지 않는다. 문학사와 철학사 양쪽에 다 등장하는 인물을 찾기 어렵다. 주희, 왕수인, 왕부지 등 철학사의 주역이 문학사에서는 한 자리 차지하지 못한다.

인도에서는 문학에서 불변의 원리를 찾으려고 하고, 문학의 역사적 변천에는 관심을 가지지 않는다. 연대를 밝히고 역사를 쓰는 일을 인도 옛 사람들은 하지 않아, 역사적인 연구를 위해 물려받을 유산이 빈약하다. 문학에 대한 철학적 이해는 다른 어느 나라보다 자랑스러운 것과 좋은 대조를 이룬다.

카네(P. V. Kane), 《산스크리트 시학의 역사》(*History of Sanskrit Poetics*, Delhi: Montil Banarsidass, 1971)라는 것을 보자. 번역을 하면 무슨 말인지 알 수 없는 용어이고 개념인 '라사'(rasa), '리티'(riti), '드바니'(dhvani) 등에 관한 논의를 이어나갔다. 그런 것들을 궁극적인 원리로 삼아 모든 현상을 한꺼번에 해명하려고 하는 노력을 거듭해온 것이 인도문학론의 내력이라고 했다.

인도에서는 오직 보편적인 것만 추구할 가치가 있고, 본질만 소중하다고 여겼다. 모든 학문이 철학이니 문학론이 철학인 것은 당연하다. 문학의 기법에 관한 세부적인 고찰도 철학적 원리를 밝히면서 진행했다. 문학사가 대단하지만, 철학사가 그 위에 있는 것이 당연하다고 했다.

한국에서는 일본에서 볼 수 있는 바와 같이 詩와 歌를 함께 논하면서, 그 둘의 생극을 문학론의 범위를 넘어서서 다각도로 고찰했다. 중국의 경우와도 거리가 있어, 문학사와 철학사를 넘나들면서 양쪽에서 주역 노릇을 한 사람이 적지 않다. 인도에서처럼 문학 본질론을 그것대로 전개하지 않고, 문학의 사회적인 성격과 기능에 관한 논의와 깊이 연관시켰다.

문학 자체의 이해, 역사적 이해, 철학적 이해를 통합하는 작업을 비교고찰의 대상으로 삼은 세 나라보다 한국에서 한층 적극적으로 했다. 그 때문에 논의가 잡다하고, 미완성이 많다. 이것은 그 자체로 보면 단점이지만, 오늘날의 연구자가 분발해 새로운 관점에서 체계를 세우고 완성도를 높이도록 촉구하고 있는 점에서는 장점이다. 선조는 후손을 잘 만나야 훌륭해진다.

문학·사학·철학에 관한 작업을 함께 한 탐구자가 洪大容만은 아니다. 원효, 이규보, 정도전, 김시습, 허균, 김만중, 박지원, 정약용 등이 더 있다.12) 이들 인물의 활동과 업적을 고찰하는 작업은 문학·사학·철학 통합론을 이어받아 진행하고, 오늘날 학문의 편협된 시야에서 벗어나야 한다.

더 나아가기

지금까지 논의에서 문학을 그 자체로 이해하기만 하는 것보다 문학 자체의 이해와 역사적·철학적 이해를 결합하는 것이 더욱 바람직하다는 결론을 얻을 수 있었다. 그런 통합론적인 연구를 하는 데 한국이 비교대상으로 삼은 다른 나라 일본·중국·인도보다 더욱 적극적이었다는 사실도 밝혀냈다. 이런 성과에서 한 걸음 더 나아가야 한다.

역사나 철학에 대한 관심을 배제한 순수한 문학론, 문학사나 철학사와 겹치지 않은 역사서술의 고유한 작업, 문학이나 역사에 관한 논의는 받아들이지 않는 철학의 독자적인 영역은 모두 근대가 만들어낸 그릇된 환상이다. 그 때문에 세 학문이 모두 공허하게 되고, 인문학문이 불신 받게 되고, 학문을 해서 무슨 소용이 있는가 하는 근본적인 의문이 생기게 되었다. 분화에서 통합으로 나아가야 한다는 것

---

12) 《시론》에서 이분들에 관한 고찰을 했다.

이 이제 거역할 수 없는 요청이다. 그 방법이나 원리가 문제이다.

통합학문으로 나아가는 작업을 단계적으로 진행하는 것이 실현 가능한 유익한 방법이다. 문학연구에서 문학 자체의 이해, 역사적 이해, 철학적 이해를 아우르는 본보기를 보이고 다른 분야에서도 분발하라고 종용하는 것이 적절한 순서이다. 과거의 전례를 고찰하고 오늘날의 문제점을 해결할 수 있는 가능성을 탐색하는 작업을 일제히 하면 서로 큰 도움이 된다.

역사연구에서 역사 자체의 이해, 문학적 이해, 철학적 이해를 아우른 전례를 찾도록 해야 한다. 철학연구에서도 철학 자체의 이해, 문학적 이해, 역사적 이해를 아우르는 작업을 하도록 해야 한다. 세 분야에서 하는 작업이 만나 얻은 성과를 합치면 문학·역사·철학이 문사철로 압축되어 하나이게 하는 학문 대혁신을 이룩하는 길에 들어설 수 있다.

진행 방법을 찾으면 이론적인 문제가 해결되는 것은 아니다. 문사철은 필요에 따라서 상대적으로 구분되는 관계여야 하는지, 하나로 통합해야 하는지, 구분과 통합의 원리는 무엇인지 함께 연구해야 한다. 그 어느 쪽에서든지, 세 분야의 상위개념인 인문학문이 단순한 연합체가 아닌 유기적인 통합체가 될 수 있게 해야 한다. 인문학문이 통합체가 되어야, 인문학문과 사회학문, 또는 인문·사회·자연학문의 근접 또는 통합을 위해 적극적인 구실을 할 수 있다.

인문학문·사회학문·자연학문을 힘써 구분하고, 인문학문을 여럿으로 나누어서 생긴 폐해를 시정하기 위해, 방향을 바꾸어 다시 출발해야 한다. 우리 학문의 통합론적 전통을 가져와 주체성과 창조력을 되살리는 것은 출발점으로서 의의가 있을 따름이다. 헤쳐 나가야 할 난관이 산적해 있다. 유럽중심주의를 극복하고 여러 문명권의 대등한 관계를 회복하고, 근대학문을 넘어서서 다음 시대의 학문을 창조하는 과업을 선도하기까지 해야 한다.

계승의 본보기

고려후기는 향가가 사라진 시대였다. 신라 이래의 오랜 역사를 가진 향가가 고려전기가 끝나는 것과 함께 그 잔존 형태마저 자취를 감추고 다시 나타나지 않았다. 향찰 표기법으로 우리말 노래를 적는 관습이 없어졌다는 것이 아니고, 향가라고 하는 문학의 갈래가 역사적인 종말을 고했다는 말이다.

그런 사실은 문학사의 커다란 흐름을 역사 전반의 동향과 관련시켜 이해해야 그 이유와 의미가 드러난다. 고려전기에는 신라의 전통을 이은 문벌귀족이 지배세력으로 군림하면서 상층문화를 담당해 향가가 지속될 수 있었다. 무신란이 일어나 문벌귀족의 지배체제가 무너지자 향가가 존재할 수 있는 기반이 없어지고, 중세전기문학의 오랜 시기가 끝났다.

고려후기에는 권문세족이 국권을 장악하고 있었으며, 신흥사대부가 경쟁세력으로 성장했다. 권문세족은 무신란·몽고란을 겪고 원나라의 간섭이 지속되는 동안에 정상적이랄 수 없는 기회를 잡아 권력과 토지는 차지했지만, 상층문화를 재건하는 능력은 가지지 못했다. 흥겨운 놀이나 찾는 국왕을 부추겨, 이념적 긴장은 풀어버리고 위엄은 돌보지 않으면서 유흥적이고 향락적인 기풍의 속악정재와 속악가사를 즐긴 것은 이미 고찰한 바와 같다. 그렇게 해서는 나라가 망한다는 위기의식을 가지고 신흥사대부는 지배체제를 바로잡는 이념을 마련하고자 했다.

백성의 삶을 함부로 유린하면서 향락에 빠지는 잘못을 근본적으로 시정하려면, 사고방식을 근본적으로 바꾸어야 했다. 원래 지방 향리 출신이어서 백성과 가까운 관계를 가지고 제반 실무를 다루어온 신흥사대부의 경험을 말하는 수준을 넘어서서, 현실을 제대로 인식하고 도의를 분명하게 하면서, 그 둘을 하나라고 하는 세계관이 필요했다.

그것은 바로 높은 수준의 이론불교를 갖추어 정립한 중세전기의 '心' 철학에 대한 중세후기의 대안을 제시하는 작업이어서, 여러 단계를 거쳐 힘들게 진행해야 했다.

작업 진행 과정을 제대로 밝히려면 많은 지면이 필요하므로, 용어 변천에 중심을 두고 간명하게 정리하는 방법을 택하기로 하자. 이규보가 현실에 해당하는 것은 '物', 도의 쪽은 '道'라고 한 것은 독자적인 발상이다. 이색은 신유학을 받아들이고자 했으면서도 '물'과 '도'라는 말을 그대로 썼다. 정도전은 새 시대의 철학을 자기 논리로 정립하면서 '器'와 '道'의 관계를 논했다. 이기철학을 받아들여 재창조하는 단계에 이르면, '物'이니 '器'니 하던 것은 '氣'라고 하고, '道'는 '理'라고 하는 용어가 일반화되었다.

철학의 사고를 바꾸어나가는 것과 병행해 문학도 기본 양상을 혁신했다. 문학에서 한 작업은 다른 어느 곳의 전례를 참고로 하지 않고 독자적으로 진행했으며, 새로운 갈래를 다시 만드는 것을 기본과업으로 삼았다. 철학사와 문학사는 둘이면서 하나이고 하나이면서 둘임을 알아야 그런 사실을 파악할 수 있는 시야가 열린다. 문학갈래는 시대의 산물이고 이념 구현물임을 밝히는 것이 문학사 이해의 긴요한 과제임을 확인하면서 문학연구의 범위를 넘어서야 한다.

오직 心만 소중하다고 하던 시대의 이념을 세계를 자아화해서 구현한 향가를 대신해, 物과 道를 함께 중요시하는 시대에는 자아를 세계화하는 교술시를 새롭게 마련하고, 세계를 자아화하는 서정시를 다시 만들어야 했다. 외국의 전례에 의거하지 않은 독자적인 창조물인 우리말 시가에서 중세전기는 서정시의 시대이고, 중세후기는 교술시와 서정시가 공존하는 시대였다. 중세전기와 중세후기를 구분하는 가장 뚜렷한 징표가 바로 이것이다.

우리문학사만 그런 것은 아니다. 월남 또한 한문문명권의 중간부여서 중세후기 교술시를 우리와 거의 같은 양상으로 마련했다. 고찰의 범위를 더 확대하면, 여러 문명권의 중간부인 산스크리트문명권의 타밀, 아랍어문명권의 페르시아, 라틴어문명권의 프랑스 등이 모두 13세기 전후에 민족어 교술시를 크게 발전시켰다. 중국 같은 중심부에는 교술시가 이미 있고, 일본 같은 주변부에는 교술시가 없거나 시가에서 사상의 문제를 다루지 않는 것도 널리 확인되는 현상이다.

心과 物을 함께 중요시하는 사고형태가 어느 문명권에서든지 나타나 중세후기를 일제히 맞이하게 했다. 전환을 구현하는 방식의 분담에도 기본적인 공통점이 있다. 문명권의 중간부마다 주희 같은 스승이 나와, 유교·힌두교·이슬람교·기독교의 기본원리를 '物'에 대한 인식이 포함되게 고쳐 체계화하는 공동문어 논설을 완성했다. 그 뒤를 따라야 하는 중간부에서는 다른 길을 찾았다. 현실에 대한 새로운 인식을 표출하는 민족어 교술시 육성을 대안으로 제시해 후진이 선진이게 했다. 멀리 있는 주변부는 그 경쟁에 뛰어들 처지가 아니었다.

중세후기 민족어 교술시의 구체적인 양상은 나라마다 다르다. 우리 경우에는 중세후기에 새롭게 이룩한 교술시가 경기체가와 가사이고, 서정시가 시조이다. 교술시는 둘이어서 경쟁관계를 가졌다. 먼저 나타난 경기체가가 쇠퇴하면서 후발 교술시 가사가 주도권을 차지해 오랜 생명을 누리면서 다음 시대에도 큰 구실을 했다. 시조는 오늘날까지 남아 있다.

경기체가와 가사의 차이점을 설명하는 방법을 心·身·人·物의 관계를 올바르게 파악해야 한다고 한 정도전의 지론에서 가져올 수 있다. 心과 物 중간에 들어 있는 身은 신체활동이고, 人은 인간관계이다. 그 넷 가운데 어디까지가 자아이고 어디서부터는 세계인가는 경우에 따라 다르다. 경기체가는 心·身·人인 자아를 物로 세계화했다면, 가사는 心인 자아를 身·人·物로 세계화했다.

경기체가는 연이 나누어지고 여음이 있는 속악가사의 형식을 따라 만든 사대부들의 노래였다. 길게 이어지는 교술민요를 선승들이 포교를 목적으로 창작한 것이 가사의 시초이다. 그 둘이 계속 따로 놀지 않았다. 새 시대를 이룩하는 경쟁에서 사대부가 이기고 선승이 진 관계가 시가에서도 나타났다. 사대부가 개별화된 '물'을 단순화시키던 단계를 지나 身·人·物의 복합체를 소중하게 여기는 방향으로 세계 인식을 확대하면서, 승려들의 창안물인 가사를 자기네 것으로 만들었다.

시조의 특성은 사뇌가와 비교해 이해할 수 있다. 사뇌가가 다섯 줄이라면, 시조는 세 줄이다. 사뇌가는 '4+1'이고, 시조는 '2+1'이라고 하면 공통점이 잘 드러난다. '1'이 다른 줄과 다른 특이한 짜임새를 가진 것은 같다. '4'가 절반이 되면 '2'이다.

心을 소중하게 여기던 시대에는 세계의 자아화에 많은 것을 기대하고, 아득하게 높은 것을 추구하는 숭고를 대단하게 여겨 '4'가 필요했다. 그러나 心과 物의 관계를 문제 삼는 시대에는 心이 멀리까지 나아가지 않고 세계를 자아화하는 작업을 신변 주변에서 진행하고 우아를 갖추는 것으로 만족해 '2'이면 되었다.

다시 시작

위의 본보기에서는 문학에서 나타난 변화를 철학사와 관련시켜 고찰했다. 문학 연구를 위해 역사와 철학을 이용하고, 역사에 대한 고찰을 문학과 철학의 관계를 살피면서 심화하고자 했다. 잘했다고 자부하지 말고, 더욱 긴요한 작업을 다시 시작해야 한다. 문학과 역사와 철학이 하나이게 하는 철학을 창조해 문학을 창조하고 역사를 창조하는 원리로 제시해야 한다. 이를 위한 노력을 이 책 전권의 사명으로 삼고 앞으로 나아간다.

4. 망각된 지혜 되살리는 글쓰기

알림

　전통문화의 소중한 유산 가운데 부당하게 망각된 것이 무엇인가? 그 유산을 이어받아 지금과는 다른 다음 시대를 바람직하게 창조하는 데 활용하려면 어떻게 해야 하는가? 이 물음의 중요성을 확인하고 새로운 해답을 찾으려고 한다. 한 소식이 다시 와서 정착시킨 것을 여기 처음 내놓으면서, 이미 써낸 글을 첨부한다.

　글쓰기 방식에 고금의 단절이 있어 차질이 심각하다. 옛 사람들은, 오늘날 극력 갈라놓는 창작과 연구가 둘이 아니고 하나인 명문을 썼다. 이런 전례를 재평가하고 이어받아, 망각된 지혜를 되살려야 한다. 이론이 어떻다고 밝혀 논하는 데 그치지 않고, 창작과 연구의 분열이 극도에 이른 파탄을 치유하는 글쓰기를 실제로 해서 실천을 겸비해야 한다.

　옛 사람들이 쓴 글의 본보기가 필요해 인용을 길게 하지 않을 수 없다. 번역을 이용하고, 시비를 가려야 할 대목만 한문 원문을 제시한다. 원문은 읽기 어려우므로 쉬운 번역을 대역으로 삼는 것이 아니다. 옛 사람들의 한문 글쓰기가 오늘날의 국문 글에서 되살아나기를 바라고, 번역을 잘해 매개자 노릇을 충실하게 하도록 하려고 한다.

　이런 글을 쓰고 연구를 했다고 할 수 있는가? 이 질문이 나오기를 기대한다. 연구논문을 쓰는 규범을 버리고, 성가신 요구조건 때문에 하지 못하던 작업을 신명나게 한다. 자유를 얻으니 창조력이 살아나고, 감성과 이성이 하나가 되는 통찰이 생겨난다.

　지금은 잡문으로 취급될 수 있는 이런 글이 논문보다 월등한 가치를 가진다고 언젠가는 인정받을 것을 기대하면서 하고 싶은 일을 한다. 이치를 따져 논하는 데 그치지 않고 방향 전환을 구체화한 글을 써서 보인다. 글쓰기의 역사가 다시 달라지게 하려고 한다.

논의의 시발점

전통학문의 소중한 유산 가운데 망각되어 이어받지 못하고 있는 것이 적지 않다. 인물평전 글쓰기가 좋은 본보기이다. 옛적의 인물평전은 어느 인물에 대해 알려주면서 글 쓴 사람의 견해를 제시한 그리 길지 않은 글이다. 잘 다듬어 쓴 문학작품이면서 제시한 견해는 연구업적이라고 할 수 있다.

지금도 인물평전이라는 것들을 써내기는 한다. 분량을 늘여 책으로 출판하면서 사실 전달 이상의 것은 기대하지 않은 것이 예사이다. 작품으로 평가되는 명문을 쓰려고 고심하지는 않는다. 다루는 인물에 대한 막연한 찬사를 논평으로 삼기나 해서 연구라고 인정할 만한 것도 아니다. 관심을 가지고 읽어주면 다행이라고 여긴다.

옛적의 인물평전은 지금 것들과 많이 달라, 만고의 명문일 수 있기를 바라고 고심해 쓴 글이다. 文이라고 하는 거대한 영역, 오늘날의 용어를 사용하면 교술산문이라고 할 수 있는 큰 집안의 주인 노릇을 당당하게 했다. 쓴 사람의 역량을 표현과 내용 양면에서 잘 보여주면서, 간결하고 절실한 말로 깊은 이치를 전해 널리 깨우침을 베푼다고 평가받고자 했다. 문집을 엮을 때면 '傳'이라는 지정석에 정중하게 모셨다.

인물평전의 전통이 이어지지 않는 것은 근대에 이르러 글쓰기에 큰 차질이 생겼기 때문이다. 창작과 연구를 엄격히 분리해야 한다는 규범이 등장해, 그 어느 쪽도 아닌 것은 호적을 잃었다. 이것은 문화의 위기이다. 창작은 이치를 밝히지 않고, 연구가 표현을 돌보지 않아 둘 다 허약해졌다. 감성과 지성의 결별을 요구해, 감성만으로 한다는 예술도, 지성의 소관이기만 하다는 학문도 생기를 잃었다.

위기를 극복하려면 잘못을 시정하는 대전환이 필요하다. 감성과 지성을 통찰에서 합쳐야 한다. 창작이 연구이고 연구가 창작인 전통을 이어 망각된 지혜를 되살려야 한다. 이렇게 해야 근대를 넘어서서 다음 시대로 나아갈 수 있다. 공허하다는 비난을 들을 수 있는 말은 더 하지 않고, 인물평전을 예증으로 삼아 대한 구체적인 고찰에 들어가기로 한다.

굴원전 장량전

이규보는 〈屈原不宜死論〉이라는 글을 썼다.[13] 인물평전의 좋은 본보기를 보이면서, 傳보다 評이 더 소중하다고 여기고 하고 싶은 말을 했다. 제목을 풀이하면 〈굴원은 죽지 말았어야 한다는 논의〉이다. 중국 옛적 초나라의 시인 굴원이 자결한 것이 마땅하지 않다는 논의를 폈다. 전문 번역을 든다.

옛날에 자신을 죽여서 仁을 이룬 사람이 있었다. 比干과 같은 이가 바로 그런 사람이다. 자신을 죽여서 절의를 이룬 사람도 있었다. 伯夷나 叔齊 같은 이가가 바로 그런 사람이다.

비간은 紂(주) 임금의 악함을 보고 간하지 않을 수 없었다. 간한다고 해서 임금이 죽였으니, 죽어서 仁을 이룬 것이다. (주나라) 武王이 주를 칠 때에도 떳떳하지 못한 일이 있어, 義士는 차마 두고 볼 수 없었다. 그래서 孤竹君의 두 아들(백이와 숙제)이 말고삐를 붙잡고 간해도 듣지 않았다. 무왕의 곡식을 먹는 것이 부끄럽게 여겨 죽었다. 이것 또한 역시 죽을 만해서 죽어 절의를 이룬 행위이다.

그런데 楚나라의 굴원이 취한 태도는 이와 다르다. 죽을 만해서 죽은 것이 아니고, 임금이 그릇되었다는 것을 드러내기나 했다. 대저 참소하는 말

<hr />

13) 《東國李相國集》 권22 雜文

이 임금의 총명을 가리고, 간사하고 아첨하는 자가 올바른 사람을 해치는 일은 자고로 있게 마련이다. 초나라의 임금과 신하만 그런 것은 아니다.

굴원은 바르고 곧은 뜻을 가지고 임금의 총애를 받아 국정을 오로지 도맡았다고 하니, 동료들의 질시를 받는 것이 당연했다. 上官大夫의 참소를 입어 임금으로부터 소외당한 것은 예사로 있을 수 있는 일이요, 유감으로 여길 것이 못된다. 굴원은 임금을 깨우치지 못할 것을 알아차리고 종적을 감추고 멀리 숨어, 임금의 잘못이 시간이 흐르는 동안에 차차로 없어지게 했어야 할 것이다.

굴원은 그렇게 하지 않고 다시 襄王(양왕)에게 등용되려고 하다가 도리어 令尹인 子蘭(자란)의 참소를 받고 江潭에 추방되어 湘江의 죄수가 되었으니, 그때에 이르러는 도망가려고 한들 할 수 있었겠는가? 그런 이유로 수척한 얼굴로 못가로 다니면서 시를 읊고 〈이소〉를 지었는데 원망하고 풍자한 말들이 많아, 이것은 또한 임금의 잘못을 드러낸 것이다.

다시 물에 몸을 던져 죽어서 천하 사람으로 하여금 길이 그 임금을 나쁘게 여기도록 했다. 굴원을 위하는 〈競渡曲〉이 생겨나 굴원의 익사를 위로하는 풍속이 초나라에 생기게까지 했다. 가의는 글을 지어 (굴원이) 물에 빠져 죽은 억울함을 조상해, 임금의 잘못을 더욱 크게 만세에 드러나게 했다. 상강의 물은 마르더라도 임금의 잘못이야 어찌 없어지겠는가?

주가 악독한 것은 오래 전부터 벌써 천하에 드러나 있었기 때문에, 비간이 죽지 않았다 할지라도 외톨이 신세를 벗어나지 못하고 만세에 비난을 받을 것이었다. 무왕은 대의를 들고 나서서 조그마한 혐의는 문제로 삼지 않았으므로 마침내 천하의 임금이 되어 공업을 만세에 베풀었다. 무왕의 덕은 두 사람의 죽음 때문에 크게 덜어질 것이 없다. 하물며 두 사람은 무왕의 신하가 아니며 주의 신하였으므로 자기의 임금을 치는 것을 간하다가 죽어서 절의를 이루었다. 이것은 무왕과는 하등의 관계가 없지 않은가?

회왕으로 말하자면, 참소를 받아들이면서 어진 사람이 있기를 기대했을 따름이다. 그런 정도의 일은 어느 나라고 다 있다. 굴원이 만일 죽지 않았더라면 임금의 잘못이 아주 크다고 하는 데까지는 이르지 않았을 것이다. 그러므로 나는 굴원은 죽지 말았어야 하는데 죽어, 임금의 잘못만 드러냈을 뿐이라고 한다.

나는 이 글을 써서, 굴원의 억울함을 씻어 주고, 더욱이 임금의 잘못을 비난해, 후세에 참소를 믿고 어진 사람을 배척하는 임금을 깨우쳐 주고자 한다. 본디 굴원을 비난하려는 것은 아니다. 애석하다, 굴원이 굴원은 죽지 말았어야 하는데 죽은 일이여! 슬프다.

굴원이 어떻게 해서 죽었는지 알려주려고 한 것이 아니다. 굴원의 죽음을 두고 많은 사람이 으레 애통해 하는 것에 반론을 제기했다. 증거를 들고 논리를 갖추어 새로운 주장을 폈으니 논문이라고 할 수 있다. 하는 말이 절실하고 미묘하다고 평가를 받아 마땅한 뛰어난 작품이기도 하다.

조정에서 크게 활약하는 사람이 참소를 당하는 것은 흔히 있는 일이다. 예상하지 못한 것은 식견이 모자라는 탓이다. 참소를 당해 물러나야 하면 몸을 숨기고 좋은 시절이 오기를 기다리면 된다. 비참한 모습을 하고 나다니며 비방하는 말을 하다가, 물에 빠져 자결해 임금의 잘못이 크게 보이도록 한 것은 잘못이다. 참소당한 신하를 내친 임금의 잘못은 그리 크지 않다. 죽지 말아야 되는데 죽은 사람이 더 큰 잘못을 저질렀다. 이렇게 말했다.

잘못에 항거해 죽는 것은 옳다고 하는 고정관념을 버려야 한다. 경우가 어떤지 잘 알아서 판단하고 대처해야 한다. 커다란 잘못에 항거하지 않을 수 없을 때에는 죽음을 각오할 수밖에 없다. 仁이라고 한 올바른 도리를 죽어서야 분명하게 하는 것은 칭송해야 한다. 굴원의 경우는 이에 해당하지 않는다. 논의가 이렇게 이어졌다.

굴원을 동정하지 않는 것은 아니지만, 시비를 명확하게 가리는 것이 더 중요하다. 굴원의 죽음이 원통하지 않고, 죽지 않았어야 하는데 죽은 것이 원통하다고 분명하게 밝혀 논했다. 통념으로 행세해온 고정관념을 깨고 진실을 밝히는 새로운 작업을 해서 분명한 결론을 얻었다. 얻은 결론이 굴원의 경우를 넘어서서 일반적인 의의를 지닌다.

어떤 행위든 그 자체로 정당한지 부당한지 말하기 어렵다. 상황에 대한 고려가 있어야 한다. 상황과 어긋나는 행위는 부당하다. 행위는 혼자만의 것이라도 결과는 확대되어 나타난다. 행위 자체보다 행위가 가져오는 결과가 정당성 판단에서 더욱 긴요하다.

이렇게 말한 것은 빼어난 통찰을 보여주는 대단한 학설이다. 윤리학인가 사회학인가 정치학인가? 그 어느 쪽도 아니며 어디든지 해당되는 말을 했다. 오늘날의 학자들은 능력이 미치지 못하는 총체학을 시대를 앞질러서 먼저 했다. 말은 간략하게 하면서 많은 것을 알려 널리 깨우쳐준다.

그 지혜를 이어받아 지금 세분화가 극도에 이른 분과학문이 책임전가를 일삼으며 직무유기나 하는 잘못을 바로잡아야 한다. 누가 죽었으면 죽은 이유를 찾아 시비를 엄정하게 가리려고 하지는 않고 부화뇌동해 애도의 눈물이나 흘리면 문학이 할일은 다한다고 여기는 것도 깊이 반성해야 한다. 전문화의 폐해를 시정하고, 모든 것을 아우르는 총체적인 글쓰기를 되살려야 한다.

이규경이 쓴 〈張良辨證說〉을 보자.[14] 이것 또한 傳보다 評을 더 소중하게 여긴 인물평전이다. 중국 한나라 개국공신 장량이 큰 공을 세우고는 벼슬을 마다하고 사라진 행적을 논란한 내용이다. 그런 행적 자체는 잘 알려져 있으므로 여기서 들지 않고, 앞뒤에서 한 말만 옮긴다.

세상에서 장량은 韓나라만을 위했다고 하는데, 이것은 한쪽에 치우친

---

14) 《五洲衍文長箋散稿》 권44 經史篇 5 論史類 2 人物 中國

소견이다. 留侯(유후, 장량의 封號)는 한평생 노자의 學을 가장 잘 배웠다고 나는 스스로 판단한다. 왜냐하면, 능히 雄(웅, 강세)을 알고 雌(자, 약세)를 겸비한 장량의 행적으로 보아, 다리 위에서 만났다는 노인 혹 柱下史(노자)의 무리일지도 모르기 때문이다.

…한고조가 이미 帝業을 이룬 다음 "나를 유후로나 봉해 주면 그것으로 만족한다"는 말을 남기고 물러나, 導引·辟穀에 전념하면서 문을 닫고 나오지 않더니 "赤松子를 따라 노닐겠노라"고 가탁했다. 한신, 팽월, 영포, 노관 등은 모두 참살을 당하거나 멀리 망명하고 소하까지도 잡혔는데, 장량만은 화를 모면했다.

장량이 자신의 안전을 꾀해 마침내 일신을 보존한 것이야말로 老子의 道에 근거를 둔 것이 아니고 무엇이겠는가? 그래서 장량이 노자를 배웠다고 말하는 바이다. 다리 위에서 만난 노인이 전수했다는 《素書》는 지금까지 전하는데 내용이 《도덕경》과 비슷하므로, 장량의 소행은 저절로 노자와 서로 부합된 것이다. 더욱이 雄을 알고 雌를 지켜,[15] 곤란한 시기에 처해서는 굴욕을 참았다가 자기의 뜻을 폈다. 적합한 시기를 만나서는 결단을 내려 공을 이루었고, 공을 이루고 나서는 고상하게 놀고 멀리 떠나서 일신을 보존하였으므로, 그 기미를 아는 것이 마치 신과 같다 할 만하니, 이야말로 노자의 학문이 아니고 무엇이겠는가?

장량이 노자의 가르침을 전승해 실천했다는 것은 의문을 풀어주는 사실 판단이다. 근대학문에서 아주 중요시하는 과제를 제기하고는 논증이 소홀해 불만이라고 할 수 있으나, 생각을 더 해보자. 장량이 노자의 학문을 전승했는가는 오늘날의 학자들이 많은 자료를 찾아 정밀하게 고증해도 분명한 결론에 이를 수 있을지 의문이다. 이규경은 논의의 방향을 바꾸어 장량의 처신을 보면 노자의 학문을 전승해 실행한 것을 알 수 있다고 했다. 결과를 들어 원인을 추정하는 것이

---

15) 《노자》 28장에서 "知其雄 守其雌 爲天下谿"라고 했다. 강세를 알면서도 약세를 지키면 천하를 밑에서 포용하는 계곡이 된다고 한 말이다.

당연하다. 범죄 수사도 이렇게 한다.

근대학문은 원인부터 알고 결과로 나아가야 한다고 고집한다. 범인을 먼저 알아야 범죄 현장에 나타난 사실을 설명할 수 있다는 수준 이하의 주장으로 학문을 망치고 있다. 가장 진보적인 학문을 한다고 하는 진영에서, 사회적 토대의 변화를 먼저 알고 상부구조가 달라진 것을 설명해야 하고 그 반대의 추론을 하면 사상이 의심스럽다고 단죄한다. 그 때문에 진척되지 않는 연구를 정치적 간섭을 얹어 더욱 힘들게 한다.

이규경은 근대학문을 하는 학자가 아니고 논문을 발표해 업적 점수를 딸 필요가 없었으므로, 하고 싶은 논의를 자유롭게 펼쳤다. 사실 판단을 목표로 하지 않고 출발점으로 삼아 가치 판단으로 나아갔다. 장량은 노자의 가르침을 실행한 덕분에 강세를 알고 약세를 지키는 슬기로움이 있어, 원래의 고국 韓나라를 위해 漢高祖를 도와 楚覇王과의 싸움에서 공을 세우고는 물러나 자취를 감추어 화를 당하지 않았다. 머무는 곳이 없어 큰일을 할 수 있었으며, 큰일에 사로잡히지 않으려고 미련 없이 떠나갔다.

앞에 있는 글 〈오랜 원천에서 새로운 학문으로〉 말미 〈붙임〉에서 말했다. 동아시아철학사는 공자냐 노자냐 하는 논란의 역사일 수 있는데, 공자 쪽이 주도권을 장악하고 노자 쪽을 이단이라고 배격해 대등한 토론이 이루어지지 못했다. 이규경은 장량의 행적에 지지를 보내면서 노자를 잇는 학문을 하고자 했다.

장량은 벼슬을 거절하고 물러나 크나큰 교훈을 남겼다고 이규경은 말하려고 했다. 장량을 본받는 본보기를 보여 가르침을 보탠 사람에 다음에 고찰할 곽재우도 있다. 장량은 자취를 감추었어도 어디에든 있다. 한나라의 재상이기를 거부한 덕분에 만고의 스승 노릇을 한다.

나는 노자에게서 생극론의 원천을 확인하고 이어받으려고 한다. 장량이 실행하고 이규경이 평가한, 물러나야 크게 이루는 것이 있다는 교훈은 없음이 있음이고 패배가 승리라고 하는 생극론 원리의 구체적인 실행이다. 노자를 계승하는 학문의 내용을 한층 풍부하게 한다.

김시습전 곽재우전

굴원이나 장량 같은 중국의 명사는 행적이 잘 알려지고 평가하는 견해가 모아져 있다. 한국에는 이름이 어느 정도 나기는 했어도 행적에 의문이 많으며, 평가가 엇갈리는 문제의 인물이 적지 않다. 김시습이나 곽재우가 그 좋은 예이다. 이런 인물에 관한 인물평전은 내용이 한층 복잡하고 논란거리가 더 많다.

이이가 쓴 〈김시습전〉을 보자.16) 생애 소개는 알려진 내용과 그리 다르지 않고 사실의 열거에 가까우므로 생략한다. 중간 대목의 평가와 결말의 총평을 인용한다. 특별히 문제가 되는 대목은 한문 원문을 든다.

　(김시습은) 당시의 세상일에 분개한 나머지 울분과 불평을 참지 못하고, 세상을 따라 어울려 살 수 없음을 스스로 알았다. 드디어 육신에 구애받지 않고 세속 밖을 방랑하며 우리나라의 산천치고 발자취가 미치지 않은 곳이 없었다. 명승을 만나면 곧 거기 자리 잡고, 古都를 찾아가면 반드시 발을 구르며 슬픈 노래를 불러 여러 날이 되도록 그치지 않았다. 총명하고 뛰어남이 남달라서 사서와 육경은 스승에게 배웠으나, 제자와 백가서는 배우지 않고도 섭렵하지 않은 것이 없었다. 한번 기억하면 일생 동안 잊지 않았기 때문에 평일에 글을 읽거나 책을 가지고 다니지 않았지만, 고금의 문적을 꿰뚫지 않은 것이 없어 남의 질문을 받으면 응대하지 못하는 것이 없었다.

　가슴에 가득 쌓인 불평과 강개의 용솟음을 풀어낼 길이 없어 세상의

---

16) 《栗谷全書》 권14 雜著

風月·雲雨·山林·泉石·宮室·衣食·花果·鳥獸며, 사람이 하는 일의 시비·득실·부귀·빈천·사병·희노·애악이며, 더 나아가 性命·理氣·陰陽·幽顯(유현)에 이르기까지 유형·무형으로 말할 수 있는 것이면 모두 문장으로 나타냈다. 그 때문에 문장은 물이 솟구치고 바람이 부는 것과도 같고, 산이 감추고 바다가 머금은 것과도 같으며, 神이 선창하고 鬼가 답하는 것과도 같아, 보는 사람으로 하여금 그 실마리를 잡아내지 못하게 했다. 聲律과 格調는 애써 마음을 쓰지 않아도 그 뛰어남은 발상이 고상하고 원대해 常情을 멀리 빗나가고 벗어났으므로 문장이나 자질구레하게 다듬어 수식하는 자는 따라갈 수가 없었다.

도리에 대해서는 비록 玩味해 진의를 구하지 않고 存養의 공부는 적게 했으나, 탁월한 재능과 지혜로 이해해 橫談竪論(횡담수론)이 유가의 본지를 크게 잃지 않았다. 선가와 도가에 대해서도 대의는 알아 그 병통의 근원을 탐구했다. 禪語 짓기를 좋아해 그 현묘하고 은미한 뜻을 밝혀 천명하되 환해서 막힌 데가 없었기 때문에, 비록 학문에 깊은 老釋 명승들도 그의 論鋒에는 항거할 수 없었다. 선천적으로 뛰어난 자질은 이것으로도 알 수 있다.

나는 생각한다. 사람이 천지의 기운을 받고 태어날 때 淸濁과 厚薄의 차이가 있어 生知와 學知의 구별이 있다는 것은 의리를 두고 하는 말이다. 김시습과 같은 사람은 글을 저절로 알아 문장에도 生知가 있다고 하겠다. 거짓 미치광이로 세상을 도피한 것이 숨은 뜻은 가상하지만 明敎를 저버리고 제멋대로 행동한 것은 무슨 까닭인가? 비록 자취를 감추고 나타나지 않게 해서 후세 사람이 김시습 있었던 줄 모르게 한들 무엇이 답답하다고 할 것인가? 그 사람이 재주가 넘쳐 자제하지 못하는 것을 보고 생각하면, 輕淸한 氣는 지나치게 받고 厚重한 氣는 모자라게 받았던 것이 아니었는가 한다. 그러나 절의를 세우고 倫紀를 붙들어 자기 뜻을 구하고, 일월과 빛을 다투며 자기 바람을 들으면 못난 사람이라도 일어서서 백세의 스승이라고 일컬어지는 데 가깝게 된다.

애석하도다, 김시습이 영민한 자질을 갈고 닦아 학문을 하고 실천을 하는 공력을 들였더라면 성취한 바를 어찌 짐작을 할 수 있었겠느냐? 아! 危言峻議 犯忌觸諱 訶公詈卿 略無顧藉(위태로운 말과 준엄한 논의를 하고, 피해야 할 것을 함부로 건드리며, 높은 관원을 꾸짖고, 형편을 고려하지 않았다) 잘못한다고 당시에 말하는 사람이 있다고 듣지 못했다. 우리 先王이 성대한 덕으로, 큰 재상들은 넓은 도량으로 말세를 살펴 선비가 말을 공손하게 하도록 하는 것과 견주어보면 득실이 어떤가? 嗚呼 難哉(오호라, 그렇구나)

앞 대목에서는 김시습은 재주가 뛰어나고 학식이 많다고 거듭 말하면서 영탄하는 말을 생동감이 넘치게 이어나갔다. 여러 방면의 학문을 했지만 유가의 본지를 크게 잃지 않았다고 했다. 김시습을 친근하게 여기고 애착을 가지는 심정을 나타냈다. 김시습이 기이한 행동을 한다고 전하는 이야기를 충실하게 모은 이유를 알 수 있게 한다.

결말의 총평에서는 재주가 뛰어나지만 경박하다고 나무랐다. 원문을 직접 인용한 4언 4구는 비문의 銘과 같은 대목인데, 비난 일색이다. 못났다는 사람도 뜻을 바로 세워 노력하면 도학을 잘한다는 칭송을 들을 수 있는데, 김시습이 자포자기하고 뛰어난 자질을 썩힌 것이 잘못이라고 했다. 김시습을 이해하려고 하지 않고 자기 관점에서 일방적으로 나무랐다. 정통 유학이 편협하고 경직된 탓에 김시습 같은 반항인이 나타나 혁신을 위해 도움이 된다고 하지도 않았다.

마지막 대목은 풀이가 필요하다. 훌륭하고 너그러운 국왕이나 재상들이, 좋은 세상을 만났다고 칭송하지는 않고 말세의 행색이나 보이는 선비들을 감싸주면서 말을 공손하게 하도록 한다고 했다. 위에 있는 분들의 관용을 김시습이 무턱대고 반발하는 것과 견주어보라고 해서, 비판을 넘어서서 모욕하는 데까지 이르렀다. 고위직에서 권력을 장악하고 횡포를 자행하는 무리를 權姦이라고 지칭하며 규탄한 것과 반대가 되는 말을 했다.17)

끝으로 한 말 "韙哉"(위재)는 "옳구나"라고 번역하는 것이 글자 뜻에 꼭 맞지만, 누가 옳다고 하는지 헷갈린다. 김시습전의 마지막 말이니 김시습이 옳다고 한 것으로 받아들여야 하겠는데, 바로 앞에서 나무란 말과 어긋난다. 김시습은 나무라고, 국왕이나 재상들이 옳다고 했으면 실망스럽다. "韙哉"를 "그렇구나"라고 조금 융통성 있게 번역하면 어느 편을 들지 않고 "양쪽을 비교해 볼 만하구나"라고 하는 뜻이어서 마음이 조금 편해진다. 그래도 "痛哉"(슬프구나)로 김시습의 생애에 관한 고찰을 끝맺은 것과는 상당한 거리가 있다.

앞 대목에서는 김시습의 기이한 행동을 친근감을 가지고 이해하려고 하더니, 뒤에 가서는 일탈을 바로잡고 교화를 하자는 뜻을 나타냈다. 앞뒤가 맞지 않는 이유를 알려면 김시습에서 이이로 관심을 돌려야 한다. 이이는 현실을 현실대로 이해하고 개조하려고 하는 선진적인 식견을 가졌으면서도 정통 유교의 도학을 당위로 삼아 흔들림이 없어야 한다고 하는 양면성을 보였다. 이런 사고방식이 주기론 성향의 이기이원론의 철학으로 정리되었다.

주기론 성향의 이기이원론은 앞뒤가 갈라질 수 있다. 주기론자가 김시습에 공감을 나타내는 다른 한편에서 이기이원론자는 김시습을 비난해, 앞뒤가 다르고 주제가 둘인 글을 썼다고 할 수 있다. 이랬다 저랬다 해서 실망스럽다고 할 것인가? 다른 사람들에게서도 흔히 있을 수 있는 양면성을 숨기지 않고 보여준 진솔한 글을 썼다고 평가할 것인가?

김시습은 재론이 필요해 오늘날의 연구자들이 거듭 연구하고 있으나 성과가 모자란다. 김시습이 남긴 글이 이해하기 어려워 당황해 하고, 일관된 사상을 찾아내지 못해 차질을 빚어낸다. 나도 나서서 김

---

17) 《栗谷先生全書》 권15 〈東湖問答〉에서는 權奸의 손에서 나온 법을 폐지해 횡포를 막아야 한다고 했다. 같은 책 권35 〈金長生行狀〉에서는 權奸들이 선비를 꼼짝 못하게 한 뒤로 선비의 습관이 맥이 풀어지고 안일하고 나태해졌다고 했다.

시습이 무엇을 했는지 깊이 있게 이해하고 명쾌하게 논술하려고 잔뜩 별렀으나, 어디까지 나아갔는지 의문이다. 써낸 말 가운데 두 대목을 들어본다.[18]

(김시습은) 正名 노선의 글쓰기를 혁신해 진실을 찾고자 했다. 천지 사이에 다만 하나의 氣가 풀무질하고 있어서 태극의 理라는 것이 음양의 기일 따름이라고 하면서, 이기이원론의 관념을 타파하고 기일원론의 진실을 말하고자 했다. 이규보에게서 단초가 보인 기일원론의 자생적 모색을 더욱 진전시켜 서경덕에게 넘겨주었다고 할 수 있다.

그런데 이치를 찾아내고 논증하는 방법이 다양해 이해하기 쉽지 않다. 이규보가 즐겨 사용한 우언과 서경덕이 잘 갖춘 논리를 뒤섞으면서 자기 나름대로 독자적인 방법을 찾으려고 애썼는데, 성과가 뚜렷하지 않다. 말하고자 하는 바와 합치되는지 불분명한 인용구를 많이 등장시켰다. 귀신이나 생사는 기가 음양으로 나뉘어 운동하는 양상일 뿐이라고 하고서, 원통하게 죽은 사람의 기는 바로 흩어지지 않고 얼마 동안 남아 있다고 한 것은 正名의 범위를 벗어나 假名이나 無名에 근접한 말이라고 생각된다.

김시습은 방외인의 자유를 누린 덕분에 예사롭지 않은 탐구자가 되었다. 유가와 불가가 나누어져 있고 도가는 예외에 지나지 않던 분열상을 그대로 두지 않고, 그 셋을 함께 하면서 합치려고 하는 작업을 오늘날의 연구자들이 감당하기 어려울 정도로 폭넓게 전개했다. 이론 성과와 미비한 점을 소상하게 밝히려면 미완성을 그대로 두지 않고 완성할 수 있는 안목을 가져야 하는데, 그렇지 못해 고민이게 한다.

임진왜란 때의 의병장 곽재우는 문제의 인물이고 평가가 엇갈렸다. 의병을 일으키면서 바로 경상감사가 싸우지 않고 물러난 것을 규탄하고 목을 베겠다고 하다가 역습을 당해 모반을 했다는 모함을 받았다.[19] "곽재우는 행실이 괴이해 辟穀(벽곡)을 하고 밥을 먹지 않

---

18) 《한국문학통사》 2(지식산업사, 제4판 2005), 418-420면

으면서 導引(도인)·吐納(토납)의 방술을 창도하고 있으니, 파직하고 서용하지 말아 인심을 바로잡아야 한다는" 상소문이 국왕에게 제출되기도 했다.[20]

《광해군일기》9년 4월 27일자에 수록된 〈전 한성부 좌윤 곽재우의 拙記〉에서 다음과 같이 말했다. 비난으로 일관한 것을 확인할 수 있다.

理學을 하지 않아, 進士試에 들었으나 급제하지 못했다. 이에 즉시 학문을 버리고 힘써 농사지으면서 재물을 늘려 재산이 몇만 금이나 되었다. 그러자 시골 사람들이 그가 비루하고 인색하다고 의심하였으나, 곽재우는 태연스레 지내면서 돌아보지 않았다. 재물을 모두 털어 惡少輩 1백여 명을 모아 왜적을 토벌할 것을 결의했다.

이런 판국에 許穆은 곽재우 인물평전을 두 편 썼다. 〈忘憂公遺卷〉이 《記言》권10에 있다. 〈忘憂堂郭公神道碑銘〉은 《記言》別集 권16에 있다. 앞의 것은 〈卷〉, 뒤의 것은 〈銘〉이라고 하자. 〈卷〉은 길고, 〈銘〉은 짧다. 같은 내용을 다르게 쓰기도 하고, 어느 한쪽에만 있는 말도 있다. 시비가 많으니 곽재우 인물평전을 써서 시비를 가려야 했다. 주요 내용을 항목별로 정리해보자.

대과급제를 하지 못한 이유가 무엇인가? 〈卷〉: "上의 뜻을 거스르는 내용이 있다 고 해서 당시에 급제한 자를 모두 취소했다. 그 뒤에 다시 과거를 보지 않고 강가에서 낚시하며 세월을 보냈다." 〈銘〉: "庭試 제2 등으로 급제했으나, 답안의 내용이 임금의 뜻에 거슬려 급제자 전원을 罷榜하라는 명이 내렸다. 과거공부를 그만두고 강가에서 낚시질을 하고 지냈다."

19) 《선조수정실록》25년 6월 1일자에서 招討使 金誠一이 장계를 올려 사실을 조사하고 곽재우의 공과를 논했다고 했다.
20) 《선조실록》40년 5월 4일자.

어떻게 해서 의병을 일으켰나? 〈卷〉: "가산을 털어 장사들을 모집하여 우선 수백 명을 규합"했다. 〈銘〉: "재물을 털어 장사를 모집"했다. 전투 능력이 뛰어난 비결은 무엇인가? 〈卷〉: "奇兵을 내어 습격"했다. 〈銘〉: "공이 처음에 기병할 때 군사는 적고 적은 막강하였으므로 돌격대를 조직했다." 용맹한 장사 몇 명과 함께 모두 붉은 옷을 입고 하얀 말을 타고서 적이 추격해 오도록 유도한 다음 산속으로 숨어들었다가 각자 산 위에 출몰하며 동에 번쩍 서에 번쩍 하면서 적의 눈을 현혹시켰다. 거짓으로 '天降絳衣將軍'이라 외치고, 나머지 복병들이 화살을 난사하니 적이 크게 놀랐다. 또한 '飛將軍'이라 하고 감히 가까이 다가오지 못했다.

만년에는 어떻게 처세했는가? 〈卷〉: "辟穀과 導引으로 신선술을 익혔다." "특별히 咸鏡道觀察使를 제수했으나 즉시 병을 이유로 사양하고 돌아와, 공명을 바라지 않고 산중에 은둔하고는 훌륭한 명성을 지닌 채로 세상을 마쳤다." 〈銘〉: "琵瑟山으로 들어가 곡식을 먹지 않고 導引을 행하면서 神仙術을 배웠다."

총평은 어떻게 했나? 〈卷〉: "기이하다. 씩씩하면서도 특출한 분이다. 그 사적이 기이하고 고상했으나 난세에 화를 면했으니, 옛날에 明哲保身한다고 한 것이 이분을 두고 한 말이구나." 〈銘〉: "공은 평소 信이 아니면 실천하지 않았고, 義가 아니면 행하지 않았다. 大亂을 당해서는 의병을 이끌고 왜적 토벌을 맹세해 충의를 온 나라에 알렸다. 난이 평정되고 나서는 또 공명을 바라지 않고, 세상을 버려 멀리 물러났으므로 화려한 명성 때문에 화를 당하지는 않았다." 말미의 銘을 들면 다음과 같다.

處名難	명성에는 대처하기 어렵고,
居成功尤難	이룬 공을 지니기 더욱 어렵다.
知微知幾	조짐이 은미할 때 기미를 알고,
哲人高蹈	哲人은 고답의 경지로 올라가니
確而安	확고하고 편안하도다.

허목은 곽재우에 대한 비난이 잘못되었다고 하며, 속마음까지 이

해하고 옹호했다. 큰 공을 세우고도 벼슬을 마다하고 물러나 생애를 온전하게 마친 것이 슬기롭다고 했다. 산에 들어가 신선술을 행한 것은 명리에 뜻이 없음을 분명하게 밝혀 위험을 피한 고도의 방책이라고 했다. 다른 쪽으로 이름이 나서 비난을 들은 덕분에 원래의 이름이 참화를 초래할 수 있는 염려를 없앴다. 이런 견해를 분명하게 나타냈다.

곽재우의 처신이 만고의 교훈이 된다는 생각을 마지막의 銘에 나타냈다. 산문이 길게 이어져 적실한 맛이 없어졌으므로, 몇 자 되지 않은 노래에 깊은 뜻을 응축해 전했다. 곽재우가 철인이라고 했는데, 철인을 알아보는 허목도 철인이다.

명에서 무엇을 말했는지 한 문장으로 간추리자. 이름이 나면 처신하기 어렵고, 이룬 공을 지니기는 더욱 어려우므로, 질투의 대상이 되어 박해받을 조짐을 은미할 때 미리 알고, 남들과 어울리지 않아도 되는 아득한 곳에서 자취를 감추면 안전하고 편안하다. 이것은 누구나 교훈으로 삼아야 할 명언이다.

기언을 되살리자

史臣이 논한다. 예로부터 괴벽스런 무리는 모두 충성스럽고 강개한 선비가 아니었고, 충성스럽고 강개한 선비는 괴벽스런 행실을 하지 않았으니 이는 마치 빙탄처럼 상반되고 흑백처럼 구별하기 쉬운 것이다. 그러나 정상적인 때를 만나지 못하여 소행 역시 정상적이지 못한 경우가 있으나 이것이 어찌 본심이겠는가?

그렇지 않다면 굴원이 遠遊한 것을 임금을 잊고 멀리 떠나가고자 했기 때문이라고 말해도 될 것이며, 장량이 벽곡한 것을 索隱行怪(색은행괴)라고 말해도 될 것이다. 아, 깊은 근심이 있는 자는 반드시 강개하게 되고, 강개하여 마지않으면 슬픈 노래를 부르게 되고, 슬픈 노래를 불러 마지않으면 통곡하기에 이른다. 슬피 노래하고 통곡해 보아도 어쩔 수가 없으면 혹 술에 취해 깨어나지 않고자 하기도 하며, 미쳐서 스스로 어리석게 되고자 하기도 하고, 신선이 되어 세상과 인연을 끊고자 하기도 한다.

이것이 비록 中正의 도는 아니지만, 군자 역시 그 뜻을 슬피 여겨 그 죄를 용서하는 것이다. 곽재우의 뜻은 알 수 없으나, 또한 깊이 근심하고 강개한 것이 아니겠는가. 맨 먼저 의병을 일으키고도 공은 사양하고, 이름이 드러나자 은둔으로 처신을 삼았다. 汚誕(오탄)하다고 배척·파직하라는 요구는 사실 원했던 바였으리라.

이것은 《선조실록》 40년 5월 4일자 곽재우가 이단의 행위를 한다는 이유로 탄핵당한 기사에 첨부한 史臣의 평이다. 국가의 공식적인 기록에 이런 문체와 내용으로 사사로운 평을 붙인 것이 놀랄 일이다. 자기 나름대로 곽재우 평전을 쓴 것을 후대 사람들이 읽어주기를 기대하고 실록에 올렸다.

자기 생각을 자유롭게 나타내기 위해 추측도 하고 영탄도 하면서, 지난 날 굴원이나 장량이 그랬듯이 곽재우 또한 때를 잘못 만나 본의 아니게 이단이라고 의심되는 도피행각을 했으리라고 했다. "배척되고 파직당하는 것이 바라는 바가 아니겠느냐"라고 하는 말을 첨가했다. 내심까지 이해하고자 하면서 곽재우를 옹호했다. 허목이 할 말을 더욱 절실한 사연을 갖추어 했다.

이것은 감동을 주는 작품이면서 이치를 분명하게 따진 논문이다. 문학적 표현을 하는 글을 쓰면서 역사를 기록하는 사신 노릇을 하고, 사람이 하는 온당한 행실이 무엇인가 하는 윤리적이고 철학적인 문제에 대한 자기 견해를 피력했다. 문사철이 따로 놀지 않고 하나인 사고이고 표현이다. 이런 전례를 재평가하고 이어야 한다.

오늘날에는 논문과 논문이 아닌 잡문을 엄격하게 구분한다. 논문에서는 객관적 사실에 대한 논리적 진술만 해야 하고, 논문이 아닌 잡문에서나 글 쓰는 사람의 생각을 자유롭게 나타낼 수 있다. 논문은 학술

적 업적이고, 논문이 아닌 잡문은 문학적 가치가 인정되는 것을 글을
쓰는 보람으로 삼는다. 문학적 가치가 인정되는 잡문은 수필이라고
한다.

수필은 자유롭게 붓 가는 대로 쓰면 된다고 하지만, 상당한 제약
이 있다. 말을 잘 다듬은 미문이어야 한다. 신변잡기를 다루어야 어
울린다. 계절 감각이 들어가야 좋다고 한다. 글을 이렇게 써야 한다
는 규범은 전에 없었다. 수필은 식민지 시대에 일본에서 수입한 외
래문화이다.[21]

수필을 대단하게 여기고 예찬하는 말에 동의할 수 없다. 수필을
한쪽으로 밀어내고 옛 사람이 쓰던 글을 되살려 이어받아야 한다. 글
쓰기를 바로잡아야 일본문학의 잔재를 청산하고 문화 창조가 바른
길로 나간다. 말이 좀 거창하지만 시비를 분명하게 가려야 한다.

일본 때문에 잘못된 것만 문제인 것은 아니다. 근대에 이르러 어디

---

21) 수필이 영어로 일컬으면 'essay'라고 하는 것은 사실이 아니다. Earl Miner et
al., ed., *The Princeton Companion to Classical Japanese Literature*(Princeton:
Princeton University Press, 1985)의 용어해설에서 "Zuihitsu(bungaku) 隨筆(文
學)"은 일본문학 특유의 갈래라고 하고(305면), 영어로 번역할 수 없는 말이라고
했다(347면). 《위키피디아 백과사전》(Wikipedia, the free encyclopedia)에서는 "隨
筆이라는 것은 일본문학의 한 갈래인데, 글 쓴 사람 신변의 상투적 관심사를 자
기 나름대로의 언설이나 단편적 착상으로 느슨하게 연결시켜 놓은 것이
다"(zuihitsu[隨筆] is a genre of Japanese literature consisting of loosely connected
personal essays and fragmented ideas that typically respond to the author's
surroundings)고 했다. '隨筆'이라는 말을 영어로 옮겨 'essay'라고 하지 않고, 일본
어 독음을 따서 'zuihitsu'라고 일컫고 일본문학 특유의 갈래임을 명시했다. 붓 가
는 대로 쓰면 된다고 하는 가벼운 수필이 아닌, 이론을 제대로 갖춘 '본격수필'
또는 '창작문예수필'을 쓰자고 하는 운동이 일어나고 있으나, 수식어가 갈래의 성
격을 바꾸어놓을 수 있는 것은 아니다. 수필이라고 하지 않고 '에세이'라는 말을
써서 격을 높이면 문제가 해소되는 것도 아니다. 수필이 아닌 기언을 쓰면 일제
강점기 이래의 혼미가 말끔히 청산되고, 이론, 본격, 창작, 문예 등의 요건을 갖
추려고 'essay'를 추종할 필요가 전연 없게 된다. 짧고 알찬 기언의 본보기를 모아
쉽게 읽을 수 있게 역주한 《옛글 다시 읽고 쓰기》를 내놓으려고 한다.

서나 잘못되고 있는 글쓰기가 일본 특유의 파행이 추가된 채 수입되어 벗어던지기 어려운 족쇄 노릇을 한다. 글쓰기를 바로잡도록 하는 지침이 가까이 있는 줄 전혀 모르는 망각의 세월이 이어지고 있다.

이제는 정신을 차리고 깨어나야 한다. 글쓰기를 바로잡아 감각과 이치, 감성과 지성, 문학과 학문이 다시 합쳐야 한다. 바로 위에 인용한 것 같은 글을 다시 쓰는 간단한 일이 역사의 대전환을 가져오는 시발점이 된다.

이 책 서두를 다시 읽어보기 바란다. 자고나면 새벽에 한 소식이 와서 커다란 깨달음으로 이어질 수 있다는 것을 내 체험을 전하는 방식으로 썼다. 옛 사람들이 쓴 것 같은 글을 써서 창조하는 학문의 길을 말하기 시작했다. 논문을 쓰면 할 수 없는 이야기를, 논문에서는 가능하지 않은 알찬 내용을 갖추어 했다.

옛 사람들이 쓰던 글을 무어라고 했는가? 古文이라고 하는 것이 예사이다. 고문이란 아주 옛적 중국 先秦 시대에 쓰던 글이라는 뜻이다. 고문이라는 말을 계속 써서 이런 의미를 이을 수는 없다. 그런 전례를 의식하지 않고 글을 국문으로 쓰니 어울리지 않는 이름은 버려야 한다. 고문이라는 이름을 옛 사람들이 쓰던 글이라고 규정하고 계속 사용하는 것은 무방할 것 같지만 古가 거슬린다. 옛 사람들이 쓰던 글을 오늘에 되살려 오늘의 글이 되게 하고, 고금에 함께 통용되는 공통된 명칭을 사용하는 것이 좋다.

그러면 무어라고 해야 하는가? '記言'이라고 하는 것이 좋겠다. '기언'은 지금 지어내는 말이 아니고 허목이 자기 저작 이름으로 사용한 용어이다. 이에 관해서는 아래에서 다시 말하기로 하고, '기언'의 의미를 그 자체로 규정해보자.

'기언'이란 말의 기록이라는 뜻이다. 그냥 '글'이라고 하는 것도 좋으나 한 음절만이어서 무언지 모라라는 듯하다. '기언'이라고 하면 생소하게 느끼면서 무엇인가 알고 싶을 터이니, 논문과 수필을 합쳐 하나로 만든 것이 기언이라고 우선 정의할 수 있다.

허목은 자기가 쓴 글을 모아놓고 책 표제를 《記言》이라고 했다. 호가 眉叟이니 《미수집》이라고 하면 될 문집에 별난 말을 붙였다고 할 것은 아니다. 시는 別集이라는 데 조금 있고, 본집에는 산문만 있다. 다음과 같은 序에서 책 이름을 기언이라고 하는 이유를 밝혔다.

穆은 독실하게 옛글을 좋아하여 늙어서도 게을리하지 않았다. 이에 아래와 같이 銘을 쓴다.

경계할지어다. 말을 많이 하지 말며, 일을 많이 벌이지 말라. 말이 많으면 실패가 많고, 일이 많으면 해가 많은 것이다. 安樂을 반드시 경계해, 후회할 짓을 하지 말라. 뭐 다칠 일이 있으랴 하고 말하지 말라. 화가 자라게 될 것이다. 뭐 해가 되랴 하고 말하지 말라. 화가 커질 것이다.

아무도 듣지 않는다고 말하지 말라. 귀신이 사람을 엿볼 것이다. 불꽃이 붙기 시작할 때 끄지 않으면, 치솟는 화염을 어찌하며, 물이 졸졸 흐를 때 막지 않으면, 끝내는 넓은 강물이 될 것이며, 실낱같이 가늘 때 끊지 않으면, 그물처럼 될 것이요, 터럭끝처럼 작을 때 뽑지 않으면, 장차는 도끼자루를 써야 할 것이니, 진실로 삼갈 수 있음이 복의 근원이다. 그리고 입은 무슨 해가 되는가? 화의 문이 된다.

힘이 센 자는 제명에 죽지 못하며, 이기기를 좋아하는 자는 반드시 적수를 만날 것이다. 도둑이 주인을 미워하고, 백성이 그 윗사람을 원망하므로, 군자는 천하에 윗사람 됨이 쉽지 않음을 알아 스스로를 낮추며, 뭇사람 앞에 섬이 쉽지 않음을 알아 자신을 뒤로하는 것이다. 강물은 비록 낮지만 백 가지 흐름보다 큰 것은 낮기 때문이다.

천도는 친분에 매이지 않고, 항상 착한 사람 편에 서니, 경계할지어다. 《주역》의 翼에서 일렀다. "군자가 집 안에 있으면서 말하는 것이 착하면 천 리 밖에서도 호응하는데, 가까운 곳은 말할 것 없다. 말은 자신에게서 나와 백성에게 영향을 미치고, 행동은 가까운 데서 시작해 멀리에까지 나아가니, 언행이란 군자의 樞機(추기)이다. 추기의 발동에 영예와 오욕이 주재된다. 언행은 그것으로 군자가 천지를 움직이는 것이니, 삼가지 않아서 되겠는가."

穆은 오직 이것을 두려워하여 말하면 반드시 써서 날마다 반성하고 힘써 왔다. 내가 쓴 글을 《記言》이라고 이름지었다. 고인의 글을 읽기 좋아하여 마음으로 고인의 실마리를 따라가서 날마다 부지런히 노력했다. 기언의 글은, 육경을 근본으로 삼고, 예악을 참고하고, 百家의 辯을 통해 분발하고 힘을 다한 지 50년이 되어, 글이 簡而備(간이비)하고 肆而嚴(사이엄)하다.

천지의 化育과 일월성신의 운행, 風雨寒暑의 왕래, 산천·초목·조수·오곡이 자라나는 것, 人事의 마땅함과 사람이 지켜야 할 떳떳한 도리, 사물의 법칙, 詩·書·六藝의 가르침, 喜怒哀樂 愛惡 形氣의 느낌, 제사지내는 것, 귀신·妖祥·괴상한 사물 따위의 이상한 것들, 사방의 풍속과 기후의 다름, 말과 세간 풍속의 같지 않음, 記事·敍事·論事·答述, 道의 낮고 높음, 세상의 治亂, 현인·열사·貞婦·奸人·逆豎(역수)·暗愚한 자에 대한 경계 따위를 하나같이 이 글에 포함시켜 고인과 같아지기를 바란다.

무엇을 할 수 있다고 뽐내지 않고 자세를 한껏 낮추어 옛 사람들의 글을 본받는 데 힘쓰면서 천지만물 모든 것에 관해 말하는 글이 기언이다. 옛 사람들은 선진 시대 사람들이다. 천지만물에 관해 말한다는 것은 인륜도덕을 특별히 내세우지 않는다는 말이다. 무얼 안다고 자부하지 않고 아무 선입견 없이 있는 그대로의 사물에 대한 다양한 탐구를 한다는 것이다. 남들을 가르치려고 하지 말고 언행을 조심하면서 하층의 자리로 내려가는 것이 가장 긴요하다고 했다.

선진시대의 글을 간결하고 수식이 없는 글쓰기의 전범으로 삼을 따름이고 성현의 가르침을 받든다고 하지는 않았다. 주자학의 도덕주의·우월주의·감계주의는 진실 탐구를 방해하고, 권위주의적인 글을 써서 사물의 실상을 바로 알지 못하게 하니 밀어두어야 한다고 드러내 말하지 않았으나 알아차릴 수 있다. 무식하고 낮은 자리에서 소박하게 탐구해 얻는 바를 일상생활에서 하는 말인 듯이 적는, 범속하면서도 의미심장한 글이 기언임을 알려주었다.

원문을 그냥 인용한 "簡而備하고 肆而嚴하다"에 글을 잘 쓰는 방법의 핵심이 요약되어 있다. 번역을 하면 "간략하면서 갖추어져 있고, 늘어놓았으나 엄격하다"는 말이다. 글을 간략하게 쓰는 것이 필수요건이다. 간략하게 쓰면서도 갖추어야 할 내용을 갖추어야 한다. 다음 말은 앞뒤를 바꾸고, 이해하기 더 쉽게 했다. 갖추어야 할 내용을 가게에 물건을 진열하듯이 늘어놓아 찾는 사람을 흐뭇하게 하면서, 선택과 배열에 엄격한 기준이 있어야 한다. '簡而備 肆而嚴'은 놀라운 말이다. 어느 글에서든지 언제나 따라야 할 지침이다.

기언은 오늘날의 기준을 적용해 말하면 연구논문도 문학작품도 아니어서 아무 소용도 없는 것 같다. 선입견을 배제하고 분별을 넘어서는 것을 커다란 가치로 한다. 일상적이고 간결하며 꾸밈이 없는 것을 특징으로 한다고 추가해 말할 수 있다. 이런 기언을 목소리를 아주 낮추어 쓰면서 철학을 논하고 역사를 시비했다.

허목이 말한 기언을 오늘날의 글쓰기를 위해 되살리는 것이 마땅하다. 문학작품과 연구논문을 갈라 쓰지 말고 기언을 써서 둘이 하나이게 하자. 이 말로 결론을 삼고 방향 전환을 분명하게 하기 위해 필요한 보충 논의를 더 한다.

방향을 분명하게 해야

정약용은 글쓰기에 관해 다음과 같은 지론을 폈다.[22]

> 천지의 正理에 통하고 만물의 衆情을 두루 갖추어 그 지식이 마음에 쌓이면, 땅이 넓어지고, 바다가 포용하고, 구름이 모여서 우레가 치는 것

---

22) 《與猶堂全書》 권11 〈五學論〉 3.

같이 되어, 마침내 그대로 덮어둘 수 없게 된다. 그래서 이것과 만나는 것이 있어 서로 들어가기도 하고 서로 부딪치기도 하면 흔들린 이것, 격동된 이것이 밖으로 퍼져나가 바다물이 출렁이고, 번개가 찬란하게 친다. 가까이는 사람을 감동시키고, 멀리는 천지를 움직이고 귀신을 격동시킨다. 이런 것을 문장이라고 한다.

무엇을 말했는지 단락을 구분해 이해해보자. (가) 內心에 천지와 만물의 정리와 중정을 받아들여 쌓으면 넓게 격동하는 변화가 일어나 멈출 수 없다. (나) 이런 내심에 外物이 닥쳐와 서로 안으로 들어가고 밖에서 부딪쳐 생긴 전기 스파크 같은 것이 밖으로 퍼져나가 바닷물이 출렁이고 번개가 치는 듯하다. (다) 그 결과 사람을 감동시키는 것 이상의 작용을 한다.

인식과 표현의 관계를 어떻게 말했는가? (가)에서는 인식이 확대되면서 표현을 갖추어 밖으로 나타나야 하는 방향으로 움직인다. (나)에서는 표현의 강화와 인식의 고양이 함께 진행되어 강력한 폭발이 일어난다. (다)에서는 인식과 표현의 총체가 큰 범위로 전달되어 광범위한 작용을 한다.

物心의 생극도 말했다. (가)는 일차적, 내재적 생극이다. 이 단계에는 내심이 주도권을 가지고, 폭발이 약하다. (나)는 이차적, 외부적 생극이다. 이 단계에는 내심과 외물이 상호주도권을 가지고 폭발이 강렬하다. (다)는 삼차적, 결과적 생극이다. 이 단계에서는 [내심+외물]의 작용을 받아들이는 쪽이 피동적 주도권을 가지고, 폭발의 여파를 다가온 것 이상으로 확대시킨다.

최한기는 〈文章〉이라는 글에서 다음과 같이 말했다.[23]

---

23) 《人政》 권8 敎人門 1.

경험과 추측으로 천인의 大道와 사물의 小道를 알았더라도 언어로 표현하지 않으면 다른 사람들이 어찌 들을 수 있으며, 문장으로 저술하지 않으면 다른 사람들이 어떻게 볼 수 있겠는가? 옛 문장은 도를 실어 辭를 이루고 바탕을 말미암아 章을 이루었는데, 中古 문장은 남의 글귀를 주어모아 句讀를 이루고, 헛된 그림자를 늘어놓는다. 고금을 종횡하며 精靈을 휘날리지만, 글로 말미암아 덕을 상실하고, 혁신을 탐내다가 내실을 잃는다. 후세에 문장을 배우는 사람은 반드시 하늘의 문장, 땅의 문장, 사람의 문장에서 活動運化之氣를 見得해 가슴속에서 活動運化之文氣를 길러야 한다. 그러면 입에서 나오는 언사가 모두 靈氣를 드러내 생동하는 문체를 이루고, 萬化를 녹여 지닌다. 보는 사람이나 읽는 사람의 神氣를 감동시켜 쉽게 공감을 얻게 된다. 이러면 문장이 기다리지 않아도 저절로 이루어진다. 문장이 나아가지 않는 것을 염려하지 말고, 氣化가 양성되지 않은 것만 염려해야 한다.

정약용은 좋은 문장이 이루어지는 경우만 말하고, 최한기는 그렇지 않은 경우와의 비교론을 갖추었다. 문장의 시대변화를 들어 수준 차이도 말했다. 옛적 문장에서는 道와 辭가 일치하던 것을 잃어버리고 중고 문장에서는 辭에만 치중하는 잘못을 후세의 문장에서 시정하는 데 필요한 이론과 실천방안을 제시했다. 이것은 문장의 향상을 기대하고 노력하는 방안이기도 하다.

정약용은 (가)에서 "천지의 正理에 통하고 만물의 衆情을 두루 갖춘 지식"을 갖추어야 한다고 했는데, 최한기는 기철학의 견지에서 이에 대한 고찰을 세 단계로 나누어 한층 포괄적이고 더욱 분명하게 했다. (1) 천지의 正理나 만물의 衆情 같은 것들이 이 모두 기임을 분명하게 했다. (2) 기가 活動運化之氣임을 알아보고 체득해야 한다. (3) 활동운화지기를 글로 나타나게 할 수 있는 活動運化之文氣를 길러야 한다. 철학의 힘을 발현해 예증에서 총괄론으로 나아갔다.

정약용이 비유를 써서 현란하게 말한 (나)를 최한기는 "입에서 나오는 언사가 모두 靈氣를 드러내 생동하는 文體를 이루고, 萬化를 녹여 지닌다'고 간명하게 설명했다. 글을 이루는 文氣가 신령스러운 靈氣를 드러내, 정약용이 강조해서 말한 상극이 이미 상생이 되어 萬化라고 한 모든 활동운화지기를 녹여 지닌다고 했다.

정약용이 (다)에서 말한 것도 최한기는 간략하게 처리했다. "보는 사람이나 읽는 사람의 신기를 감동시켜 쉽게 공감을 얻게 된다"고 하는 데 그쳤다. 정약용이 "멀리는 천지를 움직이고 귀신을 격동시킨다"는 다소 문구를 앞세우고 말하고자 한 말을 재론하지 않은 것은 미비점이다.

글을 어떻게 써야 하는가 하는 의문에 대한 대답을 다 한 것 같지만 상당한 허점이 있다. 활동운화지기에 너무 많은 비중을 두고 온통 의지하도록 해서 접근하기 어렵게 한다. "氣化가 양성되지 않은 것만 염려해야 한다"는 것을 이론으로는 이해해도 실천 방안으로 삼기는 어렵다. 누구나 마음에 와서 닿는 말을 쉽게 해서 초발심자들을 이끌어주는 자비를 베풀어야 학문을 제대로 한다.

많이 나아간 것을 자랑하지 말고 출발선상에 서서 천 리 길을 한 걸음부터 내딛는 즐거움을 만인과 함께 누려야 한다. 글을 어떻게 써야 하는지 다짐하기로 한다. 정약용의 말을 최한기가 고친 것을 다음과 같이 다시 고친다. 글쓰기의 지침을 내 나름대로 마련한다.

정약용이 글쓰기에 관한 논의를 깊이 공감할 만하게 전개했다. 최한기는 자기 철학을 견지하고 문제를 재론해 의문의 여지가 없는 확고한 견해를 정립하고자 했다. 일이 잘되어 탈이 날 수 있다. 더 할 말이 없다고 여겨 발상이 고갈될 수 있다. 철학이 아닌 철학으로 긴장을 풀고, 발상을 전환하는 길을 이 말 저 말 하면서 열기로 한다.

글쓰기는 각성과정이다. 노자와 불교의 도움을 받아 막연해지기

쉬운 논의를 구체화해보자. 언젠가 나도 모르게 축적해놓은 것이 있어, 한 소식이 올 수 있다. 오는 소식을 놓치지 말고 맞아들여 무명이 유명이게 하는 데 힘쓰자. 유명으로 이룬 것이 훌륭하다고 착각해 我相이 생길 수 있어 무명으로 다스려야 한다. 이룬 업적을 내버려야 앞으로 나아간다.

글쓰기는 대화토론이다. 이번에는 心身人物이라는 정도전의 용어를 차용한다.[24] 心은 마음이고, 身은 몸이고, 人은 다른 사람들이고, 物은 사물의 세계이다. 心과 身人物, 心身과 人物, 心身人과 物이 대화하고 토론하는 작업을 상생이 상극이고 상극이 상생에게 진행하는 것이 글의 원천이고 내용이며 방법이다. 정신을 잃고 감격에 휩싸이면서도 통찰을 확보해야 한다. 깊이 들어가 시궁창에서 뒹굴고 얽힘을 풀어내면서 나와야 한다.

글쓰기는 집단행위이다. 탈춤을 하는 것 같은 순서를 거치자. 처음에는 사방 돌아다니면서 행진하는 앞놀이를 하면서 상생의 놀이를 예고해 동참자들을 많이 모으자. 다음의 탈놀이에서는 상극의 싸움을 격렬하게 진행해 상극이 상생이고 상생이 상극임을 입증하자. 모두 함께 어울려 춤추고 노는 대동놀이에서 상생의 즐거움을 한껏 확대해야 하니 마무리는 없다. 이 글도 마무리가 없다.

글쓰기는 대화토론이고 집단행위이므로 혼자 하지 않는다. 처음에 혼자 글을 쓰는 것은 대화토론을 시작하고 집단행위로 나아가기 위해 불을 붙이는 행위이다. 허목이 '간이비 사이엄'을 말했듯이, 간략하면서 갖추어져 있고, 늘어놓았으나 엄격한 글을 써야 하는 이유를 분명하게 하자. 불이 붙는 것을 알고 사람들이 모여들게 하는 데 모자람이 없어야 하고, 장차 벌어질 공동작업을 가로채려고 하는 지나

---

24) 〈佛氏心性之辨〉에서 "此吾儒之學 所以自心而身而物 各盡其性 而無不通也"라고 한 데서 가져온 용어를 활용해 《한국문학통사》 2, 176−177면에서는 문학갈래의 분화를 설명했다.

친 욕심은 버려야 한다.

만남

기언이 어떤 글인지 알리려고 내가 쓴 것 하나를 본보기로 내놓는다. 수필은 아니면서 더욱 따뜻한 느낌이 있고 논문을 멀리하고 한층 높은 수준의 이치를 말한다고 하면 지나친 자화자찬일까? 이 글을 그대로 두지 않고 수필과 논문으로 갈라 다시 쓰는 무리한 짓을 하면 둘 다 죽이고 만다는 것은 분명하게 말할 수 있다. 수필과 논문은 둘이어서 서로 달라야 한다는 고정관념을 버리고, 이런 기언을 써서 정감과 이치가 하나이게 하자.

이것은 이미 발표한 글이다. 〈아는 사람은 말이 없고, 말하는 사람은 알지 못하는가: 최치원이 진감을 만난 쌍계사〉, 《의식 각성의 현장》(학고재, 2007); 〈진감과 최치원이 만난 쌍계사〉, 《세계·지방화시대의 한국학 5 표면에서 내면으로》(계명대학교출판부, 2007)라고 한 것을 전문 인용해 재활용한다. 쌍계사를 찾아가 진감과 최치원의 만남에 동참해 감격하면서 만남이란 무엇인가 하는 문제를 고찰하는 작업을 위해 반드시 필요한 예증이기 때문이다.

최치원이 진감을 기린 비문이 쌍계사에 있는 사실에 대해 실증사학의 방법으로 고찰하고 말 수 없다. 최치원은 진감에 대해, 진감의 비문을 쓰는 자기 자신에 대해 어떤 생각을 했는가, 그 생각이 어떤 의미를 가지며 내게 어떻게 다가오고, 나는 어떤 생각을 하는가? 의문이 차차 확대되면 실증사학을 버리고 사학을 넘어서기까지 해야 한다. 복잡하게 얽힌 문제를 풀어나가려면 각성의 수준을 높여야 하고, 학문을 넘어서는 탐구를 해야 한다. 만남이란 무엇인가 하는 커다란 문제와 부딪쳐, 모든 것을 아우르는 깨달음을 얻고 전에 없던 글을 써야 한다.

진감과 최치원이 만난 쌍계사에 가서 〈만남〉이라는 제목의 수필을 쓴다면서 눈에 보이는 것들만 대강 그리고 색채 감각이나 자랑하면, 쌍계사도 최치원도 진감도 사라진다. 눈 안에서 어른거리는 것이 단청인 줄 아는 격이다. 육안을 크게 뜨면 볼 것을 볼 수 있는 것이 아니다. 단청 구경만 잘하면 절에 간 보람이 있는 것은 아니다. 심안을 갖추고, 진감과 최치원의 만남, 쌍계사에서 이루어진 그 만남에 동참해 내가 체험하는 만남, 만남이 무엇인가 하는 이치와의 만남을 살펴, 모든 것을 아우르는 깨달음을 얻고 전에 없던 글을 써야 한다.

쌍계사로 가려면 花開를 거친다. 꽃이 많이 피는 곳이어서 화개라고 한다. 섬진강 가의 그 마을에서 경상도 사람들과 전라도 사람들이 만난다. 주위를 돌아보면 강가의 평야와 뒤를 두른 산이 어우러져 경치가 빼어나다. 조금 내려가면 강과 바다가 겹친다. 그 일대는 온통 만남의 장소이다.

화개 일대에 벚꽃이 피어 골짜기를 다 덮는 철이면 구경하는 사람들이 전국에서 모여든다. 나도 동참하면서 꽃에 취하고 사람에 취했다. 가까스로 정신을 차려 절이 어디 있는지 찾아 들어가다 보니 "雙磎"라고 커다랗게 돌에 새겨놓았다. "磎"는 돌 사이로 흐르는 개울을 뜻하는 말이다. 두 개울이 만나 쌍을 이룬다는 말로 절 이름을 삼았으니 예사로운 일이 아니다.

만나서 쌍을 이룬다는 것이 무엇인가? 이런 생각을 하면서 절에 이르면, 더 큰 만남이 기다리고 있다. 眞鑑禪師大空塔碑(진감선사대공탑비)라고 하는 돌비가 절 마당에 서서 방문객을 맞이한다. 파손된 곳이 있고 보호가 필요해 쇠테를 두르기는 했지만 보존 상태가 좋은 편이다. 단아하면서도 생동하는 필체로 촘촘히 박아 쓴 많은 글자를 거의 다 알아볼 수 있다.

천년 이상의 시간이 멈춘 것 같은 자세를 하고 우리를 꾸짖는다.

얼마 되지 않는 글자를 기계로 판 오늘날의 비문은 쉽게 망가지는데, 신라 시대의 선인들은 놀랄 만한 장문을 한 자 한 자 정성들여 손으로 새겨 결코 흐트러지지 않는 모습을 못난 후손에게 보여주고 있다. 비의 주인공 진감과 비문을 짓고 글씨를 쓴 최치원의 만남에 누구나 동참할 수 있게 한다.

진감은 호이고 법명은 慧昭(혜소)인 고승이 804년에 당나라에 갔다가 830년에 귀국해 쌍계사에서 선종을 일으키다가 850년에 세상을 떠났다. 최치원은 868년에 당나라에 가서 874년에 과거에 급제하고 문명을 떨치다가 885년에 돌아왔다. 887년에 왕명을 받아 이 비문을 짓고 글씨도 썼다. 불교 관계 비문 넷 이른바 四山碑銘 가운데 첫 번째 것이다. 2천 5백여 자나 되지만 다른 셋보다는 분량이 적으며, 수식은 덜하고 내용이 알찬 편이다.

진감과 최치원은 80년 정도의 시간차가 있어 직접 만나지 못했다. 신라 말에 당나라에 가서 공부하고 돌아온 최고 지식인인 점이 같으면서, 불문의 승려와 세속의 문인은 격이 달라 상당히 다른 대접을 받았다. 진감이 널리 숭앙을 받다가 세상을 떠나자 국가에서 계속 받들어 모셨다. 최치원은 글 쓰는 직분을 맡았는데 기대하던 지위는 아니었다.

비문 말미에서 자기 자신에 관해 말했다. 비문을 지으라는 왕명을 받고 물러나 생각해 보니, 도달한 경지가 많이 모자란다. 아름다운 글이나 쓰려고 하고 성인의 도리에는 이르지 못해 진흙 속에서 허우적거린다. 진감이 보여준 불교의 이치는 글을 써서 나타낼 수 없어, "기어이 말하려고 하면 수레채를 북으로 두고 남쪽 초나라로 가려는 셈이다." 이런 말을 써서 불만을 나타냈다.

글 쓰고 문장 다듬는 직분을 수행하는 능력이 뛰어나 당나라에서 이름을 얻고, 귀국해서도 관직에 참여하고 일거리를 얻었다. 말을 골라 짝을 맞추고 아름답게 수식하면서 오묘한 표현을 아로새기는 재주를 기회 있을 때마다 마음껏 자랑했다. 한문 실력이 더 나아졌다는 후대의 대가들마저 읽기 어렵다고 자백하는 글을 썼으니, 당대에는 얼마나 경이로웠겠는가?

절의 내력을 말한 대목부터 보자. 진감이 지리산 자락에서 맹수와 함께 거처하다가 "화개곡"에 이르러 廢寺를 하나 발견하고 수리해 들어앉았다고 했다. 화개라는 지명을 신라 때부터 계속 사용해온 것을 확인할 수 있다. 고금이 하나로 연결되어 있다.

진감이 중국에 가서 공부한 것에 관해서는 "夫道不遠人 人無異國 是以東人之子 爲釋爲儒必也 西浮大洋 重譯從學"이라고 했다. 한 대목씩 옮겨보자. "무릇 도는 사람에서 멀리 있지 않다", "사람에게는 다른 나라가 없다"고 했다. "이런 까닭에 동쪽 사람들의 아들이 불교도 하고 유교도 하는 것이 필연이므로, 서쪽 큰 바다를 건너 통역을 거듭하면서 배움에 종사했다"고 했다.

불교나 유학은 나라의 차이를 넘어선 보편적 진실을 갖추었으므로 바다를 건너가 언어 차이를 무릅쓰고 배워야 한다고 했다. 진감과 최치원은 그렇게 하기로 하고, 각기 불교와 유교를 공부했다. 진감의 불교는 심오한 사상이지만, 최치원의 유교는 문장 쓰는 기술에 지나지 않는 것이 당시의 사정이었다.

진감이 당나라에서 도를 닦을 때 "當四達之道 織芒屨而廣施"하는 일이 있었다고 했다. "사방으로 뻗은 거리에 앉아, 짚신을 삼아 널리 나누어주었다"는 말이다. 그 일을 삼년 동안 했다고 했다. 진감은 자기를 버리고 남들을 위해 봉사했는데, 최치원은 입신양명을 위해 노력했다. 문장 수련에 힘써 과거에 급제하고 이름을 널리 알렸다. 당나라에서 얻은 관직을 자랑스럽게 여겨 글을 쓸 때마다 길게 적었다.

국왕이 부처에게 소원을 발원해달라고 청하자, 진감은 "在勤修善政 何用願爲"라고 했다고 밝혀 적었다. "선정을 하는 데 힘써야 하는 위치에 있으면서 개인적인 발원은 해서 무엇을 하겠는가"라고 한 말이다. 국왕더러 헛된 욕심을 버리고 직분에 충실하라고 일렀으니 놀랍다. 국왕이 서울로 오라고 거듭 불러도 진감은 응하지 않았다. 권력 때문에 진실이 손상되지 않게 하는 고결한 처신의 본보기를 보여주었다. 최치원은 국왕이 크게 인정해 중용하기를 간절하게 바랐으나 뜻을 이루지 못했다.

진감은 범패를 잘해서 구슬프고 상쾌한 곡조를 내니 천상의 신이나 부처도 모두 기뻐하는 것 같았다고 했다. 그 기능이 전수되어 오늘에 이르렀다. 최치원은 문장을 잘 써서 국내외에서 높이 평가된 것도 후대를 위해 기여한 바가 적지 않다. 최치원이 전수한 글쓰기 능력이 한문학의 수준을 크게 높였다.

진감은 세상을 떠나면서 "萬法皆空"이니 "無以塔藏形 無以銘紀跡"이라고 했다. "모든 것이 헛되니, 탑을 만들어 형체를 감추어놓지 말고, 비명을 지어 행적을 기록하는 것도 바라지 않는다"고 한 말이다. 그런데 따르는 사람들이 당부를 저버리고 탑과 비를 세웠다. 최치원의 글솜씨로 진감의 행적이 더욱 돋보이게 되었다.

노자는 "知者不言 言者不知"라고 했다. "아는 사람은 말이 없고, 말하는 사람은 알지 못한다"는 뜻이다. 앞 구절은 진감에게, 뒤 구절은 최치원에게 해당한다고 할 수 있다. 진감은 깨달아 안 바를 말이 아닌 행동으로 보여주었다. 최치원은 알았다 할 것이 없으면서 말이 많은 글을 썼다.

진감만 대단하게 여기고 최치원은 낮추는 것은 잘못이다. 최치원이 말을 남기지 않았으면 진감이 누구며 무엇을 했는지 알 길이 없다. 알았다는 것이 아무 소용이 없게 된다. 진감은 최치원 덕분에 지금도 살아 있다. 진감과 만난 최치원은 표현이 뛰어난 데 그치지 않고 내용에서도 감동을 주는 명문을 남겼다.

알고 말하는 사람, 알고 말하지 않는 사람, 모르고 말하는 사람, 모르고 말하지 않는 사람이 있다고 할 수 있다. 노자 자신은 알고 말한 사람이면서, 알고 말하지 않는 것이 더욱 바람직하다고 했다. 알든 모르든 말을 해야 한다. 진위는 듣는 사람이 가리므로 미리 염려하지 않아도 된다.

봄기운에 들떠 꽃구경을 하려고 쌍계사에 갔다가 진감과 최치원 두 분의 만남에 동참해 고금의 만남을 이룩하니 얼마나 행복한가. 조상을 잘 두었다는 것이 이때 할 말이다. 후손이 보태야 할 것이 있어야 하겠기에, 당대의 만남과 후대와의 만남, 아는 것과 말하는 것의 관계를 생각하면서 되돌아온다.

많은 만남 가운데 古今의 만남을 특히 소중하게 여긴다. 고금의 만남을 통해, 옛 사람들의 글쓰기를 이어받아 망각된 지혜를 되살리는 것이 오늘날의 곤경 해결을 위해 힘써 수행해야 할 중대한 과업이다. 이 글이 널리 알려지기를 간절하게 바란다.

제 4 장

철학을
길잡이 삼아

1. 철학으로 가는 길

나라가 경쟁력을 키우려면 대학의 철학과를 없애야 한다는 무지가 자해를 키운다. 철학이 살아남아 정신을 차리고 무지를 치유해 세상을 바로잡는 통찰력을 발휘하도록, 국문학이 나서서 적극적으로 돕지 않을 수 없다. 목적은 없고 수단에만 집착하는 모든 개별학문이 철학을 길잡이로 삼고 공동의 진로를 모색할 수 있게 해야 한다.

최한기가 한 말을 가져오면, 철학은 一鄕一國을 위해 당면한 이익을 추구하는 학문에서 天下萬歲公共의 이상을 실현하는 학문으로 나아가는 지침을 제공한다. 한정되지 않은 천하라는 공간, 계속 이어지는 만세라는 시간에서 누구에게서나 타당성을 가지는 학문을 해야, 학문의 사명을 바람직하게 수행하고 학문하는 보람을 제대로 누릴 수 있다.

철학에 힘을 쓰고 철학을 잘하는 것이 우리 선인들의 장기였다. 철학이 있는지 의심스러운 일본이 식민지 통치를 하면서 공리공론에 몰두하다가 나라가 망한 것이 당연하다고 한 말에 속지 말자. 실용기술이 자랑인 근대를 넘어서서 다음 시대로 나아가려면 선인들의 장기를 되살려 공리공론이라는 것이 특정 사실에 매이지 않아 얼마든지 뻗어나는 천리만론임을 입증하는 철학을 하는 데 힘써야 한다.

철학을 어떻게 한다는 말인가? 철학을 널리 통용되는 방식으로 하려면 철학개론을 다시 쓰고, 세계철학사와 한국철학사를 온통 서술해야 한다. 엄청난 작업을 해야 하고, 결과가 방대하지 않을 수 없다. 그렇게 할 겨를이 없고, 책은 커질수록 읽는 사람이 줄어든다. 수고를 지나치게 하면 토론의 열기를 잠재우기나 한다.

갈 길이 천리만리라고 앉아서 한탄하지 말고, 쉽게 생각하면서 신명나게 나아가자. 철학개론과 철학사를 간추려 휘어잡으면서, 우리 선인들이 철학을 위해 어떤 기여를 했는지 밝히는 모험을 한다. 잔가지는 다 쳐내고 핵심만 간추려 꼭 필요한 논의만 전개한다. 우리가 철학을 위해 무엇을 할 수 있고, 어떻게 해야 하는지 시원스럽게 밝혀 논하기로 한다.

학문은 이성으로 해야 하고, 실증을 거치지 않으면 말하지 말아야 한다는 시대에는 할 수 없던 일을 한다. 이성을 넘어선 통찰의 학문을 하는 전통을 되살리면서, 생극론을 천리안으로 삼아 첩첩이 쌓인 의문의 먹구름을 일거에 걷어내고자 나선다. 밀실에 도피하고 있는 철학을 광장으로 불러내, 천하만민의 공동토론회를 크나큰 축제가 되게 열고자 한다. 그 큰 모임을 위해 사회를 보고 주제발표를 하고자 한다.

철학은 글이라고 생각하는 것이 예사이지만, 말로 된 구비철학도 있다. 말로 된 구비문학과 글로 쓴 기록문학이 문학의 두 영역인 것과 같다. 구비문학에서 기록문학이 이루어진 경과를 밝힌 것과 같은 작업을 철학에서도 해서 철학사 이해를 바로잡아야 한다.[1]

구비철학과 기록철학의 관계를 밝히는 작업을 원효의 경우를 들어 하는 것을 서두의 작업으로 한다. 원효 이야기에서 구비철학을 찾는 작업은 전에도 했으나,[2] 새로운 자료를 많이 찾아 재론이 필요하다.

---

1) 구비문학과 기록문학의 관련을 《한국문학통사》(지식산업사, 1982-1988)에서 밝혀 논하고, 《세계문학사의 전개》(지식산업사, 2002)에까지 이르렀다. 같은 작업을 철학에서도 하고자 한다.

시야를 넓혀 구비철학과 기록철학의 관계를 전반적으로 재론하는 데 까지 이르고자 한다.

구비철학에서 다시 출발해 재론하면 철학이란 무엇이며 무엇을 할 수 있는가 하는 난제를 가볍게 휘어잡을 수 있으리라고 기대한다. 그래서 얻는 능력을 마음껏 발휘해 파격적인 작업을 하면서 새로운 통찰력을 얻고자 한다. 접근하는 방법을 바꾸고 글쓰기를 혁신해야 가능한 일이다.

논의의 시발점

원효는 위대한 스승이라고 고려시대 고승 의천이 높이 평가했다. 경주 분황사까지 가서 원효의 자취를 찾고 추모하는 글을 지었다.[3] 세상이 그릇된 것을 바로잡는 가르침을 받고자 원효를 찾아야 한다고 했다.

원효가 나서서 백가가 다투는 실마리를 화합시키고 일대의 공정한 논의를 폈다고 찬양하고, 수많은 고승의 저술을 두루 보았으나 더 나은 이가 없다고 했다. 마지막 대목에서 한 말은 직접 든다. "미묘한 말씀이 그릇됨을 슬퍼하고 지극한 도리가 쇠잔함을 애석하게 여겨, 멀리 이름난 산을 찾고 없어진 책을 두루 구하다가, 살아 계시는 듯한 모습을 우러르고, 그때의 법회를 만난 것 같습니다."

위대한 사상은 그 자체로 훌륭한 것이 아니다. 갖가지 다툼을 화합시키고 일대의 공정한 논의를 폈다고 찬양하고 말 수는 없다. 세상이 어지러워지고 도리가 쇠잔해진 것을 바로잡아야 평가할 만한 가치가 있다. 그럴 수 있는가를 객관적으로 입증할 수는 없다. 어떻게 받아들여 활용하는가에 따라서 원효의 철학이 죽기도 하고 살기도 한다.

원효가 훌륭하다고 찬양한 논저는 헤아리기 어려울 정도로 많다.[4]

---

2) 〈원효 설화의 변모와 사상 논쟁〉, 《한국의 철학사와 문학사》, 지식산업사, 1996.
3) 《大覺國師文集》 권16 〈祭芬皇寺曉聖文〉

그래서 원효의 철학이 살아난 것은 아니다. 연구자가 아무리 설명을 잘 해도 원효는 핍진하게 이해되지 않는다. 원효와 우리가 하나가 되어야 그가 훌륭해서 우리도 훌륭할 수 있는데, 원효는 아직 저편에 있다. 가까이 다가가려고 해도 거리가 좁혀지지 않는다. 소통에 어려움이 있다.

소통이 어려운 것은 원효의 저작이 난해하기 때문이다. 대강은 알 수 있다고 해도 세부로 들어가려고 하면 이해에 난관이 있다. 대단한 정도의 전문성을 지니고 있으며, 용어 사용과 논리 전개가 까다로워 깊이 들어가기 힘들다. 쉽게 번역하면 이해 가능한 것은 아니다. 본래의 뜻을 쉬운 번역에 담을 수 없다.

원효의 저작이 난해한 것은 한문으로 쓴 탓이 아니고 불교 교학을 다룬 것이 더 중요한 이유이다. 불교 교학은 원래부터 이해하기 쉽지 않고 중국에서 난삽한 논의가 추가되어 접근하기 더욱 어려워졌다. 원효가 승려가 되어 교학을 논한 것이 잘못된 선택이었다고 할 수는 없다. 원효 시대에는 승려가 아니면 학문을 할 수 없었다. 이치를 따져 밝히는 작업이 불교 밖에서는 가능하지 않았다. 탐구해서 얻은 바가 있다고 해도 불교 교단이 아니면 발표하고 전달할 곳이 없었다.

원효는 기존의 방식을, 따르면서 바꾸어놓으려고 힘든 노력을 했다. 문제점을 새롭게 해결하면서 창조의 길을 찾아 생동하고 절실한 논의를 전개하고자 한 것을 평가해야 하지만, 근본적인 호전은 가능하지 않았다. 글을 쓰면서 비근한 예를 많이 들어 이해하기 쉽게 하지 못한 것이 아쉽다. 광대 춤을 추고 돌아다니면서 직접적인 소통을 한 것이 놀라우나 그 혜택을 후대인은 누리지 못한다. 원효설화에서 볼 수 있는 구비철학의 표현을 직접 남겼으리라고 생각되지만 확인

---

4) 김상현, 《역사로 읽는 원효》(고려원, 1994), 고영섭, 《원효》(한길사, 1997); 남동신, 《영원한 새벽 원효》(새누리, 1999); 김종의, 《일심과 일미: 원효 스님의 삶과 사상》(신지서원, 2003) 등이 있다. 김상현은 《원효 연구》(민족사, 2000)를, 고영섭은 《원효 탐색》(연기사, 2001)을 다시 냈다.

가능하지는 않다.

　노력한 결과가 미흡하다고 불만스럽게 생각할 수 있다. 원효를 나무란다고 문제가 해결되는 것은 아니다. 불만을 해소하려면 원효에서 우리에게로 관심을 돌려 스스로 사고의 주체가 되는 수밖에 없다. 원효의 전례를 불교 교학의 범위를 넘어서서 우리가 깨달음을 얻는 데 활용하고 얻은 바를 오늘날의 언어로 나타내야 한다. 원효는 재창조를 통해서만 살아난다.

　이렇게 하는 데 원효와 관련된 구비전승이 크게 도움이 된다. 원효 이야기를 자기가 스스로 했다고는 할 수 없으나, 당시의 민중이 받아들이고 이해해서 만들었다고 하는 것은 가능한 추정이다. 수많은 고승에 관한 설화가 다양하게 전하는 가운데 원효설화는 특이하다. 그 이유는 오직 원효가 남다른 생각을 편 데 있었을 것이다. 원효에 관한 구비전승은 놀라운 발상이 번득이는 구비철학의 정수를 보여준다.

　구비전승의 세계에서는 원효와의 소통이 성과 있게 이루어졌다. 오늘날의 학문은 그럴 능력이 모자란다. 원효설화를 창조하고 전승한 민중보다 지금 학문을 한다는 사람들이 더 무식하기 때문인가? 유무식의 문제가 아니다. 창조를 하는가 하지 않는가 하는 것이 결정적인 차이이다. 원효 이야기의 구비철학에 참여하는 것이 원효의 창조가 우리의 창조이게 하는 지름길이다.

문헌에 오른 이야기[5]

　원효는 한자리에 머물러 있지 않아 어디 가서 만나야 할지 알기

---

5) 앞 대목의 〈무엇을 어떻게 읽을 것인가〉에서 《삼국유사》에 올라 있는 원효 이야기를 자장·의상·혜공의 경우와 비교해서 깊이 살폈다. 그 성과를 원용하면 시작이 너무 무거워진다. 소박한 논의를 한 단계씩 전개하면서 철학이란 무엇인가 하는 문제를 풀어나간다.

어렵다. 원효가 나서서 돌아다니는 길에 동참해야 한다. 원효가 만나는 사람들을 우리도 만나야 한다. 원효 이야기가 기록된 문헌에서 원효를 찾아보자. 〈무엇을 어떻게 읽을 것인가〉에서 가던 길을 차근차근 다시 가자.

원효는 경전을 풀이하다가 혜공 스님을 찾아가 의심나는 곳을 물었다고 했다.[6] 경전 문답에 대해서는 그 이상 말이 없고, 납득하기 어려운 이야기를 적어 놓아, 아는 체하는 사람들을 당황하게 한다.

혜공과 원효는 시냇가에서 물고기와 새우를 잡아먹고 돌바닥에 대변을 보았다. 혜공이 그것을 보고서 "네가 눈 똥이 내가 잡은 고기이다"라고 했다. 그 말을 원효가 했다고도 하는데 잘못이다. 이렇게 말한 연유가 있어 원래 恒沙寺였던 절 이름이 "내 고기 절" "吾魚寺"로 바뀌었다고 했다. "항사"란 갠지스강의 모래이다. 마을 이름은 지금도 항사리이다. 갠지스강의 모래처럼 많은 법문을 일러준다고 하다가 고기 한 마리로 대신했다. 그래서 무엇을 얻었다는 말인가?

물고기와 새우를 잡아먹고 돌바닥에 대변을 본 것만 해도 충격을 준다. 승려가 살생을 하고, 공중도덕을 어겼다. "네가 눈 똥이 내가 잡은 고기이다"라고 한 것이 무슨 소리인가? 네 것이 내 것이고, 더러운 것이 깨끗한 것이고, 죽은 것이 산 것이고, 다른 것이 같다는 말이다. 유식이라고 착각하는 무지를 일거에 날려버리고 분별을 넘어선 궁극의 이치가 드러나게 했다.

"네가 눈 똥이 내가 잡은 고기이다"라는 말을 원효가 했다고도 하는데 잘못이라고 했다. 원효는 그 경지에 이르지 못했으므로 혜공을 스승으로 삼았다. 그러나 원효는 혜공이 한 말을 잘 알아듣고 글로 적었다. 구비철학을 기록철학으로 옮겨놓았다. 그 결과 대단한 수준의 저술을 남겨 높이 평가된다.[7]

---

6) 《삼국유사》 권4 〈二惠同塵〉

드러난 행적을 보아 대수롭지 않은 것 같은 蛇福이라는 위인이 원효보다 식견이 높았다고 했다. 사복은 어머니가 과부였고, 아버지는 누군지 모른다고 했다. 사복이란 뱀처럼 기어다니는 아이라는 뜻이다. 열 살이 되도록 일어서지 못하고 말도 못했다. 그런데 원효가 "나지 말라, 죽는 것이 괴롭다. 죽지 말라, 나는 것이 괴롭다"고 하자, 사복이 말이 많다고 나무라고 "죽고 사는 것이 괴롭다"고 했다.[8]

이것은 무슨 말인가? 낮으면 높고, 높으면 낮다. 무식이 유식이고, 유식이 무식이다. 최고라고 자부하거나 인정되는 사람이라도 상위자를 만나게 되면 자기가 모자란다는 것을 알게 마련이다. 상위에는 그 상위가 또 있어 끝이 없다. 상위가 동질적인 것은 아니다. 지식의 상위는 무식이다. 논리의 상위는 비논리이다. 이론의 상위는 행동이다. 원효에 머무르지 말고 사복처럼 생각하고 행동하라고 일깨워준다.

원효는 혜공이나 사복뿐만 아니라 의상과도 관련을 가졌다. 의상은 수행의 동지이고 경쟁자였다. 둘이 중국에 가서 공부를 하려고 함께 나섰다가 의상은 떠나고 원효는 되돌아온 이야기가 중국에서 기록한 여러 불교문헌에 있다. 그 가운데 하나를 들어보자.[9]

밤에 노숙하면서 원효가 물을 찾아 마셨는데, 다음 날 보니 시체 썩은 물이었다. 토하려고 하다가 깨달았다. "내 듣기에 부처가 三界가 唯心이고, 萬法이 唯識이라고 했다. 그러므로 좋고 싫은 것은 내게 있고 物에 있는 것은 아니구나."[10] 중국행을 그만두고 되돌아왔다. 스스로 겪어보고 깨달아 진실을 발견했다.

---

7) 이 대목에 대한 자세한 논의를 〈무엇을 어떻게 읽을 것인가〉에서 했다.
8) 원문을 든다. "臨尸祝曰 莫生兮其死也苦 莫死兮其生也苦 福曰 詞煩 更之曰 死生苦兮(《삼국유사》 4 〈蛇福不言〉)
9) 중국 송나라 延壽가 지은 〈宗鏡錄〉에 있는 말이다.
10) 원문을 들면 "我聞佛言三界唯心萬法唯識 故美惡在我 實非物乎"라고 했다.

원효가 중국으로 가려다가 되돌아섰다고 하는 것을 구체적인 사실로 고증하려고 하려고 애쓸 필요는 없다. 맞고 틀린 것을 구태여 시비하려고 들면 一切唯心造를 부정하게 되니, 원효가 대단하다고 해야 할 이유가 없어진다. 밤사이 맛있게 마셨던 물과 해골바가지에 고인 썩은 물과의 관계를 원효에 대한 공부를 아무리 많이 해도 알 수 없다. 사변적인 논의를 넘어서서 체험을 근거로 한 실행만이 진실을 아는 길이다.

낙산사에 관음보살이 나타났다고 해서 의상과 원효가 만나러 간 이야기가 있다.[11] 복잡한 사연을 간추려보자. 의상은 보살을 만나려고 목욕재계하고 온갖 정성을 다 들였다. 보살은 용의 무리가 옹위하고 수많은 보배로 장식되어 있어 모습이 쉽사리 드러나지 않았다. '眞'과 '俗'이라는 말을 써서 논의를 진행해보자. 眞은 眞이라고 하니, 높이 받들면서 찾아야 할 것은 더욱 멀어졌다. 원효는 그렇게 하지 않았다.

원효가 만난 보살은 벼를 베거나 개짐을 빨고 있는 여자였다. 만나서 장난짓거리 말을 나누었다. 그것은 眞과 俗이 둘이 아니라는 말이다. 원효가 수많은 저술에서 역설한 사상의 핵심을 이야기를 만드는 사람들이 꿰뚫어보고 누구나 알 수 있게 나타냈다. 그러면서 원효가 모자라는 점까지 지적했다. 물을 달라고 하니 여자가 개짐을 빤 물을 떠주자, 원효는 쏟고 다른 물을 떠서 마셨다고 했다. 더럽고 깨끗하다는 분별에서 아주 벗어나지 못해 원효의 깨달음이 온전하지

---

11) 주요 대목의 원문을 든다. "昔義湘法師 自唐來還 聞大悲眞身住此海邊崛內.. 齋戒七日 浮座具晨水上 龍天八部侍從 引入崛內 參禮空中 水出精念珠一貫級之 湘領受而退 東海龍亦獻 如意寶珠一顆 師捧出... 後有元曉法師 繼踵而來 欲求瞻禮 初至於南郊 水田中有一白衣女人刈稻 師戲請其禾 女以稻荒戲答之 又行至橋下 一女洗月水帛 師乞水 女酌其穢獻之 師覆棄之 更酌川水而飲之"(《삼국유사》 권3 〈洛山二大聖...〉)

못하다고 지적했다.

그 이야기는 거기서 끝나지 않고, 신라 말의 선승인 梵日에게로까지 이어져 불교사를 꿰뚫었다. 범일이 찾아낸 보살은 시골 아낙네의 철없는 아들놈이 동무삼아 노는 상대라고 했다. '속'이라야 '진'이라는 논리에 이른 셈이다. 그것이 선종의 사상이다.

고승은 높은 경지에 이르렀다고 우러러 보면서 칭송할 것은 아니라고 했다. 귀족불교에서 초탈을 내세우는 잘못을 타파하고 모든 격식을 깨는 것이 고승의 할 일이라고 했다. 원효와 비슷한 행적을 보인 다른 몇 사람의 이상스러운 승려들을 등장시켜 고답적인 불교를 불신하고 민중의 발랄한 삶을 긍정하는 것이 마땅하다고 했다. 숭고가 아닌 골계를 찾고, 격식을 버리고 비속을 택했다.

원효는 요석공주와 관계해 설총을 낳은 다음부터 속인의 옷을 입고 스스로 소성거사라고 했다. 미친 소리를 하기도 하고, 어그러진 행동을 보이며, 居士들과 함께 술집이나 창가에 들어가기도 하고, 가야금을 어루만지기도 하고, 자기 뜻에 따라 형편 되는 대로 지내고, 도무지 일정한 규범이 없었다고 했다.[12]

광대들이 놀리는 큰 박을 얻어, 그 괴이한 모양대로 도구를 만들고, 《화엄경》에서 "일체 無㝵人은 한 길로 생사에서 벗어난다"고 한 말을 따와서 무애라고 이름 지은 노래를 千村萬落에서 부르면서 교화하고 다녔다. 가난하고 무지한 무리까지 모두 부처의 이름을 알고, 나무아미타불을 부르게 된 데는 원효의 교화가 컸다고도 했다.[13] 춤추고 노래하는 광대 노릇을 하기까지 했다고 했다.

---

12) 贊寧,《宋高僧傳》〈唐新羅國黃龍寺元曉傳〉
13) 원문을 든다. "偶得優人舞弄大瓠 其狀瑰奇 因其形製爲道具 以華嚴經一切無㝵人一道出生死命 名曰無㝵 仍作歌流于世 嘗持此千村萬落且歌且舞 化詠而歸 使桑樞瓮牖玃猴之輩 皆識佛陀之號 咸作南無之稱 曉之化大矣哉"《삼국유사》권4〈元曉不羈〉)

이규보는 그 행적을 두고 다음과 같은 시를 지었다.[14)]

剃而髡則元曉大師	머리를 깎아 맨머리면 원효대사요,
髮而巾則小性居士	머리를 길러 관을 쓰면 소성거사로다.
雖現身千百	비록 몸이 천이나 백으로 나타난다 해도
如指掌耳	식별하기 쉬우니,
此兩段作形	이 두 가지 형상을 한 것은
但一場戲	한바탕 희롱일 뿐이다.

원효는 승려이기도 하고 거사이기도 하면서, 승려가 지켜야 할 계율에서 벗어나 자유롭게 행동하고 생각의 영역을 넓혔다. 승려이기도 하고 광대이기도 하면서, 깨달아 밝힌 이치를 노래와 춤으로 직접적으로 나타내 더욱 생동하게 했다. 사회적인 구분을 철폐하고 행위의 규범을 넘어서서 사고와 행위, 이론과 실천이 하나이게 했다.

원효는 또한 마실 물이 나오게 했다. 이규보는 부안 邊山의 元曉房을 찾아가 지은 시 한 대목에서 다음과 같이 노래했다.[15)]

此地舊無水	이곳에 옛날에는 물이 나오지 않아
釋子難棲住	스님들이 살아갈 수 없다더니,
曉公一來寄	효공이 한 번 와서 산 뒤에는
甘液湧巖竇	바위 구멍에서 단물이 솟아났네.

마실 물이 솟아나게 한 것은 크나큰 공덕이다. 사람을 살리는 데 그보다 더 중요한 일이 없다. 그래서 원효가 대단하다고 했다.

---

14) 《東國李相國集》 권19 〈小性居士贊〉
15) 《東國李相國集》 권9 〈八月二十日題楞迦山元曉房〉

위에서 든 문헌설화도 모두 구전의 수록이다. 구전에서 문헌에 오른 이야기를 다시 하기도 하고, 새로 만든 것들을 추가하기도 했다. 원효 이야기는 전국에서 파다하게 구전된다. 단순한 것부터 들고 복잡한 것으로 나아가기로 한다.

원효는 효자였다고 한다. 원효가 전라도 구례 화엄사의 사성암에서 불도를 닦고 있는데 어머니가 병이 들었다. 지성으로 어머니의 쾌차를 비는 불공을 드리는데, 어느 날 꿈에 天桃를 구해드리면 낫는다는 부처님의 계시를 들었다. 동생인 혜공으로 하여금 천국에 가서 천도를 구해오도록 해서 어머니의 병을 고쳤다. 어머니는 강물소리가 요란하여 깊은 잠을 이룰 수가 없다고 했다. 원효가 섬진강변으로 달려가 기도를 드리니 강물 소리가 한곳으로 모여들었다.

이것은 전연 사실이 아니다. 원효가 화엄사에 있지 않았고, 화엄사에 사성암이라는 암자는 없었다. 혜공이 원효의 동생이라고 한 것도 터무니없다. 어머니를 위해 천도를 구하고 강물을 잠잠하게 했다는 것은 순전히 지어낸 이야기다. 사실이 아닌 이야기가 뜻하는 바에서는 진실이 있다. 원효는 효자여서 훌륭하고 하늘과 땅을 움직일 수 있었다고 한다. 훌륭한 사람의 표본이 원효라고 한다. 훌륭한 사람이 되도록 하는 것이 으뜸가는 사상이다.

사람이 되고 학문을 해야 하는가? 되풀이되어온 질문을 여기서 다시 한다. 사람이 되고 학문을 해야 한다면, 어떻게 해서 사람이 되는가? 이미 사람이 되었으면, 학문을 해서 무엇을 하는가? 이런 질문이 이어진다. 위의 이야기가 이 모든 질문에 대답한다. 천품으로 사람이 되고, 학문을 하면서 더 훌륭한 사람이 된다.

원효는 위기를 해결했다고 한다. 원효의 생애를 적은 비문에 "灌水之處 從此池成"(물을 뿌린 곳에, 그 때문에 못이 생겼다)이라는 구절이 있다.[16] 앞뒤의 글자가 결락되어 자세하게 알기 어려우나, 물을 뿌려 불을 껐더니 못이 생겼다는 말인 듯하다. 다른 자료에서는 "或 巽水 而撲焚"(또는 물을 뿌려 불을 끄기도 했다)이라고 했다.[17] 전후의 맥락을 갖춘 이야기는 구전에 있다.

구전에서는 원효가 도통골이라는 곳에서 수도를 하고 있을 때 어느 날 제자에게 체에다 물을 떠오라고 했다. 제자가 체에다는 물을 뜰 수 없다고 해도 그대로 하라고 했다. 분부대로 했더니 체에서 물이 새지 않았다. 원효는 북쪽을 보고 그 물을 몇 번 뿌렸다. 그때 마침 불국사 대웅전에 불이 났는데, 그 물이 소나기가 되어 껐다.

원효는 불국사가 생기기 전의 사람이니 이것은 말이 되지 않는다고 할 것은 아니다. 의미의 타당성은 사실을 넘어선다. 불이 난 것은 즉시 해결해야 할 위기의 가장 좋은 본보기이다. 위기를 해결하는 것이 깨달음의 가장 큰 효용이다. 멀리 있는 위기까지 알아차리고 해결해야 깨달았다고 할 수 있다. 그 방법은 상식을 넘어선 파격이어야 한다.

지금은 부산 기장군 장안읍 장안리에 長安寺가 있다. 그 절 뒤에 원효가 중국 승려들을 구했다는 전설이 전하는 擲板庵(척판암)이 있다. 당나라 終南山 雲際寺라고 하는 곳에서, 공부하는 승려 천명이 산사태로 매몰될 운명에 놓였다. 원효가 이것을 알고 "曉擲板而救衆"(원효가 판자를 던져 대중을 구한다)고 쓴 큰 판자를 하늘로 날려 보냈다. 그 판자가 공중에 뜬 것을 보고 놀란 대중이 일제히 법당에

16) 〈高仙寺誓幢和尙碑〉
17) 贊寧, 《宋高僧傳》〈唐新羅國黃龍寺元曉傳〉

서 나와 쳐다보는 순간에 뒷산이 무너져서 절이 매몰되었다. 그 승려 천 명이 신라로 원효를 찾아와 가르침을 받고 모두 도를 깨쳤다고 한다.

이것도 전혀 사실이 아니지만 뜻하는 바에는 진실이 있다. 위기에 처한 사람들을 구하는 것이 훌륭하다. 위기를 알아차릴 수 있고, 구하는 방법을 발견해야 한다. 구하는 방법은 기발하고 충격적인 것이어야 효과가 크다. 멀리 있는 사람들을 구해 널리 감화를 주어야 한다. 깨달음이란 무엇인가? 위기에 처한 사람들을 구해내는 충격적인 처방이어야 한다.

낙산사에 있는 의상이 마실 물이 없다고 기도하니, 천상녀가 계속 물을 가지고 왔다. 영혈사의 승려 원효가 의상대사를 찾아가 한참 이야기를 하다가 일어서려고 하니, 물을 마시고 가라고 붙잡았다. 천상녀가 물을 가지고 올 시간인데 오지 않아 의상은 면목이 없게 되었다. 원효가 떠난 뒤에 물을 가지고 와서 왜 늦었느냐고 물으니 "큰스님이 계셔서 감히 들어올 수 없었습니다"고 말했다.

의상은 불심이 모자라는 것을 알고 물을 가지고 오지 말라고 하고서 고난을 참고 수도를 했다. 원효가 다시 와서 보니 의상이 물 때문에 고생을 하고 있었다. 원효가 홍련암 근처에 가서 지팡이로 바위를 찌르자 마실 물이 콸콸 쏟아졌다. 영혈사 물줄기를 끌어온 것이다. 영혈사에서 쌀을 씻으면 홍련암 샘물에 뿌연 것이 나왔다.

물은 생명을 유지하기 위해 반드시 필요하다. 물이 솟아나게 하는 것은 모든 창조의 출발점이다. 천상에서 가져다주는 물을 마시면 지상의 삶이 천상에 매인다. 천상에 매인 삶은 자유롭지 못하고 창조하는 능력이 없다. 지상의 삶에는 지상의 물이 있어야 한다. 지상의 물이 솟아나오게 하는 과업을 스스로 성취해야 한다.

물이 솟아나오게 하는 것은 기적이 아니다. 없는 물을 만들어낼 수 없고, 있는 물이 솟아나오게 하면 된다. 물줄기를 찾으면 있는 물이 솟아나온다. 하늘에서 땅으로 시선을 돌려 주위를 잘 살펴야 한다. 발견이 발명이다. 있는 것을 있게 하는 것이 창조이다. 이런 말을 전해주는 이야기이다.

의상과 원효는 물뿐만 아니라 밥을 마련하는 방법도 달랐다. 원효는 지금의 경산시 와촌면 대한리 원효암에서, 의상은 그 근처 다른 암자에서 수도를 하고 있었다. 원효는 손수 밥을 지어 먹고, 의상은 하늘에서 내려주는 밥을 먹었다.

하루는 의상이 원효에게 사람을 보내 밥을 같이 먹자고 했다. 하늘에서 내려주는 밥을 자랑하려고 했다. 의상은 밥을 날라주는 선녀에게 그날 점심은 두 그릇을 보내달라고 부탁했다. 원효가 와서 둘이 한참 이야기를 하는 도중에 점심시간이 훨씬 지났는데도 밥 소식이 없었다. 원효는 그냥 돌아갈 수밖에 없었다.

원효가 간 뒤에 선녀가 밥을 가지고 내려왔다. 왜 늦었는지 물으니 암자 주위를 신장들이 에워싸고 있어 범접할 수 없었다고 했다. 의상은 원효를 시험하려고 한 짓이 어리석은 것을 깨달았다. 잘났다고 우쭐대는 것이 못한 짓임을 알아차려야 했다.

하늘에서 내려주는 밥을 받아먹는 것은 물을 받아먹는 것보다 더욱 잘못되었다. 물은 있는 그대로의 것이지만, 밥은 사람이 지어야 하는 인위적인 노력의 산물이다. 자기가 할일을 하지 않고 천상에 의지하는 것은 주체성의 상실이다. 하늘이 위대하다고만 하고 스스로 할일을 하지 않는 것은 기만이다.

그런 기만을 미화하고 합리화하려고 천상의 세계가 따로 있다고 하는 이원론의 종교나 철학은 배격해야 한다. 일원론을 확립해, 자기 삶의 당당한 주인이 되어야 한다. 양보할 수 없는 주체성을 가지고,

살아가는 데 필요한 일을 스스로 해야 한다.

이 이야기는 이원론과 일원론의 차이를 놀라울 정도로 분명하게 했다. 어렵고 복잡한 언설을 펴지 않고 이치의 근본을 누구나 납득할 수 있게 밝혔다. 원효 이야기를 하는 구비철학이 원효가 남긴 기록철학보다 앞선다고 할 수 있다.

원효와 의상은 결의형제를 맺고, 지금의 경남 양산시 원효산의 원효암과 의상대에서 각각 수도에 들어갔다. 7년이 지난 늦가을 밤, 어느 여인이 찾아와 하룻밤 쉬어 갈 것을 간절히 청했다. 의상은 거절했으나, 원효는 여인을 받아들였다. 여인이 아이를 낳자 받아주고, 원하는 대로 목욕을 시켜주었다. 여인은 원효에게 자신이 씻은 물에 목욕할 것을 권하고는 아이와 함께 사라져버렸다. 원효는 그때서야 관세음보살이 자신을 시험한 것임을 알게 되고, 물에 목욕하는 순간 도를 깨우치게 되었다. 늦게 찾아온 의상도 남은 물에 목욕하여 도를 깨우쳤다.

원효는 인적 없는 심산유곡을 찾아 아름다운 곳에 초막을 짓고 용맹정진하며 수행했다. 비가 억수로 내리는 어느 날 깊은 밤에 약초를 캐다가 길을 잃었다는 여인이 원효의 거처에서 하룻밤 쉬어 가기를 원해 그렇게 하라고 했다. 밤을 지내는 동안 그 여인이 갖가지 방법으로 유혹했으나 원효는 응하지 않았다. 그 여인은 미소를 지으며 유유히 사라졌다. 그 여인이 관세음보살의 화현임을 알고 배례하고, 원효는 自在無碍(자재무애)의 참된 수행을 계속했다. 그래서 암자 이름이 自在庵이다. 경기도 동두천의 소요산 자재암의 유래가 이렇다.

양쪽의 전승은 거의 같다. 찾아온 여인을 파계할까 염려해 받아들이지 않는 것은 소극적이고 퇴영적인 자세이다. 누구든지 포용하는 적극적인 자세를 지녀야 막힘이 없는 이치를 깨닫고 실현한다. 도와

주어야 할 사람을 도와주는 자비를 베풀어야 세상을 바로잡는 데 기여한다. 자기를 지키지 않고 버려야 천지만물과 하나가 될 수 있다.

李裕元이 지은 〈三幕〉이라는 글에 기이한 사연이 있다.[18] "冠岳山은 시흥과 과천의 경계에 있다. 그곳에 三幕寺라는 절이 있는데, 삼한시대에 지은 고찰이다. 신라 승려 원효는 성이 薛이고, 의상은 성이 芽이고, 윤필은 성이 尹이니, 어머니는 같지만 아버지가 다른 형제이다. 관악산에서 나누어 살았는데 원효의 一幕은 지금 폐허가 되었고, 의상의 三幕은 아직도 남아 있으며, 윤필의 二幕은 念佛庵이다. 그래서 세상 사람들이 그 산을 三聖山이라고 한다." 이렇게 말했다.

낙산사와 관련된 이야기에서는 원효·의상·범일을 들었는데, 여기서는 원효·의상·윤필을 나란히 놓았다. 범일은 인기가 없어 빼고 신인을 등장시켰다고나 할까? 원효·의상·범일의 순차적 관계보다 원효·의상·윤필의 병행적 관계가 더욱 흥미롭다.

원효·의상·윤필이 어머니는 같고, 아버지는 다른 형제라는 것은 기상천외의 수작이다. 셋의 성이 다른 것이 아버지가 각각인 증거라는 말은 맞지만, 어머니가 같다는 것은 아무 증거도 없는데 사실인 듯이 말했다. 의상이 芽씨라는 것은 틀린 말이고, 누군지 모를 윤필은 성이 尹씨라는 것은 금시초문이다. 한 여인이 성이 다른 세 아들을 낳았다는 것은 이야기에서도 유례가 없는 일이다. 윤필이 원효·의상과 함께 수도했다고 하는 말이 다른 전승에도 있으나, 세 사람이 형제라는 것은 이유원의 기록에만 있다.

이유원은 구전을 듣고 그대로 옮겼다고 생각되고 자기 말을 보태지 않았다. 구전에서 세 사람은 공통점을 지니고 대등한 위치에 있었다고 말하려고 형제라고 한 것 같다. 같기만 하지 않고 지향하는 바

---

18) 《林下筆記》 권31

는 서로 달랐다고 하려고 어머니가 같고 아버지는 각기 다른 형제였다고 한 것으로 이해할 수 있다.

윤필암이라는 암자는 곳곳에 있다. 모두 한자 표기가 潤筆庵이며 윤필이라는 인물과는 관련이 없다.[19] 이야기에서는 윤필이라는 인물을 등장시키고 윤필암을 윤필이 지은 암자라고 했다. 윤필의 한자 표기는 일정하지 않고 '尹弼'이기도 하고 '潤弼'이기도 하다. 윤필은 승려가 아닌 거사이지만, 불법을 닦아 의상이나 원효와 겨룰 수 있는 경지에 이르렀다고 했다. 이런 말을 할 필요가 있어 그럴듯한 창작을 했다.

의상은 승려이기만 해서 아득하게 멀리 있다. 원효는 승려이면서 거사여서 어느 정도 친근감을 가질 수 있으나, 거사 이야기도 또한 필요했다. 출가하지 않은 거사도만 불도를 닦아 성취하는 바가 있을 수 있다고 말하려고 윤필 이야기를 지어냈을 수 있다. 윤필은 만만할 수 있다. 누구나 윤필처럼 될 수 있다고 생각할 수 있다.

강원도 양양 군청에서 북쪽으로 가다가 가정리에 들어서는 입구에 조그만 다리가 있다. 그 다리를 지금은 청곡교라고 하는데, 예전에는 삼형제다리라고 했다. 그럴 만한 사연이 있기 때문이다. 신라 때 의상대사, 원효대사, 윤필거사 세 분이 절을 지을 터를 함께 찾아다녔다. 돌아다니니 다리가 아파 이 다리에서 쉬었다. 이 다리에서 서북쪽으로는 대청봉이, 북쪽으로는 오봉산이 보였다. "우리 여기서 헤어

---

19) 윤필암이라는 암자가 묘향산과 금강산에 있는 것을 이색이 말하고(〈香山潤筆菴記〉와 《金剛山潤筆菴記》, 《牧隱文藁》 권2), 彌智山〔龍門山〕에 있는 것은 허목이 소개했다(〈彌智山記〉, 《記言》 권28). 두 사람 다 암자 이름의 유래는 소개하지 않았는데, 그 이유가 潤筆이 "붓을 적시다", "붓을 적혀 글씨를 쓰거나 그림을 그린다"는 의미의 보통명사이기 때문이다. 윤필암이라는 암자가 어느 정도 알려져 생소하지 않지만 이름을 한자로 어떻게 적는지 잘 기억하지는 못하는 것을 이용해, 하고 싶은 말이 있는 사람들이 윤필이라는 거사가 윤필암을 세웠다는 전승을 만들어냈다고 생각한다.

져 각자 좋은 자리를 잡읍시다." 이렇게 말하고 헤어져, 윤필은 오색으로 가서 城國寺를 짓고, 원효는 서쪽으로 가서 파일리에서 靈穴寺를 짓고, 의상은 바닷가에서 洛山寺를 지었다고 한다.

이 이야기에서는 의상·원효·윤필이 한 자리에 있다가 헤어져 각자 자기 절을 짓고 서로 대등한 위치에서 수도를 한다고 했다. 한 자리에 있었다는 것은 출발이 같다는 말이다. 각자 자기 절을 짓고 수도를 했다고 지향점이 달랐던 것을 알려준다.

의상과 원효가 달랐다는 것은 납득할 수 있게 말했다. 의상은 하늘에서 가져다주는 물을, 원효는 땅에서 솟는 물을 마셨다고 한 말이 바로 이 이야기에 이어져 있다. 윤필은 어떤 물을 마셨는지 말해야 비교론이 완결되는데, 말해야 할 것을 말하지 않아 공백이 있다.

다시 생각하면 공백이 결격 사유라고 할 것은 아니다. 윤필은 당시 사람들이 으레 그렇듯이 흘러가는 개울물을 마시면서 물에 대해 신경을 쓰지 않으므로 말할 것이 없다고 무언의 공백으로 전하지 않는가? 속인인 거사는 별난 일 하지 않는 것을 득도로 삼았다고도 무언의 공백으로 전하지 않는가? 그 어느 쪽에서도 원효는 윤필을 따르지 못한 것이 아닌가?

경북 문경군 농암면에 있는 深源寺는 원효가 창건한 절인데, 의상이나 윤필도 함께 수도했다고 한다. 어느 동자가 찾아와서 배우기를 청해 몇 달 가르쳐 주니, 자기는 청화산 기슭 용소 속 용궁에 사는 용왕의 세자라고 하고, 용왕이 초청한다고 전했다. 원효와 의상은 망설이고, 윤필이 동자의 등에 업혀 용궁으로 갔다.

윤필은 극진히 대접받고 용왕의 선물인 餠甑(떡시루), 月鎌(달 모양의 낫), 金斧(금도끼), 堯鈴(큰 방울) 등을 받아 나왔다고 한다. 병증은 용궁에서 필요하다고 여겨 돌려보내고, 월겸은 없어진 내력을 알 수 없으며, 금부는 봉암사에서 보관하다가 1965년경 도난당했다고 한다. 요령은 원적사에서 보관해 오다가, 지금은 직지사 박물관에 있다고 한다.

원효나 의상은 고고한 위치에서 위신을 차리고, 윤필은 용궁의 초대를 두려워하지 않고 나섰다. 승려가 아닌 거사이고, 이름이 나지 않아 부담이 없었다. 탐구하는 모험을 서슴지 않고 해서 미지의 세계에서 새로운 가능성을 찾았다. 모험에 가시적인 성과가 있었다고 하면서 구체적인 증거를 제시하기까지 한다. 거리낌 없이 사는 모습을 보여주었다.

《삼국유사》에 수록된 이야기 자료는 자장·의상·원효·혜공 비교론을 전개할 수 있게 한다고 했다. 그 작업을 〈무엇을 어떻게 읽을 것인가〉에서 하고 대단한 철학을 찾아냈다고 했다. 구전에서는 의상·원효·윤필이 함께 수행하면서 서로 다른 방향으로 나아갔다고 했다.

자장·의상·원효·혜공은 상위 진골에서 하층민까지의 지체 차이가 있어 지향하는 바가 달랐다는 것을 밝혀 논했다. 의상·원효·윤필은 지체가 아닌 僧俗의 차이가 있다는 데서 이야기를 시작했다. 의상은 승려이기만 하고, 원효는 승려이면서 거사이고, 윤필은 거사이기만 하다. 셋의 차이가 관심거리이다.

자장은 문제 밖의 위인이라 구전에서는 상대하지 않았다. 혜공은 지체가 낮아도 승려이기만 하고 행적이 신이하다고 하는 탓에 거리가 멀어서 퇴장시키고, 거사이기만 해서 속인의 삶을 살면서 가까이서 수도하는 인물이 필요해 윤필을 등장시켰다. 종축을 횡축으로 바꾸어 논의를 새롭게 전개했다.

승려가 깨달음의 높은 경지에 있다고 하는 통념을 깼다. 승려이기만 한 것보다는 승려이면서 거사인 것이, 승려이면서 거사인 것보다는 거사이기만 한 것이 더욱 진실한 깨달음을 얻어 실행할 수 있는 조건이라고 말했다. 속인이라도 누구든지 윤필의 위치에서 수도를 할 수 있으므로 자부심을 가져도 된다고 일러주었다.

원효가 으뜸이라고 칭송하는 것이 마땅하지 않다는 생각도 나타냈다. 원효의 한계를 말해주려고 등장시킨 사복을 윤필로 바꾸어 신비의 장막을 걷어내 추측이 필요하지 않게 하고, 너무나도 평범한 이치를 더욱 분명하게 했다. 수행이 아닌 생활이 깨달음의 원천이고, 낮은 것이 높고, 무식이 유식임을 알려주려고 했다.

글에서는 무엇을 남겼는가

원효가 글로 써서 남긴 기록철학은 직접 체험하고 수용한 구비철학을 각성의 원천으로 삼았다. 원효를 두고 후대인이 해온 이야기는 원효의 기록철학과 기본적으로 상통하는 구비철학이라고 할 수 있다. 양쪽을 다 받아들여 철학의 범위를 확대하고, 철학하는 행위를 모두 포괄하는 거시적인 철학사 이해에 힘쓰는 것이 바람직하다.

원효가 체험한 구비철학, 원효가 남긴 기록철학, 원효에 관한 구비철학을 원효철학이라고 통칭하자. 원효철학은 이치의 근본을 밝히는 발상의 비약을 특징으로 한다. 발상의 비약을 논리의 혁신으로 구체화했다. 구비철학은 발상의 비약, 기록철학은 논리의 혁신에서 더욱 두드러진 작업을 했다. 그 때문에 이해하기 쉽고 어려운 차이가 생긴다. 쉬운 것부터 살피고 이제 어려운 쪽으로 나아가는 것이 당연한 순서이다.

구비철학은 말하는 사람이 듣는 사람과 소통하기 위한 대화이다. 관심을 끌고 소통의 효과를 확대하려면 특이한 방법으로 이야기를 이끌어나가야 한다. 예상하는 방향으로 진행되지 않고 놀라운 역전이 일어나 숨은 진실이 드러나게 해야 한다. 잘될 만한데 못되기이거나,

못될 만한데 잘되기이어야 한다.

　기록철학은 구비철학에서 발상의 비약을 가져와 논리의 혁신을 통해 새로운 모습을 갖추게 하려고 노력한다. 글은 말처럼 명쾌하게 전달되지 않으며 복잡하고 난해하게 보이지만, 잘 뜯어보면 충격을 주는 내용을 알아차릴 수 있다. 원효가 그 본보기를 잘 보여주어 집중적인 검토의 대상으로 삼을 만하다.

　철학은 이치의 근본을 밝히는 작업이다. 원효가 기록철학을 글로 써서 남기면서, 발상의 전환과 논리의 혁신을 어떻게 구현해 이치의 근본을 밝혔는지 살펴보자. 길을 잃고 헤매지 말고, 자세히 뜯어보고는 대뜸 핵심을 파악해야 한다. 구비철학과의 대응은 하나하나 검증하지 않고 크게 생각해도 된다.

　선승과 학승을 겸할 수 있는가? 이 질문을 선승에게 했더니 대답했다. 선승은 학승을 겸할 수 있어도 학승은 선승을 겸할 수 없다고 했다. 원효는 둘을 겸해 선승이면서 학승이었다. 선승의 깨달음을 구비철학과 만나서 얻어, 학승의 기록철학으로 옮겨 논술하는 작업을 뛰어난 수준으로 했다. 경전에 매달려 자기 생각은 하지 못하는 학승의 병폐에서 선승의 깨달음을 동력으로 삼아 시원스럽게 벗어나는 글을 썼다. 모든 학문에서 다 이렇게 해야 한다.

　원효는 저절로 잘하게 되었는가? 어떻게 하면 잘못하는지 알아차리고 잘못을 바로잡는 결단을 내려 잘할 수 있게 되었다. 어떻게 하면 잘하는지 알아차린 내용을 알려 주어 누구나 자기 것으로 삼을 수 있게 했다.

　"或望源而迷流　或把葉而云幹　或割領而補袖　或折杖而帶根"(더러는 근원을 바라보면서 흐름을 풀이하고, 더러는 잎을 잡고 줄기라고 말하고, 더러는 옷 한 벌을 잘라 소매를 깁고, 더러는 가지를 잘라 뿌리에 두른다)고 한 말을[20] 보자. 네 가지 전형적인 잘못을 지적했다.

하나하나 뜯어보면서 깊이 이해하기로 하자.

(가) "或望源而迷流"(더러는 근원을 바라보면서 흐름을 풀이한다)라는 것은 선행 작업은 버려두고 나중에 해도 되는 일에 매달린다는 말이다. (나) "或把葉而云幹"(더러는 잎을 잡고 줄기라고 말한다)이라는 것은 지엽을 근본이라고 착각한다는 말이다. (다) "或割領而補袖"(더러는 옷 한 벌을 잘라 소매를 깁는다)라는 것은 큰 것을 희생시켜 사소한 것을 살린다는 말이다. (라) "或折枝而帶根"(더러는 가지를 잘라 뿌리에다 두른다)이라는 것은 해당사항이 다른 것을 엉뚱하게 가져다 붙인다는 말이다.

이 넷은 어떤 관계를 가지는가? (가)·(나)는 비교적 단순한, (다)·(라)는 무척 심각한 착오이다. (가)·(라)에서는 원인과 결과, (나)·(다)에서는 전체와 부분 분별에 잘못이 있다. (가)·(다)에서 본보기로 든 물과 옷이 너무 달라 흩어진 논의를 (나)·(라)에서는 나무의 비유만 들어 모아 모아들였다.

원효는 이처럼 높은 수준의 깨달음을 명확한 구조를 갖추어 논술하는 모범을 보여주었다. 이것이 사고와 표현의 요체이고, 학문하는 방법이고, 철학의 내용을 이룬다. 바라보거나 쳐다보면서 감탄하기만 하면 아무 수용이 없다. 원효가 이룬 것을 발판으로 삼아 더 올라가야 한다. 첫 작업을 잘했다고 자랑하지 말고 원효의 글을 더 보자.

"統衆典之部分 歸萬流之一味 開佛意之至公 和百家之異諍"(뭇 경전의 부분을 통합해 만 가지 흐름이 한 맛으로 돌아가게 하고, 부처의 뜻이 지극히 공정함을 드러내 백가가 서로 달라 다투는 것을 화해한다)고 했다.[21] 이것은 무슨 말인가? 왜 이런 말을 했는가?

사람들이 서로 다투는 것은 실수나 착오 때문이 아니다. 실수를 하

20) 《大乘起信論別記》
21) 《涅槃經宗要》

지 않고 착오도 없다고 하면서 각기 다른 주장을 굽히지 않고 하는
사태를 앞에서 말한 단순 논리로 해결할 수 없다. 주장의 근거가 사물
인식이 아니고 경전 이해에 있으면 시비가 더욱 복잡해지지 않을 수
없다.

시비를 어떻게 가려야 하는가? 다툼을 넘어서서 화합하면 지극히
공정한 뜻이 나타난다고 했다. 말을 맞게 하고 잘못은 없는가? 과연
가능한 일인가? 이치를 따져보고 반론을 제기해야 가르침에 크게 보
답한다.

뭇 경전은 각기 다른 것은 진리의 어느 부분을 나타내고 있기 때
문이니, 부분을 통합하면 전체가 바르게 이해되는가? 백가가 서로
달라 다투는 것은 어느 한쪽에 치우친 생각을 하기 때문이니, 치우친
생각을 모두 합치면 치우치지 않게 되는가? 각기 자기가 옳다고 다
투는 것은 어느 한 부분만 보아 일면적인 타당성만 갖추었기 때문이
니, 일면적인 타당성을 모두 합치면 전체적인 타당성이 확보되는가?

"부처의 뜻이 지극히 공정함을 드러내"라고 해서 있는 그대로 두
고 합친다고 하지 않고 바른 것을 가려 합친다고 했으니, 앞뒤의 말
이 맞지 않는 것이 아닌가? 바른 것은 취하고 그른 것은 버리고 합
치는 것이 가능한가?

바른 것은 취하고 그른 것은 버려 화합에 이르는 것을 당위로 삼
아서야 말을 다시 한 보람이 있는가? 상대방이 그르다고 하는 부정을
상대방이 주는 충격을 받아들여 자기를 혁신하면서 주장의 타당성을
확대하는 긍정으로 삼는 경쟁을 하는 것이 마땅하지 않은가? 싸움이
화합이고 화합이 싸움인 것이 아닌 다른 화합이 있을 수 있는가?

"今此論者 旣智旣仁 亦玄亦博 無不立而自遣 無不破而還許 而還許者
顯彼往者往極而遍立 而自遣者 明此與者窮與而奪"(이제 이 논은 지혜
롭고 어질며, 현묘하면서 광박하다. 세우지 않음이 없으면서 스스로

버린다. 부수지 않음이 없으면서 다시 허용한다. 다시 허용한다고 함은 저쪽으로 가는 자가 극단까지 가면 두루 선다는 것을 나타냄이다. 스스로 버린다고 함은 이쪽에서 준 자가 극단까지 가면 빼앗는다는 것을 밝힘이다.)[22]

여기서는 자기가 펼치는 논의가 지혜롭고 어질며, 현묘하면서 광박하다고 했다. 지혜롭고 현묘하다는 것이 본질이라면, 어질고 광박하다는 것은 작용이다. 그 다음 대목까지 들어 작용에 대해 한 말을 주목해보자. 자기의 주장만 하지 않고 다른 주장을 배려한다. 옳다는 것을 관철시킬 수 있지만 한계를 둔다. 여기까지 한 말도 대단하지만, 다음 말은 더욱 놀랍다.

그릇된 견해를 모두 부술 수 있어도 남겨둔다. 파괴하지 않고 남겨둔 다른 견해가 지금 예상하기 어려운 극단적인 상황에서는 도리어 널리 타당성을 가질 수 있다는 것을 인정한다. 이쪽의 입론을 완전하게 하지 않고 재고의 여지를 남겨둔 영역에서도 지금 예상하기 어려운 극단적인 상황이 벌어지면 제어할 수 없는 반론이 일어나 주도권을 쟁탈할 수 있다.

"染淨諸法 其性無二 眞妄二門 不得有異 故名爲一"(더럽고 깨끗한 여러 법은 그 본성이 둘이 아니다. 진실하고 허망한 두 문이 다름이 없다. 그러므로 하나라고 이름 짓는다), " 設使二門雖無別體 二門相乖 不相通者 則應眞如門中 攝理而不攝事 生滅門中 攝事而不攝理 而今二門互相融通 際限無分"(두 문이 설사 본체가 구별되지 않아도, 두 문은 어긋나고 서로 통하지 않는다. 眞如門에서는 理만 포섭하고 事는 포섭하지 않는다. 生滅門에서는 事만 포섭하고 理는 포섭하지 않는다. 그러면서 두 문은 서로 융통하고 경계가 나누어져 있지 않다.)[23]

---

22) 《大乘起信論疏記會本》
23) 《大乘起信論別記本》

여기서는 전문적인 용어를 사용해, 진여문과 생멸문은 둘이면서 하나이고 하나이면서 둘이라고 했다. 진여문은 깨끗하고 생멸문은 더럽다고 하고, 진여문은 진실하고 생멸문은 허망하다고 하지만, 본체는 둘이 아니고 하나라고 했다. 본체란 무엇인가? 깨끗한 것이 더럽고 더러운 것이 깨끗하며, 진실한 것이 허망하고 허망한 것이 진실하다고 하는 말을 그렇게 했는가? 아니면 본체가 따로 있는가? 앞의 경우라면 말이 부적절하다. 뒤의 경우라면 진여문과 생멸문의 구분을 넘어서 있는 본체가 따로 있다고 하게 되니 잘못이다.

진여문에서는 理를 생사문에서는 事를 관장하므로 그 둘이 하나가 아니고 둘이라고 했다. 그러면서도 두 문은 서로 융통하고 경계가 나누어져 있지 않다고 했다. 리와 사는 어떤 관계인가? 뒷날 이와 기라고 하는 것과 같지 않은가? 이기이원론이라고 할 수 있는 것을 말했다. 그러면서 리를 관장하는 진여문과 사를 관장하는 생멸문은 서로 융통하고 경계가 나누어져 있지 않다고 했다. 그래서 하나인가?

리는 사 또는 기의 원리일 따름이다. 기일원론에서는 이렇게 말했다. 그렇다면 진여가 생멸이고 생멸이 진여이다. 이렇게 말해야 한다. 생멸에서 전개되는 상극이 진여라고 일컬어지는 상생과 그 자체로 하나라고 해야 한다. 생멸의 상극은 부정해야 할 것도 부득이 인정해야 할 것도 아니며, 운동하고 발전하고 창조하는 공적을 보여주는 실체이다. 생멸이 위대해 그 자체가 진여이다. 운동하고 발전하고 창조하는 것이 최고의 가치이다. 기일원론을 이어서 나는 이렇게 말한다.

원효의 탐구와 저술에서 《금강삼매경론》이 절정을 이루었다. 논의의 대상인 《금강삼매경》은 중요한 경전이 아니고, 출처가 의문이다. 원본이 인도에서 전래되지 않은 것으로 밝혀졌으며 원효 생존 당시인 650-665년 사이에 만들어졌으리라고 하는 추론이 유력하다. 만든 곳이 신라라고 하고, 원효가 작자라는 추정을 자아내기까지 한다. 그 가운데 어느 것이 타당한지 가릴 수 없으나, 원효의 논의 때문에 이경이 널리 알려진 것만은 틀림없다.[24]

원효는 중요한 경전을 이해하는 데 필요한 작업을 하지 않았으며, 자기 사상을 펴기에 가장 적합한 대상을 찾았다. 책 서두를 보자. 대의를 풀이한다고 하면서 다음과 같이 한 말이 예사롭지 않다. 경전을 풀이하는 방식에서 벗어나 자기 철학을 제시했다. 모든 이치를 한꺼번에 포괄해 논하는 견해를 폈다.

"夫一心之源 離有無而獨淨 三空之海 融眞俗而湛然 湛然 融二而不一獨淨 離邊而非中 非中而離邊 故 不有之法 不卽住無 不無之相 不卽住有不一而融二 故 非眞之事 未始爲俗 非俗之理 未始爲眞也"(무릇 한 마음의 근원은 유와 무를 떠나서 홀로 깨끗하고, 三空의 바다는 진과 속을 아우르며 맑다. 맑으니 둘을 아울렀어도 하나가 아니고, 홀로 깨끗하니 가장자리를 떠났으면서도 가운데가 아니다. 가운데가 아니면서도 가장자리를 떠났기에 유가 아닌 법이 무에 머무르지 않고, 무가 아닌 상이 유에 머무르지도 않는다. 하나가 아니면서 둘을 아울렀으므로 眞이 아닌 것이 俗이 되지 않고, 속이 아닌 이치가 진이 되지도 않는다.)

위에서 고찰한 글과 연결시켜보면, 滅門에서 관장하는 事의 모습을 구체화했다고 할 수 있다. '中'과 '邊'이라고 한, 가운데와 가장자리는 '유무'와 같은 차원의 개념이 아니고 실체이다. '유'의 양상이 차등의 원리에 따라 나누어져, 가운데는 존귀하고 가장자리는 미천하다고 하는 것을 문제 삼았다.

그런 관점에서 다시 보면, 하나와 둘, 진과 속은 물론 유와 무도

---

24) 책 이름을 《금강삼매경소》라고 했는데, 중국에 전해져 《금강삼매경론》으로 승격되었다. 중국이 아닌 외국에서 이룩한 저술이 論으로 인정된 다른 예는 없다. 일본에도 전해져 높이 평가되었다. 원효의 이름이 나날이 높아져 많은 설화가 만들어지게 했다. 《송고승전》에서 저술의 내력에 대해서 자세하게 말한 것이 그 때문이라고 생각된다.

개념이면서 실체인 이중의 의미를 지녔다고 할 수 있다. 하나와 둘은 군주와 신하, 진과 속은 귀족과 평민, 유와 무는 부자와 빈자를 지칭하는 의미가 내포되어 있다고 할 수 있다. 현실의 문제를 받아들여 해결하고자 했다.

그런 것들이 대립으로 생긴 둘이 그 자체로 하나라고 한 것은 어떻게 이해해야 하는가? 사실은 대립이 아닌데 대립으로 잘못 알고 있다는 말은 아니다. 하나는 실상이고 둘은 허상인 것은 아니다. 둘이 둘이면서 하나라고 한 것은 실상이고 현실이다. 불교철학에서 이에 대한 인식을 갖춘 것은 처음 있는 일이어서 높이 평가할 만하다.[25]

둘이 어떻게 하나인가? 이에 대한 원효의 해답은 앞에서 고찰한 글 몇 편에 나와 있으나 미흡하다. 이치를 분명하게 해야 하는 과제가 후대로 넘어와 우리의 노력을 기다리고 있다. 둘이 싸워 하나가 이기고, 다시 둘이 나타나 하나가 둘이라고 해도 의문을 어느 정도 풀 수 있지만, 뒤집어 다시 생각해야 한다.

상생이 상극이고 상극이 상생인 관계를 가져 둘이 하나이면서 하나가 둘이라고 하는 생극론은 더욱 진전된 논의를 편다. 근간을 마련했으면 할일을 했다고 여기지 말고, 다각적인 모색을 하고 광범위한 소통을 하는 길을 사방으로 열어야 한다. 원효보다 낮고 천한 자리로 내려와 더 높이 올라설 수 있기를 기대해야 한다.

마무리

지금까지의 고찰에서 계승하고 재창조해야 할 소중한 유산을 확인했다. 이 유산을 이용해 원효의 창조가 우리의 창조이게 하는 것이

---

25) 《철학사와 문학사, 둘인가 하나인가》(지식산업사, 2000), 158~160면에서, 용수와 원효의 차이점을 밝히면서 이에 관해 고찰했다.

철학을 하는 마땅한 방법이다. 오늘날까지 이어온 구비철학과 깊이 만나 합작을 해야 할 일을 제대로 한다. 원효와 직접 관련되지 않은 구비철학이라도 적극 활용해야 한다.

여기서 한 작업은 철학에 관한 이해를 새롭게 하는 좋은 지침이 된다. 직접적인 원천이 확인되지 않아도 어느 철학이든 구비철학의 수용이라고 여기면 친근하게 다가갈 수 있다. 어렵고 복잡한 논의 때문에 주눅이 들지 않고, 일상생활에서 주고받는 말이라고 생각하고 받아들이면 무엇을 말하는지 알아듣고 참견할 수 있다.

멀리서 산을 보고 산맥이 어떻게 이어지는지 알아내듯이, 세부의 논란에 말려드는 것을 경계하고 철학사의 큰 흐름에서 특히 소중한 유산을 확인하자. 특히 소중한 유산을 이용해 고급학문 합동작전을 펴자. 자세한 내용은 합동작전을 진행하면서 필요한 만큼 들추어내 검토하면 된다. 소용되지 않는 사항들까지 헤쳐 나가려고 하다가 시간을 낭비하고 넘어지기까지 하는 실수는 하지 말자.

철학은 수입학으로 하면 활용하는 길이 막히므로, 창조학으로 방향을 돌려야 한다. 철학을 독점적인 밥벌이로 삼느라고 지식의 울타리에 가두어두는 사람들의 방해공작에 말려들지 말자. 원효 철학을 이룩한 구비철학의 전통에 깊이 참여하면 새로운 철학을 얼마든지 만들어낼 수 있다고 낙관하자. 오늘날의 철학을 신명나게 창조하자.

2. 둘이면서 하나인 작업

알림

앞 대목에서 원효 이야기를 본보기로 들어 전개한 논의를 확대해 철학에 대한 전반적인 고찰을 시작하자. 구비철학에서 기록철학으로의 이행에 관한 일반론을 펴기로 하자. 문학에서 한 선행 작업에서 도움을 얻을 수 있다.

1970년대에 구비문학 혁명을 일으켰다. 구비문학은 문학이며 문학으로 연구해야 한다. 문학은 구비문학과 기록문학으로 이루어져 있다. 이렇게 주장하면서 한국문학 이해를 혁신하고, 그 작업을 세계문학으로까지 확대했다. 이제 구비철학 혁명을 일으켜야 할 때이다. 철학은 구비철학에서 비롯하고, 구비철학에서 창조력을 보충해 성장해왔다. 이 점을 밝혀 철학사 이해를 쇄신하고, 철학 창조를 새롭게 하는 단서를 마련해야 한다.

한국은 기록문학이 발달한 곳이면서 구비문학의 유산이 또한 풍부한 점이 남다르다. 이러한 사실이 철학에서도 확인될 수 있을 것이다. 기록철학의 내력이 한국철학사를 쓰는 데 지장이 없을 만큼 뚜렷하면서, 구비철학이라고 할 것이 또한 풍성하다. 구비철학 조사연구의 열의를 가지고 구비철학을 찾고, 구비문학과 기록문학의 관계를 고찰해 문학사를 서술한 방법을 철학사에 적용하는 것이 마땅하다.

기록철학의 유무와 관련 없이 구비철학은 독자적인 영역을 가진다. 구두로 전해질 수 있는 특이한 구조를 가지고, 관습을 깨고 상식을 넘어서는 중대 발언을 해서 소중한 이치를 깨우쳐주는 것이 구비철학의 본령이다. 구비문학이라야 그럴 수 있는 필요조건을 갖춘다. 구비문학과 구비철학은 대부분 겹쳐, 구비문학의 문학적 가치를 연구해온 성과를 받아들여 구비철학의 철학적 의의를 밝히는 데 활용할 수 있다.

철학연구의 사정 때문에 이런 작전이 더욱 긴요하다. 철학연구는 문학연구보다 위대한 창조의 업적을 더욱 선호한다. 몇몇 정상급 철학자가 철학사를 온통 지배한 듯이 말하는 관례를 바꾸어놓는 것을 구비철학 연구의 선결과제로 삼기는 어렵다. 구비철학에도 뛰어난 창조가 있어 정상급 철학자와 맞선다는 것을 입증하는 데 먼저 힘쓰는 것이 마땅하다.

장래의 목표는 원대하다. 문학은 특별히 잘난 사람만 하는 별난 짓이 아니고 누구든지 나날이 살아가면서 얻는 지혜의 구현임을 구비문학을 연구해 입증한 대전환을 구비철학에서도 기대한다. 지나치게 행세해 창조를 방해하는 거물 철학자들의 전제왕국을 무너뜨리고 민주화를 이룩하는 밑으로부터의 혁명을 구비철학에서 시작할 수 있다. 이렇게 하면 철학은 쉽게 이해되고 누구든지 친해질 수 있다.

구비철학이란?

말이 먼저 있고 글이 생겼다. 문학은 말로 하는 구비문학에서 시작해 글로 하는 문학인 기록문학으로 이행했다. 철학 또한 구비철학이 먼저 있고 기록철학이 나타났다. 구비철학을 글로 정착시키면서 출현한 기록철학이 차차 독자적인 영역을 마련했다. 이런 사실에 대한 고찰이 철학사의 새로운 이해를 위한 출발점이 된다.

기록철학보다 선행한 구비철학을 확인해보자. 인도의 《베다》(*Veda*), 석가나 공자의 가르침은 구전되다가 기록되었다. 인도에서는 후대에도 크게 깨달은 사람은 일자무식이라고 했다. 글은 쓰지 않고 말만 한 소크라테스(Socrates)를 유럽철학의 시조로 받든다. 《논어》가 있어 공자의 사상을 알 수 있다. 소크라테스에 관한 이해는 플라톤의 기록에 의거한다.

기록철학이라야 철학이라고 하게 된 다음에도 기록철학에 관한 강의나 논의는 구두어로 이루어졌다. 근대 이전의 기록철학은 민족어가 아닌 공동문어를 사용했지만, 말을 할 때에는 각자의 구두어를 사용하는 것이 예시였다. 여러 문명권 중세철학의 가장 라마누자(Ramanuja), 가잘리(Ghazali), 아퀴나스(Aquinas)는 공동문어 산스크리트·아랍어·

라틴어로 글을 쓰고, 자기네 구두어 타밀어·페르시아어·나폴리어로 말하면서 철학을 했다. 말로 한 철학을 모두 구비철학이라고 한다면 구비철학은 기록철학과 계속 동반관계를 가지면서 줄곧 대단한 활약을 했다.

'구비철학'을 뜻하는 'oral philosophy'라는 말은 아프리카의 철학을 논의하면서 널리 사용하기 시작했다. 철학은 글이어야 한다고 하면 아프리카에는 철학이 없다. 철학이 없다면 자존심이 크게 상하므로, 반론을 제기해야 했다. 아프리카인의 자아각성을 위해, 아프리카에서 선도해 구비철학도 철학이라고 하는 대전환을 이룩했다.

아프리카 사람들은 천지만물에 대한 총체적 이해를 하고자 하는 소망을 구비철학에서 실현했다. 가나의 아칸(Akan) 민족은 그것을 '니안사'(nyansa)라고 한다. 이 말은 지혜를 뜻한다. 모든 존재에 대한 체계적인 설명을 지혜의 내용으로 삼는다. 철학을 뜻하는 여러 곳의 말에 '니안사'를 추가해야 한다. 구비철학을 널리 살피면 추가해야 할 말이 아주 많을 것이다.

'니안사'의 내용은 무엇인가? '오니아메'(Onyame)라고 하는 절대적인 존재 또는 신이 있어 천지를 창조하고, 하위의 신들도 만들어냈다고 한다. 사람은 불멸의 '오쿠라'(okra)라고 하는 영혼이 신과 바로 연결되어 있어 신의 아들이지만, 다른 한편으로는 '순숨'(sunsum)이라고 하는 정신, '호남'(honam)이라고 하는 육체도 갖추고 있어 신과는 다르다고 한다. 체계를 잘 갖춘 철학이다.

말리의 도곤(Dogon) 민족은 한층 추상화된 생각을 한다. 유일신인 '암마'(Amma)가 최초의 원리이고, 모든 것이 있게 한 원인이다. '암마'에 의해 만들어진 '놈모'(nommo)는 말이고, 물이고, 熱이며, 둘로 나누어져 작용하고 운동하면서 만물을 생성한다고 한다. 사람이 생겨나는 데도 쌍을 이루는 '놈모'가 계속 작용했다. 복합적이고 복잡한 현상이 무엇이든 그 작용으로 이해되고 설명된다.

폴리네시아 사람들의 철학도 관심의 대상으로 등장하고 있다. 아프리카 대부분의 지역처럼 폴리네시아도 문자를 사용하지 않은 곳이어서 구비철학밖에 없다. 이야기나 노래 형태의 구비전승에 우주와 생명, 인간과 역사에 관한 견해가 있다. 우주의 질서는 훌륭한 조화를 이루고 있으며, 사람은 그 일부로 살아간다. 부조화를 일으키는 재난이나 비극도 있지만 극복되고 만다. '마우이'(Maui)라는 반신반인의 장난꾼 영웅이 새로운 질서를 이룩하는 주역 노릇을 한다. 하와이 원주민의 오랜 전승을 모은 《쿠무리포》(*Kumulipo*)에 그런 생각이 다채롭게 나타나 있다.

중국에서는 구비철학이라는 말을 사용하지는 않지만, 소수민족의 철학사를 내면서 구비철학을 철학으로 받아들였다. 일찍부터 문자를 사용한 한족만 철학을 한 것은 아니고, 문자를 사용하지 않는 여러 소수민족의 구비전승 가운데 철학으로 평가할 것이 적지 않다고 인정한다. 여러 사례를 모아 고찰한 업적을 쉽게 찾을 수 있다.[26]

布依族은 淸氣와 濁氣가 갈라지더니 청기는 위로 올라가 하늘이 되고, 탁기는 아래로 내려와 땅이 되었다고 한다. 壯族은 커다란 기가 셋으로 갈라져서, 하나는 하늘, 하나는 바다, 하나는 땅이 되었다고 한다. 彝族(이족)은 혼돈 가운데 바람이 일더니 창조주가 생겨나 천지만물을 창조했다고 했다. 창조주는 금·목·수·화·토를 만들어 창조의 재료로 썼다.

白族은 盤古와 盤生 형제가 생겨나, 반고는 변해서 하늘이 되고, 반생은 변해서 땅이 되었다고 했다. 반고의 신체 각 부분이 해·달·별이 되고, 반생의 신체 각 부분이 변해서 나무·강·흙이 되었다고 한다. 자연이 생성된 원리가 의인화되어 거인 창조주 신화로 나아가

---

26) 蕭萬源 外 主編, 《中國少數民族哲學史》(合肥: 安徽人民出版社, 1992)가 좋은 예이다.

는 과정을 보여준다.

구비철학이 아프리카, 폴리네시아, 중국 소수민족군에만 있는 것은 아니다. 어디 사는 어느 민족이든 구비철학을 먼저 이룩하고 철학을 하기 시작했다. 철학이 어느 특정 지역에서 생겨났다는 견해는 타당하지 않다. 세계 곳곳의 구비철학이 활발하게 연구되지 못하고 있는 것은 학자들이 접근할 기회를 얻지 못했거나, 전승이 중단되어 다루기 어렵게 되었기 때문이다.

문자를 사용하고 기록철학이 시작된 다음에는 구비철학의 구실이 약해지는 것이 세계 전체의 일반적인 현상이지만, 우리는 그렇지 않다. 원효 이야기를 들어 고찰한 것 외의 다른 자료를 몇 개 더 들어 논의를 진전시키자.

뛰어난 異人 李之菡조차 모르는 일을 무명의 소금장수는 알았다. 이지함은 바다가 넘쳐 물이 차올라온다는 것만, 소금장수는 경계선이 어디인가 하는 것까지 말했다. 이름난 시인 申維翰보다 말을 몰고 다니는 하인이 시를 더 잘 지었다. 주막집 처녀가 더욱 슬기로워 신유한에게 위험이 닥칠 것을 예고하고 방비책을 일러주었다. 남을 속이기를 일삼는 金先達이 속아 낭패를 본 일이 있었다. 천하장사 申乭石 장군이 어디 가서 누군지 모를 사람에게 지고 왔다.[27]

이런 유형의 설화는 무엇을 말하는가? (가) 가장 높다는 것보다 더 높은 것이 있다. 끝이 시작이다. (나) 낮은 것이 높고, 높은 것이 낮다. 미천한 것이 존귀하고, 존귀한 것은 미천하다. 무식이 유식이고, 유식은 무식이다. 높고, 존귀하고, 유식하다는 것을 자랑하면 역전이 빨리 다가온다.

---

27) 신유한에서 신돌석까지를 두고 하는 이야기를 《인물전설의 의미와 기능》(영남대학교출판부, 1979)에서 자료 조사를 보고하고 고찰했다.

(가)는 총론이라면, (나)는 각론이다. 둘 다 존재 일반의 원리이면서 사람이 살아가는 모습이다. (가)는 생극론의 성립 근거이고, (나)는 생극론을 이루는 중요한 이치의 하나이다. 이런 깨달음을 갖추는 데서 구비철학이 기록철학보다 앞섰다.

최한기는 사람이 정신활동을 하는 기를 '神氣'라고 하고, 사물을 인식하고 표현해 나타내는 과정을 '神氣發現'이라고 했다. '신기'가 바로 '신명'이고, '신기발현'은 '신명풀이'이다. 최한기의 철학을 탈춤에서 더욱 생생하게 구현했다. 탈춤 공연이 신명풀이고, 탈춤 내용에서 신명이 무엇이고 왜 풀어야 하는지 쉬우면서도 깊이 있게 해명했다.

철학사 이해의 관점 전환

구비철학이 철학이라고 인정하고, 구비철학은 세계 어느 곳에든지 있었다는 사실을 알면, 철학사 이해의 관점이 달라진다. 철학사는 표면과 내면의 관계를 가진 구비철학과 기록철학을 함께 다루어야 한다. 둘의 관계 해명이 핵심 과제로 등장한다.

이와 함께 철학사 이해의 유럽중심주의를 시정하지 않을 수 없다. 철학은 고대그리스에서 시작된 유럽문명권의 창조물이라는 견해가 부정되고, 인류의 모든 집단이 각기 자기 철학을 이룩했다는 사실이 밝혀진다. 유럽철학을 받아들일 때 자기 전통에 입각해 변형시키고 재창조하는 것이 당연한 일임을 알게 된다.

한국의 경우를 들어 구체적인 논의를 해보자. 한국의 구비철학은 한국철학사 이해를 바꾸어놓는다. 취급범위가 달라져야 한다. 한국철학사에 구비철학사와 기록철학사를 포괄해야 하고, 둘의 관계를 중요시해야 한다. 구비문학과 기록문학의 관계의 역사로 문학사를 서술하는 것과 같은 작업을 철학사에서도 해야 한다.

구비철학을 받아들이면, 한국철학사를 중국철학 또는 중국에서 재정립된 불교철학의 수용사라고 하는 견해를 시정해야 한다. 구비철학은 독자적으로 이룩하고 발전시켰다. 구비철학이 외래철학 수용에 작용해서 변혁이나 재창조의 동력 노릇을 했다. 기록철학이 크게 성장한 다음에도 구비철학이 활발하게 이루어져 둘이 생극의 관계를 가졌다. 이러한 사실을 이해하면, 한국철학이 중국철학과 달라진 이유의 많은 부분을 구비철학에서 찾을 수 있다.

한국철학은 통합론적 특징을 지닌 점이 중국철학과 다르다. 원효는 불교이론의 여러 종파를 통합하려고 했다. 지눌은 선불교의 관점에서 이론불교를 아우르려고 했다. 일연이 원래 별개인 역사서·고승전·설화집을 합쳐 《삼국유사》를 만든 것도 이와 상통한다. 최제우는 유·불·도를 아울러 동학을 창건한다고 했다.

구비철학은 구비문학이기도 하다. 인간만사에 대한 다각적인 관심을 가지고 구비문학을 창작해온 성과를 활용해 구비철학을 만들었다. 구비문학은 전승 자체만이지만, 구비철학은 전승에 대한 검증이고 의의 부여이기도 하다. 논란의 범위를 확대하면서 통합론적 성향을 더 갖추고 상층의 사고에 대한 민중의 반론을 제기했다. 민중과 가까운 관계를 가지고 사상을 혁신하고자 하는 원효, 지눌, 일연, 최제우 등의 혁신론자들은 이런 움직임을 적극 받아들였다. 이런 이유로 한국철학사는 중국철학사와 다른 방향으로 나아갔다.

이기이원론과 기일원론의 양립이 한국에서 특히 선명하게 나타났다. 이기이원론은 중국에서 받아들여 따르려고 힘썼지만, 기일원론은 중국의 경우보다 더욱 선명해 중국의 전례를 참고와 자극으로나 삼고 기본적인 발상은 독자적으로 마련했다. 기일원론 또는 기철학의 성향을 뚜렷하게 지닌 민중의 구비철학이 기록철학으로 올라와 철학사의 전개가 달라졌다고 보는 것이 타당하다.

이규보는 조물주가 자기 스스로를 부정한다는 기이한 글 〈問造物〉에서 "物自生自化"(물은 스스로 생기고 달라진다)라고 했다. 이것은 구비철학과 관련을 가지고 스스로 정립한 견해이다. 정도전이나 김시습이 전개한 기철학도 중국의 특정 전례와 연결되지 않는 내부의 독자적인 재구성물이고 창안물이다. 이기이원론 또는 이철학의 수용이 뚜렷하게 이루어진 다음에는 기철학자도 중국에서 이룩한 업적을 참고해야 했으나, 산출한 결과는 중국 것과 상당한 거리가 있다.

이철학이 정통으로 자리를 잡고 박해를 했으므로 저류가 될 수밖에 없는 기철학이 꾸준히 이어져오고 단계적인 발전을 한 것은 민중의 구비철학이 든든하게 뒷받침했기 때문이다. 이철학은 중국의 전례를 따라야 한다고 했지만 기철학은 중국보다 앞서나갔다. 사상 내용뿐만 아니라 글쓰기 방법에서도 이런 사실을 확인할 수 있다.

장재와 서경덕, 나흠순과 임성주, 왕부지와 홍대용, 대진과 최한기를 견주어보자. 중국에서는 경전을 주해하면서 자기 견해를 삽입하는 것이 상례였는데, 한국의 기철학자들은 독자적인 논술을 전개하면서 다양한 표현 방법을 개척했다. 분명한 주장을 철저한 논증을 갖추어 정면에서 싸우지 못할 때에는 유격전 전술을 사용했다. 구비철학의 다채로운 표현법을 차용하기도 했다.

연결되는 설명을 배제해 충격을 주고 시비를 피하는 단상을 열거하는 것은 자주 사용하는 방법이었다. 〈毉山問答(의산문답)〉이나 〈虎叱(호질)〉 같은 우언을 지어내 피해는 줄이고 비판의 수준을 높이는 작전으로 삼았다. 박지원이 글을 놀이로 삼는다고 하면서 以文爲戲를 표방하고 측공이나 역공을 전개한 것은 탈춤과 흡사하다. 박해를 피할 수 있는 상황에서, 최한기는 《氣測體義》, 《人政》, 《氣學》 같은 체계적인 저작을 이룩했다.

중국철학사와 한국철학사의 전개를 거시적으로 비교해보자.[28] 고대에는 중국의 공자에 견줄 철학자가 한국에는 없었다. 중세전기 중

---

28) 《우리 학문의 길》의 〈중국철학사와 한국철학사〉에서 한 작업을 옮겨온다.

국의 董仲舒가 수행한 과업을 한국의 김부식은 천여 년 뒤에 힘겹게 뒤따랐다. 중세후기에는 중국의 주희가 이룩한 성리학의 이기이원론을 4백 년 정도의 간격을 두고 한국의 이황이 철저하게 다지고자 했다. 중세에서 근대로의 이행기에는 중국의 나흠순·왕부지·대진보다 한국의 임성주·홍대용·박지원·최한기가 기일원론을 더욱 분명하게 하고 한층 발전시켰다.

한국철학은 중국철학과의 간격을 줄이다가 중국철학보다 앞서게 되었다. 후진이 선진이 되게 했다. 이것은 문명권 중심부의 우위가 시대가 바뀌면서 퇴색되고 변방이 더 발전되는 것이 여러 문명권에서 일제히 확인되는 공통된 변화이다. 공통된 변화가 한국에서는 기철학의 발전으로 나타난 것은 그럴 만한 이유가 있다. 민중이 육성한 구비의 기철학을 비판적인 학자들이 적극 수용해 중국을 능가하는 창조를 이룩했기 때문이다.

세계를 둘러보면, 구비철학과 기록철학은 상당히 소원한 관계를 가지는 것이 예사이다. 구비철학은 기록철학이 없으면 큰 구실을 하다가 기록철학이 성장하면 물러난다. 한국은 기록철학의 유산이 풍부해 근대 이전의 철학사를 문명권이 아닌 민족국가 단위로 서술할 수 있는 유일한 곳이다. 그런데 구비철학 창조가 줄곧 활성화되어 기록철학과 당당하게 맞서 논란을 벌여왔다.

철학 창조의 원천을 찾고 미완성품을 가져와 가공해 완성하려고 철학사를 연구한다. 철학 창조는 무에서 유를 만들어낼 수 없고 기존의 유에서 새로운 유를 만들어내야 한다. 물려받은 유산 가운데 새로운 창조의 바탕이 될 만한 것을 찾아내 고금학문 합동작전을 하는 것이 성과를 보장하는 방법이다.

나는 생극론을 오늘날의 철학으로 이룩하고자 하면서, 기록철학과 구비철학 양쪽의 유산을 이어 활용한다. 생극이라는 용어, 상생이 상극이고 상극이 상생이라는 명제, 이론적 논의의 대강은 기록철학에서 가져온다. 그러나 생극론을 이루는 생생한 내용, 실제 사례를 통한 검증, 새로운 발상 등은 구비철학 쪽과 더 많은 관련을 가진다.

철학을 전공한다는 학자들은 기록철학에만 매달리고 있어 철학을 창조하지 못한다. 기록철학 연구는 글 읽기에 매여 재창조의 단서를 얻지 못하는 폐단이 있다. 질곡에서 탈출해 재출발하려면 구비철학에서 발상의 자유를 얻어야 한다. 자유는 일탈일 수 있다. 구비철학은 철학이 아니라고 생각하다가, 이치의 근본에 관한 논란은 찾지 못하고 말 수 있다.

기록철학은 구비철학처럼, 구비철학은 기록철학처럼 이해해야 양쪽의 난관을 함께 타개할 수 있다. 둘을 합쳐야 표면과 내면, 이론과 실제, 규범과 자유가 하나가 된다. 기록철학과 구비철학이 함께 풍부하게 이룩되고 밀접한 관련을 가져온 곳에서 오늘날의 철학의 창조학을 선도하는 것이 마땅하다.

문학창작은 누구나 한다. 글 모르는 사람들이 노동을 하면서 부르는 노래, 심심풀이로 하는 이야기가 절실한 사연을 갖추고 깊은 감동을 줄 수 있다. 나는 《서사민요연구》(계명대학출판부, 1970), 《인물전설의 의미와 기능》(영남대학출판부, 1979)에서 그런 것을 조사하고 연구해 문학에 대해 깊은 이해를 하고, 문학이 바로 철학일 수 있는 것도 알아냈다.

철학은 철학자라고 존숭되는 특별한 사람만 창작할 수 있다고 한다. 철학 교수라도 스스로 철학을 창작하지는 않고 기존의 철학에 대해서 알고 풀나 하는 것이 예사이다. 남들이 한 말을 오래 두고 되씹는 동안에 자기 말을 조금은 하게 된다고 하면서 일생을 허비하기도 한다. 철학은 이래서 대단하다고 하는 것이 철학은 가망이 없다고 여기고 배격해야 할 이유이다.

철학의 허상을 걷어내고 실상을 바로 보자. 사람은 누구나 문학을 창작하듯이 철학도 창작한다. 이치의 근본을 따지고, 자기가 사리를 판단하는 이유를 밝히는 것이 모두 철학이다. 철학은 구비철학에서 비롯했다고 되풀이해서 말할 필요가 있다. 규격에 맞는 철학 논술을 써야 철학을 하는 것은 아니다. 일상생활에서 말을 하거나, 노래나 이야기를 지어내거나, 철학서로 분류되지 않은 책을 써서도 철학을 한다. 철학자의 저술을 보고 철학을 하는 것이 아니다. 자기 철학을 스스로 하면서 각자 자기 나름대로 좋은 방법으로 나타낸다.

철학자의 저술은 철학의 본보기일 따름이다. 본보기가 절실하게 의미를 지녔다고 인정되는 것은 수많은 사람이 함께 생각한 것을 집약해 보여주기 때문이다. 사람은 누구나 자기 철학을 하고 있으므로 철학의 본보기로 통용되는 저작이 제대로 되어 있는지 시비할 자격이 있다. 시비는 창조를 위한 예비과정이다.

기록철학으로의 이행

구비철학은 세계 어디에도 있으나 구비철학에서 기록철학으로의 이행은 몇몇 곳에서 주도했다. 고대의 인도·중국·그리스가 그 선두에 나섰다. 그런 곳에서 기록철학을 내놓으면서 구비철학을 없앤 것은 아니니 착오를 일으키지 말아야 한다.

인도에는 일찍부터 《베다》(*Veda*)라고 하는 종교의 경전이기도 하고 신화이기도 하고 철학이기도 한 복합적인 전승이 있다가, 기원전 16-13세기경에 기록했다. 그 가운데 철학을 추려내 가다듬고 늘인 《우파니샤드》(*Upanishad*)라고 하는 것들이 기원전 8-3세기에 나타났다. 수많은 신을 섬기던 《베다》에서 세계인식의 경험을 합리적 총체로 파악하려고 하는 《우파니샤드》로 나아간 것이 커다란 진전이다.

중국에서는 천지만물의 이치 파악을 구전하다가 기원전 12세기경에 기록하고 《역경》이라고 했다. 《역경》을 기원전 3세기경에 《역전》

으로, 《역전》을 12세기에 《주역집주》로 해설하는 과정을 거쳐 중국철학사가 전개되었다. 기원전 8-3세기에 제자백가라는 사람들이 나타나 각기 한 말을 기록한 《노자》, 《논어》, 《관자》, 《장자》 등에서, 사람이 실행해야 할 도리에 관한 다양한 주장을 폈다. 이 가운데 《논어》가 특히 중요시되고, 《맹자》를 비롯한 여러 저술에서 후속 논의를 했다.

《역전》에서는 "易에는 太極이 있어, 이것이 兩儀를 낳고, 양의가 四象을, 사상이 팔괘를 낳는다"(易有太極 是生兩儀 兩儀生四象 四象生八卦)고 했다. 1(태극)이 2(양의, 음양)로, 2가 4(사상)로, 4가 8(팔괘)로 분화·발전한다는 말이다. 《노자》에서는 "도가 일을 낳고, 일이 이를 낳고, 이가 삼을 낳고, 삼이 만물을 낳고, 만물이 음을 껴안고 양을 껴안으며, 빈 기로 화를 이룬다"(道生一 一生二 二生三 三生萬物 萬物包陰而包陽 沖氣以爲和)고 했다. 1이 2로, 2가 3으로, 3이 ∞(만물)로 분화·발전하며, ∞(만물)은 음양을 둘러싸고, 빈 기가 화합을 이룬다는 것이다. 《논어》에서는 "명을 알지 못하면 군자라고 하지 못하고, 예를 알지 못하면 설 수가 없고, 언을 모르면 인을 알 수 없다"(不知命 無以爲君子也 不知禮 無以立也 不知言 無以知人也)고 했다. 명은 하늘에서 제시하는 당위이다. 예는 사람 사는 사회의 규범이다. 언은 사람들 사이의 소통 방법이다.

고대그리스에서는 기원전 5세기에, 파르메니데스(Parimenides)는 영원한 진실은 불변이라고 하고, 헤라클리투스(Heraclitus)는 모든 것은 대립과 투쟁을 거치면서 변한다고 해서 철학에 관한 논란이 시작되었다. 그 뒤에 진리를 이미 파악하고 있다고 자부하는 '소피스트'들이 나타나 혼란을 일으키자 소크라테스(Socrates)가 자기는 다만 지혜를 사랑할 따름이라고 하면서 '필로소피아'(φιλοσοφία)란 말을 사용했다. 소크라테스의 제자 플라톤(Platon)은 소크라테스와 다른 사람들의 논란을 길게 기록하고, 파르메니데스의 지론을 논란의 해답으로 삼으려고 했다. 플라톤의 제자 아리스토텔레스(Aristoteles)는 헤라클리투스와 상통하는 발상으로 여러 학문을 개척했다.

이상과 같은 고대철학은 천지만물을 하나로 이해하는 존재론을, 여러 경로로 근처까지 가기는 해도 확고하게 이룩하지 못했다. 다양한 방식으로 글을 쓰면서 논의를 산만하게 한 것도 미비점이라고 할 수 있다. 고대 다음 시기 중세에는 단일 체계의 존재론을, 형식이 온전한 글쓰기 방식을 찾아 詩로 나타내는 것을 이상으로 삼았다.

그런 이상을 달성하는 데 인도가 앞섰다. 기원전 6세기 무렵 불교가 출현하고, 기원 전후에 대승불교가 나타나 시대 전환에 유리한 사상이 마련되었다. 초기 불교는 지방의 구어를 사용하고 경전을 팔리어(Pali)로 기록했다. 대승불교는 《우파니샤드》의 언어인 산스크리트를 사용해 품격을 높이고, 《우파니샤드》를 넘어서는 철학을 갖추고자 했다.

대승불교를 일으킨 주역 남인도의 승려 나가르주나(Nagarjuna, 龍樹, 150경-250경)는 더욱 진전된 작업을 획기적인 방법으로 했다. 스스로 생각하고 깨달은 바를 형식과 표현이 고도로 세련된 산스크리트 시로 나타내 길이 칭송되는 최상의 업적을 남겼다. 그것이 바로 《中論頌》(*Madhyamakakarika*)이다.

거기서 무엇을 말했는가? 緣起에 따라 생성되고 소멸되는 수많은 사물의 ∞가 그 자체로 실상이라고 일컬어지는 1이며, 1은 또한 0이기도 하다고 했다. 1과 0 가운데 그 어느 쪽에도 치우치지 않는 中道를 깨달아야 한다고 했다. 한 대목을 漢譯으로 들어보자. "연기인 것 그것을/ 우리들은 空性이라고 말한다./ 그것은 의존된 가명이며,/ 그것은 실로 중도이다"(衆因緣生法 我說卽是無 亦爲是假名 亦是中道意)라고 했다.

이것이 세계 최초로 완성한, 완벽한 일원론의 존재론이다. 0이면서 1이고 1이면서 0인 것이, 그 둘의 중도인 것이 천지만물의 본체임을 밝혀 반론이 제기될 수 없게 했다. 0도 아니고, 1도 아니고, 그 둘의 중도도 아닌 것은 없다. 이 말에 동의하면 1이 0이라고 하는 것은 모두가 변천하는 연기이기 때문이라고 하는 데 동의하지 않을 수 없다. 연기에 집착하지 않아야 깨달음을 얻고 모든 번뇌에서 벗어난다. 이렇게 말하는 불교의 가르침을 받아들이지 않을 수 없다.

그래서 모든 논의가 끝났는가? 아니다. 인도에서는 불교에 눌렸던 힌두교가 일어나 치열한 반론을 제기하고 일원론의 존재론을 수정했다. 0은 말도 되지 않는다고 내버리고, 모든 것이 1인 '브라흐만'(Brahman)만 진실하고, '브라흐만'은 사람 마음속의 진정한 주체인 '아트만'(Atman)과 일치한다고 했다. ∞라고 여기는 천지만물은 '망상'(maya)에 의한 가상이어서 실체가 없고 허망하다고 했다. ∞는 허망하고 1만 진실하다고 하는 일원론의 존재론을 확고하게 했다.

나가르주나처럼 남인도 출신인 철학자 시인 산카라(Sankara, 700-750)가 이 작업을 하는 데 가장 열의를 가지고, 《中論頌》과 맞서는 《一千敎說》(Upandesashasri)이라는 철학시를 지었다. 이것은 한문으로 번역되지 않고 동아시아에는 알려지지 않았다. 이해의 편의를 위해 한 역명을 붙였을 따름이다. 산카라는 다음에 고찰할 라마누자(Ramanuja)가 나올 때까지 인도철학의 절대적인 지배자로 군림했다.

철학을 지칭하는 용어

철학을 논의하려면 철학이 무엇인가 하는 것부터 밝혀야 한다. 개념 규정은 용어 검토에서 시작한다. 지금 사용하는 '철학'이라는 용어는 유럽의 '필로소피'(Philosophie, philosophie, philosophy)의 번역어이고, 이 말은 고대그리스에서 "지혜에 대한 사랑"을 '필로소피아'(φιλοσοφία)라고 한 데서 유래했다. 이런 이유를 들어 철학이 무엇인가는 유래를 알고 규정해야 한다고 한다.

지혜를 파악해 갖추고 있다고 자부하는 '소피스트'(σοφιστής)들과 맞서서 소크라테스가 자기는 다만 지혜를 사랑하는 사람일 따름이라고 하면서 '필로소피아'란 말을 사용한 데서 철학이 시작되었다고 한다. 철학이라는 말이 이런 유래를 지닌 것을 증거로 삼아, 철학은 그리스인의 창안물이라고 한다. 그리스의 철학을 이어받아 유럽철학사가 전개된 내력이 철학사라고 하고, 그 밖의 다른 흐름은 인정하지 않는다.

빈델반트(Windelwand)의 《철학사》(*Geschichte der Philosophie*, 1892) 이래로 철학사라고 하는 것이 유럽철학사이다. 다른 문명권에서는 철학을 '필로소피'와는 상이한 말로 지칭할 수 있다. 다른 문명권의 철학사도 철학사이다. 여러 문명권에서 각기 다른 말로 지칭하는 철학의 역사를 모두 포괄하는 세계철학사라야 앞에 한정어가 붙지 않는 《철학사》일 수 있다.

여러 문명권에서 철학을 각기 지칭하는 용어는 '필로소피'에 밀려나 온전하게 남아 있지 않다. 세계 도처에서 독자적인 용어를 버리고 '필로소피'를 받아들여 철학을 지칭하고 있어, 유럽철학의 주도권이 기정사실로 인정된다. 이치를 바르게 따지는 것을 생명으로 여기는 철학에서 이치를 무시하는 관습이 횡포를 자행하고 있다.

빈델반트는 유럽철학사에서 고대철학·중세철학·근대철학은 추구하는 바가 달랐다고 했다. 고대그리스 철학은 "학문적 근거를 가지고, 처세술의 실질적 의의를 논의하는 작업"(praktische Bedeutung einer Lebenskunst auf wissenscaftlicher Grudlage)이라고 했다. 중세에 이르러서는 철학이 종교의 "교리를 학문적으로 지지하고, 교육하고, 옹호하는 활동"(wissenschaftliche Begründung, Ausbildung und Vertheidigung des Dogmas)으로 바뀌었다고 했다.

근대에 이르러서 과거에는 철학에 속하던 탐구의 영역이 여러 학문으로 분화되자, "바로 그 이성의 비판적 자의식에 기반을 둔 특별한 학문"(besonderer Wissenscaft auf eben jene kritische Selbstbesinnung der Vernunft)만 철학이라고 하게 되었다고 했다. 강조를 하기 위해 "특별한 학문으로서의 철학"(Philosophie als besonderer Wissenschaft) 이라야 철학이라고 말했다. 이것이 오늘날 통용되고 있는 철학의 개념이다.

이러한 사실에 근거를 두고, "유럽에서는 고대·중세·근대철학으로 이어진 철학의 오랜 전통이 있다"고 하는 명제와 "철학은 근대에 이르러서 개별학문으로 정립되어 독자적인 영역을 찾았다"고 하는 명제가 도출된다. 앞의 명제로 유럽인의 자부심을 키우고, 뒤의 명제를 다른 문명권의 철학은 제대로 된 철학이 아니라고 격하하는 데 사용했다.

유럽이 아닌 다른 곳들에는 철학을 무엇이라고 했던가? 이것을 알아야 논의를 바로잡을 수 있다. 알 것을 두루 알아야 말을 제대로 할 수 있다. 세계 일주를 하고 유럽문명권 전래의 철학을 재검토하자.

아프리카 가나의 한 민족은 철학을 '니안사'(nyansa)라고 한다고 앞에서 말했다. 이 말은 지혜를 뜻한다. 모든 존재에 대한 체계적인 설명을 지혜의 내용으로 삼는다. 구비철학을 널리 살피면 철학을 뜻하는 독자적인 용어가 곳곳에 있어 추가해야 할 것이 많다. 이에 대한 조사는 아직 본격적으로 이루어지지 않았다.

인도에서 철학을 뜻하는 재래의 용어는 '브라흐마요다'(brahmayoda), '아트마비디야'(atmavidya), '다르사나'(darsana)가 있다. '브라흐마요다'는 브라흐만에 대한 명상과 논의를 뜻한다. '아트마비디야'는 자기 자신에 대한 성찰이다. '다르사나'는 올바른 인식을 말한다. 그 가운데 비교적 늦은 시기인 기원 1세기부터 쓰이기 시작한 '다르사나'가 널리 통용되어, 철학을 뜻하는 인도 재래의 용어를 대표할 수 있다.

오늘날 인도에서는 산스크리트 대신에 영어를 학문 활동의 공용어로 삼으면서 재래의 용어를 버리고 '필로소피'를 널리 사용한다. 고대철학이나 중세철학에서 말하던 '필로소피'가 아닌 "이성의 비판적 자의식"이라고 규정되는 근대철학의 개념에다 근거를 둔 '필로소피'라는 용어를 사용하면서 인도의 고대철학과 중세철학을 논한다. 용어와 내용 사이에 상당한 불일치가 있어 고민이 아닐 수 없다.

유럽철학은 시대에 따라 달라져 개념 규정을 다시 하는 것이 당연하다고 여긴다. 인도철학은 어느 시대의 것이든 유럽 근대철학의 개념에 맞추어 재단하고 평가해야 한다고 한다. 인도에서 철학의 개념을 다시 규정할 수 있는 재량권은 없다고 한다. 이런 주장은 용납할 수 없는 허위이며 제국주의자의 횡포를 극명하게 나타내는데, 쉽사리 논파되지 않고 있다.

인도철학사를 처음 서술한 라다크리슈난(Radhakrishnan)이나 다스굽타(Dasgupta)는 유럽인의 편견에 맞서서 인도철학도 철학이라고 하기 위해서 적지 않은 고심을 해야 했다. 인도철학은 철학이 아니고, 종교적 독단에 지나지 않으며 잘못 파악한 사실에 근거를 둔 신비적이고 비생산적인 논의라고 하는 유럽인들의 편견을 논박하는 작업을 오늘날까지 하고 있다.29)

---

29) 라다크리슈난은 《인도철학》(Indian Philosophy)을 쓰면서 왜 인도철학을 재평가해야 하는지 거듭 밝혀 논했다. 영국이 인도에 대한 식민지통치를 하면서 "영국인 자신들보다 더욱 영국적인 인도인"을 만들어내는 교육을 하는 데 치중하고, "영국을 정신적인 어머니로, 그리스를 정신적인 할머니로" 삼아, 인도정신을 유럽화하려고 하는 데 맞서서 인도문명을 재인식하기 위해 철학에 대한 탐구가 절실하게 요망되었다고 했다. 영국인이 인도인에게 주입시키는 "인도는 철학이 우스꽝스럽고, 예술이 유치하고, 시는 영감이 없고, 종교는 괴이하고, 도덕은 야만적이다"라고 하는 편견을 시정하기 위한 긴요한 과업의 하나가 철학사 서술이라고 했다. 인도에는 종교만 있고 철학은 없다는 비방에 맞서는 것이 무엇보다도 긴요한 일이라고 여겨, 서론에서 그 문제를 거론하고, 인도에는 독단적인 교리를 가진 종교가 없으며, 종교와 철학이 합리적인 사고를 함께 개척해왔다고 했다. "철학에서 추구하는 진실이 언제나 많은 사람의 일상생활에서 살아 있게 하는 것이 인도에서 종교가 하는 구실이다"고 말했다. 또한 종교에서 제기되는 문제가 철학의 탐구를 촉진하는 작용을 해왔다고 했다. "인도사상은 인류정신사의 한 장을

아랍문명권에서 철학을 의미하는 말은 원래 '히크마흐'(hikmah)였는데, '필로소피아'를 차용한 '팔사파흐'(falsafah)가 나타나 혼선을 빚어냈다. '팔사파흐'는 이치를 따지는 학문만 의미하고, '히크마흐'는 이치를 따지는 학문뿐만 아니라 깨달음을 얻어 영혼을 정화하는 실천까지 의미했다. '팔사파흐'는 '이성철학'이라면, '히크마흐'는 '통찰철학'이라고 할 수 있다. 그 둘 사이에 어느 쪽을 택할 것인가는 심각한 논란거리였다.

아랍문명권의 탁월한 철학자 가잘리(Ghazali)는 '팔사파흐'를 신랄하게 비판했다. 《철학의 부조리》(*Tahafut al-falasifa*) 서론에서, '팔사파흐'에 종사하는 철학자라는 사람들은 고대그리스 철학자들의 이름을 드는 것으로 탐구를 대신하고, 좁은 소견에 사로잡혀 커다란 이치를 깨닫지 못한다고 나무랐다. '팔사파흐'를 넘어서서 '히크마흐'로 나아가, 직접 경험하고 검증할 수 없는 영역까지 통괄해서 파악하는 궁극적인 원리를 체득하는 것을 평생의 사명으로 삼았다.

'팔사파흐'의 자랑인 이성에 입각한 합리적 논증을 종교적 초월로 대치하면서 그렇게 하자고 한 것은 아니다. '팔사파흐'를 받아들여 '히크마흐'의 하위작업으로 삼고, 이성보다 상위의 이성인 통찰에 이르려고 했다. 종교적 초월에서 제시하는 '통찰철학'의 목표를 합리적 논증을 장기로 하는 '이성철학'의 방법으로 달성하려고 했다. 이것이 세계철학사에서 특기할 만한 업적이다.

유럽문명권의 세계철학사에서는, 이슬람철학을 다루면서 이성철학 '팔사파흐'를 하는 데 머문 이븐 신나(Ibn Sina)나 이븐 루스드(Ibn Rushd)는 논의의 대상으로 삼고, 통찰철학 '히카마흐'를 한 가잘리는 등장시키지 않는 것이 예사이다. 그 이유는 "이성의 비판적 자의식"

이루고, 우리에게서 생동하고 충만한 의의를 가진다"고 했다. "우리"가 인도인만은 아니다. 인도철학사를 읽고 이해하고 공감을 나누는 모든 인류가 "우리"가 되어, 인류 공유의 재산을 재평가해야 마땅하다고 생각해서 그렇게 말했다.

이라야 철학이라고 하는 근대유럽의 관점을 중세에까지 소급해서 적용한 것만 아니다. 중세의 이슬람철학은 독자적인 창조물이 아니고, 유럽철학의 이식이라고 여겨 낮추어보려고 하는 것이 더욱 중요한 이유이다.

유럽에서도 중세 때에는 '팔사파흐'가 아닌 '히크마흐'에 해당하는 철학을 했다. 철학이 "교리를 학문적으로 지지하고, 교육하고, 옹호하는 활동"이어서 신학과 구별되지 않았다. 철학은 신학과 구별해야 한다는 근대철학의 관점을 유럽중세철학사에는 적용하지 않고 아랍중세철학사에만 적용한 것은 용납할 수 없는 횡포이다.

일본에서는 유럽철학 소개에 앞장선 中江兆民이 '필로소피'를 '理學'이라고 번역하다가 '철학'이라고 번역어를 바꾸었다. '이학'이라면 전통철학과 연결될 수 있어, 연결을 단절하고 새 출발을 하려고 했다. '철인'이니 '철인지학'이니 하는 말이 이미 있어 '철학'이 신조어는 아니지만, 가벼운 뜻으로 사용한 단어를 공식적인 용어로 삼았다. 말은 이어 생소하게 여기지 않도록 하고, 의미의 연속은 거부하고 단절을 선언했다.

'철학'이 무엇인지 한자의 뜻을 보고 생각하지 말고, '필로소피'의 번역어인 줄 알아야 한다고 했다. "일본에는 고로부터 금에 이르기까지 철학은 없다"고 하고, 그 때문에 "심원의 意가 無하고, 천박을 면치 못했다"고 했다. 이런 결함을 시정하려면 유럽에서 철학을 받아들이지 않을 수 없다고 했다. 용어야 어쨌든, 철학에 해당하는 저작이 없었던가는 연구해야 할 과제인데, 즉각 자기비하로 치닫고 철학 수입을 제창했다.

그런 생각이 오늘날까지 이어져, 일본철학의 내력을 통괄해 고찰한 《일본철학사》라는 책은 출판된 적 없다. 일본에는 일본사상이라고 할 것만 있다가 유럽에서 수입해 철학을 하기 시작했다고 한다. 대학

강의과목이나 도서 분류에서도 철학이라고 하는 말은 서양철학의 약칭으로 사용하고, 그 내역은 오로지 수입품이라고 여긴다. 철학을 지식이라고 여기고, 수입의 원천이 훌륭한 철학을 높이 평가한다.[30]

일본에서 번역한 철학이라는 말을 중국에서 가져다 쓰면서 의미를 확대했다. 철학은 수입품이라고 하지 않고, 중국에서도 오래 전부터 있었다고 했다. 풍우란은 《중국철학사》(1947) 서두에서 중국 위진시대에 '玄學', 송명시대에 '道學', 청대에 '義理之學'이라고 하던 것들이 모두 철학이어서, 철학의 개념을 새삼스럽게 문제로 삼을 필요가 없다고 했다.

《중국철학사》를 수정하고 증보한 《중국철학사신편》 제1책(1980) 서두 철학이 무엇인가 논의한 대목에서 철학은 "人類精神的反思"라고 했다. "인류정신을 대상으로 한 사고"라는 말이다. 이어서 철학은 "對于認識的認識"이라고 했다. "인식에 대한 인식"이라는 말이다. 인류는 누구나 정신이 있고 자기 정신을 대상으로 하는 사고를 하며 인식을 하고 인식에 대한 인식을 하니, 철학의 보편성은 자명하므로 증명할 필요가 없다고 했다.

한국의 철학계는 일본과 밀접한 관련을 가지고 있다. 철학개론 서두에서 철학이 무엇인가 규정할 때면 반드시 '필로소피'가 철학이라는 말을 앞세운다. 그러면서 용어 사용에서는 중국과 공통된 태도를 보이고 있다. 서양철학, 중국철학, 인도철학, 한국철학 등이 모두 철학이라고 한다. 철학과의 교수진이나 강의가 서양철학에 치우쳐 있으나, 그 이유가 개념 설정이 잘못된 데 있는 것은 아니다.

이제는 과거를 청산하고 재출발해야 할 시기이다. '철학'의 개념을 '필로소피'에 의거해서 일방적으로 규정하는 관습을 청산하고, 철학의

---

30) 〈일본철학사가 있는가〉, 《우리학문의 길》(지식산업사, 1993)에서 이에 관해 고찰했다.

보편적인 개념과 특성을 밝히기 위해 여러 문명권 철학의 전통을 개념론의 측면에서도 적극적으로 인식·평가·활용해야 한다. 철학이 무엇이며 어떻게 해야 하는가 하는 문제를 다시 제기하고 새롭게 해결해야 한다.

철학이라는 말을 버릴 수는 없고, 다른 것으로 대치할 수도 없다. 철학의 의미를 최대한 포괄적으로 잡아 유럽문명권중심주의에서 벗어나야 한다. 철학은 '필로소피'의 번역어이므로 철학이 무엇인가 알고 싶거든 '필로소피'에게 물어보라고 하는 관습은 말끔히 청산해야 한다.

학문의 분화와 더불어 철학에 속하던 여러 학문이 독립된 뒤에 개별학문의 하나인 철학이 "이성의 비판적 자의식"이라는 것은 일시적으로 왜곡된 모습이다. 특수성을 일반화하려고 하는 무리한 시도에서 벗어나야 한다. 철학이 무엇인가 규정하려면 오랜 기간 넓은 영역에서 이루어진 철학을 모두 살펴야 한다. 철학이 무엇이어야 하고 무엇을 해야 하는가에 관한 논의도 포괄적이고 총체적인 관점에서 해야 한다.

지금까지 철학이라는 말을 시비하는 데 치우쳐 철학이 무엇인지 말하지 못했다. 철학이 무엇인지 말하는 것은 이 글 전체의 목표이다. 끝까지 가면서 많은 말을 해도 만족스러운 결과를 얻지는 못하고 아쉬움을 남길 것이다. 그러나 논의를 시작하려면 취급대상을 규정해야 하는 최소한의 이유 때문에 철학이 무엇인지 우선 할 수 있는 말을 해야 한다.

철학이란 무엇인가?

철학은 존재 일반에 관한 포괄적이고 총체적인 논란이다. 논란을 통해 부각되는 포괄적이고 총체적인 존재론은 알고 싶은 모든 것을 인식의 대상으로 삼을 수 있게 한다. 개별적 요소를 하나하나 검증하지 않고 총체를 총체로 받아들이는 통찰이 가능하게 한다. 이성을 넘어서서 통찰로 나아갈 수 있게 한다. 사람도 존재의 총체를 구성에 참여하는 것을 확인하고, 다른 모든 것과 사람의 관계, 사람과 사람의 관계를 바람직하게 파악하고자 한다. 철학이 현실을 휘어잡는 능력이기를 바란다.

존재론 정립은 윤리의 근거를 새롭게 탐구하고 윤리학을 혁신하는 과제와 맞물려 진행된다. 인식과 탐구를 위한 방법론을 개발하는 것도 철학의 긴요한 과제이다. 철학은 그 어느 국면에서나 완성된 해답이 아니고 진행되고 있는 논란이고, 논란을 통한 깨우침이다. 존재를 밝히고, 윤리를 따지고, 방법론을 개발하는 것을 존재이유로 하고, 유용성의 근거로 하고, 세상을 위해 커다란 기여를 하고자 한다.

철학을 지구상 어느 한곳에서 만들어 수출한 결과 온 세계 사람들이 철학을 하게 되었다는 것은 날조된 허언이다. 철학은 말로 하는 구비철학으로 시작되었다. 인류는 구비문학과 함께 구비철학을 소중한 창조물로 삼는다. 구비철학이 글로 쓰는 기록철학으로 정착되어 철학 논술을 철학이라고 하게 된 것은 후대의 변화이다. 구비철학은 누구나 활용하고, 기록철학은 전문가의 소관이다. 전문가의 기록철학은 누구나 하는 구비철학과 계속 깊은 관계를 가지고 활발한 토론을 해야 인습에 머무르지 않고 쇄신될 수 있다.

철학은 정신적 각성을 종교와 함께 추구하고, 어문을 표현 방법으로 사용하는 작업을 문학과 더불어 해왔다. 철학사는 한편으로 종교사, 다른 한편으로 문학사와 관련을 가지고 전개되었다. 종교를 위해 봉사하다가 종교에서 벗어나고, 종교를 비판의 대상으로 삼는 과정을 거쳤다. 엄정한 논리와 질서정연한 체계를 갖추려고 문학에서 멀어지다가, 혁신을 위한 우상파괴를 문학과 가까워지면서 하기도 한다.

철학은 지금 중대 고비에 이르렀다. 불신이 극심해진 위기를 방법론 재검토로 해결하려고 하는 것은 잘못이다. 철학도 개별학문의 하나라고 여겨 고유한 영역을 만들고 들어앉아 있으면서 자기 점검이나 일삼는 자폐증에서 벗어나, 크게 분발하고 관심을 확대해 모든 학문을 총괄하는 학문론 노릇을 다시 해서 유용성을 입증해야 한다. 지나치게 분화된 개별학문이 각기 그 나름대로의 과학을 한다고 해서 상실한 통찰을 회복하는 임무를 담당해야 한다.

철학은 개별 학문의 하나가 아니다. 모든 학문을 돌보는 어머니 (meta-) 학문이어야 한다. 집을 지으려면 설계를 해야 하고, 교향악단에는 지휘자가 있어야 하듯이, 학문에도 전체를 돌보는 일꾼이 있어야 하므로 철학이 필요하다. 철학은 고유한 영역이나 독점하는 재산이 없다. 다른 어느 학문도 이미 얻은 영역과 기존의 재산에 머무르지 못하도록 흔들어 깨우쳐주는 것을 존재이유로 한다.

붙임

한국철학사가 동아시아철학사이게, 동아시아철학사가 세계철학사이게 서술하고 책 이름을 《철학사》라고 하는 것이 바람직하다. 현실은 아직 절망적이다. 한국학의 여러 분야 가운데 철학이 중심에 자리 잡고 다른 여러 분야를 이끌어야 하는 사명을 지니고 있다. 철학이 앞서지 못하고 뒤떨어져 심각한 차질을 빚어낸다. 대학의 철학과는 서양철학 위주로 교수진이 구성되어 있고, 한국철학 전공자는 극소수이며 주눅이 들었는지 활동이 부진하다.

필요한 내용을 제대로 갖춘 《한국철학사》의 출현에 대한 간절한 소망이 이루어지지 않고 있다. 근래 윤사순, 《한국유학사》(지식산업사, 2012)가 나와 노작으로 평가되지만, 부제로 삼은 "한국유학의 특수성 탐구"에 치중하고 유학에서 전개된 철학의 보편적 역사를 찾아내지 않아 불만이다. 홍대용이나 박지원이 "탈성리학적" 실학을 했다고 하는 통상적인 해설에 머무르고 기철학의 발전에 획기적으로 기여한 업적은 문제 삼지 않은 것을 심각한 미비사항의 본보기로 들 수 있다.

2014년 4월 22일 서울대학교 인문학연구원에 강연을 하려고 갔더니, 독일철학 교수인 원장이 그 연구원에서 통일을 준비하는 인문학에 대한 대단위 연구를 정부의 지원을 받아 한다고 했다. 한국철학사를 쓰는 작업부터 해야 하지 않는가 하니, 독일에도 독일철학사는 없다고 했다. 독일철학사도 없는데 한국철학사가 왜 있어야 한다고 하는지 의문이라는 반응을 보였다.

독일철학사가 없는 것은 더 큰 철학사가 있기 때문이다. 독일뿐만 아니라 유럽 각국은 유럽철학사를 철학사라고 하고 자기 나라 철학을 그 속에서 다룬다. 우리도 위에서 이미 말했듯이 한국철학사를 동아시아철학사에서 다루고, 동아시아철학사에서 세계철학사로 나아가는 것이 바람직하다. 명실상부한 철학사를 쓰는 인류의 과업을 성취하기 위해 적극적으로 나서야 한다.

출발점은 한국철학사이다. 한국철학사를 버려두고 더 큰 일을 할 수는 없다. 통일을 준비하고 이룩하려면 철학사를 합치는 것이 긴요한 과제이다. 북쪽에서는 《조선철학사》를 아주 소중하게 여겨 먼저 내놓아 앞서 나간 것을 인식하고 인정해야 한다. 《조선철학사》를 부정하고 해체하면 된다고 여기는가?

아니다. 두 가지 대응 방안을 마련해야 한다. 북쪽의 철학사와 대응되는 남쪽의 철학사를 갖추는 것이 소극적인 방안이다. 소극적인 방안은 임시로 필요하다. 남북의 철학사를 합쳐서 넘어서는 것이 적극적인 방안이다. 적극적인 방안이 항구적으로 필요하다.

북쪽의 철학사는 상극의 철학사이다. 이와 대응되는 남쪽의 철학사는 쉽게 생각하면 상생의 철학사이다. 아직 이런 것도 갖추지 못해 학문 통일에 관해 말할 자격이 없는 것을 심각하게 반성해야 한다.

잘못을 시정하기 위해 적극 노력하면서 다음 작업으로 나아가기까지 하면 후진이 선진일 수 있다. 상극의 철학사와 상생의 철학사는 평행선을 달리지 말고 합쳐져 상극이 상생이고 상생이 상극인 생극의 철학사를 이룩해야 한다. 이것이 학문 통일의 핵심 과업이고, 학문 발전의 당연한 과정이다.

철학 전공자들이 사태 파악마저 제대로 하지 못하고 있어 절망적이라고 할 것은 아니다. 철학은 전공자의 전유물이 아니고, 누구나 하는 공동의 학문이어야 한다. 생극의 철학사를 이룩하는 작업을 어느 학문에서든지 할 수 있다. 철학사를 통괄해서 서술하지 않고서 필요한 논의를 심도 있게 전개할 수 있다. 철학이 아닌 다른 학문에서 제기되는 절실한 문제의 철학적 해결에서 철학의 의의를 선명하고 절실하게 입증할 수 있다.

철학이라는 학문이 따로 있고 독자적인 방법을 사용한다고 하면서 담을 쌓은 고립주의가 철학을 빈곤하게 만들었다. 이런 잘못을 시정하려면 밖에서 담을 헐고 들어가야 한다. 이것은 세계의 모든 철학에 일제히 적용되는 진단이며, 북쪽도 예외가 아니다. 한국 남쪽의 철학이 담을 제대로 쌓지 못한 직무태만은 오히려 잘못 시정을 용이하게 하는 좋은 조건이 된다. 다른 어느 곳에서도 하기 어려운 일을 우리는 할 수 있어 다행이다.

나는 문학과 철학을 함께 연구하면서 양면의 혁신을 서로 맞물리게 진행한다. 철학사 재인식을 근거로 생극론을 이어받아 창조학의 지침으로 삼고, 역사적 연구와 이론적 연구에 적극 활용한다. 변증법의 상극론을 받아들여 넘어서는, 상극이 상생이고 상생이 상극인 생극론으로 문학론·인문학문론·학문론을 새롭게 정립하려고 노력한다.

3. 이원론에서 일원론으로

알림

앞의 글 서두에서 관점을 바꾸면 철학이 쉽게 이해된다고 했다. 이해하기 쉬우려면 절실하게 와서 닿아야 한다. 이럴 수 없게 하는 장애 요인이 적지 않다. 읽어야 할 글이 너무 많고, 용어나 내용이 난삽하다. 빠지면서 읽는 동안에 무엇이 문제인지 모르게 될 수 있다. 잘못하다가가 정신을 잃고 쓰러질 수 있다.

독서 방법을 바꾸면 살아날 길이 있다. 쟁점을 발견해 따지면서 읽어야 한다. 대강 윤곽이라도 파악하면 따지는 것으로 만족하지 말고 쓰면서 읽기로 나아가야 한다. 거점이 되는 저작 몇 개를 상대하면서 철학사의 전개에 대해 내 나름대로의 생각을 할 수 있다. 내 나름대로의 생각을 여기 제시하는 것을 토론의 대상으로 삼으면 발견의 성과가 더 커질 수 있다.

아무리 높은 산이라도 공중에서 내려다보면 그렇고 그럴 수 있다. 밑에서 치어다보면서 감탄하기만 하지 말고, 공중에 올라가 내려다볼 수 있게 마음을 열어야 한다. 나는 아직 올라가지 않았어도 더 높이 올라갈 수 있다고 믿고 어떤 봉우리가 어떻게 뻗어나가야 할 것인지 마음대로 구상한다.

이 글 앞뒤에서 하는 철학사 정리에는 기존의 작업을 간추리고 재론한 것이 많다. 목록을 아래에 제시하지만, 번다하다고 여기고 들추어보지 않아도 된다. 생각을 더욱 선명하게 가지면서 앞으로 나아가고자 하니 가벼운 마음으로 동행해주기를 바란다.

《우리학문의 길》(지식산업사, 1993); 《한국의 문학사와 철학사》(지식산업사, 1999); 《철학사와 문학사 둘인가 하나인가》(지식산업사, 2000); 《세계·지방화시대의 한국학 4 고금학문 합동작전》(계명대학교출판부, 2006); 《세계·지방화시대의 한국학 5 표면에서 내면으로》(계명대학교출판부, 2007); 《세계·지방화시대의 한국학 9 학자의 생애》(계명대학교출판부, 2009); 《한국학의 진로》(지식산업사, 2014)

중세후기의 이원론

존재 일반에 관한 포괄적이고 총체적인 논란을 엄정한 논리와 체계를 갖추어 정립하는 것이 철학의 목표이고, 철학이 우월성을 주장하는 근거이다. 이를 위한 오랜 노력이 12-13세기에 여러 문명권에서 일제히 나타나 뚜렷한 성과를 거두었다.

그 주역을 연대순으로 들면, 힌두교문명권의 라마누자(Ramanuja, 1017-1137), 이슬람문명권의 가잘리(Ghazali, 1058-1111), 유교문명권의 주희(1130-1200), 기독교문명권의 아퀴나스(Thomas Aquinas, 1225-1274)이다. 우열 시비를 피하려고 연대순으로 들었다. 이 네 사람은 문명권과 언어가 다르고 서로 알지 못했지만, 몇 가지 점에서 주목할 만한 공통점이 있었다.

모두 비슷한 시기에 활동했다. 진실한 탐구자의 모범적인 삶을 보여주었다. 이치의 근본을 분명하게 따져 논술하는 저술을 문명권의 공동문어 산스크리트·고전아랍어·한문·라틴어로 썼다. 문명권 전체의 보편종교의 교리를 재정립해 새로운 정통을 이룩했다고 평가되고 숭앙된다.

철학 내용에 몇 가지 공통점이 있다. (가) 하나와 여럿의 관계: ∞인 여러 사물이 하나이고 총체인 1의 일부이므로 그 나름대로 소중하다. (나) 조화와 갈등의 관계: ∞는 대립과 갈등을 빚어내지만, 1은 대립을 넘어서고 갈등이 없는 조화를 이룩하고 있다. (다) 선과 악의 관계: ∞에서는 선악이 공존하고, 1은 악이 배제되고 선만 존재하는 영역이다. (라) 이성과 통찰의 관계: ∞의 사물에 대해서 하나하나 알려고 하면 이성이 필요하지만, 모든 것이 하나인 1에 이르기 위해서는 한 단계 더 높은 수준의 통찰을 갖추어야 한다.

(가)에서 1과 ∞가 관련을 가진다고 말한 방식은 일정하지 않다. 가잘리와 아퀴나스는 1인 신이 ∞의 사물을 창조했다고 했다. 라마누자는 1인 신의 분신이 ∞의 사물로 나타난다고 했다. 주희는 1의 理를 원리로 하고 ∞의 기가 존재한다고 했다. 창조·분신·원리설은 1과 ∞가 불가분의 관계를 가진 절대적인 존재라고 하는 점에서는 일치한다. 기독교나 이슬람교의 신은 힌두교의 '브라흐만'과 그리 다르지 않고, 유교에서 "理一分殊"라고 하고, "사람마다 한 太極이 있고, 物物마다 한 태극이 있다"(人人有一太極 物物有一太極)고 한 '태극'과도 상통한다.

네 사람 가운데 아무도 0에 관해서는 말하지 않았다. 1이 0이고 0이 1이라고 한 불교의 지론을 라마누자는 힌두교에 입각해서 거부했으며, 주희 또한 부정하고 대안을 제시했다. 가잘리의 이슬람교나 아퀴나스의 기독교는 1의 근원인 신의 존재를 믿는 것을 모든 사고의 출발점으로 삼았으므로 1이 0이고 0이 1이라고 할 수 없었다.

∞인 여러 사물은 하나이고 총체인 1의 일부이므로 그 나름대로 소중하다고 하고, 사물은 허망하다는 생각을 버려야 한다고 했다. 어떤 개별적인 사물이라도 그 나름대로의 의의가 있으므로 존중해야 마땅하고, 개별적인 사물에서 총체적이고 궁극적인 원리를 찾을 수 있다고 했다. 총체적이고 궁극적인 원리를 찾는 작업을 특별한 사람만 할 수 있는 것은 아니고, 누구든지 할 수 있다. 누구든지 나날이 영위하고 있는 일상적인 삶에서 출발해서 최고의 진리를 탐구하는 것이 탐구의 올바른 자세이고 과정이다.

(나)에서 1이 ∞이고, ∞가 1인 것은 아니라고 했다. ∞에는 갈등이 있으나 1에는 조화만 있어서 양쪽은 서로 다르다고 했다. 다른 세 사람은 1과 ∞만 말했지만, 주희는 2인 음양이 1이나 ∞ 못지않

게 긴요하다고 했다. 음양의 대립으로 천지만물이 운동하고 변화하는 것을 긍정적으로 평가했다. 음양의 대립을 넘어선 차원에 궁극적인 조화가 있다 하고, 조화와 갈등은 가치의 등급이 다르다고 한 점에서는, 주희도 다른 세 사람과 같은 생각을 했다.

네 사람 모두 갈등을 넘어서서 조화를 찾는 것이 삶의 목표라고 했다. 갈등을 나타내고 있는 사물이 그 자체로 궁극적인 원리는 아니고, 일상적인 삶이 그 자체로 최고의 진리는 아니다. 사물과 원리, 삶과 진리 사이에는 낮고 높은 단계가 있다. 가장 높은 단계로 올라가 궁극적인 조화에 동참하기 위해서는 끊임없이 노력해야 한다고 했다.

(다)에서 선악을 구분한 세부적인 사항 또한 서로 같지 않다. 가잘리와 아퀴나스는 사람은 신의 선한 특성과 유사한 것을 지니고 있어서 선하다고 했다. 라마누자는 '브라흐만'의 모습이 개별적인 사물에 구현되어 있으므로 개별적인 사물을 허망하다고 할 수 없고, 그 나름대로 선할 수 있다고 했다. 주희는 이는 純善하고 기에는 善惡이 있다 하고, 기의 선은 그 자체의 특성이 아니며 理의 선이 기에서 구현된 것이라고 했다. 다른 세 논자는 사람이 스스로 선하다고 자부하는 것은 잘못이고, 삶의 실상을 넘어선 영역에 선의 근거가 별도로 있다고 하는 점에서는 같은 생각을 했다.

(라)에서 이성과 통찰의 관계를 말한 데서는 네 사람이 거의 다르지 않다. 개별적인 사물에 대한 이성적인 이해에 머무르지 말고 이성은 넘어선 통찰로 나아가 모든 것을 한꺼번에 파악할 수 있어야 한다고 한 것이 공통된 견해이다. 이에 대한 평가는 시대에 따라 달라질 수 있다. 통찰이라는 것은 허황하기만 하니 배격해야 하고, 이성에 입각한 합리적 인식을 더욱 명확하게 해야 한다고 근대에는 주장했다. 이성으로 세분화된 파편적인 인식을 아우르려면, 통찰을 되살려 근대의 잘못을 시정하고 다음 시대로 나아가는 길을 찾아야 한다

고 주장할 수 있다.

(가)에서 (라)까지로 항목을 나누어 정리한 네 사람의 공통점을 총괄하기 위해서 주희가 사용한 이기철학의 용어를 일제히 적용하는 것이 유익하다. 주희가 이만 소중하지 않고 기 또한 소중하며, 이와 기는 하나이면서 둘이어서, 불가분의 관계를 가지지만 서로 구별된다고 한 것이 다른 세 사람도 함께 지닌 생각이다.

네 사람의 사상은 모두 이와 기가 둘 다 소중하고, 그 둘이 불가분의 관계를 가지지만, 이가 기보다 우위에 있다고 하는 이기이원론이다. 누구든지 자기 삶을 이룩하고 진리 탐구를 할 수 있지만, 삶의 실상 자체가 진리는 아니고, 삶의 실상을 넘어서서 고차원한 가치를 추구하고, 외면의 얽힘과는 다른 내면의 평온을 찾아야 한다고 했다.[31]

네 사람의 철학은 고심에 찬 창조물이다. 방황하면서 고뇌를 겪고 마침내 깨달아서 얻은 생생한 발상을 최상의 설득력을 갖추었다고 여긴 방법으로 폈다. 네 사람 가운데 어느 누구도 권위를 자랑하는 보수주의자도, 융통성 없는 고집을 부리는 완고파도 아니었다. 사고를 혁신하고 문화를 창조하는 공적을 커다랗게 이루었다. 처음에는 받아들여지지 않다가 차츰 동조자를 얻어 기여한 바가 확대되었다.

네 사람의 철학이 네 문명권에서 각기 마련한 중세후기철학의 모범답안으로 평가되었다. 모범답안이 정통을 재확립한 불변의 교리로 자리 잡고, 평가가 날로 높아지면서 부작용이 커졌다. 창조적인 노력의 의의는 줄어들고 사고를 공식화하고 사회를 규제하는 구실을 하게 되었다. 혁신이 보수로 뒤바뀌었다. 추종자나 맹신자들이 생겨나 긍정적인 의의는 없애고, 사상을 규격·교리·절대화했다. 중세에서 근

---

31) 가잘리는 말했다. "이론은 실천보다 쉽다", "다른 사람들의 책을 읽고 공부해도 이론은 얻을 수 있지만 실천은 그렇지 않다." 건강에 관한 지식보다 실제로 건강한 것이 더욱 소중하다고 하고, 실제로 건강한 것에 해당하는 진리의 체득과 실천은 말과 글로 하는 통상적인 공부를 넘어서야 가능하다고 했다.

대로의 이행기를 중세로 역행시키고, 근대화를 거부하는 명분으로 사용되었다.

라마누자·가잘리·주희·아퀴나스가 이룩한 철학은 경험과 초경험, 개별과 총체, 현실과 이상, 존재와 가치, 이와 기를 총괄 용어로 사용할 수 있는 둘이 하나이면서 둘이고, 둘이면서 하나라고 하는 이원론이다. 기본적으로 동일한 철학을 이룩하면서 네 문명이 나란히 나아가 세계사를 함께 창조했다. 그 시기가 중세후기였다.

철학자와 시인

네 사람의 철학이 불변의 교리임을 인정하고 받아들이면서 조금씩 완화하고 해체하는 것이 다음 단계의 작업이다. 철학자는 감히 할 수 없는 일을 시인이 맡아 나섰다. 철학의 언어인 공동문어를 버려두고 민족구어를 사용해 그런 일을 하는 시인이 문명권마다 있었다.

네 철학자와 짝을 이루는 대표적인 시인을 한 사람씩 연대순으로 들고 사용한 언어를 말한다. 아퀴나스보다 40여 년 뒤에 단테(Dante, 1265-1321)는 이탈리아 시를, 가잘리보다 60여 년 뒤에 아타르(Attar, 1120년경-1220년경)는 페르시아어 시를, 라마누자 이후 400여 년 가까운 시기에 카비르(Kabir, 15세기)는 힌디어 시를, 주희 이후 400여 년이 지난 뒤에 정철(1536-1593)은 한국어 시를 썼다.

이들 시인은 문명권의 보편주의 가치관을 민족문화의 저력으로 삼고 개조를 시도했다. 공동문어가 아닌 민족구어로 시를 써서 생동감을 확보하고 독자층을 확대했다. 체계화된 논설에서 벗어나 다양한 표현을 개척하고, 규범적인 사고 때문에 무시된 삶의 실상을 진솔하게 보여주려고 했다. 절대적 권위를 자랑하면서 교리화된 철학의 견고한 체계를 의심스럽게 여기면서 부분적으로 해체하고, 대안이 되는 새로운 철학을 제시하지는 못했다.

철학자와 시인의 네 짝을 다 다루면 너무 장황해진다.[32] 라마누자와 카비르를 본보기로 들어 실상을 살펴보자. 중세전기에 산카라가 완성한 일원론을 비판하고 중세후기의 이원론을 대안으로 제시한 것이 라마누자가 수행한 과업임을 먼저 확인할 필요가 있다. 산카라가 모든 것의 궁극적인 원리를 '브라흐만'에서 찾아야 한다고 한 주장을 라마누자가 이어받고 수정했다. 산카라의 '브라흐만'은 멀리 있는 추상적인 원리이기만 한데, 라마누자는 '브라흐만'이 추상적인 원리이면서 구체적인 사물이기도 하다고 했다.

산카라는 가상을 진실이라고 잘못 판단하는 '망상'(maya) 때문에 이 세상이 존재한다고 했으나, 라마누자는 세상의 모든 것은 '프라크리티'(prakriti)라고 일컬은 '물질'로 이루어져 있다고 했다. '망상'은 없는 것이지만, '물질'은 실제로 존재한다고 했다. 산카라는 '망상'에서 벗어나야 '브라흐만'의 진실을 알 수 있다고 했는데, 라마누자는 '물질'이 '브라흐만'의 속성이므로, '물질'을 통해서 '브라흐만'에게로 다가갈 수 있다고 했다. 1인 '브라흐만'과 ∞인 만물은 둘이면서 하나이고 하나이면서 둘이라고 했다.

산카라는 초경험·총체·이상·가치를 일방적으로 존중하고 절대시했다. 라마누자는 경험과 초경험, 개별과 총체, 현실과 이상, 존재와 가치가 하나이면서 둘이고, 둘이면서 하나라고 했다. 산카라는 '不二論'(advaita Vedanta)의 철학, 라마누자는 '限定不二論'(visistadvaita Vedanta)의 철학을 했다고 하는 것이 그 점을 두고 하는 말이다.

라마누자가 복잡한 논의를 거쳐 도출한 결론을 간추려보자. "브라흐만에서 천지만물이 유래했을 수는 없지만, 브라흐만은 천지만물이 생기게 한 원인이다." "신은 만물과 하나이면서 하나가 아니다." 이와 기라는 용어를 사용하면, 이와 기는 하나이면서 둘이라고 한 말이다.

---

32) 《철학사와 문학사, 둘인가 하나인가》, 219-365면에서 한 작업이다.

신과 만물이 하나인 이유는 만물이 신에게서 나왔고, 신은 만물의 가장 순수한 형태이기 때문이다. 그러므로 만물에서 신으로 나아가는 길이 열려 있다. 신과 만물이 하나가 아닌 이유는, 신은 만물이 각기 지닌 속성을 넘어서 있는 그 나름대로의 고유한 특성이 있기 때문이다. 그러므로 만물에게서 신으로 나아가려면 반드시 비약이 있어야 한다.

만물에서 신에게로 나아가는 길이 열려 있으므로, 만물의 하나이면서 만물과 더불어 사는 사람의 일상적인 삶이 그 나름대로 의의가 있다. 맡은 일을 성실하게 수행하는 것이 마땅하다. 만물에서 신으로 나아가려면 비약이 있어야 하고, 일상적인 삶을 넘어서야 한다. 일상적인 삶을 버리는 것이 초월이 아니다. 일상적인 삶을 사는 것 자체가 초월일 수 있게 해야 한다.

존재하는 모든 것은 셋이라고 했다. (1) 비정신적인 '프라크리티', (2) 비정신적인 '프라크리티'와 함께 창조된 '아트만'으로 이루어져 있는 정신적 '프라크리티', (3) 고유한 형태로 분리되어 신이 지배하는 최고의 영역인 '아트만'이 각기 다르면서 서로 연결되어 있다고 했다. 다른 말로 하면, 물질·정신·신이, 지옥·연옥·천국이, 氣·氣中理·理가 구별되면서 연결되어 있다는 것과 같은 견해이다.

라마누자 자신은 브라만 계급 출신이며, 산스크리트 고전을 많이 공부하고 산스크리트로 글을 써서 사상을 전했지만, 전한 사상에는 글공부에 매이지 않는 하층민이 커다란 깨달음을 얻을 수 있다고 하는 원리가 있다. 그런 사람들이 라마누자의 사상을 확대하고 발전시켰다. 라마누자의 책을 보고 그렇게 한 것은 아니다. 스스로 깨달아 라마누자의 사상을 받아들이면서 넘어섰다.

라마누자의 사상을 타밀어 노래로 옮겨 하층민에게까지 전하는 사람들이 여럿 있었다. 라마누자의 저술이 문명권 전체에 전해져 새로운 시대를 만드는 깊은 영향을 준 결과, 철학을 시로 바꾸는 과업에서 더욱 큰 성과가 나타났다. 산스크리트문명권 중심부에서 태어나 힌디어로 시를 지은 카비르가 그 점에서 특히 우뚝한 업적을 남겼다.

라마누자와 카비르는 400년 가까운 시간의 간격이 있지만, 직접 이어지는 관계라고 한다. 카비르는 라마누자의 손제자라고 하면서 중간의 계보를 댄다. 이것은 전설로서 의미가 있다. 카비르는 라마누자의 사상을 이으면서 바꾸었다. 이은 것보다 바꾼 것이 더 소중하다.

카비르는 베 짜는 일을 하는 천민으로 태어났다. 아버지가 이슬람교도로 개종한 바로 뒤에 태어나서, 두 종교에 모두 속했으며 두 종교의 대립 때문에 고민했다. 일자무식이라고 했으니 산스크리트를 몰랐다. 시를 지어 구전되게 했으며 글로 쓴 것은 아니다. 크게 깨달은 바 있어 세상을 깨우치는 가르침을 베풀었다. 구비문학으로 구비철학을 했다.

미천한 처지에서 겪는 고난이 깨달음의 근거이다. 공허한 언설이 난무해서 진리가 흐려진 시대에는 일자무식이 위대한 힘을 가졌다. 힌두교와 이슬람교의 대립을 넘어서는 길을 찾는 것이 커다란 깨달음이었다. 누구나 알아듣고 욀 수 있는 일상적인 구어 힌디어를 사용했으므로 지어 부르는 노래가 널리 퍼질 수 있었다.

(가) "피조물은 '브라흐만' 속에 있고, '브라흐만'은 피조물 속에 있어, 언제나 둘이면서, 언제나 하나이다." (나) "당신은 카비르를 저자에다 내놓고 팝니다./ 당신 자신이 파는 사람이고 또한 사는 사람입니다." (다) "성자가 어느 '카스트'인가 묻는 것은 어리석다./ 이발사도 神을 찾으며, 빨래하는 여자, 목수도." (라) "모든 남자와 여자가/ 주님의 모습을 하고 있다./ 카비르는 '람'이나 '알라'의 자식이다./ 모든 이들이 나의 '구루'이고 '피르'이다."

이런 노래에서 한 말을 풀이해보자. (가)에서는 라마누자의 지론을 확인했다. (나)에서 자기는 미천한 처지에서 어렵게 살면서 신과 멀어지고 가까워진다고 했다. (다)에서는 어느 하층민이라도 깨달음을 얻을 수 있다고 했다. (라)에서는 남녀의 차별을 하지 말고, 모든 종교는 하나이므로 종교가 다르다고 서로 배척하지 말아야 한다고 했다. '람'(Ram)과 '알라'(Allah), '구루'(Guru)와 '피르'(Pir)는 힌두교와 이슬람의 신이고 스승이다.

카비르는 라마누자의 사상을 현실 문제에 적용해 구체적인 의미를 가지도록 하는 데 힘썼다. 천민을 존중하고 종교끼리 서로 배척하지 않는 평등이나 화합을 이룩해야 신에게 다가가 구원을 얻는다고 역설하고, 다른 가치는 없다고 했다. 중세후기의 이원론을 끝까지 밀고 나가 다음 시대의 일원론에 근접했다. 일원론으로의 전환이 필연적임을 입증했다.

일원론으로의 전환 모색

중세후기가 역사의 도달점은 아니었다. 이원론을 거부하고 일원론을 이룩하면서 중세후기를 넘어서서 근대로 진행하는 혁신의 움직임이 일제히 일어났다. 혁신의 방향은 기본적으로 동일하면서 표현 방법은 둘로 갈라졌다. 기독교문명권이나 유교문명권에서는 체계적 논술을 갖춘 철학이 혁신을 담당하고, 힌두교문명권이나 이슬람문명권에서는 그 일을 시가 담당했다.

인도나 아랍에서는 중세후기의 이원론을 일원론으로 바꾸어놓고자 하는 근대로의 이행기의 노력이 체계적인 논술을 하는 철학 저술에서는 확인되지 않는다. 인도철학사나 아랍철학사는 중세후기 이원론 이후의 시기에는 평가할 만한 동향이 없다고 한다. 체계적인 논술만 철학이라고 한다면, 이것은 부인할 수 없는 사실이다. 신에 대한 신앙을 부정하고 사상을 혁신하는 저술 활동은 불가능했다. 사상을 혁신해야 한다는 요구가 종교의 권위를 거역하면서 표면에 나타날 수는 없었다.[33]

철학 저작에서는 가능하지 않은 혁신을 시에서 했다. 인도 서쪽 마라티(Marathi)의 시인 투카람(Tukaram, 1598-1649)은 하층민의 처지에서 힌두교에서 말하는 궁극적인 진리가 무엇인가 물으면서 사회문제와 깊이 연관된 철학을 전개하는 시를 지었다. 이슬람교의 영역인 중앙아시아 우즈베키스탄의 시인 마츠라브(Machrab, 1657-1711) 또한 거의 공통된 과업을 서로 근접된 방법으로 수행해서 함께 고찰할 필요가 있다.

투카람은 시에서 말했다. "내 자신에 관한 말은 하지 말고/ 성인들이여, 당신들이 한 말이나 따르라는 것이/ 당신들의 뜻이다"고 하면서 기존의 사상에 대해 불만을 나타냈다. "그렇지만 나는 이 세상에서/ 불행한 사람들 가운데서도 가장 불행하다"고 하고, "나는 내 정신으로/ 진실과 허위를 가리고/ 다른 사람들의 충고는 따르지 않는다"고 했다. 당면한 현실에 대해 스스로 판단을 내리고 자기 말을 하겠다고 했다.

투카람의 시는 카비르의 시와 흡사하다. 15세기에 카비르가 힌디

---

33) 이 경우에는 전거를 대지 않을 수 없다. Radahakrishnan, *Indian Philosophy* (London: George Allen and Unwin, 1966) 말미에서 최근 3·4세기 동안 인도철학은 "몰락"을 겪었다고 했다. P. T. Raju, *The Philosophical Traditions of India*(London: George Allen and Unwin, 1971) 서두에서는 인도철학사의 시대 구분을 하면서, 1500년부터 1800년까지는 "공백기"였다고 했다. M. Saeed Sheikh, *Studies in Muslim Philosophy*(Lahore: Sh. Muhammad Asraf, 1962); Majid Fakhry, *A History of Islamic Philosophy*(New York: Columbia University Press, 1970)에서도 이슬람철학사는 14세기의 칼둔(Ibn Khaldun) 이후 거론할 만한 것이 없다고 했다. 이런 견해는 철학을 철학 저술에 국한시켜 고찰하는 인습 때문에 생긴 오해이다. 몰락이나 공백의 시기라고 하는 기간 동안 인도와 아랍의 철학은 고식적인 논설에서 벗어나 시를 자유로운 표현의 매체로 삼아, 이원론을 넘어서서 일원론으로 나아가는 모험을 했다. 이것은 한국의 박지원이나 프랑스의 볼태르(Voltaire)가 기상천외의 寓言을 사용해 동아시아나 유럽에서 일원론 혁명을 일으킨 것과 함께 고찰하면서, 철학과 문학이 둘이 아님을 확인해야 할 아주 소중한 사안이다.

어 시를 써서 한 일을 17세기에 마라티어 시에서 다시 했다고 할 수 있다. 그러면서 몇 가지 중요한 차이점이 있다. 카비르는 라마난다를 통해서 라마누자의 사상을 이었다고 했는데, 투카람은 누구의 사상에 의거하지 않고 스스로 진실을 찾았다. 과거의 성자들에 대해서 강한 반발심을 나타냈다.

투카람의 스승은 현실이었다. 천민으로 태어나 갖은 고난을 겪고, 아내와 자식은 굶어죽었다. 그런 처참한 삶을 노래한 작품을 많이 남긴 점이 카비르와 다르다. 투카람의 경우에는 현실에서 겪은 고난이 각성의 원천이었다. 하층민의 처지를 대변하는 시인이 되어, 잘못된 사회를 더욱 철저하게 혁신하자고 했다.

카비르는 인류를 구원하는 성자의 반열에 올랐다. 투카람은 자기 민족의 정신적 지도자로 숭앙되었다. 하층민의 항거가 민족모순 해결의 원동력이 되는 시대에 살았기 때문이다. 무굴제국의 지배에서 벗어나 독립된 마라티 국가를 창건한 민족의 영웅 시바지(Sivaji)가 스승으로 받들고 머물러 있으면서 수행을 하겠다고 하자, 전장에 나가 해방자 노릇을 하는 것이 더욱 훌륭한 수행이라고 했다.

이슬람문명권의 주변부인 우즈베키스탄에서 터키어의 한 분파를 사용하는 사람들은 종교에 구속되지 않고 삶의 절실한 문제를 다루는 데 더욱 깊은 관심을 가지는 문학을 하고자 하는 움직임이 있었다. 마츠라브가 그런 시인으로 특히 높이 평가된다. 마츠라브는 기존의 관습을 부인하고 진실을 스스로 찾아내는 파격적인 작업을 투카람과 함께 했다고 할 수 있는데, 아주 다른 운명을 맞이했다. 우즈베키스탄의 통치자는 시바지 같은 항거의 영웅이 아니어서, 이슬람교를 배반했다는 죄명을 씌워 마츠라브를 처형했다.

마츠라브는 장님이며 글을 몰랐다. 구비문학으로 구비철학을 했다. 평생 방랑인으로 살아가면서 내심 각성을 노래한 작품이 기이한 이야기와 함께 전승되면서 커다란 반응을 얻다가, 19세기에 이르러서 비로소 자료가 정착되었다. 그 가운데 하나를 들어보자. 마츠라브의 행적에 관한 이야기를 먼저 하고, 지은 노래를 소개했다.

호숫가에서 축제가 벌어졌을 때 마츠라브는 물속에 들어가 사라졌다. 어머니가 달려와 "가여운 녀석"이라고 하고, "내 눈의 빛인 아들아, 나는 너를 이렇게 키우지 않았다!"고 하자, 마츠라브는 물에서 나와 "나는 미치광이 方外人, 초원에도 사막에도 머무를 곳이 없다／내 마음은 이 세상 어디에도 자기 자리가 없어 급류로 흘러가는 빛나는 강이다"라는 말로 시작되는 노래를 불렀다.

자기 자신은 정체불명의 방랑자라고 했다. 자기가 누구라고 하는 생각을 버리고, 어디에 소속된다는 편견을 없애고, 진리라고 하는 것에도 집착하지 않아야 하는 융통자재한 정신을 가지겠다고 했다. 자기는 정체불명의 방랑자여서 그럴 수 있을 뿐만 아니라 또한 "급류로 흘러가는 빛나는 강"이라고 했다. 뚜렷한 목표를 내세운다든가 무엇을 위해 정진한다든가 하는 것이 사고를 경직되게 하고, 편견의 원인이 된다고 비판하고, 이슬람 신앙에서도 벗어나야 한다고 했다.

투카람과 마츠라브의 시는 중세의 이원론을 거부하는 주장을 나타냈다. 교리화된 관념에서 벗어나 오직 현실을 중요시하고, 현실의 움직임에다 자기를 내맡기는 것이 진리를 탐구하는 길이라고, 그런 행위 자체가 진리라고 했다. 시인이기에 과감하게 나갔으면서, 시를 쓰는 데 머물러 이상주의 이원론과는 다른 현실주의 일원론을 정립하지는 못했다.

일원론 정립

다른 데서는 별의 별 말을 다 하지만, 동아시아에서는 이와 기를 구분하는 것이 오랜 전통이다. 이와 기는 간명하면서 포괄하는 의미가 커서 철학 용어로 아주 적합하다. 중세후기 이원론을 이룩할 때

주희가 이와 기는 둘이면서 하나이고 하나이면서 둘이라고 한 것이 크게 돋보이고, 함께 거론한 다른 철학자들이 전개한 복잡한 언술의 핵심을 지적해 정리할 수 있는 효능을 가졌다.

주희가 이와 기는 둘이면서 하나이고 하나이면서 둘이라고 한 것이 이기이원론이다. 둘이면서 하나이고 하나이면서 둘이라고 한 데 문제가 있어, 둘인 것을 더 중요시하는 쪽과 하나인 쪽을 더 중요시하는 쪽이 한국에서 갈라졌다. 이황은 기와 별개인 이를 소중하게 여겨야 한다는 주장을 펴서 주리론이라고 일컬어진다. 이이는 이와 하나인 기를 다루는 데 힘써야 한다는 반론을 펴서 주기론이라는 말을 듣는다.

동아시아 철학사에 그런 흐름만 있었던 것은 아니다. 南宋의 주희보다 먼저 北宋의 장재(1020-1077)는 이기이원론에서 기일원론으로 나아갔다고 알려져 있다. 《正蒙》이라는 주저의 처음 두 장 서두에 내세운 기본 명제를 들어 무엇을 말했는지 살펴보자.

"太和라고 일컬어지는 도는 그 안에 뜨며 가라앉고, 오르며 내리고, 서로 느끼는 性을 간직하고 있으며, 그 絪縕(인온)이 서로 밀고, 움직이며 쉬고, 이기며 지고, 굽히며 펴는 시작이다(太和所謂道 中涵 浮沈 昇降 動靜 相感之性 是絪縕 相盪 勝負 屈伸之始,〈太和篇〉)." "하나가 두 몸을 가진 것이 기이다. 하나이므로 신이고, [둘로 있어 헤아릴 수 없고] 둘이므로 달라지고 [하나로 나아가고] 하는 이것은 천이 參하는 바이다(一物兩體 氣也 一故神[兩在故不測] 兩故化[推行于一] 此天之所以參也,〈參兩篇〉)."

가장 큰 조화인 太和가 하나이면서 둘인 기여서 대립적인 운동을 하며 조화를 빚어낸다고 했다면, 기일원론으로 나아간 것을 인정할 수 있다. 부적절한 말을 빼고 앞뒤의 연결을 분명하게 하면 이런 지론을 폈다고 할 수 있다.[34] 실제로 한 말에는 논지를 흐리는 언사가 적지 않게 들어 있어 어디까지 나아갔는지 의심스럽다.

太和와 기를 각기 거론하고, 太和가 기임을 말하지 않았다.[35] 太和가 갖가지 대립적인 운동을 하는 것을 도나 성과 함께 거론해 논의가 모호해졌다. 앞에서 한 "뜨고 가라앉고" 이하의 말과 뒤에서 한 "서로 밀고" 이하의 말이 어떻게 달라서 중간에 絪縕을 넣었는지 이해하기 어렵다. 이 말 저 말 덧붙여 사고가 정리되지 않은 것을 보여준다고 하지 않을 수 없다. "天이 參하는 바이다"라는 말로 天道 또는 天理가 氣의 운동에 참견한다고 했다.

道·性·天이라는 것들은 이기이원론에서, 기와 별개인 이의 근거로 삼는 초월적인 원리이다. 기일원론을 분명하게 하고 道·性·天이라고 하는 것들은 기의 작용을 지칭하는 말에 지나지 않는다고 했다면, 혼란이 없고 주장이 더욱 확고해질 수 있었다. 기일원론으로 나아가다가 그런 것들을 가져다 놓고 스스로 진로 방해를 했다. 이기이원론과 결별하지 못하고 머뭇거린 탓이 아닌가 한다.[36] 안타깝다고 하지 않을 수 없다.

그 안타까움을 서경덕(1489-1546)은 "引而不發"이라고 해서, 활쏘기에다 견주어, 화살을 당기기만 하고 쏘지 못했다고 했다. 미진한 과업을 맡아, 과녁을 꿰뚫듯이 명확한 논의를 전개해 기일원론을 정립했다. "千聖不到", "천 명 성인이 이르지 못한" 경지에 들어서서 천

---

34) 왕부지는 《張子正蒙注》에서 장재의 견해를 자기 관점에서 재론해 "絪縕太和 合于一氣 而陰陽之體具於中矣"(絪縕하는 太和가 한 氣에 합쳐져 있고, 음양의 體가 그 가운데 갖추어져 있다)고 했다. '인온'을 각론에서 총론으로 옮겼다. 太和가 一氣라고 했다. 최대의 실체 太和 또는 一氣가 그 자체로 음양 二氣를 갖추고 있어 대립적인 운동을 전개한다고 해서 기일원론을 확립했다.

35) 풍우란은 《중국철학사신편》 제5책(北京: 人民出版社, 1988)에서 장재에 대해 고찰하면서 "太和所謂道 中涵浮沈 昇降 動靜 相感之性 是絪縕 相盪 勝負 屈伸之始"는 126면에서, "一物兩體 氣也 一故神[兩在故不測] 兩故化[推行于一] 此天之所以參也"는 132면에서 각각 논의하고, 서로 어떤 관련이 있는지 말하지 않았다.

36) 裴大洋 主編, 《中國哲學史便覽》(西寧: 靑海人民出版社, 1988)에서 장재의 철학은 "其基本方面是唯物主義的, 并有豊富的辨證法思想, 但在許多方面存在着唯心主義的雜質"이라고 했다(375면).

고의 의문을 풀었다고 한 것이 지나친 말이 아니다. 여러 선구자의 많은 시도를 결정적으로 마무리 지었다. 세계철학사의 새로운 시대를 여는 획기적인 업적을 이룩했다.

서경덕은 버슬할 생각이 없는 초야의 선비로 지내면서 가난해서 힘든 삶을 自得之學의 동력으로 삼고, 기존의 관념을 무너뜨리는 철학 혁명을 했다. 외롭기는 했으나 정도가 지나치지는 않았다. 원한을 유대의식으로 삼고 있던 망국의 유민 松都 사람들이 자기 고장에 대학자 서경덕이 있는 것을 자랑스럽게 생각했다. 명기 황진이가 서경덕을 흠모했다는 것을 후대 사람들까지 흐뭇하게 생각할 수 있다.

서경덕이 무엇을 했는지 다음 글을 몇 개 들고 간추려 말할 수 있다. 최소한의 용어만 사용하고 앞뒤의 연결을 분명하게 해서, 원문을 정확하게 이해하고 알기 쉽게 번역할 수 있다. 남긴 글이 많지 않고 모두 단문이지만, 말을 장황하게 한 저작 수백 권 이상의 무게가 있다. 철학사 전환의 대과업을 최상의 능률을 갖추어 수행했다.

"이는 기의 원리이다. 밖에서 온 원리가 아니고, 기의 작용을 일컫는 말이다"(理者 氣之宰也 所謂宰 非自外來而宰之 指其氣之用事, 〈理氣說〉)라고 했다. 이는 실체가 아니고 기만 실체이다. 이는 기의 원리이고 다른 무엇이 아니다. 장재는 미처 하지 않은 이런 말을 분명하게 해서 기일원론의 근거를 확고하게 했다.

"太虛는 비어 있으면서 비어 있지 않다. 비어 있는 것이 바로 기이다. 비어 있는 것은 끝이 없고 밖도 없다. 기 또한 끝이 없고 밖도 없다(太虛 虛而不虛 虛卽氣 虛無窮無外 氣亦無窮無外, 〈太虛說〉)." 이렇게 말해, 가장 큰 무엇이 조화를 이루는 것보다 비어 있는 것을 더욱 중요한 특징으로 이해해야 한다고 하고, 있음과 없음의 관계를 밝히는 논의의 출발점을 마련했다.

없음인 '태허'가 있음인 '기'인, 숫자를 들어 말하면 0이 1인 무엇이 끝도 없고 밖도 없이 펼쳐져 있는 것이 모든 존재를 한꺼번에 바라본 모습이라고 했다. 존재의 총체를 하나로 인식하는 원리를 발견해야 일원론 철학이 출현한다. 서경덕의 이 말에서 일원론 철학이 출현한 것이 세계사의 대사건이다.

"하나인 기가 둘을 내포하고 있다. 하나가 둘이 되고, 둘은 생하고 극하는 관계를 가진다. 기가 미세한 데서 진동하는 데까지 이르는 것은 생극의 작용이다(一便涵二 一不得不生二 二自能生克 生則克 克則生 氣之自微至鼓盪 其生克使之也, 〈原理氣〉)." 여기서 장재가 남긴 혼란과 의문을 해결하는 대안을 제시했다. 하나인 허가 바로 기라고 하고, 하나인 기가 하나이면서 둘이기도 해서 미세한 데서 진동하는 데까지 이르는 운동을 한다고 한 것이 얼마나 명쾌한가? 0·1·2의 관계를 명시했다고 말할 수도 있다.

이기이원론에서는 0이라고 하는 無極이나 1이라고 하는 太極은 이이고 2는 기여서, 이와 기 사이에 간격이 있다고 했다. 서경덕은 그렇게 말하는 것은 잘못이라고 여기고, 0·1·2가 모두 기의 양상이라고 하는 대안을 제시했다. 단일한 양상으로 존재하는 모든 것을 하나로 모아 해명해야 하는 일원론 철학의 임무를 분명하게 자각하고 수행했다.

음양 또는 兩儀라고 지칭되는 2인 기가 상관관계를 가지고 운동해 만물을 형성한다는 것은 흔히 하는 말이다. 이런 말이나 되풀이하고 있으면 만물을 생성하는 기의 운동에 대한 이해가 막연해 관념적인 사고로 기울어질 수 있다. 2인 기의 상관관계가 한결같다고 여겨서는 천지만물이 천차만별인 이유를 말하기 어렵다. 서경덕은 이런 문제점을 명확하게 해결했다.

2인 기는 생하면서 극하고 극하면서 생하는 생극의 관계를 가지는 것을 밝혀 논했다. 생성한다는 의미의 생과 이긴다는 의미의 극을 합쳐 말하는 생극은 수화목금토 오행의 상관관계를 말하면서 써온 말이다. 오행에 적용되어 신비적인 사고를 유발하는 생극을 음양으로 옮겨와 이치를 분명하게 하고, 새로운 생극론을 창도해 철학사 혁신 과업의 내실을 다졌다.

"살고 죽고, 사람이고 귀신인 것은 기가 모이고 흩어짐이다(生死人 鬼 只是氣之聚散而已, 〈鬼神死生論〉)." 이렇게 말해 기가 아닌 다른 무엇은 있을 수 없다고 했다. 신을 인정하고 숭앙할 수 있는 여지를 없앴다. 신이 와서 歆饗(흠향)하기 때문에 조상 제사를 지내는 것은 아니라고 해야 한다.

〈天機〉라는 시에서 더 많은 말을 했다. 긴요한 내용이 있는 마지막 여덟 줄을 읽어보자. 시이므로 원문을 먼저 들고 번역한다. "春回見施仁 秋至識宣威 風餘月揚明 雨後草芳菲 看來一乘兩 物物賴相依 透得玄機處 虛室坐生輝"(봄이 돌아오니 어짊을 베푸는 것을 보고, 가을이 이르니 위엄을 알겠다. 바람 끝에 달이 올라오고, 비 뒤에 풀이 향기롭다. 하나가 둘을 타고 있는 것을 보니, 물과 물이 서로 도우며 의지하도다. 아득한 조짐을 꿰뚫어 아는 경지 빈 방에 앉아 있으니 빛이 난다.) 여덟 줄을 1에서 8까지의 번호로 일컬으면서 무엇을 어떻게 말했는지 뜯어보자.

1-4에서는 자연의 모습을, 5-8에서는 사람의 생각을 말했다. 자연의 모습을 보고 깨달은 바 있어 사람이 생각을 가다듬는다고 했다. 1-4가 1-2와 3-4에서, 5-8이 5-6, 7-8에서 자세한 내용을 갖추도록 해서 아귀가 잘 맞는다.

1-2에서는 봄이 오고 가을이 이른다는 것을 들어 자연의 변화를 크게 말했다. 계절이 순환하면서 각기 다른 특징을 나타내는 것이 당연하다고 했다. 3-4에서는 바람과 달, 비와 풀에서 자연의 움직임을 자세하게 살폈다. 관련이 없는 듯한 것들이 이어져 있다고 했다. 기가 시간과 공간에서, 거대하기도 하고 미세하기도 한 규모로 서로 맞물러 생극의 운동을 하는 모습을 정겹게 그렸다.

5-6에서는 자연을 보고 발견한 원리를 정리해 말했다. 5에서는

하나가 둘을 타고 앉았다고 해서, 하나가 하나이면서 둘이고 둘이 둘이면서 하나임을 말했다. 6에서는 물과 물이 상생하는 관계를 말했다. 상극하는 관계는 생략해도 말한 것과 다름이 없다고 여겼을 수 있다. 7에서는 아득한 기미를 꿰뚫어 안다는 말로 대발견의 감격을 일컬었다. 8에서는 아는 것이 있다고 자랑하지 않고 마음을 비워야 깨달음을 실천해 빛을 얻는다고 했다.

유럽의 일원론

유럽에서는 이원론에서 일원론으로의 전환에 두 가지 장애가 있었다. 기독교 교회가 이원론을 완강하게 고수하고 변혁을 허용하지 않았다. 존재하고 운동하는 모든 것을 기라고 하는 것 같은 용어가 없어 일원론을 정립하기 어려웠다. 전환이 더디고 우여곡절이 있었다.

서경덕보다 한 세기 뒤에 데카르트(Descartes, 1596-1650)는 서로 다른 신(deus)·정신(spiritus)·물질(materia) 가운데 접근이 허용되는 물질만이라도 우선 합리적으로 인식하는 방법을 마련하고자 했다. 합리적 인식 방법 개척에 공감하면서 연구 범위 제한은 불만으로 여긴 스피노자(Spinoza, 1632-1677)는 작전을 바꾸었다. 신·정신·물질을 모두 신이라고 아울러, 교회의 간섭을 비켜나가면서 일원론을 구축할 수 있는 거점을 마련했다.

스피노자는 스페인에서 포르투갈로 추방되었다가 네덜란드 암스테르담에 정착한 유태인 집안에서 태어나, 신앙을 버렸다고 박해받고 평생 독신으로 어렵게 살았다. 안경알 연마로 생계를 유지하면서 아무도 알아주지 않은 라틴어 저술을 고독하게 하고, 출판되어 시빗거리가 되는 것을 바라지 않고 그 대부분을 유고로 남겼다. 극도로 소외되고 위축된 상태에서 모든 박해에 맞서, 신·정신·물질이 별개의 것들이 아니고 하나라고 입증해 일원론을 정립하는 것을 평생의 과제로 삼고 분투했다.

철학이 일관성을 갖추려면 일원론이어야 한다. 이원론은 종교를 배제하지 못한 미완의 철학이다. 종교를 배제하고 일원론을 이룩해야 비로소 철학다운 철학을 한다. 유럽에서는 그 일을 스피노자가 맡았다. 이런 공적을 기려 "스피노자가 없었다면 철학은 없었다"고 헤겔(Hegel)이 말했다.

신·정신·물질을 어떻게 하면 하나로 아우를 수 있는가? 가능한 방안은 둘이다. (가) 신·정신·물질을 모두 포괄하면서 그 셋 가운데 어느 것은 아닌 상위개념을 찾는다. (나) 신·정신·물질 가운데 어느 하나가 실체라고 하고, 다른 것들은 실체의 양태라고 한다.

(가)는 (나)보다 더 좋다고 생각되지만, 성립 가능하지 않다. 신·정신·물질을 모두 포괄하는 상위개념은 생각할 수 없다. 새로운 말을 지어내도 지칭하는 대상이 없으니 무효이다. 선택 가능한 방안은 (나)이다. (나)를 구체화하는 방안은 셋이다. (나1) 신이 실체이고 다른 둘은 신의 양태이다. (나2) 정신이 실체이고 다른 둘은 정신의 양태이다. (나3) 물질이 실체이고 다른 둘은 물질의 양태이다.

스피노자는 (나1)을 택해 "신이 아닌 다른 실체는 존재하지 않고 파악할 수도 없다"고 했다. 다른 것들은 신의 양태에 지나지 않는다고 했다. 정신과 물질은 신에다 포함시킨 일원론을 이룩했다. (나2)와 (나3)은 뒤의 다른 사람들이 하나씩 선택했다. 이 셋 외의 다른 길은 없었다.

(나2)를 택한 헤겔은 정신(spiritus, Geist)이 실체라고 하는 관념론(Idealismus)을 이룩했다. 신이나 물질을 배제하지 않고 정신에 받아들여 일원론을 이룩했다. 정신은 추상적인 형태로 남아 있지 않고 실제적인 작용을 하면서 물질을 수반하고, 이것은 신의 작용이라고 했다.

(나3)을 택한 마르크스(Marx)는 물질(materia, Materie)이 실체라고

하는 유물론(Materialismus)으로 나아갔다. 물질이 운동하고 변화하면서 모든 것이 이루어진다고 하는 또 하나의 일원론을 이룩했다. 정신이니 신이니 하는 것은 물질이 변이된 형태이고 독립된 실체는 아니라고 했다.

이 둘과 비교해보면 스피노자를 더 잘 이해할 수 있다. 스피노자가 헤겔처럼 (나2)를 택해 관념론을 전개하는 것은 가능했으나, 분명한 제약이 있었다. 신이 정신에 포함된다고 할 수는 없었다. 교회에서 알면 용납하지 않았을 것이기 때문이다. 정신이 실체라고 하는 견해를 허용될 수 있는 범위에서 이룩하면, 신은 별개의 영역으로 남아 있어서 신·정신·물질이 하나이게 하지 못했다.

스피노자가 마르크스처럼 (나3)을 택해 유물론을 전개하는 것은 전혀 불가능했다. 종교에 대한 전면 부정은 허용되지 않았다. 정신이나 신이 물질의 양태라고 전연 생각할 수 없었다. 스피노자의 시대인 17세기 유럽에서는 무신론자라고 지목되면 사형감이었다.

스피노자는 (나1)을 택해 신·정신·물질 가운데 신이 실체라고 하고 다른 둘은 신에 포괄된다고 했다. 신이 포괄적이고 총체적임은 널리 인정되고 있어 어려움이 없었다. 신이 정신과 물질을 포괄하는 실체라고 하는 것은 정신이고 물질이라는 말과 다르지 않다. 신은 정신이므로 이성이고, 신은 물질이므로 자연이라고 해야 한다. 이성적인 법칙을 가지고 나타나는 자연이 바로 신이라고 해야 한다.

신을 절대시하면서 신의 속성이라고 알려진 초월성을 부정했다. 신이 바로 이성적인 법칙을 가지고 나타나는 자연 현상이라고 해서 종래의 신과는 아주 다른 신을 말했다. 신이라고 해온 것이 신이 아니게 되었다. 신은 다름 아니고 바로 '그 자체를 산출하는 자연' (natura naturans)이라고 했다. 사람은 자연의 일부이므로 자연의 법칙을 따르는 것이 진정한 종교이고 신에 대한 사랑이고, 행복에 이르는 길이라고 했다.

신이 이성이라고 한 견해는 신·정신·물질 가운데 정신이 실체라는 견해와 그리 다르지 않다. 신이 자연이라고 한 견해는 신·정신·물질 가운데 물질이 실체라는 주장과 많은 차이가 있는 것은 아니다. 차이는 강조점에 있다. 강조점의 차이에 표리가 있다.

신이 실체라고 해서 신을 크게 존중한 것이 헤겔이나 마르크스와의 표면상의 차이이다. 신에 대한 종래의 관념을 거부하는 정도가 헤겔이나 마르크스보다 오히려 더 큰 것이 실질적인 차이이다. 기존의 관념을 따르는 듯이 보이도록 하고, 실질적인 주장에서는 반론의 여지가 없도록 거부했다.

정신을 실체로 내세운 헤겔은 신이 정신에 포괄되게 하려고, 신에 대한 이성적인 이해를 하는 理神論을 마련해야 했다. 물질이 실체라고 하는 마르크스는 다른 것들은 물질의 양태라는 주장을 신에게까지 밀고 나갈 수 없어, 무신론을 내세워 신은 존재하지 않는다고 부정했다. 스피노자는 유신론을 택한 것처럼 보이게 하고서 유신론이 이신론이게 하고, 이신론이 무신론이게 했다. 무신론으로는 처리하기 어려운 종교 현상을 취급대상으로 받아들이고, 단순논리로 치닫기 쉬운 이신론보다 폭넓은 시야를 가졌다.

스피노자가 신이 실체라고 한 것은 여러 모로 슬기로운 선택이었다. 허용 가능과 허용 불가능의 경계점까지 나아가서 종교적·정치적·윤리적 허위를 논박하고 진실의 대안을 제시하고 작업을 성과 있게 이룩하는 최상의 방안이었다. 그러면서 다른 한편으로는 아주 곤란한 점도 있었다.

신의 실체가 정신이나 물질이라는 양태로 나타난다고 하는데, 하나인 실체에 어째서 여러 양태가 있는가? 이 의문을 헤겔이나 마르크스는 쉽게 해결한다. 헤겔이 말하는 정신이나 마르크스의 물질은 모순을 지니고 변증법적 운동을 한다. 하나가 여럿인 것이 너무나도 당연하다.

스피노자가 실체라고 한 신은 하나이기만 하고 여럿일 수 없으며,

완전하기만 해서 모순이라고는 없다고 해야 했다. 정신이나 물질이 여럿이고, 모순이 있는 것은 부인할 수 없는 사실이다. 여럿 또는 모순은 어디서 연유했는가? 실체에서 생겼다고 하면 앞뒤가 맞지 않는다. 실체와는 별도로 생겼다고도 하면 다른 실체가 있다고 인정해야 한다.

헤겔이나 마르크스의 변증법은 모순에서 생기는 투쟁으로 사물이 발전한다고 했다. 모순을 인식하고 투쟁이 바람직하게 진행되게 하는 것이 온당하다. 스피노자는 그렇게 생각할 수 없었다. 정신이나 물질이 여럿이고 모순이 있는 데 사로잡히지 말고, 하나이고 완전한 신의 이성을 가져야 한다고 했다.

스피노자는 자연과 합치되는 경지에 이르러 분노도 기쁨도 벗어나는 것이 바람직하다고 했다. 이원론과 싸워 일원론을 이룩하는 거대한 과업을 성취하고, 싸움의 의의를 부정했다. 사회적인 모순을 해결하기 위한 투쟁을 평가하는 것은 생각할 수 없었다.

윤리관 혁신

철학은 윤리 문제를 다루어 현실과 밀접한 관련을 가진다. 윤리적 판단의 근거를 제시하기 위해 철학이 필요하다. 철학에 관한 논의를 윤리관을 통해 해서 철학의 의의를 입증하고, 윤리 문제에 대한 당면한 논란을 해결하는 데 기여해야 한다. 이 정도로는 부족하므로 다음 단락에서 한층 핍진한 말을 한다.

이원론을 버리고 일원론을 이룩한 것이 어떤 의의를 가지는지 그 자체로 설명하면 이해하고 공감하는 사람이 드물다. 하품을 하다가 자리를 뜨는 것을 막을 수 없다. 윤리관에서 이원론과 일원론이 어떻게 다른지 말하면 관심이 부쩍 살아나 어느 한편에 서서 상대방에게 삿대질을 하며 대든다. 일원론을 그 자체로 논의하는 말은 줄이고 일원론의 윤리관에 대해서는 자세하게 고찰해 철학하는 것이 남의 일이 아님을 누구나 알게 하고자 한다.

악행과 선행은 어떻게 구분되고, 선행의 근거는 어디에 있는가? 이것이 윤리의 문제이다. 라마누자·가잘리·주희·아퀴나스가 이룩한 중세 후기의 이원론에서 이 문제에 대해 최초로 확고한 대답을 제시했다. 이원론의 양면을 이루는 이상과 현실 가운데 현실에서는 선악이 혼재해 있어도 이상이 선의 근거여서 사람이 선할 수 있다고 했다. 선하기 위해 노력하면 되는 향상의 길이 열려 있으니 열심히 노력하자고 했다.

선의 근거인 이상은 천지를 창조하고 주재하는 신과 연결되어 있다고, 라마누자·가잘리·아퀴나스는 말했다. 주희는 천지를 창조하고 주재하는 신은 인정하지 않고 원리이고 규범인 천리가 선의 근원이라고 했다. 神性論이 아닌 人性論의 관점에서 선악의 문제를 논의했다. 선악 문제를 신성론에서 논의하면 논의가 복잡하지 않아도 되고, 모르는 것이 있어도 된다. 인성론을 택하면 의문을 남기지 않고 이치를 분명하게 하려고 복잡한 논의를 하지 않을 수 없다.

그 작업을 주희가 완수하지 못하고 미완으로 남겼다. 이황 이후 한국의 유학자들이 주희의 가르침을 중국 본바닥에서보다 더욱 철저하게 이해하고 숭앙하려고 하다가 미완의 과제에 부딪혀 고심하면서 해결책을 찾아야 했다. 견해차가 있어 심각하게 논란하다가 새로운 사상을 창조하는 데 이르렀다. 수구가 혁신으로 끝났다.

유학의 입장에서 윤리 문제를 해결하려면 두 가지 원칙을 지켜야 했다. 첫째는 주희의 생각을 분명하게 해야 한다. 둘째는 유학의 고전에 있는 말을 사용해야 한다. 첫째 원칙은 실증이 가능하지 않아 명분으로 삼기만 하면 되었다. 둘째 원칙은 일을 어렵게 한다는 것을 알아도 따라야 했다. 난공사를 피할 수 없는 사정이었다.

이황이 먼저 나서서 四端七情論을 전개했다. 사단은 《맹자》에서 말한 측은·수오·사양·시비의 마음이다. 가엾게 여기고, 부끄럽게 여기고, 사양하고, 시비를 가리는 마음이다. 그 넷이 각기 인·의·예·지의 端이라고 했다. 단이란 단서 또는 발단을 뜻한다. 인·의·예·지가 넷이니 그 단서 또한 넷이다. 넷이 정해진 수이다. 칠정은 《예기》에서 말한 희·노·애·구·애·오·욕이다. 기뻐하고, 노여워하고, 슬퍼하고, 두려워하고, 사랑하고, 미워하고, 욕심내는 마음이다. 사람의 마음을 이것저것 들다가 일곱이 되었다. 일곱이 정해진 수는 아니다.

사단과 칠정은 소종래가 다르고 수도 짝이 맞지 않아 함께 논하려고 하니 차질이 생겼다. 가장 어려운 점은 선악 구분에 문제가 있는 것이다. 사단이 착한 마음인 것은 분명하지만, 칠정은 악한 마음이라고 하기 어려워 악할 수 있는 마음이라고 했다. 착한 마음과 악할 수 있는 마음을 대조해 논하기 어렵다. 용어를 바꿀 수는 없어 고민이 컸다.

이황은 오랜 고심과 논란 끝에 "사단은 이가 발하고 기가 따르며, 칠정은 기가 발하고 이가 탄다"(四端 則理發 而氣隨之 七情 則氣發 而理乘之)고 하는 데 이르렀다. 이렇게 말하니 오랜 논란이 명확하게 해결되는 것 같았지만, 의문이 해소된 것은 아니고 새롭게 제기된다. 이가 발한다고 했는데, 그럴 수 있는가? 이는 이치이거나 원리인데 어떻게 스스로 움직이는가? 사단과 칠정을 분리시켜, 착한 마음과 악한 마음은 출처가 다르다고 한 것이 타당한가? 이런 문제가 심각하게 제기되었다.

이이는 이런 문제를 해결하기 위해서 이황과 다른 견해를 제기했다. 이황의 주리론이 감당하지 못해 어려움을 겪은 문제를 주기론으로 해결하고자 했다. 착한 마음이든 악한 마음이든 기가 발해서 이루어진다는 것은 다를 바 없다. 출처는 같으면서 지향점이 다르다. 이이는 이렇게 말하려고 기본 용어를 바꾸었다. 道心과 人心을 대안으로 삼았다. 《서경》에서 "인심은 위태롭고, 도심은 희미하다"(人心惟危 道心惟微)고 하고, 주희가 주를 달아 "인심은 인욕이고, 도심은 천리이다"(人心人欲也 道心天理也)라고 한 데서 두 말을 가져와 기본 용어로 삼았다.

도심과 인심은 둘 다 기에서 발하는 마음이면서 "도심은 도의를 위해 발하고, 인심은 입과 몸을 위해 발한다"(道心 其發也 爲道義 人心 其發也 爲口體)고 해서 지향점이 다르다고 하고, 인심이 도심이 될 수도 있다고 했다. 선악은 출처가 아닌 지향점을 보아 판별해야 한다고 했다. 출처는 동기이고 지향점을 결과라고 할 수 있어 획기적인 전환을 했다.

이렇게 해서 결말이 난 것은 아니다. 이이의 학통을 계승한 사람들 사이에서 人物性同異 논쟁이 치열하게 전개되어 문제를 재검토했다. 인물성동이 논쟁에서 문제가 된 '人物'은 人과 物이다. 인은 사람이고, 물은 사람이 아닌 만물을 의미하면서 동물을 그 대표로 삼았다. '性'이란 본성이고, 기본적인 특징이라고 풀이할 수 있다.

사람과 동물이 다르다는 것은 다 잘 알아 더 말할 필요가 없다. 사람과 동물은 다르기만 한가, 같기도 한가 물으면 얼른 대답하기 어렵다. 한참 생각해보고, 살아 있고, 움직이고, 먹고, 번식한다는 등은 같다고 할 수 있다. 자기 삶을 소중하게 여기면서 환경에 적응하고, 다른 생명체들과 적절한 관계를 가지는 것도 같다고 할 수 있다. 같은 점과 다른 점 가운데 어느 것이 더욱 중요한가, 본질적인 의의를 가지는가, 또는 본성인가 묻는 것은 상식으로 대답할 수 없는 철학의 질문이다.

이렇게 제기되는 철학의 질문에 대해서 서로 다른 대답을 하면서 다툰 것이 인물성동이 논쟁이다. 할 일이 없어 이 논쟁을 한 것은 아니다. 사람은 어떤 존재이며 어떻게 살아야 하는가, 어떻게 사는 것이 도덕적으로 타당한가 하는 심각한 문제를 이 논쟁에서 다루었다.

이황은 기와 별개인 이를 소중하게 여겨야 한다는 주장을 펴서 주리론이라고 일컬어지고, 이이는 이와 하나인 기를 다루는 데 힘써야 한다는 반론을 펴서 주기론이라는 말을 듣는다고 했다. 주기를 특징으로 하는 이이의 이기이원론 계승자들 사이에서 인물성동이 논쟁이 일어났다.

이이가 기를 중요시한 것은 현상 또는 현실에 대처하기 위해서이다. 본원적으로 소중한 것은 이라고 하고, 기를 이에 맞추어야 한다고 했다. 氣發인 인심이 이에 갖추어진 도를 실현하는 방향으로 나아가 도심이 되는 것이 바람직하다고 했다. 이는 하나이지만 기는 여럿이라고 하면서 理一分殊라고 해온 데다 理通氣局을 추가해, 이는 두루 통해 어디서나 같고 기는 각기 치우쳐 다르다는 것을 분명하게 하고자 했다.

이황의 주리론은 재야 사림의 명분론으로 물러나고, 이이의 주기론을 가치관을 정립하고 현실에 대처하는 절묘한 방안으로 삼아 정치력을 키운 세력이 정국을 장악해 몇백 년 지나 18세기에 이르렀다. 중세후기에 머무르지 않고 중세에서 근대로 나아가려고 하는 움직임이 나타나 이념을 재검토해야 했다. 절묘한 방안을 만들어낸 절충론이 그대로 유지될 수 없게 되어 분열이 일어났다.

한쪽에서 李柬(이간 1677-1727)이 앞서서 理通氣局 가운데 이통을 소중하게 여겨, 인과 물은 기질이 다르지만 본연의 성은 같다고 했다. 이것은 人物性因理同論이다. 다른 쪽에서는 韓元震(한원진 1682-1751)이 나서서 이통기국 가운데 기국에 더 큰 관심을 가져야 한다고 여겨, 인과 물의 성은 기질의 차이 때문에 다르다고 했다. 이것은 人物性因氣異論이다. 人物性因理同論은 세상이 아무리 변해도 본연의 성은 손상되지 않아야 한다고 하면서 이황의 주리론에 가까워졌다. 人物性因氣異論은 세상이 나날이 달라지는 것을 알고 대처해야 한다고 하면서 주기론의 현실주의적 성향을 강화했다.

人物性因理同論은 복고주의이고 人物性因氣異論은 진보적 의의를 지녀 논쟁이 귀결에 이르렀다고 할 것은 아니다. 둘 다 중세후기 이원론이다. 중세후기 이원론을 가지고 중세에서 근대로의 이행기를 중세로 역전시키려고 하든, 근대로 순행시키려 하든 큰 차이는 없다. 그래서 싸움이 계속되었다.

任聖周(1711-1788)는 정계의 시비를 피해 공주 향리에 은거하면서, 인물성동이 논쟁에 직접 참여하지 않고 논란을 새롭게 해결하는 근본적인 대책을 제시했다. 이이의 학통을 이어야 하는 계보에 속했으나 이기이원론에 대해 계속 의문을 제기했다. 의문을 해결하려면 서경덕의 기일원론을 이어받아야 한다고, 드러나지 않게 조심하면서 주장했다.

"理一分殊라는 것은 이를 위주로 하는 말이다. 分이라는 것은 마땅히 이에도 속해야 한다. 기를 위주로 말하면 氣一分殊라고 하는 것도 불가하지 않다(理一分殊 主理而言 分字亦當屬理 若主氣而言 則氣一分殊 亦無不可矣)." 이렇게 말하면서 이와 기의 구분을 이이가 재확인한 선례를 거부했다. 기일분수라는 것은 획기적인 발언이다.

기일분수는 하나인 기가 여럿으로 갈라지는 것이다. 이에 관해 "기는 근본이 하나일 따름이지만, 그것이 오르고 내리며, 날고 오르며, 느끼고 만나며, 모이고 흩어지며 할 때, 작아지기도 하고 커지기도 하며, 강하기도 하고 부드럽기도 하며, 맑기도 하고 흐리기도 하며, 스스로 천차만별이 아닐 수 없게 된다(氣之本一而已矣 而其昇降飛揚感遇凝聚之際 或大或小 或剛或柔 或淸或濁 自不能不千差萬別)"고 했다. 여기서 서경덕이 말한 기일원론의 핵심 원리를 이어 재확인했다.

"사람 마음이 선함은 기질의 선함이다. 기질 밖에 선의 근거가 되는 性이 없다(人性之善 乃其氣質善耳)"고 한 데서는 서경덕의 기일원론을 더욱 발전시켰다. 서경덕이 지은 일층 집에 시대가 달라져 요구되는 이층을 올렸다고 할 수 있다. 기일원론의 존재론을 근거로 하는 인성론을 마련해, 사람의 선악 문제에 대한 당대의 논쟁을 해결했다.

임성주의 견해는 人物性同論과 人物性異論을 구분해 말하면 인물성동론이다. 그러나 인물성동론의 근거가 이에 있지 않고 기에 있다고 해서, 人物性因理同論과는 다른 人物性因氣同論이다. 人物性因氣異論과는 기를 중요시한다는 점에서 같으면서, 기는 分殊이기만 하지 않고 一元이기도 하다고 한 점이 달랐다. 人物性因氣異論이 기의 分殊에 치우쳐 이일분수를 그대로 인정하고 이원론을 극복하지 못하는 잘못을 시정해야 한다고 했다. 임성주는 人物性因氣同論을 모든 문제를 일괄해서 해결하는 결론으로 제기했다.

사람의 선함은 곧 기질이 선함이라는 말은 사람이 기질을 지니고 살아가는 것이 선하다는 말이다. 선의 근거가 다른 데 있지 않고, 삶을 누리는 것이 선이라고 해서, 놀랄 만큼 파격적인 선언을 했다. 기일원론 윤리관의 기초공사를 든든하게 했다. 임성주의 총론을 각론으로 구체화하는 작업은 홍대용(1731-1783)과 박지원(1737-1805)이 맡아 나섰다.

기일원론의 윤리관이 이기이원론의 윤리관과 얼마나 다른지 알기 위해 주희를 다시 만나보자. 주희는 "인은 바른 기를 받아 이가 통하고 막힘이 없고, 물은 치우친 기를 받아 이가 막히고 지식이 없다(人得其氣之正且通者 物得其氣之偏且塞者)"고 했다. 같은 이유에서 머리가 사람은 위에, 금수는 옆에, 초목은 아래에 있다고 했다(人頭圓象天 足方象地 平正端直 以其受天地之正氣 所以識道理 有知識 物受天地之偏氣 所以禽獸橫生 草木頭生向下 尾反在上). 이에 대해서 어떻게 대응할 것인가?

이에 대해 홍대용은 말했다. "五倫이나 五事는 사람의 예의이고, 서로 불러 먹이는 것은 금수의 예의이고, 떨기로 나며 가지를 뻗은 것은 초목의 예의이다. 인의 견지에서 보면 인이 귀하고 물은 천하지만, 물의 견지에서 보면 물이 귀하고 인이 천하고, 하늘에서 보면 인과 물이 均이다(五倫五事 人之禮義也 群行响哺 禽獸之禮義 叢苞條暢 草木之禮義 以人視物 人貴而物賤 以物視人 物貴而人賤 自天而視之 人

與物均也, 〈毉山問答〉)." 인의 견지에서 물을 보고 일방적 판단을 내리지 말고, 물의 견지에서 인을 볼 줄도 알아야 하고, 인과 물이 균등하다는 의미의 人物均을 깨달아야 한다고 했다.

인물균은 내외의 구분이 상대적이라는 것과 맞물려 있다. 사람이든 동물이든, 사람끼리도, 국가도 모두 자기는 내이고 다른 쪽은 외라고 하는데, 입각점을 바꾸면 내와 외가 반대로 된다고 했다. 이와 같은 내외론에 입각해, 천지·남녀·귀천·성정·시가의 구분이 가치의 등급은 아니라고 했다. 華夷에 관해서는 심각한 논의를 한참 전개하고, 내외의 구분이 상대적이듯이 화이의 구분도 상대적이라고 했다. 중국은 문명의 중심인 '화'이고 다른 나라는 주변인 '이'라고 하지만, 다른 나라 또한 주체성을 가지고 평가의 기준을 바꾸어 자기를 '화'라고 하고 중국을 '이'라고 할 수 있다고 했다.

오륜은 사람에게만 있어, 사람이 짐승보다 우월하다는 증거인가? 이에 대한 반론은 탈춤 대사에도 있어 구비철학이 앞서 나갔다. 개에게도 오륜이 있다고 하면서, "毛色相似하니 부자유친이오, 知主不吠하니 군신유의요, 孕後遠夫하니 부부유별이요, 小不敵大하니 장유유서요, 一吠衆吠하니 붕우유신이라"고 했다. 오륜이란 다름 아니라 친근하면서도 차등이 있는 생명체가 함께 살아가는 요령이다. 인물균에 비해 등급이 한참 낮은 上下差를 사람의 윤리라고 내세우는 것은 우스운 일이다.

삶을 누리는 것이 선이라면 악은 무엇인가? 삶을 유린하는 것이 악이다. 이 점을 밝히는 작업은 박지원이 맡았다. 중국에서 베껴온 글이라고 한 〈虎叱〉에서, 호랑이가 사람을 나무라는 말로 악이 무엇인지 말했다. 호랑이는 먹기 위해 필요하면 다른 동물을 죽이는데, 사람은 죽이는 것 자체를 즐기니 용서할 수 없다고 나무랐다. 더 큰 악은 사람들이 서로 죽이고 해치고 빼앗는 것이다. 권력이나 재력에서 강자인 쪽이 약자인 쪽을 괴롭힌다. 이런 사회악에 허위의식이 추가되면 사태가 심각해진다. "심한 자는 돈을 형님이라고 한다"고 하고, "장수가 되려고 아내를 죽이기도 한다"고 한 것이 그 단적인 예이다. 앞의 것에서는 재물을, 뒤의 것에서는 명예를 우상화해서 가치를 왜곡한다고 나무랐다.

생명을 유린하는 악행을 하는 데 쓰는 덫, 그물, 쇠꼬챙이, 창, 칼, 도끼, 화포 같은 무기가 무수히 많지만, 가장 무서운 것은 붓이라고 했다. "보드라운 털을 빨아 아교로 붙여 뾰족하게 만든 것이 몸체는 대추씨만 하고, 길이는 한 치도 못되지만" 나서서 살육을 감행하면 "귀신도 밤중에 곡을 한다"고 했다. 붓으로 글을 써서 사람이 사람을 죽이는 악행이 다른 어떤 무기를 사용하는 것보다 잔혹하고 처절하다고 했다. 말하고 글 쓰는 것이 유일한 장기인데 서로 죽이는 데 사용하니, 사람이 얼마나 악하게 되었는가.

사람은 본디부터 악한 것이 아니다. 누구나 악한 것은 아니다. 세상이 그릇되어 악이 비정상적으로 확대되었다. 선악에 대한 논의가 개념론이나 출처론에 머무를 수 없다. 한가한 짓이나 하고 있지 말고, 역사가 진행되는 방향을 시비하고 사회악과 싸워야 한다. 기일원론의 선악관을 마련한 것은 서론에 지나지 않는다. 필요한 논의를 모두 갖추는 본론을 마련하고 나가서 싸워야 한다.

최한기(1803-1877)는 "새나 쥐는 같은 구멍에 살고, 이리의 무리는 서로 기다리니, 성스러운 지혜가 있는 사람이 이런 동물에서 법을 취해 식견을 열고 힘쓸 바를 얻고, 의로운 바가 있으면 일어나는 것은 동물과 부합한다(鳥鼠同穴 狼狽相須 聖智之人 有取法於物 而開務焉 有所義起 而與物符合焉, 《推測錄》 권6 〈取物生養〉)"고 해서, 사람이든 동물이든 삶을 누리는 것이 선이라고 하는 견해를 재확인하고 발전시켰다. 새나 쥐는 같은 구멍에 살고, 이리의 무리는 서로 기다리는 것을 본받아야 성스러운 지혜를 얻는다고 해서 윤리관 대혁신의 결정적인 진전을 보여주었다.

임성주·홍대용·박지원·최한기가 한 작업을 동아시아 다른 나라에서도 했다. 임성주보다 얼마 전에 중국의 왕부지(1619-1692), 일본의 安藤昌益(안등창익 1703-1762)이 기일원론에 입각해 새로운 윤리를 이룩하는 혁명을 기본적으로 동일하게 진행했다. 서로 알거나 연락하지는 못하면서 동아시아의 새로운 철학을 함께 이룩했다. 37)

왕부지는 명나라 유민으로 자처하고 청나라의 박해를 피해 은거하면서 아무도 알아주지 않은 고독한 환경에서 저술에 몰두했다. 생각은 과감하게 했어도 행동은 조심했다. 경전을 주해하면서 자기 견해를 삽입하는 방법을 택해 있을 수 있는 시비를 피했다. 그러면서도 갖가지 사회악의 근거가 되는 사상을 철저하게 비판하고 바로잡으려고 했다.

안등창익은 시골에서 의원 노릇을 하다가 농민을 위해 신체의 병을 치료하는 것보다 불행을 가져오는 더 큰 원인인 잘못된 세상을 바로잡아야 한다고 판단하고, 사회악을 만들어내는 사상을 바로잡겠다고 나섰다. 주위의 농민들을 모아 가르치느라고 말을 쉽게 하고, 일본어투가 섞인 변체한문으로 글을 쓰고, 〈法世物語〉라는 우언을 창작하기도 했다.

왕부지는 "이는 바로 기의 이이다(理卽是氣之理)"라고 했다. "음양의 두 기가 태허에 충만해 있으며, 이밖에 다른 무엇은 없고, 간격도 없다. 하늘의 象이나 땅의 形이 모두 그 범위이다(陰陽二氣充滿太虛 此外更無他物 亦無間隔 天之象 地之形 皆其所範圍也)"라고도 했다. 기일원론의 기본은 다졌으나, 생극에 관한 논의라고 할 것은 확인되지 않는다.

형이상과 형이하를 구분하고, 성이니 명이니 천이니 하는 것은 형

---

37) 왕부지와 안등창익에 관한 논의는 《세계·지방화시대의 한국학 9 학자의 생애》 (계명대학교출판부, 2009)에서 한 것을 간추린다.

이상에 속한다고 하는 이원론은 잘못되었다고 했다(自形而上以徹乎形而下 莫非性也 莫非命也 則亦莫非天也). 유학에서 존중하는 의와 사람이 누구나 추구하는 리가 둘이 아니라고 했다(欲正義 是利之也 若不謀利 不正可矣). 천리와 인욕은 나타나는 모습이 달라도 실질은 같다고 했다(天理人欲 同行異情 異情者 異以變化之幾 同行者 同于形色之實). 삶을 누리는 것이 선이라는 데 가까운 주장을 폈다.

이치를 그릇되게 말하는 선비를 신랄하게 비판했다. 先儒가 억측을 한 것을, 아비나 스승이 하는 말을 따라서 외면서, 만 사람이 한 입으로 천편일률의 소리를 자기도 모르게 한다고 했다(先儒臆度而言之 父師沿襲而誦之 萬口一辭 不可破也 千篇一律 不自知也). 겉으로는 유학을 하고 안으로는 부귀를 꾀하니, 선비의 옷을 우아하게 입고서 행실은 개나 돼지라고도 했다(陽爲儒學 陰爲富貴 被服儒雅 行若狗彘).

안등창익은 "자연은 互性의 妙道를 일컬음이다(自然 互性妙道之號也)"는 것을 사상의 근본으로 삼았다. 호성이란 상하·남녀·인물이 서로 필요로 하는 관계이다. 서로 필요로 하는 관계에 가치의 등급은 있을 수 없다고 했다. 이런 의미의 호성론은 홍대용의 인물균이나 내외론과 같은 사고이다. 호성이 제대로 이루어지는 것을 轉眞의 묘도라고 하고, 이 도를 얻으면 일제히 화합하게 된다고 했다(得轉眞之妙道得明俱一和).

자연세에는 전진의 묘도가 당연히 이루어졌는데, 성현이라는 자들이 나와 상하·남녀·인물을 차별하는 法世를 만들었다고 비판했다. 성현의 가르침이라는 경전의 장구는 모두 전진의 도가 아니고 사사롭게 지어낸 망령된 말이라고 했다(書中章句 悉轉眞道非 私作妄造也). 호랑이가 사람을 나무란 〈虎叱〉의 확대판이라고 할 수 있는 〈法世物語〉에서 여러 금수가 사람 규탄 시합을 하면서 사회악에 대한 신랄한 비판을 했다.

사람은 스스로 농사를 짓는 直耕으로 살아가는 것이 마땅하다. 그런데 "성인과 석가가" 나타나서 농사짓지 않으면서 직경한 것을 도둑질해 탐식하고, 私法을 세우자, 임금, 공경대부, 제후, 士·工·商이 시작되었다. 그래서 法世가 이루어지고, 법을 함부로 만들어 어기면 형벌로 죽이게 되었다고 했다.

"성인과 석가가" 나타났다고 한 데 일본의 神道도 포함시켰다. 유학이나 불교뿐만 아니라 신도도 자연세의 종말을 재촉한 법세의 사상이며, 직경하는 농민을 기만하고 억압하는 구실을 한다고 비판했다. 그 때문에 박해를 받았다. 세상을 떠나자 주위의 농민들이 守農大神이라고 칭송하는 비석을 세웠는데, 신사에서 철거했다. 국수주의 국가이념과 배치된다는 이유에서, 오늘날도 일본 학계의 주류에서는 안등창익을 평가하지 않는다.

유럽의 경우

동아시아 문명의 지배이념인 유교는 종교의 성격은 적게 지닌 철학이었다. 합리적인 사고의 범위를 넘어서서 횡포를 부리는 일은 거의 없었다. 윤리관의 혁신을 주장해도 정권의 미움을 받지 않으면 탄압의 대상이 되지 않았다. 종교재판 같은 것은 없었다.

유럽은 사정이 달랐다. 윤리 문제를 교회가 담당하는 신학의 소관으로 삼아, 국가는 오히려 무력하고 철학은 숨을 죽이고 조심했다. 교회에서 이단이라고 하는 것은 사형으로 직결되는 죄목이었다. 브루노(Bruno, 1548~1600) 같은 거물 학자뿐만 아니라, 다른 어느 누구라도 이단이라는 의심을 받으면 교회에 잡혀가 고문당하다가 죽기도 하고, 고문을 피하려고 거짓 자백을 하면 당연히 처형되었다.

교회를 상대로 항의를 하는 것은 무익하고 위험하므로, 윤리 문제에 대해 새로운 주장을 펴고자 하면 간접적인 고지를 하는 우회적인 방법을 사용해야 했다. 유럽이 아닌 다른 곳에 가서 보고 들은 것들을 흥밋거리로 제공한다고 하면서 이상한 이야기를 하는 책이 여럿 있어 숨구멍 노릇을 했다.

영국인 모어(Thomas More, 1478-1535)가 남긴 《유토피아》(*Utopia*)는 네덜란드 사람이 유토피아라는 나라에 갔다 왔다는 이야기를 들어서 안다면서 라틴어로 기록한 책이다. 유토피아 사람들은 서로 다른 종교를 믿으면서도 충돌을 일으키지 않는다고 했다. 사유재산이 없어 불평등과 갈등이 생기지 않는다고 했다. 기독교에 대한 반감과 빈부차이에 대한 불만을 그런 방식으로 나타냈다.

프랑스의 라블래(Rabelais, 1483-1553)는 巨人 부자 가르강투아(Gargantua)와 팡타그뤼엘(Pantagruel)을 주인공으로 한 괴이하고 우스운 이야기를 들려주는 연작저서를 가명으로 내놓다가 나중에 저자 이름을 밝혔다. 책 전체의 기본 요지는 "하고 싶은 것을 하라"(Fais ce que voudras)이다. 이것은 라틴어 주기도문에서 "당신의 뜻이 이루어지소서"(Fiat voluntsa tua)를 뒤집은 말이다. 신을 사람으로 바꾸어놓고, 사람이 하고 싶은 것을 하라는 말을 엄숙한 라틴어가 아닌 시정잡배 투의 프랑스어로 했다. 하고 싶은 것을 하라는 말은 삶을 누리는 것이 善이라는 말과 같은 의미를 지닌다.

윤리관 혁신을 위해 더욱 적극적으로 노력한 사람은 볼태르(Voltaire, 1694-1778)였다. 옛적 바빌로니아에서 유래한 고서라는 〈자디그〉(Zadig)에서 많은 나라 사람들이 만나 각기 자기 종교가 옳다고 다투는 것을 중국인이 "Li"(理)와 "Tien"(天)의 원리에 입각해 서로 인정하고 화합할 수 있게 했다고 칭송했다. 독일인의 유고를 번역했다고 한 〈캉디드〉(Candide)에서는, 세계 여러 곳을 돌아다니던 주인공이 "자기네 의견과 조금이라도 어긋나는 사람은 불로 태워 죽이는 신부들이" 없는 나라를 발견하고 크게 놀랐다고 했다.

남미에서 유럽으로 가는 배에서 마니교도라는 노학자를 만나 가르침을 받았다. 노학자는 "유럽의 끝에서 다른 끝까지 백만이나 되는 살인자 부대가 편성되어, 정직한 직업을 갖고 있지 못한 탓에 남에게서 먹을 것을 빼앗으려고, 훈련받은 대로 살인과 약탈을 자행한다"라고 했다. 그 때문에 지구 도처에 있는 이상향이 다 파괴된다고 했다.

윤리 문제를 철학에서 논의하기 시작한 선구자는 스피노자(Spinoza, 1632-1677)였다. 《신학정치론》(*Tractatus theologico-politicus*)이라는 책을 익명으로 내고, 국가는 교회의 지나친 간섭을 막고 사상의 자유를 보장해야 한다고 하다가 호된 비난을 받았다. 유고로 남긴 《윤리학》(*Ethica*)이라는 주저에서는 이성적 사고로 마음을 편안하게 하는 것이 윤리적인 삶이라고 해서 충돌을 피할 수 있었다.

그 뒤에 윤리학은 철학에서 소중하게 여기는 분야가 되었으나, 사변적인 개념론에 머무르고 현실의 문제는 다루지 않았다. 칸트(Kant, 1724-1804)는 윤리적 행위에 대해 사고하는 규칙을 밝히고자 했다. 헤겔(Hegel, 1770-1831)은 사람의 의지에 관한 총괄적인 논의를 전개하는 데 치중하고, 선이란 주체적으로는 "실현된 자유"이며, "세계의 절대적 궁극목적"이라고 하는 거창한 논의를 폈다. 영미에서는 공리주의 또는 실용주의를 내세워 교회와 충돌하지 않은 범위 안에서 윤리를 다원화하는 방향으로 나아갔다.

기독교 교회와 정면으로 맞서서 윤리를 문제 삼는 것은 무신론을 선포한 마르크스(Marx, 1818-1883)에 이르러서 비로소 가능했다. 기존의 윤리는 모두 잘못되었으므로 버리고 유물론의 윤리를 새로 건설해야 한다고 하면서, 윤리 문제를 정치 문제로 바꾸어놓고 계급투쟁의 관점에서 논의했다. 시야가 좁아져 많은 결함을 드러낸다.

유물론은 물질적 토대가 상부구조를 결정한다고 하면서 정신문화에 대해서는 깊은 관심을 가지지 않는다. 생극론의 견지에서 말하면, 상극에 치우친 탓에 균형을 잃어 상생을 윤리의 근거로 삼는 데 지장이 있다. 인간중심주의에서 벗어나지 못해, 사람이든 다른 생명체이든 대등하게 삶을 누리는 것이 선이고 삶을 해치는 것은 악이라고 생각을 하지 못한다.

유럽에는 그 밖에도 수많은 윤리관이 있으니 유물론이 편협하다고 새삼스럽게 나무랄 필요가 없다고 할 것은 아니다. 좋은 것이 많고 많다고 하고 마는 무책임한 상대주의는 사고의 혼란을 가져오고 사소한 분쟁을 일으키기나 하므로 총괄이 필요하다. 철학적 총괄의 큰 자리를 마련해 좋은 것들이 한자리에 모일 수 있게 하는 것이 바람직하다.

4. 학문론 정립의 과제

머리말

철학은 공리공론이라고 여기고 배격하는 사람들에게 철학의 유용성을 입증할 수 있는 논거는 둘이다. 하나는 철학이 윤리적 판단 특히 선과 악을 구분하는 기준을 제공해준다는 것이다. 또 하나는 철학이 이치를 따지고 학문을 하는 방법론을 제공하는 것이다.

윤리적 판단은 종교의 소관이고, 하느님만 절대적인 권한을 가진다고 하면 할 말이 없지만, 종교를 떠나 윤리의 문제를 다루려면 철학을 불러와야 한다. 옳고 그른 것은 법률에서 판단하며 재판의 결과를 따르면 된다고 하는 경우에도 판단의 근거는 철학과 협의해야 한다. 독단에 말려들어 낭패를 보고, 임기응변을 일삼다가 사고가 혼란되고 반발이 거세지면, 철학이 중재자나 심판관으로 나서야 한다.

오늘날은 윤리적 판단보다 연구 방법론을 갖추는 것이 더욱 긴요한 관심사이다. 방법론의 수준이 모든 연구의 성과를 좌우하고, 기술 개발이나 산업 발전과 직결된다는 것을 철학을 불신하는 사람들도 알아차린다. 방법론이란 별 것이 없으며 컴퓨터에 일을 시키고 인공지능을 활용하면 된다고 할 것인가? 무슨 일을 어떻게 시켜야 하는가 하는 것이 방법론이다. 방법론 개발이 모든 개발의 원천 작업이다.

방법론 개발은 수학과 철학이 함께 담당한다. 수학과 철학은 같은 일을 다르게 한다. 수학은 수학의 세계에서만 타당한 논리를 개발하지만, 철학은 사람의 사고와 행동이 사회나 자연과 연결되어 있는 전 영역에서 모든 개발의 원천이 되는 작업을 한다. 수학의 사고는 그 자체로 독립되어 있으나, 철학은 역사적인 연관을 가진다.

방법론 개발에서 학문론 정립으로 나아가야 한다. 학문은 무엇이며 어떻게 해야 하는가 하는 문제를 고찰하고 실제적인 지침을 제공하는 학문론이 있어야 학문 발전을 기대할 수 있다. 학문은 자연발생적인 행위가 아니고 의도적으로 계획하고 실현하는 실천이다.

방법론 개발의 내력

데카르트(Descartes, 1596-1650)가 방법론 탐색에서 중요한 기여를 한 것으로 알려져 있다. 《방법서설》(*Discours de la méthode*)에서 기하학처럼 명징하고 논리적인 학문을 해야 한다고 하면서 방법을 제시하겠다고 했다. 그 요지를 셋으로 간추릴 수 있다. (가) 스스로 진실이라고 판단한 것만 받아들인다. (나) 이해하기 어려운 대상은 부분으로 나눈다. (다) 단순한 것에서 복잡한 것으로 나아간다.

(가)는 너무나도 당연한 말이어서 새삼스러운 의의가 없다. (나)는 부분에 관한 지식을 합치면 전체를 알 수 있는가 하는 의문을 낳는다. 부분을 합치면 전체가 된다고 해도, 나누기 어렵고, 합치기는 더 어렵다. (다)는 단순한 것들이 복잡한 것으로 나아가는 방법이 무엇인지 명확하지 않아 어려움을 겪는다. 복잡한 것은 단순한 것들의 집합이기만 한가 하는 것이 더 큰 의문이다.

철학은 존재 일반에 관한 포괄적이고 총체적인 논란이다. 데카르트는 존재 일반에 관한 총체적인 논의는 가능하지 않으니, 부분들을 먼저 살피고, 단순한 것에서 복잡한 것으로 나아가야 한다고 해서 철학을 할 수 있는 길을 막았다고 하지 않을 수 없다. 그런데도 데카르트가 철학자로 높이 평가되는 것은 철학의 영역이 존재론만이 아니고 인식론도 있다고 하기 때문이다. 존재론에서는 아는 것을 말해야 하고, 인식론은 모르는 것을 출발점으로 삼아야 하므로 둘이 서로 어긋날 수 있다.

데카르트는 존재론은 버리고 인식론에만 힘을 쓰면서 인식 방법을 엄밀하게 점검한다고 하다가 얼마 나가지 못하고 말았다. 성과는 묻지 않고 노력을 평가하는 것이 적절한지 의문이 아닐 수 없다. 철학은 엄격한 방법론을 갖춘다는 이유에서 위세를 자랑하는 풍조가 데카르트에게서 비롯해서 철학에 대한 불신을 자아내고 있다.

칸트(Kant, 1724-1804)는 철학의 영역을 순수철학과 경험적 철학으로 나누었다. 순수한 철학에는 순수이성비판과 형이상학이 있다고 했다. 방법론 영역을 순수이성비판이라고 해서 선결 과제로 삼고, 순수이성비판이 이루어져야 형이상학이라고 일컫은 존재론으로 나아갈 수 있다고 했다. 철학이 다른 학문과 겹쳐 있는 영역인 경험적 철학은 나중에 다룰 것이라고 미루어두었다.

순수이성이라는 말로 경험이 섞이지 않은 이성 자체를 지칭하고, 이에 대한 점검을 비판이라고 했다. 이런 의미를 지닌 《순수이성 비판》(*Kritik der reinen Vernunft*)을 써서 이성이 무엇을 할 수 있는지 말하지 않고, 어떤 규칙을 제한조건으로 지니고 있는지 엄밀하게 고찰하려고 했다. 분량·성질·관계·양태를 구분하는 범주를 선험적으로 주어진 것들이라고 하면서 특히 엄밀하게 고찰한 대목이 책 전체에서 가장 중요한 부분을 이룬다.

범주라는 것들은 형식일 따름이다. 범주 구분을 명확하게 한다고 해서 불분명한 논란이 해결되고, 미지의 사실이 밝혀지는 것은 아니다. 칸트는 어렵고 복잡한 논의를 길게 하면서 철학을 하는 본보기를 보여 철학의 능력을 제한하고 의심스럽게 만들었다. 종교의 독단이나 정치적 부자유를 무릅쓰고 이성적 사고의 의의를 옹호한 공적이 있다고 해도, 유럽에서 철학이 방황하도록 만든 과오가 더 크다.

방법론 개발을 독립된 일거리로 삼는 것은 잘못이다. 방법론은 잘 가다듬은 성과가 뚜렷할수록 실제 연구를 위해 기여하는 바가 적다. 방법론을 대단하게 여기고 우상숭배를 하는 풍조에서 벗어나, 학문이 무엇이고 어떻게 해야 하는가 하는 것을 총체적으로 논의하는 학문론으로 나아가야 한다.

방법론에서 학문론으로

헤겔(Hegel, 1770-1831)은 칸트의 철학이 "생명이 없는 도식"이라고 비판하고, 방법론에 밀려나 초라하게 된 존재론을 불러들여 철학의 으뜸 과제로 삼았다. 신·정신·물질 가운데 스피노자가 존재의 본체라고 한 신을 헤겔은 정신으로 바꾸었다고 앞에서 말했다. 정신을 본체로 삼는 존재론을 《정신현상학》(*Phänomenologie des Geistes*)에서 변증법의 관점에서 전개해, 존재론과 방법론이 하나가 되게 했다. 기울어지던 철학을 바로잡고 크게 일으킨 공적이 대단해 압도적인 영향력을 행사했다.

헤겔은 공적을 남기면서 장애를 만들었다고 누구나 말한다. 헤겔의 공적을 알아내고 장애를 넘어서야 나아갈 길을 찾을 수 있다. 이 일이 만만치 않다. 호랑이를 잡으려고 호랑이 굴에 들어가면 잡아먹히고 만다. 호랑이 굴에 들어가지 않고서 큰 소리를 쳐서는 도움이 되지 않는다. 헤겔은 책을 복잡하고 난해하고 길게 써서 굴에 들어가 잡을 수 없게 방어선을 쳤으므로 들어가서 잡기 아주 힘들다. 신통한 작전이 없으면 그냥 물러나야 한다.

헤겔을 최한기(1803-1877)와 비교해 고찰하는 것이 유리한 작전이다. 이 작전으로 헤겔을 다시 알고 최한기를 재평가해 철학의 진로를 찾고자 한다.[38] 실질적인 도움이 되는 성과를 얻는 데까지 나아가고자 한다. 최한기도 나도 이치 자체에 대한 논란보다 그 논란의 유용성을 더욱 중요시한다.

최한기는 서울의 시정인으로 살아가면서, 알아주는 사람이 없어도 철학 탐구에 몰두해 기일원론 또는 기철학을 이룩하는 삼차 공사를 했다. 서경덕이 기철학의 존재론을 이룩한 일차 공사이고, 임성주를 비롯한 몇 사람이 윤리학을 얹는 것이 이차 공사이고, 최한기가 방법론을 보탠 것이 삼차 공사이다. 기철학에서는 존재론·윤리학·방법론이 필연적인 연관을 가지지만, 한꺼번에 갖추는 것은 너무 벅차 16세기부터 19세기에 걸쳐 삼단계의 공사를 했다.

최한기는 기철학의 방법론 구축 공사를 《氣測體義》, 《人政》, 《氣學》 등 일련의 저작에서 했다. 그 가운데 가장 중요한 것이 《기측체의》이므로 어떤 내용인지 알아보자. 전반부는 〈神氣通〉이라고 하고, 體通·目通·鼻通·口通·生通·足通·周通·變通을 하위항목으로 했다. 후반부는 《推測錄》이라고 하고, 推測提綱·推氣測理·推情測性·推動測靜·推己測人·推物測事를 순차적으로 고찰했다. 하위항목마다 짧은 글이 여럿 있어 필요한 논의를 다각도로 전개했다.

〈推測提綱〉에서 "기라는 것이 천지에 가득차고 순환을 쉬지 않으며 모이고 흩어지는 때가 있는 그 조리를 이라고 한다"(氣者 充塞天地 循環無虧 聚散有時 而其條理 謂之理也)라고 한 것은 서경덕이 한 기초공사 재확인이다. "기가 하나면 이도 하나이다(氣一 則理亦一)",

---

38) 헤겔과 최한기의 학문론을 비교해 고찰하는 작업을 《우리 학문의 길》에서도 했으나 많이 미흡하다.

"기가 만수이면 이도 만수이다(氣萬殊 則理萬殊)"라고 한 것은 임성주가 보탠 견해의 추인이다.

임성주가 주도한 이차 공사에서 진행한 윤리학 혁신 작업을 다시 다진 것을 〈推情測性〉에서 "성에 있으면 순역이고, 정에 있으면 선악이라고 하므로, 정이 선한 것은 선을 따르는 데서 유래하고, 정이 악한 것은 성을 거스르는 데서 유래한다(在性曰順逆 在情曰善惡 故情之善者 由於順其性 情之惡者 由於逆其性)"라고 한 데서 볼 수 있다. 性과 情이 體와 用의 관계에 있는 것을 확인하고, 體인 性을 그 자체로 지니고 있으면 順逆인 것이 用인 情에 나타나면 善惡이 된다고 해서 善惡의 원천에 대한 의문을 해결했다. 사단칠정론, 인심도심설 이래의 이원론적 선악을 근저에서부터 무너뜨렸다.

기철학에 입각해 인식과 탐구의 방법을 탐구하는 새로운 작업을 하는 데 더욱 힘써, 학문론의 총론과 각론을 제시했다. 기와 어긋나는 虛無學을 하지 말고, 학문하는 사람이 자기를 돌보기나 하는 誠實學에 머무르지도 말고, 기의 운동과 변화와 합치되는 運化學을 어느 학문에서도 함께 해야 한다고 했다. 당시에 있던 모든 학문을 들어 각기 필요한 논의를 구체화했다. 존재론과 합치되는 방법론으로 철학을 옹호하려고 하는 좁은 소견을 버리고 모든 학문을 위해 봉사하는 학문론을 이룩해야 한다는 것을 보여주었다.

《氣學》에서, 그릇된 학문 虛學이 아닌 타당한 학문 기학을 하는 방향과 방법을 제시하는 학문론을 이룩했다. 책을 쓰는 이유를 설명하면서 학문에 末流之弊가 나타난 것을 근심했다. 군더더기에 살을 붙여 말꼬리를 잡아 따진다. 이기기를 좋아해 점점 잘못된 곳으로 빠져든다. 어지러울 정도로 허황해 붙잡기 어렵게 한다. 이런 현상이 그 당시에도 이미 나타나, 거시적인 시야를 갖추어 바로잡는 학문 총론 《기학》이 필요했다.

기학은 '天人一致'에 입각한 '天人一統'의 학문이라고 했다. 天은 자연현상이고, 인은 사람이다. 이 둘에 관한 학문은 우열이나 경중이 있을 수 없고, 하나로 통일된 학문이어야 한다고 했다. 오늘날 여러 학문이 사분오열되어 서로 모르면서 비방하는 폐해를 시정하고 통합 학문으로 나아가려면 이 견해를 받아들여야 한다.

천지만물이 움직이고 변하는 '運化之氣'와 사람의 '身心之氣'는 같은 氣의 다른 양태인 것을 통합학문을 가능하게 하는 근거로 삼았다. 이것은 탐구의 출발점이지 도달점은 아니다. 둘 가운데 어느 것부터 알고 다른 것을 알기 위해 이용해야 하는 것은 아니다. 상호조명을 계속해 통합학문으로 나아가야 한다고 했다. 運化之氣에 입각해 身心之氣를 알고, 신심지기를 근거로 삼아 운화지기를 헤아리는 것이 학문대도라고 했다. 이것은 오늘날의 학문을 위한 지침이다.

최한기는 논의를 간명하게 했다. 체계를 분명하게 갖춘 상하위의 제목에 할 말을 명시했다. 기에 근거를 두고 이를 인식하는 작업을 여러 각도에서 단계적으로 해명했다. 무엇을 어떻게 하는지 쉽게 파악하고 세부로 들어갈 수 있게 했다. 이것은 노자 이래의 전통을 잘 가다듬어 활용한 결과이다.

헤겔의 《정신현상학》은 늘어놓은 말이 너무 장황하고 복잡하다. 이해하기 벅찬 논의를 잔뜩 전개해 큰 책을 이루었다. 두 전례에서 유래한 유럽철학의 관습을 자랑스러운 듯이 이어 이렇게 했다고 할 수 있다. 고대철학을 이룩한 플라톤(Platon)은 대화 형식의 언설을 길고 번다하게 펼쳤다. 중세철학을 정립한 아퀴나스(Aquinas)는 모든 반론을 잠재우려고 논리를 겹겹이 쌓는 작업을 끝없이 이어나갔다. 근대철학의 제왕이고자 한 헤겔은 한 수 더 뜨고자 했다.

헤겔을 쳐다보면서 접근하기 어려우니 위대하다고 하지는 말아야 한다. 골짜기에서 헤매지 말고, 봉우리에 올라가면 맞은편 봉우리가 보인다. 최한기와 비교해보면 헤겔은 무슨 말을 했는지 대강은 알 수 있다. 존재를 탐구하는 인식의 방법과 내용은 일치한다. 감각에서 시작한 인식이 종합되고 복잡하게 되면서 수준이 높아지고 마침내 바람직한 차원에 이른다. 이것은 헤겔과 최한기가 함께 제시한 견해이다.

헤겔은 할 말을 모두 담는 거대한 체계를 만들어내, 정신이 변증법적 발전의 과정을 여러 단계를 거쳐 마침내 절대정신(absolute Geist)에 이른다는 것을 완벽하게 입증하고 기술하려고 했다. 헤겔이 닫은 논의를, 최한기는 열었다. 최한기는 체계와 순서를 갖추어 저술을 시작하고서, 각 항목에서 전개하는 실제의 논의는 각기 독립시켜 다양하게 하고, 길지 않게 끝냈다.

최한기는 할 말을 우선 대강 말하고 보충논의를 붙였어도 계속 미진하다. 모두 탐색 과정에서 찾은 예시에 지나지 않고, 재론이나 확장의 여지가 얼마든지 있기 때문이다. 마지막 대목에서 物에 근거를 두고 事를 헤아린다는 推物測事를 말한 것이 인식의 도달점은 아니다. 거기서 인식 내용이 대폭 확대되었다.

절대정신 같은 것은 있을 수 없고, 이미 이룬 것을 뒤집고 더 나아가는 길이 언제나 열려 있다. 이것이 변증법과는 다른 생극론의 발상이다. 변증법은 법칙이나 체계이니 하는 것을 자랑하지만, 생극론은 법칙을 넘어서고 체계를 부정하는 것을 탐구의 방법으로 삼는다.

헤겔이 말하는 정신은 이이다. 최한기는 기철학의 오랜 지론을 이어 이는 기가 음양으로 나누어져 움직이는 원리일 따름이라고 하고, 기에 근거를 두고 이를 탐구하는 방법을 여러 단계로 개발했다. 헤겔은 이에다 기를 포함시켰다. 기의 음양을 이에 가져다주어 정신이 변증법적 운동을 한다고 해서 기의 다양한 양태에 대한 탐구를 왜곡하거나 봉쇄했다. 그 때문에 마르크스의 공격을 받았다.

헤겔은 말했다. "철학은 비본질적인 것이 아닌, 오직 본질적인 규정만 취급한다(Die Philosophie dagegen betracht nicht die *unwesentliche* Bestimmung, sondern sie, insofern sie wesentliche ist.)." 최한기는 이와 다른 말을 했다. "천하의 사물을 행하고자 하면 겨를이 없으므로,

그 가운데 취하고 버리는 것이 있어야 한다(欲行天下之事物 必不暇給 宜有取捨於其間)." 본질적인 것과 비본질적인 것을 구분해야 한다고 하지 않고, 제한된 시간 안에 할 수 있는 일과 하지 못할 일이 있으니 덤벙대지 말라고 했다.

헤겔은 본질적인 사항만 취급한다는 이유를 내세워 철학이 독재자가 되어 마땅하다고 하고, 다른 여러 분야를 복속시켜 통치하려고 했다. 법철학, 역사철학, 미학 등에 관한 저술을 하면서 독재자의 권력을 과시했다. 최한기는 학문의 지배자가 있을 수 없다고 여기고, 모든 학문이 각기 잘 하도록 하는 데 도움이 되는 학문론을 이룩하려고 했다.

헤겔 이후의 유럽철학은 여러 갈래로 갈라졌다. 물질이 존재의 본체라고 하는 마르크스주의는 어느 현상이든 유물변증법으로 이해하고 해결하는 단일지배체제를 만들었다. 모든 학문을 통합한 것을 대단한 공적이라고 자부하면서 왜곡과 폐해를 빚어냈다. 다른 한편으로는 존재론에서 물러나 감당하기 힘든 논란을 피하면서, 방법론을 도피처로 삼아 편안하게 지내려는 풍조가 여럿 나타났다. 철학이 불신을 받고 몰락하는 사태에 바로 대처하지 못하고 자기 나름대로 유리한 처신을 하고자 한다.

빈델반트가 "특별한 학문"이라고 한 철학이 더욱 특별해지고 있다. 과학철학이라는 것은 자연과학 방법론이다. 철학의 방법론으로 자연과학을 잡으려고 하지 않고 자연과학 방법론이 철학을 잡아먹게 한다. 현상학은 방법론을 철학으로 삼고 존재론 노릇까지 하게 하자는 시도이다. 난삽한 언사를 길고 복잡하게 늘어놓아 가져다 쓸 수 없게 한다. 분석철학은 사고를 명징하게 한다고 하면서 말꼬리를 잡고 늘어져 사고하기 더 어렵게 한다.

이런 상황에 대처하기 위해 최한기의 학문론을 재평가할 필요가 있다. 최한기는 《기학》에서, 그릇된 학문 허학이 아닌 타당한 학문 기학을 하는 방향과 방법을 제시하는 학문론을 이룩했다. 학문 총론이어서 각론은 미비하지만, 格物學, 經學, 典禮學, 政學, 刑律學, 歷數學, 物類學, 器用學 등 여러 학문의 특징과 용도에 관한 설명이 여기저기 있다. 그 내용이 오늘날의 학문 분화를 감당하지는 못하지만, 분류의 방법이나 논의의 관점에서는 참고할 것이 적지 않다. 오늘날의 학문은 하나씩 생겨난 것들의 누적인데, 최한기는 학문의 일괄 분류를 시도했다.

격물학은 기학의 총론에서 각론으로 나아가 천지만물이나 인간만사를 구체적으로 고찰하는 학문이다. 오늘날에는 이런 것이 없어 학문 각론이 서로 연결되지 못한다. 물류학은 천지만물을 분류해 고찰하는 학문이다. 암석·식물·동물분류학을 합친 영역이어서 총괄적인 이해를 장점으로 한다. 역수학은 수학, 물리학, 천문학 등 수리를 갖춘 학문의 총칭이다. 전례학이나 기용학은 실용을 중요시해서 설정한 분류 개념이다.

유럽에서는 헤겔을 넘어서는 새로운 학문론이 다채롭게 펼쳐졌는데, 최한기의 학문론을 수정하고 발전시키는 업적은 없어 유감이라고 할 것만은 아니다. 헤겔을 훼손해 누더기로 만드는 것 같은 일이 최한기에게서는 일어나지 않아 다행이다. 최한기의 학문론이 방금 나왔다고 여기고, 당면한 문제를 치열하게 논의하고 합당한 해결책을 찾는 데 적극 활용할 수 있다.

학문론에서 해야 할 일

학문을 잘하려면 학문론이 있어야 한다. 헤겔도 최한기도 학문론 근처까지 가고 말았으며, 활을 당기기만 하고 쏘지는 않았다고 할 수 있다. 헤겔이 절대정신을 추구하면서 登天하는 편향성을 최한기는 運

化하는 기를 遍踏(편답)하면서 시정하려고 해서 진일보했으나 내실이 모자란다. 원리와 양상 사이의 유기적인 관계를 불분명한 채 두었기 때문이다. 학문의 역사와 진로에 관한 논의가 아주 미흡하다.

개별적인 학문에 관한 각론은 아주 많이 나타났어도 모든 것을 아우르는 학문 총괄론은 아직 어디에도 없으므로 힘써 이룩해야 한다. 잘 나가간다는 분야를 찾아가 자진해서 머슴살이를 하는 과학철학, 경험적 인식의 요령을 판매하는 수준의 사회과학방법론 같은 것들을 넘어서서 학문 총괄론을 이룩하려면, 최적의 철학이 학문론으로 나아가, 창조하는 학문을 남들에게 시키지 않고 스스로 해온 체험을 풍부한 영양소로 삼아야 한다.

나는 생극론으로 문학사를 연구하고, 문학사 연구에서 생극론을 발전시켰다. 50년 동안 禪敎 양면의 학문을 해서 터득한 것을 정리해 《학문론》(지식산업사, 2012)라는 중간 보고서를 써내는 모험을 감행했다. 학문의 분야, 역사와 진로, 사명 등에 대한 논의도 충실하게 갖추려고 했다. 그 핵심을 재론하면서 학문론에서 해야 할 일의 일단을 확인한다. 이 책 자체에서 더욱 풍부한 논의가 다각적으로 이루어진다.

학문은 '과학'이어야 한다는 생각을 버리고, 조상 전래의 지혜를 지낸 동아시아 공유의 용어 '學問'의 가치를 확인하는 것이 선결과제이다.39) 학문은 단일 개념이 아니고, '學'과 '問'으로 이루어져 있다.

---

39) 학문에 해당하는 말이 영어에는 없다. 학문이 'science'라고 하면 의미가 축소된다. 'learning', 'research, 'scholarship' 등도 있으나, 막연하거나 유동적어서 학문을 대신할 수 없다. 독일어의 'Wissenschaft'는 'science'보다 넓은 뜻이어서, 지칭하는 범위에서 학문과 대등한 것 같다. 그러나 학문은 學과 問으로 이루어져 있는데, 'wissen'의 명사형인 'Wissenschaft'는 學만이고 問은 없다. 'wissen und fragen'을 함께 지칭하는 말은 없다. 'Wissenfragenschaft'라고 하면 되겠으나 통용될지 의문이다.

學은 무엇이고 問은 무엇인지 세 가지 상호관계에서 파악된다. (1) 學은 학습이고 問은 질문이다. (2) 學은 學究 즉 탐구이고 問은 문답 즉 토론이다. (3) 學은 이론이고 問은 실천이다. 學과 問의 생극론적 관계가 이처럼 달라진다.

(1)에서는 學과 問이 글자 그대로의 의미를 지녀, 스승에게서 학문을 전수받는 제자가 할 일을 말한다. 스승이 가르쳐주는 대로 따르기만 하지 말고 질문을 해야 이해가 깊어진다. 질문을 잘하면 제자가 스승을 깨우쳐주어 사제관계가 역전될 수 있다. 스승이 감당하지 못하는 질문의 해답을 질문자의 소관사로 삼고 새로운 탐구가 시작되어 학문이 발전한다.

(2)에서는 學과 問에 대한 이해의 단계를 높여, 탐구해서 얻은 바가 있으면 토론을 거쳐 검증하고, 수정하고, 발전시켜야 한다. 탐구에 그치면 자아도취에 빠져 타당성을 얻지 못할 수 있다. 토론을 거쳐야 탐구한 바가 타당한지 부당한지 알 수 있다. 토론이 탐구 의지에 다시 불을 붙여 새로운 연구로 매진하게 한다. 부당하다고 판정된 연구를 다시 하는 과업은 토론자가 담당하는 것이 마땅하다.

(3)에서는 學과 問을 행위자들의 상호작용으로 이해해, 이론과 실천의 관계를 말한다. 學은 특정인이 맡아서 하더라도, 問은 누구나 참여할 수 있는 공동의 작업이다. 불특정 다수가 제기하는 질문을 시대의 요구로 받아들여 해답을 찾는 것이 연구의 과제이다. 잠재되어 있는 질문을 민감하게 파악해 예상을 뛰어넘는 해답을 제시하면서 역사를 창조하는 실천 행위를 선도하는 것이 마땅하다.

해답이 질문을, 질문이 해답을 유발하고, 이론이 실천을, 실천이 이론을 만들어낸다. 학문은 해답이 되는 이론을 제공하는 쪽이 홀로 하지 않고, 질문을 하고 실천에 관여하는 참여자들도 함께 하는, 커다란 규모의 사회적 행위이다. 참여자들에게 끼치는 작용이 클수록, 참여자들의 요구가 적극적일수록 학문의 수준이 향상되고 효용이 확대된다.

　학문은 자연학문·사회학문·인문학문으로 나누어져 있다.[40] 이 셋이 어떻게 다른지 말하려고 자연·사회·인문이 무엇인지 하나씩 설명하면 동어반복의 함정에 빠져 힘만 들고 소득이 없다. 셋이 독립적이고 배타적인 실체라고 여기지 말아야 한다. 학문이 하나이면서 셋이기도 하고, 셋이 셋이면서 계속 하나인 양상을 파악해야 한다. 형식논리에 갇히거나 변증법에 매이지 않고, 생극론을 활용해 비교고찰의 시야를 열어야 한다.

　학문의 양면 學과 問의 관계에 비교고찰을 구체화할 수 있는 단서가 있다. 자연학문은 學을 엄밀하게 하기 위해 問의 범위를 축소하고, 인문학문은 問을 개방하기 위해 學이 유동적인 것을 허용한다. 사회학문은 그 중간이어서 學의 엄밀성과 問의 개방성을 적절한 수준에서 함께 갖추려고 한다.

　이러한 차이는 언어 사용과 직결된다. 자연학문은 수리언어를, 인문학문은 일상언어를 사용하고, 사회학문은 두 가지 언어를 겸용하는 것이 예사이다. 연구의 대상과 주체라는 말을 사용하면, 또 하나의 구분이 밝혀진다. 자연학문은 주체와 대상을 분리해 대상만 연구하고, 인문학문은 대상에 주체가 참여해 연구한다. 이 경우에도 사회학문은 양자 중간의 성격을 지닌다.

　대상에 주체가 참여하는 것은 연구의 객관성과 엄밀성을 해치는 처사이므로 비난할 것이 아니다. 대상과 주체의 관계 또는 주체 자체에

---

40) 학문의 세 분야를 자연과학·사회과학·인문학이라고 하는 것이 예사인데, 'natural science'·'social sciences'·'humanities'의 번역어이다. 이런 말을 사용하면 두 가지 차질이 생긴다. 번역된 말의 정확한 뜻을 파악하려면 원어로 되돌아가야 하므로 수입학에 머무르지 않을 수 없고 창조학으로 나아가기 어렵다. 'science'가 세 학문에서 대등하게 쓰이지 않은 불균형이 있어 학문 차별을 하게 된다. 세 분야는 '학문'인 점에서 대등하면서 다루는 영역이 상대적으로 구분된다고 해야 한다.

심각한 의문이 있어 연구하지 않을 수 없다. 주체에 관해 계속 심각한 問이 제기되는데 學을 하지 않는 것은 학문의 도리가 아니다. 각자 좋은 대로 생각하도록 내버려두지 말고, 공동의 관심사에 대해 납득할 수 있는 대답을 논리를 제대로 갖추어 제시해야 하는 의무가 학문에 있다.

역사 전개, 문화 창조, 가치 판단 등의 공동관심사가 긴요한 연구과제이다. 문제가 너무 커서 학문은 감당하지 못한다고 여겨 물러난다면 시야가 흐려지고 혼란이 생긴다. 역사 전개는 정치지도자나 예견하고, 문화 창조는 소수의 특별한 전문가가 맡아서 하면 되고, 가치 판단은 각자의 취향을 따르면 된다고 하면 어떻게 되겠는가? 이런 수준의 우매한 사회에서는 무책임한 언론, 말장난을 일삼는 비평, 사이비 종교 같은 것들이 행세해 인심을 현혹한다.

앞에서 든 것들이 모두 주체의 자각과 관련되므로, 혼란을 제거하고 필요하고 타당한 논의를 전개하기 위해 인문학문이 먼저 분발해야 한다. 역사철학, 문화이론, 가치관 등의 연구에서 인문학문이 역량을 발휘할 수 있어야 한다. 인문학문은 홀로 위대하다고 자부하지 말고, 가까이는 사회학문, 멀리는 자연학문과 제휴해야 할일을 제대로 한다. 연구 분야가 지나치게 분화되어 배타적인 관계를 가지는 폐단을 시정하고, 학문이라는 공통점을 근거로 세 학문이 제휴하고 협력하고 통합되도록 하는 데 인문학문이 앞서야 한다.

중세까지의 학문은 어디서나 인문학문이 중심을 이루는 통합학문이었다. 근대에 이르러서 자연학문이 독립되고 사회학문이 그 뒤를 따르면서 학문이 분화되고 전문화되었다. 이런 변화가 자연학문을 발전시키고 사회학문이 자리 잡게 하는 데 결정적인 기여를 했다. 몰락한 종갓집 인문학문 또한 방법론을 갖추고 논리를 가다듬는 자기반성을 하도록 했다.

분화나 전문화가 자연학문·사회학문·인문학문 내부에서도 계속 진행되면서 역기능이 커졌다. 세분된 분야마다 연구의 대상과 방법에 대한 그 나름대로의 주장을 확립하려고 경쟁한 탓에 소통이 막히고, 총괄적인 인식이 흐려진다. 천하의 대세는 합쳐지면 나누어지고 나누어지면 합쳐진다는 원리에 따라, 나누어진 것은 합쳐져야 하는 것이 지금의 방향이다.

근대를 극복하는 다음 시대의 학문은 모든 학문이 대등한 자격을 가지고 근접되고 통합되는 방향으로 나아가야 한다. 근대에 피해자가 된 인문학문이 근대 이전부터 축적한 역량으로 전환을 선도하는 것이 당연하다. 동아시아는 근대 이전 인문학문이 대단한 경지에 이르렀다가 유럽문명권이 근대학문의 발전을 선도하자 뒤떨어졌다. 선진이 후진이 된 변화이다. 근대 극복이 요청되면서 학문에서도 선수 교체를 해야 하므로 동아시아가 역량을 자각하고 사명감을 가져야 한다. 후진이 선진이 되도록 만들어야 한다.

한국은 중세 이전 학문을 중국에서 받아들여 민족문화의 전통과 융합하고, 근본이 되는 이치를 특히 중요시해 치열한 논란을 하면서 재정립해온 경험이 있다. 근대학문은 일본을 통해 학습하다가 유럽문명권과 직접적인 관계를 가지고 수준 향상을 이룩했다. 오래 축적된 역량을 살려 비약을 이룩하는 것이 이제부터의 과제이다. 후진이 선진이게 해서, 근대를 극복하는 다음 시대 학문을 이룩하는 데 앞서는 것이 마땅하다. 제도와 관습을 개혁해야 달성할 수 있는 희망이라고 미루어두지 말고, 탁월한 통찰력과 획기적인 노력으로 학문 혁명을 성취하자.

학문 통합은 자연학문이 앞서서 추진할 수도 있지만, 인문학문은 두 가지 유리한 점이 있다. 자연학문의 수리언어는 전공분야를 넘어서면 이해되지 않고, 인문학문의 일상언어는 소통의 범위가 넓다. 인문학문은 연구하는 주체의 자각을 문제 삼고, 연구 행위에 대한 성찰을 연구 과제로 삼고 있어 사회학문이나 자연학문에 관한 고찰까지 포함해 학문 일반론을 이룩할 수 있다.

인문학문은 지금 어려움을 겪고 있다. 자연학문이나 사회학문이 수익을 만들어내는 것을 효용성으로 삼는 방향으로 나아가는 데 인문학문은 동참하지 못해 무용한 학문으로 취급된다. 이것이 이른바 인문학문의 위기이다. 위기가 분발의 기회이다. 학문론 정립의 역군이 되어, 학문 전반을 반성하고 재정립하는 과업을 주동하면서 커다란 효용을 입증하고자 한다.

학문의 효용은 수익만이 아니며, 각성이 더욱 소중하다. 자연학문이나 사회학문도 각성을 위해 노력하다가 순수학문의 범위 안에 머무르지 않고 수익을 위한 응용학문도 함께 하게 되었으며, 그쪽으로 더욱 기울어지고 있다. 인문학문은 수익을 가져오는 응용학문의 영역이 적어 경쟁력이 없다고 하지만, 각성을 담당하는 것이 더욱 높이 평가해야 할 경쟁력이다.

인문학문을 일방적으로 옹호하는 것은 공연한 짓이다. 각성을 담당하는 기능을 실제로 수행해야 존재 이유가 입증된다. 각성은 지속적인 가치를 찾아내고 체현해야 하는 작업이지만, 비장한 각오로 거듭 노력해야 가능하다. 이제부터는 인문학문이 자구책을 넘어서서 커다란 사명을 수행하는 방향으로 나아가야 한다. 사회학문을 끌어들이고, 자연학문으로까지 나아가 학문 전반을 혁신하는 노력을 한다. 근대 학문을 극복하고 다음 시대 학문을 이룩하기 위한 획기적인 과업임을 자각해야 한다.

학문이 잘못되고 있는 것은 외부 간섭 탓만이 아니다. 내부의 동요와 와해로 학문하는 사람들이 방황하고 무력하게 된 것이 더 큰 문제이다. 연구 분야가 세분화되고 전문화되어 총체적인 인식이 흐려졌다. 사명감이나 문제의식을 가지지 못하고, 학문을 단순한 직업으로 삼아 규격품을 양산한다. 전문지식을 수단으로 제공해 교환가치를 높이려고 한다. 이것은 인류 역사의 커다란 불행이다.

전문적인 능력을 모아 통찰력을 갖추고, 세분화를 넘어서는 총체적인 연구를 해서, 많이 안다고 착각하는 사람들을 깨우쳐야 한다. 한꺼번에 할 수 없으므로 단계적으로 시도하고, 혼자서는 하기 어려우므로 여럿이 힘을 모아 추진해야 할 과제이다. 사명감을 가지고 목표를 분명하게 하는 것이 지금 가장 소중한 일이다.

학문이 세상을 구할 수 있는가? 결과를 보고 판단하는 것은 가능하지 않다. 학문이 세상을 구할 수 있다고 믿고, 무엇을 어떻게 해야 하는지 진지하게 생각하고 실행하는 것을 보람으로 삼고 앞으로 나아갈 수밖에 없다. 학문이 세상을 구하지 못한다고 해서 학문을 불신하거나 학문이 아닌 다른 무엇에다 그 일을 맡길 수는 없다. 세상이 학문을 구할 수는 없다. 환자가 의사를 치료할 수 없는 것과 같다.

학자는 세상의 병을 진단하고 치료하는 의사이다. 진단은 필수적인 작업이고, 치료는 경우에 따라 다르다. 치료할 수 없는 병은 치료할 수 없다고 해야 한다. 죽은 사람은 죽었다고 사망진단을 하는 것도 의사의 직무이다. 모든 병을 다 치료하겠다고 나서면 돌팔이이다. 의학이 계속 발달하면 마침내 모든 병을 다 치료할 수 있는 것은 아니다. 학문 발달에 기대를 걸고 노력하지만, 만능 학문이 생겨난다고 기대할 수는 없다.

세분화된 전문지식은 병을 알아차리지 못하고 키울 수 있으며, 총체적인 통찰력을 지녀야 진단이 가능하고 치료 방법을 알아낼 수 있다. 학문과 예술의 관계를 들어 이에 관한 논의를 진전시킬 수 있다. 예술과 분리된 학문은 병 진단은 잘해도 치료 능력은 없을 수 있고, 예술과 힘을 합치는 학문을 하면 사회를 움직이는 폭이 넓어져 혁신이나 혁명을 이룩하는 데 유리하다. 지금의 학문이 지닌 한계를 넘어서서 더 큰일을 하기 위해 분발해야 한다.

거대이론 창조가 한 사람의 주어진 생애에서 과연 가능한가? 어느한 가지 일을 하는 것도 벅찬데, 힘겨운 창조 작업을 큰 규모로 하기 위해 매진해야 하는가? 목표를 너무 멀리 두면 이르지 못하고 얻은 바가 없어 실망하고 말 것이 아닌가? 이런 의문이 생긴다.

한 사람의 생애에 할 수 있는 일이 한정되어 있다. 큰 뜻을 품었어도 작은 일을 하다가 그만둘 수 있으나, 실망하거나 한탄할 것은 아니다. 학문은 혼자 하지 않는다. 다른 여러 사람이 미완의 과업을 이어받아 보태고 고친다. 개인에게는 뜻을 이루지 못하고 마는 비극이 있지만, 모두 함께 하는 공동의 작업은 낙관적이기만 하다.

탐구하는 순서

학문론이 고담준론으로 끝날 수는 없다. 학문 연구에 실질적인 도움을 주어야 한다. 탐구하는 순서를 말하는 것이 긴요한 과제이다. 다시 최한기를 찾아가자. 최한기는 원리만 논하지 않고 실질을 중요시했다. 《人政》의 〈敎人門〉에서 학문을 잘하기 위해 탐구하는 순서를 어떻게 정하고, 연령에 맞게 어떤 작업을 해야 하는지 논한 것을 주목할 만하다. 다른 누구도 하지 않은 논의를 펴서, 효율을 높이는 데 필요한 실질적인 지침을 제공했다.

모든 것은 시기에 따라 변한다. 천지만물의 기가 運化하는 속도에 따라, 사람의 정신활동에서도 변화가 이루어지고 완급이 정해지는 것을 바로 알고, 어기려고 하지 말고 따라야 한다. 一身의 運化에서 소년·장년·쇠년·노년이 각기 다르므로, 각 시기에서 그 시기의 학문을 해야 한다. 이렇게 말했다.

"쇠년에 소년의 학문을 시작하려고 하거나 노년에 장년의 학문을 하려고 하면, 몸이 운화하는 시기를 잃었고, 학문이 운화하는 추세를 따르지 못해, 전도되고 착란된다(在衰年而始學少年之學 在老年欲行壯

年之學 已實身運化之過時 未追敎運化之趨時 顚倒錯亂,〈敎人門〉6 〈身運化同學運化〉)." 이런 잘못을 저지르지 말아야 한다. 몸의 운화가 운화를 탐구하는 학문과 일치해야 한다. 몸의 운화에서 소년·장년·쇠년·노년이 구분된다. 앞 시기에 하지 못한 학문을 나중에 하려고 하는 것은 잘못이다.

"이른 시기에 바쁘게 내달리는 것은 모두 진취에 도움이 된다. 만약 늦은 시기까지 입문하지 못하면 그 전의 잘못된 습관이 원인이 되어 점차 고질병이 생겨 다른 사람들에게까지 해를 끼친다."(早年奔走 皆爲進就之補益 若至于晚年 而不得入門 前日習染 漸痼病根 害及于人, 敎人門 4〈早晚入門〉) 여기서 이른 시기에 할일을 구체적으로 말한 것을 주목할 만하다. 바쁘게 내달린다는 것은 이것저것 닥치는 대로 한다는 말이다. 방황이고 모험이다.

중년 이후에는 방향을 찾아 입문을 제대로 해야 한다. 그렇게 하지 못하면 이른 시기의 방황이 나쁜 버릇으로 남아 벗어날 수 없는 장애가 된다는 뜻에서 고질병이라는 말을 썼다. 방황의 고질병은 자기 자신뿐만 아니라 다른 사람들에게도 해를 끼친다고 했다. 늙은이의 추태를 말하는 정도에 그치지 않고, 잘못을 심하게 나무랐다.

나중에라도 방향을 제대로 찾는다면 이른 시기의 방황이 지속되지 않으니 문제될 것이 없다고 할 것인가? 생각이 그 정도에 멈추면 이른 시기의 방황이 진취에 도움이 된다는 말이 잘못이라고 하겠으므로 한층 더 깊이 생각해야 한다. 이른 시기의 방황은 그 뒤에 방향을 제대로 잡는 데 도움이 된다. 방황하지 않고서는 어디 길이 있는지 알지 못한다. 방향을 찾으면 방황이 무용하게 되는 것도 아니다. 방황하던 시기의 정열과 다면적인 탐색이 찾은 길을 착실하게 가도록 하는 추진력이 된다. 젊어서 겪어 자기 몸에 갖추어져 있는 운화의 의의를 그 당시에는 모르다가 중년에 이르러서 비로소 깨닫는다고 했다.

"사람은 소시부터 운화하는 기를 실행하고, 운화하는 기에 대한 가르침을 듣지만, 무엇인지 알아차리지 못하고 깨닫는 바가 없다. 중년에 이르면 지각이 점차 향상되어 운화하는 기의 자취를 알아보게 된다. 그러면 소시에 들은 가르침을 다시 생각하게 되어, 하나하나 과연 그렇구나 하고 깊이 감복한다. 소시에 늘 실행하던 일을 가만히 떠올려보면 보고 알고 하는 단서가 아님이 없다(人自少時 行運化氣之事 而聞運化氣之敎 而不識無悟 及到中年 知覺漸就 見得運化氣之實蹟 於是 追念少時所聞之敎 節節符合 感服特深 潛稽少年時常行事務 無非可見可知之端緖, 敎人門 6〈自覺待身運化〉)."

여기서 필요한 논의를 자세하게 폈다. 자기 몸에 축적되어 있어 이해를 기다리고 있는 운화를 스스로 깨달으면 학문에서 큰 진전이 이루어진다고 했다. 운화를 축적해 몸에 지니는 시기는 소년이고, 그것이 무엇인지 깨닫는 시기는 중년이다. 젊어서 많은 것을 겪어야 나중에 정리해서 이해하는 자료가 풍부해진다는 것을 알게 한다. 이런 과정을 거쳐 "만고의 학문에 통달해 일생의 학문으로 삼는 것이 운화하는 학문이며, 일생의 학문으로 미루어보아 만고의 학문을 하는 것도 운화하는 학문이다(洞萬古學問爲一生學問 運化學問 抽一生學問 爲萬古學問 亦運化學問, 敎人門 5〈統古今爲一生〉)."라고 했다.

최한기의 소견을 받아들여 학문을 잘하는 데 필요한 오늘날의 지혜를 정리해본다. 젊어서는 어떻게 해야 하는지 말하자. 젊은이가 호기심에 들떠 이리저리 기웃거리는 것은 당연하다. 무엇이든지 하고 싶고 할 수 있다고 여겨 방랑을 하는 것도 좋다. 그러나 연구에 뜻을 둔다면 현명한 작전을 세우자. 처음에 넓게 공부해 많은 것을 알아야, 연구를 시작하는 곳을 결정하는 선택의 폭이 넓어진다. 처음에 신명나고, 나중에 후회하지 않으려면 넓게 공부해야 한다.

기존 연구가 잘못된 허점이 보이고, 고쳐놓는 것이 가능하고, 그일을 자기가 남들보다 더 잘할 수 있다고 판단되는 곳을 연구의 출발점으로 삼아야 한다. 그런 것이 어디 있는지 사방 돌아다니면서 부지런히 찾아야 한다. 무엇을 하고 있는지 알고 이루어야 할 목표를 정하면 무작정 시작한 방랑이 유용한 현지조사가 된다.

연구는 반드시 좁은 데서 시작해야 공부에 머무르지 않고 다음 단계로 나아갈 수 있다. 넓은 데 나가 놀기나 하려고 하고 좁은 데로 들어오지 않겠다고 하면 연구를 시작할 수 없어 학자가 되지는 못한다. 구경꾼으로 만족하고 선수가 되지 않겠다고 하는 것과 같다. 구경꾼에게는 학사가 최고의 학위이다. 석사나 박사가 되고서도 구경만 하겠다는 것은 시간, 노력, 경비 등 그 어느 면을 보든지 낭비이다.

연구는 두 가지 과정을 거쳐 발전한다. 하나는 높이를 더해가는 것이고, 다른 하나는 폭을 넓히는 것이다. 그 둘은 각기 추구할 수 있으나 불가분의 관계를 가진다. 높아지려면 넓어져야 하고, 넓어지려면 높아져야 한다. 피라미드 같은 세모뿔을 두고 생각해보자. 밑변이 넓어야 꼭짓점이 높아진다. 꼭짓점이 높으려면 밑면이 넓어야 한다.

높아지려면 사물의 이치를 꿰뚫어보는 안목을 지녀야 한다. 넓어지려면 넓게 공부한 밑천이 있어야 한다. 공부에 지나지 않고 연구와는 무관한 듯이 보이던 것들이 모두 연구에서 활용되어 폭이 넓어진다. 오래 전에 한 공부가 엉성하고 부정확하며 단순한 지식에 지나지 않아 연구에서 바로 활용하기 어려우면 연구의 폭을 확대하면서 필요한 것을 보충해야 한다.

높아지는 것과 넓어지는 것 가운데 어느 한쪽이 더욱 바람직하다고 판단될 수 있다. 그 어느 쪽에 더욱 힘쓰는 연구를 한참 진행할 수 있다. 그러나 그 둘을 갈라놓지 말아야 한다. 둘을 함께 하는 지혜를 터득해야 학문을 제대로 할 수 있다. 그 방법이 간단하지 않으므로 구체화된 논의가 필요하다.

세상에는 밑변이 넓기만 한 학문을 하는 사람들도 있다. 자료를 많이 모으고 박학다식을 자랑하지만 정리를 제대로 하지 못해 두고 두고 참고할 만한 업적을 내놓지 못한다. 자기가 비장한 자료의 가치를 역설하면서 세상의 무지를 개탄한다. 다른 한편으로는 밑변은 생각하지 않고 꼭짓점을 높이기만 하려는 시도도 볼 수 있다. 무리한 가정에다 위태위태한 추론을 보태 대단한 것을 이루려고 애쓰지만 허사가 된다. 실패를 인정하지 않으려고 글재주로 안개를 피우기도 한다. 그 어느 쪽의 잘못도 배격해야 한다.

똑똑하면서 어리석어야 한다. 어리석으면서 똑똑해야 한다. 똑똑하기만 한 사람은 학문의 밑변을 넓히려고 하지 않고 꼭짓점을 높이려고 한다. 어리석기만 한 사람은 밑변을 넓히는 데 몰두하고 꼭짓점은 생각하지 않는다. 똑똑하고 또한 어리석은 것은 아주 어려운 일일 듯하다. 그러나 누구든지 그 둘 가운데 어느 한쪽 특성은 가지고 있다. 똑똑하지도 못하고 어리석지도 못한 사람은 없다. 자기가 어느 쪽에 치우쳐 있는지 판단하고 다른 쪽을 보충하기 위해 힘써야 한다.

어리석은 쪽에 치우쳐 있으면 기존연구를 따르면서 더 보태려고 한다. 똑똑하기만 하면 기존연구를 우습게 여기고 마구 나무란다. 그 둘 다 잘못되었다. 기존연구를 존중하고 평가하면서 한 걸음 더 나아가는 것이 마땅하다. 처음에는 어리석게 보이다가 똑똑하다는 것을 차차 보여주어야 한다. 기존연구를 많이 칭찬하고 자기의 꼭짓점을 더 올리는 것이 좋은 작전이다.

기존연구를 극력 나무라면서 남이 틀렸으므로 내가 옳다고 하는 것은 아주 어리석다. 남이 틀렸다고 해서 내가 옳다고 입증되지는 않는다. 논란을 벌이고 있는 여러 견해 가운데 하나가 맞으면 다른 것은 틀렸다고 할 것도 아니다. 둘 다 맞을 수도 있다. 관점에 따라서 견해가 다를 수도 있다. 내가 옳다는 것을 입증하면 남이 틀렸다고 구태여 입증하지 않아도 된다. 기존의 견해를 존중하고 내 견해가 진일보한 것임을 입증하는 것이 대개의 경우 가장 적절한 방안이다.

어리석기만 한 사람은 귀납법을 맹신한다. 자료를 많이 모아 열거하면 자료가 스스로 해답을 말해준다고 믿는다. 그것은 밑변 넓히기에 지나지 않아 논의의 진전이 없고 수준이 향상되지 않는다. 똑똑하기만 한 사람은 자기 견해를 바로 제시한다. 자기 견해를 출발점으로 삼아 연역의 논리를 전개한다. 그것은 밑변은 돌보지 않고 꼭짓점만 올리는 방식이어서 위태롭다.

그러면 어떻게 해야 하는가? 귀납을 충분하게 진행하다가 연역이 가능한 일반론을 도출하는 것이 정답이다. 작업을 하다보면 저절로 그렇게 되는 것은 아니다. 연역이 가능한 일반론을 가설로 세워놓고 귀납적인 증명이 가능한지 탐색하는 작업을 여러 번 하면서 고치고 다듬어 최상의 것을 선택해야 한다. 그 내막은 숨겨놓고 귀납으로 일관된 작업을 하다가 일반론을 얻은 것처럼 위장하는 것이 좋은 작전이다.

이상의 논의를 최한기의 지론과 연결시켜보자. 젊은 시절에는 기존의 학문을 광범위하게 공부해서 밑변을 넓히는 데 힘써야 한다. 자기 연구를 시작할 때에는 그 가운데 일부를 그리 넓지 않은 범위 안에서 선택해 알맞은 높이의 꼭짓점을 올린다. 그래야 자기 것을 만드는 학문의 길에 들어설 수 있다. 그 뒤에 꼭짓점을 더 높이면서 밑변으로 쓸 것을 넓혀 활용하고 더 보탠다. 만년에는 꼭짓점을 한껏 높여 밑변일 수 있는 것을 모두 거론하는 것이 마땅하다.

공부는 넓게 하고 연구는 좁게 시작해 공부의 범위만큼 확대해야 한다는 지론을 펴면서, 학문을 하는 순서를 바꾸지 말아야 한다고 최한기는 역설했다. 젊어서 개설서를 쓰는 것은 적절하지 못하다. 좁게 한 연구를 확대해 넓게 보는 데까지 이르러야 할 수 있는 일을 미리 어설프게 하면 나중에 난처하게 된다. 만년까지도 작은 문제를 다루는 데 몰두하지 말아야 한다. 넓게 공부한 밑천이 없어 작업의 범위를 넓히지 못하는 것을 알고 후회해도 소용없다.

오늘날 한국에서 철학은 몰락을 겪고 있다. 대학 구조조정을 잘 하려면 철학과부터 없애야 한다고 한다. 이에 맞서서 철학의 필요성과 유용성을 알아듣게 주장하지 못하는 것이 더 큰 위기이다. 철학은 연명을 위해 국문과에서 맡는 글쓰기나 넘본다.

철학은 왕좌를 잃고 거지 신세가 되었다. 빈민구제 차원에서 철학의 형편을 걱정하는 것은 아니다. 철학을 죽이면 나라가 죽는다. 철학이 왕좌를 되찾아 학문의 중심에 자리를 잡도록 도와주려고 하고, 대전투의 선봉장을 자원하면서 격문을 온 천하에 반포한다.

철학은 수입학이어야 한다는 망상을 떨치고 창조학을 해야 살아난다. 아직 꿈에서 덜 깨어난 것 같아, 곁에서 고함을 지른다. 창조학을 하려고 하면 구걸하는 신세를 면하고 먹고살 것이 있는가? 차마 이렇게 묻지는 못하는 것을 알고, 실행 가능한 방안을 제시해 대답으로 삼는다.

철학을 살리려면 우선 유용성을 입증해 전공자들이 밥벌이를 할 수 있어야 한다. 철학을 한다고 하지 않고 학문론을 한다고 간판을 고쳐 달고 신장개업하는 것이 적절한 대책이다. 학문론은 학문의 왕좌이다. 누가 차지하지 않고 공석으로 남아 있어서 다행이다. 용기와 포부가 있으면 되찾을 수 있다. 할일을 제대로 하는 것은 나중의 일이다.

학문론을 한다고 간판을 걸고 무엇부터 할 것인가? 우선 최한기의 학문론을 풀이하면 된다. 최한기의 학문론을 동서고금의 여러 사례를 찾아 비교해 고찰하면 써먹을 만한 밑천이 넉넉하게 마련된다. 거기서 더 나아가, 나는, 우리는 어떻게 할 것인가 생각하면, 수입학에 몰두한 탓에 닫혀 있던 시야가 열린다. 한국의 시대가 오는 것이 보이고, 무엇을 해야 하는지 알게 되어 창조학으로 나아간다. 학문의 역사를 바꾸어놓는 거대한 과업이 시작된다.

2010년에 울산대학교에서 "학문이란 무엇인가?"라는 공개강의를 연속해 하고 많은 토론을 한 성과를 모아 《학문론》(지식산업사, 2012)을 출간했다. 마칠 무렵에 그 대학 총장에게, 학문론 강의를 더 잘하겠다는 지원자를 선임해 대폭 지원하라고 건의했다. 교내에 지원자가 없으면 공채하라고 하면서 말했다. 문을 닫게 된 철학과 교수들 가운데 적임자가 있을 것이다. 대학마다 학문론 강의를 다양하게 개설해야 새 시대가 열린다.

5. 생극론은 무엇을 하는가

서두의 논의

학문은 모르는 것을 알려고 한다. 모든 존재와 생명, 세상과 우리 자신에 대해 알려고 한다. 과거를 고찰해서 현재를 알고, 현재를 근거로 미래를 내다보려고 한다.

이것은 가능한 일인가? 이 의문을 개별적 사실에 대한 검증으로 해결할 수는 없다. 과학이라는 것은 한정된 대상에서 벗어날 수 없다. 구체적인 사실에 대한 인식을 아무리 축적해도 해결할 수 없는 총체적인 의문이 남아 있어 철학에서 맡는다.

철학은 모든 것을 포괄하는 근본 이치에 관한 총괄적인 논란이어야 하므로 잡다한 말을 늘어놓지 말고 핵심을 갖추어야 한다. 나는 生克論을 핵심으로 삼는다. 생극론은 相生과 相克의 관계에 관한 논의이다. 상생이 상극이고 상극이 상생이라고 한다. 이것이 무슨 말이고, 무슨 소용이 있는가?

이 책에서 생극론에 관한 논의를 이미 많이 했다. 생극론이 무엇인지 안다고 치고, 이런 저런 문제를 생극론의 관점에서 검토해 앞으로 많이 나갔다. 전후좌우를 연결시키지는 않아 어수선하다. 잘못을 고백하고 반성한다. 이제 생극론에 대한 원론적인 논의를 필요한 단계를 갖추어 다시 하기로 한다.

생극론에 관한 총괄적 고찰이라고 할 것을 전에 여러 차례 시도하기는 했으나 모두 미흡하다.41) 어떤 계기에 당면한 문제를 다루려고 전반적인 논의를 어느 정도 진행했기 때문이다. 생극론 철학을 독립된 저술로 해서 필요한 논의를 체계적으로 전개하는 작업은 하지 않았으며, 여기서 하겠다는 것도 아니다.

철학을 철학으로 체계화하면 용어 잔치나 요란한 추상적인 논의가 되고 난해해지는 폐단을 계속 경계해야 한다. 생극론은 추상적인 관념이 아님을 분명하게 하고, 실제의 사실로 생생하게 파악하고 다채롭게 활용해야 한다. 體와 用이라는 용어를 들어 말해보자. 생극론은 體가 用을 떠나서 따로 없으므로 체계적인 논술을 하는 것이 적절하지 않다.

앞에서 철학사를 논의할 때에 體보다 用이 더 소중하다고 여기고, 윤리관의 변천을 자세하게 고찰했다. 윤리관과 함께 철학의 실질적인 의의를 입증하는 또 하나의 분야는 학문론이다. 이 책에서 창조적인 학문을 어떻게 해야 하는가 하는 문제를 해결하고자 하면서 생극론

41) 책을 들어 말한다. 생극론에 관한 논의는 《한국의 철학사와 문학사》(지식산업사, 1996)에서 처음 시작하고, 《세계문학사의 허실》(지식산업사, 1996), 《인문학문의 사명》(서울대학교출판부, 1997), 《카타르시스 라사 신명풀이: 연극·영화미학의 기본원리에 대한 생극론의 해명》(지식산업사, 1997), 《동아시아 구비서사시의 양상과 변천》(문학과지성사, 1997), 《하나이면서 여럿인 동아시아문학》(지식산업사, 1999), 《공동문어문학과 민족어문학》(지식산업사, 1999), 《문명권의 동질성과 이질성》(지식산업사, 1999), 《철학사와 문학사 둘인가 하나인가》(지식산업사, 2000), 《소설의 사회사 비교론 》(지식산업사, 2001) 등에서 생극론의 전반적 성격을 다각도로 고찰했다. 이미 한 논의를 간추리면서 앞으로 많이 나아가고자 한다.

이 분발한다. 학문 연구는 실천과 직결되어야 하므로 학문론이 역사철학으로 이어진다. 세계사를 새롭게 창조하는 역사철학으로서 생극론이 어떤 의의를 가지는지 밝혀 논하는 데까지 나아가고자 한다.

생극론에 대한 총괄적인 논의를 더욱 진전시키려고 하다가 體가 用에서 분리되는 것처럼 오해되지 않을까 염려한다. 그래서 글 제목을 〈생극론이란 무엇인가〉라고 하지 않고, 〈생극론은 무엇을 하는가〉로 한다. 用을 들어 體를 문제 삼는 방법을 사용해 빗나가지 않도록 주의한다. 예증을 들어 말하는 것이 특히 긴요하다.

用의 예증은 다양해야 하고 많을수록 좋다. 생극론의 쓰임새를 확인하고 용도를 확장하려면 도움이 되는 것들은 무엇이든지 끌어올 필요가 있다. 타산지석이라는 말을 이런 경우에 쓸 만하다. 멀리 있는 다른 산의 돌이라도 내 玉을 다듬는 데 소용된다면 가져다 쓰는 것이 마땅하다.

생극론은 철학 이전의 철학이다. 철학으로 거론되지 않아도 실제 작용을 하고 있는 사물의 원리이다. 일상적인 사고나 행동이 의식되지 않은 채 생극론으로 이루어지는 것을 이야기를 주고받으면서 펼쳐놓는 구비철학에서 확인할 수 있다. 생극론을 누구나 실행하고 있으면서 아무도 모른다고 여긴다. 문법을 갖추어 말하면서 문법학에 대해 무지한 것과 같다.

생극이라는 말은 생소하지만 相生이라는 말은 자주 들린다. 정치권의 여야가 다투기만 하지 말고 상생의 정치를 하자고 한다. 여야뿐만 아니라 다른 어느 대립집단이라도 상생을 하라고 요구한다. 상생은 상극과 짝을 이루는데 두 말을 대등하게 사용하지 않는다. 상극은 버리고 상생은 택하자고 한다. 상극이 없는데 상생이 있을 수 없다. 상극 관계가 아니면서 상생의 관계를 가지는 것이 불가능하고 무의미하다.

이치가 과연 이러한가 따지려면 논의를 더 진전시켜야 한다. 상극인 관계임을 인정하고, 상극의 가치를 평가해야 상극이 상생일 수 있다. 상극은, 부정하거나 포기하라고 요구하면 더 커진다. 불리한 위치에 있는 쪽은 상극을 포기하지 않으려고 사활을 걸고 저항한다. 상극을 인정하고 존중하는 것은 상극이 상생이게 하는 첫걸음이다. 상대방이 펴는 상극의 주장 가운데 일부라도 받아들여 최소한의 합의라도 하면 상극에 대한 상생의 승리가 실현되는 길에 들어선다.

문제는 여야 관계에만 있는 것이 아니다. 남북이 근접해서 민족통일을 이룩하고, 이웃 나라 중국이나 일본과 바람직한 관계를 가지고, 문명의 충돌이 화합이게 하는 것이 모두 생극론의 과제이다. 사람과 다른 생명체, 생명체와 생명체, 생명체와 환경의 관계에서도, 미세한 데서 시작해서 거대한 데까지의 물질세계에서도, 없음과 있음의 가장 포괄적인 관계에서도 같은 원리가 적용된다.

어디서 유래했는가

생극론은 새삼스러운 것이 아니다. 일상적으로 하는 말이나 이야기, 부르는 노래가 생극론을 구현하고 있다. 낮은 것이 높고, 높은 것이 낮다. 미천한 것이 존귀하고, 존귀한 것은 미천하다. 무식이 유식이고, 유식은 무식이라고 하는 구비철학이 생극론의 원천이다.

이야기의 본보기를 하나 들어보자. 이름난 시인이고 삼국문장이라고 칭송되던 이름난 시인 申維翰보다 말을 모는 하인이 시를 더 잘 짓고, 주막집 처녀가 훨씬 지혜로웠다고 한다. 신유한이 완성하지 못하는 시를 하인이 거뜬히 완성했다. 주막집 처녀가 신유한에게 닥쳐올 위기에 대처할 방법을 알려주었다.[42] 유식을 자랑하지 말고 무식

---

42) 《인물전설의 의미와 기능》(영남대학교출판부, 1979), 161-186면에서 이런 자료 수집한 것을 내놓고 고찰했다.

의 지혜를 배워야 한다고 하는 이야기 이 밖에도 많이 있다.

노래 예증을 여기서 처음 든다. 安玟英의 시조에 이런 것이 있다. "높으락 낮으락 하며 멀기와 가깝기와/ 모지락 둥그락 하며 길기와 자르기와/ 평생에 이러하였으니 무슨 근심 있으리." 이 노래는 높고 낮고, 멀고 가깝고, 모지고 둥글고, 길고 짧고 한 것들을 "-락"과 "-와"로 연결시켜 일상적으로 하는 말의 형태소로 철학적 사고를 나타낸다.[43]

높고 낮고, 멀고 가깝고, 모지고 둥글고, 길고 짧고 한 것들이 같은 양상을 지니고 함께 존재한다고 한다. 둘이 둘이면서 하나이고 하나이면서 둘인 생극의 관계를 말한다. 높고 낮고, 멀고 가깝고, 모지고 둥글고, 길고 짧고 한 것들이 생극의 관계를 가지니, 성패니 빈부니 귀천이니 영욕이니 하는 것들도 둘이 아니라고 한다.

생극론은 다른 한편으로 동아시아철학의 오랜 원천에서 유래했다. 이른 시기 철학적 저술에 생극론의 사고가 산견된다. 《주역》에서 "一陰一陽謂之道(한번은 음이고 한번은 양인 것을 일컬어 도라고 한다 〈繫辭傳〉 제1장)"라고 하고, 《노자》에서 "有無相生(있고 없음이 상생한다 제2장)", "萬物負陰而包陽 沖氣以爲和(만물은 음을 품고 양을 껴안고 텅 빈 기로써 화를 이룬다 제42장)"라고 한 것을 그 가운데 특히 주목할 만하다.

'相生'과 '和'만 말하고, 그 반대의 개념은 말하지 않았으나 보충해 넣어 논의를 정리할 수 있다. 천지만물은 음과 양으로 이루어져 있고, 음과 양의 관계 외에 道라고 할 무엇이 별도로 인정되지 않는다고 한 것이 첫째 원리이다. 없으면서 있고, 있으면서 없는 상생의 관계가 음과 양에서 구현되어, 음과 양은 있음의 관계를 가지고 서로 싸우면서 없음의 관계를 가지고 서로 화합한다는 것이 둘째 원리이

---

43) 《시조의 넓이와 깊이》(푸른사상, 2017), 427-428면에서 이 작품을 고찰했다.

다. 첫째 원리만이면 '음양론'이고, 둘째 원리까지 갖추면 '음양생극론'이다. '생극론'은 '음양생극론'의 준말이다.

생극론의 또 한 가지 원천은 원효가 "融二而不一(둘을 아울렀으면서 하나가 아니며)", "不一而融二(하나가 아니면서 둘을 아울렀다 《金剛三昧經論》)"라고 한 데 있다. 있음과 없음이 둘이 아니고 하나라고 한 불교철학을 받아들여, 원효는 하나가 둘이라고 하는 그 반대의 명제도 함께 말하고, "둘로 나누어진 것"과 "하나로 합쳐져 있는 것"이 또한 둘이면서 하나이고 하나이면서 둘이라고 했다. '없음'이나 '하나' 쪽으로 기울어지지 않고, '없음'이나 '하나'가 '있음'이나 '둘'과 대등한 의의를 가지면서 함께 부정된다고 한 점을 특히 주목할 필요가 있다.

여러 가닥으로 나누어져 있는 기존의 논의를 아울러, 생극론의 기본 명제를 서경덕이 명확하게 했다. "一不得不生二 二自能生克 生則克 克則生"(하나는 둘을 생하지 않을 수 없고, 둘은 능히 스스로 생극하니, 생하면 극하고, 극하면 생한다 〈原理氣〉)이라고 한 것이 그 핵심이다. 여기서는 하나가 둘이고, 둘이 하나라는 명제를 하나인 기와 둘로 갈라진 음양 사이의 관계로 구체화했다. 음양은 둘이면서 하나여서 상생하고, 하나이면서 둘이어서 상극하는 것이 생극의 이치라고 했다.

서경덕에서 시작된 한국의 기일원론 또는 기철학은 동아시아 공동의 유산인 생극론을 더욱 가다듬고 한층 풍부하게 하는 데 특별한 기여를 해왔다. 생극의 이치를 모르거나 왜곡하는 다른 유파의 잘못을 시정하기 위해 노력한 것도 평가해야 한다. 물려받은 유산을 분명하게 알아, 고금학문 합동작전에 활용해야 한다.

생극을 수화금목토 오행 사이의 관계라고 하는 견해가 일찍이 한나라 때부터 끼어들었다. 그 때문에 생긴 폐단이 오래 지속되어, 비판해서 정리할 필요가 있었다. 박지원은 범의 입을 빌려 썩은 선비를 나무라면서 "五行定位 未始相生 乃今强爲子母"(오행은 위치가 정해져 있어 상생하지 않는데, 억지로 아들과 어머니로 만들었다 《虎叱》라고 꾸짖었다. 오행은 각기 그것대로 존재하고 서로 전환되지 않는 것을 무시하고 생극 관계에 있다고 한 것은 잘못이다. 사물의 변화를 순환논법에 의해 평면적으로 이해해 숙명론으로 기울어지고, 대립하면서 운동하는 것들이 창조하고 발전하는 과정은 외면하는 과오를 저질렀다.

서경덕의 기철학에서는 이가 기의 원리일 따름이라고 하고, 없음의 총체인 太虛, 있음의 총체인 一氣, 있음이 갈라져 있는 음양이 모두 기의 양상이라고 했다. 이황이 정립한 이철학에서는 이와 기를 갈라놓고, 없음의 총체인 無極과 있음의 총체인 太極은 이이고, 둘로 나누어져 있는 음양은 기라고 했다. 없음의 총체는 0, 있음의 총체는 1, 있음이 나누어져 있는 양상은 2라고 하면, 0과 1과 2의 관계가 문제이다. 이철학에서는 0이나 1은 이이고 2는 기여서, 2가 아무리 타락해도 0이나 1의 원리는 불변의 가치를 가진다고 하고, 기철학에서는 0이나 1이나 2는 기의 양상이라고 했다.

0이나 1은 이이고 2는 기라고 하면 상생은 이인 0이나 1에서 이루어지고, 상극은 2는 기에서 나타나, 생극이 어긋나 생극론을 말할 필요도 없다. 0이기도 하고 1이기도 한 기가 2가 되어 상생이면서 상극이고 상극이면서 상극인 관계를 가지고 운동하고 변화하는 양상이 생극이다. 생극을 옹글게 파악하는 이론이 생극론이다.

변이와 확장

생극론은 만능이므로 무능이다. 너무 포괄적이므로 구체적으로 할 수 있는 일이 없다. 이런 비판을 의식하고, 총론에서 각론으로 나아간다. 변이나 확장이 무한하므로 생극론은 영원히 미완성이다. 체계를 갖추어 발상을 제한하지 않으려고, 무한한 가능성의 일부를 단상으로 나타낸다.

생극론은 둘로 나누어진 것들이 단계적으로 복잡해지는 관계를 가진다는 논의에서 유용성을 쉽사리 입증한다. 이 책 서두에서 했듯이, '둘', '山과 水', '자아와 세계'를 들어 논의를 구체화해보자. '둘'을 구체화한 예증이 첫 단계에는 '山과 水'이고, 둘째 단계에는 '자아'와 '세계'이다. '山과 水'는 대등하지만, '자아와 세계'는 한쪽이 인식과 행동의 주체이고 다른 쪽은 그 대상이어서 차등이 있다.

'세계의 자아화'나 '자아의 세계화'에서는 차등이 절대적이다. '자아와 세계의 대결'에서는 차등이 상대적이다. 자아뿐만 아니고 세계도 인식과 행위의 주체여서 그 나름대로 자아이고 상대방을 세계이게 하기 때문이다. 변수가 추가되어 둘의 관계가 더욱 복합적인 것들도 얼마든지 있을 수 있다. 생극론은 이에 관한 수학적 이해의 방법을 개척한다.

생극론은 편하게 사용할 수 있는 방법만이 아니며, 둘로 나누어져 있는 것들의 관계에 대해 다각적인 성찰을 하는 이론이어서 더 큰 기여를 한다. 상생이 상극이고 상극이 상생이라고 하는 일반적인 원리가 경우에 따라 다르게 구체화되어 심각한 의미를 가진다. 몇 가지만 들어본다.

있음이 없음이고 없음이 있음이다. 무식이 유식이고 유식이 무식이다. 못남이 잘남이고 잘남이 못남이다. 논리가 비논리고 비논리가 논리이다. 존귀가 미천이고 미천이고 존귀이다. 중심이 변방이고 변방이 중심이다. 선진이 후진이고 후진이 선진이다. 앞뒤의 말을 바꾸어도 되지만, 한쪽으로 쏠리게 하지는 말아야 한다. 陰을 앞세우기도 하고 陽을 앞세우기도 해야 균형이 이루어진다.

이런 것들에 관한 개별적인 고찰이 충실하게 이루어지면 생극론의 내용이 더욱 풍부해진다. 그 가운데 무식이 유식이고 유식이 무식이라는 것은 생극론이 학문론이게 하고, 학문 방법론 개발을 위해 크게 기여할 수 있게 한다. 무식이 유식이고 유식이 무식임은 구비철학을 구현하는 이야기에서 거듭 말한다. 생극론이라는 용어와는 무관하게 이미 널리 알려져 있는 민중의 지혜이다. 지식이 많아 유식하다고 뽐내면 낡은 지식이 새로운 지식으로 교체되지 않는다. 지식의 지배를 받기 때문에 지식에서 지혜로 나아가지 못하고, 지혜를 통찰력으로 삼을 수 없다. 識字憂患이라는 말을 이런 경우에 사용한다.

지식은 이성의 지배를 받지만, 무식은 이성 위의 통찰을 갖출 수 있다. 이에 관해 인도의 철학자 라마누자(Ramanuja)가 한 말을 가져와 논의를 보충한다. 이성으로 얻는 지식에서는 배운 사람과 배우지 못한 사람, 글을 아는 사람과 모르는 사람 사이의 격차가 크다. 통찰에서 생기는 지혜는 배워야 하는 것도 아니고, 글로 전수받지 않아도 된다. 살아가는 것 자체를 명상으로 삼고 깨닫는 바가 있으면 통찰을 얻고 지혜를 갖춘다. 부지런히 일하는 사람은 천지만물과 함께 행동하는 범위가 넓어 통찰이 크게 열릴 수 있다.

학문을 한다는 사람들은 이성을 과신하고 유식의 병에 걸려 하는 일을 망친다. 학문을 망친 것을 업적으로 삼아 권위를 자랑하니 꼴불견이다. 남들이 마련한 기존 지식을 가져와 자랑하는 수입학은 그 자체로 망조이고, 창조학의 출현을 방해하는 해독을 끼친다. 이런 병폐를 치유하려면 무식으로 돌아가라고 하는 것이 최상의 처방이다.

무식으로 되돌아가야 지식의 지배에서 벗어난다. 뇌세포에 공간의 여유가 생겨, 새로운 지식을 얻을 수 있고, 미지의 것에 대한 탐구를 할 수 있으며, 개별적인 지식에서 총체적인 지혜로 나아가 통찰을 얻을 수 있다. 머리를 비워 마음까지 비우면 한 소식이 올 수 있다. 자세를 한껏 낮추어야, 한 소식이 와서 큰 깨달음이 될 수 있다.

유식이 무식이게 하는 잘못을 반성하고, 무식을 유식의 원천으로 삼아야 올바른 지식을 얻고 학문을 제대로 한다. 무식을 근거로 하는 학문은 만인의 삶에 동참하고, 민중의 지혜를 공유한다. 이것이 수입학을 넘어서서 창조학을 하는 비결이다.

잘남이 못남이고 못남이 잘남이라는 것도 심각한 의미를 지닌다. 《삼국유사》에서 가져와 거론한 자장 이야기에서 볼 수 있듯이, 자기가 잘났다고 하는 我相에 사로잡히면 볼 것을 보지 못하고 알 것을 알지 못하고, 어떤 일을 해도 차질을 빚어낸다. 잘남이고 못남이고 못남이 잘남임을 실행하면 무엇을 하든 기대 이상 잘된다.

그림에 관해서도 같은 말을 할 수 있다. 못난 그림이 잘난 그림이고, 잘난 그림이 못난 그림이다. 잘난 그림은 높은 데서 군림하면서 치어다보는 사람들을 압도하려고 하고, 아무도 그림 안으로 들어오지 못하게 막는다. 어수룩하게 못난 그림은 여기저기 허점이 있어, 누구나 마음 편하게 들어가 자기 그림인 듯이 여길 수 있다. 허점을 보완하고, 미완성을 완성하는 즐거움을 누릴 수 있다. 이런 즐거움을 크게 할수록 더욱 훌륭한 그림이다.

위에서 말한 여러 경우는 각기 독립되지 않고 서로 얽혀 있다. 얽힘의 실상을 내 경우를 들어 말해보자. 선생이 무식하고 못 가르친다고 여기면, 학생이 자발적으로 공부해 스스로 깨달을 수 있다. 선생이 유식 자랑을 하면서 문제를 내고는 바로 답을 말해 탐구의 의욕을 줄이고, 학생보다 앞서 나가 용기를 잃게 하는 것은 잘못이다. 나는 이런 이치를 알면서 실행은 모자란다. 산에 오르는 것을 자랑으로 삼지 않고, 산에 오르는 사람을 도와주는 '세르파'라고 자처하고 호를 雪坡라고 하는 것만으로는 참회를 다하지 못한다.

남들과 더불어 하는 생활이나 활동은 어떤가? 자기가 훌륭하다고 뽐내는 사람은 질투의 대상이 되어 손해를 볼 뿐만 아니라, 장애를 스스로 만들어 활동의 범위를 축소하는 줄 모른다. 착각 속에서 살다 가 큰 낭패를 보는 것이 자장과 다르지 않다. 못난 사람이라야 누구 나 친근감을 가지고 다가가 어울릴 수 있어, 포용하는 범위가 넓어 지혜를 모은다. 많은 사람과 함께 크고 훌륭한 일을 하려면 못나야 한다.

위에서 든 여러 영역 가운데 나는 그림 그리기에서는 못난 그림이 잘난 그림이고, 잘난 그림이 못난 그림인 것을 어느 정도 실행한다. 못 가르치는 것이 잘 가르치는 것이고, 잘 가르치는 것이 못 가르치 는 이치는 밝혀 논하기나 하고 그대로 실행하지 못한다. 가르치는 것 이 얼마나 어려운지 말하기도 힘들다. 연구보다 훨씬 위에 있다.

《문학연구방법》에서 "문학은 연구할 수 있는가?"하고 묻고, "문학 은 연구할 수 없으므로 연구할 수 있다"고 응답했다. 문학의 문학다 움은 논리를 넘어서므로 연구할 수 없다. 논리는 기존의 논리를 넘어 서서 새롭게 창조되어야 하고, 이 작업을 문학을 예증으로 삼아 진행 하는 것이 특히 유리하므로 문학은 연구할 수 있고, 연구해야 한다.

노자가 한 말을 가져오면 논의를 더 진전시킬 수 있다. 노자가 "無名은 천지의 시작이다"고 한 말은 "문학은 연구할 수 없으므로 연 구할 수 있다는 것과 상통한다. 연구할 수 없는 것은 이름을 붙이지 못해 無名이다. 無名에서 有名으로 나아가 "有名은 만물의 어머니다" 고 할 수 있으면 연구가 이루어진 것이다. 천지와 만물은 동격인 것 같지만 천지 안에 만물이 있다. 모든 것을 함께 다루지 않고 일부를 선택하니 연구가 이루어져 有名이라고 내놓을 것이 있다. 有名이 有 名이기만 하면 그 이상 진전이 없어 無名과 다름없다. 막힌 無名을 열린 無名으로 바꾸어놓고 다시 출발해 더 큰 작업을 해야 한다.

문학연구는 이렇게 하는 탐색이나 모험으로서 소중한 의의가 있 다. 아득한 것 같은 이야기를 누구나 알아들을 수 있게 한다. 수학을 하거나 물리학을 하려는 학생도 문학연구에서 학문 연구의 방법 훈련을 받고 창조하는 체험을 하는 것이 마땅하다. 이런 논의에서 생극론이 학문 연구에서 가지는 의의가 명확하게 나타났다.

나는 문학연구를 광범위하게 다각도로 하면서 생극론을 구체적으로 활용한 것을 평생의 일거리로 삼아왔다. 연구 내용에서 無名이 有名임을 밝혀 논하기만 하지 않고, 연구 태도에서도 무능이 유능임을 실천을 통해 확인할 수 있었다. 교육이나 사회활동에서의 무능 덕분에 학문은 어느 정도 유능하게 할 수 있는 것이 불행이면서 다행이고 다행이면서 불행이다.

생극론을 문학사 이해의 원리로 개발하고 활용해온 것이 오랫동안 특히 힘써 한 일이다. 한국문학사에서 시작해, 동아시아문학사로, 다시 세계문학사로 나아갔다. 이것은 공유재산인 생극론을 이용해 사유재산을 조금 이룩한 시도라고 할 수 있다.

생극론이 어느 정도 세밀하게 구체화될 수 있는가 말해주는 사례가 필요해 나의 문학사 작업을 들지 않을 수 없다.《한국문학통사》전질을 예증으로 삼고, 동아시아문학사나 세계문학사를 다룬 여러 책을 보태야 공허한 말만 하고 있지 않은가 하는 의심을 풀 수 있다. 너무 번거로우므로 여기서 할 수 있는 일은 아니다. 서장에서 한 말만 옮긴다.

구비문학만으로 문학을 이룩하다가 한문학을 받아들인 것은 문학사의 커다란 파란이었다. 그 둘은 이질성이 두드러져 갈등의 관계에 있었다. 둘이 충돌한 결과 구비문학에 대해 한문학의 승리가 관철되었다. 구비문학의 한계를 한문학으로 극복하고 상층이 기록문학을 마련하는 획기적인 전환이 일어났다. 다른 한편으로는 구비문학이 완강하게 지속되고 재창조를 거듭하면서 한문학과 대결했다. 상극과 상생, 상생과 상극이 그렇게 겹치면서 문학사가 전개되었다.

한문학은 설화나 민요 같은 구비문학을 받아들여 작품화하고, 구비문학으로 표현되던 민족의 삶을 맡아 나서서 구비문학에 대한 승리를 관철했다. 건국신화 이래의 설화를 기록하고, 민요를 한시로 옮기는 것이 바로 그런 작업이었다. 승리하기 위해서는 상대방을 받아들여야 했다. 그것이 바로 극복이면서 생성이다. 한문학이 구비문학과 싸워 이긴 것은 극복이고, 한문학과 구비문학의 결합이 한문학 안에서 이루어진 것은 생성이다. 생성을 이루지 않고서는 극복을 관철시킬 수 없다. 극복하고자 하면 생성의 과업을 완수해야 한다. 생극론으로 해명한 문학사는 실천의 지침을 제공할 수 있다.

중세에서 근대로의 이행기에는 한문학이 구비문학을 더욱 적극적으로 받아들여 민족의 문학, 민중의 문학으로 다시 태어나려고 하는 노력을 적극화했다. 민요를 따르는 악부시나 설화를 활용한 야담이 그래서 이루어졌다. 그런 작품에서 한문학은 구비문학과의 결합을 통해서 최상의 생성을 이룩한 것을 이유로 해서, 극복의 대상이 되었다. 같은 시기에 다른 한편에서 판소리나 탈춤에서 보여준 양반풍자는 한문학에 대한 구비문학의 적극적인 반격이다. 한문투의 표현을 가져다가 뒤집어엎기를 즐겨 사용해서 풍자의 효과를 높였다. 생성처럼 보이는 것이 바로 극복의 방법이다.

구비문학과 한문학은 그런 극복의 관계만 가지지 않고, 생성의 관계를 또 한편으로 넓게 펼쳐나갔다. 한자를 이용해서 구비문학의 언어를 표기하고, 한문학의 규범과 구비문학의 표현을 결합해서 기록문학을 만드는 작업이 이루어져, 향가가 태어날 수 있었다. 한자를 이용한 차자표기 대신에 훈민정음으로 국어를 표기하게 된 뒤에도 한문학에서 가져온 규범과 구비문학의 표현을 결합시켜 국문문학을 생성하는 과정이 계속되었다. 국문문학은 구비문학을 어머니로 하고, 한문학을 아버지로 해서 태어난 자식이라고 할 수 있다. 문학의 특성은 어머니에게서 더 많이, 가치규범은 아버지에게서 더 많이 물려받았다. 상극이 상생이 되는 실상이 그런 것이다.

국문문학 안에서도 구비문학과 한문학이 서로 다투었다. 한편으로는 한문학의 고차원한 규범에 입각해서 구비문학의 저급한 수준을 극복하는 상층 취향의 문학이 이루어지고, 다른 한편에서는 구비문학의 생동하는 발상을 활용해서 한문학의 경직된 사고를 극복하는 민중 취향의 문학이 이루어져, 그 둘이 국문문학 안에서 서로 대립되었다. 평시조와 사설시조의 차이점이나 《구운몽》과 《춘향전》의 대조적인 성격에서, 그런 사실을 분명하게 확인할 수 있다.

《구운몽》과 《춘향전》에 각기 표면적 주제와 이면적 주제가 마련되어 서로 대립되는 관계에 있다. 표면적 주제는 조화로운 생성을 미화하는 사고방식을 내세우고, 이면적 주제는 갈등을 새롭게 극복하는 것이 마땅하다는 주장을 나타냈다. 애정 성취를 둘러싼 남녀의 경쟁을 여성 주도로 해결하는 것이 마땅하다고 하는 《구운몽》의 이면적 주제는 여성은 정절을 지켜야 한다는 《춘향전》의 표면적 주제보다 더욱 흥미롭고 참신하다. 그래서 생성과 극복이 여러 겹의 표리관계를 가지고 얽혀 있다. 그런 얽힘의 층위가 많은 작품이 거듭되는 논란을 불러일으키는 문제작이다.

한문학은 구비문학뿐만 아니라, 국문문학과도 대결하는 관계에 있었다. 아버지와 아들 같은 관계라고 규정한 한문학과 국문문학은 문학 발전을 함께 이룩하면서, 대립관계를 가지고 다투었다. 소설을 예로 들어보면, 한문학과 국문문학 사이의 생성과 극복의 관계가 선명하게 드러난다. 상층사회 남성의 글인 한문과 여성의 글인 국문은 상보적인 관계를 가지고 소설 생성에 관여하면서 또한 서로 경쟁했다. 소설 발전이 가속화되면서, 국문소설과 한문소설이 한 작품에서 만나는 생성의 작용보다 서로 다른 작품군을 이루어 다투는 극복의 관계가 더욱 두드러졌다. 생성에서 발전이 이루어지는 단계도 있고, 극복에서 발전이 이루어지는 단계도 있다.

한문소설과 국문소설은 이중으로 서로 상반된 특성을 가지고 대결했다. 한문소설은 당대의 현실을 직접 다루면서, 교술적 설정에서 벗어나지 못하고 단편에 머물렀다. 대장편으로 늘어난 국문소설은 복잡한 사건을 흥미롭게 전개하는 수법을 개발했으면서, 중국의 과거를 무대로 삼아 상층 가문의 번영을 그리면서 가치관의 변화를 막고자 하는 보수적인 일면이 있었다. 진보적인 성향이 발전해서 보수적인 성향을 극복하는 그 내부의 변화가 일어나고, 양쪽의 진보적인 성향을 하나로 합치는 생성의 과정을 거쳐야 근대소설이 창조될 수 있었다. 표현에서는 국문소설에서 개발한 성과로 한문소설의 한계를 극복하고, 사상에서는 한문소설에서 이룩한 바를 들어 국문소설이 미흡한 점을 극복하는 것이 그 구체적인 과제이다.

연구를 계속하면서 시야를 넓혔다. 한국문학사를 넘어서서 동아시아문학사로, 다시 세계문학사로 나아가면서 문학사 이해를 확대하고자 했다. 그 과정에서 진행한 작업의 하나인《동아시아 구비서사시의 양상과 변천》에서는 구비서사시를 본보기로 들어, 정치적인 강약이 문학에서는 반대로 나타난다고 했다. 패권을 장악한 강성 민족은 그렇게 되는 과정에서 구비서사시를 상실하고, 억압을 받는 약소민족은 주체성 옹호를 위해 구비서사시를 자랑스러운 민족문학으로 발전시켜 세계문학사를 빛내는 것이 예사임을 밝혔다.

《카타르시스·라사·신명풀이》에서는 표제에 내놓은 셋이 연극의 기본원리로 등장해 연극사가 전개되었다고 했다. 고대 그리스의 자랑거리였던 '카타르시스' 연극은 파탄에 이르는 상극을, 중세 인도에서 원리를 정립한 '라사' 연극은 원만한 화합에 이르는 상생을 기본원리로 한 것을 먼저 정리해 논했다. 세계의 거의 모든 민중이 공유하는 또 하나의 기본원리는 중세에서 근대로의 이행기 한국에서 잘 보여주어 '신명풀이'라고 일컫고 특성에 관한 비교고찰을 했다. 신명풀이는 상생이 상극이고 상극이 상생임을 보여주는 생극의 원리여서 다른 둘과 같고 다르다고 했다.

문학과 다른 학문 특히 철학과의 관련을 해명하는 데 힘썼다. 문학사와 철학사의 세계사적 관계를 고찰하는 작업을 《철학사와 문학사 둘인가 하나인가》라는 책을 써서 했다. 철학사와 문학사는 하나이면서 둘이고 둘이면서 하나인 과정을 거친 내력을 밝히고, 오늘날의 문제점과 해결 방안을 생극론의 관점에서 고찰했다.

철학사와 문학사가 둘일 때에는, 문학이 크고 중요한 문제를 망각하고, 철학은 감성을 포함한 정신활동 전반에서 지성을 분리시켜 일방적으로 존중하는 탓에, 양쪽 다 망했다고 했다. 그런 폐해가 극심한 지금의 상황에서 벗어나 철학과 문학이 다시 하나가 되어야 둘다 살아난다. 지성과 감성을 합치고 덕성까지 보탠 총체적 능력을 회복해야 하는데, 이것은 통찰이라고 일컬어 마땅하다.

통찰 상실은 인류를 불행하게 하는 세계사의 비극이다. 이성을 넘어선 통찰의 철학을 철학과 문학이 다시 하나이게 해서 이룩해야 한다. 이것은 생극론의 재현이고 다른 무엇이 아니다. 철학사와 문학사가 하나일 때의 생극론을 되살려 인류의 장래를 새롭게 개척해야 한다. 이 작업을 하는 방법을 생극론이 제공한다. 생극론은 주인공이면서 연출자이다.

다음 시대로 나아가려면

생극론은 문학사나 철학사를 넘어서서 총체인 역사에 대한 거시적인 이해를 제공한다. 이것이 특히 긴요하고 기여하는 바가 큰 각론이어서 자주 거론했다. 여기서 필요한 논의의 핵심을 가려내 분명하게 정리하고자 한다. 생극론의 쓰임새를 거대한 규모로 확인하고자 한다.

역사의 전개를 말해주는 기본 명제는 여럿이다. 순환이 발전이고 발전이 순환이다. 선진이 후진이고 후진이 선진이다. 승리가 패배이고 패배가 승리이다. 패배의 양상에서, 공격 당해 망하는 피격과 스스로 망하는 자멸이 둘이면서 하나이고 하나이면서 둘이다. 아직 정립하지 못한 원리가 얼마든지 더 있다.

이런 원리에 입각해 역사의 전개를 거시적으로 고찰해보자. 고대보다 중세가, 중세보다는 근대가 발전이다. 이러한 발전은 순환이기도 하다. 근대는 중세가 부정한 고대의 자기중심주의를 이어 민족주의를 내세웠다. 근대 다음 시대는 근대가 부정한 중세문명의 보편주의를 이어 세계적인 범위의 보편주의를 이룩하는 것이 마땅하다.

중세가 시작될 때 선진이 후진이고 후진이 선진인 변화가 일어났다. 고대 동안 크게 낙후한 아라비아에서 불필요한 인습이 없어 알라를 믿으면 누구나 평등하다고 하는 이슬람교를 이룩하자, 통치자만 신과 직접 연결된다고 하는 신앙을 한껏 뽐내던 고대 이집트가 어이없이 무너진 것이 좋은 본보기이다. 준비되어 있던 와해가 그리 크지 않은 자극을 받고 일거에 표출되었다. 근대로 들어설 때에는 중세 유럽문명 및 동아시아문명의 주변부 영국이나 일본이 선두에 나서서 후진이 선진이 되는 변화를 실현했다.

이제 근대를 넘어서서 다음 시대로 나아가야 할 때이다. 역사는 종말에 이르렀고, 거대이론의 시대는 끝났다는 말에 현혹되지 말자. 이것은 선진이 후진이 되어 물러나야 하는 쪽은 시야가 좁아지고 포부를 잃어 으레 하는 소리이다. 생극론을 지침으로 삼아 다음 시대를 설계하는 거대한 과업을 감당하면서 우리가 세계사의 새로운 주역이 될 수 있어야 한다.

근대는 변증법을 가지고 계급모순에 대처한 시대이다. 헤겔의 관념론적 변증법이 마르크스의 유물변증법으로 바뀌어 세계를 뒤흔들었다. 변증법은 상극투쟁으로 계급모순을 해결하는 사회변혁의 원리이다. 널리 퍼져 곳곳에서 파란을 일으키고, 러시아혁명에 이어서 중국혁명을 성취했다. 혁명을 막고자 하는 곳에서는 계급모순을 자진해 완화해 상극투쟁을 줄이는 것으로 대응책을 삼았다.

중국의 모택동은 〈모순론〉에서 말했다. 모순은 처음부터 있었고 중간에 생기지 않았다고 했다. 모순만 처음부터 있고, 조화는 중간에 생긴 것이 아니다. 처음부터 모순이 조화이고, 조화가 모순이다. 계급모순을 혁명 투쟁으로 해결해야 한 데 이어서, 상이한 모순은 상이한 방법으로 해결해야 한다고 하면서 갖가지 모순을 든 데 민족모순은 없다. 일본의 침략에 맞서서 싸워야 하는 상황인데, 계급모순만 말하고 민족모순은 무시해 파행을 빚어냈다.

변증법은 맞으면서 틀렸다. 상극에 관한 견해는 맞고, 상극과 상생을 차별해 상생은 부차적인 것으로 돌리거나 제외하는 점에서는 틀렸다. 한쪽으로 기울어진 잘못을 바로잡아, 변증법을 생극론으로 바꾸어놓아야 한다. 생극론에서 말하는 음양의 氣는 유물변증법의 기본 개념인 물질 이상의 것이다. 생명을 포괄해 정신과 육체의 이분법을 넘어설 수 있다.

일본의 침략에 맞서서 싸우던 중국이 지금은 소수민족의 독립 문제로 진통을 겪고 있다. 계급모순 해결해 살기 좋게 하려고 하는 동안에 민족모순이 새로운 양상을 띠고 더욱 심각해졌다. 중국뿐만 아니라 온 세계에서 계급모순보다 민족모순이 더욱 심각한 문제로 제기되어 인류를 불행하게 하고 있다. 물질생활을 개선하면 정신의 불만도 없어지리라는 예견이 반대로 나타나고 있다.

계급모순과 민족모순은 가해자가 모순을 은폐하면서 화합하자고 피해자를 유인해 해결을 방해하는 것은 같지만, 다른 점이 더욱 두드러진다. 계급모순은 다수의 피해자가 단결해 소수의 가해자를 상대로 상극투쟁을 전개하면 해결할 수 있다. 민족모순은 가해자가 다수이고 피해자가 소수여서 같은 방법으로 해결하려고 하면 유혈 참극이 벌어지기나 한다. 피해자가 슬기로운 방법으로 가해자를 압박해 상생을 수락하지 않을 수 없도록 해야 민족모순은 해결될 수 있다.

가해자가 상생을 수락하지 않을 수 없게 하는 것도 투쟁이지만 상극투쟁과는 달라 상생획득이라고 일컫기로 한다. 상생획득은 상극투쟁보다 더 어려워, 이론과 실천 양면에서 고도의 지혜를 발휘해야 한다. 민족모순을 자극하는 정신적 불만 해결이 계급모순을 완화하는 물질생활 개선보다 더욱 소중하다는 사실을 가해자가 인정하고 횡포를 자행하는 기만책을 포기하도록 하는 것이 상생획득의 긴요한 과제이다.

민족모순을 격화하는 정신적 불만이란 무엇인가? 수치를 들어 말할 수 없다. 정신적 불만은 어떻게 하면 해결되는가? 물질생활을 개선해 계급모순을 완화하는 것과 같은 방법을 사용할 수 없다. 상극투쟁으로 계급모순을 해결한다고 뽐내는 변증법이 이런 질문에 대답하기는 어렵다. 상생획득은 변증법에서 감당할 수 없으므로 생극론이 맡아 나서야 한다. 상생은 무엇이며 어떻게 해야 획득할 수 있는지 깊이 연구해 필요한 이론을 정립하고 실천에 들어가야 하는 중대한 과업을 위해 생극론이 분발해야 한다.

계급모순과 민족모순에 또 하나의 모순인 문명모순이 추가되고 크게 부각되어 대처하기 더욱 힘들게 되었다. 문명모순이 심각해져 인류를 불행하게 하는 세계사의 위기가 일제히 닥쳐왔다. 생극론이 나서서 민족모순을 연구하고 해결하려고 하는 노력을 문명모순으로까지 확대해야 한다. 문명모순도 상극투쟁이 아닌 상생획득으로 해결해야 하며, 작업이 방대하고 방법이 탁월해야 한다.

문명모순의 유래를 아는 것이 선결과제이다. 계급이나 민족은 역사의 이른 시기부터 있었으나, 문명은 중세에 나타났다. 고대에는 후진이던 곳에서 고대의 자기중심주의와는 다른 보편주의를 이룩해 선진이 후진이고, 후진이 선진임을 입증해 중세가 시작되었다. 문명의 동질성을 갖추어 보편주의를 구현하는 전환이 지구상의 여러 곳에서 일제히 나타났다.

문명의 동질성은 보편종교와 공동문어에 의해 구현되었는데, 번거로움을 줄이기 위해 공동문어만 거론한다. 한문·산스크리트·아랍어·라틴어문명이 거의 같은 시기에 생겨나 중세가 세계사의 보편적인 단계가 되었다. 중세 동안에는 문명들끼리 접경의 충돌은 있었으나, 국지적인 사건일 따름이고 인류 전체를 불행하게 하지는 않았다. 문명모순이 확대되고 더욱 심각해진 것은 근대의 일이다.

중세에는 상대적으로 뒤떨어졌던 라틴어문명이 근대를 이룩하는 데 앞장서서 다른 여러 문명권을 침략해 괴롭히자, 계급모순이나 민족모순보다 문명모순이 인류를 더욱 불행하게 하는 시대가 시작되었다. 라틴어문명의 최강자가 영국에서 미국으로 교체되고, 과학기술이 고도로 발달하면서, 문명모순의 성격이 크게 달라져 대처하는 방법도 변하지 않을 수 없게 되었다.

가해자가 식민지를 만들어 직접 지배를 하는 시대는 가고, 세계화라는 이름을 내세워 획일화를 요구하는 것이 감당하기 어려운 새로운 위협으로 나타나고 있다. 피해자는 이에 맞서서 정치 투쟁에서 승리를 거두어도, 경제 파탄이 큰 고민이다. 경제를 어느 정도 일으켜도, 문화 지배를 당하고 있는 그물에서 벗어나지 못해 어려움을 겪는다.

이런 사태에 어떻게 대처하고 있는가? 자기 문명이 우월하고 강변하기나 하면 문명모순을 확대시켜 피해를 키울 따름이다. 가해자를 흉내 내면 문명모순이 없어진다고 착각하다가 정신이 혼미해지면 더욱 처참한 피해자가 된다. 분노에 사로잡혀, 문명모순을 상극투쟁으로 해결하려고 하면 자해를 초래한다.

이 모든 잘못에서 어떻게 해야 벗어나는가? 문명모순을 어떻게 대처하고 해결해야 하는가? 이에 대해 대답하는 것이 오늘날 학문의 최대 과제이다. 지금 할 수 있는 노력을 성실하게 하자.

식민지주의나 신식민지주의를 규탄하고 배격하면 문명모순이 해결되는 것은 아니다. 시대에 뒤떨어진 고정관념을 버리고 현실을 직시

해야 한다. 복잡한 문제에 대한 근본적인 재검토를 거쳐 시대 변화를 앞지르는 대책을 세워야 한다. 변증법이 계급모순 해결을 세계 전역에서 추진하는 전략으로 내놓은 제국주의론의 단순 논리는 박물관으로 보내 발상의 전환을 방해하지 않게 하고, 새로운 양상의 문명모순을 진단하고 치유해야 한다.

문명모순은 소수가 다수를 괴롭혀 생기는 점에서 계급모순과 상통한다. 동질성 요구에 맞서서 이질성을 옹호해야 해결되는 것은 민족모순과 같다. 가해자가 세계화라는 것을 내세워 자기네 문명이 세계의 단일문명이게 하는 횡포를 무력으로 맞서서 물리칠 수는 없다. 상극투쟁에서 상생획득으로 나아가야 한다.

상생획득은 상극투쟁과 선후가 반대이다. 상극투쟁에서는 무력이 앞서서 정치를 이끌고, 정치가 경제를 따르게 하고, 문화는 맨 나중에 움직인다. 상생획득은 이와 반대로, 문화가 선도자로 나서고, 경제가 그 뒤를 따르며, 정치는 다음 순서이고, 무력은 맨 뒤로 돌려놓고 사용하지 않는 것이 바람직하다.

문화가 선도자로 나서서 무엇을 어떻게 해야 하는가? 어려움을 무릅쓰고 민족문화의 가치를 옹호하는 것은 소극적인 방어책에 지나지 않는다. 불리한 조건을 비약의 발판으로 삼아 대전환을 이룩해야 한다. 민족문화에서 인류문명으로 나아가 보편적인 가치를 새롭게 인식하고 다시 창조해야 세계화의 기만을 공격해 용해하는 적극적인 대응책을 마련할 수 있다.

나는 생극론에서 힘을 얻어, 할 수 있는 일을 부지런히 해왔다. 《세계문학의 허실》, 《세계문학사의 전개》, 《문학사는 어디로》 등 일련의 저작에서, 기존 세계문학사의 잘못을 바로잡는 대혁신을 시도했다. 강대국 중심의 편향된 시각을 청산하고, 중심이라는 것을 부정하기까지 하고, 진정으로 보편적인 세계문학사를 대안으로 제시한다. 철학사 이해를 바꾸어놓는 작업을 이 책에서 진척시킨다. 세계 학계의 선두주자 교체가 당연하다는 것을 입증한다.

인류문명의 보편적인 가치를 쇄신하는 거대한 규모의 상생획득은 창조력을 개발하고 발상의 전환을 가져와 기술을 혁신하고 경제를 발전시키는 성과까지 산출한다. 작업의 확대와 함께 더 큰 힘을 얻는 생극론이 다른 모든 역량을 강화하도록 하는 원리로 적극적인 기여를 한다. 과학기술의 발전에서도 후진이 선진일 수 있게 한다. 세계사가 모든 국면에서 새롭게 시작되게 한다.

이렇게 하는 데 엇박자가 있고 차질이 생긴다. 아랍어문명은 상극투쟁에 치우치고, 산스크리트문명은 상생의 의의를 주장하기만 한다. 한문문명은 상극과 상생 어느 한쪽에 치우치지 않는 생극의 능력을 갖추고 있어 사명감을 가지고 분발해야 한다. 생극론을 이어받아 발전시키는 데 한국이 앞서서, 중국이 참여해 큰 힘을 보태라고 하면, 일본도 가만있을 수 없을 것이다. 월남은 생극의 능력을 발휘하고 있어 함께 나아가기 쉽다.

한문문명이 다시 하나가 되어 확보하는 지혜의 힘으로 산스크리트·아랍어문명의 편향성을 시정하라고 일깨워 공동전선을 이룩해야 한다. 세 문명이 포위공격을 해서 라틴어문명의 횡포를 상생획득으로 제어하고 온 인류가 일제히 평화를 누리도록 해야 한다. 근대를 넘어선 다음 시대에는 일체의 패권주의를 청산하고, 어느 문명이나 국가, 집단이나 개인이 대등한 위치에서 각자의 삶을 충실하게 하면서 커다란 화합을 이루도록 해야 한다.

통일 문제도 이와 관련된다. 북쪽이 미국을 상대로 벌이고 있는 상극투쟁은 무리이고 승산이 없다. 상극 못지않게 상생이 소중하며 더 크고 효과적인 투쟁을 평화적으로 하는 힘인 것을 알아차리고, 남쪽과 함께 상생획득을 추진하면서 한문문명이 세계적인 범위에서 문명모순 해결을 선도하는 데 참여해야 한다. 이런 과정에서 통일이 무리 없이 이루어질 수 있을 것이다.

지금 획기적인 변화가 나타나지만, 안이하게 생각하지 말아야 한다. 학문이 맡아야 하는 설계도 작성의 임무를 정치가 가로채 모처럼의 좋은 기회를 헛되게 하지 않을까 염려한다. 수준 높은 통찰력을 가지고 깊은 연구를 해야 한다. 내가 하는 연구에 관심을 가지고 토론을 하면서 동참하는 것이 선결 과제이다.

생극론은 어느 누구도 지적소유권을 주장할 수 있는 사유물이 아니다. 한국인의 유산도, 동아시아의 자랑만도 아닌 인류의 공유재산이다. 함께 사용해 다른 나라에서도 상통하는 작업을 하고, 다른 문명권에서도 유사한 발상을 구체화할 수 있다. 서로 교류하고 토론해서 대동의 길로 나아가야 한다. 상극이 상생이고 상생이 상극인 원리에 따라 공동의 작업을 해야 한다.

누구든지 우선 먼저 나서서 일하는 것이 잘못은 아니다. 동아시아 고전에 정통한 사람들은 오늘날의 문제에 둔감하고, 당장 겪고 있는 시련을 두고 치열한 논의를 벌이는 사람들은 과거와 현재를 연결시키려고 하지 않고 있어, 그 양쪽에 걸친 거간꾼이 있어야 한다. 대다수의 학자는 자기 전공영역을 깊이 다루는 데 치중하고 옆을 돌아보지 않으므로, 어느 한 영역에 머무르지 못하는 떠돌이가 필요하다.

나는 서투른 거간꾼, 철부지 떠돌이 노릇을 감수하겠다고 자원하고, 생극론을 어설프게나마 총괄하면서 특히 관심이 있는 분야의 구체적인 연구를 힘자라는 데까지 진척시키고 있다. 한국문학사를 통괄한 데 이어서, 동아시아문학사를 하나로 연결시켜 단합을 위한 지침으로 삼고, 더 나아가서 세계 모든 곳의 문학을 대등하게 다루어 유럽중심주의를 극복하는 《세계문학사의 전개》를 써냈다.

세계문학사에서 인류는 서로 다르기 때문에 하나일 수 있는 원리를 거대한 규모로 밝혀 논하려고 했다. 유럽에서는 해체의 위기에 이른 문학을 제3세계에서 살려 인류에게 희망을 준다고 하고, 아프리카 작가들의 기여가 특히 크다고 평가했다. 근대를 극대화하다가 파멸을 자초하지 않고 근대를 극복한 다음 시대로 나아가는 지혜를 제공하는 것이 당면 과제라고 했다.

이런 논의가 충분히 다져진 것은 아니다. 일을 너무 많이 벌여놓아 이룬 성과가 엉성하지 않을 수 없다. 불만스럽게 여기는 국내외 동학들이 나무라면서 동참하기를 고대한다. 상극이 상생이고 상생이 상극인 관계를 가지고 서로 다른 학문을 함께해 수준을 향상시키고 범위를 확대해나가야 한다.

진리는 하나이면서 여럿이다. 여럿이므로 각기 자기 나름대로 다르게 추구하면서 서로 논쟁해야 하고, 하나이므로 서로 만나 뜻을 모아야 한다. 각기 자기 모국어를 사용해서 전개하고 자국의 독자에게 일차적인 평가를 얻은 성과를 번역이나 재집필을 통해서 서로 알려야 한다. 상극이 상생이게 해서 학문의 분열을 극복하고, 문명의 화합을 이룩하고, 세계가 진정으로 하나이게 해야 한다.

총괄

철학은 모든 것을 포괄하는 근본 이치에 관한 총괄적인 논란이어서 핵심을 갖추어야 하고, 그것을 나는 생극론에서 찾는다. 상극투쟁의 대안으로 상생획득을 제시한다. 생극론은 철학 이전의 철학이다. 철학으로 개념화되기 이전에 이미 존재하는 사물의 양상이고 사고의 방식이다. 생극론은 생극론이 아니어서 생극론이다.

개념을 논리로 연결시켜 체계화한 사고가 철학이라면, 생극론은 개념에서 벗어나고 논리를 넘어서고 체계를 거부하니 철학이 아니다.

개념에서 벗어나고 논리를 넘어서서 체계를 거부하는 것은 일탈을 목적으로 하지 않고 그 반대이다. 기존의 격식화된 사고를 떠나 새로운 탐구로 나아가는 전환을 이룩해, 생극론은 철학을 혁신하는 철학을 하자는 것이다.

누구나 쉽게 하는 이야기, 문학작품에서 애용하는 비유, 역설, 반어 같은 것들을 가져와 철학을 혁신하는 철학을 하고자 한다. 말이 되지 않는 소리를 늘어놓으면서 진실 탐구의 사명을 더욱 성실하게 수행하고자 한다. "...이면서 아니고, 아니면서 ...이다"고 하는 기본명제에서부터 통상적인 논리에 어긋나고, 철학의 범위에서 벗어나는 말을 너무 많이 하며, 체계적인 논술로 정리되기를 거부하니 철학이 아니면서, 철학이 고립에서 벗어나 유용성을 최대한 확대하도록 한다.

생극론은 이성을 넘어서서 통찰을 갖추고자 한다. 철학사와 문학사는 하나이면서 둘이고 둘이면서 하나인 내력이 있다. 철학과 문학이 둘일 때에는, 문학이 크고 중요한 문제를 망각하고, 철학은 감성을 배제한 지성을 분리시켜 존중해 둘 다 망했다고 했다. 그런 폐해가 극심한 지금의 상황에서 벗어나 철학과 문학이 다시 하나가 되게 해야 통찰이 회복된다. 철학사와 문학사가 하나일 때의 생극론을 되살려 인류의 장래를 새롭게 개척해야 한다.

생극론은 세상을 바람직하게 개조하는 전략이다. 변증법이 계급모순을 상극투쟁으로 해결해야 한다고 하고 마는 한계를 극복하고, 생극론은 계급모순·민족모순·문명모순이 모두 심각한 문제임을 인식하고 적절한 해결책을 찾으려고 노력한다. 상극투쟁의 대안으로 상생획득을 제시한다. 패권을 장악한 쪽에서 동질성을 요구하는 데 맞서서 이질성을 옹호하고, 생극획득을 적절하게 해서 문명모순을 해결하는 것이 지금 수행해야 할 가장 큰 과업이다. 먼저 한국이, 이어서 동아시아가 생극론의 역량으로 이 과업 수행에 앞서는 것이 마땅하다.

생극론은 철학자가 따로 없고 누구나 하는 철학이다. 누구나 철학을 하는 것이 당연한데 철학자라는 사람들이 나타나 별난 짓을 해서 철학을 망친 것을 되살린다. 생극론은 철학자만의 철학이 아니고, 일상생활에서 누구나 말하고, 이야기하고, 노래 부르는 철학을 되살리기에 진정한 철학이다. 쓰임새를 소중하게 여기고 공허한 관념을 거부한다.

붙임

1994년 9월 2일 김태길 교수가 설립한, 서울 방배동의 한국철학문화연구소에서 〈세계문학사의 역사철학 生克論〉이라는 제목으로 생극론의 출생을 알리는 발표를 했다. 엄정식의 사회로 정대현, 황경식, 송영배, 길희성, 김광수, 이한구, 황필호, 정인재, 심재룡 등의 교수들이 참석해 토론했다.

국문학자가 자기 철학에 관한 논문을 발표하고, 한국의 철학계를 대표한다고 할 수 있는 중견교수들이 토론한 것이 예사롭지 않은 일이었다. 내가 하는 이론 창조 작업이 독백이 아님을 확인하고 타당성을 검증했다. 토론을 거친 개고본 〈역사철학 정립을 위한 기본구상〉을 《한국의 문학사와 철학사》(지식산업사, 1997)에 수록했다.

토론에서 생극론의 원천에 관한 논란이 있었다. 유가철학에서는 음양이 언제나 조화로운 관계를 가지고 상생한다고 해왔는데, 서양의 변증법에나 있는 상극을 가져다 붙여도 되는가 하고 따졌다. 이에 응답해, 상생에 치우친 이철학이 아닌 생극을 함께 중요시하는 기철학의 전통을 잇는다고 응답했다.

상극이 상생이고 상생이 상극이라는 데 모든 것이 아무 조건 없이 포괄되므로 말을 해서 무슨 소용이 있는가 하는 반론도 제기되었다. 이에 대해서 상극과 상생의 실상이나, 그 둘이 맞물리는 방식에 구체적인 연구 과제가 무한히 많이 있다고 했다. 상극에서 상생으로 나아가야 하는가, 아니면 상생에서 상극으로 나아가야 하는가 하는 실천론의 과제 또한 계속 제기된다. 계급모순은 상극에서, 민족모순은 상생에서 해결을 시작해 그 반대의 방향으로 나아가야 한다고 했다.

생극론 같은 이론을 만들 필요가 있는가 하는 반론을 여럿이 제기했다. 이론 창조는 필요하지 않다. 거대이론은 모두 실패로 돌아가고, 거대이론의 시대는 끝났다. 이 두 가지 근거를 가지고 내가 공연한 수고를 한다고 했다. 철학이 이제는 자기 분수를 알아 겸손하게 나오는 줄 모르고, 지난 시대의 허장성세를 이어서 되는가 하고 물었다.

거대이론 창조가 필요하지 않게 되었다는 것은 근대학문을 주도해 온 서양에서 하는 말이다. 해가 그쪽에서 지면 우리 쪽에서 뜬다. 이제 우리 쪽에서 거대이론을 다시 만들어 근대 다음 시대로 나아가는 역사의 전환을 선도해야 한다. 이것이 생극론의 원리이다.

황필호 교수는 〈조동일의 인문학문론〉이라는 장문의 논문을 《강남대학교논문집》 37(2001)에 싣고, 증보해 《인문학·과학 에세이》(철학과현실사, 2002)라는 저서에 수록했다. 인문학의 위기에 대해서 많은 사람이 말하지만, 거의 다 인문학의 가치에 대한 원론적인 논의만 펴고 있으나 조동일은 "문제에 대해서 가장 종합적으로 접근하면서 구체적인 방법론까지 제시하고" 있다고 했다.

내가 한 작업에 대해 자세한 고찰을 하고, 질문에 대답해 전자우편으로 보낸 응답도 여기저기 인용되어 있다. 비판과 응답의 핵심을 간추린다.

비판: "종교학이 학문이 되어야 근대 극복의 학문이 시작된다"고 하는 것은 무리한 주장이다.

응답: 종교학이 종교 변호학에 머무르지 말고, 오늘날 가장 심각

한 모순으로 등장한 민족모순을 진단하고 치유하는 데 적극 기여하면서 다음 시대로 나아가야 한다는 말이다.

비판: 학문이 과학에서 통찰로 나아가야 한다고 했는데, 직관이라고 해온 재래의 용어가 통찰보다 더 적합하다.

응답: 직관은 과학의 결함을 보완하는 부차적인 방법이고, 통찰은 과학이 더 나은 학문이 되게 한다. 근대 학문의 자랑인 과학과 중세 학문의 핵심인 통찰을 합쳐야 근대 극복의 새로운 학문을 할 수 있다.

비판: 국학을 지나치게 강조한다. 창조학은 양학을 텍스트로 해서도 얼마든지 할 수 있다.

응답: 양학의 텍스트를 기존의 견해에 구애되지 않고 자기 관점에서 새롭게 이해해 일반이론 창조의 출발점으로 삼는 것은 실제로 아주 어렵다. 그럴 수 있는 학문적 훈련을 국학에서 해야 한다. 새롭게 활용할 수 있는 양학의 텍스트를 찾아내는 작업부터 하면 노력에 비해 성과가 부족하지 않을 수 없다.

일간신문에서 이따금 대담 또는 정담을 했다. 철학교수와 한 대담이 다음과 같이 세 번 있었다. 세 교수 모두 서양철학을 본바닥에서 공부하고 와서 학계에서 촉망받는 중견 또는 신진이다. 홍윤기와의 대담이 《한국일보》 2000년 10월 7일자, 이기상과의 대담이 《조선일보》 2002년 4월 10일자, 윤평중과의 대담이 《문화일보》 2004년 1월 1일자에 나와 있다.

인문학문의 중요성을 세상에서 무시한다고 개탄하는 말을 거듭 했다. 철학은 인문학문의 주역이고, 창조적인 사고 계발을 선도하는데 세상에서 알아주지 않는다고 개탄했다. 철학과가 폐과되고, 철학과에 배정된 학생들이 모두 도망가니 우려할 만한 사태라고 했다. 그런 지적에 대해서 동의했다. 철학을 살려 인문학문이 제대로 성장하게 하고, 창조하는 학문을 하도록 해야 한다.

이에 대해서는 의견의 일치를 보고, 나는 철학이 유용성을 입증해 살아나야 세상을 살린다고 했다. 근본 이치를 따지는 작업을 자기 스스로 새롭게 진행해서 수입학이 아닌 창조학을 해야 한다. 이치의 근본을 따지는 작업을 역사 또는 현실에서 제기되는 커다란 문제를 해결하는 방안을 제시하면서 해야 한다고 주장했다.

위의 글, 이 책에 대해 철학계의 논란이 있기를 바란다. 논란이 앞의 책《통일의 시대가 오는가》까지 이부작 전체에 대해 전개되는 것은 더욱 바람직하다. 열띤 대화와 토론이 광범위하게 이루어지면, 다음 시대 창조를 선도하는 거대이론을 우리가 만들어내고자 하는 희망 실현이 가까워진다.

내 책을 북쪽 학자들이 부지런히 읽는 것을 알고 있다. 김일성종합대학 조선어문학부 교수들이 집체적 검토를 하고 "조동일의 책은 한 집단이 써서 개인의 이름으로 내놓는 것이다"라고 하는 결론을 내렸다고, 중국 연변대학 교수를 통해 전해 들었다.

남북이 장벽을 헐고 가까워지려고 하고 있어, 학문 교류가 긴요한 과제로 제기된다. 함께 읽고 토론할 책을 양쪽에서 내놓는 것이 우선 할일이다. 이 책에 관해 토론하는 만남이 이루어지기를 바란다.